A. BEATRICE DiSCLAFANI

Das Jahr des Erwachens

A. BEATRICE DiSCLAFANI

Das Jahr des Erwachens

Roman

Aus dem Amerikanischen von
Andrea Stumpf und Gabriele Werbeck

C. Bertelsmann

Die Originalausgabe *The Yonahlossee Riding Camp for Girls* erschien 2013
bei Riverhead Books, New York.

FSC
www.fsc.org
MIX
Papier aus verantwortungsvollen Quellen
FSC® C014496

Verlagsgruppe Random House FSC® N001967

1. Auflage

Neumarkter Straße 28, 81673 München
Umschlaggestaltung: www.buerosued.de, München
Satz: Uhl + Massopust, Aalen
Druck und Einband: GGP Media GmbH, Pößneck
ISBN: 978-3-570-10309-8

www.cbertelsmann.de

Für Mat

Kapitel 1

Ich war fünfzehn, als mich meine Eltern ins Yonahlossee Riding Camp for Girls schickten. Es lag versteckt in den Blue Ridge Mountains in Blowing Rock in North Carolina. Die Einfahrt war leicht zu übersehen, man musste schon ganz genau schauen. Viermal fuhr mein Vater vorbei, bis ich ihm schließlich ein Zeichen gab, dass wir angekommen waren.

Vater brachte mich von Florida nach North Carolina: Meine Eltern trauten mir nicht und ließen mich deshalb nicht allein mit dem Zug fahren.

Am letzten Tag unserer Reise erreichten wir die höheren Bergregionen, wodurch sich die Fahrt merklich verlangsamte. Die schmale, überwucherte Straße sah unfertig aus und wand sich in engen Kurven in die Höhe.

Während des Fahrens sprach mein Vater kaum; er meinte, der Fahrer müsse sich immer auf die vor ihm liegende Straße konzentrieren. Erst vor fünf Jahren, 1925, hatte er sein erstes Auto, einen Chrysler Roadster gekauft, weshalb ein Auto für ihn noch etwas Neues und Ungewohntes war. Am ersten Abend übernachteten wir in Atlanta, und nachdem wir unser Hotelzimmer bezogen hatten, sagte mir Vater, ich solle mich hübsch anziehen. Ich zog mein lavendelfarbenes Seidenkleid mit der tiefen Taille und den Rosetten an. Dazu trug ich die Nerzstola meiner Mutter, die ich mitgenommen hatte, obwohl sie es mir ausdrücklich verboten hatte. Als Kind durfte ich die Stola zu besonderen Anlässen – das Essen am Weihnachtsabend, das Osterfrühstück – tragen, und mittlerweile betrachtete ich sie als mein Eigentum. Jetzt jedoch, nachdem ich sie mir selbst umgelegt hatte, empfand ich sie als viel zu elegant, eine Last. In dem Kleid fühlte ich mich zu jung, was allerdings nicht an dem Kleid lag, sondern an meinem Körper. Ich hatte noch nicht lange einen Busen, und er war empfindlich, deshalb hielt ich mich verschämt wie ein unreifes Mädchen. Mein Vater sah in seinem grauen Nadelstreifenanzug kaum anders aus als sonst, nur dass er ein lindgrünes Taschentuch in seine Brusttasche gesteckt hatte. Nicht das grelle moderne Lindgrün. Solche Farben gab es damals noch nicht. Nein, ich meine das zart leuchtende Grün der echten Linde.

Am Eingang des Restaurants hakte ich mich bei ihm unter, wie es meine Mutter sonst machte, und er sah mich erstaunt an. Ich lächelte und unterdrückte die Tränen. Nach wie vor hegte ich die Hoffnung, dass Vater mich nicht in North Carolina lassen würde, dass er einen anderen Plan hatte. Meine Augen waren von zwei tränenreichen Wochen geschwollen, und ich wusste, dass es meinen Vater schmerzte, mich weinen zu sehen.

Das Land befand sich mitten in der Großen Depression, allerdings spürte meine Familie noch nichts davon. Mein Vater war Arzt, und für ihre Gesundheit zahlten die Leute immer. Abgesehen davon gab es ein Familienvermögen, auf das meine Eltern irgendwann zurückgreifen könnten. Aber erst nachdem die Patienten meines Vaters so arm geworden waren, dass sie ihn nicht einmal mehr mit Gartenfrüchten bezahlen konnten. Das alles wurde mir klar, als ich von Yonahlossee zurückkehrte. Als ich ging, hatte die Wirtschaftskrise für mich etwas anderes bedeutet.

Ich wagte mich nur selten weiter von zu Hause weg. Wir

lebten in einer winzigen Stadt im Hinterland von Florida, die nach einem toten Indianerhäuptling benannt war. Im Sommer war es dort unerträglich heiß – damals gab es noch keine Klimaanlagen – und im Winter kühl und schön. Die Winter waren wunderbar und entschädigten für die Sommer. Unsere Nachbarn sahen wir kaum, aber ich hatte alles, was ich brauchte: Wir hatten tausend Morgen Land, und gelegentlich ritt ich morgens, mit einem Lunchpaket versehen, auf meinem Pony Sasi los und kehrte erst bei Sonnenuntergang zum Abendessen zurück, ohne dass ich den Tag über auch nur einer Menschenseele begegnet wäre.

Und dann dachte ich an Sam, meinen Zwillingsbruder. Vor allem hatte ich ihn.

Mein Vater und ich aßen im Hotelrestaurant Filet Mignon und gebratene Rüben. Das Dekor bestand in erster Linie aus den fast deckenhohen Panoramafenstern. Als ich einen Blick auf die ruhige Straße werfen wollte, sah ich mein verschwommenes Spiegelbild, lavendelfarben und verlegen. Wir waren die einzigen Gäste, und mein Vater machte zweimal eine lobende Bemerkung zu meinem Kleid.

»Du siehst bezaubernd aus, Thea.«

Thea war die Abkürzung von Theodora, ein in unserer Familie gebräuchlicher Name. Angeblich hatte ihn Sam zu Thea abgekürzt, als wir zwei Jahre alt waren. Die Rüben schmeckten muffig und waren holzig. Ich vermied es, während des Essens daran zu denken, was mein Bruder gerade machte.

Mein Vater sagte noch einmal, dass ich im Camp außer sonntags jeden Tag reiten würde. Ich dankte ihm. Ich hatte Sasi in Florida zurückgelassen, aber ich war inzwischen ohnehin zu groß für ihn. Beim Traben stieß ich an seine Ellbogen. In diesem Moment tat mir der Gedanke an mein hübsches Pony fürchterlich weh. Mutter sagte immer, dass sein Fell besonders schön sei, gleichmäßig schwarz und weiß gefleckt.

Ich dachte an seine Augen, eines blau, eines braun, was bei Pferden nichts Ungewöhnliches war: Bei weißem Fell um das Auge war es blau, bei schwarzem Fell braun.

Unsere Mahlzeit, die letzte gemeinsame für ein Jahr, verlief weitgehend schweigend. Noch nie hatte ich mit meinem Vater allein gegessen. Mit meiner Mutter schon, mehrmals, und natürlich auch mit Sam. Ich wusste nicht, was ich mit meinem Vater reden sollte. Bei all dem Aufruhr zu Hause hatte ich Angst, überhaupt etwas zu sagen.

»Sobald Gras über die Sache gewachsen ist«, sagte mein Vater bei Kaffee und Crème brûlée, »kommst du wieder heim«, und jetzt war ich es, die über das Verhalten meines Vaters erstaunt war. Schnell nippte ich an meinem Kaffee und verbrannte mir den Mund. Zu Hause durfte ich nur ein Schlückchen aus der Tasse meiner Mutter nehmen. Mein Vater sprach selten von unschönen Dingen, egal, ob sie uns persönlich betrafen oder nicht. Vielleicht wusste ich deswegen so wenig von der Wirtschaftskrise.

Er lächelte mich an, sein kleines, freundliches Lächeln, und ich spürte, wie meine Augen zu brennen begannen. Wenn meine Mutter lächelte, sah man alle ihre Zähne; ihr ganzes Gesicht lag dann offen. Aber nach dem Lächeln meines Vaters musste man suchen. In diesem Moment bedeutete sein Lächeln, dass er mich noch liebte, trotz allem, was ich getan hatte. Ich wollte, dass er sagte, alles käme wieder in Ordnung. Aber mein Vater war kein Lügner. Es käme nicht alles wieder in Ordnung, nichts würde mehr so sein wie früher.

Nie wieder liebte ich einen Ort so sehr wie das Haus, in dem ich geboren worden war, wo ich gelebt hatte, bis alles aus den Fugen geriet. Man könnte meine Liebe zu diesem Ort mit meiner Zuneigung für die Menschen erklären, die dort wohnten, meine Mutter, meinen Vater und meinen Bruder. Das stimmt, ich liebte diese Menschen, aber wenn ich mich an meine Familie erinnere, dann erinnere ich mich immer auch an die Gärten, in denen sie herumgingen, die Veranden, auf denen sie lasen, die Schlafzimmer, in die sie sich zurückzogen. Ich liebte das Haus unabhängig von meiner Familie. Ich kannte das Haus, es kannte mich, wir spendeten einander Trost. Albern, aber der Ort war magisch.

Ich gebe zu, dass ich ebenso traurig war, das Haus zu verlassen, wie meine Familie zu verlassen. Nie war ich länger als ein paar Tage fort gewesen, und im tiefsten Inneren wusste ich, dass es sich bei meiner Rückkehr verändert haben würde.

Auch ich würde mich verändert haben. Als meine Eltern mich am Bahnhof in Orlando wieder abholten, nach so langer Zeit, holten sie im Grunde einen völlig anderen Menschen ab.

Ich verließ mein Zuhause, mein schönes Zuhause, und wurde in das Yonahlossee Riding Camp gebracht, eine Enklave für reiche junge Mädchen, in der das Personal aus ehemaligen Schülerinnen bestand, die auf ihre Verehelichung warteten.

Im Yonahlossee Riding Camp wurde ich, wie man so sagt, erwachsen.

Allerdings wusste ich an diesem Tag noch nichts über diesen Ort, außer dass mich meine Eltern dorthin schickten, damit sie mich nicht mehr sehen mussten. Als wir eintrafen, dämmerte es, eine melancholische Stunde, die ich noch nie hatte leiden können. Unter dem Blätterdach riesiger Eichen fuhren wir die schier endlos lange Kiesauffahrt entlang. Mir kam der Gedanke, dass ich vielleicht erst wieder in mehreren Wochen auf dieser Straße fahren würde.

Mein Vater umklammerte das Lenkrad und blickte angestrengt geradeaus, wie immer war seine ganze Aufmerksamkeit auf das vor ihm Liegende gerichtet. Wir erreichten einen großen Platz – später erfuhr ich, dass er genau so genannt wurde, der große Platz – mit holzgeschindelten Bungalows, und mein Vater stellte den Motor ab. Ich sah mich nach anderen Mädchen um, aber da waren keine. Ich öffnete die Beifahrertür. – »Thea«, rief mein Vater, aber ich achtete nicht auf ihn. Ich setzte meinen Fuß auf den Lehmboden, so anders als der Boden in Florida, der zu dieser Jahreszeit von der Sonne hart gebacken war. Die Luft hier roch feucht, aber nicht nach Meer. In Florida war das Meer immer in der Nähe, selbst wenn man wie wir Stunden davon entfernt lebte. Hier war man von allen Seiten von Bergen umschlossen.

Ich starrte das vor mir aufragende Gebäude an, während mein Vater sich am Auto zu schaffen machte – er würde erst weggehen, wenn er sicher war, dass alles abgeschaltet war. Selbst jetzt. So etwas wie dieses halb in den Berg hineingebaute Gebäude hatte ich noch nie gesehen. Die Pfeiler, auf denen es stand, erinnerten mich an Pferdebeine, lang und wacklig, nicht für ein derartiges Gewicht gedacht. Immer hatte ich das Gefühl, dass das Gebäude einstürzen müsste, einstürzen würde. Später, viel später, erklärte mir der Rektor, dass das in den Bergen die sicherste Bauweise war. Ich glaubte ihm nicht.

Weil Sonntag war, hatten alle schon zu Abend gegessen, aber das wusste ich damals noch nicht, und eine schreckliche Verzweiflung und Sehnsucht überkam mich. Das war nicht mein Zuhause, meine Familie war woanders.

Ein Mann kam auf uns zu, er schien plötzlich aus dem Erdboden gewachsen zu sein, und streckte die Hand aus, obwohl er noch drei, vier Meter entfernt war, viel zu weit, als dass mein Vater sie hätte ergreifen können. Einen Moment lang dachte ich, dass er meinem Bruder ähnlich sah.

»Ich bin Henry Holmes«, rief er, »der Rektor.«

Das Erste, was ich über Henry Holmes dachte, war, dass er einen seltsamen Titel hatte, ich wusste nicht, dass Sommercamps Rektoren hatten. Als er uns erreicht hatte, gab mein Vater ihm die Hand, dann nahm Mr. Holmes meine Fingerspitzen und verbeugte sich leicht. Ich neigte den Kopf.

»Thea«, sagte mein Vater. »Theodora, aber sie wird Thea genannt.«

Ich nickte und lief rot an. Ich war den Umgang mit Fremden nicht gewohnt, und Mr. Holmes sah mit seinen glänzenden braunen Haaren, die mal wieder geschnitten werden sollten, gut aus. Seine Hemdsärmel waren ordentlich hochgekrempelt, und aus der Nähe bemerkte ich, dass er Sam eigentlich überhaupt nicht ähnlich sah. Sam hatte ein fröhliches, offenes Gesicht mit runden hellbraunen Augen – Mutters Augen; immer sah er freundlich aus, ruhig. Mr. Holmes' Gesicht war ein wenig angespannt, seine Lippen nachdenklich zusammengepresst. Und er war ein Mann und hatte einen Bartschatten. Mein Bruder war ein Junge.

In diesem Moment hätte ich in jedem Gesicht das von Sam gesehen. Ich hatte eines seiner Taschentücher mit Monogramm mitgenommen, so wie es die Erwachsenen in Büchern machten, sie gaben einem geliebten Menschen ein Erinnerungsstück mit. Natürlich hatte Sam mir nichts gegeben, ich hatte es mir genommen. Das Taschentuch lag unter dem Kleid auf meiner Brust, außer mir wusste keine Menschenseele davon. Ich legte die Hand auf den Bauch und sah Mr. Holmes in die Augen, wie ich es auf Geheiß meiner Mutter bei Fremden machen sollte. Ich erinnerte mich nicht daran, jemals einen Mann kennengelernt zu haben, mit dem ich nicht verwandt war, auch wenn das natürlich nicht stimmte.

»Wir freuen uns, dass du dich entschlossen hast hierherzukommen«, sagte er, und seine Stimme klang weicher, wenn er mit mir sprach, als wollte er Mitgefühl zeigen, wenn nicht mit den Worten, so doch mit dem Klang, mit dem sie meine

Ohren erreichten. Ich sagte, ich würde mich auch freuen, hier zu sein. Er musste ahnen, dass ein unschöner Vorfall der Grund für mein spätes Eintreffen war. Ich war mitten im Sommer angemeldet worden und fragte mich, wie mein Vater das erklärt hatte.

Mr. Holmes führte uns die große Treppe zur Burg hoch, und obwohl ich erst später erfuhr, dass das Gebäude von allen so genannt wurde, dachte ich damals schon, dass es wie eine imposante und vornehme Burg aussah. Die Treppe war nicht überdacht, und es musste kürzlich geregnet haben, weil das Holz glatt war. Ich ging vorsichtig. Die Tür am Ende der Treppe war von zwei Gasleuchten flankiert. Die beiden orangeroten Flammen brannten ruhig in ihren Glaslaternen. Mr. Holmes öffnete eine schwere Eichentür, dunkelblau mit gelbem Rand, die Farben des Camps, und führte uns in den Saal, der zugleich als Speisesaal und Andachtsraum diente.

Er blieb beim Erkerfenster stehen.

»So ganz anders als Florida«, sagte mein Vater. Er lächelte mich an, und ich sah, dass er litt. Er hatte im vergangenen Jahr an den Schläfen die ersten grauen Haare bekommen, und plötzlich wurde mir klar, dass mein Vater alt wurde.

Mr. Holmes lud uns mit einer Geste in sein Büro ein, wo ich mich auf eine mit braunem Samt bezogene Chaiselongue setzte, während mein Vater und Mr. Holmes sich um die Formalitäten kümmerten. Ich spürte, dass Mr. Holmes mich beobachtete, sah aber nicht auf.

Ich hustete, und mein Vater drehte den Kopf.

»Wartest du draußen, Thea?« Ich ging und lief den Flur vor dem Büro entlang. Von dort, wo ich stand, konnte ich die Tische sehen, die schon für die nächste Mahlzeit gedeckt waren und morgen früh sicher mit Mädchen besetzt sein würden. Hunderten. Ich wünschte mich weit weg.

Ich kehrte zu Mr. Holmes' Büro zurück und kam an einer

Wand mit Fotografien vorbei, die ich vorher nicht bemerkt hatte. Pferde mit ihren Reiterinnen. Ich trat näher und las die winzige Schrift unter jedem Foto, berührte das Messingschildchen und fuhr die Worte nach. Auf jedem Schildchen stand der Name eines Pferdes, dann der Name eines Mädchens und darunter schließlich *1. Platz, Frühlingsturnier* und das Jahr. Es gab Fotografien aus dem neunzehnten Jahrhundert. Die Pferde hatten sich nicht sehr verändert, aber die ersten Mädchen ritten noch im Damensattel, ihre aneinandergelegten Beine hingen nutzlos herunter. Man konnte die Zeit vergehen sehen, an der Art der Fotografien und an den Namen der Mädchen und ihren Kleidern und Frisuren; die beiden Letzteren waren im Lauf der Zeit kürzer geworden. So viele Menschen hatten diesen Ort durchlaufen. Das jüngste Foto zeigte ein großes Mädchen mit weißblonden Haaren und einem römischen Profil, das auf einem riesigen Pferd saß; beide ließen den Mann, der mit dem Siegerkranz danebenstand, klein aussehen. *Leona Keller*, las ich, *King's Dominion, 1. Platz, Frühlingsturnier, 1930*.

Neben der Tür zu Mr. Holmes' Büro bemerkte ich einen kleinen Marmortisch, darauf zwei ordentliche Stapel Broschüren. *Yonahlossee Riding Camp* stand in kursiver Schrift auf den einen, *Reiterhof für junge Damen, gegr. 1876*. Darunter sah man eine Reihe lächelnder Mädchen in weißen Blusen und weißen Röcken, von denen jedes ein Pferd hielt. Die Ohren der Pferde zeigten nach vorn, ihre Aufmerksamkeit war auf etwas hinter der Kamera gerichtet.

Zuerst dachte ich, die Broschüren auf dem anderen Stapel seien einfach eine ältere Version. Auf dem Umschlag war ein Bild, das offenbar alle Schülerinnen zeigte, für die Fotografie aufgereihte Mädchen, die ernst in die Kamera blickten. *Yonahlossee Riding School*, dieselbe Kursivschrift, *Bildungsanstalt für junge Damen, gegr. 1902*.

Hinter Mr. Holmes' Tür hörte ich eine Stimme und ging rasch zum Fenster. Ich legte eine Hand auf die Scheibe, mein Daumen verdeckte die Hälfte eines Gebirgszugs. Der Ausblick war atemberaubend, so etwas hatte ich noch nie gesehen. Florida war flach und heiß, hier gab es, so weit ich von dem Fenster aus sehen konnte, schiefergraue, mit Bäumen gesprenkelte Berggipfel, die die Wolken durchstießen. Diese hingen so tief, dass es keine normalen Wolken sein konnten. Die Wolken, die ich kannte, trieben oben am Himmel dahin.

So wütend war ich nicht, dass ich die Schönheit nicht mehr wahrnehmen konnte.

Ich wurde dem Augusta House zugeteilt. Alle Bungalows waren nach Verwandten des Gründers benannt – es gab das Mary House, das Spivey House, das Minerva House. Mr. Holmes führte mich und meinen Vater über den großen Platz, aber ich lief ein, zwei Schritte hinterher, damit ich nicht mit ihnen reden musste. Mr. Holmes hatte einen weit ausholenden Schritt; er war groß und schlaksig und überragte meinen Vater, der immer schon zu den kleineren Männern gehört hatte. In den letzten paar Monaten war Sam in die Höhe geschossen, und er war inzwischen größer als er. Vielleicht aß Sam gerade, oder das Abendessen war schon vorbei. Vielleicht trug er noch dasselbe wie tagsüber: Shorts und ein Leinenhemd mit geknöpftem Kragen, was die Hitze erträglich machte. Im Sommer trugen wir nie lange Ärmel, aber in Atlanta hatten alle Männer, die ich gesehen hatte, trotz der Hitze einen Anzug angehabt. Auch Mr. Holmes trug jetzt einen Anzug, er war im Jackett aus seinem Büro getreten.

Mein Vater ging schnell, um Schritt zu halten, und hätte die Hände gern in den Taschen gelassen, zog sie aber immer wieder heraus, um nicht das Gleichgewicht zu verlieren.

Ich fragte mich, ob ich den Hinterkopf meines Vaters in einer Menge erkennen würde. Den von Sam würde ich jedenfalls erkennen, seine struppigen, dicken Haare, über die Mutter jedes Mal beim Vorbeigehen strich, damit sie sich legten.

Mr. Holmes öffnete die Tür des Augusta House und trat zuerst ein, aber vorher drehte er sich noch einmal um und lächelte mich kurz an; ich hörte, wie er zu den Mädchen sagte, sie hätten Besuch, und als mein Vater und ich gleich darauf eintraten, standen fünf Mädchen neben ihren Stockbetten, Hände hinter dem Rücken, und rührten sich nicht. Mittlerweile war es fast dunkel, und eine Wandleuchte war die einzige Lichtquelle in dem Raum. Ich fand es merkwürdig, dass Mr. Holmes, ein erwachsener Mann, ohne anzuklopfen ein Haus betrat, in dem nur Mädchen wohnten. Aber sie hatten gewusst, dass er kam. Ich fragte mich, was sie sonst noch wussten.

»Das ist Theodora Atwell, sie ist aus Florida zu uns gekommen.«

Die Mädchen nickten alle gleichzeitig, Panik ergriff mich. Machten sie alles gleichzeitig? – Woher sollte ich das wissen?

»Und das«, sagte Mr. Holmes von links beginnend, »sind Elisabeth Gilliam, Gates Weeks, Mary Abbott McClellan, Victoria Harpen und Eva Louise Crayton.«

»Es freut mich, euch kennenzulernen«, sagte ich, und die Mädchen neigten leicht den Kopf. Bis auf Elisabeth, die Erste in der Reihe, sie fiel aus der Rolle, und darüber war ich sehr froh. Das waren einfach nur Mädchen wie ich. Sie strich sich eine Strähne ihres aschbraunen Haars hinters Ohr und lächelte, ein schiefes Lächeln. Sie machte einen freundlichen Eindruck. Ich mochte ihre blauen Augen. Sie lagen weit auseinander wie bei einem Pferd. Sie würde Sissy für mich sein.

In diesem schwach beleuchteten und intensiv nach Holz

riechenden Bungalow fragte ich mich, was die Mädchen hergebracht hatte. Oder wer sie hergebracht hatte. Wir teilten uns jeweils zu zweit ein Stockbett, hatten jede einen winzigen Schrank, ein Waschgestell, einen Toilettentisch mit Spiegel und einen Schreibtisch. Die Hausaufseherinnen wohnten alle zusammen in einem anderen Bungalow, und wir Mädchen waren uns selbst überlassen. Ich nahm die Hand meines Vaters, die an seiner Seite herunterhing, und hoffte, dass die anderen Mädchen mich nicht kindisch fanden. Sein fester Griff überraschte mich, und da wusste ich, dass es stimmte, dass er mich hier zurücklassen wollte. Ich entwand ihm meine Hand und trat einen Schritt vor.

»Ich freue mich, hier zu sein.«

Mein Vater küsste mich auf die Wange und drückte mich in einer unbeholfenen halben Umarmung an sich. Weil alle Mädchen zusahen, war ich auf einmal peinlich berührt statt traurig. Mr. Holmes wandte diskret den Kopf ab. Dann gingen er und mein Vater, und ich stand allein in dem Raum voller Mädchen und fühlte mich erbärmlich. Ich war daran gewöhnt, Angst zu haben – sie wand sich jedes Mal durch meine Gehirnwindungen, wenn ich einen höheren Sprung wagte –, aber dann war sie begleitet von freudiger Erwartung.

Ich betrachtete die undurchschaubaren Gesichter all der Mädchen, und sie betrachteten mich, und ich empfand eine Furcht, wie ich sie noch nie empfunden hatte. Ich konnte nirgendwohin gehen, es gab niemanden außer mir, an den ich mich um Trost wenden konnte. Schon wollte ich die Arme vor der Brust verschränken, aber dann sagte mir mein Instinkt, es bleiben zu lassen: Keines der Mädchen sollte merken, dass ich Angst hatte.

»Theodora?«, fragte das hübsche, vollbusige Mädchen, und ich erinnerte mich an ihren Namen. Eva.

»Thea«, flüsterte ich. Aber ich stammte nicht aus einer

Familie, in der geflüstert wurde. Ich räusperte mich. »Thea. Ein Spitzname.«

»Ja, das ist besser«, sagte Eva und grinste. »Theodora klingt so gewichtig.«

Ich zögerte – machte sie sich über meinen Namen lustig? Aber dann klopfte sie auf das Bett hinter ihr. »Das ist deins. Du liegst unter mir.«

Sissy lachte. Zuerst erschreckte mich das Geräusch, dann beruhigte es mich. »Hast du schon mal in einem Stockbett geschlafen?«, fragte sie. »Ich liege auch unten. Das ist nicht lustig, aber du kommst ja auch so spät.«

Ich zeigte auf meinen Koffer, der am Fußende des Stockbetts stand. Man zeigte nicht mit dem Finger, jetzt würden die Mädchen denken, dass ich kein Benehmen hatte, aber ein schlechtes Benehmen war besser, als zu erklären, warum ich so spät kam.

»Mein Koffer ist schon da«, sagte ich.

»Einer der Männer hat ihn gebracht«, mischte sich Mary Abbott ein. Ihre Stimme klang zerbrechlich.

»Aber nicht der gut aussehende!«, sagte Eva, und Sissy lachte.

Gates sah vom Schreibtisch auf, wo sie etwas geschrieben hatte – einen Brief? Ich fragte mich, an wen –, missbilligend, wie ich fand.

»Ach, Gates«, sagte Eva. »Nimm nicht immer alles so ernst. Das ist doch bloß Gerede.« Träge drehte sich Eva zu mir um; sie bewegte sich, als müsste sie sich um nichts in der Welt Gedanken machen. »Hier verrichten zwei Männer die gröberen Arbeiten. Der eine sieht sehr gut aus. Und der andere … wart's ab.«

Ich spürte, wie ich rot anlief, und ging schnell zu meinem Bett, damit die Mädchen es nicht mitbekamen. Bei der kleinsten Kleinigkeit errötete ich. Ich machte mich an meinem Koffer zu schaffen, bis ich bemerkte, dass alle in ihre Nachthemden schlüpften. Schnell zog ich mich aus – noch nie hatte mich ein anderes Mädchen nackt gesehen. Nur Mutter, und sie war kein Mädchen. Ich achtete darauf, beim Ausziehen das Taschentuch zu verbergen – die anderen Mädchen würden mich für kindisch halten, wenn sie sahen, dass ich ein Stück Stoff meines Bruders unter den Kleidern trug. Oder schlimmer noch als kindisch: seltsam.

Wir hatten alle dieselben Nachthemden – meines hatte auf dem Bett gelegen –, weiche Baumwolle mit V-Ausschnitt, der Saum bis knapp unters Knie, über der linken Brust ein *YRC* eingestickt. Über dem Herzen. Das Nachthemd, das ich mitgenommen hatte, war hochgeschlossen, knöchellang und an den Handgelenken berüscht. Man hätte mich darin sofort durchschaut. Mutter hatte gesagt, dass ich eine Uniform tragen würde und daher nicht viel einpacken müsste; zu Hause hatte mich das wütend gemacht. Ich würde genauso behandelt werden wie alle anderen! Aber jetzt war ich froh. Ich hatte nicht gewusst, dass mein Nachthemd völlig unpassend war.

Die Mädchen gingen paarweise los – Eva und Sissy, Gates und Victoria –, bis nur noch Mary Abbott und ich übrig waren. Mir blieb weiter nichts übrig, als ihr zu folgen. Ich wollte nicht fragen, wohin wir gingen, tat es aber trotzdem.

»Zum Abort. Ich weiß, dass du dich jetzt fragst, warum wir in den Bungalows kein Klo haben«, sagte sie. Verschwörerisch senkte sie die Stimme: »Sie glauben, das wäre gut für uns.« Sie sprach mit einem starken Südstaatenakzent. Mr. Holmes hatte auch einen Akzent, aber ich konnte ihn nicht einordnen – er verschluckte Silben, ganz anders als die Mädchen im Augusta House. Ich hatte keinen Akzent, zumindest im Vergleich mit den Mädchen hier. »Aber wenigstens müssen wir nicht im Freien aufs Klo. Und wir haben fließend Wasser.«

Ich nickte Mary Abbott zu, weil ich nicht wusste, was

ich sagen sollte. Ich hatte noch nie im Freien aufs Klo gehen müssen und immer fließend Wasser gehabt.

Eva und Sissy liefen auf dem Rückweg zum Bungalow an uns vorbei, ebenso andere Mädchenpaare aus anderen Bungalows. In unseren Nachthemden sahen wir wie Gespenster aus, und ich hasste es, hier zu sein, hasste die Mädchen, mein erstes klares Gefühl seit meiner Ankunft. Ich wickelte mich fester in meinen Schal und hasste meine Mutter.

Die Aborte waren blitzsauber – darüber war ich erleichtert. Ich wartete nicht auf Mary Abbott, sondern eilte zurück zum Bungalow, ohne jemanden anzusehen. Als wir Eva und Sissy begegnet waren, hatte mir ihr Lächeln gesagt, dass Mary Abbott niemand war, mit dem ich mich abgeben sollte. Ich lag schon im Bett, als Mary Abbott hereinkam. Sie blickte mich lange an, wehmütig, hatte ich den Eindruck, aber das war ein dummer Gedanke, sie kannte mich ja erst eine Stunde – und dann betrat noch jemand den Bungalow, zu jung für eine Frau, zu alt für ein Mädchen. Sie sah uns kaum an. Als sie mich entdeckte, nickte sie. – »Theodora Atwell. Schön, dass du dich schon eingerichtet hast.« Und dann knipste sie das Licht aus.

»Gute Nacht, Mädchen«, rief sie beim Hinausgehen.

»Gute Nacht, Henny«, antworteten alle im Chor.

Schläfrig flüsterten sie sich reihum Gute Nacht zu. Als ich dachte, jetzt wären alle still, sprach Eva.

»Gute Nacht, Thea«, flüsterte sie, und die anderen Mädchen taten es ihr sofort nach, fünfmal hörte ich meinen Namen. Es wunderte mich, dass ich wusste, welche Stimme zu wem gehörte. Es wunderte mich, dass die Mädchen bereits Anspruch auf mich erhoben.

Meine letzte Mädchenbekanntschaft war Milly gewesen, eine Nachbarin, die vor Jahren weggezogen war. Sie schleppte immerzu eine Puppe mit sich herum. Ich fand sie langweilig, was in meiner Familie am meisten verpönt war. Langweilig waren andere Leute, die Atwells waren interessant.

Sam mochte Milly jedoch. Sie sah ihm dabei zu, wie er seine Terrarien versorgte, half ihm, Äste auf eine brauchbare Größe zurechtzustutzen, hörte interessiert zu, wenn Sam erklärte, wie seine riesige Agakröte Gift aus den Drüsen hinter ihren Augen absonderte. Nur Sam konnte die Kröte in die Hand nehmen; als ich es versuchte, blähte sie sich zur doppelten Größe auf. Sam hatte etwas Behutsames an sich, dem Tiere vertrauten. Menschen auch.

Es passte mir nicht, dass Milly bei Sam war, wenn ich von einem Ausritt zurückkam. Und so stahl ich Millys Puppe und vergrub sie hinter der Scheune. Sie kam nie wieder.

Sam wusste, was ich getan hatte. Ich war gemein gewesen, und Sam hasste Gemeinheit. Vermutlich verstand er es nicht, den Impuls, ein anderes Lebewesen zu verletzen. Deshalb konnte er auch nicht reiten. Die Vorstellung, die Sporen in die weiche Flanke eines Pferdes zu pressen oder die Gerte gegen ein einfältiges Tier zu erheben – nein, das konnte Sam sich nicht vorstellen.

Er schämte sich für mich, und ich schämte mich beinahe für mich selbst, aber Milly war schnell vergessen, in den Staub des Gedächtnisses eines Kindes getreten.

Ein Mädchen murmelte irgendetwas Unverständliches, sprach im Schlaf.

»Schhh«, sagte Gates, »schhh«, und das Murmeln verstummte.

In Atlanta hatten mein Vater und ich in getrennten Zimmern geschlafen. Wir waren noch nie zusammen gereist, daher wusste ich nicht, wie ich das verstehen sollte, aber ich hatte in meinem herrschaftlichen Zimmer geweint, und dann hatte ich mich selbst gescholten, weil ich so dumm und verzweifelt war: Kein Grund zu heulen, hatte ich mir gesagt, reiß dich zusammen. Ich war zu den Geräuschen der Autos unter meinem Fenster eingeschlafen und fragte mich, ob mein Vater sie in dem Zimmer gegenüber auch hörte, fragte mich, ob er überhaupt wach war oder ob er tief und fest schlief.

Die Autos vor meinem Fenster hatten dafür gesorgt, dass ich mich weniger einsam fühlte, auch wenn das dumm war – die Männer und Frauen in diesen Autos waren nicht meine Freunde.

Ich fragte mich, ob Sam in diesem Moment noch wach war und den Grillen von Emathla zuhörte. Ich fragte mich, was er heute sonst gehört hatte, was er getan hatte. Mutter würde noch wach sein und lesen oder Radio hören; Vater war vermutlich noch unterwegs und wand sich vorsichtig durch die Berge.

Ich dachte an meinen Cousin Georgie und wollte weinen, aber ich verbot es mir. Ich hatte genug für ein Leben geweint. Zwei Leben. Drei.

Am nächsten Morgen weckte mich eine Glocke. Schnell setzte ich mich auf und stieß mir dabei den Kopf an Evas Bett an. Ihr Gesicht tauchte aus dem oberen Bett neben mir auf.

»Du siehst wie eine Fledermaus aus«, sagte ich, sie sah mich verschlafen an, und ich bewunderte ihre schöne Haut, die runden Wangen.

Ich rieb mir den Kopf und wartete, dass die anderen Mädchen aufstanden. Aber die nächsten Minuten stand keine auf, stattdessen lagen sie in ihren Betten und gähnten und reckten sich. Ich war noch nie so lange mit so vielen Mädchen allein gewesen. Mutter hatte Sam und mich zwei Wochen nach Emathla zur Schule geschickt und dann beschlossen, dass sie nicht gut genug für uns war. Der Unterschied zwischen mir und den Kindern dort, Söhnen und Töchtern von Farmern, war klar gewesen. Hier wusste ich nicht, wo ich stand.

Wie sie da in ihren Betten lagen, wirkten die Mädchen benommen. Eva war die Größte, Mary Abbott die Kleinste. Victoria war die Dünnste, aber sie war zu dünn, sie sah mit ihren hervorstehenden Schlüsselbeinen fast verhungert aus. Meine Haare waren weder dunkel noch hell; ich war weder klein noch groß. Zu Hause sah ich fast nie andere Kinder. Vater unterrichtete uns, und wenn Sam und ich in der Stadt einem anderen Jungen oder einem anderen Mädchen begegneten, wurden wir immer angestarrt, weil wir Zwillinge waren und uns auf unheimliche Weise ähnelten: Wir hatten beide Vaters große Nase und hohe, breite Wangenknochen. Unsere Gesichter seien wie modelliert, sagte Mutter. Und wir hatten beide Mutters welliges, leuchtend kastanienbraunes Haar. Es fühlte sich genau gleich an. Unsere Ähnlichkeit sorgte dafür, dass die Leute uns bemerkten. Hier, ohne Sam, war ich wie alle anderen, nur ein wenig dunkler wegen der Sonne in Florida.

Eine Frau trat ein, offensichtlich ein Hausmädchen, das verriet ihre Uniform.

»Guten Morgen, Docey«, rief Eva, und Docey lächelte kurz in ihre Richtung, dann goss sie Wasser in unsere Waschschüsseln. Wir standen auf und gingen zu unseren Toilettentischen – schlichte Walnusstische, aber die Schüsseln waren mit hübschen zarten Blüten bemalt. Der Rand von meiner war angeschlagen. Docey war kleiner als wir. Wenn ich schätzen müsste, würde ich sagen, dass sie nicht größer war als eins fünfzig, aber recht kräftig, mit fahlbraunen Haaren, zu einem straffen Knoten geschlungen, und einem schielenden Auge. Sie sprach schnell, mit einem stärkeren, ungeschliffeneren Südstaatenakzent als alle anderen. Später erfuhr ich, dass ihre Aussprache darauf schließen ließ, dass sie aus dem ärmsten Teil der Appalachen kam.

Nachdem wir uns gewaschen und angezogen hatten,

gingen wir über den großen Platz zu demselben Gebäude, in dem ich am vergangenen Abend mit Vater gewesen war. Ich hatte mit Sams Taschentuch unter meinem Kissen geschlafen. Ich wollte es wieder in mein Kleid stecken, aber die Gefahr war zu groß, dass Eva oder Sissy – bei denen ich Eindruck machen wollte – es mitbekamen.

Als ich nach draußen kam, erschreckte mich die Masse an Mädchen. Es waren so viele, alle in weißen Röcken und Blusen mit Bubikragen, das *YRC* in Dunkelblau über dem Herzen eingestickt. Wahrscheinlich um mich darauf vorzubereiten, hatte mein Vater mir gesagt, dass hier beinahe zweihundert Mädchen sein würden, aber eine solche Armee hatte ich mir nicht vorstellen können. Sie unterschieden sich auf den ersten Blick nur durch ihre Haare – ein Mädchen mit Löckchen warf einen Blick zu mir herüber und flüsterte ihrer Freundin etwas zu, und da wurde mir bewusst, dass ich starrte. Ich schloss mich den Mädchen an, versuchte, mit ihnen Schritt zu halten. Sie trugen keine Strümpfe, wie ich bei einem Blick auf ihre Beine feststellte. Von der Taille abwärts sahen wir wie ein Haufen Kinder aus.

Sissy holte mich ein. Ihre braunen Haare waren zu einem modischen Bob geschnitten. Ich griff in meine Haare, die mir über die Schulter fielen. Ich hatte auch einen Bob gewollt, aber Mutter hatte es mir nicht erlaubt.

»Du gehst schnell«, sagte sie.

Ich verlangsamte meinen Schritt. »Ja.«

»In Florida ist es heiß.« Sie hatte eine rauchige Stimme, was gar nicht zu ihren zarten Zügen passte.

»Wo kommst du her?«, fragte ich.

»Monroeville.«

Sie tat, als müsste ich wissen, wo das war. Ich tat, als wüsste ich es.

»Was macht dein Vater?«, fragte sie.

»Er ist Arzt. Und er besitzt Orangenplantagen.« Letzteres stimmte nicht ganz – die Plantagen stammten aus der Familie meiner Mutter –, aber ich nahm an, Landbesitz steigerte hier das Ansehen.

»Ich mag Orangen!«, sagte sie und lächelte ihr schiefes Lächeln, und angesichts ihrer Begeisterung musste ich auch lächeln. Orangen waren für mich nichts Besonderes. Sie waren selbstverständlich.

»Was macht dein Vater?«, fragte ich.

»Er kümmert sich um die Geschäfte meines Großvaters. Und reitet. Deshalb hat er mich hergeschickt, damit ich reiten lerne. Aber leider macht es mir keinen Spaß.«

»Nein?«

»Es ist so schmutzig«, sagte sie. Dann fügte sie schnell hinzu: »Nicht, dass ich zimperlich wäre«, und warf mir einen Blick von der Seite zu. »Ich mag nur andere Sachen lieber.«

Überrascht hörte ich mich lachen. Ich hatte seit Wochen nicht gelacht.

Mädchen schwärmten durch den Speisesaal, als wir eintraten. Sie versammelten sich an den mit Leinentüchern gedeckten Tischen und plauderten miteinander, und mir wurde klar, dass sie gerne hier waren, dass sie sich zu Hause fühlten.

Sissy zeigte mir meinen Tisch, an dem Mary Abbott, Victoria, Henny und noch ein paar andere saßen. Mary Abbott lächelte aufgeregt, als sie mich sah, und ich erwiderte das Lächeln kurz, dann setzte ich mich auf den Stuhl, der am weitesten von ihrem entfernt stand.

»Hallo, Theodora«, sagte Henny. Ich wollte sie korrigieren, doch da fiel mir Mary Abbott ins Wort.

»Sie heißt Thea.« Ohne zu erkennen zu geben, ob sie Mary Abbott gehört hatte, fuhr Henny fort und stellte die anderen am Tisch vor, eine Mischung aus jüngeren und älteren Mädchen und einer Lehrerin, Miss Metcalfe, die sehr glatte Haut und Zähne wie kleine Perlen hatte.

Auf dem Tisch standen Servierplatten mit dampfendem Essen – Eier, Schinken und Speck, Himbeerküchlein, Hafergrütze –, aber ich hatte keinen Appetit. Die anderen ignorierten mich die meiste Zeit, und ich war froh darüber. Sam wäre von dem vielen Essen bestimmt begeistert gewesen, seit ein paar Monaten haute er rein wie ein Scheunendrescher. Ich wusste genau, wo er im Moment war: draußen, wo er eines seiner verletzten Tiere versorgte oder die Bewohner eines seiner Terrarien mit Insekten fütterte, einen Ast richtete, damit eine Eidechse sich besser sonnen konnte. Nicht immer gab es ein verletztes Tier, das er versorgen musste, aber seit einigen Wochen kümmerte er sich um ein Nest mit Eichhörnchenjungen, die er großzog. Die Mutter war verschwunden.

»Kann ich dir eine Frage stellen?«, sagte Molly während des Essens. Wegen ihrer vorstehenden Zähne sah sie jünger aus. Ihre feinen braunen Haare reichten ihr bis knapp über die Taille. Sie mussten geschnitten werden.

»Darf ich …«, verbesserte sie Henny. Sie war mollig, hatte ein Doppelkinn und an der linken Schläfe einen unvorteilhaften Leberfleck. Sie war nicht gerade hässlich, aber da war eben dieser Leberfleck. Ich mochte Henny nicht, aber es beruhigte mich, dass sie da war, dass es neben Miss Metcalfe eine fast Erwachsene gab, die für Ordnung sorgte.

»Warum bist du so spät hergekommen?«, fuhr Molly fort.

»Entschuldigung?«

»Warum bist du nicht wie wir alle gleich zu Beginn gekommen?«

Ich wartete darauf, dass Henny etwas sagte, aber sie saß wie alle anderen am Tisch schweigend da und sah mich an. Alice Hunt Morgan aus Memphis, Tennessee, fuhr mit dem Finger über den Rand ihres Glases. Ich hatte sie Alice genannt, und sie hatte mich verbessert: Alice Hunt, hatte sie gesagt, das ist mein richtiger Name. Jetzt warteten alle auf meine Antwort. Sie waren neugierig, das verstand ich: Ich war ein Eindringling.

»Es war ein verspätetes Geburtstagsgeschenk«, sagte ich, »wir waren in den Ferien in Europa, weil es im Sommer in Florida so heiß ist.« Ich hielt inne. Mit geneigten Köpfen warteten die Mädchen. Molly zwirbelte eine Strähne ihrer strohigen Haare zwischen den Fingern. »Wir fahren jedes Jahr dorthin, und ich wollte nicht darauf verzichten, aber mein Vater wollte, dass ich auch in das Sommerlager gehe. Also hat er mich angemeldet.« Ich zuckte mit den Schultern, so als wollte ich sagen, dass alles in den Händen generöser, tüchtiger Erwachsener lag.

»Wo denn in Europa?«, fragte Molly, aber da waren die anderen bereits gelangweilt von meiner Geschichte und unterhielten sich wieder miteinander.

»Paris«, sagte ich. »Ich liebe Paris im Sommer.«

Molly nickte und wandte sich zufrieden ab. Ich tastete an meinem Hinterkopf nach einer Beule von heute Morgen, aber da war nichts. Sissy lächelte mich an, als ich mich umsah und ihrem Blick begegnete. Ich erwiderte das Lächeln.

»Thea«, sagte Henny. Dann hatte sie Mary Abbott also gehört; Mary Abbott war ein Mädchen, dem man nicht antworten musste. »Trink!« Sie deutete mit dem Kopf auf meine Milch. Ich betrachtete das Glas, das ich kaum angerührt hatte. Zu Hause tranken wir je nach Jahreszeit Orangen- oder Grapefruitsaft. Niemals Milch. Mutter mochte keine Milch. Manchmal gaben wir etwas Milch in unseren Tee, oder Sam und ich bekamen welche zum Nachtisch. In Yonahlossee, stellte ich bald fest, stand auf dem Mittagstisch neben Hennys Teller immer ein Glaskrug gesüßter Eistee mit einem Stück Eis darin, den sie sorgsam ausschenkte. Der Eistee war dick und zuckersüß und, wie ich zugeben musste, köstlich. Jahre später würde ich mich nach diesem Eistee sehnen, der trägen Kälte auf meiner Zunge, der Bitterkeit des starken Tees, gemildert durch reichlich Zucker; ich würde erfahren, dass es uns allen so ging, wir alle vermissten den Yonahlossee-Eistee.

Aber das war später. Jetzt starrte ich mein Glas mit der bleichen Milch an und hielt die Tränen zurück.

»Thea«, sagte Henny wieder mit leiser Stimme, aber ich wusste, dass ich weinen würde, wenn ich aufsah. Dann spürte ich, wie sie den Blick hob; alle rückten ihre Stühle in dieselbe Richtung, und ich dachte, dass das eine merkwürdige Art war, sich vom Tisch zu erheben, als ich seine Stimme hörte.

»Guten Morgen allerseits«, sagte Mr. Holmes.

»Guten Morgen, Mr. Holmes«, riefen die Mädchen im Chor, und Mr. Holmes schien sich über die Begrüßung zu freuen, auch wenn er sie sicher jeden Morgen hörte.

Nachdem er einige Dinge bekannt gegeben und mit uns gebetet hatte, trat eine Frau auf mich zu, die zu alt für eine Hausaufseherin war. Sie war mollig und klein und hatte ein hübsches Gesicht.

»Ich bin Mrs. Holmes, die Rektorin. Komm bitte mit«, sagte sie und deutete zu der Treppe am anderen Ende des Saals. Ich versuchte, die Überraschung auf meinem Gesicht zu verbergen, aber sie merkte es dennoch, sah mich die eine Sekunde zu lang an, die mir zeigte, dass ich mich geirrt hatte. Aber ich war sicher nicht die Erste, die es überraschte, dass sie mit Mr. Holmes verheiratet war. Als ich sie an diesem Morgen gesehen hatte, hatte ich gedacht, sie sei die Hausmutter oder jemand anders vom Personal; selbst aus der Ferne hatte sie etwas von einer Matrone, etwas Aufdringliches an sich. Sie machte einen ungeduldigen Eindruck. Gehorsam folgte ich ihr und verlangsamte meinen Schritt, um sie nicht zu überholen. Ihre Taille schien unnatürlich schmal, wie eingeschnürt, und ich dachte, dass sie wahrscheinlich ein Korsett trug. Selbst Mutter trug keines. Aber Mutter war so schmal, dass sie keines brauchte.

Mrs. Holmes' Büro lag im zweiten Stock, und als wir dort ankamen, war sie außer Atem. Als sie die Tür öffnete, stand ich so nahe bei ihr, dass ich sehen konnte, wie straff ihre braunen Haare zu einem Knoten geschlungen waren; ihr Haar begann grau zu werden, was aus der Ferne nicht zu erkennen war.

Ihr Büro war elegant möbliert, die Chaiselongue, auf die sie deutete, mit einem modisch karierten Stoff bezogen.

»Theodora Atwell«, begann sie. »Du sitzt an Hennys Tisch, ja?« Bevor ich antworten konnte, fuhr sie fort. »Ich kenne Henny schon lange. Sie ist äußerst patent.« Das hörte sich wie eine Warnung an. Sie sah auf die vor ihr liegenden Papiere. »Aus Emathla, Florida. Ich dachte immer, es müsste wunderbar sein, als Gärtnerin in Florida zu leben. Dort wächst alles.«

Mutter sagte dasselbe. Aber ich wollte nicht an Mutter denken. »Ich werde Thea genannt.«

»Ja, das weiß ich«, sagte Mrs. Holmes und lächelte mich an.

Ich fragte mich, ob Mr. Holmes ihr gesagt hatte, wie sie mich nennen sollte, ob sie viel über die Mädchen hier redeten. Offenbar.

»Und«, sagte sie, als sie sich auf ihren glänzenden Holzstuhl setzte und mich von der anderen Seite des Schreibtischs aus ansah, der aus demselben Holz gearbeitet und ebenso glänzend poliert war, »wie gefällt es dir bisher, Thea?«

»Sehr gut«, sagte ich, was hätte ich sonst auch sagen sollen.

»Die Gründer von Yonahlossee waren sehr fortschrittlich denkende Menschen. Sie errichteten dieses Camp 1876, elf Jahre nach dem Krieg zwischen den Staaten. Warum war diese Zeit für die Geschichte unseres Landes so bedeutsam, Thea?«

Das wenigstens wusste ich. Mein eigener Urgroßvater

war vor dem Sezessionskrieg geflohen. »Weil im Süden eine unfassbare Armut herrschte. Weil es eine fürchterliche Zeit für diesen Teil des Landes war. Alles veränderte sich in rasantem Tempo, und niemand wusste, was mit dem Süden geschehen würde.«

Sie war beeindruckt. »Ja.« Sie nickte. Dann erzählte sie mir von Louisa und Hanes Bell, die keine eigenen Kinder gehabt hatten und es sich zur Aufgabe gemacht hatten, Mädchen in dieser sich rasant verändernden Welt – sie benutzte meine Worte – einen Rückzugsort für den Sommer zu bieten. Im Norden gab es schon solche Einrichtungen für Mädchen und Jungen und im Süden für Jungen, und die Bells erkannten den Mangel und behoben ihn.

»Als dann immer mehr Mädchen kamen, wurde das Camp zu einer Schule.« Bisher hatte sie geklungen, als ratterte sie einen Vortrag herunter, den sie schon viele Male gehalten hatte. Jetzt sah sie mich auf einmal eindringlich an, ohne dass ich wusste, warum. »Heute ist Yonahlossee also für bestimmte Mädchen ein Sommercamp und für andere eine Schule. In jedem Fall aber ist es ein Ort, an dem junge Frauen lernen, wie man eine Dame wird. Denn eine Dame wird man nicht einfach so, Thea, wie durch Zauberhand.« Sie schnippte mit den Fingern, dann schüttelte sie den Kopf. »Ganz im Gegenteil, eine Dame wird man nur, indem man seine Lektion lernt. – In dieser unsicheren Zeit«, sagte sie abschließend, »ist eine Dame wichtiger denn je.«

Sie bezog sich natürlich auf die Wirtschaftskrise. Es war schade, dass die Bells kinderlos geblieben waren, vor allem nachdem sie ihr Leben der Jugend gewidmet hatten. Irgendetwas musste mit Louisas Organen nicht gestimmt haben. Ich hatte keine Ahnung, was Mrs. Holmes meinte, sie hätte genauso gut Griechisch reden können. Eine Dame war jetzt wichtiger denn je?

»Und der Name?«, fragte ich, weil Mrs. Holmes mich erwartungsvoll ansah. »Yonahlossee?«

»Oh«, sagte Mrs. Holmes und machte eine kleine wegwerfende Geste. »Ein alter indianischer Name. Er hat eigentlich nichts mit dem Camp zu tun. Es war der Name von Mrs. Bells Pferd.«

Ich wartete darauf, dass sie fortfuhr, dass sie etwas über die Pferde hier sagte. Ich lächelte, Sasi war ebenfalls ein alter Indianername. Mutter hatte das Pony so getauft, nachdem mir kein Name eingefallen war. *Sasi* war ein altes Muskogee-Wort, das *ist dort* bedeutete. Wie *die Blume ist dort*. Genau das hatte Mutter gesagt. Ich erinnerte mich deutlich an ihre Stimme.

»Ich hoffe, es wird dir hier gefallen«, sagte Mrs. Holmes, stützte die Ellbogen auf den Tisch und sah mich offen an, ihre kleinen Hände vor sich gefaltet.

»Das wird es ganz bestimmt.« Und eben noch hatte es mir gefallen, es hatte mir gefallen, von Louisa Bell zu hören. Seit ich wusste, dass Yonahlossee nach einem Pferd benannt war, erschien es mir freundlicher. Aber die Erinnerung an Mutter und Sasi hatte mich wieder traurig gemacht.

»Deine Mutter war überzeugt davon.«

Einen Moment lang war ich verwirrt – konnte sie Gedanken lesen?

»Deine Mutter ist eine Freundin. Eine alte Freundin.«

Das war unmöglich. Meine Mutter hatte keine alten Freundinnen, sie brauchte niemanden außer uns. Wie oft hatte ich sie sagen gehört, dass sie und Vater in der Wildnis von Florida in ihr ureigenes Utopia gestolpert waren?

»Du hast ihre Haare«, sagte Mrs. Holmes, und da wusste ich, dass es stimmte, dass sie Mutter gekannt hatte.

»Wir waren zusammen auf dem Mädchenpensionat«, fuhr sie fort, »in Raleigh. Bei Miss Petit.«

Mein Blick verschwamm, und einen Moment lang dachte ich, dass ich eine allergische Reaktion hatte wie einer von Vaters Patienten; auf einen Bienenstich, eine Beere.

Ich biss mir auf die Unterlippe und bekam kaum Luft; dann fing ich an zu weinen.

»Oh, Thea, ich wollte dich nicht aufregen. Hat dir deine Mutter denn nicht erzählt, dass wir uns kennen?«

Ich schüttelte den Kopf.

»Ja, ich weiß alles über dich. Sie hat dich mir sozusagen anvertraut. Ein anderer Ort wäre für dich wahrscheinlich nicht geeignet gewesen. – Verstehst du das, Thea?«, fragte Mrs. Holmes nach einem Moment.

Ich nickte.

»Sieh mich bitte an.«

Ich tat wie geheißen. Sie hatte mandelförmige Augen. Es schien mir unmöglich, dass ich in dieselben Augen blickte, in die meine Mutter einmal geblickt hatte.

»Und noch etwas: Wenn du etwas Ungewöhnliches bemerkst, irgendetwas – an deinem Körper –, dann komm bitte sofort zu mir.«

»An meinem Körper?«, wiederholte ich.

»An deinem Körper. Du weißt bestimmt sofort, was ich meine, wenn es passiert.«

Ich sagte, ich verstünde, auch wenn es nicht stimmte.

Als ich allein zu den Ställen ging, um mich einschätzen zu lassen, überlegte ich, dass sie wohl meine Menstruation gemeint hatte. Aber die hatte ich schon und wusste, was ich machen musste.

Ich war froh, dass keines der Mädchen meine geröteten Augen sah; ich war froh, dass ich mich auf dem Weg sammeln konnte. Ich hatte gedacht, dass die Wahl meiner Eltern zufällig auf Yonahlossee gefallen war, oder der Umstände halber.

Der Weg hinter den Aborten wurde zu einem Pfad, gerade breit genug für zwei; links und rechts ragten Bäume in die Höhe und ließen kaum Sonnenlicht durch. Ich zitterte und war erleichtert, als ich plötzlich auf eine große, runde freie Fläche kam, die von Bergen umgeben war.

Unwillkürlich riss ich die Augen auf. Ich hatte mir vorgenommen, nicht von allem, was in Yonahlossee neu für mich war, überrascht zu sein. Aber so etwas hatte ich noch nie gesehen, ich hatte nicht einmal gewusst, dass es das gab. Da standen drei gemauerte Ställe in einer Reihe, und im Vergleich zu dem Stall zu Hause waren sie riesig, so als beherbergten sie eine ganze Armee von Pferden. Der Stall zu Hause war dagegen kaum Stall zu nennen. Pferde streckten ihre Köpfe aus den Boxen, und ich sah einen Appaloosa mit einem gefleckten Kopf, eine Rasse, die ich bisher nur aus Büchern kannte.

Pferdeknechte liefen herum, schoben Schubkarren oder führten Pferde. Einer der Männer ertappte mich beim Starren, und errötend wandte ich mich ab; er sah aus wie Doceys männliches Gegenstück, mager und drahtig, zupackend.

Es gab fünf Reitplätze, zwei mit Hindernissen. Alles wirkte gepflegt und neu, die Plätze waren sauber gerecht, die Zäune frisch gestrichen. Ich fragte mich, woher Yonahlossee das ganze Geld hatte. Die wenigen Städte, durch die wir gefahren waren, hatten alle sehr ärmlich gewirkt – die Gebäude halb verfallen, die Leute schmutzig –, aber ich hatte gewusst, dass wir in den Appalachen waren, wo nicht erst seit der Wirtschaftskrise Armut herrschte. Vater erwähnte eine schreckliche Dürre. Wieder ein Verweis auf etwas Widriges, Ungewohntes, aber ich begriff schnell, dass mein Leben allmählich zu einer Aneinanderreihung von Überraschungen wurde.

»Damit rechnet man nicht, oder?«, ertönte eine Stimme, und ich drehte mich rasch nach links, wo plötzlich ein großer Mann stand. Neben sich ein gesatteltes und gezäumtes Pferd.

»Sie haben mich erschreckt«, sagte ich, eine Hand aufs Herz gedrückt, wie ich es immer machte, wenn ich überrascht war. Ich hoffte, dass meine geröteten Augen mich nicht verrieten.

Der Mann lachte. Er hatte einen deutschen Akzent. Ich kannte einen Deutschen, Mr. Buch, der meinen Vater ungefähr einmal im Jahr wegen der Orangen aufsuchte.

»Sind Sie Deutscher?«

»Ja. Ich bin Mr. Albrecht.«

»Ich heiße Thea Atwell. Freut mich, Sie kennenzulernen.« Ich machte einen kleinen Knicks, zum Ausgleich dafür, dass ich gerade so unhöflich gewesen war. Ich erkannte Mr. Albrecht von den Fotografien an der Wand. Er war der Mann, der die Preise überreichte. Er war sehr dünn und hatte ein flaches Kinn, was mich überraschte. Ich dachte, Deutsche hätten kantige Kinne. Für einen Mann war seine Haut glatt, und seine Zähne waren gerade. Er sah nicht gut aus, aber ganz passabel. Er musste etwa so alt wie mein Vater sein.

»Und das«, sagte er, »ist Luther.« Er strich über Luthers Mähnenkamm, und Luther senkte den Kopf und blickte mich an. Er war ein unscheinbares Pferd mit einem zu großen Kopf und kleinen Ohren, sein Fell ein stumpfes Braun. Aber er hatte freundliche Augen.

»Zuerst reiten alle hier ihn. Dein Vater hat gesagt, dass du eine erfahrene Reiterin bist.«

»Ja.«

»Dann solltest du mit Luther keine Probleme haben. Tipp ihn vor dem Sprung mit der Gerte an, bei Kombinationen musst du ihn ruhig halten. Er springt über jedes Hindernis, aber wenn du zu zaghaft bist, verweigert er manchmal.«

Mr. Albrecht half mir in den Sattel, und ich setzte mich zurecht, während er mir die Steigbügel einstellte. Mein Herz raste gleichermaßen von dem Schrecken, den mir Mrs.

Holmes eingejagt hatte, und weil ich vor einem Fremden reiten sollte. Luther war riesig, er hatte sicher ein Stockmaß von eins siebzig, vielleicht sogar eins achtzig, noch nie hatte ich auf einem so großen Pferd gesessen. Ich sagte mir, dass das keine Rolle spielte. Kontrolle ist Kontrolle. Mr. Albrecht beschrieb mir den Parcours, und ich folgte ihm zum hintersten Reitplatz. Er gab mir zehn Minuten zum Aufwärmen, und ich trabte um den Platz, um mich an Luther zu gewöhnen. Ich zog am linken Zügel, und er zog zurück; ich parierte entschlossen. Mr. Albrecht sah mir vom Tor aus zu. Er hatte etwas Steifes und zugleich Entspanntes an sich; die Hände in den Hosentaschen, stand er da, den Kopf schief gelegt, das weiße Hemd makellos, die Reithosen ordentlich gebügelt.

Ich versuchte zu ignorieren, dass Mr. Albrecht mir zusah. Als er sagte, dass es an der Zeit sei, brachte ich Luther zum Stehen und ließ ihn dann aus dem Schritt angaloppieren, um ihn an meine Kommandos zu gewöhnen. Ein zweiter Mann hatte sich zu Mr. Albrecht gesellt; ich spähte hinüber – Mr. Holmes. Er winkte, und ich neigte den Kopf. Ich trug keine Reitkappe, das tat damals niemand, und im Gegensatz zu anderen auch keine Handschuhe, weil ich dann weniger Gefühl in den Händen hatte. Die Hindernisse, über die ich springen sollte, waren über einen Meter hoch; wir hatten damals vor nichts Angst. Wir wussten nicht, dass es etwas gab, wovor man Angst haben könnte.

Wie hinter einem Schleier absolvierte ich den Parcours. Sobald ich einen Parcours beendet hatte, erinnerte ich mich an nichts mehr, und jemand musste mir sagen, ob ich eine Stange gerissen oder eine falsche Wendung gemacht hatte. Nachdem ich die letzte Kombination gesprungen war, ritt ich im leichten Galopp um den Reitplatz, bis die körperliche Anspannung bei Luther und mir nachließ. Ich ritt im Schritt hinüber zu Mr. Albrecht. Mr. Holmes war verschwunden.

Mr. Albrecht nickte und tätschelte Luthers Hals. »Lass ihn abkühlen. Das hast du gut gemacht.«

Ich konnte Mr. Holmes sehen; er hatte den Pfad noch nicht erreicht, wo ihn die Bäume verschlucken würden. Ich fragte mich, wie lange es dauern würde, bis Sam so groß war wie Mr. Holmes. Im Moment war er noch ein Kind, oder halb Kind, halb Erwachsener, so wie ich.

Ich hielt die Zügel locker, sodass Luther den Kopf hängen lassen konnte. Langsam schritten wir um den Reitplatz. Dass meine Eltern Yonahlossee nicht zufällig ausgesucht hatten, verstörte mich, aber es bestätigte auch meine Vermutung, dass sie bestimmte Absichten verfolgten, die ich nicht verstand. Mutter hatte einen Ort ausgewählt, der ein wahres Pferdeparadies war; wenigstens das. Ich konnte kaum glauben, dass eine Frau wie Mrs. Holmes eine Freundin meiner Mutter war, aber daran war nicht zu zweifeln. Meine Mutter war in den letzten Wochen grausam zu mir gewesen, was ich auch verdiente, natürlich, aber es war dennoch schwer zu ertragen. Die beiden hatten mich nicht zu Fremden geschickt; sie hatten mich zu einer Frau geschickt, die mein schreckliches Geheimnis wenigstens teilweise kannte. Aber welchen Teil hatte ihr meine Mutter erzählt? Sicher nicht alles.

Mr. Albrecht war im Stall verschwunden. Ich brachte Luther zum Stehen und stieg ab; dann machte ich etwas Kindisches. Ich weinte an seiner heißen Schulter, die salzig von Schweiß war, und das erste Mal seit Wochen fühlte ich mich getröstet.

Kapitel 2

Unter den Bäumen auf dem Weg von den Ställen zum großen Platz war es dunkel, und obwohl ich mich allein noch nie geängstigt hatte, beeilte ich mich. Die anderen Mädchen waren alle im Unterricht. Welche Tiere lauerten in den Wäldern von North Carolina, welche giftigen Pflanzen? In Florida kannte ich mich damit aus. Hier hatte ich keine Ahnung.

Wahrscheinlich gab es nicht so viel, wovor man sich in Acht nehmen musste, zumindest nicht in der Natur. Der jährlich wiederkehrende Winter dezimierte Tiere, Pflanzen. In Florida starb nichts, nichts zog sich zurück.

Wenn es kühl genug war, trieben Sam und ich uns oft draußen herum, hinter der Orangenplantage, weit weg vom Haus. Eines Tages, wir waren elf, nahm ich Sasi mit, weil es einer der letzten angenehmen Tage vor der sommerlichen Hitze war. Sasi war damals noch jung, man konnte ihn stundenlang reiten, und er hatte immer noch Kraft. Sam lief voraus und suchte nach Brombeeren, ich saß auf Sasi und folgte ihm. Es war April, einige Wochen zu früh für Brombeeren, aber Sam glaubte, dass wir Glück haben könnten.

»Ist Sasi müde?«, rief Sam.

»Nein«, sagte ich. »Es gefällt ihm hier draußen.«

»Gefällt es dir hier draußen, Sasi?«, fragte Sam mit englischem Akzent, und ich kicherte.

Wir gingen weiter. Sam verschwand im Gebüsch.

»Selbst wenn du welche findest, werden sie sauer sein«, sagte ich.

Sam kam mit leeren Händen zurück.

»Es ist zu früh«, erklärte ich.

Sam grinste. »Ich hab's schon beim ersten Mal kapiert.«

Ich drehte mich um und griff nach der Feldflasche in meiner Satteltasche; plötzlich ein Wegsacken, das Gefühl, einen Moment lang in der Luft zu schweben, dann lautes Summen. Zuerst erkannte ich das Geräusch nicht, aber als ich einen Stich an meiner Wange spürte, wusste ich, dass Sasi in ein Erdwespennest getreten war.

»Sam!«, schrie ich. Ich ließ mich aus dem Sattel gleiten, während Sasi mit den Hufen auf dem Boden herumtrampelte und Staubwolken aufwirbelte. »Sam!«

»Thea«, sagte er, und seine Stimme machte mich wütend; sie klang so ruhig, so langsam.

»Hilfe«, rief ich und schlug mir auf die Wangen. »Schnell!«

»Thea«, sagte er, »hör mir zu. Hör zu«, sagte er und kam auf mich zu.

Heftig schüttelte ich den Kopf, ich spürte, wie meine Wangen anschwollen, meine Kehle sich zuschnürte. Sah, wie sich rote Quaddeln auf meinen Armen bildeten, spürte sie in meinem Nacken. Ich schmeckte Galle.

»Thea«, sagte Sam, er streckte den Arm aus und berührte meinen Unterarm. »Sieh mich an.«

Ich konnte nicht. Ich sah Sasi an, der sich wütend ins Bein biss, wo er gestochen worden war; ich sah an Sasi vorbei, sah kilometerweit Eichengestrüpp und -bäume; ich sah in den wolkenlosen blauen Himmel. Ich konnte mein Herz schlagen hören. Ich konnte meinen Schweiß riechen.

»Es ist ein kleines Nest«, sagte Sam, und es klang, als würde er aus großer Ferne sprechen. »Es sind nicht genug. Wenn du dich nicht beruhigst, machst du es nur schlimmer. Hörst du mich, Thea? Schau doch«, fuhr er fort, »sie sind weg.«

Ich blickte ihn an. »Sasi?« fragte ich.

»Sasi wird es überstehen. Er ist groß genug«, sagte er, und ich hörte heraus, dass ich nicht groß genug war, dass mein Keuchen, mein heißes, zerkratztes Gesicht der Beweis für mein Kleinsein waren.

»Wie viele Stiche?«, fragte ich mit hoher Stimme.

»Nicht so viele.« Aber ich wusste, dass er log. Sam hatte mich noch nie belügen können.

»Ahh«, keuchte ich, meine Kehle schnürte sich immer mehr zu, »ahh.« Wir waren Kilometer von zu Hause entfernt. Ich wusste, was einem drohte, wenn man zu viele Wespenstiche abbekam, der Hals schwoll einem zu, und man hörte auf zu atmen, und das passierte alles sehr schnell.

Ich fing an, zu weinen und an meinem Hals zu kratzen. Ich spürte die Striemen, die meine Fingernägel hinterließen, und wusste, dass ich sterben würde.

»Thea!«, sagte Sam, schrie es fast. »Du machst es nur schlimmer. Sieh mich an.« Er legte mir eine Hand auf die Wange, und sie fühlte sich kalt auf meiner brennenden Haut an. Er hielt mein Gesicht und zwang mich, ihm in die Augen zu sehen, hielt meinen Blick fest, und langsam fiel mir das Atmen leichter. »Wie ein Schlangenbeschwörer«, flüsterte ich leise.

»Hör mir einfach zu«, sagte Sam, half mir in den Sattel und ging neben mir, meine Hand haltend, während Sasi dahintrottete, und dabei redete er ohne Unterlass – über frühe Brombeeren, über einen neuen Sprung, den Sasi und ich probieren sollten, über Mutter und Vater, über Georgie, über nichts. Wichtig war der Klang seiner Stimme.

Als wir zu Hause ankamen, spät, weil wir so langsam gegangen waren, schrie Mutter bei meinem Anblick auf. Mein Gesicht war angeschwollen, meine Lippen und Augenlider dick. Sam hob eine Hand, um sich die Haare aus der Stirn zu streichen, und ich sah, dass sie zitterte, ein Zeichen, dass auch er Angst gehabt hatte; seine Angst ein Zeichen, dass ich in Gefahr gewesen war, dass Sam mich mit seiner Ruhe gerettet hatte. So war er immer schon, ruhig, wenn ich hektisch wurde.

Hier würde ich jedoch nie so weit vom Camp entfernt sein. Hier würde man auf mich aufpassen wie noch nie zuvor.

Aus Gewohnheit klopfte ich, bevor ich die Tür des Bungalows öffnete, was ich aber bald vergessen würde. Unser Bungalow war nie abgeschlossen, keines der Häuser hier war das. Vielleicht das des Rektors jenseits des großen Platzes. Oder es gab irgendwo in der Burg einen Tresor mit unseren Wertsachen. Es war mir egal, Docey oder wer auch immer konnten alles haben, was sie wollten, ich hatte nicht viele schöne Sachen mitgebracht.

»Hallo«, rief ich, als ich an der Tür meine Stiefel auszog. Staubkörnchen schwebten träge im Morgenlicht. Alles war ordentlich aufgeräumt, so wie Docey es hinterlassen hatte. Hier musste ich nicht einmal mein Bett machen.

Ich zog meine Stiefel aus. Die dünnen Socken, die ich zum Reiten trug, waren schweißnass, und die Luft fühlte sich an meinen Füßen und Waden kühl an. Ich musste das Innere meiner Stiefel mit Talkumpuder bestreuen. Im Stall war ein Vorrat an Talkumpuder, das wusste ich, ohne nachgesehen zu haben. Das Reiten machte nur einen kleinen Teil der Zeit aus, die man mit einem Pferd verbrachte.

Zuerst trat ich an Sissys Schrank, in dem sich nur Kleidung befand. Die Hälfte des Schranks war mit Partykleidern gefüllt, die Seide weich unter meinen Fingerspitzen. Ich fand, dass ich viele Kleider hatte, aber Sissys Garderobe war dreimal so umfangreich. Und im letzten Jahr hatte Mutter weder für sich noch für mich neue Kleider gekauft. Angesichts der zunehmenden Verarmung ringsum wäre das geschmacklos, sagte sie.

In Sissys Schreibtisch entdeckte ich ein paar Stifte, einen Brief von ihrer Mutter, *Yonahlossee* falsch geschrieben, ohne *h*. Der Brief war kurz, er beschrieb eine Woche, die sie und Sissys Vater »vor allem mit Nichtstun« verbracht hatten. Ein offenbar ungelesener Roman mit dem Titel *The Art of Friendship*. Ich fuhr mit dem Finger die auf dem roten Umschlag eingeprägte Lilie nach. Albern, würde Mutter sagen. Auf dem Toilettentisch lag eine Haarbürste, in der braune Haare hingen. Drei Fläschchen französisches Parfüm in der Schublade, voll. Ich hatte kein Parfüm an ihr gerochen. Hinten in der Schublade fand ich eine zusammengerollte Samttasche mit kleinen Fächern für Schmuck. Ich hielt ein Paar Rubinohrstecker gegen das Licht, die Steine alle gleich, makellos und tiefrosa. Ein ovales Medaillon, in das Initialen – nicht die von Sissy – graviert waren, und eine geflochtene Haarsträhne hinter dem Glas. Ich fragte mich, wer gestorben war. So hübschen Schmuck hatte ich nicht. Mutter hatte gesagt, dass ich eines Tages ihren Schmuck bekäme, aber ich fragte mich, ob das noch stimmte. Er wurde in einem Tresor aufbewahrt. Als würde ihn irgendjemand aufstöbern, oder uns, da, wo wir lebten.

Die Rubinstecker einzusetzen, tat weh. In beiden Ohren spürte ich einen Widerstand, besonders im linken, das krumm durchstochen worden war. Mutter und Idella hatten es mit einer heißen Nadel und einem Stück Faden gemacht. Ich steckte sie hinein, weniger weil ich sehen wollte, wie sie aussahen, sondern vor allem, um die Löcher in meinen Ohren zu öffnen, aber sie standen mir ohnehin nicht, sie waren zu groß, ungewohnt. Mutter hätte vielleicht gesagt, dass sie den rötlichen Ton in meinen braunen Haaren hervorhoben. Obwohl wir auf dem flachen Land lebten, wusste sie immer, was in Mode war. In unserem Wintergarten im Erdgeschoss gab es einen Stapel Zeitschriften, aber Mutter las auch Bücher, dieselben wie Vater. Ich hatte dennoch keine solchen Kleider, und ich hatte nie ein Schmuckstück bekommen, das annähernd so schön war.

Mit welchen Worten hatte Sissys Mutter ihr die Ohrringe überreicht? Vielleicht war es vor einer Party gewesen, sie hatte sie in Sissys Hand fallen lassen und ihre Hand um die der Tochter geschlossen. Die Stecker hätten sich in ihre Handfläche gedrückt, aber es wäre ein angenehmes Gefühl gewesen. Ich war noch nie auf einer Party gewesen, nur in Restaurants. Ich konnte Sissy auf einer Tanzparty sehen, in der dunkelblauen Seide aus ihrem Schrank, die Rubine zwischen ihren braunen Haaren leuchtend, ihre glatte, von der Sommersonne gebräunte Haut. Von Junge zu Junge gereicht, mit ihrer rauchigen Stimme flirtend. Plötzlich war ich wütend auf meine Eltern, dass sie mich unvorbereitet nach Yonahlossee geschickt hatten. Mein ganzes Leben lang hatten sie mich vor allem behütet, und dann schickten sie mich in meiner Ahnungslosigkeit hierher.

Neben Sissys Schreibtisch stand der von Eva, unter dem Fenster. Der große Platz war immer noch verwaist. In Evas Schublade lag ein großer Stapel Bilder. Ihr Vater war sehr dick, wurde mit jedem Foto dicker. Ihre Mutter war mollig. Eva würde aufpassen müssen, was sie sicher wusste. Nach Kindern würde sie in die Breite gehen, wie es wahrscheinlich Mrs. Holmes passiert war. So erging es manchen Frauen – das hatte mir Mutter erzählt. Die Bilder waren mit einer Schleife zusammengebunden, aber der Rest war ungeordnet – Papier und Schmuck und Rouge- und Cremetöpfchen wild durcheinander. Darauf Etiketten auf Französisch. Die Schminkdöschen waren in der Mitte ausgekratzt. Ich fragte mich, ob sie kess war, was Jungs anging. Von solchen Mädchen hatte ich in Büchern gelesen.

Mary Abotts Schublade war fast leer. Um ihre Sachen kümmerte ich mich nicht weiter. In ihrem Schrank hingen nur ein paar schlichte Kleider und Yonahlossee-Uniformen. Die dicken Briefe stammten von ihrem Vater. Abgestempelt waren sie im nahe gelegenen Raleigh. Wir waren alle gleich gekleidet, daher konnte man nicht wissen, dass Mary Abotts Sachen nicht so hübsch wie unsere waren, wenn man nicht in ihren Schrank schaute. Ihre Familie hatte offensichtlich genug Geld, um sie hierherzuschicken, vielleicht war die Schlichtheit ihrer Kleidung also irgendeinem religiösen Eifer geschuldet. Ich überflog einen Brief; ja, tatsächlich, das Wort *Gott* fiel immer wieder mal. Solche Dinge fand ich aufschlussreich. Ich legte die Briefe zurück und öffnete eine kleine Puderdose; an den Spiegel war das Foto eines Babys geheftet. Ich erkannte die Gesichtszüge von Mary Abbott – ihre schmalen Lippen, ihre erschreckten Augen. Sanft berührte ich das Foto und lächelte. Sie war hübsch gewesen.

Ohne zu wissen, warum, zuckte ich zusammen: Aus dem Augenwinkel musste ich einen Schatten wahrgenommen haben. Ich drehte mich um und sah durch das Fenster Mr. Holmes. Auch Mr. Holmes drehte sich um und blickte herein, direkt zu mir. Er sah besser aus als jeder Filmstar, den ich kannte; sein kantiges Kinn, seine von dunklen Wimpern und noch dunkleren Brauen eingerahmten dunklen Augen. Ich starrte Mr. Holmes noch weitere zehn, fünfzehn Sekunden an, während er vorbeiging, und er sah so nett aus, dass ich mir beinahe wünschte, von ihm entdeckt zu werden. Er würde mich verstehen. Aber er blieb nicht stehen, und ich war erleichtert, dass die Sonne zu hell schien, als dass er im Haus etwas erkennen konnte. Natürlich hätte er es nicht verstanden. Wie eine Diebin hätte ich ausgesehen. Oder schlimmer, eine Schnüfflerin.

Erleichtert schloss ich Mary Abotts Schublade, als ich das Klacken von harten Sohlen auf dem Boden hörte.

»Hallo?«

Es war Docey mit einem Stapel Handtücher. Sie sagte nichts. Wegen ihres Silberblicks irrte mein Blick zwischen ihren Augen hin und her.

»Ich habe nach Puder gesucht«, sagte ich. Ich trat zu meinem Bett und hob meine Stiefel auf. »Dafür.« Mein Gesicht brannte. Ich drückte die Stiefel an meine Brust, das Leder war noch warm. Sie sah mich gefühlt eine halbe Ewigkeit an, und mir war klar, was passieren würde. Sie würde es erzählen, ich würde ausgeschlossen werden.

»Ja, natürlich«, sagte Docey, und wegen ihres Akzents dauerte es einen Moment, bis ich verstand, was sie sagte. Sie kehrte mir den Rücken zu und ging zu den Schränken der Mädchen, ersetzte die schmutzigen Handtücher durch saubere, sammelte die Schmutzwäsche ein. Als sie fertig war, dachte ich, sie würde vielleicht wortlos gehen. Sie musste ungefähr in meinem Alter sein, aber sie hatte ein blasses, altersloses Gesicht. Keinerlei weibliche Rundungen zeichneten sich unter ihrer Uniform ab. Sie war schlank und klein. Ich war ungeschickt gewesen. Ich hatte mich erwischen lassen.

Sie blieb an meinem Schrank stehen, als fragte sie um Erlaubnis. Ich nickte, und sie nahm mein Handtuch und sagte: »Dann geh ich mal wieder.« An der Tür drehte sie sich kurz um, und mit einer Geste, die so klein war, dass ich sie mir eingebildet haben könnte, legte sie eine Hand ans Ohr. Ich fasste mir ebenfalls ans Ohr, spürte die Ohrringe, die ich völlig vergessen hatte. Sie würde nichts erzählen.

Eva und ich warteten in unseren Morgenmänteln vor dem Bungalow auf Sissy.

»Immer kommt sie zu spät«, murmelte Eva, »das ist ihr einziger Fehler.« Die Bemerkung kam mir seltsam vor, weil ich den Eindruck hatte, dass Eva nicht zu den Nörglerinnen gehörte, aber dann grinste sie. Als Sissy auftauchte, gingen wir los. Die Sonne war vor einer Stunde untergegangen, und es war kühl, aber mein Morgenmantel war dick und flauschig.

»Hast du dich schon eingelebt?«, fragte Sissy.

Ich lachte. »Dasselbe hat mich gestern Mr. Holmes gefragt.«

»Was hast du geantwortet?«

»Ich habe Ja gesagt. Was hätte ich sonst sagen sollen?«

»Ja, Mr. Holmes kann einen dazu bringen, alles zu sagen.« Sie flüsterte mir ins Ohr: »Henry.«

Ich kicherte.

»Diese Augen«, sagte sie schwärmerisch. »Aber nur damit du's weißt, er flirtet nicht. Er hält sich für unser aller Vater.«

»Mrs. Holmes würde dir mit dem Lineal eins auf die Finger geben, wenn sie dich so reden hören würde«, sagte Eva. »Hat sie dir schon das Loblied auf die Gründer gesungen? Wie dankbar wir alle für die Bildung von Frauen sein sollten?«

»Sie hat gesagt, dass Yonahlossee nach einem Pferd benannt ist.« Es gefiel mir, in einer Gruppe zu gehen. Andere Mädchen sahen neugierig und bewundernd zu uns her.

»Sie mag keine Pferde«, sagte Sissy. »Eigentlich mag sie überhaupt nichts.«

Allem Anschein nach hatte sie meine Mutter gemocht, aber das hätte ich im Leben nicht gesagt.

»Das Leben hier ist am Anfang schwer«, sagte Eva. »Ich kam morgens nicht aus dem Bett. Ich schaffte es nicht, zum Morgenläuten aufzustehen, und verpasste das Frühstück, selbst die erste Unterrichtsstunde. Daheim habe ich jeden Tag bis mittags geschlafen.«

Ich konnte mir nicht vorstellen, bis mittags zu schlafen. Sam weckte mich jeden Morgen vor Sonnenaufgang. Eine

Berührung an der Schulter genügte, und ich war sofort hellwach und bereit, den Tag zu beginnen. Meine Ungeduld amüsierte Sam. Um die größte Hitze zu meiden, musste ich zu Hause früh reiten; wenn die Sonne aufging, war Sasi gesattelt. »Hattest du nichts zu tun?«

»Nein. Deshalb haben sie mich hierhergeschickt. Weil zu Hause nichts zu tun war. Aber es hat mich eigentlich nicht gestört. Ich tu gerne nichts.« Eva war größer als Sissy und ich, und sie bewegte sich langsam. Ihre Haut sah immer ein wenig feucht aus, auf eine hübsche Art, so als hätte sie gerade ein Bad genommen. Sie wirkte träge.

»Bist du nicht bestraft worden?«

Sie hob die Schultern und ließ sie langsam wieder sinken. »Hier gibt es eigentlich keine Strafen, Thea. Mrs. Holmes hat mit mir gesprochen. Und ich habe mich daran gewöhnt, früh aufzustehen.«

»Man kann schon bestraft werden«, sagte Sissy. »Ich würde Mrs. Holmes lieber nicht verärgern.«

»Wofür wird man denn bestraft?«, fragte ich.

»Vergangenen Monat wurden Gates' Schwester und ein anderes Mädchen beim Rauchen erwischt. Letztes Jahr hat sich ein Mädchen mit einem Jungen aus Asheville im Wald getroffen. Die Raucherinnen haben eine Verwarnung bekommen. Das andere Mädchen wurde am nächsten Tag weggeschickt. Keiner wusste, was mit ihr passiert war, bis Mrs. Holmes es nach dem Morgengebet bekannt gegeben hat. Sie war von einem Tag auf den anderen verschwunden.«

Wir waren mittlerweile am Badehaus angelangt, im Grunde nur ein großer Raum mit Badewannen, die in einem Abstand von ungefähr anderthalb Metern in einer Reihe aufgestellt waren. Docey lief zwischen nackten Mädchen herum und teilte Handtücher aus.

»Hier schaut keiner«, flüsterte Sissy, als wir eintraten, und fummelte an einem zierlichen Diamanthufeisen herum, das an ihrem Hals hing. Das stimmte nicht – ich schaute. Alle schauten. Während der Badestunde übte man, sich beim Schauen nicht erwischen zu lassen. Mary Abbott war die Magerste von uns, sie sah so leicht wie eine Feder aus, als könnte man sie umpusten. Ich war dünn, aber ich hatte vom Reiten muskulöse Arme und Beine. Das heiße Wasser tat gut, ich schloss die Augen und tauchte mit dem Kopf unter. Dann schrubbte ich meine Kopfhaut, den fettigen Scheitel. Von dem vielen heißen Wasser, das nach den verschiedenen Seifen und Lotionen roch, war es dampfig im Raum.

Während des Badens schwiegen wir, so als ob wir allein wären.

Dann stand Docey mit einem Handtuch vor mir, und es war vorbei.

»Danke.« Aber sie war schon bei dem nächsten Mädchen. Ich bemerkte, dass sich sonst niemand bei ihr bedankte. Verstohlen versuchte ich, in mein Nachthemd zu schlüpfen, was sich als unmöglich erwies. In einer Badewanne in der Ecke war ein Mädchen mit weißblonden Haaren zu sehen, und beim Anblick ihres knapp über dem Wasser schwebenden Gesichts gruselte es mich.

Docey half Mary Abbott. Gates und Victoria hielten sich abwechselnd das Handtuch vor, während sie sich anzogen, aber man konnte sie genau sehen. Das Bizarre der Situation war mir überdeutlich bewusst. Das war das bisher Seltsamste in der seltsamsten Woche meines Lebens. Ich wusste, dass uns nichts passieren konnte, aber es schien unklug, uns alle zusammenzustecken, alle an einen Ort, nackt.

Auf dem Rückweg zu unserem Bungalow lief Victoria an uns vorbei, und Sissy sah der davoneilenden Gestalt nach. Victoria hatte sehr eng zusammenstehende Augen, ein langes, schmales Gesicht, und dennoch war sie hübsch.

»Victoria«, sagte Sissy.

»Sie sieht wie ein sehr hübscher, sehr dünner Affe aus.«

Sissy bekam einen so heftigen Lachanfall, dass sie stehen bleiben und sich gegen einen Baum lehnen musste. Der einzige andere Mensch, den ich so zum Lachen bringen konnte, war Sam. Nervös stand ich da; was sollte ich sagen, wenn sie mit dem Lachen aufhörte? Vor uns lag noch eine ganze Strecke Wegs.

»Das stimmt!«, rief Sissy schließlich.

»Man kann nicht einfach baden, wann man will, oder?«, fragte ich Sissy nach einiger Zeit.

Sie schüttelte den Kopf, während wir weitergingen. »Wahrscheinlich könnte man sich hineinstehlen. Wie ein Baddieb.« Sie grinste, um ihre blauen Augen bildeten sich Fältchen, und auch ich grinste unwillkürlich. Sie war so unbeschwert.

»Halt still«, sagte sie und trat hinter mich. Ich merkte, wie meine Haare hochgehoben wurden.

»Was ...«, setzte ich überrascht an, aber Sissy wrang nur das Wasser heraus, zum zweiten Mal an diesem Abend.

»So«, murmelte sie, immer noch hinter mir, ihre Hände in meinen Haaren. »Warum bist du erst jetzt gekommen, Thea?«

Sie trocknete mit ihrem Handtuch meinen Nacken. Meine Mutter hatte mich kaum umarmt, als ich losfuhr. Sam hatte mich kaum anschauen können. Das war das erste Mal seit Wochen, dass mich jemand anfasste und nicht wütend war, und es erstaunte mich, wie verletzlich und geliebt ich mich dadurch fühlte. Ich wollte Sissy etwas wiedergeben.

»Man hat mich weggeschickt.« Kaum hatte ich die Worte ausgesprochen, bereute ich sie auch schon. Was dachte ich mir nur? Dass mich dieses Mädchen trösten würde, dieses Mädchen, das nichts von mir wusste?

Sissy ließ meine zusammengedrehten Haare fallen. Ich glaubte zu spüren, wie sie eine Entscheidung traf.

»Oh«, sagte sie schließlich. »Das war bei mir eigentlich nicht viel anders. Man hat mich weggeschickt, damit ich lerne, mich wie eine Dame zu benehmen.« Sie sagte es mit tiefer Stimme, ließ es wie einen Witz klingen. Und ich war froh darüber. Sissys Wangen waren rot von dem Dampf, und ihre Haare hingen feucht herunter. Sie wirkte anders als das Mädchen mit der Schublade voller Schmuck und Parfüm. Sissy verstand sich mit fast allen hier, immer winkte ihr eines der Mädchen zu, kam jemand an, der ihr etwas erzählen wollte. Ich fragte mich, warum sie mich erwählt hatte, und hoffte, es lag nicht nur daran, dass ich neu war. Was es offenbar nicht tat.

»Ich ging als Mädchen und kehrte als Dame zurück«, intonierte sie mit derselben tiefen Stimme immer wieder bis zum Bungalow, bis ich sie bat, damit aufzuhören, weil ich so sehr lachen musste. Ich fühlte mich leicht und war doch eben noch nervös gewesen, wie wir den Weg bis zum Bungalow hinter uns bringen sollten. Bei Sissy musste man nicht nervös sein.

Zusammen betraten wir das Augusta House. Docey hatte unsere Bettdecken zurückgeschlagen, so als wären wir in einem Hotel. Eva schenkte uns ein beiläufiges Lächeln, aber Mary Abbott war anzumerken, dass ihr unsere Zweisamkeit nicht gefiel. Wir machten uns bettfertig: Sissy klopfte Creme auf ihre Wangen, Victoria bürstete sich die Haare. Eva ließ die Beine von ihrem Stockbett baumeln, direkt neben meinem Gesicht. Ihre Zehennägel waren angemalt. Sie las das Buch von Sissys Schreibtisch.

Gates plagte sich an ihrem Schreibtisch mit Schreibübungen, sie hatte eine fürchterliche Handschrift, verschnörkelt und unleserlich. Miss Lee, die matronenhafte Lehrerin, bei der wir Rhetorik- und Benimmunterricht hatten, hatte angesichts von Gates' heutiger Hausarbeit entsetzt dreingesehen. Gates hielt inne und schüttelte übertrieben ihr Handgelenk aus. »Tut das weh!«, jammerte sie. Ihre dunkelblonden Haare waren zu einem Bob geschnitten und wurden von zwei mit winzigen Perlen besetzten Haarspangen über den Ohren zurückgehalten. Offenbar mochte sie es nicht, wenn ihr die Haare ins Gesicht fielen.

»Warte, bis der Unterricht anfängt«, sagte Sissy. »Dann wird es erst recht wehtun.«

Gates verzog das Gesicht, und alle lachten, sogar Mary Abbott.

»Gibt es noch mehr Fächer?«, fragte ich. »Für die Schülerinnen hier«, fügte ich hinzu, als Sissy mich fragend ansah. Unser Unterricht war in Fächer unterteilt: Rhetorik, dann Benimmunterricht, dann Französisch, dann Musik – für mich Klavier. Dann Mittagessen, dann Mittagsruhe, dann Reiten, dann »Hobbys«: Vogelbeobachtung, Botanik, Malen. Dann Freizeit bis zum Abendessen, die wir normalerweise im Burgsaal verbrachten, ein anderes Wort für Studiensaal, wobei dort offenbar nie jemand lernte. Ich war keine gute Vogelbeobachterin: Etwas anderes als Habichte und Kolibris entdeckte ich nicht, und die gab es wie Sand am Meer.

»Die Schülerinnen?«, fragte Sissy.

Gates legte sorgfältig ihr Buch hin und markierte die Stelle, an der sie war, mit einem silbernen Lesezeichen. Ich hatte beim Herumspionieren gesehen, dass es ein Monogramm hatte. »Einige der Mädchen gehen wieder«, setzte sie langsam an, »aber die meisten bleiben.« Sie hatte eine hohe, aufgeregte Stimme. Ernst sah sie mich an. Mein Hals wurde warm, das Zeichen, dass ich rot wurde.

»Ich weiß«, sagte ich.

»Wir hier«, sagte Sissy, »sind alle Schülerinnen. Das ist ein Ganzjahresbungalow.« Sie sah mich einen Moment forschend an, und ich lächelte. Sie wusste nicht, dass ich nicht zu den Schülerinnen gehörte, dass ich nur in diesem Bungalow war, weil es sonst keinen Platz mehr gegeben hatte.

Gates wandte sich wieder ihren Schreibübungen zu und drückte den Stift so fest aufs Papier, dass es riss. Wütend schrie sie auf. Sissy ließ sich in ihre Kissen sinken und griff zu ihrer Handarbeit, einer hübschen Stickerei mit einem Gebirgsbach. Ich sah zu, wie sie den Bach Stich für blauen Stich einfärbte. Es war so seltsam hier. Gestern hatte ein Dutzend von uns draußen hinter Staffeleien gesessen mit der Anweisung, die vor uns liegenden Berge zu malen. Henny ging hinter uns hin und her, lobte leise einige der Bilder, schnalzte bei anderen traurig mit der Zunge. Ich hatte natürlich ein Schnalzen geerntet; ich entdeckte keine Vögel, konnte keine geraden Linien sticken oder ein Blatt malen, das wie ein Blatt aussah, Beschäftigungen, von denen ich mir nicht vorstellen konnte, ihnen weiter nachzugehen, wenn ich Yonahlossee wieder verließ.

Es wurde Yonahlossee Riding Camp for Girls genannt, aber weder war es ein Reiterhof, noch war es eine Sommerfrische für Mädchen. Wir sollten hier zu Damen gemacht werden. Ich fragte mich, was das für mich bedeutete. Ich fühlte mich noch wie ein Mädchen, aber ich war doch anders als meine Schlafgenossinnen. So wie sie würde ich nie wieder sein.

War ich je wie sie gewesen? Zu Hause war ich ein Mädchen unter Jungen und Männern gewesen. Es hatte niemand Hübscheres oder Reicheres oder sonst wie Besseres als mich gegeben. Ich hatte mich natürlich gefragt, ob es einen solchen Menschen gab, und ich wusste, dass es wohl so sein musste, ließ den Gedanken dann aber wieder fallen. Mein Platz in meiner Familie war so klar, dass mich die Frage, was sonst sein könnte, nicht lange beschäftigte.

Meine Mutter war unser Schönheitsideal. Ich kam nicht auf die Idee, mir Locken zu drehen, weil meine Mutter ihre Haare immer noch hochsteckte. Und sie malte sich nie die

Nägel an; der Gedanke brachte mich zum Lächeln. Ich hatte sie immer für zeitlos gehalten, wie eine der Frauen, die ich auf den Abbildungen von Gemälden sah, die uns Vater während des Unterrichts zeigte. Aber jetzt wurde mir klar, dass sie altmodisch war, aus einer anderen Welt. Nicht weniger schön, aber nicht so vorteilhaft.

Henny stürmte herein und knipste alle Lichter aus, sagte uns Gute Nacht.

Gates zündete eine Kerze an, um zu lesen. Ich berührte das Taschentuch unter meinem Kissen.

Kapitel 3

An meinem siebten Tag in Yonahlossee traf ein Brief von meinen Vater ein. Abgestempelt in Atlanta. Ich presste ihn an die Lippen. Die Handschrift war zur Seite geneigt und verschnörkelt, wie die einer Frau. Noch nie in meinem Leben hatte ich einen Brief bekommen. Ein, zwei Postkarten von Georgie, als er zu Besuch bei der Familie seiner Mutter in Missouri gewesen war. Aber eine Postkarte konnte jeder lesen – Mutter las die Karte zuerst, bevor sie sie mir gab. Was in diesem Brief stand, wusste niemand außer meinem Vater und jetzt mir.

Liebe Thea,
das Camp zu verlassen, fiel mir sehr schwer. Auch wenn ich sagen muss, dass es für eine gewisse Zeit ein wunderbarer Aufenthaltsort ist. Bevor Deine Mutter und ich uns kennenlernten, war sie gern in Gesellschaft; ihre Einführung in die Gesellschaft dauerte fast ein Jahr. Ich erkenne so viel von ihr in Dir wieder.
Wir haben Dich alle sehr lieb. Gib im Camp acht auf Dich. Betrachte es als Gelegenheit, von anderen (vielleicht besseren) Lehrern etwas zu lernen. Man kann es nicht oft genug wiederholen, dass Deine Familie Dein Stamm ist; das ist nichts weiter als eine kurze Unterbrechung in unserem Leben. Wir haben Dich zu Hause zu sehr von allem ferngehalten. Schon früher hätten wir Dich wegschicken sollen. Dort wirst Du lernen, wie man sich in Gesell-

schaft anderer Kinder verhält, Thea. Ich hoffe, das ist nicht zu viel verlangt. Wir wissen, was das Beste für Dich ist, auch wenn Du das im Augenblick völlig anders sehen magst. So ist das eben mit Eltern und ihren Kindern.
Es grüßt Dich von Herzen
Vater

Er hatte Yonahlossee als Camp bezeichnet, nicht als Schule – das hieß, ich war bis zum Ende des Sommers hier, nicht länger. Ich steckte den Brief zurück in den Umschlag und schob ihn unter mein Kopfkissen, neben Sams Taschentuch. Aber ich war kein Kind mehr. Und mich hierherzuschicken *war* eine Strafe, auch wenn Mutter und er behauptet hatten, es sei keine – in dem Brief hatte er es praktisch zugegeben. Jedenfalls redete er nur meiner Mutter nach dem Mund. Sie war immer diejenige gewesen, die bestimmte, was mit uns zu geschehen hatte.

Aber eigentlich vermisste ich Vater. Ich konnte seine Stimme hören, wie er uns leise vorlas. Miss Lee hätte ihn aufgefordert, laut und deutlich zu sprechen.

Meine Mitbewohnerinnen unterhielten sich flüsternd über eine Ankündigung, die Mr. Holmes beim Mittagessen gemacht hatte. Sissy erklärte mir, was für ein Glück ich hätte: Erst eine Woche hier, und schon könnte ich an einem Tanzabend teilnehmen. Die meisten Mädchen warteten monatelang auf die Gelegenheit zu tanzen, den Lichtblick in Gestalt eines Jungen, der die Wintermonate erträglich machte.

Ich schloss die Augen, obwohl kein Mädchen hier die Mittagsstunde für ein Schläfchen nutzte. Aber ich war müde. Letzte Nacht war ich lange aufgeblieben, um als Sprechübung ein Gedicht von Robert Frost auswendig zu lernen, »The Cow in Apple Time«. Zu Hause hatte ich schon Gedichte von Frost gelesen, aber Miss Lee interessierte sich nur dafür, wie wir die einzelnen Wörter aussprachen, wie wir unsere Stimme kontrollierten, nicht dafür, worum es in dem Gedicht gehen könnte.

Obwohl ich vieles in Yonahlossee merkwürdig fand, wurde es mir schnell vertraut. Anfangs war es mir unvorstellbar erschienen, dass ich kein Heimweh haben könnte, aber mir wurde klar, wie das menschliche Herz funktionierte, dass es launisch war, unberechenbar.

Ich kam in dem Haus auf die Welt, aus dem mich meine Eltern fortgeschickt hatten, mein Vater hatte es als Geschenk für seine Braut bauen lassen. Die Familie meiner Mutter gehörte zu denen, die man als New Florida bezeichnete, Familien, die nach dem Sezessionskrieg dorthin gezogen waren, weil sie in Georgia keine Zukunft sahen. Mein Urgroßvater, Theodore Fisk – nach dem ich benannt war –, entschied sich für Florida, weil es nahe war und er gehört hatte, dass man dort leicht als wertlos geltendes Land erwerben konnte.

Er und seine Frau waren zuerst einfache Farmer, später wurden sie wohlhabende Grundbesitzer. Als die Eisenbahn gebaut wurde – es hieß, der Eisenbahnmagnat Henry Flagler sei im Haus der Fisks bewirtet und hofiert worden –, wuchs das Vermögen meiner Familie mütterlicherseits beträchtlich an. Mrs. Fisk setzte Mr. Flagler ein Stück Limettenkuchen vor, eine Köstlichkeit, die der Mann aus dem Norden noch nie gegessen hatte. Von da an wurden Zitrusfrüchte mit der Eisenbahn transportiert, und ein neuer Wirtschaftszweig entstand.

Die Familie meines Vaters war Old Florida, das hieß spanischer Abstammung, und war weniger wohlhabend als die meiner Mutter. Sie betrieb Viehzucht auf Land, das niemandem gehörte, bis der Staat Florida damit begann, dieses Land zu verkaufen, und danach war es wegen der neu errichteten Zäune und Gehöfte nicht mehr möglich, das Vieh nach Süden zu treiben, an die Küste, wo es nach Kuba verschifft wurde.

Florida veränderte sich. Mein Vater und sein älterer Bruder George schlugen neue Wege ein. Mein Vater Felix ging mit einem Stipendium an die Atlanta Medical School, George studierte Jura in Illinois, aber sie kehrten beide zurück, jeder mit einer frisch angetrauten Ehefrau. Meine Mutter war im zweiten Jahr am Agnes Scott College, und man ging davon aus, dass sie in Georgia einen Ehemann finden würde, als sie auf einem halboffiziellen Tanzfest meinen Vater kennenlernte. Sie war zwanzig, er fünf Jahre älter. Ein perfektes Paar.

George und seine Frau Carrie ließen sich in Gainesville nieder, einen Katzensprung von Emathla entfernt. Mein Vater hätte überall praktizieren können, aber er wollte den Menschen dienen, deshalb zog er an einen Ort, wo er weit und breit der einzige Arzt war. So wurde es Sam und mir jedenfalls immer erzählt: Wir hätten überall wohnen können, aber wegen der Herzensgüte meines Vaters wohnten wir hier. Mutter, die das geschäftige Leben in Miami gewohnt war, dachte anfangs, sie würde sich in dieser ländlichen Gegend einsam fühlen. Aber der Zauber unseres Zuhauses bestand darin, dass es keine Einsamkeit aufkommen ließ. Man konnte andere Leute treffen – und Mutter tat das auch alle paar Wochen, Tee mit einer Nachbarin, eine Sitzung der Camellia Society –, aber andere Leute und Orte ließen einen das eigene Zuhause, die eigene Familie nur umso mehr lieben.

Das war meine Familie: Sam, meine Mutter und mein Vater, Onkel George und Tante Carrie und ihr Sohn, mein Cousin Georgie.

Das war unsere erste Geschichte, wie wir in diesem kleinen, der Wildnis Floridas abgetrotzten Paradies gelandet waren. Zum Teil Glück, aber auch Liebe: Mutter und Vater hatten sich zwei Wochen nach ihrer ersten Begegnung verlobt. George und Carrie und Georgie waren natürlich Teil dieser Geschichte, sie standen nicht in ihrem Mittelpunkt, aber jetzt ist leicht zu erkennen, dass die Geschichte ohne sie in sich zusammengefallen wäre. Wir brauchten sie in Gainesville, um unserem Leben Glanz zu verleihen.

Die Glocke läutete und verkündete das Ende der Mittagsruhe, und ich schreckte aus dem Schlaf hoch.

»Endlich!«, sagte Gates. Sie ritt genauso gern wie ich. Die anderen waren bereits dabei, Reithosen und Stiefel anzuziehen. Es war das erste Mal, dass ich mit allen anderen ausritt, und ich freute mich und war gleichzeitig nervös, eine Mischung, die ich sehr mochte. Ich stieg mithilfe des Stiefelanziehers in meine Reitstiefel und bemerkte aus dem Augenwinkel, dass Sissy mich beobachtete. Sie lächelte, ich erwiderte ihr Lächeln. Ich wollte ihr unbedingt gefallen.

Ich stopfte meine Bluse in die Reithose. Wir trugen hier weiße Reithosen, selbst das Wildleder an den Knien war weiß. Unsere Kleidung wurde von den Dienstmädchen gewaschen, es spielte also keine Rolle, wie schmutzig wir uns machten, aber es kam mir trotzdem unsinnig vor, dass man uns ausschließlich in weiße Sachen steckte.

Als ich aus dem Bungalow hinaus in den Sonnenschein und den Kieferduft trat, stellte ich fest, dass Sissy auf mich gewartet hatte.

»Ein Brief?«

»Von meiner Mutter.« Vom Herumschnüffeln erinnerte ich mich daran, dass Eva und Sissy keine Post von ihren Vätern bekommen hatten, nur von ihren Müttern.

»Meine Mutter schreibt mir dreimal die Woche«, sagte Sissy. »Aber ihre Briefe sind so langweilig. Meine Schwester schreibt fast nie, nur wenn man sie dazu zwingt.«

Um uns herum wimmelte es von anderen Mädchen, alle gleich angezogen. Sie winkten Sissy zu, und weil ich mit ihr zusammen war, auch mir. Ich erwiderte ihr Lächeln. Noch nie in meinem Leben hatte ich so vielen Leuten zugelächelt.

»Ich hasse Briefeschreiben«, sagte ich. »Es dauert so lange, das zu schreiben, was man in der halben Zeit sagen könnte.« Ich hatte Bauchkribbeln und war froh, dass Sissy mich ablenkte.

Ein anderes Mädchen ging so dicht an mir vorbei, dass sie meinen Arm streifte. Ich wollte etwas sagen, ließ es dann aber bleiben. Es war das weißhaarige Mädchen, das ich im Badehaus gesehen hatte. Und, wie ich mit einem kleinen angenehmen Schauder des Wiedererkennens feststellte, das Mädchen von dem Pferdefoto in der Burg. Ich wusste es, bevor Sissy ihren Namen sagte.

»Das ist Leona.«

Beide sahen wir Leona nach, wie sie um eine Biegung verschwand. Wir hatten die Aborte hinter uns gelassen und waren inzwischen fast bei den Ställen angelangt. Leona war riesengroß, mit jedem Schritt legte sie beinahe doppelt so viel Weg zurück wie ich. Ihre weißblonden Haare waren zu einem ordentlichen Knoten gesteckt. Ihre Stiefel waren dunkelblau, sie war die Einzige, die keine schwarzen Stiefel trug.

»Sie kommt aus Fort Worth«, sagte Sissy. Sie sprach den Namen aus, als würde sie einen anderen, ungewöhnlicheren Ort nennen – Konstantinopel, Port-au-Prince. Obwohl Leona längst verschwunden war, flüsterte sie. »Ihr Vater spekuliert mit Erdöl und hat damit ein Vermögen gemacht, ihre Mutter ist eine richtige Königin. Leona hat ein eigenes Pferd, das mit dem Zug transportiert wird. Sie wurde von den besten Lehrern unterrichtet. Der Transport kostet mehr als ihre Unterkunft und Verpflegung hier.« Leona hatte Sissy nicht gegrüßt. Ich fragte mich, ob Sissy gemeint hatte, dass

Leonas Mutter wirklich aus einer Königsfamilie stammte, und kam zu dem Schluss, dass das nicht sehr wahrscheinlich war. Ich hatte nicht viel Ahnung von der Welt, aber ich glaubte nicht, dass es in Texas Prinzessinnen gab. »Die anderen lässt sie meistens links liegen.«

Leona aus Fort Worth, Thea aus Emathla. Von allen Orten auf der Welt war ich im Yonahlossee Riding Camp gelandet. Es war halb zwei nachmittags. Ich war eins von Dutzenden Mädchen auf dem Weg zum täglichen Reitunterricht. Sissy hatte sich bei mir untergehakt; ihre Haut war weich, sie roch schwach nach Rosenwasser. Zu Hause war Mutter jetzt draußen im Garten, ein Handtuch um den Hals gelegt, um den Schweiß aufzufangen, auf dem Kopf einen alten Schlapphut, um ihre helle Haut zu schützen. Mein Vater arbeitete. Donnerstag war einer der Tage, an denen er Hausbesuche machte, er war also bei einem Patienten, verabreichte eine Injektion, hörte sich die Schilderung von Schmerzen an. Und Sam …

Er fütterte sicher seine Eichhörnchen. Sie mussten sehr oft gefüttert werden, öfter als Säuglinge – Mutter sagte immer, Sam würde sich gewissenhafter um seine Tiere kümmern als die meisten Eltern um ihre Kinder. Und das stimmte, mein Bruder war gewissenhaft und gut. Es war nicht das erste Mal, dass Sam einen Wurf Eichhörnchen aufzog – die Mütter wurden häufig von Waschbären gefressen. Ihre Nester waren so gut versteckt, dass nur Sam die Geduld aufbrachte, danach zu suchen.

Als ich mich, nach allem, was geschehen war, verabschiedet hatte, saß er hinten auf der Veranda und hielt eins der Eichhörnchen in der Hand.

»Es hat jetzt ein Fell«, sagte ich, weil ich nicht wusste, was ich sonst sagen sollte. Es war früh am Morgen, aber bereits heiß. Das Eichhörnchen war nicht mehr so hässlich wie noch vor einer Woche. Es sah so verletzlich aus, und ich begriff, warum Sam es liebte.

Er trug noch die Sachen vom Vortag. Seine zerzausten Haare standen in alle Richtungen ab. Es erschreckte mich ein bisschen. Ich hätte sie ihm gern glatt gestrichen, aber ich wusste, dass ich ihn besser nicht anfasste. Seine Augenlider waren leicht gerötet. In diesem Moment waren seine sonst haselnussbraunen Augen so dunkel, dass sie fast schwarz aussahen. Ich wusste, dass sie in der prallen Sonne wieder hell werden würden, durchscheinend. Unsere Augen waren verschieden. Meine waren von einem gewöhnlichen Braun, wie die von Vater.

»Hast du geschlafen?«, fragte ich, obwohl ich die Antwort kannte. Ich hatte ebenfalls nicht geschlafen, ich war sogar in Sams Zimmer gegangen, in der Hoffnung, ihn dort vorzufinden. Stattdessen sah ich in dem dämmrigen Licht die Umrisse seines Betts, so ordentlich gemacht und unberührt, dass mir die Tränen kamen, ohne dass ich hätte sagen können, warum. Der Anblick von Sams Bett, von ihm gemacht, später noch einmal von Mutter glatt gestrichen, verstörte mich. Sein elektrischer Ventilator war auf die Stelle gerichtet, wo er gelegen hätte, und brummte vor sich hin, ohne irgendwem Kühlung zu verschaffen.

Ich schaltete ihn aus und ging zum Fenster, von dem man einen Blick auf den Garten hatte. Die Bezeichnung *Garten* war allerdings nicht ganz richtig, hier fingen unsere tausend Morgen Land an. Es gab keinen Zaun, keine Abgrenzung. Mutters Garten ging in die Orangenplantage über. Diese Orangen waren nicht für den Verkauf bestimmt, sondern für meine Mutter, die Orangen liebte, ohne sie nicht leben konnte, wie sie sagte.

Sam saß im Gras, in der Nähe von Mutters Rosengarten, der in voller Blüte stand. Ich konnte die Rosen von hier aus nicht riechen, aber Sam konnte es. Ich beobachtete ihn lange: Er bewegte sich nicht, saß so reglos wie eine Statue. Schon immer hatte er viel länger als ich stillsitzen können, ich war zappelig, unruhig.

Sein Gesicht konnte ich nicht sehen. Nur seinen schmalen Rücken, seine mageren Arme. Seine Stimme begann, sich zu verändern. Ich wusste, was mit den Stimmen von Jungen passierte; Georgie war zwei Jahre älter, und seine hatte sich vor ein paar Jahren verändert. In diesem Moment konnte ich Sams Stimme hören, eine Kinderstimme, so hübsch und hell. Ich wünschte, ich könnte eine Aufnahme von ihr machen, bevor sie verschwand.

Wenn Sam sich zu mir umgedreht hätte, hätte ich sein blaues Auge gesehen, den kleinen Riss darüber. Kleine Verletzungen, die rasch heilten. Vater bezeichnete sie als oberflächlich. Ich konnte mich nicht erinnern, Sam jemals zuvor mit einer Verletzung gesehen zu haben. Mir fiel nichts ein, sosehr ich mich auch anstrengte. Ich hatte mir zweimal den Arm gebrochen und mir unzählige Male blaue Flecken geholt. Das passierte eben, wenn man ritt. Aber Sam forderte die Gefahr nicht heraus. Es war nicht seine Art.

Er drehte den Kopf, als hätte er etwas gehört, und vielleicht hatte er das auch: das Geräusch eines Tiers in den Büschen. Im Mondlicht sah ich sein Profil. Wir hatten beide Vaters Nase, kräftig, aber wohlgeformt. Einen Moment lang dachte ich, er könnte spüren, dass ich ihn beobachtete. Ich legte eine Hand an die Fensterscheibe.

»Sam«, murmelte ich.

Er blickte auf etwas hinunter, und ich wusste, dass er eines seiner kleinen Eichhörnchen hielt. Es bewies mir, wie aufgewühlt er war, wie sehr ich ihn verletzt haben musste. Wie oft hatte er mir erklärt, ich dürfe keine jungen wilden Tiere anfassen, denn dann würden sie sich an den menschlichen Geruch gewöhnen und keine Angst mehr vor Menschen haben, wenn man sie wieder aussetzte. Und wilde Tiere mussten Angst vor den Menschen haben, um zu überleben.

»Thea?«, sagte Sissy. »Bist du noch da?«

Ich warf ihr einen Blick von der Seite zu. Sie kannte die finsteren Ecken in meinem Herzen nicht. Ich wusste, dass Sam genauso oft an mich dachte wie ich an ihn, dass seine Gedanken in jeder wachen Minute um mich kreisten. Dass ich seine Gedanken beherrschte und alles andere zu verdrängen drohte, wie ein großer Stein, den man ins Wasser warf. Aber mein Leben hier konnte er sich nicht vorstellen, was vielleicht Fluch, vielleicht Segen war. Ich wusste es nicht.

Kurz darauf waren wir beim Stall angelangt und trennten uns. Ich holte tief Luft: Ein Stall roch immer gleich, Heu, gemischt mit Dung. Entweder mochte man diesen Geruch, oder man mochte ihn nicht. Ein Stallknecht – der gut aussehende, von dem Eva an meinem ersten Abend hier gesprochen hatte – brachte mich zu meinem Pferd: Naari, eine Fliegenschimmelstute mit einem rosa Maul.

»Danke«, sagte ich zu dem Stallknecht. »Ich sattle sie selbst.«

Ich schnalzte mit der Zunge, und Naari blickte von dem Heubüschel auf. Ihr weißes Fell war mit Hunderten von braunen Flecken übersät, daher auch der Name Fliegenschimmel, eine hässliche Bezeichnung für solch ein hübsches Muster, wie ich fand. Gegen meinen Willen freute ich mich. Ich wollte mich nicht zu sehr an Naari gewöhnen, denn wenn ich wieder wegging, würde ich sie zurücklassen müssen.

Nachdem ich sie gesattelt hatte, stellte ich mich mit den anderen Mädchen meiner Gruppe in einer Reihe auf, die Pferde standen so dicht hintereinander, dass Naari mit ihrem Maul beinahe den rötlichen Schweif des Fuchses vor ihr berührte. Leona stand ganz vorn, de facto die Anführerin meiner Gruppe. Ihr Wallach war genauso riesig wie seine Besitzerin. Er war wunderschön, ein großer Brauner mit hochweißen Füßen und einer weißen Blesse. Auch ihn erkannte ich von den Fotos wieder.

Sissy war bei den fortgeschrittenen Anfängerinnen, ich entdeckte sie auf dem Reitplatz nebenan auf einem mageren Appaloosa, beim leichten Trab flog ihr der braune Bob ums Gesicht. Ich war in der Fortgeschrittenengruppe, zusammen mit ungefähr zwanzig anderen Mädchen, darunter Gates, Leona und ein Mädchen namens Jettie, das beim Essen an meinem Tisch saß. Die Fortgeschrittenengruppe war am kleinsten, und zu dieser Gruppe zu gehören, war mit einem ungeheuren Privileg verbunden: Man musste sein Pferd nicht teilen. Außer unseren wurden die Pferde abwechselnd von allen Mädchen geritten.

Sissy war die schwächste Reiterin in ihrer Gruppe. Ich dachte, dass es leichter sein würde, mich mit ihr anzufreunden, weil ich mich auf einem Pferd besser machte, viel besser.

Ich sah zu, wie Mr. Albrecht auf seine ruhige, bestimmte Art seine Anweisungen rief. Ich mochte ihn. Mutter hatte mir im Lauf der Jahre immer weniger über das Reiten beigebracht, hin und wieder gab sie mir zwar noch einen Ratschlag, aber im Großen und Ganzen unterrichtete ich mich selbst. Mr. Albrecht war ein ehemaliger Springreiter, in Deutschland ausgebildet, bei den Olympischen Spielen 1920 in Belgien hatte er eine Bronzemedaille im Einzelwettbewerb und eine Silbermedaille mit der Mannschaft gewonnen. Er hatte mir bereits beigebracht, dass ich tiefer im Sattel sitzen sollte, was mir sehr weiterhalf. Alle Pferde in Yonahlossee waren reinrassig, unsere Parcours wurden von einem Experten entworfen, einem Freund von Mr. Albrecht aus Deutschland. Die Ställe waren mindestens so schön wie unsere Bungalows, wenn nicht schöner, die Gänge waren mit Ziegeln gefliest, die Boxen hatten zur Belüftung zwei Fenster mit massiven Läden für den Winter. Mrs. Holmes mochte die besten Absichten haben, aber gegenüber den Pferden war der Rest unserer Ausbildung zweitrangig, wie ich am ersten Tag festgestellt hatte, als ich den Vormittagsunterricht ausfallen ließ, um mich einstufen zu lassen.

Zu Hause unterrichtete uns Vater von sieben bis zehn Uhr morgens, bevor er das Haus verließ, um sich um seine Patienten zu kümmern. Idella, unser Hausmädchen, servierte uns das Frühstück, während er uns erklärte, was in den Büchern stand. Die Mädchen in meinem Bungalow fanden es seltsam, dass ich noch nie eine richtige Schule besucht hatte. Was sie jedoch nicht wussten: Wir konnten froh sein, von Vater unterrichtet zu werden, der äußerst klug war, auf jeden Fall klüger als der Lehrer in Emathla. Die Nachmittage verbrachte ich mit Reiten, und Sam spielte Tennis gegen die Garagenwand und versorgte seine Terrarien, seine geretteten Tiere.

»Fortgeschrittene!«, rief Mr. Albrecht. »Kommt her!« Er klatschte in die Hände.

Leona stieg auf, und einen Moment lang sahen sie und ihr Pferd wie ein Zentaur aus: teils Pferd, teils Mädchen. Dann schwang sich der Rest von uns in den Sattel. Gates machte auf dem Pferd eine recht gute Figur, schlank und elegant, mit kerzengerader Haltung. Jettie, klein und stämmig, wirkte kraftvoll.

Wir blieben mit unseren Pferden kurz stehen, während die erste Gruppe an uns vorbeiritt, die Brust der Pferde mit weißen Speichelflocken gesprenkelt. Es war Sommer, früher Nachmittag. In Emathla blieb man zu dieser Tageszeit, wenn die Sonne hoch am Himmel stand, im Haus. Es wäre gefährlich gewesen, jetzt zu reiten, man hätte sein Pferd damit umbringen können. Im Sommer stand ich vor allen anderen auf und ritt in der Morgendämmerung, vor unserem Unterricht, und selbst dann hatte ich ein altes Taschentuch dabei, um Sasis Schweiß vom Zaumzeug zu wischen. Manchmal gingen Sam und ich am Nachmittag trotzdem raus, und uns war ganz schwindlig von der Hitze und der Gefahr – Mutter wäre furchtbar wütend geworden, wenn sie es gewusst hätte –, uns kochte das Gehirn im Schädel, die Sonne brannte so stark, dass es sich anfühlte, als würde in unserem Inneren ein Feuer entzündet. Wir kletterten auf Eichen, ich lockte Sam immer höher hinauf, und dann lagen wir stundenlang in einer Astgabel und hielten Ausschau nach irgendwelchen Lebenszeichen unter uns – es ließen sich nur Reptilien sehen, die gegen die Hitze unempfindlich waren: dicke schwarze Schlangen, harmlos, und leuchtend grüne, blitzschnelle Eidechsen.

Hier wurde es bestimmt nie so heiß. Diese Mädchen – sie wüssten nicht, wie man in einer solchen Hitze überlebte. Dann begann Leonas riesiges Pferd, im Schritt zu gehen, und Naari bewegte sich unter mir. Hintereinander ritten wir einmal im Kreis, dann scherten die Pferde eins nach dem anderen aus, als folgten sie einer Choreografie, und suchten sich ihren Platz; ich ritt ans andere Ende des Reitplatzes, das den Bergen am nächsten lag. Ich war ein Mädchen aus Florida, einen verschleierten Himmel und flaches Land gewohnt. Die Berge kamen mir wie Wolken vor, so groß und ausdrucksvoll, dass man das Gefühl hatte, sie greifen zu können.

Naari war lebhaft und nervös, ich wusste sofort, dass ich sie mögen würde. Sie war raffiniert, was ich daran erkannte, dass sie mich auf die Probe stellte, den Rumpf verdrehte, um das Gewicht ungleichmäßig zu verteilen, nach links zog, um festzustellen, ob ich es merkte. Ich merkte es und parierte sofort, verkürzte den linken Zügel, drückte meine Waden in ihre Seiten, damit sie schneller wurde und sich gerade richtete. Sie war intelligent, aber ängstlich, zwei Eigenschaften, die bei einem Pferd immer gemeinsam aufzutreten schienen.

Ein Eichhörnchen kletterte einen Pfosten hoch, und Naari brach zur Seite aus.

Ich dachte an die kommenden Wochen, in denen wir uns besser kennenlernen und verstehen würden, und vor Vorfreude hob es mich fast aus dem Sattel. Vorfreude machte mich manchmal ganz hibbelig, es war, als könnte ich spüren, wie sie durch meine Adern floss. Eine mädchenhafte Angewohnheit, nahm ich an.

Ich sah zu, wie Leona mit King eine Acht ritt. Auf der Diagonalen ließ er immer wieder die Schulter hängen, und sie korrigierte ihn. Sie sah starr geradeaus, genau das, was man tun sollte, wie Mutter mir immer wieder einschärfte – schau in die Richtung, in die du willst, und Sasi wird dir folgen. Ich konnte die Angewohnheit, auf meine Hände zu sehen, einfach nicht ablegen, genauso wenig konnte ich so tun, als hätte ich mir einen Besenstiel unter die Arme gehakt, um meinen Rücken und meine Arme in die richtige Haltung zu zwingen. Leona wechselte erneut durch die ganze Bahn, und dieses Mal machte King keine Schwierigkeiten. Leona wendete ihn abrupt und fing meinen Blick auf, und ich war peinlich berührt, weil sie mich ertappt hatte, und ließ Naari antraben.

Nach der Reitstunde verließen wir den Reitplatz wieder in einer Reihe, Leona auch dieses Mal an der Spitze, aber das war in Ordnung. Sie war technisch versierter als ich, war von den besten Lehrern unterrichtet worden, aber besser war sie nicht. Ich war nicht so kräftig wie Jettie und auch nicht so hübsch wie Gates, aber ich konnte gut mit Pferden umgehen. Ich brachte sie dazu, das zu tun, was ich wollte. Ich fühlte mich auf eine seltsame Art stark: Ich war ein fünfzehnjähriges Mädchen, in die Berge verbannt, umgeben von Fremden. Aber alles würde gut werden; ich würde wieder von hier wegkommen.

Ich schob meine Bücher hin und her, während Mr. Holmes die Morgenandacht abhielt. Aus dem Augenwinkel nahm ich wahr, dass Henny mich beobachtete. Manchmal hob ich den Kopf und betrachtete die Decke, wenn wir beten sollten. So etwas hatte ich noch nie gesehen, Blechfliesen mit einem verschlungenen Blumenmuster. Rhododendron, hatte Sissy mir erklärt und später auf die Büsche mit den hübschen rosa Blüten gezeigt, die den Weg zum Stall säumten. Wie so oft fragte ich mich, wer das gemacht hatte und ob die Arbeit Stunden oder Tage gedauert hatte, Tage oder Monate, und Mr. Holmes' Stimme verschwand im Hintergrund. Soweit ich es mitbekam, bat er jeden Morgen um das Gleiche: Gesundheit, Glück und Erfolg. Das viele Stillsitzen fiel mir schwer; erst beim Frühstück, dann jetzt, dann während des Unterrichts. Wenn wir uns endlich der Mittagspause näherten, kam ich mir wie ein Tier im Käfig vor.

Und obwohl ich mein Zuhause immer noch vermisste, ganz schrecklich vermisste, gewöhnte ich mich allmählich an diese neue Ordnung der Dinge. Ich lernte. Ich wusste jetzt zum Beispiel, dass Yonahlossee, das mir am Anfang riesig erschienen war, nicht einmal so groß wie unser Grund war, nur dreihundert Morgen, und der größte Teil davon war unbewohnbares Bergland.

Mr. Holmes schob auf seinem Pult einen Stapel Blätter zusammen. Wir saßen meistenteils aufmerksam da. Mrs. Holmes hatte einige Male meinen Blick gesucht, wenn sie merkte, dass meine Aufmerksamkeit abschweifte. Zusammen mit ihren drei Töchtern saß sie neben ihrem Mann. Wenn ich nicht die Decke musterte, musterte ich die Holmes-Mädchen, die ich faszinierend fand. Gerade legte Sarabeth ihre Hand auf die von Decca, damit sie aufhörte herumzuzappeln. Sarabeth war mit ihren elf Jahren die Älteste und hatte viel Ähnlichkeit mit ihrer Mutter. Dann kam die zehnjährige Rachel, sie war launenhaft, und während ihr Vater sprach, verfinsterte sich immer wieder ihr Gesicht oder drohte es zu tun. Ich war eifersüchtig auf sie. Der Unterschied zwischen den Holmes-Mädchen und allen anderen war offensichtlich: Sie waren nicht allein.

Decca war mit ihren sieben Jahren groß und dunkel wie ihr Vater, und bereits jetzt konnte man erkennen, dass sie es bleiben und zweifellos zu einer Schönheit heranwachsen würde. Es war ungerecht, dass die Natur so gewissenhaft vorgegangen war: jedes Kind hübscher als das vorherige, Sarabeth der erste Versuch, Decca das perfekte Ergebnis.

Decca fing meinen Blick auf, und ich sah weg, bekam aber noch mit, dass sie lächelte. Ich fragte mich, was sie über mich dachte. Fand sie mich hübsch? Fanden die anderen Mädchen mich hübsch? Ich war mir nicht sicher, welchen Platz ich auf dieser Liste einnahm. Meine Mutter war schön, das wusste ich, erstens weil ich Augen im Kopf hatte und zweitens weil es in unserer Familie eine feststehende Tatsache war. Bevor sie Vater kennengelernt hatte, hatte sie sogar kurze Zeit für eine Hutmacherin Modell gestanden. Ich sah ihr ähnlich, aber mir war immer klar gewesen, dass ich nicht schön war. Ich hatte die kastanienbraunen Haare meiner Mutter, gewellt und widerspenstig. In einer Zeitschrift hatte ich einmal ein Bild von Amelia Earhart gesehen, in der Unterschrift war sie als attraktiv bezeichnet worden. Ich dachte, dass ich das war. Attraktiv.

»Da wäre noch etwas«, sagte er und hielt inne. Er hob den Kopf, richtete den Blick auf uns. Er stand vor dem Fenster mit der besten Aussicht auf die Berge im gesamten Camp. Wenn er uns so ansah, war es, als würde der Saal um uns verschwinden, als würden wir alle auf dem Gipfel eines Berges stehen. Alice Hunt neben mir setzte sich gerade hin. Wir alle spürten es. »Es geht um etwas sehr Ernstes.« Köpfe zuckten hoch. »Ihr kennt doch alle Herbert Hoover?« Ein Kichern ging durch den Saal. »Na ja, natürlich nicht persönlich.« Er lächelte, und ich merkte, dass ich zurücklächelte. »Auch wenn ich zu behaupten wage, dass einige von euch ihm tatsächlich begegnet sein könnten.« Aus dem Augenwinkel musterte ich Leona, die neben Sissy saß. Vielleicht war Leona eines der Mädchen, die dem Präsidenten begegnet sein könnten? »Unser Präsident hat vor Kurzem seiner Überzeugung Ausdruck verliehen, dass sich unser Land von dieser Wirtschaftskrise erholen wird.« Er hielt eine Zeitung in die Höhe, obwohl wir alle zu weit entfernt saßen, um etwas lesen zu können. Ein Mädchen vor mir gähnte. »Die ist natürlich schon etwas älter.« Er machte eine Pause, als wartete er darauf, dass wir lachten, was wir natürlich taten. Alle Zeitschriften und Zeitungen hier waren, gelinde gesagt, »etwas älter«. Meistens waren sie bereits ein paar Monate alt, wenn sie von Müttern und Schwestern geschickt wurden.

»Hier erklärt unser Präsident, dass die Wirtschaftskrise vorbei ist.« Er klopfte mit der Fingerspitze auf die Zeitung. »Er bittet uns, die Wirtschaft weiterhin nach Kräften zu unterstützen.«

Gates, die eine Reihe vor mir saß, hob die Hand.

»Ja, Gates?«, sagte Mr. Holmes. Während Gates sprach, faltete er die Zeitung fein säuberlich zusammen.

»Wie können wir denn helfen?«, fragte sie. Ich fand, dass sie etwas vorlaut war, aber Mr. Holmes schien das nicht zu finden.

»Eine gute Frage«, sagte er, »die am besten eure Väter beantworten können. Um es geradeheraus zu sagen: Geld zeugt Geld.« Selbst Mrs. Holmes hinter ihrem Mann lächelte. »Sagt euren Vätern, sie sollen investieren, Geld ausgeben, den Banken vertrauen.«

Zuerst verstand ich nicht, was das fröhliche Gelächter

ausgelöst hatte, das auf Mr. Holmes' Antwort folgte. Neben mir kicherte Sissy, und während ich zusah, wie sie sich mit ihren hübschen Fingern den Mund zuhielt, begriff ich es: Es gab nichts, womit wir helfen konnten. Wir waren nur Töchter. Die Vorstellung, dass wir unseren Vätern in finanziellen Dingen Ratschläge erteilten, war wirklich lächerlich. Ich lächelte ebenfalls, aber nicht weil ich es lustig fand, ich lächelte, damit ich mich nicht von den anderen unterschied.

»Lasst uns beten, dass ihr in eine glücklichere Welt zurückkehrt, wenn ihr Yonahlossee verlasst«, sagte Mr. Holmes und trat einen Schritt zurück, um Platz für seine Frau zu machen.

Den Namen Hoover hatte ich nicht mehr gehört, seit ich von zu Hause weg war. Ich dachte an Onkel George, der nach seinem letzten Besuch in Miami gesagt hatte, er werde nicht mehr hinfahren, es sei sinnlos, die Bank könne alles haben. Wie Präsident Hoover mit der Krise umging, war ein ständiger Streitpunkt zwischen meinem Vater und seinem Bruder. Mein Vater war der Meinung, dass Hoover seine Sache gut machte. Onkel George fand, dass mehr getan werden müsste, und zwar schnell.

Alle Mädchen hier schienen wohlhabende Südstaatlerinnen zu sein, unempfindlich gegen das, was in der Welt passierte. Und dazwischen ich: Ich hatte von meiner Mutter reiten gelernt, auf einem Pony ohne Stammbaum. Mein zweiter Name war kein bedeutender Familienname, meine Familie besaß keine fünf Häuser in verschiedenen Staaten oder verbrachte Weihnachten in Venedig. Es ging uns gut, dank der Einnahmen von den Zitrusfrüchten, aber mein Vater war Arzt, kein Baumwollmagnat oder Ölmillionär.

Yonahlossee war ein Ort, an den einflussreiche Südstaatenmänner ihre Töchter schickten. Später erfuhr ich mehr. Ein Jahr bevor ich kam, hatte eine Astor, durch Heirat mit den Langhornes in Virginia verwandt, hier ihren Abschluss gemacht. Eines der Mädchen zählte Robert E. Lee zu ihren Verwandten. Ihrer Familie gehörten Kautschukplantagen in Malaysia. Es gab zwar noch andere Mädchenschulen, aber Yonahlossee war die älteste, und mit ihrer abgeschiedenen Lage in den Bergen bot sie diesen Männern wohl eine gewisse Beruhigung. Hier kam niemand an ihre Töchter heran. Niemand konnte sie anrühren. Nach dem Zweiten Weltkrieg begannen die gleichen Männer, ihre Töchter auf Schulen im Norden zu schicken, an denen sie zu weltgewandten Frauen wurden. Aber im Moment interessierte sich niemand für Weltgewandtheit. Der Süden war noch ein Land für sich, in gewisser Weise ein Land, an dem die Zeit vorübergegangen war. Hier gab es Mädchen, die einfach nicht glauben wollten, oder zumindest nicht zugaben, dass der Norden den Sezessionskrieg gewonnen hatte.

»Danke, Mr. Holmes«, setzte Mrs. Holmes an. Von irgendwo weiter hinten war immer noch Gekicher zu hören, und Mrs. Holmes unterbrach sich. »Mädchen!« Das Gekicher hörte auf.

»Im gleichen Zusammenhang, aber vielleicht etwas konkreter«, an dieser Stelle lächelte sie kaum wahrnehmbar, »möchte ich eure Aufmerksamkeit darauf lenken, wie ihr mehr tun könnt, als einfach nur die weniger Glücklichen in eure Gebete einzuschließen.« Ihre Aussprache war tadellos. Miss Lee wäre zufrieden gewesen. »Ich bitte euch, im Geiste christlicher Nächstenliebe über einen Beitrag zum Hilfsfonds für die Fabrikmädchen nachzudenken, die nur ein paar Stunden Fahrt von uns entfernt wohnen und keine solchen Vorteile genießen wie wir.«

Jettie und Henny standen auf und gingen mit einer Pappschachtel, auf der in ordentlichen roten Buchstaben HILFSFONDS FÜR DIE FABRIKMÄDCHEN stand, nach vorn. Jettie legte einen Stapel Zettel daneben, dazu kam noch ein

Becher mit Stiften, und Mädchen erhoben sich und kritzelten Zahlen auf die Zettel, falteten sie und warfen sie in die Schachtel. Sie ähnelte der Schachtel, die Mutter vom Roten Kreuz mit nach Hause gebracht hatte, für das sie ehrenamtlich gearbeitet hatte, als wir noch ganz klein waren.

»Vielen Dank im Voraus für eure Großzügigkeit«, sagte Mrs. Holmes. Ich hatte kein Geld, keinen einzigen Cent. Ich hatte noch nie eigenes Geld gehabt, jedenfalls kein greifbares. »Gut, Mädchen«, sagte Mrs. Holmes. Das sagte sie immer, wenn sie fertig war. Hier lief immer alles gleich ab. Vermutlich war Mrs. Holmes ganz nett. Aber nicht zu nett, das durfte man nämlich nicht sein, wenn man wollte, dass einem jemand gehorchte. So machte ich es beim Reiten.

Henny stand auf. Wir gingen zum Unterricht – ich hatte zuerst Rhetorik- und danach Benimmunterricht, gleich hintereinander. Beides langweilte mich zu Tode. Meine Eltern hatten nie Wert darauf gelegt, dass ihre Tochter eine tadellose Handschrift vorzuweisen hatte oder den Unterschied zwischen einer Olivengabel und einer Zitronengabel kannte – eine Olivengabel hatte zwei Zinken, eine Zitronengabel drei –, aber ich fragte mich, ob Mutter eigentlich wusste oder sich noch dafür interessierte, welche Art Bildung ich genoss. Jemand zwickte mich in den Arm.

»Au«, rief ich. Es war Eva.

»Tut mir leid.« Dabei kicherte sie jedoch. »Du wirkst immer so abwesend. Ich hab so viel gegessen! Ich liebe Bratkartoffeln.« Sie strich sich mit den Händen über den Bauch.

Ich lächelte. »Ich stopfe mich beim Essen auch jedes Mal bis oben hin voll.« Und das stimmte. Das tat ich wirklich. Nach den ersten paar Tagen war mein Appetit zurückgekehrt.

»Eva«, sagte ich, als wir die Treppe zu unserem Unterrichtsraum hinaufgingen, »ich habe kein Geld dabei.«

Geld, das Wort hatte etwas Schmutziges, aber Eva schien es nicht zu kümmern. Ich war noch nie jemandem begegnet, der so unbekümmert war.

»Ach, das«, sagte sie. »Frag einfach deinen Vater.«

Ich nickte, und gleichzeitig wusste ich, dass ich meinen Vater niemals um Geld bitten würde. Es würde bedeuten, dass mir etwas an diesem Ort hier lag.

»Mein Vater«, fuhr Eva fort, »sagt, er gibt schon genug mit dem Schuldgeld. Und Mrs. Holmes steht jeden Winter höchstpersönlich vor der Tür, um Spenden für die Schule zu sammeln. Mein Vater sagt, sie ist ziemlich überzeugend.« Sie lächelte, und ich stellte fest, dass sie ihr Gesicht gepudert und Rouge aufgelegt hatte, allerdings sehr dezent. »Wahrscheinlich wird sie auch deinen Eltern einen Besuch abstatten. Aber vielleicht auch nicht, weil du aus Florida bist.« Sie biss sich auf die Unterlippe. »Ich wollte nicht …«

»Nein«, sagte ich, »schon gut.« Wir hatten unseren Unterrichtsraum erreicht. Ich sah Miss Lees breiten Rücken, sie schrieb etwas an die Tafel. »Ich weiß, Florida ist …«, ich hielt inne, und Eva sah mich erwartungsvoll an. »Merkwürdig«, beendete ich den Satz. »Aber nicht für jeden.«

Kapitel 4

Am Tag des Tanzabends traf ein weiterer Brief ein, dieses Mal von Mutter. Er war lang, über zwei Seiten auf ihrem nach Rosen duftenden Briefpapier, dicken cremefarbenen Bogen, in die oben ihre Initialen geprägt waren. *EAC*, das verschnörkelte *A* flankiert von dem *E* und dem *C*. Elizabeth Collins Atwell.

Meine Mutter hatte eine erstaunliche Handschrift, unregelmäßig und gewunden. Der Brief begann mit *Liebe Thea*, und dann ging es weiter mit dem Gemüse- und Kräutergarten und den Bienen- und Schmetterlingsschwärmen, die er anzog, bevor er mit den Worten endete:

Sam geht es gut, so gut, wie man es unter den Umständen erwarten kann. Wobei niemand genau weiß, was man erwarten soll. Nichts ist entschieden, und das wird wohl noch eine Weile so bleiben. Manchmal bin ich sehr wütend auf Dich. Dann wieder tust Du mir leid. Was für eine schreckliche Sache. Möge Gott ihnen und uns Frieden schenken.
Alle hier vermissen Dich. Geben Dir die Berge das Gefühl, klein zu sein, Thea?

Ich blickte mich im Zimmer um und stellte fest, dass Mary Abbott mich anstarrte. Ich starrte zurück. Ihre Augen irritierten mich, blass, beinahe farblos. Mary Abbott gab nach, zuckte mit ihren schmalen Schultern und formte mit den Lippen *Tut mir leid*, obwohl es ihr natürlich nicht leidtat.

Ich ließ mich auf mein hartes Kissen zurücksinken – meine Kissen zu Hause waren dick und weich, ich wünschte, ich hätte eins davon mitgebracht – und strich mit den Fingerspitzen über die Holzdielen des Fußbodens, die mit Kratzern übersät waren. Mädchen, die im Haus in Reitstiefeln herumliefen, Docey, die beim Bettenmachen die Betten hin und her schob, heruntergefallene Bücher. Zu Hause durfte niemand Schuhe im Haus tragen, außer Besucher, und wenn meine Mutter hörte, dass irgendetwas herunterfiel, konnte man sich auf was gefasst machen.

Sissy wirbelte durchs Zimmer, einen Walzer vor sich hin summend. Als sie zu unserem Stockbett kam, kletterte Eva herunter, verbeugte sich und streckte die Hand aus. Sissy ergriff sie, und sie begannen zu tanzen, wobei Eva die Rolle des Jungen übernahm. Beide trugen weiße Röcke. Eva war größer und kräftiger, allein ihre Haare ließen Sissy klein aussehen. Es sah aus, als würden Mutter und Tochter miteinander tanzen. Selbst ich wusste, dass Walzer hoffnungslos altmodisch waren, aber in Yonahlossee gab es keinen Jazz. Weil er hypnotisierend wirkte, wie Mary Abbott erklärt hatte.

Sowohl Sissy als auch Eva kamen aus Familien, die regelmäßig Gesellschaften gaben. Eva stammte aus einer bedeutenden Baumwollzüchterfamilie in North Carolina und Sissy aus Monroeville, das in ihren Augen der Mittelpunkt der Erde war und wo ihr Vater einer nicht näher bezeichneten Tätigkeit im Familienunternehmen nachging und außerdem Bürgermeister war. Ihr gesamter Schmuck kam von mütterlicher Seite, ich vermutete, dass auch das Geld von dort kam.

Nur Mary Abbott und ich sahen dem Abend, an dem um acht Uhr Jungen aus einem Internat in Asheville kommen würden und man erwartete, dass wir bis spät in die Nacht tanzten, unaufgeregt entgegen. Allerdings tat ich so, als wäre ich aufgeregt, Mary Abbott wusste nicht, wie sie so tun sollte.

»Zugabe«, rief Mary Abbott, nachdem Eva sich verbeugt und Sissy einen Knicks gemacht hatte und der Walzer beendet war. Mary Abbotts Stimme ließ uns alle zusammenzucken. Wir hielten uns in Yonahlossee an die Regeln, und es war zwar unwahrscheinlich, dass während der Mittagsruhe eine Hausaufseherin hereinschaute, aber nicht ganz auszuschließen.

Mary Abbott stand auf und klatschte in die Hände wie ein Kind, das seinen Kopf durchsetzen wollte. Ihre schmalen Augen funkelten. Eva hatte mir erzählt, dass Mary Abbotts Vater ein Methodistenprediger war, ihre Mutter war nicht lange nach ihrer Geburt gestorben.

»Schhh«, flüsterte Victoria, einen Finger an die Lippen gelegt.

Eva stemmte eine Hand in die Hüfte und musterte Mary Abbott belustigt.

»Morgen Abend kannst du jede Menge Getanze sehen«, flüsterte Sissy. »Nur keine Sorge.«

Mary Abbott legte sich wieder hin und verschränkte die Arme. Ich fragte mich, was sie zu verpassen glaubte, nachdem Eva und Sissy aufgehört hatten zu tanzen. Wenn ich meine Freundinnen durchs Zimmer wirbeln sah, sah ich zwei Unschuldige.

Mutters Lieblingsgeschichte – noch inniger geliebt als die Geschichte, wie sie und Vater sich kennengelernt hatten – war die Geschichte unserer Geburt, von ihr in eine Art Märchen verwandelt, die Mutter, die Zwillinge unter dem Herzen trug und nichts davon wusste. Mein Bruder und ich kamen während eines verfrühten Wintersturms auf die Welt:

Es schneite, Vögel fielen tot vom Himmel, Opfer der unerwarteten Kälte, sämtliche Pflanzen im Garten meiner Mutter verkümmerten, und das Grün verwandelte sich in ein rostiges Braun. Meine Eltern rechneten mit einem großen Jungen, weil Mutters Bauch so tief saß. Deshalb war ich die Überraschung, nicht Sam. Ich war das Kind, mit dem keiner gerechnet hatte.

In unserer Familie hatte es noch nie Zwillinge gegeben. Nach unserer Geburt war unsere Familie vorsichtig, vor allem, was mich betraf. Entweder hatte ich Sam die Kraft ausgesaugt und war der stärkere Zwilling, oder Sam hatte mich geschwächt. Ich war entweder ein egoistisches oder ein nutzloses Mädchen. Mein Vater versuchte, diese Bedenken zu zerstreuen, sagte, es gebe keinen Beweis dafür. Aber selbst er war besorgt, ein Junge und ein Mädchen, die zusammen geboren wurden, das entsprach nicht der Ordnung der Dinge.

Wir waren unleidliche Säuglinge, litten unter ständigen Koliken. Meine Mutter hütete wochenlang das Bett, mein Vater versorgte erst sie und dann seine anderen Patienten, für die er verantwortlich war, immer, der einzige Arzt in Emathla. Eine Frau aus der Stadt kümmerte sich um die beiden Kinder, Theodora und Samuel, uns. Meine Mutter hatte gerade erst damit begonnen, Bilder aus den Grimm'schen Märchen zu malen, als wir kamen: Über die Wand unseres Kinderzimmers ringelte sich eine Strähne von Rapunzels Haar, erst zum Teil golden ausgemalt. Dieses Wandbild war vor Jahren überstrichen worden, aber ich konnte mich noch ganz genau daran erinnern. Ich hatte es geliebt.

Ich sprach zuerst, mit neun Monaten. Sam wartete noch fünf Monate, auch wenn er mit mir früher sprach, im Dunkeln, im sanften Morgenlicht, wenn alle anderen im Haus noch schliefen. Mein erstes Wort war *Orange*, verstümmelt, aber meine Eltern wussten, was ich meinte. Meine Mutter schrieb es gerne einem angeborenen Wissen über Zitrusfrüchte zu. Sam und ich bekamen erst spät die ersten Zähne, wir hatten beide keine Haare, bis wir zwei waren, wir wollten mittags nicht schlafen, wir liebten Brot und Orangenmarmelade.

Aber da war noch immer der dunkle Schatten unserer ersten Tage: die Überraschung unserer Geburt, dann die lange Genesungszeit meiner Mutter. Die Mutter konnte bei der Geburt immer sterben, ein unvermeidbares Risiko, deshalb war man bereits vor Einsetzen der Wehen besorgt, dass es bei meiner Mutter Schwierigkeiten geben könnte. Der Wintersturm, zum ersten Mal seit zehn Jahren Schnee, meine Mutter mit Wehen im Bett liegend. Es musste etwas zu bedeuten haben, dass ihre Kinder gerade an diesem Tag geboren wurden, nicht an irgendeinem anderen Tag ohne Schnee.

Zuerst ich. – »Ein Mädchen!«, rief mein Vater, damit meine Mutter es wusste. Es verstand sich von selbst, dass jeder einen Jungen als erstgeborenes Kind vorgezogen hätte, einen künftigen Erben. Dann, während mein Vater mich abtrocknete und meine Nabelschnur noch ein Stück kürzte, damit nichts daran scheuerte, tauchte ein zweites Köpfchen auf, und ein zweites Baby wurde geboren, viel schneller als ich und – ein Junge. Dieses Mal rief mein Vater nichts, er war verlegen, verwirrt: Er hatte sich einen Jungen gewünscht und ein Mädchen bekommen, und jetzt doch ein Junge? Irgendetwas stimmte nicht, die Götter erfüllten Wünsche nicht auf diese Weise, ohne eine Gegenleistung zu erwarten, ein Zeichen der Dankbarkeit.

Meine Mutter hatte zu starke Schmerzen, um uns im Arm zu halten, deshalb wusch uns die Frau aus der Stadt, strich uns die wenigen Haare glatt und entfernte mit Wattebällchen den Schleim aus unseren Nasen und Mündern, die Nachgeburt aus unseren Ohren. Wir waren winzig. Mein Vater legte uns meiner Mutter nacheinander an die Brust. Gleichgültig saugten wir, während meine Mutter sich krümmte. Im Lauf der Schwangerschaft hatte meine Mutter beschlossen, ihr Kind zu stillen. Damals war es üblich, eine Amme ins Haus zu holen, aber wer in Emathla wäre dafür geeignet? Wer könnte ihr Kind so gut nähren wie sie?

Der Rasen draußen war mit toten Vögeln übersät. Später sammelte mein Vater sie im Licht des Mondes und einer Laterne mit einer Schubkarre ein und verbrannte sie auf dem Abfallhaufen, sah zu, wie aus der Rauchwolke Federn hochwirbelten, blaue Federn, scharlachrot, braun, weiß, keinen Fleck verbergend. Er betrachtete die Federn und dachte nach. Eine vage Hoffnung erfüllte ihn, dort im Mondlicht, sein Atem eine zweite Wolke in der Luft, seine Kinder klein und blass, aber gesund, soweit dies zu sehen war.

Mutter erzählte uns, wir seien bereits geliebt worden, bevor wir auf der Welt waren. Aber das stimmte nicht ganz: Einer von uns wurde geliebt, von dem anderen wusste man nichts.

Wir würden niemals fortgehen. Ich wusste von Miss Petits Schule, die Mutter besucht hatte, aber sie würden mich niemals dorthin schicken. Es gab keinen Grund. Bald würde ich auf ein Mädchenpensionat in Orlando gehen, aber nur für ein paar Wochen, gerade lange genug, um Mädchen meines Alters kennenzulernen, um zu sehen, wie sie sich benahmen. Mutter versicherte mir, dass es mir nicht schwerfallen würde, das Nötigste zu lernen. Es sollte mich auf meine Einführung in die Gesellschaft vorbereiten, die stattfinden würde, bevor ich das College beendete. Ich würde wie Mutter nach Agnes Scott gehen und Sam nach Emory. Wir sollten eine gute Bildung haben. Unser Verstand war scharf, beträchtlich – der Verstand der Atwells.

Sam würde entweder Arzt oder Anwalt werden. Das war

egal. Irgendetwas, das er nebenbei machte, während er unseren Besitz verwaltete. Unser Geld machten wir mit Zitrusfrüchten weiter im Süden – um Felder und Anbau kümmerte sich in unserem Auftrag derzeit Mutters Bruder –, auch das würden Sam und ich erben, aber im Moment war Mutters Bruder dafür verantwortlich.

Ich würde dort leben, wo mein Ehemann lebte, jedoch irgendwo in der Nähe. Vielleicht in Gainesville. Nicht jeder hatte das Glück, an einem solch abgeschiedenen Ort zu leben, nicht jeder hatte das Glück, einer Arbeit nachgehen zu können, wie Vater es tat, zu seinen eigenen Bedingungen. Und dieses Glück verdankte er Mutters Geld. Er war ein Philanthrop – das sagte Mutter immer. Er half den Leuten, und viele dieser Leute konnten ihn nicht dafür bezahlen.

Das war die Zukunft, die uns erwartete. Und es war immer eine gemeinsame Zukunft, ein gemeinsames Unterfangen.

Mutter hätte genauso gut griechisch sprechen können, wenn sie von diesen Dingen redete – dass Sam und ich heiraten und getrennt voneinander leben würden. Wir waren noch nie weiter südlich als Orlando und weiter nördlich als Gainesville gewesen. Ein College hatte ich noch nicht einmal von außen gesehen. Wenn ich es mir vorstellte, sah ich unser Haus, voller Leute. So hatte ich mir auch Yonahlossee vorgestellt, bevor ich seine Welt betrat: mein eigenes geliebtes Zuhause, in dem es von Mädchen wimmelte. Natürlich wusste ich, dass es nicht so sein würde. Natürlich. Aber das wusste ich vom Verstand her, nicht mit dem Herzen.

Und Georgie? Vermutlich würde er irgendwo in der Nähe wohnen. Allerdings war seine Zukunft nicht so genau geplant wie unsere. Er war nicht Mutters Kind. Georgie war wie ein Bruder, nur dass er es eben nicht war. Ihn konnte ich klarer sehen, weil wir nicht eins waren.

Leute können über ihre Kindheit lügen, sie können sich

irgendeine Geschichte ausdenken, und man muss ihnen glauben, es sei denn, man war dabei, es sei denn, man hat es mit eigenen Augen gesehen. Es ist eine Last, einen anderen Menschen so gut zu kennen. Manchmal ein Geschenk, aber immer eine Last.

Zu meiner Erleichterung schien mein lavendelfarbenes Kleid, das ich schon beim Abendessen mit meinem Vater im Hotel angehabt hatte, schick genug zu sein.

Ich zitterte. Es war kurz vor acht, aber noch schien die Sonne, ein anderes Licht als das Licht tagsüber, weniger hart, blauer. Am Nachmittag hatte es geregnet, und die Luft schmeckte feucht, der Pfad aus festgestampfter Erde schien unter unseren Füßen zu federn. Zwischen den Mädchen schwirrten Schwärme von Glühwürmchen herum. Das verzauberte mich immer noch. In Florida war es zu heiß für sie, bei uns gab es nur Moskitos und riesige surrende Libellen.

Ich hatte gezögert, die Nerzstola meiner Mutter umzulegen, weil ich fürchtete, sie könnte zu übertrieben für diesen Anlass sein, aber es gab Pelz im Überfluss. Alice Hunt lief an mir vorbei, einen toten Fuchs um den Hals geschlungen.

Ich hob grüßend die Hand, aber sie sah mich nicht an. Sie gehörte zu den Mädchen, die andere gern links liegen ließen. Meine Wangen brannten. Es war so schwer, sich zu merken, zu wem man freundlich war und wen man ignorierte.

»Alice Hunt!«, rief Sissy, und Alice Hunt blieb stehen, drehte sich langsam um. Niemand ließ Sissy links liegen.

»Sissy«, sagte sie, und der Blick aus ihren grauen Augen wanderte kurz in meine Richtung. »Thea.«

Dann lief sie auch schon weiter, um sich zu den übrigen Mädchen aus Memphis zu gesellen, die alle etwas sehr Sanftes an sich hatten, meistens nur im Flüsterton sprachen und einem praktisch niemals in die Augen sahen. Sie hatten so eine

Art, durch einen hindurchzusehen. Im Camp galten sie allgemein als die hochnäsigste Clique.

»Über Memphis geht die Sonne nie unter«, murmelte Sissy vor sich hin, und ich kicherte, beim ersten Mal hatte ich noch überlegen müssen, was sie damit meinte. Sie hatte jede Menge solche Sprüche auf Lager: Mrs. Holmes kam daher, als hätte sie einen Stock verschluckt, Leonas Familie schwamm in Geld. Eher in Öl, hatte ich gesagt, und da hatte Sissy gelacht.

Ich ging mit Sissy weiter, um uns herum ein Schwarm von Mädchen in farbenfrohen Seidenkleidern, mit Pelzcapes und schimmernden Stolen um die Schultern, im Haar Diamantspangen. Ich entdeckte Katherine Hayes aus Atlanta, die größte Klatschbase im Camp. Sie hatte ihr Gefolge von Mädchen aus Atlanta um sich, die alle übertrieben lachten. Sie schienen alle Katherine zu heißen, aber nur Katherine Hayes hatte das Recht, ihren vollen Namen zu benutzen. Die anderen wurden Kate genannt. Katherine hatte wild gelockte braune Haare, sie trug ein ärmelloses marineblaues Kleid, mit dem sie von allen Mädchen Schwarz am nächsten kam. Aus den Zeitschriften wusste ich, dass es bei Filmstars in Mode war, Schwarz zu tragen. Aber das war in Hollywood. Im Süden trugen die Leute kein Schwarz, außer es war jemand gestorben.

Katherines Fingernägel waren rot angemalt. Die Mädchen aus Atlanta waren Großstädterinnen, stolzierten mit ihren Bobfrisuren und angemalten Fingernägeln durchs Camp – Mrs. Holmes befahl ihnen, ihre Nägel zu reinigen, wenn sie es entdeckte –, und immerzu gestikulierten und lachten sie, als würde jeder sie beobachten. Und im Allgemeinen beobachtete sie auch jeder, so wie jetzt. Sie würden sich die Fingernägel reinigen, und dann würden sie ein paar Tage warten, bis Mrs. Holmes es vergessen hatte, bevor sie erneut mit frisch angemalten Nägeln auftauchten, alle im gleichen Farbton, wie ein Schwarm exotischer Vögel mit bunten Krallen.

Wir alle trugen Strümpfe, deshalb glänzten unsere Beine. Die Kleider der meisten Mädchen, meins eingeschlossen, hatten eine dezente Länge, aber wenn Eva sich auf eine bestimmte Art hinsetzte, konnte man ihre Knie sehen.

Es gab so viel von der Welt zu entdecken, und die meisten von uns hatten noch nie die Hand eines Jungen gehalten. Wir wollten mehr als das, wir wollten, dass die Jungen nicht nur unsere Hand hielten, sondern uns, dass sie uns in ihre starken Arme nahmen und unsere widerspenstigen Locken um ihre kräftigen, aber zärtlichen Finger drehten.

Aber nichts davon durfte geschehen, nicht den braven und wohlerzogenen Töchtern wohlhabender und einflussreicher Männer mit Familienverbindungen und Familienpflichten. Zuerst wären wir Debütantinnen und anschließend Ehefrauen. Eines Tages würden wir alle heiraten, hoffentlich nach unserem achtzehnten und vor unserem einundzwanzigsten Geburtstag, obwohl ich bezweifelte, dass irgendeine von uns die Ehe mit Leidenschaft verband. Wir hatten unsere Eltern erlebt, unsere Tanten und Onkel, unsere Schwestern und ihre Ehemänner. Wir waren nicht dumm. Wir verstanden, dass Leidenschaft eine gefährliche Sache war, mit der man vorsichtig umgehen musste, wie mit einem antiken Parfümflakon, den eine Mutter an ihre älteste Tochter weitergab, wenn sie sechzehn wurde.

Bei mir stand jedoch nicht so viel auf dem Spiel wie bei den anderen Mädchen in Yonahlossee. Das begriff ich jetzt. Meine Familie tauchte nie im Gesellschaftsteil auf, mit meinem Fehlverhalten hätte ich die Geschäfte meines Vaters nicht ruinieren können. Ich hatte nur die Beziehungen zwischen den einzelnen Mitgliedern meiner Familie aufs Spiel gesetzt.

»Ich kann die Jungen sehen«, flüsterte Sissy.

Ich flüsterte ebenfalls. »Die beißen schon nicht.« Wir waren jetzt fast bei der Burg angelangt, die Jungen hatten sich mit den Rücken zu den Fenstern in einer Reihe aufgestellt. Sie trugen helle Sommeranzüge und Fliegen, als hätten sie sich mit den Sachen ihrer Väter verkleidet. Ich konnte mich nicht erinnern, wann ich Sam oder Georgie das letzte Mal in einem Anzug gesehen hatte, obwohl meine Eltern Georgie zu seinem letzten Geburtstag einen Anzug geschenkt hatten. Sie hatten gesagt, er werde sich jetzt bald fürs College bewerben; damals schien das noch möglich zu sein.

Sissy kicherte. Sie war albern heute Abend, und ich war froh über die Abwechslung, froh, nicht an Georgie zu denken und an den Anzug, den er noch nie getragen hatte, zumindest nicht in meiner Gegenwart.

Die Treppe zur Burg war so schmal, dass immer nur drei Mädchen nebeneinander hinaufgehen konnten. An der untersten Stufe gesellte sich Mary Abbott zu uns, die Haare zu einem hohen, altmodischen Knoten gesteckt. Sissy und ich hakten uns unter. Meinen linken Arm bot ich Mary Abbott an, die stattdessen jedoch meine Hand umfasste.

»Deine Hand ist kalt«, sagte Mary Abbott. Ihre Stimme klang höher als sonst, ihre Augen waren weit aufgerissen.

»Deine ist feucht.« Sie fühlte sich wie etwas Totes, Nasses an.

»Lachst du dir heute Abend einen Verehrer an, Mary Abbott?«, fragte Sissy in neckendem Ton. Sissys Kleid war hellgrün. Den eckigen Ausschnitt zierte eine Stickerei in schillerndem Silber, das Sissys langen, schlanken Hals zum Leuchten brachte. Sie hatte sich am Nachmittag die Haare aufgedreht, so wie ich auch, aber anders als bei mir hielten Locken in ihren Haaren nicht. Eva hatte uns allen das Gesicht gepudert, außer Mary Abbott, und Sissys helle Sommersprossen waren verschwunden. Eva hatte uns auch die Lippen angemalt, allerdings nur ganz dezent, damit Mrs. Holmes es nicht merkte. Farbe war verboten, aber offensichtlich war das eine der weniger starren Regeln in Yonahlossee, denn die meisten Mädchen, die ich heute Abend sah, leuchteten ein bisschen mehr als sonst. Bestimmt fiel es Mrs. Holmes auf. Sie war schließlich nicht dumm. Aber manchmal musste man sich eben entscheiden, was einem wichtiger war.

Sissy trug eine Perlenkette mit Rubinverschluss und einen Ring mit einem Türkis, fast so groß wie ein Fünfcentstück und mit einem runden Diamanten links und rechts. Außerdem trug sie passend zur Kette ihre Rubinohrringe. Ich hatte noch nie jemanden so eleganten Schmuck tragen gesehen, nicht einmal meine Mutter. Sissy war derart dünn, dass die kunstvoll gearbeiteten Schmuckstücke nicht an ihr, sondern sie an ihnen zu hängen schien – die Kette mit dem Diamanthufeisen für jeden Tag stand ihr besser –, trotzdem strahlte sie heute Abend geradezu, wenn sie auch nicht schön war. Ihre weit auseinanderstehenden Augen – noch ein bisschen mehr, und sie hätte eigenartig ausgesehen – betonten ihr ätherisches Wesen. Sie sah aus wie eine der Elfen aus dem *Sommernachtstraum*.

Sissy hatte Mary Abbott verschreckt. »Keine von uns wird das tun. Wir sind nicht alt genug.«

»Wir alt müssen wir dafür denn sein?«, fragte ich.

»Alt genug, um einen zu wollen«, sagte Mary Abbott und drückte meine Hand noch einmal so fest, dass ich zusammenzuckte, bevor sie sie losließ. Dann stürmte sie, zwei Stufen auf einmal nehmend, uns voraus die Treppe hinauf, ihr zu langes Kleid bis zu den Waden angehoben, bis sie von der nächsten Dreiergruppe gebremst wurde. Ich sah Sissy an.

»Sie ist komisch.«

»Sei nicht garstig«, erwiderte sie. »Das passt nicht zu dir.«

Ich war überrascht, wollte Sissy fragen, wie sie das meinte, aber wir hatten fast das Ende der Treppe erreicht, und wir waren nervös. Die Gasleuchten links und rechts der Tür brannten, wie sie es immer taten, morgens und abends, selbst wenn man es tagsüber kaum sehen konnte. Dann öffnete Mr. Holmes die Tür und lächelte uns zu. Er hielt für jede Dreiergruppe von Mädchen die Tür auf, ließ sie zufallen, öffnete sie wieder – dabei hätte er sie einfach nur festklemmen müssen, wie er es tat, wenn wir zum Essen und zum Unterricht kamen.

Doch das hätte die Wirkung zunichtegemacht, wir hätten es zu früh gesehen.

Unser Speisesaal war völlig verwandelt. Jemand musste den Blumengarten geplündert haben. Sie waren überall, wohin man auch sah. In Vasen, nach Farben arrangiert: Blutrot, dunkles Orange, helles Gelb, leuchtendes Rosa, reines Weiß, gesprenkeltes Cremeweiß. Die kleineren alten Rosen, die in dichten Büscheln blühten, hingen zu einer dicken Girlande geflochten an der Decke, hoch genug, dass wir sie nicht erreichen konnten, nicht einmal die Größte von uns. Noch nie hatte ich außerhalb eines Gartens so viele Blumen gesehen. Meine Mutter fand es schade, sie abzuschneiden, und wenn, arrangierte sie die Blumen nie nach Farben, wie man es hier getan hatte. Das grelle elektrische Licht war heute Abend ausgeschaltet, stattdessen gab es riesige Kandelaber mit Kerzen, so dick wie mein Unterarm. Die Kandelaber selbst waren größer als ich, schön auf dieselbe Art, wie eine Waffe schön war: Ich beschloss, mich lieber davon fernhalten, damit nicht eine der faustgroßen Flammen, die wie aus einer anderen Welt wirkten, mein Kleid in Brand setzte.

Am entgegengesetzten Ende des Speisesaals saßen einige grauhaarige Männer, teilweise verdeckt von einem orientalischen Paravent. Vielleicht sollten sie uns nicht ansehen. Einsatzbereit saßen sie auf ihren Stühlen, jeder mit einem Instrument: die Kapelle.

Die Jungen standen in einer ordentlichen Reihe da, die von einem Ende des Speisesaals zum anderen reichte, dazwischen das gelegentliche Aufblitzen eines einzelnen Edelsteins, in dem sich das Licht fing, während die Mädchen weniger ordentlich Aufstellung ihnen gegenüber nahmen. Ich fragte mich, ob die Jungen Flachmänner in ihren Taschen versteckt hatten, wie Eva gesagt hatte. Von den morgendlichen Ansprachen wusste ich, dass Mrs. Holmes eine erklärte Prohibitionistin war: Alkohol war schlecht und unmoralisch. In ihrer Nähe stand Miss Brooks, als sollte sie ungeduldige Jungen davon abhalten, auf die andere Seite zu laufen. Miss Brooks führte uns bei unseren nachmittäglichen Vogelbeobachtungen und Naturspaziergängen und unterrichtete während des Schuljahrs Geschichte, sie wirkte zwar ein bisschen langweilig, war aber nett. Ich mochte sie, zumindest im Vergleich zu Miss Lee, die jeden mit Argusaugen beobachtete.

Docey und ein zweites Dienstmädchen schenkten uns aus einer riesigen Kristallschüssel Bowle ein. Ich nickte Docey zu, die mir keine Beachtung schenkte. Anstelle ihrer gewohnten Uniform trug sie die förmliche Kleidung einer Bedienung, wie sie Hotelangestellte trugen: eine gestärkte schwarze Trägerschürze mit einer blütenweißen Bluse darunter.

»Docey hat sich in Schale geworfen«, flüsterte ich Sissy zu, als wir beide ein Glas Bowle hatten.

»Schau mal«, sagte Sissy, »nein, schau nicht, sonst merken sie es.«

Es war das erste Mal, dass ich Sissy nervös erlebte. Und noch nie war ich einer Gruppe von Jungen so nahe gekommen. Ich wusste, was sie von uns erwarteten. Ich wusste auch, was wir von ihnen erwarten sollten, was etwas ganz anderes war – bei einer Reihe von Tänzen geführt zu werden, unter den wachsamen Augen Erwachsener durch den Saal gewirbelt zu werden. Wir wünschten uns, ein gut aussehender Junge würde Gefallen an uns finden, wir würden einen Abend lang die Hälfte eines Paares sein. Und vielleicht am meisten wünschten wir uns, dass sie wieder gingen, damit wir uns vor Sehnsucht verzehren konnten.

Ich antwortete Sissy nicht. Auch ich war nervös, aber aus einem anderen Grund. So albern es klingt, ich war noch nie mit einem Jungen zusammen gewesen, mit dem ich nicht verwandt war. Mutter und Vater hatten bestimmt nicht gewusst, dass hier ein Tanzabend stattfinden würde, an dem eine ganze Busladung Jungen teilnahm.

Henny und Jettie und noch eins der älteren Mädchen, Martha Ladue, betraten den Speisesaal, und irgendetwas an Henny wirkte seltsam, es dauerte einen Moment, bis mir klar wurde, dass sie ihren Leberfleck überpudert hatte. Martha war das schönste Mädchen im Camp. Sie sah aus wie Louise Brooks, nur hübscher, ruhiger.

Sissy stieß mich an. An der Tür stand Leona, in mattgrauer Seide, eine eng anliegende Kette aus Diamanten und Perlen um den Hals. Alle Augen waren auf sie gerichtet, man konnte einfach nicht anders, Leona war ein Mädchen, das die Aufmerksamkeit eines ganzen Raums auf sich zog. Sie war groß, knapp eins achtzig, und ihre weißblonden Haare reichten ihr bis zur Taille, eigentlich eine Frisur für jüngere Mädchen. Ich fragte mich, ob sie jemals geschnitten worden waren.

In diesem Moment klatschte Mr. Holmes in die Hände. Er stand am Kopfende des Saals, neben ihm Mrs. Holmes, ein Anstecksträußchen mit einer rot und cremefarben gestreiften Rose am Handgelenk. Mr. Holmes überragte seine Frau, er war schlank, sie mollig. Sie trug die gleichen Perlenohrringe und den altmodischen bodenlangen Rock wie jeden Tag.

»Der Tanz ist eröffnet«, sagte Mr. Holmes und gab der Kapelle ein Zeichen, die daraufhin zu spielen begann. Wir verteilten uns, sodass ein Junge auf uns zukommen konnte, ohne dass wir uns fragen mussten, ob er nicht eher das Mädchen neben uns meinte, unsere beste Freundin. Die Jungen stürmten los; unwillkürlich wich ich einen Schritt zurück und stieß gegen Leona.

»Entschuldige.«

»Keine Ursache«, sagte sie, ich vergaß, mir wegen der Jungen Gedanken zu machen, und blickte stattdessen zu Leona hoch, die starr geradeaus sah, wahrscheinlich in der Hoffnung, dass ein großer Junge sie auffordern würde. Wenn man direkt neben ihr stand, war sie sogar noch größer. Ich blickte nach unten und stellte fest, dass sie flache Schuhe trug, passend zu ihrem Kleid in Silber. Wir anderen trugen Schuhe mit Absätzen, wenn wir uns schick machten. Ich nahm an, dass sie reich genug war, um sich jede Art von Schuh anfertigen zu lassen, in jeder Farbe, die sie wollte.

»Thea.« Ich hob den Kopf, überrascht vom Klang meines Namens. Ich hatte nicht gedacht, dass Leona wusste, wie ich hieß. »Da will dich jemand auffordern«, sagte Leona ungeduldig, und ich drehte mich um und sah mich einem dünnen, blassen Jungen gegenüber.

»Darf ich um diesen Tanz bitten?«, fragte er, und ich nahm seinen Arm und stellte auf dem Weg zur Tanzfläche fest, dass die Kapelle ein langsames Lied spielte, was bedeutete, dass ich dem Jungen nahe kommen musste. Seine Stimme klang unsicher. Auf dem Weg zur Tanzfläche warf ich einen Blick zurück zu Leona. Sie sah uns hinterher, was mich aus irgendeinem Grund befriedigte.

»Thea, sehr erfreut, dich kennenzulernen«, sagte ich und neigte den Kopf, weil ich beim Gehen keinen Knicks machen konnte. Ich hoffte, dass ich mich richtig benahm.

»Harry, das Vergnügen ist ganz meinerseits«, sagte er.

Schon im nächsten Augenblick tanzten wir, eingeschlossen in der Menge. Ich erkannte das Lied, »Carolina Moon«, auch wenn der Text fehlte. Es war eines von Mutters Lieblingsliedern, und es kam mir dumm vor, dass ich die Melodie zwar immer hübsch gefunden, es jedoch nie mit einem Ort in Verbindung gebracht hatte. Jetzt war ich hier in Carolina und tanzte zu der langsamen, traurigen Melodie.

»Wo bist du zu Hause?«, fragte ich.

»Hauptsächlich hier«, antwortete er nach einer Weile. Er tanzte nicht besonders gut. Er führte, aber etwas zaghaft. Und dennoch roch er wie Sam und Georgie; ich hatte den Geruch von Jungen vergessen, der so ganz anders war – schärfer, stechender – als der von Mädchen.

»Und wenn du nicht hier bist?«

»Louisiana. Meine Familie ist in der Holzbranche.« Er wollte einen guten Eindruck machen, dieser Harry. Seine Antworten klangen wie Fragen. – Hauptsächlich hier? Louisiana? In der Holzbranche?

Es waren einige Jungen da, für die ich mich hätte erwärmen können – zum Beispiel ein großer, dunkelhaariger Junge in einem hellblauen Jackett, und Sissy hatte sich einen gut aussehenden Rotschopf geschnappt –, aber Harry gehörte nicht dazu. Die kleine Molly, die an meinem Tisch saß, wirbelte vorbei, die zerzausten Haare ausnahmsweise gekämmt. Sogar die Jüngsten von uns tanzten. Sissy hatte mir erzählt, dass diese Tanzabende fortschrittlich waren, vor den Holmes war jedem Mädchen ein Junge zugewiesen worden, mit dem sie dann den ganzen Abend tanzte. Er begleitete sie zur Burg, ihre weißen Tanzschuhe aus Satin vorsichtig unter den Arm geklemmt. Einige Mitglieder des Verwaltungsrats – darunter Sissys Großvater – hatten sich heftig gegen die Veränderung gesträubt, weil sie der Meinung waren, dass die Tanzveranstaltungen in Yonahlossee dem Vorbild der Debütantinnenbälle aus der Vorkriegszeit folgen sollten.

Als der Walzer endete, machte ich einen Knicks, Harry

verbeugte sich, und ich entschuldigte mich, um zum Tisch mit den Erfrischungen zu gehen. Ich ließ mir von Docey, die mir einen kurzen Blick zuwarf, ein weiteres Glas Bowle geben.

Ich spürte eine Hand an meinem Ellbogen, einen Moment lang dachte ich, es sei ein Junge, und wurde rot, doch als ich mich umdrehte, sah ich Sissy vor mir.

»Schon müde?«, fragte sie.

»Ein bisschen durstig.« Ich hob mein halb geleertes Bowleglas. »Tanzt du nicht?«

»Hast du den Jungen gesehen, mit dem ich getanzt habe?« Ich nickte. »Boone. Ich mag ihn.« Sie senkte die Stimme. »Ich mag ihn sehr.«

Ich spürte einen überraschenden Anflug von Eifersucht. Wir standen eine Weile da und lauschten gedankenverloren der Musik. Ich betrachtete meine Bowle, die seltsamerweise blau war – beinahe schwarz. Obenauf schwammen aufgequollene Brombeeren, die die jüngeren Mädchen gestern in der Rhetorikstunde mit Mrs. Holmes gesammelt hatten. Die Zitronenbowle meiner Mutter, nach einem alten Familienrezept, war hellrosa und schmeckte kühl und süß und weich, mit einem leicht würzigen Beigeschmack.

Sissy brach das Schweigen. »Ich habe gesehen, dass du mit Leona geredet hast.«

»Eigentlich nicht. Nur ganz kurz. Sie kannte meinen Namen.«

»Das überrascht mich. Ich dachte, sie kennt nur den Namen ihres Pferdes.«

»Magst du sie nicht?«, fragte ich.

Sissy zuckte ungeduldig mit den Schultern. »Bei Leona ist das egal. Ob du sie magst oder nicht, sie interessiert sich für niemanden außer für ihr Pferd. Sie ist sehr reich, Thea.« Sie sah mich an. »Sie kann tun, was sie will. Sie muss sich um niemanden kümmern.«

Sissy behauptete zwar, dass Leona und Martha Ladue die reichsten Mädchen hier waren, aber ich wusste, dass Sissy ebenfalls wohlhabend war. Jeder wusste es. Und der Reichtum ihrer Familie war nicht neu wie bei Leona, er hatte diesen falschen Glanz verloren. Eva hatte mir erzählt, dass Sissys Großvater die Mittel für die Errichtung der neuen Reitplätze zur Verfügung gestellt hatte. Sissys Mutter und ihre Tante waren Ehemalige, und Sissys Vater und Großvater saßen im Verwaltungsrat des Camps.

Aber so zu tun, als wäre die eigene Familie nicht wohlhabend, wie Sissy es tat – das schien Teil des Spiels zu sein. Sissy beherrschte dieses Spiel aus dem Effeff, bewegte sich in Yonahlossee völlig selbstverständlich und natürlich, schaffte es mühelos, sich ihren Weg durch die Hierarchie zu bahnen. Sie wusste, wer ein Stipendium bekam – jedes Jahr zehn Mädchen, einschließlich unserer Mary Abbott –, wer klug war – sie sagte, ich stünde in dem Ruf, ein kluges Mädchen zu sein, was mir gleichzeitig schmeichelte und mich verstörte – und wer mit wem verwandt war – viele der Mädchen waren Cousinen. Sie wusste, welches Mädchen wegen der finanziellen Probleme des Vaters Yonahlossee möglicherweise bald verlassen musste, trotz Mr. Holmes' Versicherungen, dass es mit dem Land bergauf gehe – Victorias Verbleib im Camp wurde von Tag zu Tag unsicherer. Sie wusste, wer wichtig war und wer nicht, war dabei aber zu allen gleich freundlich. Die Mädchen aus Kentucky beispielsweise waren unwichtig, sie waren Landpomeranzen, auch wenn ich nicht verstand, warum. Molly sah wie alle anderen Mädchen im ersten Jahr aus, und nahm man den Mädchen aus Atlanta die modischen Frisuren weg, denen aus Memphis die goldenen Medaillons mit ihren Initialen, sahen wir alle gleich aus.

Sissys blaue Augen waren ernst und kreisrund. Die Augen eines Kindes. Von all diesen Mädchen hatte sie mich ausgewählt.

Dafür war ich ihr sehr dankbar. Wenn ich von hier wegging, würde ich mich immer an sie erinnern. Vielleicht würden wir uns sogar gegenseitig besuchen.

Plötzlich begriff ich, wie einsam Mutter in Emathla gewesen sein musste, mit unserer Tante als einziger Freundin. Und ich war wütend, weil sie mir nie eine Freundin erlaubt hatte, weil sie nie jemand anderen in mein Leben gelassen hatte.

Es wurden nach wie vor Walzer gespielt. Ich tanzte mit drei weiteren Jungen. Einer machte mir ein Kompliment über meine kupferroten Haare – so nannte er es, kupferrot –, und die Hände eines anderen waren so feucht und glitschig, dass sie sich wie Frösche anfühlten. Nach dem letzten Tanz entschuldigte ich mich und beschloss, den Rest des Abends nicht mehr zu tanzen. Ich ging zu den Stühlen, die zu diesem Zweck aufgestellt worden waren – früher am Abend hatte ich bemerkt, dass die Jungen ein Mädchen, das dort saß, nicht ansprechen durften oder wollten –, und unterhielt mich mit Henny, die munter über die Kleider der Mädchen herzog. Ich überließ mich einem Tagtraum, stellte mir vor, dass jeden Augenblick mein Vater hereinkommen würde – nach diesem Tanz, vor dem nächsten, nein, jetzt, mitten in diesem nicht enden wollenden Walzer, es würde ihn nicht interessieren, ob er uns störte, er wollte mich unbedingt sehen. Vielleicht würde mein Bruder kommen – dann könnten alle Mädchen sehen, wie attraktiv er war –, oder vielleicht alle drei, Vater, Mutter, Sam, und ich würde ihnen auf der Stelle vergeben, wäre ein für alle Mal mit Yonahlossee fertig.

Mary Abbott stand allein an der Tür und klopfte nervös mit ihrem abgewetzten schwarzen Schuh auf den Boden, als könnte sie es nicht erwarten, die Flucht zu ergreifen. Sie tat mir leid. Ich wusste, ich würde dafür büßen müssen, wenn ich den Saal durchquerte und ihr Gesellschaft leistete. Ein weiterer Test, um herauszufinden, was für ein Mädchen ich war. Es war jedoch egal, ob ich den Saal durchquerte oder nicht, ich hatte bereits zu Hause versagt, auf eine Art und Weise, die unverzeihlich war.

Ich hatte mir Hoffnungen gemacht, mir vorgestellt, dass meine Familie kommen würde, um mich zu holen, und jetzt fühlte ich mich erbärmlich, der Anblick von Mary Abbott, meine Unentschlossenheit, ob ich ihr helfen sollte oder nicht – meine Tagträume, dass Vater diesen Tanz unterbrechen würde, waren genau das. Eine Fantasie, ausgedacht von meinem verdrehten Gehirn.

Ich blickte zu Boden, auf meine hübschen Schuhe, die ich erst einmal angehabt hatte, beim Osteressen, bei dem ich zwischen Georgie und Sam gesessen hatte. Als ich wieder aufblickte, hatte ich den Entschluss gefasst, den Saal zu durchqueren, einen Bogen um die Tänzer zu machen und mich mit Mary Abbott anzufreunden.

Aber das war nicht nötig. Mr. Holmes stand neben ihr, deutete auf die Tanzfläche, lächelte. Mary Abbott sagte etwas, und Mr. Holmes hörte ihr aufmerksam zu. Er sah so gut aus mit seinem dunklen Haarschopf, den dichten Augenbrauen. Seine Nase war leicht krumm, zeigte ein bisschen nach links, und ich fragte mich, ob er sie sich beim Sport gebrochen hatte.

Jetzt lächelte Mary Abbott, und Mr. Holmes deutete auf zwei Stühle und bot Mary Abbott seinen Arm an. Sie nahm ihn und ließ sich von ihm wegführen, und ich sah zu, wie Mr. Holmes wartete, bis Mary Abbott saß, bevor er sich ebenfalls setzte, und ich begriff, dass er freundlich war, dass ihm Mary Abbotts Unbehagen ebenfalls aufgefallen war, aber dass er, anders als ich, darauf reagiert hatte. Ihr Trost gespendet hatte. Ich fragte mich, was er an Vaters Stelle getan hätte, ob Mr. Holmes' Freundlichkeit von der Bürde einer ungeratenen Tochter zermalmt worden wäre.

Seine Freundlichkeit weckte Heimweh in mir. Sie erinnerte mich daran, dass ich früher nichts als Freundlichkeit gekannt hatte. Ich beobachtete, wie Mr. Holmes leise etwas zu Mary Abbott sagte, und fragte mich, worüber sie sprachen – ich wusste aus erster Hand, dass Mary Abbott nicht besonders gut in Konversation war –, und ich wünschte mir, ich wäre an Mary Abbotts Stelle, ich wünschte mir, Mr. Holmes würde leise mit mir reden.

»Findest du nicht auch, Thea?«

Widerstrebend wandte ich mich Henny zu. »Hmmm?«

»Findest du nicht, dass Sissys Kleid übertrieben ist? Das macht sie immer, stolziert in viel zu eleganten Sachen herum. Sie sieht albern aus.« Ihre Stimme klang auf einmal hart.

Wir sehen alle albern aus, dachte ich. Weniger wie Mädchen auf einer Tanzveranstaltung in einem Camp, sondern wie Damen auf einem Ball. Ich wollte sagen, dass ich Sissy wunderschön fand, aber die Worte blieben mir im Hals stecken. Henny sah mich prüfend an, als würde sie mich ebenfalls beurteilen. Ich hatte gedacht, alle würden Sissy mögen, nein, sie lieben. Was konnte Henny bloß gegen sie haben? Wie aufs Stichwort wirbelte Sissy in diesem Moment an uns vorbei, immer noch mit dem Rotschopf, und sie fing meinen Blick auf und lächelte strahlend, als wäre sie das glücklichste Mädchen auf der Welt.

»Wie eine Idiotin«, murmelte Henny, und dann stand auf einmal der gut aussehende dunkelhaarige Junge vor mir, und ich erinnerte mich wieder daran, wo ich war. Sie war eifersüchtig auf Sissy. Und wer wäre das nicht gewesen?

»Thea?«, sagte er und bot mir seinen Arm an. Er führte mich auf die Tanzfläche, und mein Entschluss, nicht mehr zu tanzen, war vergessen. Er hielt und führte mich mit fester Hand. Ich war glücklich, dass seine Wahl auf mich gefallen war, aber auch überrascht – er hatte die unausgesprochene

Stuhlregel gebrochen. – Gehörte ich zu den Mädchen, die Jungen mochten?

»Ich bin David.«

»Meinen Namen kennst du ja schon.«

Er lächelte. Sein Jackett spannte über den breiten Schultern. Seine dichten schwarzen Haare waren nach der neuesten Mode über seiner hohen Stirn mit Pomade zurückgekämmt, und seine Zähne waren sehr groß und weiß und gerade. Er sah fast zu gut aus.

»Wie alt bist du?«, fragte ich.

Er antwortete nicht sofort, und mir schoss das Blut ins Gesicht – schon hatte ich einen Fehler gemacht. Doch dann sagte er: »Siebzehn.«

»Und du bist Sportler.«

»Football. Leichtathletik. Ich bin stärker, als ich schnell bin. Fühl mal«, sagte er zum Spaß, und ich berührte den Oberarm, den er mir hinhielt.

Die Kapelle spielte jetzt ein langsames Stück, und David zog mich dichter an sich. Er roch schwach nach Kölnischwasser. In einer anderen Welt hätte es mich sehr glücklich gemacht, dass David unter allen Mädchen mich auserwählt hatte. Ich konnte ihre bewundernden, neidischen Blicke spüren. Und warum hatte er mich auserwählt? Weil ich ausgesehen hatte, als wollte ich nicht auserwählt werden. Die Regeln für den Umgang mit Jungen waren allesamt falsch. Außerdem wollte ich David nicht. Damit war ich fertig. Ich wollte nicht, dass mich jemand an sich zog, nie wieder.

Jemand tippte mir auf die Schulter. Ich öffnete die Augen und sah Mrs. Holmes, dann die Paare hinter ihr, die aufgehört hatten zu tanzen und zu uns hersahen.

»Das ist zu eng, Thea.«

Wir tanzten doch sicher nicht enger als die anderen Paare? Oder war es vielleicht doch enger gewesen, als ich gedacht hatte, und ich hatte es nicht gemerkt? Dass ich nicht gewusst hatte, wie eng zu eng war, erschreckte mich.

»Tut mir leid«, sagte ich leise. Ich wusste nicht, was ich tun sollte, was die Etikette in einer solchen Situation verlangte. Sollte ich gehen, oder sollte ich bleiben und die Missbilligung aller anderen ertragen? Die Musik spielte weiter, aber nur noch wenige Paare tanzten. David blickte zu Boden, und plötzlich musste ich an meinen Vater denken, daran, dass er mich nicht verteidigt hatte. Er hatte gewollt, dass ich bei ihnen blieb, das wusste ich. Dennoch hatte er Mutter diesen Kampf gewinnen lassen. Doch die Welt hatte nicht aufgehört, sich zu drehen, auch wenn es den Anschein gehabt hatte.

Mrs. Holmes musterte mich. Seit den Tagen der weißen Satinschuhe, die keinen Erdboden berühren durften, hatte sich wenig geändert. Weder sagte sie, dass ich gehen sollte, noch, dass ich bleiben sollte, deshalb nickte ich David zu und ging von selbst, bahnte mir einen Weg zwischen all den warmen, schimmernden Körpern. Als ich den Rand der Tanzfläche erreichte, stellte ich fest, dass mich nicht alle anstarrten. Einige Paare hatten wieder zu tanzen begonnen. Henny unterhielt sich mit einer Gruppe Mädchen. Vielleicht über mich, vielleicht auch nicht. Noch kann ich es retten, dachte ich, ich muss. Ich konnte nirgendwo anders hin, jedenfalls nicht im Moment.

Mein Charakter war nicht so, wie er hätte sein sollen. Das hatte mir zwar niemand gesagt, aber ich wusste es. Und vielleicht hatte ich unschicklich getanzt. Vielleicht war ich nicht mehr in der Lage zu beurteilen, was schicklich war und was nicht. *Was stimmt nicht mit dir?*, hatte Mutter gefragt. Ja, was? Ich befühlte meine Stirn, gerötet und heiß. Und dann drehte ich mich um, um mich all denen zu stellen, die mich beobachteten – ich konnte ihre Blicke auf mir spüren wie eine Berührung.

Mr. Holmes. Er schenkte mir ein kleines Lächeln, und ich wusste, dass er versuchte, freundlich zu sein, so wie er vorhin freundlich zu Mary Abbott gewesen war. Im ersten Moment spürte ich Übelkeit in meiner Kehle aufsteigen, weil ich nicht bemitleidet werden wollte, doch gleich darauf wich die Übelkeit einem Gefühl von Hoffnung: Mr. Holmes hielt mich nicht für schlecht. Er ließ seinen Blick noch eine Sekunde lang auf mir ruhen, bevor er ihn höflich abwandte. Sein Blick unterschied sich von dem aller anderen Erwachsenen: dem meiner Eltern, Mrs. Holmes'. Aber er war auch kein Junge wie David. Er fühlte sich nicht einfach deshalb zu mir hingezogen, weil ich einigermaßen hübsch war, verfügbar: ein Mädchen auf einer Tanzveranstaltung. Ich erkannte, dass er mich mochte. Und ich mochte ihn.

Noch immer war ich mehr Kind als Erwachsene. Ich war kein Ungeheuer, sondern ein verwirrtes, verletztes Mädchen. Aber es sollte Jahre dauern, bis ich das verstand. In diesen beiden Wochen zu Hause war Mutter wütend gewesen, Vater hatte die meiste Zeit geschwiegen, als gäbe es nichts zu sagen. Sie gaben mir die Schuld. Und so kam ich nach Yonahlossee als jemand, der es verdiente, dass man ihm die Schuld gab.

Kapitel 5

Meistens war es zu Hause sehr ruhig, und ein Tag glich dem anderen, wie es in einer glücklichen Kindheit so ist. Einmal im Winter und einmal im Sommer nahm Mutter Sam und mich mit nach Orlando, wo wir einkauften und in einem Restaurant aßen, uns vielleicht einen Film ansahen und die Nacht in einem Hotel verbrachten. Selbst wenn ich ungern auf einen Ausritt verzichtete, waren diese Ausflüge aufregend, gehörten letztlich aber auch zu unseren Gewohnheiten.

Sam und ich begleiteten Mutter einmal im Monat nach Emathla und folgten ihr von Laden zu Laden, während sie ihre Einkäufe erledigte. Die Leute kannten uns, sie war die Frau des Doktors, und wir waren die Kinder des Doktors. Mutter war charmant, erzählte in den Läden kleine Geschichten und machte Scherze, während sie die schlichten Stoffe befühlte, die wir nie kaufen würden – wir kauften unsere Kleider in Orlando oder aus dem Katalog –, und Bestellungen aufgab.

Mutter fand es unanständig zu tratschen. Darum sagte sie nie, dass die Leute in Emathla unserer nicht würdig waren. Aber das wussten wir auch so. Mittlerweile ist mir bewusst, dass die Stellung meiner Mutter nicht einfach war. Mein Vater war Landarzt, es gab keine andere Frau, die dieselbe Position wie meine Mutter innehatte. In Gainesville, wo es noch andere Ärzte und Anwälte wie meinen Onkel gab, hätte Mutter vielleicht Freundinnen gehabt. Was meine Mutter wollte, wirklich wollte, würde mir für alle Zeiten ein Rätsel bleiben. Es erscheint mir unmöglich, dass eine so charmante und schöne Frau ihr Lebensglück in drei Menschen fand: in mir, Sam, meinem Vater. Und dazu alle paar Wochen meine Tante, mein Onkel und mein Cousin.

Damals dachte ich jedoch nicht über die Zufriedenheit meiner Mutter nach. Ich war ein Kind. Ich wollte nur, dass die Fahrt ein Ende nahm, damit ich wieder zu Sasi konnte.

Ich ritt ihn einmal am Tag, manchmal zweimal. Niemals ließ ich einen Ritt ausfallen. Ich ritt, wenn ich krank war; ich ritt, wenn es regnete. Ich verbrachte tagtäglich viele Stunden im Stall, saß jedoch nur einen kleinen Teil dieser Zeit im Sattel. Die übrige Zeit war bestimmten Pflichten gewidmet, aber für mich waren es keine Pflichten, sie hatten nichts damit gemein, zusammen mit Sam in Mutters Garten Unkraut zu jäten oder Idella beim Putzen unseres vielen Silbers zu helfen. Das Zaumzeug reinigte ich täglich, den Sattel wöchentlich, und Sasis Fell striegelte ich, bis es glänzte. Kratzte den Dreck aus seinen Hufen und bestrich den empfindlichen Strahl mit Jod, damit er keine Strahlfäule bekam. Ich mistete seine Box aus und verteilte frisches Heu, wechselte das Wasser und fütterte ihn morgens um acht mit einer Mischung aus Kraftfutter und Hafer, nachmittags um vier bekam er dann noch einmal leichtere Kost. Das machte ich jeden Tag, es bereitete mir Vergnügen. Niemand musste mich daran erinnern.

Mutter war in ihrer Jugend geritten. Im Damensattel, was ihr nichts ausgemacht hatte, sagte sie, mir gefiel es überhaupt nicht, nachdem ich es ein-, zweimal ausprobiert hatte. Ohne meine Aufforderung machte Sasi keinen Schritt. Im Damensattel, ein Bein festgehakt, war ich hilflos.

Sam war oft bei mir im Stall, besonders nachmittags. Er ritt nicht, aber er mochte Sasi, und er baute die Parcours mit kniffligen Kombinationen und genauen Abständen zwischen den Sprüngen für mich auf. Wenn ich es schaffte, Sam zu ködern, verbiss er sich in solche Aufgaben wie ein Hund in einen Knochen. Er nahm unsere Zeit und notierte sie und die Zahl der Hindernisse, die wir gerissen hatten, in seinem Notizbuch. Daneben schrieb er eine Zahl zwischen Eins und Zehn – seine Bewertung, wie gut wir gewesen waren.

Mutter hielt es zwar für gefährlich und hätte es nicht erlaubt, aber manchmal führte ich Sasi hinten raus, nahm ihm den Sattel ab und überredete Sam, hinter mir aufzusteigen. Ich ritt gerne ohne Sattel, auch wenn es ohne die Polsterung wehtat – das war allerdings auch das Schöne daran, nichts zwischen mir und Sasi, so wie die Indianer ritten. Jedes Zucken seiner Muskeln konnte ich spüren, jedes kleine Zögern oder plötzliche Interesse. Sasi dachte nicht – er handelte einfach. Wenn man gut reiten wollte, musste man aufhören zu denken, durfte nur instinktiv handeln, und das fiel mir nie schwer.

Um nicht runterzufallen, musste sich Sam fest an mich klammern. Sasi war aufgeregt wegen des zusätzlichen Gewichts auf seinem Rücken, machte einen Schritt zur Seite, bog den Hals und trabte los. Er wusste, was kommen würde, dass ich ihn laufen und nach Lust und Laune galoppieren lassen würde, bis er müde wurde. Konnte er Sams ängstlich in meine Haare geflüsterte Bitte hören, ich solle stehen bleiben? Konnte er spüren, dass ich den Kopf schüttelte, mich taub stellte? Und konnte er spüren, wie Sam sich in meinem Rücken entspannte und wie er gleichzeitig ängstlich und lustvoll nach Luft schnappte, als wir nach rechts schwenkten, um einem Ast auszuweichen?

Angst bringt ein Pferd dazu, schneller zu laufen, daher mochte ich es, wenn Sams Angst da oben bei mir war und Sasi antrieb. Das war auch für Sam gut, dachte ich, wusste ich – er musste ab und zu Angst haben, damit er das Vergnügen spürte, das in der Gefahr lag.

Vater war für gewöhnlich bis abends weg, und Mutter arbeitete die meiste Zeit des Tages im Garten oder im Haushalt.

Auf die Besuche der Familie unseres Cousins freuten Sam und ich uns immer, dann waren Mutter und Vater unbeschwert, und Sam und ich verbrachten endlose Stunden mit Georgie. Wenn sie uns nach dem Wochenende wieder verließen, war ich allerdings auch froh, ich war froh, meine Familie wieder für mich zu haben und stundenlang ungestört im Stall zu sein, wo ich weniger Zeit zubrachte, solange Georgie da war, weil er Angst vor Pferden hatte.

Vater empfing seine Patienten jeden Tag, obwohl er sich eigentlich nicht besonders für Menschen interessierte. Außer dass er sie natürlich bei guter Gesundheit halten wollte, das war ihm sehr wichtig. Die Atwells auf ihren tausend Morgen Land waren *beinahe eine Insel*, scherzten Sam und ich. Aber es war nicht nur ein Scherz, uns hätte durchaus ein Ozean umgeben können.

»Thea?«

Langsam öffnete ich die Augen. Georgie beugte sich über mich. Er war gestern mit seinen Eltern eingetroffen.

»Wach auf, Thea«, flüsterte er.

Sam schnarchte leise. Ich hatte heftiges Bauchweh und wollte schlafen. Wir schliefen in meinem Zimmer, Georgie in dem Bett neben mir, Sam auf dem Boden, obwohl Mutter dieses Mal bei der Aufteilung gezögert hatte.

»Thea«, sagte er noch einmal, »es ist schon fast Morgen.«

»Ja«, sagte ich, »und jetzt schlaf weiter.«

»Wenn ich doch nicht müde bin?«

Ich schloss die Augen, um seine Stimme auszublenden.

»Komm mit mir runter«, flüsterte er und zog mich an der Hand. »Bitte.«

»Ich bin müde.«

»Trotzdem.«

In dem Dämmerlicht wirkten seine Gesichtszüge sanfter. Hoffnungsvoll sah er mich an, und ich legte seine Hand auf meine Wange. Sie fühlte sich seltsam zart, aber gut an. Mein Herz begann, schneller zu schlagen. Ich schlug die Decke zurück. Bevor ich Sam wecken konnte, schüttelte Georgie den Kopf. Sam und ich machten meistens, was Georgie wollte. Er war älter und stärker als wir.

»Komm mit«, sagte er, und wir schlichen durch das schlafende Haus, das so still war, dass es wie tot wirkte.

»Ich hätte etwas anziehen sollen«, sagte ich, als wir draußen an der frischen Luft waren. Es war Herbst, kurz vor Thanksgiving, wobei die Blätter sich hier nicht verfärbten. Der Herbst war ein gemischtes Vergnügen: Weil es kühl war, konnte ich tagsüber reiten, aber weil es früh dunkel wurde, konnte ich nicht lange draußen bleiben.

»Bist du nicht müde?«

Georgie schüttelte den Kopf. »Ich kann nicht schlafen. Hier«, sagte er und klopfte auf den feuchten Boden. »Setz dich!«

Ich zögerte. »Vielleicht sollte ich Sasi Guten Morgen sagen.«

»Mach's nicht. Wahrscheinlich schläft er.«

Ich lachte und setzte mich neben ihn, zog mir das Nachthemd über die Beine. »Pferde schlafen nur eine Stunde am Tag.«

»Dann muss ich ein Pferd sein.«

»Sie schlafen im Stehen«, fuhr ich fort. »Sodass sie von einer Sekunde auf die andere losrennen können.«

»Reden Pferde so? Von einer Sekunde auf die andere?«

»Mit mir schon. Sasi sagt mir alles Mögliche.«

Georgie nickte ernst. Es war ihm anzusehen, dass er mit den Gedanken woanders war. Er wirkte nachdenklich, was mir auffiel, weil es ungewöhnlich war. Normalerweise bewegte er sich unbekümmert durch die Welt, war sich selbst genug, stets guter Laune.

»Glaubst du, dass du immer hier wohnen wirst?«, fragte er. Wir saßen hinter dem Haus, die Aussicht war mir so vertraut: die Veranda, auf der wir später alle zusammensitzen würden, während die Erwachsenen an ihren Drinks nippten; die hohen Glastüren, die sich zu dem gemütlicheren Wohnzimmer öffneten, wo wir abends saßen, wenn wir für uns waren.

»Darüber habe ich noch nicht nachgedacht.« Ich legte mich ins Gras, immer noch schläfrig. »Wahrscheinlich werde ich mal dort wohnen, wo mein Ehemann wohnt.« Die Worte klangen fremd aus meinem Mund. Aber es stimmte, ich würde dort wohnen, wo mein Mann wohnte.

»Was, wenn er dich auf den Mond entführt?« Er zwinkerte mir zu, und jetzt erkannte ich ihn wieder.

Ich lachte. »Dann werde ich dich und Sam mitnehmen, damit ihr den Mond auch kennenlernt. Aber zuerst werde ich noch ein bisschen schlafen.«

»Ich auch.« Er legte sich neben mich. »Träum schön«, sagte er wie sonst Tante Carrie. Er nahm meine Hand, und ich erwartete, dass er sie wie üblich nach eine Sekunde wieder losließ, aber er tat es nicht.

»Du auch«, murmelte ich. Ich schloss die Augen. Schon beinahe eingeschlafen, spürte ich Georgies Finger auf meinem Arm, ganz leicht daran entlangstreichend. Ich sah auf, und er beobachtete mich lächelnd. Ich schloss die Augen wieder und versuchte, nicht einzuschlafen, versuchte, in diesem tranceähnlichen Zustand zwischen Schlafen und Wachen zu bleiben. Die Berührung meines Cousins bereitete mir eine fast unerträgliche Lust, aber ich wollte nicht, dass sie aufhörte.

Dann schien die Sonne hell auf uns herab, und meine Schenkel waren klebrig von Schweiß. Selbst wenn die Luft wie jetzt frisch war, stand die Sonne immer hoch am Himmel und folgte einem.

»Georgie«, sagte ich und schüttelte seine schlaffe Schulter. »Wir sind eingeschlafen.«

Onkel George und Vater saßen auf der Veranda, vor sich einen Stapel Papiere. Normalerweise machte mein Vater um diese Zeit seine Hausbesuche. Wir sahen die beiden, bevor sie uns sahen: mein schlanker Vater, seine feingliedrigen Arzthände, und mein rundlicher Onkel. Sie hatten beide Söhne, die ihnen glichen.

Verblüfft sah Onkel George mich an, als ich zu ihm trat; ich gab ihm einen Kuss auf die Wange.

»Was tust du hier draußen?«, fragte mein Vater. Er holte die Taschenuhr seines Vaters hervor, die er immer mit sich führte. Onkel George zog ihn deswegen auf, nannte ihn sentimental. Und tatsächlich trugen fast alle anderen Männer, die ich kannte – nicht, dass es so viele waren –, Armbanduhren. »Es ist viel zu früh.«

»Wir sind eingeschlafen«, sagte Georgie.

Ich wollte es erklären, stellte jedoch fest, dass es meinen Vater nicht interessierte. Als ich meinen Vater gefragt hatte, ob Onkel George auch so etwas wie die Taschenuhr von ihrem Vater habe, hatte er nur gelächelt.

»Geht doch rein«, sagte er. »Es ist immer noch früh. Weckt Mutter nicht.«

Mein Vater war im Juni vierzig geworden und ergraute langsam, sein dunkelbraunes Haar war von grauen Strähnen durchzogen. Onkel George bekam eine Glatze. Sie alterten beide, Vater stand es besser.

Als wir oben waren, entdeckte ich das Blut an meiner Unterwäsche. Ich setzte mich auf den Badewannenrand und tastete; meine Finger glänzten rotbraun, aber es war ein anderes Blut; es war klumpig.

Ich hörte den Boden vor der Tür knarzen. Sam, der aufstand. Zwischen meinem Cousin, der wieder ins Bett gefallen war, meinem Bruder und mir befand sich nur diese Tür. Es gab nicht einmal ein Schloss, das ich mir in diesem Moment so sehr gewünscht hätte. Sam klopfte immer zuerst an, aber trotzdem – es war nur eine Tür. Ich drückte ein altes Handtuch gegen meine Unterwäsche. Später würde ich es verbrennen. Später würde ich es meiner Mutter sagen. Meine Familie war in vielen Dingen fortschrittlich, und ich hatte gewusst, dass mich das erwartete. Und dennoch wäre ich bei dem Gedanken, dass Georgie oder Sam davon erfuhren, am liebsten gestorben.

Später an diesem Tag gingen Georgie, Sam und ich auf die Jagd nach einer Schlange für eines von Sams Terrarien. Ich hatte mir einen der Bindengürtel von Mutter umgelegt. Normalerweise wäre ich geritten, aber beim Frühstück hatte ich gesagt, dass Sasi lahmte. Mutter hatte mich verwundert angesehen – Sasi war ein gesundes Pony –, und ich hatte den Kopf weggedreht. Die Vorstellung, meine Reithose über das Ding zwischen meinen Beinen zu ziehen, war unmöglich. Tante Carrie war zusammen mit Mutter im Haus, und sie hatten gesagt, wir sollten vorsichtig sein, was sie stets sagten, egal, was wir vorhatten, daher war es bedeutungslos.

»Was habt ihr gestern Nacht gemacht?«, fragte Sam, und ich wusste sofort, dass er ein wenig beleidigt war, weil wir ihn nicht mitgenommen hatten.

»Was meinst du?« Georgies Ton war scherzhaft.

»Ich bin aufgewacht, und du warst nicht da. Und Thea auch nicht.«

»Georgie konnte nicht schlafen«, sagte ich, »und hat mich geweckt! Ich wollte nicht, dass er dich auch weckt.«

»Wonach suchen wir eigentlich?«, fragte Georgie, ohne

Sams Gekränktheit zu bemerken. Aber Sam schien meine Erklärung zu reichen.

»Schlangen«, sagte Sam.

»Ich finde garantiert eine«, sagte Georgie und grinste. »Ich weiß, wo sie sich verstecken.«

»Denk dran, sie nicht zu töten«, sagte Sam.

Georgie legte eine Hand aufs Herz. »Versprochen!«

Sam lachte. Georgie hatte letzten Monat versehentlich einen von Sams Baumfröschen zerdrückt, und er hob Eidechsen immer falsch auf, sodass sie ihren Schwanz abwarfen. Sam war behutsamer: Er wusste, wie er eine Eidechse in seine zusammengelegten Hände lockte, wie er eine Schlange im Genick packte und sich ihren Körper ums Handgelenk wand.

»Die arme Schlange«, murmelte ich. »Glaubst du wirklich, sie will bei uns leben?«

Sam grinste. »Besser, als von einer größeren Schlange oder einem Vogel gefressen zu werden.«

Georgie blieb stehen, schraubte seine Feldflasche auf und hob sie an den Mund. Wir hatten jeder eine quer über den Rücken hängen. Ich nahm einen Schluck aus meiner, das Wasser schmeckte angenehm kühl und leicht metallisch. Tante Carrie erlaubte Georgie, seine Haare länger wachsen zu lassen, als meine Mutter es Sam erlaubte, sodass mein Cousin wilder aussah, die braunen Haare ungekämmt, mit von der Sonne gebleichten hellen Strähnen. Mein Bruder ließ sich auf die Knie nieder und musterte eine Handvoll Erde. Anders als Sam hatte Georgie sich verändert. Wenn er die Arme hob, waren Haare zu sehen, und sein Schweiß roch intensiv nach Moschus. Aus diesem Blickwinkel wirkte Georgie beinahe so muskulös und kräftig wie ein Mann. Sam war nach wie vor jungenhaft schlaksig, und sein Rückgrat zeichnete sich deutlich ab.

»Wenn wir Glück haben«, sagte Sam und erhob sich, »sehen wir eine Korallenotter. Sie sind wunderschön. Da sind Schlangenspuren, ich weiß nur nicht, von welcher Art. Jedenfalls sind wir in der Nähe von Wasser.«

Korallenottern lebten in der Nähe von Wasser, das wusste ich von Sam. Vielleicht hatte ich es schon immer gewusst.

»Hoffentlich haben wir kein Glück«, sagte Georgie, »sie sind doch giftig.«

Sam und ich starrten ihn an. Korallenottern waren giftig, aber sie waren auch scheu. Und sie mussten lange an einem herumkauen, um ihr Gift zu übertragen. Die Gefahren der Wildnis in Florida kannten wir, aber man hatte uns beigebracht, vor der Natur keine Angst zu haben. Je kleiner das Tier, desto mehr Angst hatte es vor dem Menschen. Wenn ich auf meinem Pony saß, hatte Vater gesagt, war ich ein furchterregendes Wesen – Schlangen konnten unsere Schritte aus weiter Entfernung wahrnehmen, und Bären und Pumas rochen uns, bevor sie uns sahen.

Sam war ein sehr vorsichtiger Naturforscher. Die Reptilien in seinen Terrarien waren nicht giftig. Er wollte die Korallenotter nur sehen, nicht fangen.

»Du bist eben ein Stadtkind«, sagte ich. »Die Wahrscheinlichkeit, dass du dich an deinem Wasser verschluckst, ist größer, als von einer Korallenotter gebissen zu werden.«

»Das Risiko gehe ich ein«, sagte Georgie und grinste. Er nahm noch einen Schluck.

Ausführlich setzte Sam uns die Einzelheiten eines Korallenotterbisses auseinander, dann kam er zum Vergleich auf die Zwergklapperschlange zu sprechen, und ich ging weiter. Ich wollte nicht den ganzen Tag hier draußen bleiben, weil ich nicht wusste, wie lange die Binde halten würde.

»Still«, sagte ich leise, als ich das Gras leicht zittern sah. Ich deutete auf die Stelle.

»Könnte eine Eidechse sein«, flüsterte Sam. Auf den Knien kroch er zum Rand des Grases, das uns bis zur Taille reichte.

Georgie und ich sahen ihm zu, standen ganz still da. Sam konnte sich so leise wie ein Indianer bewegen. Wir nicht. Ich hielt den Atem an, als Sam den Arm in das Gras streckte und eine lange schwarze Schlange herauszog, um deren Hals ein orangefarbenes Band lief. Stolz durchzuckte mich, Sam war schnell.

»Gutes Auge, Thea«, sagte er und zeigte uns den Bauch der Schlange, der von einem wunderschönen Zinnoberrot war. »Sie ist mindestens dreißig Zentimeter lang.«

Wir betrachteten die Schlange, die sich in Sams Netz wand.

»*Diadophis p. punctatus*«, sagte er.

»Das ist nicht dein Glückstag, Diadophis«, sagte Georgie.

»Aber meiner«, sagte Sam zufrieden.

Ich betrachtete die Schlange, die jetzt reglos in dem Netz lag, als hätte sie sich ihrem Schicksal ergeben. Sie war ausgewachsen, nicht mehr jung, und makellos. Eine glückliche Schlange. Sam würde sie irgendwann wieder freilassen, aber das wusste die Schlange nicht.

Als ich von draußen reinkam, war Mutter in meinem Zimmer und saß auf dem Rand des ungemachten Betts.

»Da ist Blut auf deinem Laken«, sagte sie, und ich sah auf die Stelle, auf die sie deutete.

»Ich wollte es dir nachher sagen.«

Sie stand auf, und ich dachte, sie würde gehen, aber dann trat sie vor mich und zog meine Bluse aus dem Rock, bevor ich sie davon abhalten konnte.

»Woher hast du das?« Ihre Hand schwebte über dem Bindengürtel. Ich blickte aus dem Fenster, auf die große Eiche, die mütterlich über das Haus wachte. Vater sagte, sie würde das Haus im Sommer kühl halten und im Winter warm.

»Es tut mir leid«, sagte ich schnell.

Sie nickte und umfasste meine Hand, als wollte sie mich um etwas bitten. Aber ich war ihre Tochter, mich musste sie nicht bitten. »Weißt du, was das bedeutet?«

»Dass ich nicht reiten kann.«

Sie lachte. »Nein, es bedeutet, dass du von jetzt an ein Kind bekommen kannst.«

Ich erschrak. Meine Mutter lächelte mich sehr, sehr freundlich an, und ich wünschte mir, dass sie sich über mich ärgerte, irgendetwas, nur nicht diese Freundlichkeit. Normalerweise genoss ich die Zuneigung meiner Mutter, aber dem, was mit mir, mit meinem Körper geschah, sollte nicht noch mehr Aufmerksamkeit zuteilwerden. Ich hatte nicht gewollt, dass es passierte. Ich hatte nicht darum gebeten.

»Natürlich nicht gleich«, fuhr sie fort, »aber eines Tages. Freust du dich nicht, Thea?«

Ich schüttelte den Kopf. Meine Mutter zog mich an sich und drückte meinen Kopf an ihre Brust.

»Wein doch nicht. Ich wollte dich nicht beunruhigen. Ich will nur nicht, dass du denkst, du müsstest dich deswegen schämen.«

Ich trat einen Schritt zurück. »Du wirst es niemandem erzählen?«

»Natürlich nicht. Es bleibt unter uns. Das ist eine Frauensache.« Sie lächelte leicht. »Du musst dich deswegen nicht schämen, Thea. Kein bisschen.«

Ich nickte. Ich wusste nicht, was ich sagen sollte, also dankte ich meiner Mutter, und aus Gewohnheit erwiderte sie beim Verlassen des Zimmers freundlich: »Keine Ursache.«

Ich konnte mich ausgezeichnet konzentrieren. So nannte mein Vater es. Mutter nannte es *alles andere ausblenden*. Ich hatte schon zweimal geblutet, das erste Mal vor mehr als einem Jahr. Ich hatte es geheim gehalten, weil es mich verwirrte. Es war mir unverständlich, dass mir etwas, das ich erwartet hatte, so peinlich sein konnte. Dafür wusste ich, dass etwas real wurde, sobald man es aussprach. Ich warf mich auf mein mittlerweile gemachtes Bett, was wir nicht tun durften, presste mein Gesicht ins Kissen und wünschte mir, eine Stimme zu hören, Georgies oder Sams oder auch Tante Carries – nur ein Zeichen, dass das Leben auch ohne mich weiterging, dass es keine große oder besonders aufregende Sache war, wenn ich blutete. Ich war ein Mädchen, das einzige Mädchen in unserer Welt. Wie verschieden ich von Georgie und Sam war, hatte mir meine Mutter zu verstehen gegeben. Das erste Mal in meinem Leben fühlte ich mich ausgeschlossen, losgelöst. In der Schwebe.

Heute weiß ich, dass die Erleichterung, die ich auf Mutters Gesicht gesehen hatte, Erleichterung darüber war, dass ich normal war. Sie musste sich Sorgen gemacht haben, weil ihre vierzehn-, fast fünfzehnjährige Tochter noch immer nicht menstruierte. Sie ist einfach ein Spätzünder – das hatte Vater sicherlich zu ihr gesagt, dieses oder ein ganz ähnliches Wort gebraucht, und Mutter hatte ihm womöglich recht gegeben, aber trotzdem hätte sie sich weiter Sorgen gemacht.

Mein Vater kam später nach Hause als versprochen, und Mutter wartete an der Haustür auf ihn. Ich hatte Angst, sie würde ihm erzählen, dass ich meine Tage bekommen hatte, und wartete auf der Veranda, wo ich sie hören konnte.

»Sie warten draußen«, sagte meine Mutter, und mein Vater nickte.

»Wie geht es ihnen?« Er stellte seine schwarze Arzttasche ab, die er immer bei sich trug. »Welchen Eindruck machen sie?«

»Gut«, sagte sie und half ihm aus dem weißen Mantel.

»Gut?«

»Ja, Felix.« Ihre Stimme war sanft, aber bestimmt. Die Gespräche zwischen Erwachsenen waren oft unverständlich, verschlüsselt. Normalerweise interessierte ich mich nicht für die Angelegenheiten der Erwachsenen, über die Mutter und Vater sprachen, aber das hier war etwas anderes, etwas, das meine Tante und meinen Onkel betraf und letztlich auch Georgie. Und Georgie interessierte mich, sehr.

Ich wartete einen Moment, und dann folgte ich ihnen auf die hintere Veranda, wo die Erwachsenen sich vor dem Abendessen zu einem Cocktail trafen. Zu meiner Überraschung war ich enttäuscht, dass Mutter Vater nichts von mir erzählt hatte. Alle saßen auf den niedrigen Liegestühlen aus grün lackiertem Metall um einen Tisch mit Kanapees und einer Flasche Champagner für die Frauen und einer Karaffe Whiskey für die Männer. Es herrschte zwar Alkoholverbot, aber ihn zu organisieren war ein Spiel, bei dem jeder mitspielte und gewann. Onkel George kannte in Gainesville einen Mann, der ihn und uns damit versorgte. Normalerweise war das der schönste Teil bei den Besuchen, wenn die Erwachsenen am glücklichsten waren.

Ich trat hinter Vater und gab ihm einen Kuss auf den Scheitel. Er lächelte zu mir hoch, und Onkel George zwinkerte mir zu. Georgie und Sam saßen etwas hinter ihnen auf dem Boden und beobachteten die Schlange. Sam hatte ein Terrarium mit Erde und Moos und Steinen gefüllt; eine Miniatur des ehemaligen Zuhauses der Schlange. Ich setzte mich neben sie.

Tante Carrie fing meinen Blick auf und lächelte. »Geht es deinem Pony besser, Thea?«

Einen Moment lang sah ich meine Tante verständnislos an, dann erinnerte ich mich. »Oh, ja«, sagte ich. »Sasi muss sich nur ein paar Tage ausruhen.«

»Gut.« Sie lächelte und strich ihren Rock über ihrem dicken Bauch glatt.

Mein Vater sah meiner Mutter zu, wie sie die Champagnerflasche über ihr Glas neigte und sie schnell wieder hob, als die Bläschen über den Rand zu steigen drohten. Inzwischen ruhten alle Blicke auf ihr, und ich dachte daran, was sie vorhin über das Frausein gesagt hatte. Es kam mir sehr frauenhaft vor, wenn einem alle zusahen.

»Nun«, sagte Onkel George. Aus der Pfeife, die er hielt, ringelte sich eine dünne Rauchfahne gen Himmel. Ich mochte den Geruch. Dann trat Idella mit einer Platte Schnittlauchplätzchen auf die Veranda. Sam stand auf und nahm sich eine Handvoll, bevor sie die Platte auf dem Tisch abstellte.

»Sam«, schalt Mutter ihn leise. Sie wirkte abwesend. Wie alle Erwachsenen.

»Sie frisst. Jetzt schon. Die letzte hat tagelang nicht gefressen«, sagte Sam, ohne Mutter zu beachten, kniete sich hin und deutete auf die Schlange, die tatsächlich einen Regenwurm fraß. Ich schüttelte mich.

»Willst du ihr ihr ganzes Fressen besorgen?«, fragte Georgie. »Muss eine Menge Arbeit sein.«

Sam verschlang das letzte seiner Plätzchen. Ich fasste mir an die Wange, um ihm zu zeigen, dass dort ein Krümel klebte, aber er war völlig in den Anblick seiner Schlange versunken. Das konnte er, sich ganz und gar einem Tier widmen. Mit Sasi konnte ich das auch, wobei Sasi natürlich wie ich ein Warmblüter war.

Vorsichtig hob Sam die Schlange aus dem Terrarium und streichelte ihren Kopf. Sie wirkte ruhig, besänftigt. Mutter sagte, dass Sam eine besondere Gabe hatte, Tiere zu beruhigen, die die meisten Menschen in Angst und Schrecken versetzten. Er legte die Schlange auf den Holzboden, und sie begann, langsam wegzukriechen. »Sie braucht Bewegung«, murmelte Sam, während er ihr hinterherkrabbelte.

Georgie sah mich an und verdrehte die Augen, ich lächelte.

Ich konnte mir nicht vorstellen, eine Schlange so sehr zu mögen, wie mein Bruder das tat.

»Er ist ein Schlangenbeschwörer«, sagte ich. Georgie wollte gerade etwas erwidern, doch dann hörten wir das seltsame, unverkennbare Geräusch, wenn jemand weint, und wir drehten uns um. Meine Tante. Ein Schauer überlief mich. Ich erinnerte mich nicht, sie jemals weinen gesehen zu haben. Selbst meine Mutter hatte ich erst einmal weinen sehen, als ihr Pferd den Gnadenschuss erhielt; meinen Vater nie.

Ich drehte mich zu Georgie um, aber er hielt den Blick auf seine Mutter gerichtet.

»Es ist nichts mehr wert?«, fragte meine Mutter ruhig. »Alles?«

Meine Tante schloss die Augen und presste die Finger an die Lippen. Mein Onkel betrachtete seine Pfeife, die er zwischen Zeigefinger und Daumen geklemmt hielt. Er sah meine Mutter nicht an. Keiner sprach. Ich drehte mich erneut zu meinem Cousin und sah, dass leuchtend rote Flecken, die blasse Haut auf seinen Wangen und seiner Stirn überzogen. Er wusste Bescheid.

»Miami«, sagte Tante Carrie mit kummervoller Stimme und schüttelte den Kopf. »Miami.«

Seit ich mich erinnern konnte, reiste Onkel George regelmäßig nach Miami. Einmal im Monat fuhr er dorthin, um nach seinem Grund zu sehen, den er irgendwann verkaufen würde.

Mein Vater sagte nichts, saß ganz still da, die Hände auf den Knien, das Gesicht ausdruckslos. Was diese Ausdruckslosigkeit bedeutete, wusste ich: Mein Vater war wütend.

»Sag's ihr, George«, sagte Tante Carrie, »sag's ihr!«

Onkel George sah seine Frau an, und sie nickte. »Mach schon!«

»Um es kurz zu machen, wie ich heute Morgen schon

meinem Bruder erklärt habe, schulde ich der Bank mehr, als der Grund wert ist. Es war von Anfang an eine unkluge Investition«, sagte er endlich. »Aber es machte einen sicheren Eindruck. Bryan nannte das Licht dort ›Gottes Sonnenschein‹. Jeder wollte ein Stück davon haben, Elizabeth. So viele Leute wollten dort leben …« Seine Stimme verlor sich. »Ich hatte ein sicheres Gefühl.«

Als mein Vater sprach, klang seine Stimme sanft, aber klar. »Nichts im Leben ist sicher, George.« Ein leuchtend roter Kardinal landete auf dem Geländer und zirpte leise. Mein Vater drehte den Kopf, starrte den Vogel einen Moment lang an, dann wandte er sich wieder seinem Bruder zu. »Nichts.«

»Insbesondere Landspekulation«, sagte mein Onkel und lachte nervös.

Mir wurde schlecht. Die Luft war schwül, und die Erwachsenen waren so sehr mit sich beschäftigt, dass sie mir und Georgie keine Beachtung schenkten. Sam verfolgte immer noch seine Schlange.

Georgie stand auf und ging von der Veranda in den Garten, ohne sich zu entschuldigen. Ich erwartete, dass einer der Erwachsenen ihn zurückrief, aber sie sahen ihm nur hinterher, die Stirn in Falten gelegt, und plötzlich überkam mich Zorn – auf meinen dummen Bruder, meine dummen Eltern, meine dumme Tante und meinen dummen Onkel.

Ich lief Georgie hinterher. Meine Mutter rief mir nach: »Thea!«, aber ich achtete nicht auf sie. Ich holte ihn ein und fasste ihn an der Schulter.

Er drehte sich um. »Was willst du?«

Ich konnte nichts sagen. Ich wusste nicht, was ich sagen sollte. Seine Grobheit überraschte mich; Georgie war nie grob zu mir.

»Lass uns zum Stall gehen«, sagte ich leise. Ich wusste, dass er mir folgen würde. Als Sasi mich hörte, wieherte er und streckte seinen hübschen Kopf über die Tür der Box. Es war bald Fütterungszeit. Ich tätschelte seine breite Stirn und wartete. Wenn Georgie dazu bereit war, würde er sicher etwas sagen.

Ich murmelte Sasi zu, dass er ein braver Junge sei, und hoffte, dass die Blutung dieses Mal nicht zu lange anhalten würde. Nicht zu reiten, war fürchterlich, ich würde ein, zwei Tage brauchen, um mit Sasi wieder auf den Stand zu kommen, den wir zuvor erreicht hatten.

»Mein Vater dachte, wir würden reich werden«, sagte Georgie hinter mir, »so wie ihr.«

Behutsam, mit weichen Lippen knabberte Sasi an meiner Hand. Er hatte Hunger.

»Wir sind nicht reich«, sagte ich.

Georgie lachte kurz auf. »Ihr habt die Orangen.«

Das stimmte. Wir hatten die Orangen.

»Weißt du, was es heißt, wenn man eine Hypothek auf sein Haus aufnimmt, Thea?«, fragte er. Er trat näher an mich heran und berührte das Ende meines Zopfes, und ich erschauerte. »Das heißt, dass mein Vater von der Bank Geld auf unser Haus geliehen hat.«

»Warum?« Ich konnte kaum atmen. Georgies Finger glitten über meinem Rücken, spielten mit meinen Haaren.

»Um in Miami noch mehr Grund zu kaufen«, sagte Georgie. »Er wollte ihn bald verkaufen.« Beinahe flüsterte er. »Und jetzt geht es dem Land sehr schlecht, und er kann seine Bankschulden nicht zurückzahlen und bittet um Geld. Von deinem Vater.«

Ich spürte Georgies Atem in meinem Nacken. Ich konnte ihn riechen: stark, ölig, so als wäre er im Wald gewesen.

Sehr schlecht. Das waren die Worte unserer Eltern. Vater hatte letzte Woche dasselbe über das Land gesagt. Aber die Welt unserer Eltern hatte nichts mit unserer zu tun, sie war ganz verschieden davon. Wegen Erwachsenenangelegenheiten musste Georgie sich keine Sorgen machen. Ich drehte mich zu meinem Cousin um, der bedrückt aussah, genau das Gegenteil von dem, wie er nach Gottes Willen aussehen sollte. Ich nahm seine Hand.

»Sie kümmern sich darum. Du wirst sehen.«

Georgie wollte mir glauben, das war offensichtlich.

»Vertrau mir«, sagte ich.

Ich würde Georgie zeigen, dass ich keine Angst hatte. Damals bedeutete mir Geld nichts. Wenn Onkel George von uns Geld borgte, war das in Ordnung, denn in einer Familie wurde alles geteilt, und außerdem ging das Geld nie aus. Immer gab es weitere Seidenvorhänge aus Orlando, ein weiteres Pony, ein weiteres Messer mit Elfenbeingriff.

»Na gut«, sagte er. Der alte Georgie tauchte wieder auf. »In Ordnung. Ich glaub dir, Thea.«

Er küsste mich auf die Wange. Ich wurde rot, freute mich aber, weil ich meinem Cousin geholfen und ihn aufgemuntert hatte, weil ich ihm deutlich gemacht hatte, dass es auf Geld nicht ankam.

Alles, was ich meinem Cousin an diesem Tag gesagt hatte, glaubte ich auch. Alles, was mir lieb und teuer war, befand sich im Umkreis von fünfzig Metern: meine Eltern, meine Tante und mein Onkel, mein Bruder. Mein Cousin und mein Pony nur eine Armeslänge entfernt. Ich war völlig im Reinen mit der Welt.

Kapitel 6

Es regnete in Strömen. Ich blieb mit Naari an der Schmalseite des Reitplatzes neben Mr. Albrecht stehen und sah zu, wie Leona den Parcours beendete. Heute ritt sie schlecht, vielleicht störte sie der Regen. Sie und King hatten mehrere Hindernisse ausgelassen, zwei gerissen.

»Zügel!«, rief Mr. Albrecht, seine Stimme vom Wind gedämpft. Er hielt einen Regenschirm, den Naari argwöhnisch beäugte. Wir wurden heute einzeln beurteilt, ich zum ersten Mal, aber ich war nicht nervös.

Als Leona fertig war, ließ ich Naari aus dem Stand antraben; der Sturm irritierte sie, und ihre Ohren klappten vor und zurück. Leise sprach ich mit ihr, drückte ihr zweimal die Fersen in die Flanken, und einen Moment lang war sie aufmerksam. Wir trabten an Leona vorbei, die wütend auf King einredete.

»Die Knie, Thea«, rief Mr. Albrecht. Meine Knie rutschten beim Springen oft nach oben.

»Eine Minute.« Mr. Albrecht nahm die Zeit, da wir bei einem Wettbewerb den Parcours auch auf Zeit ritten. Ich nahm den rechten Schenkel etwas zurück, und Naari fiel in einen leichten Galopp.

»Los«, rief Mr. Albrecht, als wir uns dem ersten Hindernis näherten, aber noch nicht ganz bereit waren. Schon lange vor Mr. Albrecht hatte ich mir angewöhnt, meine Fehler zu verdrängen. Ständig daran zu denken, konnte auf dem Parcours schnell fatale Folgen haben.

»Jetzt«, zischte ich Naari zu, als wir das erste Hindernis knapp nahmen. Der Regen schien zuzunehmen, oder vielleicht ritt ich auch schneller. Der Wind peitschte mir ins Gesicht. Es gewitterte nicht – dann müssten wir uns nach den hier geltenden Regeln unterstellen –, aber die schwächeren Äste der Eichen knackten hörbar.

Ein Ast landete vor uns, und Naari brach aus. Ich tippte ihr mit der Gerte auf die Schulter und verkürzte die Zügel.

»Gleichgewicht«, hörte ich Mr. Albrecht kaum vernehmbar rufen.

Ich dirigierte Naari zu einer dreifachen Kombination, dem schwierigsten Hindernis des Parcours.

»Zwei, zwei, zwei«, wiederholte ich für mich – zwischen jedem Hindernis lagen zwei Schritte, nicht mehr und nicht weniger.

»Ja«, schrie Mr. Albrecht. »Gut!« Ich konnte ihn kaum verstehen. »Jetzt«, hörte ich ihn rufen, und ich nahm das erste Hindernis. Eins, zwei – Naari flog über das zweite Hindernis, ich konnte sie kaum unter mir spüren, sie war wie eine Sprungfeder zwischen meinen Beinen.

Und dann das letzte Hindernis. Wir hatten es fast geschafft. Der Wind nahm zu, und dann flog uns zwischen dem zweiten und dem dritten Hindernis Mr. Albrechts Regenschirm entgegen. Naari brach nach rechts aus, ich verlor den rechten Steigbügel, und dann hörte ich deutlich das Reißen von Leder, und der Sattel rutschte nach links. Der Gurt ist gerissen, dachte ich ungläubig. Ich sah zu Mr. Albrecht, als wollte ich sagen: Sehen Sie das?

Der Sattel rutschte noch weiter nach links, ich konnte mein Pech nicht fassen – wie sollte ich mich aufrichten, den Sattel nach rechts schieben, wenn ich den rechten Steigbügel verloren hatte? Das war unmöglich. Plötzlich war mir furchtbar schwindlig, ich hing beinahe parallel zum Boden.

»Wendung«, rief Mr. Albrecht. »Wendung.«

Ich war jedoch so desorientiert, dass ich nicht einmal mehr wusste, welches der linke und welches der rechte Zügel war. So fest ich konnte, presste ich mein rechtes Bein gegen Naaris Flanke, um nicht zu Boden zu fallen. Denn ich würde nicht gut fallen. Von hier aus konnte ich sehen, dass der Gurt nicht ganz durchgerissen war, sodass ich unter Naari hängen bleiben würde, durch den linken Steigbügel an sie gefesselt.

»Mach was!«, rief Mr. Albrecht verzweifelt. »Irgendwas!«

Naari galoppierte an ihm vorbei, und Leona blitzte in meinem schiefen Sichtfeld auf. Sie blickte auf ihre Hand, die sie vor sich hielt, die Finger in dem marineblauen Handschuh gespreizt, Handfläche nach oben. Farbe rann über ihren Unterarm.

Mit einer enormen Kraftanstrengung schaffte ich es, meinen Arm um Naaris Hals zu legen und mich wieder hochzuziehen. Und dann war die Ordnung der Welt wiederhergestellt, und ich schaffte es, Naari im Zirkel laufen zu lassen, bis sie langsamer wurde.

Mr. Albrecht trat auf uns zu und streckte Naari, die ihn argwöhnisch musterte, eine Hand hin. »Alles gut«, murmelte er und dann an mich gewandt: »Alles in Ordnung, Thea?«

Ich nickte. Mir ging es gut, seltsamerweise. Ich hätte erleichtert sein sollen oder noch verängstigt, stattdessen fühlte ich mich leer, sogar entspannt. Ich war knapp einem Unfall entgangen, aber war das nicht immer so, wenn ich auf einem Pferd saß?

Leona stand immer noch an derselben Stelle und beobachtete uns, und da wurde mir klar, dass ich Zeugin ihrer Schwäche gewesen war: Leona hatte nicht zuschauen wollen. Sie hatte Angst gehabt.

»Sie ist unheimlich«, sagte Leona später im Stall, als wir warmes Wasser über die Rücken unserer Pferde gossen. Dampf stieg auf. »King nicht. Er ist dumm. So sollte ein Pferd sein, dumm und gehorsam.«

»Ich mag kluge Pferde«, sagte ich leichthin.

»Zum eigenen Schaden klug, das magst du? Du hast deinen Steigbügel verloren und wärst beinahe gestürzt. Sie hätte dich über den Reitplatz geschleift.«

»Aber ich bin nicht gestürzt.« Naari war erschöpft und stand links und rechts angebunden ganz still da.

»Aber es hätte passieren können«, sagte Leona. Ich wollte schon widersprechen, als Leona fortfuhr: »Je dümmer ein Pferd ist, desto besser.« Sie klopfte King auf den Hals. »Es sind schon Leute bei Reitunfällen gestorben, Thea.« Sie löste die Stricke, mit denen King angebunden war. Als die Metallschließen auf den Betonboden des Waschplatzes krachten, zuckte Naari zusammen. »Du solltest um ein anderes Pferd bitten. – Das wirst du allerdings nicht tun«, sagte sie, als sie King an uns vorbeiführte, »weil du stolz bist. Ein Pferd ist eine Waffe.«

Ich stand da und sah sie an, erkannte, dass ich etwas hatte, was Leona nicht hatte. Ich hatte Mut. Und das zählte.

»Kluge Pferde unterstützen einen«, sagte ich. »Sobald man sie für sich gewonnen hat. Dumme Pferde«, und dabei sah ich King an, »interessieren sich für nichts.«

Leona starrte mich an, dann drehte sie schnell ihr Gesicht weg, und ihr langer blonder Zopf fuhr wie eine Peitsche durch die Luft. Wir wussten beide, dass ich recht hatte.

Ich striegelte die Druckstellen des Sattels auf Naaris Rücken glatt, als Leona zurückkam.

»Ich will dir etwas sagen«, begann sie. Ihre Stimme klang neutral. »Ich komme aus einer Familie von Reitern.«

Ich klopfte den Striegel an der Wand aus. Ein Haarbüschel in Form des Striegels fiel auf den Boden.

»Ich weiß.« Wir alle wussten es.

»Ja«, fuhr sie fort, »eine Familie, in der jeder reitet.« Sie hielt inne. »Meine Schwester ging zu dicht hinter einem Pferd her, und das Pferd trat ihr gegen den Kopf. Sie ist gestorben.«

Ich sagte nichts.

»Das ist lange her. Einige Zeit vor meiner Geburt. Sie starb innerhalb von drei Tagen.« Sie hielt drei Finger in die Höhe. »Es war nicht die Schuld des Pferdes. Es war ihre Schuld, sie hätte dort nicht gehen dürfen. Es ist nie das Pferd, Thea.«

Dann drehte sie sich um und ging mit gemessenen Schritten davon.

»Leona«, rief ich.

Sie drehte sich um. »Ja?«

»Das mit deiner Schwester tut mir leid.« Ich machte einen Schritt nach vorn, und obwohl ich sicher mehr als sieben Meter von dem Mädchen entfernt stand, dieser bezaubernden Riesin, wich sie einen Schritt zurück.

Leona schüttelte den Kopf. »Es war vor meiner Zeit.«

Während ich Leona hinterhersah, wurde mir klar, ihre Enthüllung bedeutete nicht, dass sie mir ihre Seele für alle Zeiten einen Spaltbreit geöffnet hatte, wie es bei Sissy der Fall gewesen wäre. Aber trotz ihrer herrischen Art mochte ich Leona. Trotz dessen, was Sissy gesagt hatte. Ich fühlte mich ihr verbunden, wir waren hier die besten Reiterinnen.

Mary Abbott kniete neben meinem Bett. »Thea«, flüsterte sie. »Thea.«

Ich öffnete die Augen. Der Mond schien nicht, und im Bungalow war es stockdunkel. Ich erkannte Mary Abbott an dem Leuchten ihrer blassen Haut. Meine Brust fühlte sich eng an.

Ja, wollte ich sagen, aber ich hatte keine Kontrolle über meine Stimme.

»Du atmest so schwer«, sagte Mary Abbott, »es hat mich geweckt.«

Zu schnell setzte ich mich auf und schlug mir den Kopf an der Unterseite von Evas Bett an, was mir seit meinem ersten Morgen hier nicht mehr passiert war. Meine Haare verfingen sich im Bettrost, mein Kopf brummte. Erneut versuchte ich zu sprechen, aber heraus kam nur ein Bellen.

»Du hörst dich nicht gut an.«

Ich schüttelte den Kopf und fing an zu weinen. Ich konnte nicht sprechen, ich konnte kaum atmen. Als ich mich hingelegt hatte, hatte ich nur einen Schnupfen gehabt. Die Glieder hatten mir ein wenig wehgetan, aber im Übrigen war es mir gut gegangen.

Jetzt kam Sissy und schob Mary Abbott beiseite. Sie nahm meine Hand und legte ihre andere Hand auf meine Stirn. »Hol Henny«, befahl sie.

Mary Abbott verschwand.

Sissy befreite meine Haare aus dem Rost. »Leg dich wieder hin«, flüsterte sie.

»Thea?« Evas Kopf hing über dem Bett.

Ich versuchte, etwas zu sagen – es ist nichts, wollte ich sagen –, aber Sissy schüttelte den Kopf.

»Still.«

Sissy durfte mich nicht zur Burg begleiten, wo ich die Nacht in dem fensterlosen Krankenzimmer verbrachte. Jede Stunde sah Mrs. Holmes nach mir, während ich unruhig schlief, das erste Mal seit Monaten allein, nichts außer dem Rauschen des Windes in den Bäumen, das mich in den Schlaf wiegte. Ich hatte mich an die Geräusche der Mädchen gewöhnt: Gates schnarchte leise, sobald sie eingeschlafen war, und Sissy brabbelte gelegentlich vor sich hin, bis Victoria nach unten griff und sie anstupste. Und immer wieder wachte ich schwer atmend auf und glaubte für einen kurzen Moment, dass ich zu Hause in meinem eigenen Bett lag, wo ich hingehörte.

Ich fiel ins Delirium. Mrs. Holmes vermied es, mich zu berühren, wenn sie mir das Thermometer in den Mund schob und es mit der Fingerspitze gegen meine störrische Zunge drückte.

»Lass das, Thea.« Aber ich ließ es nicht, es war mein stiller Widerstand.

»Mutter«, sagte ich.

»Sie ist nicht da, Thea«, sagte sie ruhig.

Das Atmen fiel mir im Lauf der Nacht immer schwerer; mein Fieber stieg. Bei jedem Aufwachen dachte ich, ich sei zu Hause.

Jemand folgte Mrs. Holmes ins Zimmer – mittlerweile fantasierte ich womöglich –, ich sah den scharfen Umriss eines großen, schlanken Mannes.

»Sam«, rief ich.

»Schhh«, sagte Mrs. Holmes.

Sobald Mutter erfuhr, dass ich krank war, würde sie kommen. Das musste sie.

Als ich die Augen wieder öffnete, standen Mrs. Holmes und ein Mann – der Arzt – vor mir.

»Darf ich dich untersuchen, Thea?«, fragte er.

Verschämt legte ich die Hand auf mein Herz. Ich fragte mich, ob er mein Nachthemd zum Abhören anheben würde. Selbst mit meiner Schnupfennase nahm ich den moschusartigen Geruch des Arztes wahr. Er trug keinen weißen Arztkittel wie mein Vater, wenn er einen Patienten hatte. Stattdessen trug er einen normalen Anzug. Es war Sonntag, er war eigens meinetwegen gekommen. Er war klein und dick und passte besser zu Mrs. Holmes als zu Mr. Holmes. Seine Frau war womöglich groß und schlank, so war die Welt.

Er nahm mein Handgelenk und presste seine Finger darauf, um meinen Puls zu fühlen.

»Letzte Woche ist sie stundenlang im Regen geritten«, sagte Mrs. Holmes, »sie war völlig ausgekühlt. Außerdem«, fügte sie mit gesenkter Stimme hinzu, »hatte sie großes Heimweh.«

»Reiterin?«

»Ja«, sagte ich.

Mrs. Holmes ging zum Schrank und holte einen Stapel weißer Handtücher heraus; ich sah mich in dem Spiegel an der Tür, als sie zufiel. Ich war sehr blass. »Alle Mädchen hier reiten«, sagte Mrs. Holmes, als wäre es eine unvermeidliche, etwas enttäuschende Beschäftigung.

Ich fragte mich, ob sie wütend auf Mr. Albrecht war – den sie zu mögen schien, der mit den Holmes am Lehrertisch saß –, weil er mich im Regen hatte reiten lassen.

»Ich habe es nicht darauf angelegt, krank zu werden«, sagte ich. Zu dieser Sorte Mädchen gehörte ich nicht.

Mrs. Holmes sagte nichts. Mr. Holmes durchschaute ich inzwischen, in seinem Gesicht spiegelte sich wider, was die Mädchen sagten, stets drückte es Vergnügen oder Bestürzung oder Verwirrung aus, aber Mrs. Holmes war absolut gleichmütig, ein Zug, den ich unwillkürlich bewunderte. So gleichmütig wäre ich auch gerne gewesen. Ihre Kleider waren altmodisch, wie aus einer anderen Zeit: der bis zum Boden reichende Rock, die Brosche, die ihre Bluse am Hals zusammenhielt, damit man nicht auch nur einen Zentimeter Haut sehen konnte. Die Holmes galten als fortschrittlich; als sie hier die Leitung übernommen hatten, schafften sie die Damensättel ab, worüber zumindest ich froh war. Dank ihrer schrieben sich viele Mädchen an Frauencolleges ein und besuchten auch eines, sofern sie nicht vorher heirateten. Und doch saß Mrs. Holmes da wie ein Relikt aus vergangener Zeit.

Der Doktor tastete meinen Hals ab. »Eine Krankheit ist

ein geheimnisvolles und oftmals unerklärliches Ereignis, Mrs. Holmes. Ihre Ursache zu kennen, hieße, mehr als Gott zu wissen, Mrs. Holmes. Mehr als die Wissenschaft.«

Mrs. Holmes murmelte etwas, aber es war unklar, ob es etwas Zustimmendes oder etwas Ablehnendes war, und der Arzt kicherte und zwinkerte mir zu, dann bat er mich, mich aufzusetzen, damit er mir das kalte, von seinem Atem angewärmte Stethoskop an den Rücken drücken konnte. Ich trug nur mein Nachthemd, nichts darunter.

Fast nackt war ich vor diesem Mann. Meine Brust brannte, und ich konnte nur flach atmen, aber ich schämte mich dennoch.

Mit geschlossenen Augen atmete ich auf die Bitte des Arztes hin tief ein. Ich war froh, nicht zu Hause zu sein, denn dann hätte Vater mich untersucht und mich unbekleidet gesehen. Aber wenn ich zu Hause wäre, ginge es mir auch gut.

»Eine schwere Erkältung«, verkündete der Arzt, als er fertig war. Ich mochte ihn. Er hatte sich auf meine Seite geschlagen.

Es klopfte an der Tür, und ich legte mein Buch hin.

»Herein«, rief ich.

Es war Mr. Holmes. Er trug einen Anzug; es war Mittwoch, und das Leben im Camp ging ohne mich weiter. Alle kleideten sich hier formell; Mr. Albrecht trug zu seinen Reithosen eine schwarze Turnierjacke; und die Lehrerinnen trugen hübsche, wenngleich schlichte Kleider. Ich strich die Decke über meinem Schoß glatt.

Er ließ sich auf den Stuhl neben meinem Bett sinken, der zu klein für ihn wirkte.

»Hallo«, sagte er und lächelte. Er war zu groß zum Reiten, er müsste mit seinem Gleichgewicht kämpfen. Vielleicht wenn er es als Kind gelernt hätte, aber einem groß gewachsenen Erwachsenen das Reiten beizubringen, war fast unmöglich. Das erste Mal in meinem Leben war ich in einem Zimmer allein mit einem Mann, der nicht zur Familie gehörte, und ich hätte mich unbehaglich fühlen sollen. Aber das tat ich nicht.

»Hallo. Wie geht es Ihnen?«

»Sehr gut. Aber das sollte ich dich fragen. Geht es dir besser?«

Ich nickte.

»Was liest du?« Er deutete auf mein Buch.

»*Wiedersehen in Howards End.*«

Liest du gerne?«

»Ja, sehr.«

Er nahm das Buch und betrachtete den Umschlag. »Ich auch. In Forsters Welt gibt es so viel Grausamkeit und so viel Gutes. Aber ich will dir den Lesespaß nicht verderben. Du bist ja erst bei der Hälfte.«

»Könnte man das nicht von jedem Buch sagen?«, fragte ich scheu. Aber ich wusste, dass ich recht hatte. »Wenn echte Menschen darin vorkommen.«

»Ja, wahrscheinlich könnte man das.«

Offenkundig war Mr. Holmes angenehm überrascht. Einen Moment lang schwiegen wir.

»Ich mache mir Sorgen, Thea. Mrs. Holmes meint, dass du Heimweh hast …« Ich wollte widersprechen, aber er hob die Hand. »Dafür muss man sich nicht schämen, Thea. Viele der Mädchen haben Heimweh. Es geht vorbei. Allerdings bist du schon zwei Monate hier.«

Ich spielte mit einer Haarsträhne. Seit fast einer Woche hatte ich meine Haare nicht gewaschen. Ich musste schlimm aussehen, blass und ungekämmt.

»Ich habe kein Heimweh«, sagte ich. »Bald gehe ich ja wieder nach Hause.«

Er senkte den Kopf, und ich wusste, dass er die Überraschung auf seinem Gesicht zu verbergen versuchte.

»Zu den Sommerferien«, fuhr ich fort. »Nächste Woche.«

Mr. Holmes schwieg einen Moment. »Thea«, sagte er schließlich, »du wirst Yonahlossee nächste Woche nicht verlassen.«

»Doch, ganz bestimmt«, sagte ich. »Da muss ein Missverständnis vorliegen.« Das hatte Mutter letztes Jahr gesagt, als ein Ladenbesitzer in Emathla für Vater das falsche Haartonikum bestellt hatte. Aber trotz meines Protests wusste ich, dass Mr. Holmes mich nicht anlügen würde. Ich strich über den Buchumschlag. »Wie lange denn?«, fragte ich. Ich konnte ihn nicht ansehen. Bestimmt würden sie mich für Thanksgiving nach Hause holen. Wir hatten noch nie Feiertage getrennt voneinander verbracht.

»Dein Vater hat einen Platz für ein Jahr reserviert.«

»Ein Jahr«, wiederholte ich. Das Umschlagbild verschwamm. Ich konnte es nicht begreifen. Statt es mir selbst zu sagen, hatte Vater es einem Fremden überlassen. Mein Vater war schwach. Das wurde mir auf einmal klar.

Erneut ergriff Mr. Holmes das Wort. Seine Stimme klang freundlich. »Alle mögen dich. Hier zu sein, ist keine Strafe, egal, was deine Eltern damit bezwecken. Es ist ein Privileg, hier zu sein.« Er hielt inne, und das Wohlgefühl, das seine Stimme hervorgerufen hatte, verging. Ich sah ihn an und lächelte, damit er fortfuhr. »Du kannst über Yonahlossee denken, was du willst, aber bitte verurteile es nicht. Irgendwann wird es dir bestimmt gefallen.«

Ich erwiderte nichts. Ich traute meiner Stimme nicht. Er stand auf, als wollte er gehen. Er musste denken, dass ich allein sein wollte. Es gab nichts, was ich weniger wollte.

»Wissen sie, dass ich krank bin?«, fragte ich.

Er wollte nicht antworten, das sah ich ihm an, aber er

nickte und schürzte die Lippen, und ich wusste, dass er meine Eltern schrecklich fand. Er dachte an seine eigenen Töchter, dass er sofort zu ihnen ginge, wenn sie krank würden, und ich wollte ihm sagen, dass er recht hatte, dass meine Eltern schrecklich waren, aber er sollte auch wissen, dass sie mich liebten, dass er nicht wusste, was ich getan hatte. Dass er sie nicht verurteilen sollte. Und dass keiner von uns wusste, wie wir unter bestimmten Bedingungen handeln würden. Keiner von uns, auch er nicht.

»Sie machen sich Sorgen«, sagte er zögernd.

Der Klang meines Lachens überraschte ihn; er sah mich fragend an.

»Sie halten mich bestimmt für dumm«, sagte ich, bevor er den Mund aufmachen konnte. »Für einen Bauerntrampel.« Ein solches Wort hätte ich zu Hause nie verwenden dürfen. Zu ordinär.

»Thea«, sagte er und schüttelte den Kopf. Er war mir so nah, dass ich die Stoppeln sah, wo sein Bart wachsen wollte. »Nicht eine Sekunde lang habe ich dich für dumm gehalten. Ich will nicht so tun, als verstünde ich die verwickelten Verhältnisse in anderen Familien.« Er hielt inne und schüttelte den Kopf. »Es tut mir leid. Ich sollte offen sprechen. Ich kenne deine Eltern nicht, Thea. Ich kenne deine Familie nicht. Aber ich weiß, dass die Dinge irgendwann immer in Ordnung kommen, wenn nicht gleich, dann später.« Bevor er ging, sagte er noch etwas. »Ich fand immer großen Trost darin, Bücher überallhin mitnehmen zu können. Egal, wann, egal, wo ich war. Ich bin froh, dass du auch Trost darin findest.«

Nachdem er die Tür geschlossen hatte und das Zimmer wieder leer war, weinte ich in mein Kissen. Seit ich hier war, hatte ich nicht mehr so geweint. Wie wenig ich ihnen bedeuten musste, dass sie es mir nicht selbst gesagt hatten. Meine Brust brannte, ich konnte kaum atmen. Ich schaffte es gerade noch zum Abfalleimer und übergab mich. Es hinterließ einen bitteren Geschmack. Ich hatte nichts gegessen, aber mein Körper produzierte genug, um es auszustoßen.

Dann öffnete ich den Vorratsschrank und starrte mein Spiegelbild an. Hässlich war ich geworden, blass, schmutzig und fürchterlich dünn. Meine Augen waren rot und geschwollen. Meine Lippen rissig. Wie ein Ungeheuer sah ich aus; meine Familie würde mich nicht wiedererkennen. Noch nie hatte ich mehr als eine Nacht nicht zu Hause verbracht, und das nur mit Georgie in Gainesville.

Als Sam und ich zehn waren, zu jung, als dass man es uns unumwunden sagen konnte, aber alt genug, um selbst darauf zu kommen, brachte sich eine Frau in Emathla um. In einer kalten Nacht hatte sie ihren Säugling mit einem Quilt zugedeckt, und als sie morgens zu ihm ging, war er tot, das Gesicht unter dem Quilt. Sie hatte ihn erstickt, weil sie ihn schützen wollte, und nachdem sie ihn gefunden hatte, nachdem mein Vater gekommen war und die Leiche untersucht hatte, nach dem Begräbnis, den Beileidsbekundungen, den vielen Besuchen von Nachbarn und wohlmeinenden Bekannten hatte sie eine Flasche Ammoniak getrunken. Erneut wurde mein Vater in das Haus gerufen, obwohl sie schon tot war, als er eintraf, und Sam hörte, wie er meiner Mutter erzählte, dass ihre Kehle verätzt gewesen sei, dass dieser Tod eine Selbstbestrafung gewesen sei.

Sam hatte mich in der Sattelkammer gefunden, nicht ganz sicher, was diese verstörende Nachricht bedeutete. Ich hatte es verstanden. Mir machte nicht viel Angst, aber das schon: dass ein Mensch sich selbst gegenüber so gewalttätig sein konnte.

Auch andere Menschen hatten den Tod gesucht, manche mit Erfolg, manche nicht. Mir stand ein Schrank mit den Beständen für das Krankenzimmer zur Verfügung. Scharfe

Scheren, eine Batterie von Pillen, Flaschen mit Alkohol und Desinfektionsmitteln. Diese Sorglosigkeit, den Schrank nicht zu verschließen, sah Mrs. Holmes nicht ähnlich.

Die Frau war jung gewesen, noch nicht lange verheiratet, wahrscheinlich um die zwanzig; nicht viel älter als ich. Ich sah mir zu, wie ich meine Haare glatt strich, wie sich meine Hand so leicht schloss und öffnete, immer wieder, bis ich aufhörte. Ich *würde* aufhören, ich würde die Schranktüren schließen und mich wieder ins Bett legen, vielleicht an der Stelle weiterlesen, an der ich das Buch weggelegt hatte.

Ich wollte am Leben sein. Ich wollte leben. Ich war nicht schwach. Und deshalb würde ich mich hier zu Hause fühlen. Hier würde ich zu Hause sein, ohne meine Familie.

Ein Lichtdreieck fiel auf meine Bettdecke, und ich spürte, dass jemand neben dem Bett stand. Sam, dachte ich im Halbschlaf; er war hier, um mich wie fast jeden Morgen aus dem Bett zu holen.

»Thea?«

»Sissy«, sagte ich und setzte mich auf.

»Du siehst aus, als hättest du einen Geist gesehen!«

»Du hast mich überrascht«, sagte ich und zog die Decke enger um mich. Sissy sah tatsächlich wie ein Geist aus, ganz bleich in der Dunkelheit.

»Mrs. Holmes hat mir erlaubt zu kommen. Ich bin ihr Liebling«, sagte sie und rahmte mit den Händen ihr Gesicht ein. Sie wartete, dass ich lachte, aber ich konnte nicht.

Einen Moment lang war ich still und sie auch; dann knipste ich die Lampe an, und wir wurden beide in Licht getaucht.

»Wahrscheinlich denkt sie, du hättest einen guten Einfluss auf mich«, sagte ich schließlich und wich ihrem bohrenden Blick aus.

»Was ist mit dir, Thea?«

Kurz sah ich sie an. Sie wirkte bekümmert, um mein Wohlergehen besorgt.

»Meine Eltern kommen nicht, um mich abzuholen.« Sie machte keinen erstaunten Eindruck. »Du wusstest es«, sagte ich.

»Gedacht habe ich es mir«, sagte sie. »Gehofft.«

»Ich möchte heim.« Der Klang meiner Stimme war mir peinlich, belegt und erschöpft. Ich schlug die Hände vors Gesicht.

»Aber warum denn?«, unterbrach sie mich und zog mir sanft die Hände vom Gesicht. »Was ist dort denn so gut?«

Ungläubig sah ich sie an. »Ich vermisse es«, sagte ich. »Ich vermisse meinen Bruder.«

»Deinen Bruder, der dir keinen einzigen Brief geschrieben hat?«

»Aber das ist doch nicht seine Schuld«, platzte ich heraus. »Du weißt nicht, was ich getan habe, Sissy.« Sissy konnte es nicht verstehen. Sie tat mir leid, weil sie ihre Schwester nicht so liebte wie ich Sam.

»Dann erzähl es mir.« Ruhig sah sie mich an. So entschlossen hatte ich sie noch nie erlebt.

»Ich will aber nicht.« Ich war verzweifelt. Ich griff mir an den Hals. »Ich will heim.«

Sie schwieg. »Es geht das Gerücht, dass du wegen eines Jungen weggeschickt worden bist.«

»Ein Gerücht?«, wiederholte ich.

Sie lachte kurz auf. »Irgendein Gerücht macht immer die Runde. Eines der Mädchen kennt jemanden, der jemanden kennt, der deine Eltern kennt. So in der Art.« Sie legte den Kopf schief. »Stimmt es denn?«

»Ja«, sagte ich, und die Worte, die zugleich wahr und gelogen waren, kamen mir leicht über die Lippen. »Ich wurde wegen eines Jungen weggeschickt.«

»Da bist du nicht die Einzige, das kannst du mir glauben.« Sie tastete nach meiner anderen Hand unter der Decke. Ihr Griff war erstaunlich fest. »Es tut mir leid, dass du nicht heimkannst. Aber schau, was du hier hast – mich!«

Ich lächelte unwillkürlich.

»Und du kriegst Schokolade geschickt.« Sie nahm eine Schachtel von dem Nachttischchen. »Was ist an zu Hause so toll? In ein paar Jahren hätten sie dich sowieso weggeschickt, zusammen mit einem Ehemann.« Sie zupfte an der Schleife der Schachtel und zögerte auf einmal.

»Sissy?«

Sie sah auf. »Ich brauche deine Hilfe.«

Manche Menschen waren so leicht zu durchschauen. Wie es wohl war, wenn man wie Sissy seine Gefühle offen zeigte? Wenn ich meine Herzensregungen nicht so sorgsam verborgen hätte, dann wäre mein Leben jetzt vielleicht besser gewesen.

»Wegen Boone?«, fragte ich. Alle im Bungalow wussten, dass sie sich Briefe schrieben. Sie hatte sie mir zum Teil gezeigt. Ich hatte seine eckige männliche Handschrift vor Augen.

»Ich bin verliebt«, sagte sie sehr ernst.

Ich hätte beinahe gelacht. »Wie kannst du in ihn verliebt sein?«, fragte ich. »Du hast doch nur einen Abend in seiner Gesellschaft verbracht.« Dann kam mir der Gedanke, dass das vielleicht gar nicht stimmte. »Oder?«

Sissy drehte den Kopf weg, und ich bemerkte eine kleine Narbe an ihrem Ohr. Windpocken vielleicht. Ich dachte an Davids kurzen Brief. Es war ein sehr netter Brief gewesen, über den ich mich hätte freuen sollen. Aber Jungen bedeuteten Probleme. Jungen konnten sich nicht benehmen. Ich hatte ihn mit in die Burg genommen und in den Kamin geworfen, als gerade niemand hersah. Von den anderen Mädchen wusste ich, dass mir David keinen Brief mehr schreiben würde, wenn ich ihm nicht antwortete. Einer Dame zu schreiben, die auf den ersten Brief nicht reagiert hatte, war unhöflich.

Ich berührte Sissys Handgelenk.

»Nur einmal«, sagte sie schließlich.

»Sissy.« Die Enttäuschung in meiner Stimme überraschte mich.

»Schimpf nicht mit mir.« Sie nahm meine Hand. »Ich kann nichts dagegen tun.«

»Aber wenn sie dich erwischen, schicken sie dich heim.«

»Ach, das wäre meine geringste Sorge. Mein Großvater würde mich umbringen. Er würde mich sofort an irgendeinen Langweiler aus Monroeville verheiraten.« Sie schnippte mit den Fingern und verstummte. Als sie wieder sprach, war ihre Stimme leiser. »Keine Sekunde würde er zögern.« Sie erschauerte. »Wenn ich mich geschickt anstelle, entscheide ich selbst, wen ich heirate. Und wenn ich nicht erwischt werde. Dabei musst du mir helfen.« Sie drückte flehend meine Hand, so als hinge es von mir ab, ob sie und Boone zusammen sein konnten oder nicht. Und mir wurde klar, dass Sissy gut war, dass sie gelernt hatte, sich durch die Welt zu bewegen und Menschen zu lieben und Liebe zu empfangen; dass sie nicht zu heftig liebte wie ich oder gar nicht, wie es vielleicht bei Leona der Fall war.

»Natürlich«, sagte ich, »natürlich helfe ich dir.«

Sie wollte ihn nachts im Wald treffen, sobald alle schliefen, und dazu brauchte sie meine Hilfe. Mein Bett stand am Fenster, wo Boone sich leicht bemerkbar machen konnte. Und ich würde in Sissys Bett schlafen, wenn sie weg war, weil Sissy gegenüber von Mary Abbott lag, die den leichtesten Schlaf im Bungalow hatte. Das war meine Idee gewesen – die Sissy sehr gut fand. Ich wollte ihr umso mehr helfen, weil sie sich des Risikos, dem sie sich aussetzte, nicht bewusst zu sein schien. Ein falscher Schritt, und Sissy wäre weg, sie wäre schneller aus Yonahlossee verschwunden, als wir schauen konnten.

Was sagte meine Bereitwilligkeit in dieser Sache über mich aus? Etwas in meinem Wesen, eine Eigenschaft, derer ich mir nicht bewusst war, die mich schlecht machte? Für Sissy war das alles Spaß. Und das sollte es auch sein, weil sie nicht so war wie ich.

Ich dachte an die Frau in Emathla, die ihr Kind aus Liebe erstickt hatte. Ich dachte an Mutter, die uns von allem ferngehalten hatte und mich jetzt aus dem Nest gestoßen und in die Fremde geschickt hatte. Sie hatte gewusst, dass ich krank war, und nicht einmal angerufen. Vater hatte sich nicht in Mutters Erziehung eingemischt. Die neue Erkenntnis, dass ich verstoßen worden war und dass mein Vater nicht einmal die Kraft aufgebracht hatte, es mir zu sagen, machte es mir hier leichter. Wie könnte ich jetzt auch nach Hause gehen? Was für ein Zuhause wäre es? Wäre es überhaupt noch eins? Gestern hatte Mrs. Holmes mir gesagt, ich dürfe das Telefon benutzen. Ich tat ihr leid. Einen Moment lang hatte ich überlegt, ich hatte überlegt, wie die Stimmen daheim, die ich noch nie aus der Ferne gehört hatte, klangen. Und dann schüttelte ich den Kopf.

Sie hatten Sam bei sich behalten, weil er nichts Böses getan hatte. Aber er tat mir leid – da war diese Welt hier, all die anderen Menschen, und er wusste nichts davon.

Kapitel 7

Als ich nach drei Wochen das fensterlose Krankenzimmer verließ, sprangen mir als Erstes die Bäume ins Auge, mittlerweile in eine ganze Palette kräftiger Rot- und Orangetöne getaucht, leuchtend und satt, unbeschreiblich. Die Farben, dachte ich; in Florida veränderten die Blätter nie ihre Farbe oder starben, stattdessen wirkten sie, als wären sie unvergänglich. Ich hatte von dem Herbst an anderen Orten gehört, und Eva hatte von den Farben gesprochen, aber es war so schnell passiert. Während meiner Abwesenheit hatte sich die Welt in ein Gemälde verwandelt, der Anblick tat beinahe weh.

Ich schloss die Augen vor diesem Flirren. Konnte es wirklich überraschen, dass diese Schönheit den Tod anzeigte? Eva hatte mir von dem indianischen Mythos erzählt: Vier Jäger hatten einen Bären bis in den Himmel verfolgt und getötet, und von dort blutete der sterbende Bär rot auf die Blätter der Bäume herunter.

Bevor es mir endlich besser ging, hatte sich mein Zustand verschlimmert, und Mrs. Holmes hatte mich nicht aus dem Krankenzimmer gelassen, weil sie die Gesundheit der anderen Mädchen nicht aufs Spiel setzen wollte. Sei dankbar für Gesundheit und Zufriedenheit, sagten alle, murmelten oder riefen es, je nachdem. Ein Chor, der mich, als ich mein gewohntes Leben wiederaufnahm, auf meinem Weg vom Augusta House zum Speisesaal begleitete. Ich hatte mich bei Sissy untergehakt, weil ich schwach war und auch weil ich schüchtern war: Die Mädchen waren mir in meiner Abwesenheit fremd geworden. Henny hatte sich mit einem Jungen aus ihrer Heimatstadt verlobt. Nachdem Katherine Hayes' Onkel erfahren hatte, dass seine Eisenbahnaktien von einem Tag auf den anderen nichts mehr wert waren, hatte er erst seine Frau umgebracht und sich dann selbst in den Kopf geschossen. Eine Lehrerin wäre beinahe von einem tollwütigen Waschbären gebissen worden; Mr. Holmes hatte ihre Schreie gehört und das Tier im letzten Moment erschossen. Mrs. Holmes hatte Jettie zum zweiten Mal beim Trinken erwischt; das eigentlich Interessante daran war, dass sie allein getrunken hatte. Wie ein Mann. Sie durfte eine Woche lang nicht reiten, eine schlimmere Strafe als Taschentücher besticken. Wilde Gerüchte kursierten. Und das Augusta House war um ein Mädchen ärmer: Victoria war gegangen, zurück nach Jackson in Mississippi. Das Bekleidungsgeschäft ihrer Eltern war urplötzlich pleitegegangen, zusammengefallen wie ein Kartenhaus. Das Bett über Sissy war jetzt leer, aber sie blieb unten. Sie sagte, sie habe Angst herunterzufallen.

Das Camp war um ein Drittel geschrumpft: Die Sommermädchen waren nach Hause gefahren.

Jeden Winter verließ Mrs. Holmes das Camp für drei Wochen, um die vielen Ehemaligen zu besuchen, die über den ganzen Süden verstreut lebten. Dass Mr. Holmes nicht gehen konnte, war klar, er war kein Südstaatler, und, wie Sissy sagte, Südstaatler gaben ihr Geld am liebsten anderen Südstaatlern. Sissy hatte von ihrem Großvater, der im Verwaltungsrat von Yonahlossee saß, erfahren, dass Mrs. Holmes dieses Jahr doppelt so lange auf Spendensammeltour gehen würde. Aber das sollte niemand wissen, damit niemand auf die Idee kam, dass die Mittel in Yonahlossee knapp wurden.

»Aber wenn sie so lange wegbleibt, werden das doch alle mitkriegen«, sagte ich.

»Du wärst überrascht, wie wenig die Mädchen hier mitkriegen«, sagte Sissy. »Außerdem werden alle froh sein, wenn Mrs. Holmes weg ist. Die Strafen von Mr. Holmes sind halb so schlimm wie die von ihr.«

Ich würde froh sein, wenn sie weg war. Sie wusste alles über mich.

Ich durfte nicht reiten. Während meiner Bettruhe waren die Muskeln in meinen Waden verkümmert, meine Arme waren schlaff geworden, meine Schultern knochig. Wenn ich die Luft anhielt, konnte ich mit den Händen um meine Taille greifen; es war meiner Erinnerung nach das erste Mal, dass ich so schwach war. Das erste Mal, seit ich ein kleines Kind war.

Eines Nachmittags, als alle im Saal saßen und lernten, lief ich heimlich zum Stall. Inzwischen hatten wir statt Vogelbeobachtung, Botanik und Malen Geschichte, Literatur und Haushaltsführung; Mathematik und Naturwissenschaft schienen in dieser Bergenklave nicht zu existieren. Wir hatten kaum Hausaufgaben oder etwas anderes, wofür wir viel Zeit aufwenden mussten. Der Literaturunterricht, den die sanfte Miss Brooks gab, gefiel mir natürlich. Wenn sie über ihre Lieblingsbücher sprach, wurde sie ungeahnt leidenschaftlich, und dann dachte ich manchmal, dass das wohl immer so war. Ein langweiliges Mädchen, von Büchern verzaubert?

Im Saal plauderten die Mädchen vor allem oder lasen Zeitschriften. Naari schien sich nicht zu freuen, mich zu sehen, wie ich es von Sasi kannte; sie war noch nicht so vertraut mit mir. Aber es tröstete mich trotzdem, sie zu sehen, den Geruch eines Pferdes zu riechen, ihre Mähne über der breiten Stirn glatt zu streichen, ihr unglaublich weiches Maul zu berühren. Wie Seide, dachte ich, nein, noch weicher.

Ich hörte Schritte hinter mir und drehte mich um in der

Erwartung, einen Stallburschen zu sehen. Aber es war die kleine Decca Holmes, die eine kurze Reitgerte in der Hand hielt. Sie schien sie mir entgegenzustrecken.

»Das habe ich gefunden«, sagte sie. Auf ihrer Wange war ein Schmutzfleck. Sie hatte die mandelförmigen Augen ihrer Mutter und die dunklen Züge ihres Vaters und war sehr hübsch. Ihre Haare waren sonst immer zu strengen Zöpfen geflochten und zu Affenschaukeln gebunden, aber heute trug sie sie offen, und dunkelbraune, fast schwarze Strähnen fielen ihr ins Gesicht.

Ich nahm die Gerte. »Danke«, sagte ich. Weiter wusste ich nicht, was ich sagen sollte.

»Wie heißt das?«, fragte Decca.

»Gerte.« Die Antwort schien ihr nicht zu genügen, also buchstabierte ich das Wort. Sie sah mich weiter fragend an.

»Gerte«, wiederholte sie. »Gerte!« Sie streckte die Hand aus, und ich gab sie ihr zurück. »Was macht man damit?«, fragte sie.

»Damit treibt man ein Pferd an, wenn es faul ist«, sagte ich. Wieder der fragende Blick. »Man schlägt es damit. Damit es schneller läuft.«

»Wie ein Klaps?«, fragte Decca.

»Ja, genau.«

Der hübsche Stallbursche kam in den Stall, und beim Klang seiner Schritte streckte Naari den Kopf über die Tür ihrer Box. Es war Fütterungszeit. Decca sprang zurück und sah Naari ängstlich an.

»Keine Angst«, sagte ich. »Sie hat nur Hunger. Sie freut sich auf einen Nachtisch, genau wie du.« Dass ein Mädchen, das mit Pferden aufwuchs, Angst vor ihnen hatte, fand ich seltsam. Pferde waren die sanftmütigsten Geschöpfe der Welt. Aber ich erinnerte mich nicht, jemals eines der Holmes-Mädchen reiten gesehen zu haben.

»Möchtest du ihr ein Stück Zucker geben?«, fragte ich. Decca strich sich die Haare aus der Stirn und nickte.

Ich erklärte ihr, dass sie die Hand flach halten sollte, damit Naari nicht versehentlich einen ihrer Finger erwischte. Naari nahm vorsichtig den Zuckerwürfel von Deccas Hand und zermahlte ihn zwischen den Backenzähnen.

Decca kicherte. »Das hat gekitzelt!«

Zusammen gingen wir zur Burg zurück, Deccas kleine, klebrige Hand in meiner. Offenbar war ich jetzt ihre Freundin. Anders, als ich gedacht hätte, wuchs meine Sehnsucht nach meiner Familie durch unser Zusammensein nicht. Im Gegenteil, ich vermisste sie weniger. Decca erinnerte mich an Sam, an seine Neugier und seine ruhige Kraft. Sie war aufmerksam, und so war Sam auch gewesen, war es noch: Er beobachtete alles und jeden.

Mrs. Holmes war überrascht, uns gemeinsam den Speisesaal betreten zu sehen, aber dann lächelte sie ihre jüngste Tochter an, die zu ihr lief. Während Decca redete, strich ihr Mrs. Holmes die losen Haarsträhnen hinter die Ohren. Das machten Mütter so: Nie hörten sie nur zu. Sie strichen glatt und zupften zurecht, sie ordneten die Welt ihrer Kinder, während sie zuhörten. Und wenn sie es gut machten wie Mrs. Holmes und wie früher einmal meine Mutter, dann bekamen ihre Kinder es nicht einmal mit. Decca setzte sich zum Abendessen hin, die Haare geordnet, kein bisschen klüger.

Am nächsten Tag bat ich Mr. Holmes um ein Gespräch und folgte ihm in sein Büro, wo ich zuletzt gemeinsam mit meinem Vater gewesen war. Wir kamen an Jettie vorbei, die mir zulächelte. Ich mochte Jettie. Sie hatte etwas Ungekünsteltes.

In Mr. Holmes' Arbeitszimmer standen Ledersessel, messingbeschlagene Möbel, die braune Chaiselongue, auf der ich beim ersten Mal gesessen hatte und auf der bestimmt alle Frauen und Kinder im Rücken ihrer Männer und Väter saßen. Ich fragte mich, ob mein Vater seine Umgebung bemerkt hatte oder ob ihn die vor ihm liegende Aufgabe so in Beschlag genommen hatte – die Verantwortung für mein Wohlergehen einem Mann zu übergeben, den er noch nie gesehen hatte –, dass das Zimmer um ihn herum verschwunden war.

»Dir geht es viel besser, Thea, oder?«

»Ja, danke.«

Er stützte das Kinn auf die Hand. Er erschien mir zu empfindsam für einen heldenhaften Waschbärentöter.

»Ich habe einen Einfall«, setzte ich an, aber das kam mir zu kindlich vor. »Ich habe einen Vorschlag.«

»Ja?«, sagte Mr. Holmes und nickte. »Sprich weiter.« Er wirkte amüsiert.

»Ihre Töchter. Ich würde sie gerne unterrichten.«

»Was meinst du mit *unterrichten*, Thea?« In Mr. Holmes' Haaren war kein Grau wie in denen von Vater, und er hatte keine Falten. Er war dreißig oder einunddreißig, das wusste keiner genau, jedenfalls musste er sehr jung Vater geworden sein, da Sarabeth elf war. Nur wenige Jahre älter als ich jetzt. Es ging das Gerücht, dass Mrs. Holmes älter als ihr Mann war. Nur ich kannte ihr Alter, das ungefähr dem meiner Mutter entsprach: sechsunddreißig. Damals war es ungewöhnlich, wenn der Mann jünger als die Frau war – mein Vater war fünf Jahre älter als meine Mutter –, und deshalb gefiel mir Mr. Holmes noch mehr. Seine Heirat verlieh ihm etwas Großzügiges. Dass er und Mrs. Holmes gleich nach ihrer Eheschließung Kinder bekommen hatten, war mehr als verständlich; das Alter ging erbarmungslos mit Frauen um.

»Reiten«, sagte ich und wurde mutiger. Etwas an der Art, wie er mich ansah, fast ungeduldig, ließ mich fortfahren. Ich deutete auf das gerahmte Foto auf dem Schreibtisch, die drei Holmes-Mädchen in Weiß. »Decca hat mir erzählt, dass sie und ihre Schwestern nicht reiten, aber dass sie es gerne tun würden.«

»Hat sie das gesagt?«, fragte Mr. Holmes.

Ich nickte. »Und Mr. Albrecht würde mir helfen. Ich wäre nicht allein mit ihnen.«

»Deshalb mache ich mir keine Sorgen, Thea.« Er blickte auf das Foto. »Ihre Mutter und ich sind uns einig, dass sie reiten lernen müssen. Besonders Sarabeth und Rachel. Decca erscheint mir noch zu jung.«

Ich schüttelte den Kopf und rutschte an den Stuhlrand. »Aber nein«, sagte ich, »je jünger, desto besser. Wenn sie so früh reiten lernt, wird es ihr in Fleisch und Blut übergehen.«

Er sah auf die Papiere auf seinem Schreibtisch, lächelte, als ginge ihm ein heiterer Gedanke durch den Kopf. Ich wartete, ich wollte das, ich wollte das unbedingt. Und ich nutzte Mr. Holmes' Gutmütigkeit aus, wenigstens baute ich darauf. Wenn es mir jemand erlauben würde, dann er.

»Bitte«, sagte ich. »Ich muss mit Pferden zusammen sein. Und ich darf nicht reiten, bis ich wieder bei Kräften bin.« Ich hoffte, dass ich nicht zu verzweifelt klang, aber so war es wohl, weil ich spürte, wie sich die Verzweiflung in meinem Kopf ausbreitete. Was ich nicht sagte, war, dass ich gerne mit seinen Töchtern zusammen sein würde, dass sie eine Familie waren, die ich hier nicht hatte. Dass seine Gegenwart mich beruhigte, dass die Nähe zu seinen Töchtern bedeutete, ihm näher zu sein. So etwas konnte ich nicht sagen.

»Gut, Thea«, sagte er schließlich. »Du hast mich überzeugt. Und ich werde Mrs. Holmes überzeugen.«

Erriet er, dass meine Gründe vielschichtig waren? Pferde und Mädchen, Mädchen und Pferde. Ich wollte Kinder um mich haben, die Pferde um sich hatten; ich wollte sehen, wie die Holmes-Mädchen lernten, ein Tier zu lieben. Ich wollte, dass ihr Vater mir dabei zusah.

Während des Geschichtsunterrichts war ich abgelenkt, konnte mich nicht mehr an den Ort der Niederlage von Grants Armee erinnern.

»Shiloh«, antwortete Leona an meiner Stelle. Sam hätte sich geschämt – er wusste die Daten sämtlicher Schlachten des Sezessionskriegs auswendig.

Geschichte, dann Französisch, dann war der Tag halb vorbei; endlich Mittagessen.

»Bis nachher«, sagte ich zu der mit Eva plaudernden Sissy. Ich lief Leona hinterher, die alleine vorausging.

»Nicht rennen«, rief eine der Hausvorsteherinnen, der Stimme nach Henny, aber ich sah nicht zu ihr hinüber. Ich verlangsamte meinen Schritt und schlängelte mich zwischen den Mädchen durch, die auf dem Weg zum Speisesaal waren, so viele Mädchen, Hunderte! Ich hatte ganz vergessen, in welchen Massen wir uns von einem Ort an den anderen bewegten. An Alice Hunt drängte ich mich zu dicht vorbei, und sie sah mich wütend an. Ich murmelte eine Entschuldigung.

Leona drehte sich nicht um und ließ durch nichts erkennen, dass sie mich gehört hatte. Ich keuchte, meine Füße waren schwer, und auf meiner Oberlippe bildete sich ein Schweißfilm. Plötzlich war ich verzweifelt, ich fühlte mich krank und unbeholfen.

»Thea«, sagte Leona ruhig, als ich sie einholte.

»Hallo«, erwiderte ich und passte mich ihrem Tempo an. »Ich wollte dir für die Schokolade danken«, sagte ich, »sie hat sehr gut geschmeckt.« Köstlich, hätte ich beinahe gesagt, das höchste und nur selten ausgesprochene Lob meiner Mutter.

»Nicht der Rede wert. Ich habe meine Mutter darum gebeten, sie hat sie geschickt.«

»Aus Texas?«

Leona lachte. »Ja, quer durchs ganze Land.« Ich ging so dicht neben ihr, dass ich den feinen Flaum weißblonder Haare auf ihrer Oberlippe sah, der ihr ansonsten makelloses Gesicht verunzierte. Leona drehte den Kopf, um mich anzusehen, und ich fühlte mich ertappt.

Ich wurde rot.

»Nein, sie wurde nicht aus Texas hierhergeschickt.« Sie klang amüsiert. »Sie wäre nur geschmolzen. Aber es war Schweizer Schokolade. Hast du den Unterschied bemerkt?«

»Ja, natürlich.«

Wir näherten uns dem Eingang zum Speisesaal, und Leona blieb kurz stehen, nahm einem anderen Mädchen die offene Tür ab und hielt sie mir auf, als wäre sie ein Mann.

An meinen Tisch angekommen, setzte ich mich. Ich musterte das Essen: Brathühnchen, ein Lieblingsessen hier, grüne Bohnen, Bratkartoffeln. Auf den Eistee hatte ich Lust, obwohl ich sonst keinen Appetit hatte. An Hennys kurzem Finger steckte ein Verlobungsring mit Rubinen und Diamanten. Sie musste die Anweisung erhalten haben, darauf zu achten, wie viel ich aß, jedenfalls ließ sie mich kaum aus den Augen, was mich nervös machte. Ich nahm die kleinste Portion des Hühnchens, einen Flügel, und zum Ausgleich einen zusätzlichen Löffel Kartoffeln. Bei dem Gedanken, Fleisch zu essen, wurde mir übel. Im Krankenzimmer hatte ich mir meine Lunge vorgestellt, zwei riesige Lappen roten Fleisches, die bebten, als würde ein Herz in jedem klopfen, und an den Rändern schwarz wurden. An Tagen, an denen es mir schlechter ging, stellte ich mir vor, wie das Schwarz immer weiter ins Innere der Lungenflügel vordrang. Ging es mir besser, wich es zurück.

Ich hörte, wie Molly Henny über den Waschbären ausfragte. Am anderen Ende des Speisesaals saß Sissy und nickte mitfühlend, während sie der schlanken Katherine Hayes, die ich an ihren Locken erkannte, etwas zuflüsterte. Vielleicht hatte ihr Onkel auch solche Locken gehabt, dachte ich. Sie tat mir leid, und ich fragte mich, ob sie ihren Onkel so sehr gemocht hatte wie ich meinen. Wegen ihrer Untadeligkeit war ich allerdings auch eifersüchtig auf sie.

Erneut wandte ich mich meinem Teller zu. Mein Blick traf den von Henny, und ich versuchte, beruhigend zu lächeln. Noch eine Woche, und ich wäre wieder ein ganz normales Yonahlossee-Mädchen. Ich war krank gewesen, wieder gesund geworden, ich war wieder hier.

Kapitel 8

Liebe Thea,
man hat uns gesagt, dass es Dir gut geht. Ich bin sicher, dass die Bergluft besser für Dich ist als die Luft hier. Und die vielen Mädchen um Dich herum, all die Pferde. Ist der Unterricht dort gut? Du hast fast einen Monat nicht geschrieben. Ich hoffe, Dein Schweigen ist ein Zeichen dafür, dass Du im Camp viel zu tun hast.
Hier ist alles wie immer – Sam und ich machen mit dem Unterricht weiter, Deine Mutter ist den ganzen Tag draußen im Garten und bereitet ihre kostbaren Pflanzen auf den Winter vor.
Hab Mitleid mit Deinen Eltern und schreib uns. Sei barmherzig, Thea, es ist eine Eigenschaft, die Gott nur uns geschenkt hat.
Kaum noch eine Woche bis zu Deinem Geburtstag. Alles Gute zum Thea-Tag. (Die andere Hälfte werde ich Sam zurufen!) Dachtest Du, ich würde es vergessen? Das war der glücklichste Tag in meinem Leben, in unser aller Leben.
Es grüßt Dich von Herzen
Vater

Es stimmte, ich hatte nicht mehr geschrieben, seit ich im Krankenzimmer gewesen war, seit ich erfahren hatte, dass ich Ende des Sommers nicht nach Hause zurückkehren würde. Ich war wütend – sie hatten gewusst, dass ich krank war, und sie waren nicht gekommen, um mich zu holen, doch als meine Wut nachließ, erkannte ich, dass ich nicht an sie denken durfte, wenn ich hier überleben wollte. Ich würde es mir abgewöhnen, mich nach meiner Familie zu sehnen. Ich musste mein Leben in Yonahlossee leben, ohne darüber nachzudenken, wie ich es in einem Brief an meine Eltern und meinen Bruder darstellte.

Ich legte den Brief in die Schublade meines Toilettentischs, zusammen mit Sams Taschentuch, das ich nicht mit ins Krankenzimmer hatte nehmen können. Zuerst hatte ich es vermisst, aber das hatte sich verloren.

Wenn ich stärker gewesen wäre, hätte ich ihre Briefe, die einmal wöchentlich eintrafen, überhaupt nicht geöffnet. Mutter und Vater teilten sich die Aufgabe. Sie waren kurz, und seit ich nicht darauf antwortete, noch kürzer. Nach jedem ihrer Briefe war ich niedergeschlagen, Sissy merkte es. Aber ich war nicht stark genug, sie ungeöffnet zu lassen. Sie hätten Neuigkeiten von Sam enthalten können oder vielleicht sogar von Georgie.

Thanksgiving war in Yonahlossee keine große Sache, nur ein etwas aufwendigeres sonntägliches Abendessen. Sissy war eine Woche weg, verzehrte sich in Monroeville vor Sehnsucht; dass sie ihr wöchentliches Stelldichein mit Boone versäumte – er kam jeden Donnerstag –, würde diese Woche wie eine dunkle Wolke überschatten. Mary Abbott war das einzige Mädchen im Augusta House, das nicht nach Hause gefahren war, und die Stimmung im Speisesaal war beinahe feierlich.

»Thea!«, rief Decca, als ich den Speisesaal zusammen mit Mary Abbott betrat. Ich blickte mich um und stellte fest, dass die Mädchen anders saßen. Mary Abbott tat mir leid, ich wusste, sie wäre mir liebend gerne gefolgt, aber man setzte sich nicht ohne Einladung an den Lehrertisch, und Decca schob ihre Hand in meine, ohne Mary Abbott eines Blickes zu würdigen, so wie es nur ein Kind fertigbrachte.

Decca führte mich an ihren Tisch, an dem neben einigen Lehrerinnen Alice Hunt saß, die wohl ebenfalls eine Einladung erhalten hatte. Miss Brooks lächelte mir zu, und ich erwiderte ihr Lächeln. Mr. und Mrs. Holmes saßen an den beiden Stirnseiten des Tischs, als wären sie die Gastgeber dieses Essens. Was sie vermutlich auch waren. Neben Mrs. Holmes saß Mr. Albrecht und lächelte mir zu. Sissy hatte mir erzählt, dass Mr. Albrecht und Mrs. Holmes Freunde waren. Aber das interessierte niemanden, weil Mr. Albrecht nicht gut aussehend war und Mrs. Holmes nicht schön.

»Hier«, sagte Decca und deutete auf den Stuhl neben ihr, wartete, bis ich saß, nahm sogar die Serviette von meinem Teller und warf sie mir auf den Schoß, bevor sie sich selbst setzte. Mr. Holmes sah ihr mit amüsierter Miene dabei zu.

»Thea«, sagte er, »ich freue mich, dass du uns Gesellschaft leistest. Im Haushalt der Holmes bist du eine Berühmtheit. Vor allem Decca ist eine große Anhängerin von dir.« Decca nickte ernsthaft. Sarabeth grinste mich an, nur Rachel sah aus, als hätte sie geweint, ihre Wangen waren gerötet und fleckig.

»Ich fühle mich geschmeichelt«, sagte ich, und das stimmte.

Wie zu erwarten sah mich Alice Hunt kaum an. Ich beobachtete, wie die Mädchen nacheinander den Saal betraten, und entdeckte Leona, deren Haare zu einem straffen Knoten geschlungen waren. Sie sah direkt zu mir her, als hätte sie mich dabei ertappt, dass ich an sie dachte, aber ihr Gesichtsausdruck gab nichts preis. Es hatte Getuschel gegeben, dass ihre Familie unter finanziellen Schwierigkeiten leide. So hatte Sissy es ausgedrückt – leiden, als wäre Geldmangel eine Verletzung. Was er auch war, die schlimmste Art von Verletzung. Sissy glaubte den Gerüchten jedoch nicht, und ich ebenso wenig – Leonas Benehmen, ihre Haltung, wenn sie durch den Raum ging, deuteten auf Wohlstand hin –, trotzdem fragte ich mich, warum sie an Thanksgiving nicht nach Hause gefahren war.

Mrs. Holmes' Bluse war am Kragen mit einer altmodischen Trauerbrosche geschlossen, die Haare des Verstorbenen kunstvoll geflochten hinter Glas. Man musste genau hinsehen, um zu erkennen, dass es Haare waren, andernfalls hätte man es auch für ein Stück grob gewebten Stoff halten können. Aus dem Unterricht zu Hause wusste ich, dass die Viktorianer begeistert von Trauerschmuck gewesen waren, neben Séancen ein weiterer gescheiterter Versuch, Kontakt mit den Toten aufzunehmen. Oder vielleicht war er auch nicht gescheitert. Vater glaubte nicht an Geister, aber konnte man es mit Sicherheit wissen?

Mutter besaß ein Trauermedaillon, das sie von ihrer Urgroßmutter geerbt hatte. Es war aus massivem Gold und erinnerte an den Verlust von deren fünfjährigem Sohn. Meine Eltern hätten genauso gut tot sein können: Unwillkürlich schoss mir dieser Gedanke durch den Kopf, und ich schämte mich. Ich war ein böses Mädchen mit bösen Gedanken.

Mrs. Holmes bemerkte meinen Blick und griff sich mit der Hand an die Kehle. Es war nicht schwer, sich vorstellen, wie hübsch sie einmal gewesen sein mochte, bevor sie in die Breite gegangen war.

Ich fragte mich, wen sie verloren hatte oder ob sie die Brosche einfach schick fand. Ich fragte mich, wie sie und Mr. Holmes sich kennengelernt hatten. Im Camp ging das Gerücht, dass Mr. Holmes sich aus dem Norden in den Süden abgesetzt hatte, und es wusste zwar niemand genau, warum, aber in den wilderen Gerüchten war die Rede von Spielschulden, einer unglücklichen Liebe – nicht Mrs. Holmes.

Ich hatte gedacht, dass man uns an Thanksgiving erlauben

würde, unsere eigene Kleidung zu tragen, aber selbst die Holmes-Mädchen trugen gestärkte weiße Blusen. Sarabeth war fast alt genug für die hiesige Schule, aber ich bezweifelte, dass sie jemals in einem Bungalow wohnen würde.

Ich hatte die Holmes-Mädchen inzwischen ins Herz geschlossen, vor allem Decca, die meine Zuneigung erwiderte. Sarabeth, die ihrer Mutter so sehr ähnelte, fand ich mittlerweile hübsch, ihre kräftige Statur hatte sich für mich in eine bezaubernde Rundlichkeit verwandelt. Rachel, still und voller Angst vor der Welt, hoffte ich beibringen zu können, keine Angst zu haben, zumindest soweit es Pferde betraf. Und schließlich Decca, ihr Lebensweg schien bereits von einem magischen Licht erhellt zu werden. Sie war die geborene Reiterin, vielleicht mochte ich sie deshalb am liebsten von den dreien.

Auf einmal wurde ich gebraucht, und dieses Gefühl gefiel mir, gebraucht zu werden, statt zu brauchen. Decca streckte den Arm aus, und ich bemerkte ein mit Diamanten und Smaragden besetztes Armband um ihr schmales Handgelenk.

»Das ist wunderschön«, sagte ich und strich über die rechteckigen Smaragde, die sich mit funkelnden runden Diamanten abwechselten. Dieses Armband war viel zu elegant für Decca. Selbst Alice Hunt musterte es aufmerksam.

»Die Mädchen sind heute Morgen über meine Schmuckschatulle hergefallen«, sagte Mrs. Holmes. »Decca hat beschlossen, sich besonders herauszuputzen.« Sie seufzte, aber nicht unfreundlich, der Feiertag hatte sie offenbar in gute Laune versetzt. Mir kam der Gedanke, dass Mrs. Holmes es besser getroffen hatte als meine Mutter, zumindest was Schmuck anging. Mutter bewahrte ihre kostbaren Schmuckstücke in einem Safe auf.

Decca strahlte. »Ich bin besonders!«, rief sie, und Sarabeth legte den Finger an die Lippen.

Im Saal wurde es still, wie immer, aber ich hatte noch nie aus der Nähe verfolgen können, was da eigentlich passierte. Bevor Mr. Holmes sich erhoben hatte, schwiegen alle.

»Hand«, flüsterte Decca, als ich weiter mit im Schoß gefalteten Händen dasaß. Offenbar hielt man sich am Lehrertisch an den Händen.

Mr. Holmes senkte den Kopf, aber seine Stimme war immer noch tragend, tief und melodisch. Ich beobachtete ihn, so gut es mit gebeugtem Nacken ging. Er dankte Gott für die üblichen Dinge: uns, Gesundheit, Glück und, wegen Thanksgiving, den Geist der Großzügigkeit.

»Und bitte vergesst in diesen unsicheren Zeiten nicht diejenigen, die nicht so viel Glück haben wie wir. Möge Gott ihnen und uns seine Gnade zuteilwerden lassen.« Er hielt inne, schien noch etwas sagen zu wollen, aber es kam nichts mehr. Einige Mädchen begannen, unruhig zu werden. Es war schwer, unsere Aufmerksamkeit über längere Zeit zu fesseln. »Die tragischen Ereignisse in den letzten Monaten lassen uns nicht unberührt. Die Mädchen, die nach Hause zurückkehren mussten – schließt sie in eure Gebete ein.« Jetzt hatte er unsere Aufmerksamkeit. Niemand, weder er noch Mrs. Holmes, hatte jemals offen davon gesprochen, dass diese Mädchen weggegangen waren, weil sich ihre Väter das Schuldgeld nicht mehr leisten konnten. Wir wussten es natürlich, aber nicht offiziell. Mrs. Holmes runzelte die Stirn, der Grund für ihren Unmut – die Enthüllung ihres Mannes oder das traurige Schicksal der verlorenen Mädchen – war jedoch nicht klar, zumindest mir nicht.

»Amen«, sagten wir im Chor. Decca hielt weiter meine Hand und lächelte mich an. Sie hatte eine Lücke zwischen den beiden Vorderzähnen, ganz schmal, die wahrscheinlich verschwinden würde, wenn sie die Milchzähne verlor, aber halb hoffte ich, sie würde es nicht. Decca zog an meiner

Hand und lachte aus einem unerfindlichen Grund, bevor sie sie losließ. Immer war sie in irgendein Spiel vertieft, das sie meistens allein spielte. Kinder waren so unbekümmert und unberechenbar, wie ich befürchtet hatte, aber das machte auch den Spaß mit ihnen aus.

»Was für eine Füllung macht deine Mutter?«, fragte Sarabeth plötzlich, während das Essen serviert wurde. Die unterschwellige Botschaft war klar: Warum bist du hier und nicht dort? Sarabeth schien die Schläue ihrer Mutter geerbt zu haben.

»Gar keine«, sagte ich.

»Unsere Mutter macht Maisbrotfüllung«, sagte Decca, »für unser Thanksgiving.«

»Nimm den Ellbogen vom Tisch, Decca«, sagte Mrs. Holmes.

»Euer Thanksgiving?«, fragte ich.

»Morgen«, antwortete Mrs. Holmes. »Die Mädchen müssen lernen, wie man kocht, wie man einen Tisch deckt. Sie werden nicht ihr ganzes Leben lang bedient werden. Ist zu vermuten.« Während sie das sagte, nahm sie sich Soße, ihre Blicke wanderten zwischen ihrem Teller und ihren Töchtern hin und her. Ich fragte mich, wo all die anderen Mädchen diese Dinge lernen würden. Ich brachte einen passablen Pastetenteig zustande, wusste, wie man ein Huhn ausnahm; dieses Jahr sollte mir Idella beibringen, wie man einweckte. Aber ich machte mir nicht viel aus Kochen oder anderen Haushaltskünsten.

»Esst ihr da unten in Florida Schlangen?«, fragte Rachel. »Alligatoren?«

Ich wurde rot. Eva hatte mir erklärt, mein Erröten sei der Fluch einer Rothaarigen, obwohl meine Haare eigentlich nicht richtig rot waren. Aber fast, hatte Eva gesagt.

Mrs. Holmes sah Rachel scharf an. »Rachel«, sagte sie, »das ist keine passende Frage bei Tisch.«

Rachel nickte. Sie hatte sich nicht danebenbenehmen wollen, manchmal war es nur schwer zu unterscheiden, was passend war und was nicht.

»Schon gut«, sagte ich und lächelte. »Keine Schlangen, aber ich habe jede Menge Krabben gegessen. Und Crawfish.«

»Crayfish«, korrigierte Mr. Holmes und zwinkerte seinen Töchtern zu. »Wir haben ein Südstaatenmädchen unter uns.«

Bei dieser Bemerkung hob Alice Hunt den Kopf, vermutlich wollte sie den Süden für sich in Anspruch nehmen.

Ich lachte. »Wohl kaum.« Aber seine Töchter waren kleine Südstaatenmädchen mit ihren gesmokten Kleidern und ihrem Südstaatenakzent und den großen Schleifen im Haar.

»Du kommst aus dem südlichsten Bundesstaat. Wenn du kein Südstaatenmädchen bist, was bist du dann?«

»Ich bin Floridianerin. Wir sind eine eigene Art.«

»Frei von den Regeln der Gesellschaft und der Zivilisation, eine Art für sich?«

Wir waren die Einzigen am Tisch, die sprachen, und plötzlich hatte ich das Gefühl, auf einer Bühne zu stehen. Ich zog zu viel Aufmerksamkeit auf mich. Alice Hunt betupfte vorsichtig ihre Mundwinkel mit einer weißen Leinenserviette.

»Ich kann nicht für alle dort sprechen«, sagte ich leichthin, doch meine Stimme klang kalt, ernst. »Aber Florida ist einfach anders. Außerdem glaube ich nicht, dass wir für den Rest des Südens südlich genug sind.«

Alice Hunt nickte, und ich hatte das Gefühl, es war das erste und das letzte Mal, dass sie einer Meinung mit mir sein würde. Mr. Holmes blickte mich schweigend an. Dann begann Rachel, die ihr Essen bisher nicht angerührt hatte, zu weinen. Sie hatte die Arme verschränkt und blickte grimmig auf ihren Teller. Wir sahen sie verständnislos an, bevor Mr. Holmes das Schweigen brach.

»Ach, Rachel«, murmelte er.

Mrs. Holmes erhob sich. »Komm mit, Liebes.«

Nachdem sie weg waren, blieb es zunächst still am Tisch. »Rachel hat eine schwere Woche hinter sich«, sagte Mr. Holmes schließlich an den ganzen Tisch gerichtet, aber niemand antwortete. Ich nickte, und er sah mich dankbar an. »Sie ist sehr sensibel.«

Als das Essen beendet war und ich langsam zum Ausgang ging, gesellte sich Leona zu mir.

»Thea«, sagte sie und hakte sich bei mir ein. Ich sah sie überrascht an. »Heute Nacht ist Vollmond.« Inzwischen waren wir auf der Treppe, und ich hob den Kopf und stellte fest, dass tatsächlich Vollmond war.

Ich wartete darauf, dass sie noch etwas sagte – ist das nicht herrlich, ich bekomme Sehnsucht nach zu Hause –, etwas, das ihren Arm unter meinem erklärte, die Aufregung, die ihre Stimme beinahe zittern ließ, was Leonas Stimme sonst nie tat. Leona war von einer stoischen Ruhe. Damit war sie die Ausnahme in Yonahlossee, wo immer eins der Mädchen weinte, eins kicherte, eins wild den Kopf schüttelte, sei es vor Entzücken oder Hysterie oder einer Mischung aus beidem.

»Die richtige Zeit für einen nächtlichen Ausritt«, sagte sie und sah mich erwartungsvoll an.

Ich begriff, dass sie hoffte, ich würde sie begleiten.

Der Stall war leer, trotzdem schwiegen wir vorsichtshalber. Mr. Holmes wäre enttäuscht von mir, wenn er wüsste, dass ich die Anweisungen des Arztes missachtete, aber die Wahrscheinlichkeit, dass er heute Nacht hierherkommen würde, war ziemlich gering. Außerdem war es aufregender, so zu tun, als könnten wir erwischt werden, so zu tun, als würden wir ein Risiko eingehen, in Yonahlossee gab es so wenig Risiken. Wir konnten den Unterricht schwänzen, im Wald rauchen, aufsässig gegenüber unseren Lehrerinnen sein und würden trotzdem lediglich eine Verwarnung bekommen. Nur ein Junge konnte die Stellung eines Mädchens in Yonahlossee, ihren Ruf wirklich gefährden. Ganz gleich, was Mrs. Holmes über Bildung sagte, darüber, für Frauen einen Platz in dieser Welt zu schaffen, das Schlimmste, was wir hier tun konnten, war, uns hinzugeben.

Leona und ich gingen auf Zehenspitzen, um mit den harten Sohlen unserer Stiefel kein Geräusch zu machen, obwohl niemand da war, der es hören konnte, außer den Pferden – und die sahen uns neugierig zu, mit weit aufgerissenen Augen, nach vorn gerichteten Ohren, die Hälse gegen die Türen ihrer Boxen gedrückt. Ich schob Naari das Mundstück ins Maul und führte sie zur Vorderseite des Stalls, sie stieß nervös gegen meine Schulter, und ich murmelte beruhigende Worte. Sie war ein Energiebündel, und nachdem ich aufgestiegen war, tänzelte sie unter mir hin und her, so unruhig, dass ihre Hufe gegeneinanderstießen. Sie war ebenfalls aus der Übung.

Leona führte uns auf einen Trampelpfad, der gerade breit genug für ein Pferd war. Obwohl Naari das nicht gefiel, sie immer wieder versuchte, King zu überholen, hielt ich sie zurück, schob das Mundstück über ihre Zunge und verlagerte mein Gewicht, damit sie sich auf mich konzentrierte.

Wir ritten ein kurzes Stück auf dem Trampelpfad und gelangten dann auf eine große Lichtung, auf der wir unsere Pferde einfach laufen ließen, wir standen in den Steigbügeln und ließen sie unter uns dahinfliegen. Ich ritt so dicht neben Leona, dass sich unsere Stiefel streiften, so liefen Pferde bei Rennen, Kopf an Kopf. Der Mond stand als runde Scheibe über uns und leuchtete uns den Weg. Eine Zeit lang schien es kein Ende zu geben, nur freies Feld, so weit ich sehen konnte. Ich ließ Naari ihren Willen und spürte die stechende Kälte in meinen Ohren, die Wärme meiner Waden an Naaris Rumpf. Meine Haare, die ich nicht mehr hatte flechten können, peitschten mir ins Gesicht. Ich hätte ewig so weiterreiten können, und was lässt sich mehr zum Galoppieren sagen? Ein Gefühl, das so sehr der Furcht gleicht. Ein falscher Schritt, und Naari könnte sich ein Bein brechen, und ich würde stürzen, mit erstaunlicher Geschwindigkeit zu Boden geschleudert werden.

Man will nicht, dass es jemals aufhört. Ich wusste, dass Leona genauso empfand. Naari bewegte sich so schnell unter mir, dass ich ihre Bewegungen kaum noch spürte. Vater hatte uns erklärt, Geschichte sei eine Lektion, eine Möglichkeit, niemals zu vergessen, was vor uns geschehen war. Und mittlerweile wusste ich aus eigener Erfahrung, dass man die Vergangenheit niemals hinter sich lassen konnte. Doch als ich in dieser Nacht nach Thanksgiving über das Feld galoppierte, dem ersten Thanksgiving, das ich jemals ohne meine Familie verbracht hatte, da ließ ich die Vergangenheit hinter mir. Und so trügerisch dieses Gefühl auch sein mochte, je schneller wir dahinflogen, desto mehr von ihr verschwand.

Naari und ich übernahmen die Führung – sie war klein und kompakt, sie musste einfach schneller als King sein –, doch dann spürte ich Leona an ihrer Flanke und wusste, ohne hinzusehen, dass Leona uns jagte. Bisher hatte ich Naari einfach laufen lassen, doch jetzt drückte ich meine Beine in ihre bebenden Seiten und gab ihr leicht die Sporen, mehr brauchte es nicht. Sie schoss vorwärts, und ich hörte King hinter uns wild schnauben.

Später ritten Leona und ich die gesamte Länge des Feldes im Schritt zurück, weil unsere Pferde erschöpft waren. Ich hatte noch nie ein Rennen geritten, war nur allein mit meinem Pony galoppiert.

»Sie ist schnell«, sagte Leona, und ich wusste, dass das teils ein Kompliment war und teils ein Hinweis, dass ich nichts mit Naaris Schnelligkeit zu tun hatte. Aber Pferde liefen keine Rennen ohne Jockey.

»Die anderen Mädchen mögen mich nicht«, fuhr Leona nach einer Weile fort. »Sie halten mich für kalt.« Ich erkannte, dass sie von Sissy sprach, die genau dieses Wort verwendet hatte. »Es ist mir egal, was sie denken. Mir sind nur Pferde wichtig.« Ich musterte ihr Profil, während sie sprach, ihre leicht geschwungene Nase, ein hübscher Kontrast zu dem kantigen Kinn. Ich blickte auf meine Hände, rot und striemig vom Umklammern der Zügel in der Kälte.

»Ich weiß …« Ich wollte noch mehr sagen, aber ich fand nicht die richtigen Worte, ließ meine Stimme in der Nacht verklingen. Ich wusste, wie es war, Pferde zu lieben. Aber ich wusste auch, wie es war, Menschen zu lieben. Ich wusste, wie es war, Verlangen zu empfinden, ein so heftiges Begehren, dass man bereit war, alles andere dafür zu opfern. Es hatte einen Grund, warum ich dieses Jahr an Thanksgiving nicht zu Hause war. Und Leona? Waren die Gerüchte wahr? Es kam mir nicht so vor – sie verhielt sich genauso wie immer. Ruhig, undurchschaubar, stark.

In dieser Nacht lag ich im Bett und dachte an Mutter. Zum ersten Mal hatte ich als Kleinkind auf einem Pferd gesessen, vor meiner Mutter im Sattel, auf ihrem alten Pferd Chikee. Er starb, als ich sieben war, und danach hatte Mutter mit dem Reiten aufgehört. Insgeheim hatte sie mir immer leidgetan, weil sie nicht ritt. Bestimmt hatte sie es vermisst, dachte ich. Bestimmt empfand sie es als Verlust.

Ich kann mich nicht erinnern, dass mir erklärt wurde, warum genau Mutter das Reiten aufgegeben hatte, aber ich hatte eine vage Vorstellung, dass es etwas mit den Schmerzen zu tun hatte, die sie manchmal überfielen und die eine Folge unserer Geburt waren. Aber Mutter beklagte sich nicht.

Mutter brachte Chikee mit in die Ehe. Als er starb, war er fast vierunddreißig, uralt für ein Pferd. Er wurde dort begraben, wo er gestorben war, auf der Weide. Vater musste mehrere Männer anheuern, um ein Loch graben zu lassen, das groß genug für Chikee war. Auf Bildern sieht er stattlich und dunkel aus, mit freundlichen Augen. Mutter liebte ihn. Es ist einfach, ein Pferd zu lieben.

Mutter sagte, ich würde mit dem Verstand reiten, nicht mit dem Herzen. Und dass es mir in vielen Fällen von Nutzen sein würde, mit dem Verstand zu reiten, ich mir damit aber nicht auf Dauer Sasis Treue verdienen würde. Ich hielt das immer für eine romantische Idee.

Ich drehte mich um und blickte zum Fenster. Es war, als würde man ins Nichts blicken, so schwarz war die Nacht. Ich hatte mir gewünscht, sie wäre da gewesen. Ich hatte mir gewünscht, sie würde mich über den Boden schweben sehen. Hätte sie mich dann geliebt? Hätte sie mir zugesehen und tief in ihrem Herzen gewusst, dass ich ihre Tochter war, ihre Tochter, die großartig reiten konnte, die auf einem Pferd saß und es einfach laufen ließ, so schnell es Zeit und Raum erlaubten, ohne es zu stören. Mutter, es war, als würden wir schweben. Mutter, wenn du mich nicht mit dem Herzen lieben kannst, dann wenigstens mit dem Verstand.

Und dann tauchte ein Gesicht auf, und im ersten Moment dachte ich, ich hätte Mutter mit meinen Gedanken herbeigezaubert. Aber nein, es war ein Junge. Ich fuhr in die Höhe, mein Herz raste, obwohl ich inzwischen erkannt hatte, dass es Boone war. Ich eilte nach draußen, froh, dass Mary Abbott schnarchte.

Boone sah mich erwartungsvoll an, und mir wurde klar, dass er Sissys Brief offenbar nicht bekommen hatte. »Sie ist nicht da«, sagte ich. »Sie ist in Monroeville.«

So nah war ich ihm noch nie gewesen. Für gewöhnlich sah ich ihn, erkennbar an seinem roten Haarschopf, nur kurz, bevor ich Sissy weckte.

Doch jetzt stand ich so dicht vor ihm, dass ich die Enttäuschung auf seinem Gesicht sah, als ich ihm die Neuigkeit mitteilte. Ich wusste, dass er sich ein Auto leihen und über eine Stunde fahren musste, um hierherzukommen. Wir standen am Waldrand. Er zog ein schmales Etui hervor und bot mir eine Zigarette an, überzeugt, dass ich sie nehmen würde, was mich dazu veranlasste, es zu tun. Er hielt die Hand um ihr Ende, als er mir mit einem silbernen Feuerzeug Feuer gab, und ich verstand, warum Sissy ihn mochte. Er war ruhig und mit sich selbst völlig im Reinen.

Gegen einen Baum gelehnt, musterte er mich auf seine ruhige Art. Ich stellte fest, dass die Zigarette rasch abbrannte, und versuchte, einen Zug zu nehmen, wie es die Stars in den Filmen taten. In meiner Familie rauchte niemand.

Boone lächelte. »Hast du das noch nie gemacht?«, fragte er freundlich.

Ich schüttelte verlegen den Kopf.

»Es ist wie atmen«, sagte er und machte es mir vor.

»Nur mit einer Zigarette«, erwiderte ich, und er lachte. Er trug seine Kleidung mit einer gewissen Lässigkeit: ein Hemd, das gebügelt war, aber nicht faltenfrei, einen Gürtel, der um seine schmale Taille lag, aber nicht eng saß.

Plötzlich kam es mir vor, als würden wir Sissy hintergehen. Das würde ihr nicht gefallen: ich hier mit ihm.

»Ich sollte wieder reingehen«, sagte ich und ließ meine Zigarette auf den Boden fallen. Boone machte einen Schritt nach vorn, und einen Moment lang dachte ich, er wollte mich küssen; stattdessen trat er die Zigarette im Laub aus und machte dann wieder einen Schritt zurück. Ich war wirklich ein albernes Ding, sah überall Zeichen, wo keine waren, hielt mich immer für ein Objekt der Begierde.

»Thea«, sagte Boone, und ich war verblüfft, dass er meinen Namen kannte. »Hat Sissy …« Zwei Mädchen gingen am

Augusta House vorbei. Eine der Stimmen erkannte ich als die von Jettie.

Ich wandte mich wieder Boone zu. »Hat Sissy was …?«

»Hat sie etwas gesagt?«

»Viel«, sagte ich, und Boone lächelte. Er schien es ernst zu meinen.

»Sie mag dich«, sagte ich. »Und du?«

Er nickte langsam. »Ich will sichergehen, dass ich alles richtig mache.«

Ich lächelte. Das war unmöglich. »Ich würde mir deshalb keine Gedanken machen … Aber jetzt solltest du gehen. Jemand könnte uns sehen.«

Ich wandte mich zum Gehen, und er sagte erneut meinen Namen. Ich drehte mich um.

»David«, sagte er. »Er ist mein Freund.«

Ich hätte nicht gedacht, dass sie über uns redeten, so wie wir über sie redeten. Aber natürlich taten sie das. Ich zuckte die Schultern. »Wir werden sehen.«

Es entsprach nicht Boones Art, auf einem Thema zu beharren. Er wirkte sehr freundlich. Worauf auch immer Sissy und er sich eingelassen hatten – und wer wusste das schon –, wenigstens war er freundlich. Vielleicht würde er sie nicht dazu veranlassen, es zu bereuen.

Lieber Sam,
ich schreibe im Dunkeln (der Mond scheint wie eine Sonne, heller, als er in Florida jemals scheint). Die anderen Mädchen schlafen.
Hast Du einen Orangenkuchen bekommen? Brannten Kerzen?
Ich würde Dir ja erzählen, wie es hier ist, wie sehr es sich von zu Hause unterscheidet, aber ich weiß nicht, wo ich anfangen soll. Es ist das genaue Gegenteil von zu Hause. Hier sind so viele Mädchen.
Letzte Woche habe ich nachts einen Ausritt gemacht. Es hat rie-

sigen Spaß gemacht, Sam. Manchmal vergesse ich, warum ich hier bin, manchmal verschwindet das alles einfach.
Ich habe Dir noch nie einen Brief geschrieben. Oder einen von Dir bekommen. Niemals. Klinge ich wie ich selbst, Sam? Ich frage mich, wie Du klingen würdest. Vielleicht würdest Du das überhaupt nicht lesen. Vielleicht würdest Du lieber so tun, als gäbe es mich gar nicht, als würde ich nie mehr nach Hause kommen, und ich kann es Dir nicht verübeln, Sam, wirklich nicht.
Ich denke an Dich zu Hause und frage mich, ob Du noch das Gleiche tust wie zu der Zeit, als ich da war. Ich frage mich, ob Du und Mutter und Vater neue Witze macht oder ob Idella etwas Neues gekocht hat. Du kannst das nicht wissen, bevor Du auch weggehst, aber ich kann mir einfach nicht vorstellen, dass das Leben ohne mich weitergeht. Klingt das eingebildet? Das ist nicht meine Absicht. Ich glaube, Du weißt, was ich meine.
Wenn Du weggehst, wirst Du feststellen, dass es auf der Welt noch andere Menschen außer mir gibt. Und außer Mutter und Vater. Hier sind so viele Mädchen. Hunderte. Sie haben Namen, die ich noch nie vorher gehört habe: Harper, Roberta, Mary Abbott, Leona. Ich mag sie. Nicht alle, aber viele. Ich denke, dass Du mich nicht mehr so sehr hassen wirst, sobald Du gesehen hast, wie viele andere Menschen es auf der Welt gibt. Wobei ich weiß, dass Du mich nicht hasst – das hast Du sehr deutlich gemacht. Du hasst das, was ich getan habe. Aber gibt es da einen Unterschied, Sam?
Ich bringe drei kleinen Mädchen das Reiten bei. Na ja, eine von ihnen ist nicht mehr so klein – sie ist vor Kurzem zwölf geworden. Aber mein Liebling, Decca, ist erst sieben. Sie erinnert mich an Dich – sie kann gut mit Tieren umgehen, Pferde mögen sie sofort. Sie ist noch so jung. Sie weiß noch gar nichts. Sie stellt mir die seltsamsten Fragen. Gestern hat sie mich gefragt, warum ich ein Mädchen bin und kein Junge, als hätte ich da irgendeine Wahl gehabt. Ich erinnere mich nicht mehr sehr gut an die Zeit, als wir sieben waren. Ich erinnere mich an Dich.

Du kannst Dir nicht vorstellen, wie einsam ich manchmal bin. Ich höre jetzt auf, bevor ich zu traurig werde. Aber vorher muss ich einfach fragen – geht es unserem Cousin besser?
Deine Schwester
Thea

Ich wusste, dass Mutter höchstwahrscheinlich jeden Brief las, den ich schrieb. Womöglich gab sie ihn nicht einmal an Sam weiter. Ich glaubte zwar, dass sie es tun würde, aber sicher war ich nicht. Sie hatte uns immer unsere Privatsphäre gelassen, hatte es Eigenständigkeit genannt, als hätten wir eine Ahnung, was das bedeutete. Mutter las Bücher über Kindererziehung und markierte Absätze, die Vater lesen sollte. Sie betrachtete sich als fortschrittlich. Dass Sam und ich die meiste Zeit des Tages draußen herumstreuen durften, war ein Zeichen ihrer Fortschrittlichkeit, ihres Wunsches, Kinder großzuziehen, die selbstständig dachten und handelten.

Mutter hatte mir ein Geburtstagsgeschenk geschickt, von allen, obwohl ich bezweifelte, dass Sam irgendeinen Anteil daran hatte, dabei war mein einziger Wunsch eine Nachricht von ihm. Ohrringe mit tropfenförmigen Perlen und Diamanten in einer filigranen Fassung. Sie waren klein, aber wunderschön. Ich legte sie in die Schublade meines Toilettentischs, ohne sie jemandem zu zeigen. Die Ohrringe gehörten ihr, sie trug sie zu besonderen Anlässen. Es war mir ein Rätsel, warum sie sie mir geschickt hatte. Dachte sie, ich hätte hier Gelegenheit, sie zu tragen? Wahrscheinlich würde ich es tun, bei einem Tanzabend, aber das konnte sie nicht wissen. Das Geschenk kam mir wie eine Geste vor, eine extravagante Geste, aber ich betrachtete es als das, was es in Wirklichkeit war, eine Möglichkeit, mich nicht zu sehen. Es waren nur Ohrringe, Ohrringe, die sie sowieso nicht mehr trug.

»Alles Gute«, hätte Mutter gerufen, wenn wir am Frühstückstisch gesessen hätten, und sie hätte erst Sam einen Kuss auf die Schläfe gegeben und dann mir. »Alles Gute zum Sam-und-Thea-Tag.«

Letztes Jahr hatte Idella an unserem Geburtstag einen Gewürzkuchen mit Orangenglasur gebacken. Sie stellte jedes Jahr selbst Orangenextrakt her, nach einem Rezept meiner Urgroßmutter. Ich hatte von Vater ein neues Kleid und zwei Bücher bekommen. Ich hatte mir ein Parfüm aus Paris gewünscht, das ich in einer Zeitschrift gesehen hatte, und war enttäuscht gewesen, weil ich es nicht bekommen hatte. »Aber für wen willst du es denn tragen?«, hatte Mutter belustigt gefragt. »Für Sasi?«

Letztes Jahr fing es gerade an, ernst zu werden. Sam hatte ein Jagdgewehr bekommen, und Georgie hatte das gleiche Gewehr bekommen, obwohl er gar nicht Geburtstag hatte. Sam hatte sich einen Chemiebaukasten gewünscht, den er in einer Zeitschrift gesehen hatte, kein Gewehr, und er war furchtbar enttäuscht, als sie ihm die lange Schachtel überreichten, eindeutig ein Gewehr.

Das machten meine Eltern immer, sie gaben Georgie ein Geschenk, das zu dem von Sam passte. Und mein Cousin und meine Tante und mein Onkel waren immer da, hatten all unsere Geburtstage mit uns gefeiert. So wie wir Georgies Geburtstage mit ihnen gefeiert hatten. Sogar seine Geburtstagsfeiern fanden in unserem Haus statt, mit einem von Idella gebackenen Kuchen, obwohl Tante Carrie eine hervorragende Köchin war. Es war mir nie seltsam vorgekommen. Natürlich wollte jeder gern in unserem Haus sein. Nur die Nachbarn von Onkel George und Tante Carrie kamen mir wie Eindringlinge vor. Und hinter unserem Haus gab es so viel Grund, auf dem man spielen konnte.

Ich hatte niemandem etwas von meinem Geburtstag gesagt, nicht einmal Sissy, die sich darüber freute, dass Boone mir anvertraut hatte, wie sehr er sie mochte. »Siehst du?«, sagte sie. »Er liebt mich.« Und ich musste ihr recht geben, es sah wirklich so aus.

Ich fragte mich, was Sam zum Geburtstag bekommen hatte. Ich hätte ihm zusammen mit meinem Brief ein Buch schicken sollen, ein Buch, in dem jemand einen Fehler macht und die Konsequenzen tragen muss. Aber das hätte jedes meiner Lieblingsbücher sein können: *Bildnis einer Dame*, *Haus Bellomont*, *Zeit der Unschuld*. Und Sam würde kein Buch lesen, das ich ihm schickte.

In Yonahlossee feierten wir nach dem Abendessen, jedes Mädchen nahm sich ein Stück von einem riesigen Blechkuchen, aber mein Geburtstag war glücklicherweise unbemerkt verstrichen. Vielleicht war er über den Vorbereitungen für Thanksgiving vergessen worden. Oder vielleicht hatte Mrs. Holmes nicht gewollt, dass ich meinen Geburtstag feierte. Wie auch immer, ich war dankbar dafür.

Kapitel 9

Letztes Thanksgiving hatte ich den Vormittag im Gästezimmer von Onkel George und Tante Carrie verbracht, abwechselnd schlief ich und rannte zur Toilette, um mich zu übergeben. Ich konnte meine Tante und meine Mutter in der Küche beim Kochen hören, Sam und Georgie die Treppe rauf- und runterlaufen. Ich mochte diese hektischen Vorbereitungen, verfluchte meine Krankheit und meinen Vater, der nichts dagegen tun konnte, obwohl er Arzt war.

Ich döste vor mich hin, und als ich die Augen öffnete, saß Georgie neben mir auf der Bettkante.

»Du kommst mich besuchen.«

»Klar.« Er grinste. »Klar.«

Vielleicht lag es daran, dass ich geschlafen hatte, gerade erst aufgewacht war und mein Gehirn noch nicht wieder richtig funktionierte. Vielleicht lag es daran, dass ich krank gewesen war und es mir langsam ein bisschen besser ging – ich kann nicht sagen, warum, aber dass mein Cousin neben mir saß, erfüllte mich mit einer ungeheuren Freude. Ich fühlte mich ganz leicht, meine Hände kribbelten. Sein Grinsen schien eine Tür zu einer anderen Welt zu sein.

»Das freut mich«, sagte ich, und meine Stimme klang seltsam. Ich berührte seine Hand, die auf der Decke lag. »Danke.«

»Sam ist auch gekommen«, sagte er, und ich merkte, dass mein Bruder da war, in einer Ecke des Zimmers saß. Sie waren beide gekommen, um mich zu sehen, um mich aufzuwecken. Dann klopfte Onkel George an die Tür und sagte, wir sollten nach unten kommen, und ich bin mir zwar sicher, dass wir alle seiner Aufforderung folgten, aber ich bin mir genauso sicher, dass ich wie in einer Art Traum herumlief, noch benommen, dass ich die Freude, die ich bei Georgies Anblick empfunden hatte, nicht ganz begriff, aber gierig danach war, nicht wollte, dass sie verschwand.

Tante Carrie war eine hervorragende Köchin, was ihr mein Vater regelmäßig sagte. Von meiner Mutter konnte man das nicht behaupten, es war ihr nicht wichtig genug, was sie zu sich nahm – sie stocherte auf ihrem Teller herum, aß nur die Hälfte –, als dass sie sich für die Zubereitung interessiert hätte. Ihre Schlankheit war Teil ihrer Schönheit, ihre scharf geschnittenen Konturen verschafften ihr Raum, wohin sie auch ging – meine Mutter war eine Frau, die man einfach ansehen musste. Mutters Schönheit war zart, zerbrechlich: ein Schwanenhals, ausgeprägte Wangenknochen, Augen, die sich nicht zwischen Haselnussbraun und Grün entscheiden konnten.

Tante Carrie war unscheinbar. Ich stellte mir vor, dass sie in ihrer Jugend auf die Art des Mittleren Westens robust ausgesehen hatte, das heißt: strohblonde Haare, dunkelblaue Augen, eine passable Figur. Die Tante Carrie, die ich kannte, war das, was Mutter als stämmig bezeichnete, in ständigem Kampf mit ihrer Figur, und ich fragte mich, was nach den schlimmen Ereignissen mit ihrer Figur passiert war, ob sie aus Kummer weniger aß oder mehr. Wenn ich in Yonahlossee an sie dachte, sah ich zwei unterschiedliche Frauen: die eine schlank und verhärmt, die einst vollen Wangen eingefallen, die andere übergewichtig und verlottert, mit Doppelkinn und schwabbeligen Armen. Dass sie genauso aussah wie beim letzten Mal, als ich sie gesehen hatte, war unmöglich.

Am Tag nach Thanksgiving wachte ich früh auf, mein Zeitgefühl war gestört, wie es eine Krankheit mit sich bringt. Ich fühlte mich wieder völlig gesund. Ich schlief im Bett, Georgie und Sam auf dem Boden. Als ich mich aufsetzte, sah ich, dass Georgie weg war. Mein Bruder lag zusammengerollt unter einer alten blauen Flickendecke.

Tante Carrie hatte keinen besonderen Sinn für Inneneinrichtung. Es wäre besser gewesen, das Gästezimmer schlicht zu halten, mit klaren Farben statt konkurrierenden Blumenmustern. Ich strich über die Bettdecke, dunkelrote Baumwolle mit aufgestickten goldenen Medaillons. Steif und hässlich, das ganze Zimmer war eine Studie in Dunkelrot – die Vorhänge, die Stühle, der Perserteppich. Die schweren Mahagonimöbel. Mutter hatte nach und nach alles durch Art-déco-Möbel ersetzt, mit klaren Linien und einfachen Formen. Tante Carries Haus sah aus, als stammte es aus dem vorigen Jahrhundert.

Trotzdem hatte es einen gewissen Charme, meine Verwandten wohnten hier.

Die Tür öffnete sich, und ein Lichtstrahl fiel durch die Vorhänge und warf einen Schatten über das Gesicht meines Cousins. Ich hatte mir gewünscht, dass er da war, und er war gekommen. Plötzlich war ich nervös, während ich zusah, wie er ins Zimmer trat, wie er die Tür ein bisschen zu fest schloss, ein Knall, der sicher Mutter dazu veranlassen würde, nach mir zu sehen. Aber es kam niemand.

Georgie verlor allmählich seinen Babyspeck und entwickelte eine athletische Figur, auf einmal breit statt ungelenk. Ich war immer noch Haut und Knochen.

»Bist du wach?«, fragte er.

»Fast.«

Ich hob die Decke an, und er legte sich neben mich.

»Ich habe zum Frühstück Pastete gegessen.«

»Konntest du nicht bis zum Brunch warten?«

»Dann esse ich noch mal«, sagte Georgie, »keine Sorge.«

Er drehte sich auf die Seite, und ich merkte, dass er mich anstarrte. Ich schloss die Augen. Die Decke raschelte, und Georgie legte den Finger auf meine Nasenwurzel und fuhr damit bis zur Spitze.

»Was für eine hübsche Nase«, sagte er halb im Ernst.

Ich kicherte und zog mir das Laken übers Gesicht. Georgies Hand war gefangen, er ließ sie zu meiner Kehle gleiten, und mein Atem ging schneller, aber es war nichts Ungewöhnliches, dass Georgie und ich uns so nah kamen. Seit jeher hatte uns eine unbekümmerte Zuneigung verbunden, was daran lag, dass wir miteinander aufgewachsen waren. Aber mir war klar, dass das hier etwas anderes war. Ich konnte Georgie nicht sehen, seine Hand lag warm auf meiner Kehle. Seine Finger bewegten sich leicht, und ich zitterte. Ich drehte mich auf die Seite und sah ihn an, zog das Laken über uns beide. Seine Hand lag jetzt unter meiner Wange, er hatte die Augen geschlossen. Wir waren uns so nah, dass ich seinen Atem auf meinem Gesicht spürte, feucht und scharf. Deutlich konnte ich jeden Atemzug hören. Ich legte meine Hand auf Georgies Schulter, er rührte sich nicht. Ich verlagerte mein Gewicht und spürte, dass meine Brustwarzen unter meinem Nachthemd steif geworden waren. Ich bog den Rücken durch, um ihm noch näher zu sein, und in diesem Moment klopfte es an die Tür, und Mutter kam herein.

»Raus aus den Federn«, sagte sie, und ich setzte mich mit geröteten Wangen auf und deckte dabei auch Georgie auf, der sich zusammengerollt hatte und so tat, als schliefe er.

Mutter blieb am Fußende des Betts stehen, ihr Blick wanderte zuerst über mich, dann über Georgie, und ich verschränkte die Arme vor der Brust, auch wenn ich wusste, dass sie nichts sehen konnte.

»Geht es dir besser, Thea?« Ihr Gesichtsausdruck war ruhig und undurchdringlich.

Erst letzten Monat hatten Georgie und ich zusammen in diesem Bett geschlafen. Wir hatten nichts Unrechtes getan.

»Ja, danke. Bereit zum Brunch.«

»Gut«, sagte sie. »Georgie, wie wär's, wenn du aufstehst und mit nach unten kommst? Ich glaube, deine Mutter sucht dich.«

Meine Mutter war schon immer eine schlechte Lügnerin gewesen. Ihre Stimme wurde dann ganz hell und ging am Ende des Satzes nach oben.

Nachdem sie gegangen waren, blieb ich verwirrt im Bett sitzen.

»Guten Morgen, Sonnenschein«, sagte Sam, und ich zuckte zusammen. Sam hatte ich völlig vergessen. Er lag auf seiner Matte, den Kopf auf die Hand gestützt.

»Schon wach?«

»Offensichtlich.« Seine Stimme klang seltsam, und er wich meinem Blick aus, starrte auf irgendeinen Punkt neben der Tür. Er hatte freie Sicht auf das Bett. Ich fragte mich, wie lange er schon wach war. Der Tonfall seiner Stimme – missmutig, grüblerisch – gab mir das Gefühl, ein zweites Mal erwischt worden zu sein.

Beim Brunch sah ich erleichtert zu, wie Sams schlechte Laune verschwand, als er mit Georgie um die Wette Pfannkuchen aß. »Sam«, sagte Tante Carrie, »es ist an der Zeit, dass *du* ein bisschen wächst.«

Bei dieser Bemerkung hatte Mutter Tante Carrie einen Blick von der Seite zugeworfen, aber das war das einzige Zeichen von Anspannung, das mir aufgefallen war. Niemand hatte von Miami gesprochen, wofür ich dankbar war. Miami war ein Ort, den ich nur kannte, weil dort unsere Orangenplantagen lagen, an dem ich aber noch nie gewesen war. Jetzt war es der Ort, an dem Onkel George leichtsinnig gehandelt hatte.

Vater ließ mich an seinem Champagner nippen, damit sich mein Magen beruhigte. Ich winkte Georgie zum Abschied durch das Heckfenster des Autos so lange zu, bis Sam mich am Ärmel zupfte und neben sich auf den Sitz zog. Gehorsam setzte ich mich. Ich fühlte mich schuldig, auch wenn ich nicht wusste, warum, so als hätte ich etwas Unrechtes getan, ohne dass ich hätte sagen können, was.

Am Tag nach Thanksgiving verschwanden Mutter und Idella im Keller und kamen mit dem Weihnachtsschmuck zurück: Glaskugeln, die so zerbrechlich waren, dass wir sie nicht anfassen durften; vier handgeschnitzte Rentiere aus einem Katalog; ein langer, dünner Weihnachtsmann, aus einem Stück Holz geschnitzt. Silberne Krippenfiguren, die seit Generationen in der Familie meines Vaters weitervererbt wurden, auf der Unterseite jeweils ein spanischer Name eingraviert: José, María, Jesús.

In der darauffolgenden Woche hörten wir es beim Unterricht mit Vater im Wintergarten klopfen und hämmern, als meine Mutter und Idella alles aufbauten.

»Meinst du, sie brauchen Hilfe?«, fragte Sam, den Finger zwischen zwei Seiten seines Buches gelegt, damit es nicht zuklappte.

Vater antwortete nicht, und ich las weiter: Wir befassten uns gerade mit Mythologie, was mir sehr gefiel. All diese Götter und ihre Himmel waren so groß und wunderbar. Wir sollten still sein, während wir lasen. Was diese Regel betraf, war Vater streng, so streng er eben sein konnte.

Ich hob den Kopf und begegnete Sams Blick: Er erwiderte ihn teilnahmslos. Ich schlug die Augen nieder und wandte mich wieder der Sage von Narzissus zu.

Ich trug eines von Mutters alten Baumwollkleidern, gerade geschnitten und mit einem eckigen Ausschnitt. Es hing an mir herunter. Für ein Mädchen meines Alters war ich durchschnittlich groß, aber ein bisschen zu dünn. Da ich nur selten gleichaltrige Mädchen traf und mich nur mit Mutter vergleichen konnte, war mir nicht bewusst, dass Mädchen nicht auf einen Schlag zur Frau wurden, sobald sie ein bestimmtes Alter erreichten, sondern dass es eine merkwürdige Übergangsphase gab. Vielleicht fühlte ich mich zu wohl in meiner Haut. Die abgelegten bequemen Kleider meiner Mutter trug ich, weil ich mir darin erwachsener vorkam.

Vater klappte sein Buch zu, zum Zeichen, dass die Unterrichtsstunde beendet war.

»Gut«, sagte er, »ihr dürft euch um andere, wichtigere Angelegenheiten kümmern, zum Beispiel eurer Mutter zu helfen.« Er lächelte.

Sam und ich standen auf. Bevor ich das Zimmer verließ, ging ich zu meinem Vater und gab ihm einen Kuss auf die Stirn, dabei raffte ich den Halsausschnitt, als ich mich über ihn beugte. Halb Mädchen, halb Frau.

Später half ich Mutter, Weihnachtsgirlanden um das Treppengeländer auf der vorderen Veranda zu winden und die Fenster zu schmücken. Die hoch am Himmel stehende Sonne brannte auf uns herunter, mir war heiß, meine Haut fühlte sich dünn an, meine Achselhöhlen und meine Stirn waren schweißbedeckt. Mutter arbeitete geschickt und schnell. Vater sagte, sie sei tüchtiger als jeder Mann. Immer häufiger wollte sie, dass ich ihr bei der Hausarbeit half. Wenn ich mich beklagte, erklärte sie mir, ich müsse es lernen, Haushaltsführung sei eine Kunst. Und natürlich beklagte ich mich nicht ernsthaft: Wir stellten Mutter und Vater niemals infrage, vor allem nicht Mutter.

Nach getaner Arbeit standen wir vor dem Haus und bewunderten es. Das machte Mutter immer Freude – wenn sie den Tisch festlich gedeckt hatte, betrachtete sie ihn ein paar Minuten lang, erfreute sich an seiner Schönheit, bewunderte ihr hübsches Geschirr und das gestärkte Leinen.

»Sie sehen wie Augenbrauen aus«, sagte ich, während wir die Girlanden über den Fenstern betrachteten. »Dicke Augenbrauen. Als würde einen das Haus beobachten.«

Es machte mich ärgerlich, hier draußen diese anstrengende Arbeit erledigen zu müssen, während Sam tun und lassen konnte, was er wollte.

Ich wartete, dass meine Mutter ihre Begutachtung beendete. Sie wollte etwas sagen, zögerte dann jedoch, was ungewöhnlich war: Meine Mutter zögerte nie.

»Georgie kommt eine Zeit lang zu uns«, sagte sie schließlich.

Ich erwiderte nichts. Georgie kam oft zu uns. Aber ich konnte ihr Unbehagen spüren. Ich dachte, sie würde auf das Geld zu sprechen kommen. Mir war das Geld egal. »Verdammt dumm«, hatte Vater zu Mutter gesagt, als sie dachten, wir würden sie nicht hören. Aber wir hatten sie gehört, Sam und ich. Es war leicht, sie zu belauschen, es schien ihnen nie aufgefallen zu sein, dass die Tür zu ihrem Schlafzimmer keinerlei Geräusch abhielt – allerdings gab es für gewöhnlich auch keinen Grund, ihre nächtlichen Unterhaltungen waren für uns uninteressant.

»Tante Carries Mutter ist krank. Sie fährt zu ihr.«

»Zu ihr« bedeutete irgendwo in Missouri, eine winzige Stadt im Mittleren Westen, die sich schon immer schrecklich angehört hatte: klein, platt, langweilig.

»Georgie wird also eine Weile bei uns wohnen«, fuhr Mutter fort, »und dieses Mal schläft er in Sams Zimmer. Zusammen mit Sam.«

»Warum kann er denn nicht zu Hause bleiben? Bei Onkel George?« Ich wollte Georgie wirklich gern sehen, aber gleichzeitig war ich wütend. – Was sollte das, dass Georgie und Sam in einem anderen Zimmer schlafen würden? Wir hatten immer im selben Zimmer geschlafen. Schneid dir nicht ins eigene Fleisch, ermahnte ich mich.

Mutter tadelte mich nicht wegen meines schroffen Tons, stattdessen sah sie mich nachdenklich an.

Doch dann wurde ihr Gesicht ernst, und ich blickte auf meine Schuhe.

»Onkel George muss nach Miami.«

Das reichte. Ich verstand – sie hatte genug gesagt. Aber sie redete weiter.

»Er muss mit seiner Bank sprechen. Deshalb kommt Georgie zu uns. Ein sechzehnjähriger Junge kann nicht eine Woche lang allein bleiben. Er bringt seine Schulsachen mit.«

Ich hob den Kopf und begegnete Mutters festem Blick, ihrer ernsten Miene. So sah sie einen an, wenn sie stummen Gehorsam forderte. Wäre Sam da gewesen, hätte er mit der Fußspitze im Dreck gebohrt oder mit den Schultern gezuckt und so getan, als würde er nur die Hände in die Taschen stecken. Mir fiel nie etwas anderes ein, als Mutters Blick einfach zu erwidern.

Ich wandte die Augen ab und sah an ihr vorbei. Wie schön mein Zuhause war. In Gruppen zusammenstehende riesige Eichen und dazwischen Orangenbäume in langen Reihen. Meilenweit üppiges Grün. Nichts schien weit entfernt zu sein, hier war alles so flach, dass es kaum eine Perspektive zuließ. Seit ich ein Kind war, hatte die fehlende Entfernung etwas Tröstliches für mich gehabt, alles so nah, selbst wenn es das gar nicht war.

»Warum kann ich nicht im selben Zimmer schlafen?«, fragte ich. Ich war den Tränen nahe.

Sie zog mich an sich, bevor ich reagieren konnte. »Nicht weinen«, sagte sie. Sie strich mir über die Haare, sie wusste, dass ich das genoss. Ich gab nach.

»Thea«, murmelte sie, »du wirst älter.«

»Nein.«

»Es ist ganz natürlich. Das ist nun mal der Lauf der Dinge. Verstehst du?« Sie fasste mich am Kinn und hob mein Gesicht an.

»Ich fühle mich so wie immer.«

»Aber du bist nicht mehr so. Ihr werdet euch nach wie vor nahe sein, du und dein Bruder und Georgie. Aber es gibt gewisse Dinge, die ihr nicht mehr machen könnt. Verstehst du das?«

Ich nickte.

»Sag es bitte.« Ihr Ton war freundlich, aber entschlossen.

»Ja.«

»Ach, Thea.« Sie tätschelte meine Wange. »Alles ist gut. Es geht doch nur ums Schlafen.«

Ich entzog mich ihrem Griff und ging weg.

»Sei brav«, rief sie mir nach, etwas, das sie so oft gesagt hatte, dass es keine Bedeutung mehr hatte.

An diesem Tag war ich gemein zu Sasi. Unbeholfen sprang er über das Kreuz, noch nicht richtig warm, und ich drehte die Zehenspitzen nach außen und stieß ihm die Sporen in die Flanken. Mit diesem Problem schlugen wir uns seit einigen Wochen herum, seine Schwerfälligkeit am Kreuz; beim Reiten stand man immer vor irgendeinem Problem, einer Schwierigkeit: Das war Sinn und Zweck des Ganzen, die unermüdliche Anstrengung. Das Erreichen des Ziels hing von uns beiden ab, von mir und meinem Pferd und, allgemeiner betrachtet, von unserem Wesen. Ich war besessen, wie Vater sagte, zumindest war ich Perfektionistin. Und ein Pferd war ein dummes Tier, natürlich konnte Sasi nicht das Gleiche wollen wie ich, aber er konnte sich bemühen, mir eine Freude zu machen, und heute hatte ich nicht das Gefühl, dass er sich bemühte.

Und dann war es vorbei, rasch, wie die meisten meiner Kämpfe mit ihm: Wir kämpften heftig und kurz.

Als ich mich im Sattel umdrehte und die Striemen musterte, die meine Gerte auf Sasis Flanken hinterlassen hatte, sah ich Sam auf dem Zaun sitzen, ein Bein angezogen, das Kinn aufs Knie gestützt. Ich fragte mich, wie lange er schon da saß, ob er gesehen hatte, dass ich die Gerte umgedreht hatte, um fester zuschlagen zu können. Hätte er überhaupt gewusst, dass das falsch war? Mutter hätte es gewusst. Sie hätte mir befohlen, sofort damit aufzuhören, nein, nein, nein, mit ansteigender Stimme.

Ich trieb Sasi an. Er ließ den Kopf hängen. Ich hatte ihn erschöpft. Er würde es vergessen; vielleicht hatte er es bereits vergessen. Aber die Angst würde er nicht vergessen, und die Erinnerung an den Schmerz würde instinktivem Misstrauen weichen. Das war das Problem bei Pferden, sie waren zu dumm, um sich richtig zu erinnern, trotzdem besaßen sie eine Erinnerung, mit der man umgehen musste, eine Erinnerung, die man mit bedenken musste.

»Morgen kommt Georgie.«

»Ich weiß«, sagte ich. Ich versuchte zu lächeln, aber es kostete mich zu viel Anstrengung. Ich betrachtete Sam, wie er mit angezogenem Bein dasaß. Ich durfte die Beine niemals so anziehen, nicht einmal in Reithosen, das wäre unmanierlich gewesen, nicht damenhaft. Ich wusste, dass andere Zwillinge, die Zwillinge, von denen ich in Büchern las, das gleiche Geschlecht hatten; ich fragte mich, wie es wäre, wenn Sam wie ich ein Mädchen wäre. Es war das erste Mal, dass ich mich das fragte. Dann hätten wir beide getrennt von

Georgie schlafen müssen. Wir hätten beide zu menstruieren begonnen.

Sam legte den Kopf schief, versuchte, meine Gedanken zu lesen, und ich lächelte. Sam als Mädchen war unmöglich. Ich war das einzige Mädchen in der Familie.

»Ich muss getrennt von dir und Georgie schlafen«, sagte ich und zog die Zügel an. Sasi blieb bereitwillig stehen.

Sam nickte. »Ich weiß. Mutter hat es mir gesagt.« Er hielt kurz inne. »Es geht ja nur ums Schlafen, Thea.«

Ich ließ Sasi im Schritt weitergehen, damit Sam mein gerötetes Gesicht nicht sah. Ich war wütend, dass Mutter es Sam gesagt hatte. Wir waren schließlich nicht ein und dieselbe Person.

»Thea?«, rief Sam, aber ich ignorierte ihn.

Sasi stand reglos und erschöpft da, links und rechts angebunden, während ich mit einem Schwamm warmes Wasser über seine verspannten Muskeln laufen ließ. Ich strich über das Striemenmuster, das meine Gerte auf seinen Flanken hinterlassen hatte. Ich schämte mich. Ich schlang die Arme um Sasis feuchten Hals, und er senkte den Kopf. Er liebte mich. Ich spürte sein riesiges Herz, das in seiner breiten Ponybrust schlug. In allen meinen Heften tauchten Zeichnungen von seinem hübschen Gesicht auf. Es tut mir leid, wollte ich sagen, es tut mir so leid, aber ich wusste, dass es keinen Sinn hatte.

Auch wegen Sam tat es mir leid.

Normalerweise war ich beim Reiten ruhig und verhielt mich fair, selbst wenn ich mich über etwas ärgerte. Ich legte ein stummes Versprechen ab, dass es nicht wieder vorkommen würde. Dass ich nicht so schnell die Beherrschung verlieren würde. Ich nahm mir vor, mich das nächste Mal anders zu verhalten, aber was nutzten solche Versprechen, abgelegt in der Ruhe nach dem Sturm.

»Los«, sagte Georgie und hielt sich die Hände vor die Augen. Geräuschlos rannten Sam und ich in entgegengesetzte Richtungen, die Luft war klar und kühl, die Sonne schien hell, einer von Floridas perfekten Wintertagen.

Damit ich mit meinen Absätzen keine Geräusche auf dem Zementboden machte, ging ich auf Zehenspitzen in den Stall. Wir spielten schon seit Stunden, und ich war müde, freute mich aufs Abendessen, aber ich würde nicht den Vorschlag machen aufzuhören.

»Hallo«, flüsterte ich Sasi zu, der an seinem Trog stand und gelassen Heu kaute. Seine Box war ein bequemes Versteck, das ich schon früher manchmal benutzt hatte, und ich hoffte, dass Georgie es inzwischen vergessen hatte. Oder dass er als Letztes in den Stall ging, wie er es sonst auch tat. Ich verlor dieses Spiel. Unserer Wertung lag ein kompliziertes System zugrunde. Je gefährlicher ein Versteck war, desto mehr Punkte gab es. Die Regeln änderten sich nie, aber wir fügten ständig neue hinzu, sodass im Lauf der Jahre ein Höchstmaß an Unsicherheit zum stillschweigenden Ziel des Spiels geworden war.

Wir waren eigentlich zu alt dafür, Georgie fast siebzehn, Sam und ich gerade fünfzehn geworden. Aber Georgie hatte unser Versteckspiel vorgeschlagen, und Sams Augen hatten zu leuchten begonnen.

Ich kauerte mich in die vordere Ecke der Box, unter den Futtertrog. Dieses Versteck zählte nicht viel, Sam saß wahrscheinlich im Wipfel unserer Eiche. Ich betrachtete Sasis schlanke, knubbelige Beine; jedes Mal, wenn er schluckte, lief eine Welle seinen Hals entlang.

Georgie tauchte im Fenster der Box auf. Er war so leise um den Stall herumgeschlichen, dass ich nichts mitbekommen hatte. Ich drückte mich tiefer in die kalte Ecke und betete, dass Sasi sich nicht bewegte.

»Hallo, du«, sagte Georgie und schnalzte mit der Zunge. Sasi schwang den Kopf herum.

Georgie wartete noch einen Moment, dann war er wieder weg. Ich schlüpfte aus der Box und ging auf Zehenspitzen denselben Weg zurück, den ich gekommen war. Am Stalltor angekommen, spähte ich um die Ecke, statt schnurstracks loszulaufen, und das war ein taktischer Fehler.

Georgie, der an der Außenwand des Stalls entlangschlich, entdeckte mich und lächelte.

»Ich wusste, dass du da drin bist«, sagte er.

Ich wich einen Schritt zurück, aus seinem Sichtfeld.

»Versuch's gar nicht erst«, rief er, »ich hab keine Lust zu rennen.«

Ich rannte trotzdem auf die andere Seite des Stalls, aber auch wenn ich es an Geschwindigkeit mit Georgie aufnehmen konnte – ich war schnell für ein Mädchen –, war er im Vorteil, ich saß in der Falle, solange ich im Stall war und er draußen.

»Ich hab doch gesagt, dass ich keine Lust hab zu rennen«, sagte er, als er mich am anderen Ende abfing. Ich schlug die Gegenrichtung ein, aber es war zu spät. Er packte mich am Kleid, und ich blieb taumelnd stehen. Ich erwartete, dass er mich gleich wieder loslassen und sich auf die Suche nach Sam machen würde, stattdessen hielt er mein Kleid fest und zog mich an die Wand.

»Was hab ich dir gesagt?«

Ich sah ihn an. Das war nicht unser übliches Spiel.

»Geh und such Sam!«, sagte ich.

»Ich hab gesagt, du sollst es lassen«, sagte er.

Plötzlich legte er mir die Hände auf die Schultern und drückte mich gegen die Wand. Ich konnte Sasi rhythmisch auf seinem Heu kauen hören.

Unter Georgies Griff entspannte ich mich, sein Gesicht war

meinem so nah, dass ich ein paar einzelne Stoppeln auf seiner rasierten Oberlippe sehen konnte. Ich hatte nicht gewusst, dass er sich inzwischen rasierte.

»Ganz schlecht, Thea«, sagte er und lächelte, und ich lächelte auch. Dann ging er und suchte Sam.

Ich fand einfach keine Ruhe. Ich ging zur selben Zeit wie Sam und Georgie zu Bett und hörte durch die geschlossene Tür, wie sie sich unterhielten, und dann war es still, und ich lag immer noch wach. Ich spürte die Wölbung meiner Brust unter meinem Nachthemd, die angeschwollene Spitze, die glatte, glatte Haut.

Normalerweise blieb ich einfach im Bett liegen, bis ich endlich einschlief, aber heute Nacht wollte ich raus. Vor der Tür der Jungen blieb ich stehen und lauschte auf ein Schnarchen, ein Zeichen, dass sie schliefen.

Die Flügeltüren, die vom unteren Treppenabsatz ins Wohnzimmer führten, waren nicht besonders massiv, nur Glasscheiben und Messingfassungen, aber ich verstand es, sie geräuschlos zu öffnen. Der Weihnachtsbaum reichte bis zur Decke, wir hatten die Spitze abschneiden müssen, damit der Engel noch Platz hatte: gesichtslos, haarlos, in einem schimmernden goldenen Gewand. Unser Weihnachtsbaum wurde jedes Jahr von Idellas Cousin geliefert. Zitternd zog ich mir die Decke fester um die Schultern.

Wann immer ich heute einen Weihnachtsbaum sehe, der mit zusammengewürfeltem Schmuck behängt ist, schäme ich mich dafür. Mutters Baum war wunderschön: violette und rote Glaskugeln, mundgeblasen und deswegen ein bisschen unregelmäßig – bei jeder sah man die Stelle, wo der Glasbläser das heiße Glas zusammengedreht und die Kugel geschlossen hatte. Die Ornamente waren so fein, dass sie im Schein der Kerzen beinahe flüssig wirkten.

Mutter verwendete Kerzen, um den Baum zu beleuchten, Dutzende davon in speziellen Glashaltern. Es war gefährlich, aber schön. Damals waren bunte elektrische Lichter in Mode, rot und blau und orange und grün – aber Mutter mochte die knalligen Farben nicht, fand sie vulgär.

Jemand war auf dem Treppenabsatz, kam die Treppe herunter, dann knarrte die siebte Stufe, und ich wusste, dass es Georgie war, wir ließen diese Stufe alle aus.

»Schhh«, sagte ich, als er durch die Tür trat, und im selben Moment blieb er mit der Hüfte am Schnapper des Türschlosses hängen. Ich sog unwillkürlich die Luft ein: Die Tür schepperte, ein dumpfes, unverkennbares Geräusch, das wahrscheinlich Mutter wecken würde. Wenn sie uns entdeckte, würde sie bestimmt denken, dass ich nicht gehorsam gewesen war. Und meine Erklärung – dass ich nichts getan hatte, dass Georgie mir nach unten gefolgt war –, nun ja, sie würde mir nicht glauben. Das alles sah ich klar vor mir, während Georgie an mir vorbeiging, zur Vordertür, und zuerst war ich wie erstarrt, dann packte mich der Zorn auf meinen Cousin.

»Halt«, zischte ich, aber Georgie war schon halb aus der Tür, er drehte sich zu mir um und winkte. Ich rannte zur Tür; ich musste sie erreichen, bevor Georgie sie mit einem Knall zufallen ließ.

»Was machst du denn?«, flüsterte ich, während ich die Tür hinter mir anlehnte.

»Ich schaue den Mond an«, antwortete er in normalem Ton.

»Schau ihn dir von drinnen an.«

Er zuckte mit den Schultern und drehte sich zu mir. »Nein.« Seine Stimme klang träge, verschlafen. Sein Blick war verschwommen.

Also schaute ich ebenfalls den Mond an, groß und rund.

»Wie lange willst du denn hier rumstehen?«, fragte ich.

»Warum?«

»Mir ist kalt.«

»Du hast mich geweckt«, sagte er. Er wirkte bei diesem Besuch schlecht gelaunt, verbrachte mehr Zeit allein in Sams Zimmer. Er behauptete, er würde lesen, aber Georgie las nie.

»Wie soll ich dich denn geweckt haben?« Ich war so leise gewesen.

»Ich weiß immer, wo du bist, Thea«, sagte er.

»Nur Gott weiß immer, wo ich bin«, erwiderte ich leise.

»Sieht er dich jetzt?«, fragte Georgie ebenso leise. Er machte einen Schritt auf mich zu. Noch einen. Und dann war er nur noch eine Handbreit von meinem Gesicht entfernt, sein Atem roch säuerlich.

»Natürlich«, sagte ich, aber ich konnte unserem Gespräch nicht mehr folgen.

Er berührte meine Haare, dann legte er seine Hand auf meinen Hals.

Wir musterten einander: Die Decke war mir von den Schultern gerutscht, unter meinem weißen Nachthemd war ich nackt und fror. Meine Augen waren groß vor Erschöpfung. Georgies Gesicht war vom Schlaf verquollen, seine Züge wirkten kindlich. Süß – er sah süß aus. Während Tante Carries Abwesenheit waren seine Haare noch länger geworden, sie fielen ihm über die Augen und ließen ihn gleichzeitig verwegen und scheu aussehen.

Er beugte sich zu mir und küsste mich auf den Mund. Dann berührte er meine Wange und küsste mich wieder, schob meine Lippen mit seinen auseinander.

Ich wusste, dass wir uns küssten, aber ich hatte noch nie jemanden so küssen sehen. Vater küsste Mutter in unserer Gegenwart auf die Wange. Die Leute in meinen Büchern küssten sich, aber *das* war nie irgendwo beschrieben worden, wie warm sich Georgies Zunge in meinem Mund anfühlte, wie seltsam und in gleichem Maße wunderbar es war, so als würde es dadurch wunderbar, dass es seltsam war.

Ich war nicht in einem Haus aufgewachsen, in dem Genuss mit Schuld gleichgesetzt wurde. Und das – Georgies Zunge in meinem Mund, wie etwas Lebendiges, das Gesicht, das ich seit meiner Geburt kannte, so nahe, näher als jemals zuvor –: Das war Glückseligkeit.

Kapitel 10

Die Holmes-Mädchen warteten an der Tür des Bungalows. »Hallo«, sagten sie im Chor und griffen nach meinen Händen. Nach der ersten Woche hatten sie aufgehört zu knicksen. Mr. Holmes stand daneben und sah ihnen mit belustigter Miene zu. Er hatte die Hände in die Taschen gesteckt und neigte den Kopf, als ich ihm zulächelte. Seit Thanksgiving vor ein paar Wochen hatte ich nicht mehr mit ihm gesprochen.

Ich bemerkte die Blicke der anderen Mädchen. Thea Atwell und die Holmes-Mädchen, dazu noch Mr. Holmes.

Mädchen winkten ihm zu, als wir an ihnen vorbeigingen, Mädchen, mit denen ich noch nie ein Wort gesprochen hatte: Roberta, Laura Bonnell, Hattie. Mr. Holmes grüßte sie mit einem Nicken, aber er nahm nicht die Hände aus den Taschen.

Im Stall band ich Luther und Bright an, und die Mädchen begannen, eifrig zu striegeln, hielten nur hin und wieder inne, um die Striegel an der Wand auszuklopfen. Bright war ein altes schwarzes Pony mit klugen Augen: Auf seinem Rücken hatten viele, viele Kinder gesessen. Ich sah ihnen zu und zeigte auf die Stellen, die sie vergessen hatten. Mr. Holmes blieb in sicherer Entfernung zu den Pferden, vor allem zu Luther, was komisch war: Ponys waren bekanntermaßen bösartig, Pferde freundlich. Heute waren alle voller Eifer, Decca hob Brights Huf und deutete auf den weichen Strahl, dann zeigte sie ihrem Vater, wie man mit einem

Hufkratzer den Schmutz entfernte. Brights Stirnlocke hatte sich verknotet, und Rachel entwirrte sie behutsam.

Nachdem wir die Pferde gesattelt hatten, führten wir sie zum Reitplatz. Mr. Holmes blieb draußen stehen, in einer Haltung, wie sie Männer offenbar gern einnahmen – die Arme auf die oberste Latte des Zauns gestützt, ein Fuß auf der mittleren Latte.

Mr. Holmes sah Decca dabei zu, wie sie ihr Trainingsprogramm absolvierte – das gleiche Programm, das ich als kleines Mädchen unter Anleitung meiner Mutter absolviert hatte –, über den Zaun gelehnt, als würde ihm der Reitplatz gehören, als hätte er keine Angst vor Pferden.

»Du hast wirklich Kraft in den Beinen, Decca«, rief er, und Decca nickte glücklich.

Mr. Buch, der deutsche Freund meines Vaters, hatte einmal zu mir gesagt, mein Profil erinnere ihn an das einer Türkin. Ich hatte mich über die Bemerkung gefreut, der Gedanke, wie jemand aus einem anderen Land auszusehen, hatte mir gefallen. Ich ließ es mir jedoch nicht anmerken, damit Sam mich nicht für eitel hielt. Man sollte hübsch sein, man sollte schön sein, aber man sollte sich bloß nichts darauf einbilden.

Ich fragte mich, was Mr. Holmes von meinem Profil hielt, ob er jemals ein türkisches Mädchen gesehen hatte. Wahrscheinlich nicht.

»Takt wechseln«, rief ich Decca zu, die Leichttraben übte. »Gut.«

Wir hatten eine eigene Sprache entwickelt, oder genauer gesagt hatten sich die Mädchen meine Sprache angewöhnt. Keine von ihnen war bis jetzt gestürzt oder auch nur beinahe gestürzt. Ich war als Kind ständig vom Pferd gefallen und bis auf einen verstauchten Knöchel glücklicherweise immer glimpflich davongekommen. Und ich stürzte, weil ich waghalsig war, wenn mir niemand zusah. Den Holmes-Mädchen sah die ganze Zeit jemand zu.

Nach dem Ende der Reitstunde lobte Mr. Holmes sie.

»Gut gemacht«, sagte Mr. Holmes, und während Decca und Sarabeth strahlend zu ihm hochblickten, quetschte sich Rachel zwischen Decca und ihren Vater und nahm seine Hand.

Decca machte ein entrüstetes Gesicht, doch Mr. Holmes hielt seine andere Hand hoch.

»Da ist noch eine«, sagte er, und Decca nahm seine Hand, und ich dachte, wie sehr Sam und ich uns von den Holmes-Mädchen unterschieden hatten, die ständig miteinander konkurrierten, ständig versuchten, zumindest in meiner Gegenwart, die Aufmerksamkeit ihres Vaters auf sich zu ziehen, ihren Schwestern ein kleines bisschen voraus zu sein.

Später standen die Mädchen mit den angebundenen Pferden im breiten Gang des Stalls und striegelten die Abdrücke glatt, welche die Sättel hinterlassen hatten. Ich war in der Sattelkammer, von wo aus ich ein Auge auf sie haben konnte, und putzte das Zaumzeug, wischte den Schweiß von den Zügeln, das Gras von den Trensen.

»Machen das sonst die Mädchen?«, fragte Mr. Holmes.

Ich zuckte zusammen. »Wie bitte?«

»Entschuldigung. Ich habe mich angeschlichen.« Er trat näher, beobachtete, was ich tat. »Machen das normalerweise die Mädchen?«

»Sie wissen, wie es geht, und Sarabeth stellt sich recht geschickt an, aber Rachel und Decca sind noch zu klein.«

»Zu klein zum Saubermachen?«

»Zu ungeschickt.«

Mr. Holmes nickte und betrachtete meine Hände. Sein Geruch hatte etwas Schweres, wie Öl. Ich war gut im Zaumzeugputzen, die Schnallen an meinen Zügeln glänzten, die

Stirnriemen schimmerten. Er gab ein Geräusch von sich – einen Seufzer? – und ließ sich vorsichtig auf einer Kiste nieder. Ich verrieb Lederbalsam auf den Zügeln und wartete darauf, dass er etwas sagte. Doch wir blieben beide stumm. Ich konnte ihn aus dem Augenwinkel sehen, es schien, als würde er mich aufmerksam beobachten, und ich begann, das Schweigen zu genießen, es hatte etwas Kameradschaftliches, war aber nicht völlig neutral: Jeder von uns war sich der Anwesenheit des anderen bewusst.

Mutter hatte mir beigebracht, wie man Zaumzeug putzte, hartes Leder geschmeidig machte, die Lebensdauer der zum Reiten benötigten Ausrüstung verlängerte. Ich hatte mein Zaumzeug immer gut gepflegt, ich war stolz auf diese Aufgabe gewesen, und darüber hatte sich wiederum Mutter gefreut. In so vieler Hinsicht war ich ihre Tochter. Wir schätzten beide Ordnung.

Mädchen kamen und gingen mit ihren Sätteln. Leona kam herein, eine mit Kings Schweiß getränkte Satteldecke über dem Arm, und nickte in meine Richtung. Seit unserem nächtlichen Ausritt war sie freundlicher zu mir, wenn auch kaum wahrnehmbar: Sie suchte öfter meinen Blick, grüßte mich mit einem Nicken, wenn wir uns in der Burg begegneten; im Badehaus hatte sie sogar einmal gemurmelt, dass der Nachtritt King gutgetan habe. Nachdem die Pferde versorgt waren, begleitete Mr. Holmes uns zurück zum großen Platz.

»Bestimmt werden wir uns bald wiedersehen«, sagte er, und die Mädchen, die hinter ihm standen, bedankten sich bei mir. Es begann zu nieseln.

Ich winkte ihnen zu.

»Was für eine gute Gelegenheit für die Mädchen«, sagte er, als ich mich zum Gehen wandte, »etwas über Pferde zu lernen.«

»Das Vergnügen ist ganz meinerseits.« Ich erinnerte mich an meinen ersten Tag hier, vor einigen Monaten, Vater neben mir, Mr. Holmes ein Fremder.

Ich war den Mädchen keine so gute Lehrerin, wie Mutter es für mich gewesen war. Sie hatte immer schon vorher gewusst, was ich als Nächstes ausprobieren würde – dass ich mein Gewicht im Sattel verlagern würde, dass ich den rechten Zügel statt des linken zurücknehmen würde –, was Sasi als Nächstes ausprobieren würde, und dieses Wissen hatte sie zu einer gespenstisch guten Lehrerin gemacht. Ich konnte nicht so gut vorhersagen, was die Mädchen tun würden, aber Mutter hatte mich natürlich besser gekannt, als ich die Holmes-Mädchen kannte. Ihr Wissen hatte über den Reitplatz hinausgereicht: Sie wusste es, wenn Sam die Arithmetikaufgaben flüchtig hingekritzelt hatte, wenn ich ein gutes Handtuch benutzte, um Schmutz wegzuwischen. Mutter wusste alles. Aber von Georgie hatte sie nichts gewusst. Es war alles direkt vor ihrer hübschen Nase geschehen.

Ich wandte mich ab – das mit Holzschindeln verkleidete Cottage des Rektors war wirklich bezaubernd – und schloss mich dem Strom von Mädchen an, die ebenfalls vom Reitplatz kamen. Vielleicht hatte Mutter mich auch deswegen hierhergeschickt, weil sie wütend auf sich selbst war, dass sie nicht mitbekommen hatte, was unter ihrem Dach vor sich ging. Dass sie mich nicht so gut kannte, wie sie gedacht hatte; dass sie es nicht unterbunden hatte.

Sissy kam hinter mir angerannt und wollte wissen, wie es war, vom Rektor beim Reitunterricht beobachtet zu werden. Ich lächelte sie an, umgeben von einem Schwarm von Mädchen. Ich war eine von ihnen. Wir würden zu unseren Bungalows gehen und uns rasch umziehen, aber wir hatten nicht genug Zeit, um den Pferdegeruch abzuwaschen.

An Heiligabend war ich das einzige Mädchen im Augusta House. Selbst Mary Abbotts Familie hatte das nötige Geld für eine Fahrkarte nach Hause zusammengekratzt. Die meisten Hiergebliebenen hatten ein Stipendium. Und dann waren da noch die Mädchen, die Ausreden vorbrachten: Ihre Familie war dieses Jahr auf Reisen, die Fahrt war zu weit für die paar Tage. Diese Ausrede hatte ich auch gebraucht, und ich fand es einigermaßen nachvollziehbar: Emathla in Florida lag sehr weit vom Yonahlossee Riding Camp entfernt.

Die Nachtglocke hatte schon vor Stunden geläutet, aber ich konnte nicht einschlafen. Ich hatte mir nicht einmal für mich die Frage gestellt, ob ich über die Feiertage nach Hause fahren würde oder nicht, denn natürlich würde ich nicht fahren. Heute Abend hatten wir in der Burg Weihnachtslieder gesungen und einen riesigen Baum geschmückt. Es war mir erspart geblieben, von den Holmes-Mädchen gelöchert zu werden, da alle Hiergebliebenen zusammen an einem großen Tisch saßen, und die Holmes saßen am entgegengesetzten Ende. Gegen Ende des Essens war Decca auf meinen Schoß geklettert, aber sie war noch zu klein, um sich dafür zu interessieren, warum ich nicht weggefahren war.

Von draußen war ein Geräusch zu hören, und ich dachte, es wäre vielleicht wieder Boone, der nicht wusste, dass Sissy nach Hause gefahren war. Aber er war es natürlich nicht – er war bei seiner perfekten Familie, und sie tauschten perfekte Geschenke aus.

Jemand lachte, aber es klang unheimlich. Es schien direkt vor meinem Fenster zu sein.

Es war erneut zu hören, das gleiche hohe Lachen. Es fuhr mir durch Mark und Bein – eine von Mutters Redewendungen. Vorsichtig spähte ich aus dem Fenster. Ich sah den Rücken eines Mädchens in einem weißen Nachthemd, ohne

Mantel, die Haare zerzaust. Sie drehte sich um, und ich erkannte das grobe Profil: Jettie.

Ich mummelte mich ein und lief nach draußen, einen von Sissys zusätzlichen Mänteln in der Hand.

»Jettie«, flüsterte ich, »was machst du denn hier draußen?« Ich hielt ihr den Mantel hin, aber sie schüttelte den Kopf. Ihre Augen waren glasig, und sie hielt eine bernsteinfarbene Flasche in die Höhe.

»Mir ist warm«, sagte sie. »Ich brauch keinen Mantel.«

Ich legte den Finger an die Lippen.

»Warum?«, fragte sie, noch lauter. »Was soll schon passieren?«

Ich legte ihr Sissys Mantel um die Schultern und nahm ihr die Flasche weg. Sie war zu langsam, um mich daran hindern zu können.

»Wenn Mrs. Holmes dich sieht, kriegt sie einen Anfall«, sagte ich.

Jettie lächelte. »Ich würde mich einfach von Henny retten lassen. Sie ist Mrs. Holmes' Liebling. Sie sind aus demselben Holz geschnitzt. Kann ich bitte die Flasche wiederhaben?«

Ich setzte mich neben sie. »Solange du den Mantel anbehältst«, sagte ich.

»Abgemacht.« Jettie nahm einen tiefen Zug aus der Flasche, wie ein Mann. »Thea Atwell. Alle haben über dich geredet, als du hier ankamst. Katherine Hayes hat überall herumposaunt, dass es Probleme mit einem Jungen gegeben hat.« Sie musterte mich unverblümt von oben bis unten. Ich zog meinen Mantel fester um mich. »Aber jetzt schert sich keiner mehr um dich. Das ist der Lauf der Welt.«

»Du bist betrunken«, sagte ich.

»Da hast du recht.« Sie lachte wieder ihr seltsames Lachen. »Ich weiß, warum du nicht zu Hause bist, aber weißt du, warum ich nicht zu Hause bin? Ich werd's dir sagen«, fuhr sie fort. »Falls du ein Geheimnis bewahren kannst.«

»Natürlich«, sagte ich vorsichtig. Ich war mir nicht sicher, ob ich Jetties Geheimnisse wissen wollte.

»Mein Vater hat seine Arbeit verloren. Deshalb muss ich jetzt heiraten. Und ich will nicht.« Ihre Stimme war laut geworden. »Das ist das Letzte, was ich will. Aber Mutter sagt, ich muss. Und Henny sagt, ich bin egoistisch. Was meinst du?« Sie beugte ihr Gesicht vor – ich bemerkte eine feine Narbe an ihrer Schläfe.

»Der Junge, den du heiraten wirst, ist er nett?«

»Er ist kein Junge«, sagte sie. »Er ist ein Mann. Er ist alt. Reich. Ein reicher Tabakhändler. Und er ist ganz nett, aber ich mag sie nicht. Männer. Mit mir stimmt was nicht. Ich wäre lieber allein.«

Sie sah aus, als würde sie gleich weinen. Ich nahm ihr die Flasche aus der Hand und setzte sie an meinen Mund. Beinahe hätte ich alles wieder ausgespuckt, so scharf schmeckte es.

»Ich sag dir noch was«, sagte Jettie. Jetzt begann sie tatsächlich zu weinen. »Ich will nicht weg. Ich will nicht weg von ihr. Von hier. Ich verstehe das nicht. Es ist ja nicht so, als würden wir verhungern. Wir wohnen ja nicht in den Appalachen.« Ihr Blick verlor sich in der Ferne.

Yonahlossee, eine Insel reicher Mädchen inmitten der Ärmsten. Ich dachte an Docey, ihre Familie. Zu Weihnachten hatten wir für die Fabrikmädchen eine Kiste mit Essen gepackt: Schinken, Pastete, Kartoffeln. Mrs. Holmes hatte gesagt, sie würde rechtzeitig zum Weihnachtsessen geliefert werden.

»Thea«, murmelte Jettie, »das Leben ist so schwer, wenn man erst mal erwachsen ist.«

»Vielleicht ist es besser«, sagte ich schließlich.

»Was?«

»Jungen nicht zu mögen. Männer. Sie machen nichts als Ärger.«

Sie sah mich lange an. »Sei nicht dumm, Thea.«

Ich lächelte, dann goss ich den Rest aus der Flasche aus, während mir Jettie zusah. Noch mehr Alkohol würde sie nur noch trauriger machen. Sie stand auf und ging mit unsicheren Schritten weg. Sie erinnerte mich an ein Pony: klein und stämmig.

»Nicht vergessen«, rief sie. »Es ist ein Geheimnis.«

Ich machte eine Geste, als würde ich meine Lippen verschließen und den Schlüssel wegwerfen.

Als ich am nächsten Morgen aufwachte, war die Welt weiß.

Ich zog die Stiefel an und ging ohne Mantel hinaus in den zwei Handbreit hohen Schnee.

»Hallo«, rief jemand, und ich sah Mr. Holmes über den großen Platz gehen, einen Schraubenschlüssel in der Hand.

Ich winkte und verschränkte die Arme vor der Brust. Ich hätte mich anziehen sollen, bevor ich den Bungalow verließ. Meine Hände waren rissig. Ich brauchte Handschuhe, aber ich wollte nicht an Mutter schreiben und sie darum bitten.

»Frohe Weihnachten«, sagte er. »Eins der Rohre ist geplatzt.« Er schwang den Schraubenschlüssel. »In der Burg gibt es kein Wasser, und der Handwerker ist über die Feiertage nach Hause gefahren.« Bei mir angelangt, blieb er stehen, hinter ihm eine einzelne Reihe von Fußstapfen.

»Ich habe noch nie Schnee gesehen«, sagte ich, »also, nicht so viel.«

»Nein?« Er drehte sich um, blickte auf die ausgedehnte weiße Fläche, überall Weiß, wohin man sah, auf den Dächern, den Bäumen, den Bergen. »Ich mag die Kälte«, sagte er.

Er trug einen alten Mantel, an dem der oberste Knopf fehlte. »Ich nehme an, Sie vermissen Ihr Zuhause«, sagte ich.

»Du hast es nicht vergessen.« Er schien sich zu freuen. »Ja, es erinnert mich an Boston.«

»Bei uns ist es immer nur heiß. Aber das«, sagte ich, »ist wunderschön.« Und Sam war nicht hier, um es zu sehen.

»Meine Mutter sagte immer, Gott sei zornig, wenn es schneite, aber das habe ich nie verstanden.«

»Was ist er denn, wenn er nicht zornig ist?«

Mr. Holmes lachte, ein weißes Wölkchen stieg aus seinem Mund auf. »Nachdenklich.« Er überlegte kurz. »Es sieht so aus, als würdest du Yonahlossee mögen, Thea.«

Ich nickte. Es wurde immer kälter, aber ich wollte nicht gehen. Ich setzte an, etwas zu sagen, tat es dann aber doch nicht.

»Was wolltest du sagen?«, fragte er.

Ich entdeckte eine kleine Wunde an Mr. Holmes' Oberlippe, wo er sich beim Rasieren geschnitten hatte. Er und seine Familie würden für sich Weihnachten feiern, bevor wir uns zum Abendessen in der Burg versammelten. Ich wünschte mir, dabei zu sein, bei ihm. Ich wünschte mir, dass er mich einlud. Auf einmal wünschte ich mir nichts auf der Welt sehnlicher. Frag mich!, dachte ich, während er mich erwartungsvoll ansah. Frag mich!

Aber natürlich würde er das nicht tun. Ich war keine Holmes. Ich überlegte, ob das mein letztes Weihnachten ohne meine Familie sein würde, und in diesem Moment begriff ich, dass es das nicht war: Ich sah so viele leere Weihnachten vor mir liegen. Ich wusste nicht, wo ich sein würde, aber ich wusste, dass meine Familie nicht da sein würde.

Mr. Holmes sah mich immer noch fragend an.

»Es gefällt mir hier«, sagte ich und stockte. Ich traute meiner Stimme nicht. »Aber ich vermisse auch mein Zuhause.«

Er schien nicht besonders überrascht. »Natürlich tust du das, Thea. Natürlich.«

Mein Weihnachtsgeschenk von zu Hause: ein Kaschmirmantel, burgunderrot, mit silbernen Knöpfen. *Frohe, frohe, glückliches, glückliches* stand auf der Karte, die Worte von Mutter, die Handschrift von jemand anderem. Auf dem Etikett stand der Name eines Bekleidungsgeschäfts in Asheville. Als ich mir den Mantel ans Gesicht hielt, im Spiegel, ließ das Rot meine Haare leuchten. Ich löste meinen Zopf und nahm eine Strähne in die Hand: Meine Haare waren lang geworden, sie wuchsen schnell, dicht. Der versilberte Spiegel zeigte mir ein merkwürdiges Porträt von mir, die Augen vom Schlaf verquollen, die Lippen trocken von der Kälte, der Mantel elegant und auffällig. Ich berührte den Spiegel. Mutter hatte diesen Mantel, diese Farbe nie gesehen. Es war ein extravagantes Geschenk – es passte nicht zu ihr, und es passte nicht zu mir. Sie musste ein schlechtes Gewissen gehabt haben, weil sie mich nicht einmal an Weihnachten nach Hause kommen ließ. Dass ich nicht gefahren wäre, selbst wenn sie es angeboten hätten, wusste sie nicht.

Ich stopfte den Mantel in eine meiner leeren Schubladen.

Letzte Weihnachten hatte es keine Geschenke gegeben. Mutter hatte es Sam und mir vorher gesagt, und auf mein anfängliches Maulen hin hatte sie mich daran erinnert, dass Georgies Familie in Schwierigkeiten steckte – sie benutzte genau diesen Ausdruck, *Schwierigkeiten* – und wir ihnen schließlich nicht noch mehr Schwierigkeiten machen wollten. Und außerdem, hatte sie hinzugefügt, brauchten wir keine Weihnachtsgeschenke, wir hätten doch schon alles, was wir brauchten, nicht wahr? Was sollte man darauf antworten außer Ja, auch wenn ich gern neues Zaumzeug gehabt hätte, bessere Reithosen.

Ein paar Tage vor Weihnachten hatten wir ein Lagerfeuer gemacht. Tante Carrie war aus Missouri zurück, ihrer Mutter ging es besser. Wir standen lange um das Feuer, jedenfalls kam es mir so vor. Vater legte sanft einen Arm um meine Schultern. Mutter und Idella kamen mit Bechern heißer Schokolade aus dem Haus.

»O nein«, sagte Tante Carrie und fuhr sich mit der Hand über ihren vorstehenden Bauch.

Während ich trank, beobachtete ich meinen Cousin, bemüht, es zu verbergen, so zu tun, als würde ich mich weder für ihn noch für sonst etwas interessieren. Er blieb in Sams Nähe, wollte ihm offenbar nicht von der Seite weichen. Wir tranken sonst nie heiße Schokolade. Sie war zu gehaltvoll, ich fühlte mich dickleibig, als ich sie trank, deshalb kippte ich den Rest ins Feuer. Ich merkte, dass Mutter mich beobachtete, und konzentrierte mich daher auf die Flammen, den Rauch und das Knistern.

An diesem Abend waren wir alle still. Es ist ein verführerischer Gedanke, dass wir alle wussten, dass wir an einem Wendepunkt standen.

Georgie hielt sich von mir fern, bis das Feuer heruntergebrannt war und die Männer beschlossen, kein Holz mehr nachzulegen. Mir war zu warm, und ich saß etwas weiter weg vom Feuer als alle anderen. Georgie verließ den Platz an der Seite seiner Mutter und kniete sich neben mich, sagte jedoch nichts, und ich war froh darüber. Ich löste meine verschränkten Arme – in der Luft lag ein Hauch von Kälte – und stützte meine Handflächen auf das kühle Gras, und Georgie lehnte sich zurück und legte seine trockene Hand auf meine. Die anderen konnten uns nicht sehen, es war keine verwegene Geste. So saßen wir zehn, fünfzehn Minuten da, und was ich in dieser kurzen Zeit empfand, die Erwartung, die Freude, das befremdliche Glücksgefühl – nun ja, all das war noch neu für mich. Es war eine Woche her, dass mein Cousin mich geküsst hatte, und ich war ein anderer Mensch. Oder vielleicht kein anderer Mensch, aber auf einmal interessierte ich mich für völlig andere Dinge, was dasselbe zu sein schien.

Wir hatten uns nicht wieder geküsst und auch nicht darüber gesprochen. Aber Georgie fasste mich jetzt dauernd an, hielt wie selbstverständlich im Stall meine Hand. Wir waren so leicht so weit gekommen, und jetzt wollte ich mehr.

Am nächsten Tag saß ich allein auf der Treppe der vorderen Veranda und blickte über den friedlich daliegenden Garten. In meinen Tagträumen war Georgie an Sasis Stelle getreten. Ich dachte öfter an ihn, als ich es für möglich gehalten hätte, das soll heißen ständig.

Die Tür quietschte. Ich drehte mich um und sah Georgie im Türrahmen stehen. Das alles kam mir wie Magie vor. Ich hatte gehofft, dass er mich suchen würde, und er hatte es getan. Es hatte etwas Köstliches, wie er mich in meinem Zuhause umwarb, wie er mich immer fand, egal, wo ich war. Bei seinem Anblick, wenn ich ihm nahe war, pochte es in meinen Lenden, und zwischen meinen Beinen wurde es plötzlich feucht, es schien eine unmittelbare Reaktion zu sein. Er erwiderte mein Lächeln, aber er hatte den Kopf schief gelegt, und ich konnte nicht sagen, ob es schüchtern oder selbstgefällig war.

Er setzte sich neben mich und legte seine Hand auf meine.

»Das sollten wir nicht tun«, flüsterte ich.

»Alle anderen sind hinten.« Er gab mir einen Kuss auf die Stirn, und ich wich verblüfft zurück, ohne dass ich hätte sagen können, warum: weil er so kühn war, mich zu küssen, wo jeder uns sehen konnte, oder weil es mir ein solches Vergnügen bereitete, seine Lippen auf meiner Stirn zu spüren.

»Georgie.«

»Darf ich meiner Cousine keinen Kuss auf die Stirn geben?«, fragte er. Forderte mich heraus. Er wirkte so groß neben mir; wenn ich ihn nicht gekannt hätte, hätte ich ihn für einen jungen Mann gehalten.

Ich berührte seine Wange. Es gefiel mir, wie klein meine Hand an seinem Gesicht aussah.

»Hast du dich heute Morgen rasiert?« Es war so aufregend, diese Frage stellen zu dürfen.

»Ja.« Er hielt meine Hand fest und drückte sie sich an die Wange, dann küsste er den Ansatz meines Daumens. Ich fragte mich, wo er all das gelernt hatte. Dieser Georgie war ein Fremder für mich.

Ich strich mit dem Daumen über seine Lippen, er packte ihn zart mit den Zähnen, und ich hielt die Luft an. Dann drehte ich den Kopf zur Seite, weil all das auf einmal zu viel schien, zu gut, und weil ich es so sehr genoss, dass es mich schwindlig machte. Das große Efeubeet vor dem Haus war ein verschwommener Fleck, doch dann schälte sich am Rand ein Punkt heraus, der langsam Form annahm: mein Bruder. Ich wischte mir die Hand an meinem Rock ab und stand auf. Georgie sprang neben mir auf, und ich winkte Sam, der um das Haus herumgegangen war, ohne dass ich es gemerkt hatte. Er nickte in unsere Richtung, die Hände in den Taschen. Nimm eine heraus, dachte ich, nimm eine Hand heraus und lass mich wissen, dass du nichts gesehen hast.

Ich bedeckte meinen Mund und drehte mich zu Georgie.

»Keine Sorge«, sagte Georgie, »er hat nichts gesehen.«

Aber es war reine Mutmaßung, ob Sam etwas gesehen hatte oder nicht.

Beim Essen an Heiligabend saß ich zwischen Georgie und Sam am Tisch.

Ich trug ein goldfarbenes Seidenkleid, von dem Mutter meinte, es unterstreiche den rötlichen Schimmer meiner Haare. Es war das letzte Mal, dass ich es tragen würde – das

Oberteil war inzwischen zu eng und unbequem, und bis ich das nächste Mal die Gelegenheit haben würde, ein Kleid zu tragen, das eindeutig für eine Party bestimmt war, glänzend und frivol, würde ich zu breit und zu groß dafür sein. Aber ich wollte es noch einmal tragen und ignorierte Mutters Vorschlag, ein anderes Kleid auszusuchen.

Außerdem hatte ich mir die Nerzstola meiner Mutter umgelegt. Mutter lieh sie mir, als würde ich Verkleiden spielen, was ich auch tat, aber mittlerweile fühlte es sich so an, als würde die Stola eher mir gehören als ihr. Letzte Weihnachten war ich vierzehn gewesen, und es waren dieselben Gäste da gewesen.

Vater sprach das Tischgebet. Georgie tastete unter dem Tisch nach meiner Hand und drückte sie kurz. Mit einem raschen Blick zu den anderen stellte ich fest, dass alle Köpfe noch gesenkt waren. Vaters letzte Fürbitte galt den Orangenplantagen. Das war nicht ungewöhnlich. Mutter stieß hörbar die Luft aus.

»Amen«, fügte Onkel George hinzu, »gepriesen seien die Orangen.«

Mein Vater blickte auf sein Weinglas. Ich wusste, dass er überlegte, was er darauf antworten sollte, dass ihm das Glas lediglich Zeit verschaffte. Mein Vater schien sich immer irgendwie Zeit zu verschaffen, er verfügte über tausend kleine Tricks, die er einsetzte, um nachdenken zu können, bevor er etwas sagte.

»Beliebst du zu scherzen?«, fragte er. Die Frage klang so förmlich, wie aus einem Stück von Shakespeare, und ich fühlte mich sehr unbehaglich.

Georgie ließ die Erwachsenen nicht aus den Augen, ich wollte, dass er seine Aufmerksamkeit mir schenkte, nicht ihnen. Unter dem Tisch berührte ich seine Hand.

»Ein Mann kann beten, wofür er will, oder nicht, Felix?«, fragte Onkel George.

Mein Onkel war an diesem Abend angespannt, so wie alle. Man konnte die Anspannung mit Händen greifen – diese Redewendung ging mir nicht aus dem Kopf.

Dann lag Georgies Hand in meinem Schoß, auf meinem Knie. Sie fühlte sich heiß an, selbst durch mein Kleid hindurch.

»Bitte«, sagte Mutter.

»Das stimmt«, sagte Vater. »Nehme ich an.«

Dann strich Georgie mit den Fingern über mein Knie, so sanft, so rhythmisch, dass ich am liebsten gestöhnt hätte. Das tat er so lange – drei Minuten, vier –, bis ich schließlich nicht mehr wusste, wo seine Hand war. Weiter oben auf meinem Oberschenkel, nein, tiefer, sie war zu weit oben, sie war nicht weit genug oben.

Ich legte meine Hand auf seine und hielt sie fest. Es war einfach verrückt, uns vor den Augen aller anzufassen, vor allem vor meinem Bruder. Meine Oberschenkel zitterten. Die Erwachsenen unterhielten sich über das Krippenspiel in Gainesville, über das meine Mutter einen Bericht in der Zeitung gelesen hatte, etwas Unverfängliches, um die düstere Stimmung aufzuhellen, die sich am Tisch ausgebreitet hatte, und auch wenn es nicht funktionierte, auch wenn Tante Carrie immer noch aussah, als würde sie gleich in Tränen ausbrechen, dankte ich Gott, dass etwas anderes ihre Aufmerksamkeit auf sich zog. Gott, ich danke Dir für Krippenspiele, murmelte ich, und Georgie lachte leise, Sam sah mich jedoch seltsam an.

Ich hatte nie viel auf Träume gegeben. Sam wachte oft aus Albträumen auf, keuchend und schwitzend, und wenn ich dann seine Hand hielt, konnte er mir nur sagen, dass er von einer hohen Klippe gestürzt war, dass er eine Sekunde vor dem Aufprall auf dem Boden aufgewacht war.

Ich glaubte ihm nicht so ganz, weil ich mir ein derart grundloses Gefühl nicht vorstellen konnte, alles nur im Kopf meines Bruders.

Nach dem Lagerfeuer schlief ich rasch ein und träumte von Georgie, davon, wie er mich anfasste. Er berührte mich durch meine Unterwäsche hindurch, erst sanft, dann immer fordernder, und schließlich schob er einen Finger in mich. Dann zwei. Als ich aufwachte, wusste ich nicht, wo ich war, ich empfand eine solche Lust, dass ich dachte, ich müsste noch träumen. Ich stand kurz davor, legte meine Finger an die Stelle, wo Georgies Finger gewesen waren, und es überraschte mich, wie fest ich mich unter dem Druck meiner Fingerspitzen anfühlte, dem Druck, den ich hier viel stärker spürte. Dann strich ich über meinen Schlüpfer, wie Georgie es getan hatte. Er war nass, durchgeweicht. Hinter meinen Augenlidern zuckten helle Blitze. Mehr, immer mehr, und dann gab es nur noch das starke, rasche Pulsieren in meinen Lenden. Ich rieb mir die Stirn mit dem Handgelenk, ich musste mir die Hände waschen.

Diese Art von Lust war noch nicht das Geheimnis, zu dem sie später werden würde. Nein, sie war etwas, das nie geschehen war, deshalb wurde sie auch nicht von Scham begleitet.

Am ersten Weihnachtsfeiertag weckte mich Sam, tippte mir sanft auf die Schulter. Im ersten Augenblick dachte ich, es wäre Georgie.

»Wenn du reiten willst«, sagte er, »solltest du es besser gleich tun.«

»Ist gut«, murmelte ich.

»Frohe Weihnachten«, fügte er hinzu, als wäre es ihm nachträglich eingefallen.

»Frohe Weihnachten«, sagte ich. Er sah mir zu, wie ich mich im Bett aufsetzte, mir den Schlaf aus den Augen rieb.

Ich lächelte, und er erwiderte mein Lächeln, aber es wirkte irgendwie abwesend. Für einen kurzen Moment las Sam meine Gedanken, wusste von Georgie.

Sam legte den Kopf schief, und ich war erleichtert: Er wusste es nicht.

Ich schüttelte den Kopf und lächelte noch einmal, um ihm zu zeigen, dass alles in Ordnung war, und obwohl Sam nickte, wusste ich, dass er mir nicht glaubte.

Ich wollte ein neues Hindernis ausprobieren, das ich hinter dem Haus aufgebaut hatte. Auf dem Reitplatz waren Befehle praktisch nicht wahrzunehmen, es sollte so aussehen, als herrsche zwischen Reiter und Pferd ein vollkommenes, stillschweigendes Einverständnis. Aber hier draußen, außerhalb des Reitplatzes, gehorchte Sasi mir nur, wenn ich mich ruckartig bewegte und mein ganzes Gewicht einsetzte, ihm die Fersen in die Seiten rammte, ihn anschrie. Es war kein elegantes Reiten, aber es fühlte sich echter an.

Ich hatte die Sporen im Stall gelassen. Als ich Druck mit den Schenkeln ausübte, ein Befehl, dem Sasi normalerweise nur halbherzig gehorchte, fiel er in einen gleichmäßigen Trab, den Hals gebogen, die Ohren nach vorn gestellt, seine Aufmerksamkeit auf alles außer mir gerichtet.

Genau aus diesem Grund war ich hier draußen. Ich wollte Macht. Ich wollte, dass er das höchste Hindernis nahm, über das er jemals gesprungen war, nicht meinetwegen, sondern weil hinter diesem Hindernis etwas Wunderbares und Rätselhaftes lag.

In dem Moment, in dem ich wendete, erkannte ich, dass ich uns zu viel Raum gelassen hatte – eine zu lange gerade Linie, zu viel Zeit und Grund für Sasi, irgendwohin zu rennen, während ich die Kontrolle verlor. Aber ich spürte, wie er seine Beine koordinierte, eindeutig in Erwartung des Sprungs. »Ja, ja, ja«, murmelte ich im Rhythmus seines

Galopps. Mein Zopf hüpfte auf meinem Rücken auf und ab, mein Sichtfeld verengte sich, und ich nahm nur noch wahr, wie Sasis Hufe den Boden berührten – das dumpfe Geräusch, das sie verursachten – und wie sich der Abstand zwischen uns und dem Hindernis verringerte. Jetzt zählte nur noch Instinkt, niemand konnte einem etwas über diesen Augenblick beibringen, bevor man vom Boden abhob. »Jetzt«, sagte ich, und wir flogen. Ich wünschte, Georgie wäre da gewesen und hätte uns zugesehen. Dann sackte Sasis rechte Schulter nach unten weg, und ich lag auf dem Boden, im feuchten Gras, aber ich hatte immer noch die Zügel in der Hand, hatte nicht losgelassen. »Schon gut«, sagte ich beruhigend, »schon gut.« Halb zog, halb schleifte er mich weg, bäumte sich verängstigt auf, aber gleichzeitig war er sich der Gelegenheit bewusst: Wenn er es schaffte, mich loszuwerden, dann konnte er davonlaufen, seinem Verstand folgen, dem Teil tief in ihm, der ihm sagte, er solle um jeden Preis weglaufen.

Aber ich hielt ihn fest. Ich liebte dieses Pony, um nichts in der Welt würde ich es loslassen. Nachdem er sich beruhigt hatte, stieg ich wieder auf. Ich ließ ihn ein zweites Mal auf das Hindernis zugaloppieren, und wir übersprangen es mühelos, so wie ich es erwartet hatte. So funktionierte mein Verstand, deshalb war ich mutig in Situationen, in denen andere nicht wieder aufgestiegen wären. Die Schicksalsgöttinnen würden sich nicht verbünden, um Sasi noch einmal aus dem Gleichgewicht zu bringen, nicht zweimal an einem Tag. Hin und wieder stürzte man, weil es fällig war, man ritt ein Pferd und erwartete von ihm, Dinge zu tun, die es in freier Wildbahn nicht getan hätte. Ein Sturz auf hundert saubere Sprünge.

Nachdem ich Sasi sich hatte abkühlen lassen und ihm seine morgendliche Haferration gegeben hatte, schlich ich mich nach oben. Vor dem Zimmer meines Bruders blieb ich sehen und öffnete die Tür einen Spalt.

Sam lag wieder in seinem Bett, Georgie schlief auf einer Matte auf dem Boden. Es überraschte mich, dass sie getrennt schliefen – Sams Bett war breit genug, es bot Platz für zwei.

Sams Arme und Beine waren seltsam angewinkelt, und die Haare klebten ihm schweißnass an den Wangen. Seine braune Flickendecke war auf den Boden gerutscht, und das Laken war zwischen seinen Beinen zusammengeknüllt.

Ich betrachtete ihn, ohne ihn richtig zu sehen. Ich betrachtete ihn, weil er da war. Und dann Georgie, Sams Steppdecke über sich gezogen. Er schwitzte nicht. Vielleicht war es auf dem Boden kühler. Er schlief in einer geradezu züchtigen Haltung, die Arme an den Seiten ausgestreckt, die nackten Füße parallel, Zehen nach oben gerichtet.

Georgie bewegte sich, und ich sah etwas Braunes aufblitzen, als er die Steppdecke von sich warf. Er murmelte etwas, es klang wie ein Stöhnen, und dann sah ich seinen Penis, steif ragte er durch die Öffnung in seiner Pyjamahose. Er war dunkler als der Rest seines Körpers, hatte eine leicht violette Färbung. Ich hatte noch nie einen nackten Mann gesehen oder mit jemandem über die männliche Anatomie gesprochen, aber ich wusste, dass der Penis meines Cousins erigiert war.

Ich wandte mich ab und schloss die Tür hinter mir. Ich schämte mich, aber auf diffuse Weise: Er hätte mir das nicht zeigen dürfen, ich sollte so etwas nicht sehen müssen, aber er hatte geschlafen, er hatte es nicht absichtlich getan.

Gleich darauf empfand ich das Gegenteil von Scham: Ich fühlte mich mächtig, als wüsste ich um ein Geheimnis, einen Moment, der nur mir gehörte.

Kapitel 11

»Heute Abend kommt Boone«, flüsterte Sissy. »Hilfst du mir?«

»Natürlich.« Da Mrs. Holmes weg war, war das Risiko nicht mehr so groß. Wie alle wussten, war sie diejenige, die uns maßregelte. Letzten Sonntag nach dem Gottesdienst war sie aufgebrochen und würde sechs Wochen wegbleiben. Bei ihrer Rückkehr hätten wir Frühling, unvorstellbar im Moment: Bis auf den Efeu und den Wacholder war alles tot.

Hinter dem Fenster war es nachtschwarz. Die Zeit der Finsternis, wie Sissy es nannte, war angebrochen: Februar. Um fünf verschwand die Sonne, und wir gingen in völliger Dunkelheit zum Abendessen. Sissy meinte, das sei die langweiligste Zeit des Jahres, weil nichts passierte. Ich mochte die Ruhe jedoch.

Ich ritt wieder. Bevor mich Mrs. Holmes zurück in den Sattel ließ, hatte ich vier Kilo zunehmen müssen. Wenn ich nicht schon vorher heimlich geritten wäre, hätte ich vielleicht heftiger protestiert.

Die Holmes-Mädchen unterrichtete ich auf meinen eigenen Wunsch nach wie vor, wenigstens noch so lange, bis sie zu Mrs. Holmes und ihrer Mutter nach New Orleans fuhren. Mr. Holmes sagte, wir sollten unseren Müttern schreiben und sie ermuntern, die Junior-League- und Gartenvereinstreffen zu besuchen, wo seine Frau ihre Aufwartung machen würde. Es wurde selbstverständlich davon ausgegangen, dass unsere Mütter Mitglied in diesen Vereinen waren, aber auf meine Mutter traf das nicht zu. Sie gehörte der Camellia Society in Emathla an, allerdings nicht wegen der Blumen.

Ich beobachtete Mr. Holmes und fand, dass er kein bisschen nachlässiger aussah, obwohl seine Frau nicht da war.

Ein- oder zweimal in der Woche kam Mr. Holmes zu unserem Reitunterricht, ohne dass ich es vorher wusste, und sah vom Rand des Reitplatzes aus zu. Unwillkürlich fing ich an, ihn zu erwarten.

An diesem Abend lag ich wach, bis ich Boones Steinchen hörte. Er warf sie vorsichtig, aber genau: Es klang, als ob Boone jedes Mal dieselbe Stelle treffen würde.

Beim dritten Stein stand ich auf.

»Sissy«, flüsterte ich. Ich schüttelte sie an den schmalen Schultern. »Sissy«, sagte ich noch mal und drückte ihren Unterarm. Sie schlief in ihren Kleidern.

Langsam öffnete sie die Augen und zuckte zusammen, als sie mich sah.

»Ich bin's nur.« Ich legte einen Finger an die Lippen. Ihr warmer, säuerlicher Nachtatem stieg auf. Man hätte meinen sollen, dass ein so empfindsames Mädchen in einer so delikaten Situation einen leichten Schlaf hatte, wenn es überhaupt schlafen konnte. Sie stand auf und verließ den Bungalow.

Wir lieben uns, hatte sie gesagt, als sie mir erklärte, wie ernst es ihnen war: Wir halten es nicht lange ohneeinander aus. Ich lächelte – sie ließ sogar die Liebe ihres Lebens warten. Dieses Mädchen kam bei jedem zu spät.

»Sissy?«

Schnell schlüpfte ich in Sissys Bett. Es war eine mondlose Nacht.

»Was machst du denn?« Mary Abbotts Stimme klang verschlafen. Ich wartete, bis ich sicher war, dass sie wieder eingeschlafen war. Sie war die Einzige, die uns verraten würde. Nicht aus Gehässigkeit, sondern weil sie seltsam war und eine seltsame Vorstellung von Männern, Jungen, dem anderen Geschlecht hatte. Wie immer man es nennen mochte.

Für mich hatten sie nichts Geheimnisvolles. Ich schlief mit dem Gedanken ein, schon halb träumend, dass ich Sissy war. Bisher hatten sie sich nur geküsst. Aber dabei würde es nicht bleiben, sie würden sich nicht zurückhalten können. Natürlich würde Boone es wollen, das war klar: Er war ein Junge, er hatte Bedürfnisse, war ihnen machtlos ausgeliefert.

Als ich aufwachte, stand Sissy vor mir, die Haare nass. Regen trommelte aufs Dach. Wir tauschten die Betten, aber ich konnte nicht mehr einschlafen, stellte mir immerzu Sissys und Boones Umarmung vor.

Diese angespannte, ruhelose Nacht, die nicht wahr gewordene Drohung: Mary Abbott gab nicht preis, etwas gehört zu haben.

Auf dem Weg zum Stall am nächsten Morgen trugen die Holmes-Mädchen einen Schal um den Hals, und Sarabeth sagte fröhlich: »Unser Vater kommt, um mir zuzusehen.«

Ich drückte Deccas Hand, und sie sah neugierig zu mir hoch. Mir war schwindlig vor Schlafmangel, und jetzt war ich glücklich. Ich sollte vorsichtiger sein. Aber weswegen eigentlich? Ich schwärmte nicht für ihn, wenngleich das halbe Camp für ihn schwärmte, den einzigen Mann weit und breit, abgesehen von den Stallburschen, und die zählten nicht. Aber es gefiel mir, dass er mit mir wie mit einer Erwachsenen sprach.

»Uns«, korrigierte Sarabeth sich rasch, aber zu spät, Rachel starrte sie beleidigt mit zusammengekniffenen Augen an.

Nachdem Sarabeth die wahre Absicht ihres Vaters aufgedeckt hatte, konnte sie es sich leisten, großzügig zu sein. Rachel schien mitunter gemein zu sein, aber bei Sarabeth war ich mir nicht sicher. Sie waren Kinder, Schwestern, die sich um banale Dinge stritten. Sam und ich hatten nie gestritten, nach Meinung unserer Mutter ein weiterer Beweis dafür, wie gut es uns ging. Sie hatte mit ihren Brüdern gestritten und Vater mit Onkel George. Aber wir waren Zwillinge, die zwei Seiten derselben Medaille.

Ich schob Luther gerade das Mundstück ins Maul, als Mr. Albrecht verkündete, dass während des Sturms letzte Nacht ein Baum auf die Umzäunung unseres Reitplatzes gestürzt sei. Ich hielt inne, und das Mundstück stieß gegen Luthers Zähne. Er schüttelte den Kopf.

»Das macht aber nichts«, sagte Mr. Albrecht beruhigend und tätschelte Luther, »es ist nur ein kleiner Baum. Der Reitplatz ist zum größten Teil nutzbar.«

Sarabeth führte Luther, und Decca führte Bright an dem Baum vorbei.

»Tätschel seinen Hals«, sagte ich zu Decca, »sprich mit ihm.«

Plötzlich warf Bright den Kopf zurück, zerrte an den Zügeln.

»Da ist ein Vogel.« Rachel streckte die Hand aus. Ich bemerkte einen hellroten Kratzer an ihrem Handgelenk. »Ich glaube, er ist verletzt.«

Ich kniete mich in den Sand. Eine Eule mit seltsam geformtem Kopf hockte zwischen den Ästen, das braune Gefieder zwischen den Blättern kaum zu erkennen. Sie hatte offensichtlich Angst und saß ganz still da, weil sie nicht fliegen konnte. Wenn Sam hier gewesen wäre, hätte er gewusst, was zu tun war und ob der verletzte Flügel wieder heilen würde. Ich vermutete, nicht.

»Was machen wir jetzt?«, fragte Rachel mit kläglicher Stimme.

»Lasst sie in Ruhe«, sagte ich, vielleicht etwas zu barsch. Meine gute Laune war dahin. Mr. Holmes kam, um uns zuzusehen, und jetzt das. Falls die Eule versuchte, den Baum zu verlassen, würde sie die Pferde erschrecken.

Rasch traf ich eine Entscheidung. Sarabeth stieg bereits auf. Decca löste die Steigbügel.

»Haltet euch von dem Baum fern«, sagte ich. »Der Vogel ist verletzt. Er könnte die Pferde erschrecken. Kommt nicht in seine Nähe.« Gehorsam nickten sie, selbst Rachel.

Ich stand in der Mitte des Reitplatzes, während sich die Mädchen aufwärmten. Sarabeth sah ich nur aus dem Augenwinkel. Ich konzentrierte mich auf Decca, die das Leichttraben übte.

Rachel saß auf dem Zaun, die dünnen Beine zwischen den Streben eingehakt. Zuerst saß sie wie immer still da, ihr blasses Gesicht ruhig. Ihre Haare waren heute zu Affenschaukeln geflochten, was sie jünger aussehen ließ. Alle Holmes-Mädchen hatten die Haare ihres Vaters: dunkel und glänzend.

Dann bemerkte ich, wieder aus dem Augenwinkel, wie sie vom Zaun stieg und um den Platz ging, zaghaft, wie es ihre Art war, aber gleichzeitig schnell.

»Rachel?«

»Ich will mir den Baum ansehen.« Ihre Stimme hatte wieder diesen klagenden Klang.

»Hast du nicht gehört, was ich gesagt habe? Die Pferde werden einen Schreck bekommen.« Ungläubig schüttelte ich den Kopf.

»Ich will doch nur schauen …«

Ich gab Decca ein Zeichen, Bright im Schritt gehen zu lassen. »Rachel«, sagte ich und versuchte, meiner Stimme einen drohenden Unterton zu geben.

Sie tat, als hätte sie mich nicht gehört, ihre zierliche

Gestalt nach vorn gebeugt. Sarabeth hatte Luther zum Stehen gebracht, saß aufrecht im Sattel und beobachtete ihre Schwester.

»Ich schau doch nur«, sagte Rachel. »Ich langweile mich zu Tode.«

»Du bist gleich dran.«

Rachel ging weiter.

»Rachel.« Meine Stimme klang schrill. Sie sah mich mit schief gelegtem Kopf an, und es war klar, dass sie mich provozieren wollte. Die Kälte trieb mir das Wasser in die Augen. »Rachel, du setzt dich hin. Sofort.«

Sie lächelte, und einen Moment lang war ich erleichtert – sie würde so tun, als wäre alles nur Spaß gewesen –, aber dann machte sie noch einen Schritt.

»Vater kommt«, murmelte Sarabeth, und Rachel sprang auf den Zaun und nahm wieder ihre wartende Haltung ein. Mr. Holmes lächelte, er dachte an etwas anderes und hob die Hand, als wollte er nicht angesprochen werden.

Ich drehte mich zu Decca um, mir war die Laune verdorben. Ich wollte, dass Mr. Holmes sich freute.

»Trab ihn an«, sagte ich.

Decca schlenkerte mit den Beinen.

»Vorsichtig«, ermahnte ich sie. »Sanft. Wenn du etwas von ihm willst, soll das ein Geheimnis zwischen euch sein. Niemand sonst soll es mitbekommen.«

»Ich langweile mich«, murmelte Rachel, aber so leise, dass ihr Vater sie nicht hören konnte. Decca fuhr mit den Übungen fort, und ich wandte mich Sarabeth zu, hatte Rachel schon fast vergessen.

»Drück die Knie fester zusammen«, rief ich. »Die Ellbogen locker lassen.«

»Decca sitzt bloß da«, rief Rachel.

»Rachel«, sagte Mr. Holmes, »das reicht.« Rachel sah aus,

als würde sie jeden Augenblick losweinen. Ich freute mich über seinen Ärger. Rachel verdiente ihn.

»Komm, Decca.« Ich führte Bright an den Rand des Reitplatzes neben Mr. Holmes, damit Sarabeth den Wechsel durch die ganze Bahn üben konnte.

»Rachel«, sagte ich, als wir an ihr vorbeikamen, »einen Moment noch. Du bekommst zusätzliche zehn Minuten. Ich möchte, dass dein Vater das sieht.«

Rachel beachtete mich nicht. Es bereitete mir ein boshaftes Vergnügen, sie warten zu lassen.

»Sie lernt den Galoppwechsel. Sehen Sie, wie sie die Beine bewegt? Das rechte zurück, das linke vor.« Galoppwechsel gehörten zu den schwierigsten Lektionen, und Sarabeth war eigentlich noch nicht so weit, aber Luther war so gut trainiert, war selbst ein so erfahrener Lehrmeister, dass sogar ein Affe ihn dazu bringen konnte.

»Und er wechselt.«

»Ja.«

»Als würde er springen.« Mr. Holmes trommelte im Rhythmus zu Luthers langsamem Galopp auf den Zaun. Ein Galoppwechsel war etwas, das selbst jemand, der keine Ahnung von Pferden hatte, erkennen konnte: Es sah tatsächlich wie Springen aus. Er kaute Nägel, stellte ich fest. Damals trugen Männer keine Eheringe, daher konnte man an seinen Händen nichts ablesen, außer dass die Haut nicht rau vom Reiten oder einem anderen Sport oder vom Arbeiten war.

»Sie ist gut«, sagte ich.

Mr. Holmes nickte.

Ich wollte, dass er mehr Gefallen an dem Können seiner Tochter fand, dass er sah, wie gut sie bereits mit Luther umgehen konnte, aber er machte einen abwesenden Eindruck.

Ich ging zu Decca.

»Runter?«, fragte ich.

Dann passierte alles auf einmal. Runter?, hatte ich gefragt, aber es war eher ein Befehl als ein Vorschlag gewesen. Ich hatte Decca beigebracht, beide Füße aus den Steigbügeln zu nehmen, bevor sie ein Bein über den Sattel schwang. Zum Glück.

»Rachel«, sagte Mr. Holmes, fast schreiend, seine tiefe Stimme durchschnitt die kalte Luft. »Es reicht. Endgültig!« Damit war klar, dass Mr. Holmes auf eine vergangene Missetat von Rachel anspielte. Sie war heute oder schon seit ein paar Tagen schwierig.

Als ich hinübersah, war Rachel von ihrem Platz auf dem Zaun gesprungen, und Mr. Holmes ging mit großen Schritten auf sie zu. Beinahe hätte ich hysterisch gelacht: Ich hatte Mr. Holmes noch nie wütend erlebt, und es machte mir Angst. Rachel verzog sich zwischen die Äste des Baums, ohne ihren Vater aus den Augen zu lassen.

»Nein!«, sagte sie, zuerst leise, dann immer lauter und lauter, bis ihre Stimme in Kreischen überging. »Nein, nein, nein, nein, nein!« Sie war wie besessen. Dabei war sie längst dem Trotzalter entwachsen.

»Der Vogel«, schrie Decca, als die Eule aus dem Baum hochflatterte und dann taumelnd auf Luther zuflog. Luther bäumte sich auf, den Hals gebogen, die Ohren nach vorn gerichtet.

»Thea!«, schrie Sarabeth mit zitternder Stimme. Ich konnte sie über Rachel hinweg kaum hören. »Was soll ich tun?« Ich ließ Brights Zügel fallen und ging zu Luther, leise und ruhig auf ihn einredend. Aus dem Augenwinkel sah ich Mr. Holmes vor Rachel knien, seine Hände auf ihren Schultern.

»Es ist gut«, murmelte ich, »es ist gut.«

Die Eule fing sich und flog so knapp an mir vorbei, dass ich sie hätte berühren können. Einer ihrer Flügel war krumm.

»Thea.« Ich drehte mich um und sah, dass Sarabeth in

die entgegengesetzte Richtung zeigte, auf das Tor, das ich offen gelassen hatte. Bright hatte sich rückwärts hindurchgeschoben, ich konnte seine geweiteten, rot glänzenden Nüstern sehen, das Weiß seiner Augen. Seine Ohren waren flach angelegt. Er bäumte sich auf, und Decca fiel nach vorn auf seinen Hals.

»Lass dich runtergleiten«, rief ich. »Runter!« Rachel schrie immer noch, und ich musste dagegen anbrüllen, damit Decca mich hören konnte, und war dennoch nicht laut genug.

In dem Moment galoppierte Bright los, auf den Stall zu, so wie ich es befürchtet hatte. Das Tor nicht zu schließen, war der schlimmste Fehler, den man begehen konnte, ein Anfängerfehler. Und ich erinnerte mich ganz deutlich, es nicht geschlossen zu haben: ein Moment der Unachtsamkeit, wie wenn man einen Gurt nicht fest genug anzieht.

»Thea«, sagte Mr. Holmes und klang beinahe ruhig. »Halt ihn auf.« Ich fing an zu rennen, als Bright hinter dem Stall verschwand. Als ich um die Ecke bog, sah ich, dass er in vollem Tempo lief, was Pferde nur machten, wenn sie Angst hatten. Decca klammerte sich an den Sattel. Sie würde nicht herunterfallen, es sei denn, sie wollte es. Aber sie war wie erstarrt.

Die Reitgruppen waren alle unvermittelt stehen geblieben, ein Dutzend Pferde, die sich nicht rührten und mit nach vorn gerichteten Ohren versuchten, die Ursache für die Unruhe ausfindig zu machen. Alice Hunt starrte zu mir herüber, nicht zu Bright, ihr Gesicht eine Schreckensmaske. Dass selbst Alice Hunt eine Reaktion entlockt wurde, die sonst nie auf irgendetwas zu reagieren schien, erschreckte mich. Leona sah mich an, ihr Gesicht offen und ausdruckslos. Dann schüttelte sie den Kopf, einmal, so als hätte sie gewusst, dass mein Unterricht nur in einer Katastrophe für die Mädchen enden konnte.

Mr. Albrecht kletterte schreiend über den Zaun. »Wenden, wenden, wenden«, bis seine Worte einen bestimmten Rhythmus bekamen, bis es sich anhörte, als würde er rufen: »Enden, enden, enden«, einzelne Buchstaben in der Panik verschluckt.

»Halt ihn auf«, hörte ich hinter mir, »halt ihn sofort auf.« Die Anweisung war nutzlos. Decca schrie, ein so fürchterlicher Laut, einem Stöhnen so ähnlich, dass ich mir die Ohren zuhielt. In dem Moment schwenkte Bright am Ende des Wegs nach links und Decca kippte in die Gegenrichtung nach rechts. Ihr Kopf wurde zum Glück von keinem Huf getroffen. Wie leicht hätte das passieren können. Sie verhedderte sich nicht, glitt beinahe anmutig aus dem Sattel.

Mr. Holmes stieß im Vorbeilaufen gegen meine Schulter, und ich fiel zu Boden.

»Hol den Arzt«, brüllte Mr. Holmes. »Sofort.«

Deccas Augen waren geschlossen, als würde sie schlafen.

Ich rappelte mich hoch und stürzte los. Einmal sah ich zurück zu den Mädchen auf ihren Pferden, die immer noch wie Denkmäler dastanden. Sarabeth war abgestiegen und stand leise weinend neben Luther, drehte auch nicht den Kopf, als Mr. Albrecht an ihr vorbei hinter Bright herhetzte, der sich in den Bergen verirren könnte, wenn man ihn nicht schnell aufspürte.

Ich ließ den Wald hinter mir, erreichte den großen Platz und schrie: »Henny!« – immer wieder, bis sie verärgert aus dem Bungalow der Hausaufseherinnen auftauchte.

»Decca ist verletzt«, stieß ich hervor, und Henny rief Docey, die ihr nach draußen gefolgt war, zu, sie solle sofort den Arzt rufen. Zusammen liefen wir durch den Wald zurück, Henny so weit vor mir, dass ich ihren braunen Rock nicht mehr sehen konnte. Ich war erstaunt, wie schnell sie war. Es brannte in meiner Brust. Wenn ich einatmete, konnte ich es rasseln hören. Ich wurde langsamer, versuchte, mich zu beruhigen. Ich wollte, dass es regnete oder schneite oder stürmte. Irgendetwas, damit ich mich nicht so allein fühlte. Ich schlang die Arme um mich selbst.

Niemand schenkte mir Beachtung, als ich aus dem Wald trat. Die Mädchen waren mitsamt den Pferden verschwunden. Mr. Holmes kniete neben Decca, klein zusammengekauert. Mr. Albrecht hatte ihr eine Hand auf die Stirn gelegt. Neben ihm stand der Erste-Hilfe-Koffer, die Jodflasche war umgekippt und lief in kleinen Rinnsalen aus. Daneben hockte Sarabeth und wippte auf den Fersen vor und zurück.

Ich konzentrierte mich auf das Muster, das das Jod in den schmutzig beigen Sand malte. Ein kompliziertes Muster, unvorhersehbar, zufällig. Aber Blut hatte ich keines gesehen.

Ich ging zu Sarabeth und strich ihr über die dunklen Haare, zupfte ein Blatt weg, das sich in ihrem Zopf verfangen hatte. Jemand hatte Luther in den Stall zurückgebracht. Auf Sarabeths Oberlippe klebte Rotz, und sie weinte still vor sich hin. Außer Sam hatte ich noch nie jemanden getröstet. Aber das war mir in Fleisch und Blut übergegangen, oder zumindest war es früher einmal so, als wir klein waren und völlig eins. Mit Sam im Kopf ging ich zu Sarabeth und umarmte sie, erstaunt, dass sie meinen Trost suchte: Sie legte ihre Wange an meine Schulter und umfasste meine Taille.

»Es wird alles gut«, murmelte ich. Ich glaubte nicht, dass Sarabeth mich hörte, aber vielleicht würden die Worte später ihre Wirkung tun. Sie würde mir glauben. Sie war ein Kind. Vater hatte mir gesagt, dass alles gut würde, und ich hatte ihm geglaubt.

Rachel war verschwunden. An ihrer Stelle hätte ich mich auch versteckt. Sie hatte der falschen Schwester wehgetan. Eigentlich war Rachel diejenige, der man sagen musste, dass alles gut werden würde, dass ihre Welt und ihre Familie nicht zerbrochen waren. Aber es wäre eine Lüge, ihr das zu sagen. Und ich würde es nicht tun – dazu hatte ich nicht den Mut.

Kapitel 12

Die Nachricht, was mit dem jüngsten Holmes-Mädchen passiert war, verbreitete sich wie ein Lauffeuer. Auf dem Grundstück stand ein unbekanntes Auto, das nicht auffiel, wenn man nicht eigens hinsah. Das Auto des Arztes, wie ich wusste. Decca war verletzt, blieb nur die Frage, wie schwer. Ihre Bewusstlosigkeit war ein schlechtes Zeichen.

Auf meinem Rückweg vom Badehaus – ich war schmutzig gewesen, voller Erde und Sand – sah ich eine Horde Mädchen, unter ihnen Molly, die aufgeregt miteinander flüsterten. Molly winkte mir munter zu, und als ich halbherzig zurückwinkte, rannte sie zu mir. Sie bestand immer noch vor allem aus Armen und Beinen, wie ein Fohlen. Von der Kälte waren ihre Wangen rot, die Haare hatte sie nachlässig hochgesteckt. Wenn Mrs. Holmes hier gewesen wäre und sie gesehen hätte, dann hätte sie Molly in ihren Bungalow geschickt, damit sie sich ordentlich frisierte.

»Thea! Sie haben gesagt, dass Rachel verrückt geworden ist! Dass sie Decca umbringen wollte!« Ihre Stimme war fast ein Kreischen.

Ich war nicht besonders groß, aber ich war größer als Molly. Ich beugte mich zu ihr und umfasste ihr Handgelenk. Unter ihrer Haut spürte ich die Knochen wie bei einem Vogel.

»Molly«, sagte ich, »das ist Unsinn. Hörst du?«

Molly nickte langsam, und in ihren Augen war ein Glanz, der vorher nicht da gewesen war. Ich war das alles falsch angegangen – ich hätte über das Gerücht lachen sollen, es wegwischen sollen wie ein Stäubchen.

Ich ließ Mollys Handgelenk los. Sie sah mich erwartungsvoll an. Was würde ich als Nächstes sagen? Welche Beute könnte sie ihren wartenden Freundinnen überbringen? Molly gehörte keiner wichtigen Clique an, aber dennoch – Gerüchte verbreiteten sich hier rasend schnell, egal, welcher Gruppe man angehörte. Scheinbar unbeteiligt ging Katherine Hayes an uns vorbei, lauschte aber auf jedes Wort. Sie würde zurück in ihren Bungalow eilen und das Aufgeschnappte haarklein und ungerührt weiterverbreiten. Ich starrte Katherine an, die sich hinter einem Vorhang von Locken versteckte. Nachdem sie selbst erst kürzlich unter der Beobachtung des gesamten Camps gestanden hatte, sollte sie jetzt eigentlich Mitgefühl für Rachel aufbringen. Mittlerweile war ihr Onkel jedoch zwei Monate tot, und das Gerede über ihn und die Verfehlungen der Hayes war verstummt. Ich sah Miss Brooks auf der anderen Seite des großen Platzes, die Nase in einem Buch. Die Erwachsenen in Yonahlossee waren zu nichts zu gebrauchen.

In den Gerüchten steckte immer auch Wahrheit, manchmal nur ein Körnchen, aber trotzdem. Alle mussten Rachel schreien gehört haben. Und was war mit mir, hatte nicht ich das Mädchen, das ich am meisten mochte, in Gefahr gebracht, weil ich wollte, dass sein Vater mir zusah? Ich drehte mich wieder zu Molly.

»Es war ein Unfall«, sagte ich laut und vergeblich.

Als das letzte Mal etwas Schreckliches passiert war, hatte ich versucht, mich zu erklären, ebenfalls laut und vergeblich. Aber jetzt war ich klüger oder wenigstens nicht mehr ganz so dumm. Ich zog mich ins Augusta House zurück und tat, als würde ich schlafen, ignorierte selbst Sissy, die ich gelegentlich hinter mir spürte und die darauf wartete, dass ich mich umdrehte, ein Zeichen gab. Schließlich ging sie zum Abendessen, alle Mädchen taten das. Das Leben ging weiter, es ging immer weiter, und Decca könnte dem Tode nahe sein, und dennoch würde man in Yonahlossee den Mädchen drei anständige Mahlzeiten am Tag vorsetzen. Es war mir zu Hause so grausam erschienen, dass Mutter noch immer jeden Morgen mein Bett machte, dass Vater noch immer nach dem Frühstück seine Patienten besuchte.

Ich bekam das Bild meines Cousins nicht aus dem Kopf, obwohl ich genau das normalerweise so gut konnte, ich konnte ein Leben in Yonahlossee führen, das nichts mit Georgie, mit Sam oder irgendeinem von ihnen zu tun hatte. Ich sah Georgie, wenn ich die Augen öffnete und wenn ich sie schloss: nicht so, wie er war, als ich von ihm fortging, sondern wie er gewesen war, als ich ihn am innigsten kannte. Mutter wäre so enttäuscht von mir. Mir wurde bewusst, dass das Tröstliche an Yonahlossee zum Teil darin lag, dass es eine völlig andere Welt als die zu Hause war, und jetzt hatte ich das Gefühl, dass die beiden Welten auf unheimliche Weise miteinander verschmolzen, und warum? Meinetwegen, wegen Thea Atwell, einem von Grund auf schlechten Mädchen.

»Thea«, hatte Sam gesagt, wieder und immer wieder. »Thea, Thea, Thea.«

Ich setzte mich im Bett auf und grub mir die Fingernägel in die Stirn. Ich wünschte, ich könnte sie mir durch die Haut und den Schädel bis ins Hirn treiben, die Erinnerungen an Georgie, an diesen Tag herausreißen, alle. Aber was war mit meiner Seele? Ich wusste von Vater, dass unsere Erinnerungen zwar im Gedächtnis aufbewahrt wurden, unsere Seelen aber der Grund waren, warum wir uns überhaupt erinnerten. Und es gab keine Möglichkeit, an die Seele zu gelangen.

Der von meinen Fingernägeln verursachte Schmerz war zwar nicht schlimm, aber er lenkte mich ab, brachte Erleichterung.

Ich lag noch im Bett, als Mary Abbott kam, sich neben mein Bett kniete und aus einem bestickten Taschentuch ein Brötchen auswickelte, das sie mir vom Abendessen mitgebracht hatte.

»Hier«, flüsterte sie. Die anderen Mädchen traten ein: Eva, Gates und dann Sissy, die hinter Mary Abbotts Rücken die Augenbrauen hob.

»Danke.« Das Brötchen lag kalt und teigig in meiner Hand. Warm zergingen diese Brötchen auf der Zunge. Die Luft hatte es verdorben.

»Gern geschehen.«

Mary Abbott blieb neben mir, zwirbelte eine Haarsträhne zwischen ihren Fingern, wich meinem Blick aus. An ihrer Stirn war eine gerötete Stelle von ihrer kratzigen Wollmütze. Ihr eigenartiger Anblick machte mich plötzlich wütend.

»Ist was?«

Sie sah mich an, nicht überrascht. »Willst du es nicht essen?«

Ich schüttelte den Kopf.

»In Ordnung«, murmelte Mary Abbott. Die anderen Mädchen machten sich bettfertig: Evas sahneweiße Schultern, ihr mit schwarzen Leberflecken übersäter Rücken, Sissys feine Haare, frisch gebürstet, an ihrem Handgelenk ein hübsches goldenes Armband, das bedeutete, dass Boone wiederkommen würde, die zweite Nacht in Folge. Ich hatte das Gefühl, dass etwas Schreckliches geschehen würde. Ich konnte es riechen.

»Mr. Holmes ist gekommen und hat eine Rede gehalten. Ich dachte, das würde dich interessieren. Stimmt doch, oder?«, fragte Mary Abbott auf einmal mutig, ihre kalte, klebrige Hand auf meiner.

Ich zog meine Hand weg, nickte.

»Wusste ich's doch.« Sie lächelte, aber für sich, sie hatte eine Wette abgeschlossen und gewonnen. »Er ist zum Abendgebet gekommen. Er bat uns, für Decca und seine Familie zu beten. Und dann bat er uns, für dich zu beten, Thea.« Sie hielt inne. »Für dich und Decca.«

Sissy beobachtete uns von ihrem Bett aus. Ich richtete meine ganze Aufmerksamkeit auf Mary Abbott.

»Freust du dich, dass er gesagt hat, wir sollten für dich beten?«

»Ich bin geschmeichelt«, sagte ich und schloss die Augen, »und müde.« Es war zwar nicht ungewöhnlich, in Mr. Holmes' Gebete eingeschlossen zu werden, aber jetzt kam mir diese Bitte wie ein Verrat vor. Er hasste mich. Wie konnte er mir nur die Verantwortung für seine Kinder überlassen? Er wusste etwas von meinem Leben in Florida. Er wusste genug, um sich darüber im Klaren zu sein, dass man mir nicht trauen konnte. Aber jetzt hasste er mich, musste es – es blieb ihm nichts anderes übrig, da meinetwegen eine seiner Töchter verletzt war.

»Ich dachte, du wärst froh, ich dachte, du würdest dich freuen.« Mary Abbott beugte sich verschwörerisch vor. Ihr Atem war trocken und heiß. »Weil er nicht wütend ist.«

Ich verwandelte meine Stimme zu Eis. »Lass mich in Ruhe.«

Mary Abbott wich zurück, aber erst nachdem sie sich noch einmal vorgebeugt hatte, so schnell, dass ich nichts dagegen tun konnte. Ich drehte den Kopf weg, und sie erwischte mit ihrem Mund meine Lippen.

Ich schlief traumlos, mir war heiß, überall an meinem Körper juckte es, ich schwitzte, wachte Dutzende Male auf, grundlos verängstigt, die hohen Stockbetten und die weiß gekleideten Mädchen darin fremd und furchterregend. Dann beruhigte ich mich, manchmal gelang es mir, klar zu bleiben, mich selbst zu überzeugen, dass die Welt sich in ihrer Größe nicht zum Widerstand gegen mich formiert hatte. Ich sagte, dass ich mich beruhigte, aber in Wahrheit war mein Verstand so gnädig, sich nicht aus dem Gleichgewicht bringen zu lassen, wie er das in den Tagen, bevor ich fortgeschickt wurde, getan hatte, als ich so lange weinte, bis meine Augen völlig zugeschwollen waren.

»Thea.«

Erschreckt fuhr ich auf.

»Alles gut, es ist alles gut«, beruhigte mich Sissy.

»Mir ist heiß.«

»Hast du Fieber?« Sie befühlte mit ihrem Handrücken meine Stirn. »Nein. Du hast im Schlaf geredet.«

»Was habe ich gesagt?«

»Nichts, nur irgendwas gebrabbelt. Ist alles in Ordnung?«

Ich nickte. »Hast du etwas von Decca gehört?«

Sie schüttelte den Kopf. »Ich habe heute Nacht gebetet. Seit Ewigkeiten das erste Mal wieder …« Ihre Stimme verlor sich. »Was ist passiert? Alle sagen, dass Rachel versucht hat, Decca umzubringen, dass sie den Verstand verloren hat.«

»Eine Eule«, flüsterte ich.

»Eine Eule?«, wiederholte sie. Als ich schwieg, fuhr sie fort: »Der Arzt ist da. Mr. Holmes muss krank vor Sorge sein.«

»Mr. Holmes ist allein«, murmelte ich. Eva über uns regte sich. »Das hatte ich vergessen«, sagte ich und senkte die Stimme. Ich legte die Hand auf den Mund. Meine Finger rochen nach Leder.

»Ich muss gehen, Thea. Boone ist hier.«

»Geh nicht«, sagte ich, »bitte.«

»Ach, Thea«, flüsterte sie und gab mir einen Kuss auf die Stirn. »Ich muss. Aber ich komme zurück.«

Sie stand auf. Sie hatte den Mantelkragen hochgeschlagen,

ihre Handschuhe hingen wie Hände aus den Taschen. Ich spürte einen hässlichen Stich von Eifersucht. Wie gerne wäre ich Sissy gewesen und hätte einen Jungen getroffen, der mich liebte.

Sissy wartete einen Moment, dann deutete sie ungeduldig auf ihr Bett.

»Oh!«, sagte ich leise und ging zu ihrem Bett, ein wenig verletzt – bei allem, was heute geschehen war, war ein Junge wichtiger.

Nachdem sie gegangen war, stand ich auf, zog meinen Mantel an und trat aus dem Haus. Weil ich Sorge hatte, dass ich Mary Abbott aufgeweckt haben könnte, lugte ich durch das Fenster in den Bungalow. Mary Abbott schlief geradezu friedlich. Evas Arm und Kopf hingen über die Bettkante. Gates konnte ich nicht sehen, aber ich wusste, dass sie wie immer eng zusammengerollt schlafen würde.

Keine meiner schlafenden Hausgenossinnen musste sich Sorgen wegen der Gefahren draußen in der Welt machen – soweit ich wusste, hatte es in Yonahlossee noch nicht einmal einen Voyeur gegeben. Wie jedes Mädchen wusste, kam die Gefahr aus der Familie selbst – die Geliebte des Vaters, Mutters schwierige Beziehung zu der streitsüchtigen Schwiegermutter, die Großmutter, der Cousin ersten Grades, der versucht hatte, sich umzubringen. Aber ohne unsere Familie waren wir niemand, nichts.

Wenn Decca, der Jüngsten, der Nettesten, dem Liebling der Familie, etwas passierte, dann hätte Rachel nicht nur das Leben ihrer Schwester zerstört, sondern auch ihr eigenes.

Mit einem leichten Schrecken bemerkte ich ein Licht auf der anderen Seite des großen Platzes, nicht direkt am großen Platz, aber auch nicht allzu weit davon entfernt, in Sichtweite, falls etwas passierte, falls ein Mädchen etwas brauchte.

Meine Stiefel blieben im Matsch stecken, bei jedem

Heben eines Fußes machten die Sohlen ein kurzes schmatzendes Geräusch. Das Geräusch war ekelhaft, und mehr hörte ich nicht, so still war die Nacht, so tot: Die Nächte in Florida waren anders. Immer war ein Zirpen, ein Huschen, ein Heulen zu hören.

Es war kalt, die Luft unbewegt, der Himmel dunkel, sehr dunkel, das musste man wissen. Die Sterne waren kaum zu sehen, die beiden Gasleuchten links und rechts der Eingangstür zur Burg brannten wie immer, selbst tagsüber, aber gegen all das Schwarz kamen sie nicht an. Daher *musste* das kleine Licht, das eines der Fenster der Holmes erhellte, etwas bedeuten: Es überflutete, entzündete den primitivsten Teil meines Gehirns, und ich wollte mich darauf zubewegen, ich wollte in diesem Haus, diesem Zuhause sein, so sehr, dass ich hätte schreien können.

Unbeholfen watete ich durch den Schlamm und blieb zehn Meter vor dem Gebäude stehen. Blickte daran hoch. Ich war außer mir, wusste, dass ich mir nicht trauen konnte, wusste aber auch, dass ich mit ihm sprechen musste.

Ich drehte mich um und übergab mich in den Matsch. Mir war plötzlich schwindlig, ich fühlte mich haltlos. Hinter dem Haus begann der Wald, der in die Berge führte; ich könnte in den Wäldern verschwinden. Wer würde mich vermissen, wenn ich ging? Und wie lange würde es dauern, bis mein Verschwinden Erleichterung hervorrief? Inzwischen war ich schon nicht mehr Teil des Lebens meiner Familie. Weil ich das schon einmal getan hatte, sorglos gewesen war. Ich hatte mich der Lust überlassen. Ich schloss die Augen, versuchte, die Welt daran zu hindern, sich zu drehen. Wenn Decca nicht mehr gesund wurde, dann würde ich in den Wäldern verschwinden. Wenn Mr. Holmes mich hasste, wenn ich eine weitere Familie zerstört hatte, dann würde ich von hier weggehen.

»Ich dachte, wir kennen uns«, hatte Mutter im Schlafzimmer meiner Eltern gesagt, wo ich sie an diesem anderen schrecklichen Tag gefunden hatte; sie lag auf dem gemachten Bett, das gelbe Licht des Spätnachmittags beleuchtete ihre zarten Züge, ihr Kopf in einem seltsamen Winkel aufgestützt. »Du bist nicht das Mädchen, für das ich dich gehalten habe.«

Wer war ich dann? Als Georgie sich an mich presste, hatte ich jeden Verstand verloren. Was wir machten, war gefährlich, aber es hätte mich nicht einmal gekümmert, wenn meine beiden toten Großmütter an der Tür gelauscht hätten. Die Berührungen eines Jungen, das Kneten, der fordernde Griff seiner Hände, die leichten, lebhaften Bewegungen seiner Zunge, der fast nicht wahrnehmbare Druck seines Penis, der sich an den Stoff seiner Hose presste.

»Genug«, sagte ich jetzt, um mich selbst aus meinen Gedanken zu reißen, einer meiner Tricks.

Und weil es gefährlich war, was ich tat, überwand ich die Entfernung zwischen mir und der Eingangstür der Holmes mit den Blicken, sah, dass Mrs. Holmes oder eines der Mädchen die Rosmarintöpfe zu beiden Seiten der Tür sorgfältig mit alten Laken verhüllt hatte, eine ordentlich gebundene Schleife darum herum. Wie erwartet, war die Tür nicht verschlossen, und ich öffnete sie langsam und schlüpfte hindurch. Drinnen war es dunkel, eine warme, dichte Dunkelheit.

Die Treppe der Holmes war sauber, an den Wänden hingen Familienfotos in abgestaubten, glänzenden Silberrahmen. Die Porträts überraschten mich. Für mich war die Familie Holmes ohne Ort und Vergangenheit, auch wenn ich wusste, dass jeder eine Vergangenheit hatte, und auch wenn ich Einzelheiten aus ihrer Vergangenheit kannte: meine Mutter, Boston.

Das Licht kam aus dem ersten Stock.

Es war Monate her, dass ich in einem Haus Treppen

gestiegen war – ich hatte vergessen, wie laut es war, und meine Stiefel taten ein Übriges. Halb hoffte ich, dass die knarrenden Stufen mich ankündigten. Oben angekommen, schlüpfte ich aus meinem Mantel.

Ich konnte das Licht am Ende des Flurs sehen, ein scharf umrissener Fleck auf dem Parkett.

Ich ging an geschlossenen Türen vorbei und fragte mich, wo Decca und ihre Schwestern schliefen.

Zuerst bemerkte ich seine Bücher, es waren so viele, dass der Raum mich an eine Bibliothek erinnerte. Erst ein einziges Mal war ich in einer Bibliothek gewesen, in Gainesville, mit Georgie und Sam. Die beiden gingen mir schon den ganzen Abend im Kopf herum, alles erinnerte mich an sie.

Mr. Holmes stand an einem Schreibtisch vor dem Fenster und las Zeitung. Er blätterte eine Seite um, und ich sah ein grobkörniges Foto, konnte aber nicht sagen, wovon. Der Platz war für einen Schreibtisch nicht geeignet. Mr. Holmes konnte es nicht sehen, wenn jemand hereinkam, die Sonne bleichte seine Sachen, seine Bücher, seine Briefe, seine Fotos. Aber ich begriff, warum der Schreibtisch dort stand: Er konnte nach draußen sehen, auf uns Mädchen, wenn wir über den großen Platz kamen und gingen. Und hinter uns die Berge, immer die Berge. Ich berührte den Türrahmen.

»Wer ist ...« Erstaunt drehte er sich um und sah mich an. Er war vollständig bekleidet mit einem weißen Anzughemd und einer Hose mit Fischgrätmuster. Auf seinen Hausschuhen war ein Monogramm.

»Du solltest nicht hier sein, Thea«, sagte er. Er legte die Zeitung auf den Schreibtisch, und ich dachte, wie anders als mein Vater oder Onkel George dieser Mann war. Oder auch Sam oder Georgie. Er kannte mich nicht – deshalb war er anders, darin unterschied er sich.

»Wie geht es Decca?«, fragte ich.

Mr. Holmes legte den Kopf schief, als versuchte er, mich einzuschätzen. Ich senkte den Kopf; so genau hatte mich schon lange niemand mehr angesehen.

»Machst du dir Sorgen, Thea? Das tut mir leid. Ich hätte Bescheid geben sollen. Decca hat sich das Schlüsselbein gebrochen. Die andere Verletzung ist oberflächlich – ein Schnitt in der Hand. Sehr zur Freude des Arztes hat sie keine Kopfverletzung.«

Das Jod war für ihre Hand gewesen. Meine Augen brannten.

»Thea?«

Aber ich konnte nicht aufsehen. Ihr Kopf.

»Thea? Bitte sieh mich an.«

Seine Stimme war fest, er war immer noch der Rektor. Und ich hob den Kopf und sah Mr. Holmes jetzt ein Glas in der Hand halten. Whiskey.

»Ihr Gehirn hat keinen Schaden erlitten«, flüsterte ich.

Er nickte langsam.

»Ich habe das Tor offen gelassen«, sagte ich. »Ich habe nicht aufgepasst.«

Er stellte sein Glas ab und führte mich zu einem Polstersessel neben seinem Schreibtisch, zog den Schreibtischstuhl hervor – er sah so zierlich in seiner Hand aus, so leicht – und setzte sich mir gegenüber.

»Thea«, sagte er. »Decca wird wieder gesund. Es hat ihr nur einen Schrecken eingejagt, nichts, das nicht heilen würde.«

»Sie hätte schwer verletzt werden können«, sagte ich und dachte an Rachel.

»Das stimmt. Aber das ist nicht passiert.«

Ich wollte etwas erwidern, er hob jedoch die Hand.

»Sie ist nicht schwer verletzt«, wiederholte er. »Es war eine Verkettung unglücklicher Umstände, Thea. Es ist noch einmal gut ausgegangen, dabei solltest du es belassen.«

In diesem Moment schloss sich überraschend eine Tür in meinem Kopf. Mein Blick auf die Welt verschob sich: Es war alles eine Verkettung von Umständen, dachte ich.

»Und ich kann Beth nicht erreichen. Sie ist irgendwo in Alabama, ich weiß nicht genau, wo. Dieser Tag fing schon schlecht an. Unsere Spendengeber spenden nichts. Unsere Geldgeber geben nichts.« Er lächelte und nahm einen weiteren Schluck von seinem Whiskey. So gelöst hatte ich ihn noch nie erlebt, so musste er bei seiner Frau sein. Vielleicht auch nicht. Vielleicht war Henry Holmes nur selten so offen.

»Und das Schlimmste ist, dass ich es ihnen nicht einmal verübeln kann.« Er schüttelte den Kopf. In seiner Stimme schwang Bitterkeit mit. »Verzeih mir, Thea. Ich schätze dich immer für reifer ein, als du es nach Jahren bist.«

»Rachel?«, fragte ich.

»Rachel«, sagte er und zögerte kurz. »Rachel ist außer sich.«

»Sind Sie böse auf sie?«

»Ja«, sagte er, »natürlich.«

»Seien Sie es nicht.«

»Aber wie soll sie etwas daraus lernen, Thea, wenn ich es nicht bin?«

»Sie hat einen Fehler gemacht«, sagte ich. Ich beugte mich auf meinem Sessel vor und spürte, wie mir das Blut die Brust hoch ins Gesicht stieg. »Einen Fehler!« Ich dachte an die letzte Begegnung mit meinem Bruder und meinem Cousin. Es war alles ein Fehler. »Wenn es eine Verkettung unglücklicher Umstände ist, müssen Sie sie lassen. Dann hat sie ihre Lektion gelernt.«

Mr. Holmes wirkte überrascht. Er trank sein Glas aus und stellte es neben seinen Füßen auf den Boden.

»Ach ja?«, fragte er. Seine Stimme klang lockerer. Der Alkohol und die Abwesenheit seiner Frau. »Das würde ich gerne glauben. Aber Eltern wissen nie, was ihre Kinder eigentlich lernen.«

Bei dem Geräusch einer zufallenden Tür drehte Mr. Holmes den Kopf. Er wollte sich erheben, und ich erwischte den Rand seines Ärmels. Er sah mich an.

»Hassen Sie sie nicht.«

»Man hasst seine Kinder nicht, Thea.« Er sah auf mich herunter. Ich zwang mich, seinen Blick zu erwidern.

Da er den Blick nicht abwandte, tat ich es. Ich stand auf und zog meinen Mantel an. Plötzlich wurde mir klar, wie ungehörig die Situation war, ich vor einem Mann, mit dem ich nicht verwandt war, ohne Mantel, der mein Nachthemd verhüllt hätte. Und dennoch wollte ich nicht gehen. Ich wollte bleiben, bei ihm, gehen, wohin er ging, wollte umgeben von Mr. Holmes und seinen Büchern sein.

»Ich sollte gehen«, sagte ich. »Es tut mir leid, dass ich einfach hier hereingeplatzt bin.«

Er nickte und trat einen Schritt vor, und er war mir so nah, dass ich ihn riechen konnte, die Pomade in seinen Haaren, und mir fiel der Tag ein, an dem er mich in dem Krankenzimmer besucht und gesagt hatte, dass es mir irgendwann in Yonahlossee gefallen würde. Er war freundlich gewesen. Erst jetzt, Monate später, erkannte ich, wie freundlich er gewesen war.

»Rachel ist nicht böse. Sie hat einen Fehler gemacht. Da besteht …«, er sah zur Decke, als suchte er nach den richtigen Worten, »… ein Unterschied.«

Dann ging er, murmelte etwas davon, nach Decca zu sehen, und ließ mich zurück, sodass ich mir in aller Ruhe sein Arbeitszimmer und seine Bücher ansehen konnte, die fein säuberlich geordnet in Regalen standen und auf seinem Schreibtisch gestapelt waren, kleine Papierstreifen steckten zwischen den Seiten, eines lag aufgeschlagen auf dem Sofa.

Ich ging zu dem Buch und nahm es. Ich berührte die Seiten, die er berührt hatte, den Rücken. Hier also verlor Mr. Holmes sich in anderen Welten.

Kapitel 13

Liebe Thea,
hat Dir der Mantel gefallen? Wie war Weihnachten in der Schule? Dein Vater sagt, dass wir eine Weile verreisen sollten, aber wohin? Ich will hier sein. Ich bin nicht einsam. Dein Vater arbeitet mehr denn je, denn selbst wenn sich alles verändert, werden die Menschen immer krank werden und sterben. Es scheint hier jetzt sogar mehr Kranke und Sterbende zu geben.
Ich wünschte, ich könnte Dich sehen, Thea. Ich wünschte, die Dinge lägen anders. Du hättest länger Kind sein sollen. Ihr drei hättet länger Kinder sein sollen. Aber ich will nicht damit anfangen. Überrascht es Dich, Deine Mutter so sentimental zu erleben? Ich habe alle Rosen zurückgeschnitten, alles Abgestorbene entfernt. Tage habe ich gearbeitet, vielleicht zu viel. Sam hat mir geholfen. Dein Bruder ist wie immer. Es gäbe sicher noch mehr zu sagen, aber es fällt mir nichts ein. Ich weiß, dass Du ihm geschrieben hast. Ich weiß, dass er nicht geantwortet hat. Er ist immer noch verwirrt, Thea; ich hoffe, es ist richtig, Dir das zu sagen. Ich will Dich nicht verletzen, nur seine Gefühle erklären.
Georgie geht es gut. Sam hat gesagt, dass Du Dich nach ihm erkundigt hast.
Zieh Dich dort in den Bergen warm genug an. Reite nicht zu viel. Denk an Deine Gesundheit.
Es grüßt Dich von Herzen
Mutter

Zusammen mit Sissy saß ich auf unserem gewohnten Platz im Saal, einem fadenscheinigen roten Samtsofa, und las Mutters Brief. Ich war müde. Seit meinem nächtlichen Besuch bei Mr. Holmes vor drei Tagen hatte ich schlecht geschlafen.

In dem schwül-heißen Klima von Emathla sollte man keine Rosen ziehen, aber Mutter liebte sie. Aufopferungsvoll kümmerte sie sich um sie, und wenn sie im Frühling blühten, waren sie wunderschön. Nie hätte man gedacht, dass sie nicht dorthin gehörten.

Ich war verletzt. Das hatte sie geahnt. Ich war getroffen, niedergeschmettert. Es war das eine, an meine Familie zu denken, daran, dass jeder sein Leben lebte. Etwas völlig anderes war es, daran zu denken, dass sie sich gegen mich verbündet hatten.

Katherine Hayes spielte ein heiteres Stück auf dem Klavier. Deccas Unfall hatte Yonahlossee erschüttert – die Mädchen hatten sich weinend in den Armen gelegen, eine ernste Miene zur Schau getragen und traurig zum Haus der Holmes hinübergeblickt –, aber nur einen Tag lang. Jettie stand an einer Staffelei und malte ein Aquarell von dem Blick auf die Berge aus dem Fenster. Von meinem Platz aus konnte ich Martha Ladue sehen, die neben ihr saß und müßig in einer Zeitschrift blätterte, und Jetties völlig misslungenes Bild. Martha Ladue schien nur an zwei Dingen interessiert zu sein: Französisch zu sprechen und schön zu sein.

Am Tag nach meinem Besuch bei Mr. Holmes hatte dieser beim Morgengebet berichtet, dass Decca sich das Schlüsselbein gebrochen hatte und dass sie sich gut erholte. Er wirkte erschöpft während der Ansprache. Seine Augen waren müde. Seither war er bei den meisten, wenn auch nicht allen Mahlzeiten zugegen gewesen. In seiner Abwesenheit hatte Miss Metcalfe, die Französischlehrerin, die Aufsicht bei den Mahlzeiten. Das war das erste Mal, dass ich ihr überhaupt

Beachtung schenkte. Wie die meisten Lehrerinnen und Mädchen hier gehörte sie einer langweiligen Kategorie an: unscheinbar, aber nicht hässlich, nett, aber uninteressant. Ich wusste, dass sie zu Mr. Holmes gehen und mit ihm sprechen musste. Ihn trösten musste. Das wollte *ich* tun. Ich wollte ihm Trost spenden. Mittlerweile hatte ich ein wenig das Gefühl, er gehörte zu mir. Er hatte mich mitten in der Nacht in sein Arbeitszimmer gelassen, er hatte mich getröstet, und ich wollte noch mehr davon: hineingelassen, getröstet werden.

Gestern war Henny mit Sarabeth und Rachel aufgebrochen, um sie auf der Zugfahrt nach New Orleans zu ihrer Großmutter zu begleiten, wo sie mit ihrer Mutter zusammentreffen würden. Decca blieb wegen ihrer Verletzung hier. Bevor sie fuhren, hatten beide Mädchen die Mahlzeiten zusammen mit ihrem Vater am Lehrertisch eingenommen. Ich hatte Rachels Gesicht auf Anzeichen von Kummer abgesucht, aber sie wirkte unverändert. Sie machte sogar einen glücklichen Eindruck, und mir wurde klar, dass ihr Glück einem Zufall geschuldet war: So leicht hätte es anders ausgehen können. Ich versuchte, mich mit den glücklichen Holmes zu freuen. Ich versuchte, den Neid hinunterzuschlucken, der wie Teer in meiner Kehle hochstieg.

Ich war froh, dass Sarabeth und Rachel weg waren. Das war gemein und kleingeistig, aber ich wollte Mr. Holmes näher sein, und das würde durch ihre Abwesenheit leichter werden. Er hielt mich für gut. Oder wenigstens dachte er nicht, dass ich schlecht war. Und das machte mich nachdenklich: Vielleicht war ich wirklich nicht so schlecht, wie ich gedacht hatte.

Es war so leicht, mit all den Mädchen zusammen zu sein, die nichts von meinem Besuch bei Mr. Holmes wussten, die nichts von der Intensität meiner Gedanken wussten, die zur Obsession zu werden drohten.

»Mir ist langweilig«, sagte Sissy und zog einen Stapel Briefe von Boone aus ihrer Schultasche, was sie immer tat, wenn ihr langweilig war.

Nur ein paar Mädchen lernten im Saal – zu ihnen gehörte Gates aus unserem Bungalow –, aber die meisten taten es nicht, es war nicht nötig. Die Jungen im Internat mussten Prüfungen ablegen, mit denen sie in ihrem Leben etwas anfangen konnten, so viel wussten wir, aber was es genau bedeutete, blieb vage. Wir lernten im Unterricht, man erzählte uns von Kriegen und Hungersnöten, früheren Königen und Königinnen, den Gewohnheiten der Präsidenten. Aber der Unterricht war oberflächlich. Wir mussten das alles wissen, weil wir die wohlerzogenen Töchter von Männern waren, die sich unseren Unterricht leisten konnten – aber nicht, warum oder wie es geschehen war. Keine der Geschichten, welche die Fakten erst interessant machten.

Man stufte uns nach unseren Reitkünsten ein, aber wenn wir Yonahlossee verließen, nahm keine von uns an professionellen Wettbewerben teil oder ritt aus einem anderen Grund als zum Vergnügen. Viele von uns kehrten an Orte zurück, wo sie nicht einmal im Herrensitz reiten durften.

Die wenigen Mädchen, denen Lernen wirklich etwas bedeutete – Gates aus unserem Bungalow –, waren nicht beliebt. Denn es hieß, dass man zu wissbegierig war, dass man etwas nicht Erstrebenswertes und Unbestimmtes wollte. Statt sich für Bücher zu interessieren, sollte man besser charmant und witzig sein wie Sissy.

Ich beobachtete Sissy dabei, wie sie sich den Brief vor die Augen hielt und dann wieder sinken ließ, als wollte sie sich selbst weismachen, ihn zum ersten Mal zu sehen. Ich fragte mich, wie sie als Erwachsene sein würde, ob sie dann immer noch so jung wirken würde. Sissys Charme, ihr leicht zerzaustes Haar, ihr erstaunlich langer Hals erschienen mir ganz und gar kindlich. Sie war bezaubernd, Sissy, zweifellos. Aber ihr Zauber lag in ihrer Harmlosigkeit.

Wie wäre es wohl, Sissy zu sein? Ich stellte mir vor, wie Boone sanft und lustvoll ihre Brüste streichelte. Heiter lächelte Sissy in sich hinein, und ich sah Boones Hände, und in meinem Bauch regte sich eine Empfindung, die ich kannte. Ich drehte den Kopf und sah Jettie dabei zu, wie sie einen entstellten Gipfel malte, bis das Gefühl wieder verschwunden war.

Sissy wäre nie mitten in der Nacht zu Mr. Holmes gegangen. So etwas wäre ihr nicht in den Sinn gekommen. Sie hatte sich einen passenden Verehrer gesucht. Boone stammte aus einer guten Familie, was auch bedeutete, dass die Familie vermögend war. Den beiden stand nur ihre Jugend im Weg und dass Boone nicht genug Südstaatler war und nicht dem Alabama-Adel angehörte. Er stammte aus Asheville, was, wie Sissy sagte, nicht toll war, aber auch nicht schlimm. Diesen Makel, schloss ich, konnte er allerdings durch Geld wettmachen. Das alles schien so albern, die feinen Abstufungen der Hierarchie, die Bedeutung der Stellung, und auch wenn Sissy sich manchmal über diese Dinge lustig machte, nahm sie sie doch ernst.

Draußen war es kalt, und ich legte die Arme um mich, mein alter Mantel war zu klein. Wegen der Sonne kniff ich die Augen zusammen, bis ich in den Wald kam, da war es dunkel, und Lichtflecken tüpfelten den Boden. Die Wirkung war schaurig-schön, ein Spitzenmuster, erzeugt vom Zufall.

Die Spuren von Deccas Sturz waren verschwunden. Das Jod war schon lange in der Erde versickert, Bright war wieder im Stall und kaute Heu, der umgestürzte Baum war abtransportiert worden. Ich trödelte bei Brights Box herum, und er schnaubte mir neugierig in die Hand. Er erinnerte sich nicht, was passiert war, war völlig ahnungslos. Nicht zum ersten Mal in meinem Leben beneidete ich Pferde um ihre Stupidität.

Nacheinander sprangen wir über die Kombination, die Mr. Albrecht aufgebaut hatte. Ich war die Vorletzte und sah zu, wie ein Mädchen nach dem anderen versagte, zwischen dem zweiten und dem dritten Hindernis entweder zu schnell oder zu langsam war und eine Stange riss.

»Gut gemacht, Thea«, sagte Mr. Albrecht leise, als ich an ihm vorbeiritt.

In dem Moment sah ich Mr. Holmes am Reitplatz entlanggehen und auf mich zukommen. Mir wurde heiß, und Panik stieg in mir auf, aber auch eine bohrende Sehnsucht.

»Hallo, Thea.« Er lächelte.

»Mr. Holmes.«

»Nun«, sagte er nach einer kurzen Pause und stützte die Arme auf das Geländer, eine Pose, die mir so vertraut war. »Decca geht es besser.« Er sah an mir vorbei zu dem anderen Reitplatz, und ich wusste, er würde seinen Weg über die Reitplätze gleich fortsetzen und stehen bleiben und mit den anderen Mädchen plaudern. Neid war noch immer ein ungewohntes Gefühl für mich. Zu Hause hatte es nichts gegeben, worauf ich neidisch hätte sein können, nichts, das ich hätte wollen können und nicht schon hatte oder hätte haben können.

»Ist Decca einsam?«, platzte ich heraus und bemühte mich dann, langsamer zu sprechen. »Vermisst sie ihre Schwestern?«

»Ich denke schon. Sie ist die Jüngste. Sie war noch nie allein.«

»Das Gefühl kenne ich«, sagte ich.

»Bist du auch die Jüngste?«, fragte er.

»Nein.« Ich schüttelte den Kopf. Ich war erleichtert, dass

er weniger über mich wusste, als ich gedacht hatte, aber aus demselben Grund war ich auch enttäuscht. Fragend sah er mich an, wartete auf eine Antwort.

»Ich bin Zwilling«, sagte ich. »Ich habe einen Bruder.«

»Ah«, sagte er. Weder wirkte er interessiert noch überrascht. Er musste so vieles über uns Mädchen hören, andauernd. Dann nahm er die Hände vom Zaun und wollte weitergehen.

»Darf ich Decca besuchen?«, fragte ich, bevor die Gelegenheit verstrichen war. »Mich zu ihr setzen?«

Er antwortete nicht gleich. Ich wusste, dass er sich freute. Eltern gefiel es, wenn man sich für ihre Kinder interessierte. Ich fragte mich, ob Mutter und Vater dieselbe Freude empfunden hatten, wenn die Leute ihnen Komplimente zu mir und Sam machten. Aber das war selten passiert, nur ein paarmal in der Stadt.

»Sie würde sich bestimmt freuen, Thea. Danke.« Er wandte sich zum Gehen, hielt dann aber noch einmal inne. »Beinahe hätte ich es vergessen – ich wollte dir sagen, dass es Rachel gut geht. Alle sind froh darüber, dass Decca nichts Ernstes passiert ist.«

Ich fragte mich, was ihm von jenem Abend in Erinnerung war. Meine Dreistigkeit schien ihn nicht zu irritieren.

Ich sah ihm hinterher, seine ständig in Bewegung befindlichen Hände schwangen vor und zurück, bis er sie in die Hosentaschen steckte. In diesem Augenblick erkannte ich das Gefühl, das sich in meinem Kopf breitgemacht hatte, und dadurch fühlte ich mich weniger schrecklich. Ich war verliebt, so wie viele Mädchen. So einfach, so harmlos war das. Ich war noch nie verliebt gewesen. Mit Georgie war alles einfach passiert, eins ergab das andere, ich hatte es nie in der Hand gehabt. Aber dieses Mal hatte ich es in der Hand. Ich war einfach verliebt.

Ich wendete Naari und sah am Tor Leona stehen, die mich beobachtete, und ich streifte mir mein dümmliches Lächeln vom Gesicht.

Das Hausmädchen der Holmes öffnete mir an diesem Nachmittag die Tür, als alle anderen im Saal waren und lernten oder so taten. Ich trat ein und knöpfte meine Stiefeletten auf.

»Nicht nötig«, sagte das Hausmädchen. Sie war jung, die goldblonden Haare zu einem Zopfkranz gesteckt. Auf ihren Wangen waren vereinzelte Sommersprossen zu sehen. Als sie sprach, sah ich, dass ihre Zähne furchtbar schief waren. Aber sie war hübsch. Wie die meisten Leute in den Appalachen war sie blass und dünn. Die Familien in den Bergen waren groß, das wusste ich, und es gab Inzucht. Sissy erzählte mir, dass sie nichts dabei fanden, untereinander zu heiraten. Wen sollten sie auch sonst heiraten, wollte ich antworten, so abgeschieden, wie sie in den Tälern lebten, für Auto und Zug unerreichbar, an Orten, an denen noch nie ein Fremder gewesen war. Wenn der einzige Junge, der infrage kam, der eigene Cousin war.

»Ich mach nur alles schmutzig.« Ich schlüpfte aus den Stiefeletten und reichte sie ihr. Kurz darauf kehrte sie zurück und führte mich die Treppe hinauf.

In Deccas Zimmer war es kalt. Ich war froh, dass ich den Schal und die Jacke anbehalten hatte. In meiner Tasche ertastete ich Sissys Handschuhe, die sie mir für den Winter geliehen hatte, aber sie jetzt anzuziehen, wäre unhöflich gewesen, selbst wenn ich nur mit einem Hausmädchen und einem Kind zusammen war.

»Ist ihr warm genug?«, fragte ich leise, weil Decca schlief.

Das Hausmädchen schien kurz zu überlegen, ob sie mir antworten solle oder nicht.

»Wärmflaschen«, sagte sie schließlich. Dann ging sie.

Ich setzte mich in den Sessel neben Deccas Bett, der zu

diesem Zweck dort stand: Bestimmt saß Mr. Holmes sonst hier, dachte ich, stundenlang, und wenn man die Stunden zusammenzählte, tagelang.

Decca war in rosa Decken eingewickelt. Ihre langen Wimpern lagen schwer auf der blassen Haut. Ihre Haare – so dunkel, dass sie fast schwarz waren – glänzten fettig. Ich fragte mich, ob Mr. Holmes wusste, wie man die Haare eines Mädchens wusch, wie man ein Mädchen in Deccas Alter versorgte. Ich berührte ihre glatte Stirn, und sie regte sich, wachte aber nicht auf.

Wenn er ins Zimmer käme, während ich bei seiner Tochter saß, wäre das Zufall. Keiner könnte mir vorwerfen, dass ich etwas Ungehöriges im Sinn hatte. Selbst Vorwitz könnte man mir nicht vorwerfen. Es wäre schlicht und einfach ein zufälliges Zusammentreffen. Ich wollte ihm wieder nahe sein, ich wollte, dass er mit mir sprach, mir Fragen stellte, meine Fragen beantwortete.

Morgen würde ich wiederkommen und übermorgen. Ich streifte die Handschuhe über und legte den Kopf an die Rückenlehne des Ledersessels. Er war ausladend und bequem, für jemand Größeres gemacht, der Sessel eines Mannes. Sonst glichen die Möbel in dem Zimmer unseren: Waschgestell, Toilettentisch und Schreibtisch.

Ein hübsch bestickter Wandbehang hing zwischen den Betten, das Vaterunser in Grün. Mutter hätte dieses Zimmer überhaupt nicht gefallen. Es war sauber und ordentlich, wirkte aber ärmlich. Ich streifte einen Handschuh ab und strich über Deccas Bettüberwurf aus grobem Leinen mit einer breiten dunkelroten Bordüre. Das Zimmer hatte etwas Zeitloses, was vielleicht mit der spärlichen Möblierung zusammenhing; mit Ausnahme der Lampe hätte ich in einem Schlafzimmer von vor hundert Jahren sitzen können. Konnte man an dem Haus den Geschmack von Mrs. Holmes ablesen, oder war es immer so gewesen und hatte Mrs. Holmes nur Kleinigkeiten verändert, ein paar Farbtupfer hinzugefügt? Bilder, vielleicht Geschirr. Mutter würde es nicht ertragen, in einem ihr fremden Haus zu leben.

Nach einer Stunde begleitete mich das Hausmädchen zur Tür und schaffte es, mich durchs Haus zu führen und mir meine Stiefeletten zu geben, ohne mich eines Blicks zu würdigen. Decca hatte die ganze Zeit geschlafen.

Auf der Suche nach einem Zeichen für dic Anwesenheit von Mr. Holmes blickte ich die Fassade hinauf. Wegen der Kälte waren die Vorhänge zugezogen, und selbst wenn sie es nicht gewesen wären, war es bei Tageslicht unmöglich, durch die Fenster ins Innere zu sehen.

Mr. Holmes war noch immer nicht wieder aufgetaucht. Ich fragte das Hausmädchen, wo er sein könnte – ich war drei Tage hintereinander gekommen und hatte nicht die geringste Spur von ihm gesehen. Sie zuckte mit den Achseln. »Das müssen Sie Mr. Holmes fragen.« Ich glaubte, Trotz in ihrer Stimme zu hören. Überheblichkeit. Oder eine gewisse Befriedigung – denn natürlich konnte ich ihn nicht fragen, weil er nie da war, wenn ich kam. Weil er distanziert war, wenn wir uns im Speisesaal begegneten – oder nicht begegneten, wofür er sorgte. Er hielt sich fern, das bildete ich mir nicht ein. Und so fing ich an, mir vorzustellen, dass er mich auch sehen wollte, dass zwischen uns etwas war. Ich konnte nur noch nicht sagen, was – ich wusste es nicht. Wenn ich ein braves Mädchen gewesen wäre, wie meine Mutter meinte, dann hätte ich mit all dem aufgehört, dann hätte ich mich wieder in das Leben in Yonahlossee gefügt, wäre mit Sissy in den Saal gegangen, statt jeden Tag hierherzukommen. Aber ich wusste nicht mehr, welche Art Mädchen ich war.

Ich spielte mit Decca, las ihr vor oder sang Lieder für sie.

Seit dem ersten Besuch hatte sie nicht mehr geschlafen, wenn ich kam. Nachts lag ich wach und stand auf, wenn Boone seine Steinchen warf, und schüttelte Sissy ungeduldig aus dem Schlaf. Der gut aussehende und nette Boone wartete draußen, wartete wie eine Falle darauf, dass Sissy hineintappte. Ich lag in Sissys Bett und hörte, wie sie hinausschlich – wie laut sie war! –, und ich hasste sie, hasste Boone, dass er sie zur Heimlichtuerei zwang.

Ich hasste die Mädchen im Augusta House, die meine Besuche seltsam fanden. »Du sitzt nur da?«, fragte Mary Abbott mich an diesem Abend, als sie sich mir auf dem Weg zum Badehaus anschloss. »Warum tust du das?« War das nicht offensichtlich? Schmerzhaft klar? Aber nein, das war es nicht. Nur mir, nur ich wusste es.

Ich lag wach, wusste, dass ich nicht wieder einschlafen könnte, und war so erregt, so bereit.

»Liebst du mich?«, fragte Sissy in meiner Vorstellung. »Liebst du mich? Mich?«

»Liebst du mich?« Das würde er mich fragen.

»Warum hast du dich die ganze Zeit über versteckt?«

»Weil ich dich liebe«, würde er sagen. Er würde seine Hand auf meine Brust legen, unter meinem Kleid. Diese schlanken, langen Finger in mir, die mich berührten, gewisse Stellen ertasteten, der eigentümliche Druck, die Nähe.

Oh. Ich vergrub das Gesicht im Kissen, und hinter meinen Augenlidern sprühten Funken. Wenn es doch nur länger anhalten könnte – länger, länger. Aber das tat es nie.

Mein Atem ging schnell, aber tief. Meine Gliedmaßen lagen schwer auf dem Laken. Ich rieb mich mit meinem Taschentuch zwischen den Beinen und ließ es dort.

Jetzt könnte ich einschlafen. Ich schloss die Augen und fühlte keine Scham. Mr. Holmes, Mr. Holmes, Mr. Holmes. Wenn ich die Augen schloss, dann sah ich nur ihn.

Liebe Mutter,

der Mantel gefällt mir sehr – danke. Er ist so schön, dass ich nicht weiß, wann ich ihn anziehen soll. Hier ist es kalt, aber herrlich. Ich glaube, ich mag die Kälte lieber als die Wärme. Wenn es kalt ist, kann man immer reiten. Ich reite wieder, weißt Du das? Ich weiß nicht, was ich sonst erzählen soll. Vermutlich gibt es sonst nichts zu erzählen. Es ist kalt, und ich reite, und das Leben hier bleibt immer gleich. Wir machen jeden Tag dasselbe, genau dasselbe, außer am Sonntag, nur dass unsere Sonntage auch alle gleich sind, sodass alles seine Ordnung hat.

Ich glaube nicht, dass es Dir hier gefallen würde. Im Winter ist nichts grün, nur der Efeu, und der zählt nicht, oder? Alles stirbt, und die ganze Welt hat bis zum Frühjahr eine Farbe – Weiß. Ich kannte bislang nur das bunte, schwüle Florida und dachte, dass mir das am besten gefällt, aber in Wahrheit war es einfach das, was ich kannte. Ich frage mich, wie die Wüste ist oder wie es oben im Norden ist. Wie mir das wohl gefallen würde?

Mrs. Holmes war Deine Freundin? Das wusste ich nicht. Ich wusste nicht, dass Du Freundinnen hast. Ich würde mehr schreiben, aber wir müssen so viel tun. Sorge Dich nicht um mich. Denk nicht mal an mich.

»Mein Vater hat telefoniert«, sagte Decca. »Mit meiner Mutter.« Ich las ihr aus einem ihrer Lieblingsbücher vor, das *Pu der Bär* hieß. Sie solle ruhig liegen, hatte das Hausmädchen mir erklärt. Aber Decca war wieder ganz die Alte, der einzige Hinweis auf ihren Sturz eine Schlinge, die sie tragen musste, damit sie den rechten Arm nicht bewegte und ihr Schlüsselbein heilen konnte. Es gab keinen Grund für mich herzukommen, das wusste ich, und auch wenn ich mir und allen anderen sagte, dass ich wegen Decca kam, kam ich eigentlich meinetwegen. Ich wollte ihn sehen.

»Ach ja?«, sagte ich.

»Ja. Vater klang zornig.«

Ich versuchte, meine Überraschung zu verbergen. Mr. Holmes sollte vorsichtiger sein. Aber offenbar wusste Decca nicht, was das alles bedeutete.

»Warum war er zornig, Decca?«

»Wann kommen meine Schwestern wieder?« Ihre Stimme klang weinerlich. Sie vermisste sie offenbar. Sie verstand nicht, warum sie nicht da waren. Ich verstand es. Boone hatte Sissy erzählt, dass ein Junge an der Harris Academy mit einem Koffer voll Geld zurück in die Schule gekommen war, um es dort zu verstecken. Er hatte es in seine Matratze geschoben. Es war ein so dummes Versteck, dass man Zweifel an der Richtigkeit der Geschichte haben musste, aber die Banken gingen pleite, das stand fest; der Onkel eines der Mädchen war Präsident der First National in Charlotte, die im Dezember schließen musste. Und doch hatte die Familie des Jungen Geld – er war schließlich auf der Harris und arbeitete nicht unter Tage in irgendeinem Bergwerk. Sein Vater wusste nicht, was er mit dem Geld machen sollte, wie es in Sicherheit bringen, wie dafür sorgen, dass es sie schützte.

Es gab auf der Welt genug Geld, damit wir alle hier sein konnten, reiten konnten, weiße Kleider tragen konnten. Ich fragte mich, ob Mutters Zitrusgeld auf der Bank lag. Bestimmt tat es das. Dass Mutter Geld in ihren Möbeln, zwischen ihren Sachen versteckte, konnte ich mir nicht vorstellen. Aber ich erkannte, dass ich keine Ahnung hatte, wie meine Familie Geldangelegenheiten regelte. Nicht die geringste Ahnung. Das Zitruseinkommen war immer da gewesen, man konnte sich die Atwells nicht ohne es vorstellen: Jetzt wurde mir bewusst, dass es uns zu etwas Besonderem machte, dass wir uns dadurch ein wenig besser fühlen konnten als andere Leute, die kein Vermögen aus einer fernen, exotischen Quelle hatten.

Niemals hätte Mutter das Wort *besser* gebraucht. Wir waren einfach anders. Einzigartig.

»Thea?«

Ich sah zu Decca, die mich neugierig beobachtete.

»Sie kommen bald wieder«, antwortete ich. Es tat mir leid, wie vage das klang, aber ich wusste nicht, was ich sonst sagen sollte.

Mr. Holmes wirkte zornig am Telefon. Ich hätte meinen linken Arm dafür gegeben, zu erfahren, warum. Aber Decca war nur ein Kind – vielleicht hatte sie es missverstanden. Vielleicht hatte Mr. Holmes aufgeregt und nicht zornig geklungen.

Ich fragte mich, wie gut sie sich an den Unfall erinnerte. Es war wahrscheinlich ein Segen, dass sie zu jung war, um Rachels Anteil daran zu begreifen.

Decca nahm ihre Puppe – der Kopf war halb kahl, das Kleid fleckig. Sie musste von Sarabeth an Rachel und schließlich an Decca weitergegeben worden sein. Ich hatte mir nie etwas mit Sam teilen müssen. Puppen hatte ich nie gemocht, aber trotzdem hatte ich mindestens ein halbes Dutzend.

Decca flüsterte mit ihrer Puppe. Nachdem ich zuerst zu verstehen versuchte, was sie sagte, lehnte ich mich zurück, beschämt, dass eine Sechzehnjährige das Gemurmel eines kleinen Kindes belauschte. Ich sollte Decca ihre Geheimnisse lassen.

Wenn wir nicht so sehr vom Glück verwöhnt gewesen wären, wenn wir nicht Mutters Geld hätten – wenn, wenn, wenn. Noch nie hatte ich über diese Möglichkeiten nachgedacht. Dann hätte Vater in einer Stadt leben müssen, wo es mehr zahlende Patienten gab. Dann hätte Mutter sich und uns nicht von allen anderen fernhalten können. Wir hätten vielleicht Stunden von Gainesville entfernt gelebt. Wir hätten uns vielleicht nur einmal im Jahr gesehen, an Weihnachten.

Wir hätten ihnen kein Geld geben können. Wir hätten nicht helfen können. Wir wären nichts Besseres gewesen. Wir wären nicht vom Glück verwöhnt gewesen.

Hofften meine Eltern, dass ich meine Lektion gelernt hatte? Sie dachten, sie hätten mich an einen sicheren Ort geschickt. Weg von Männern, weg von Cousins. Georgie, Georgie musste – ich vermied es, hier an Georgie zu denken. Ich stand auf – Decca spielte immer noch mit ihrer Puppe, das Zimmer war immer noch hässlich und ungemütlich, ich war immer noch allein in diesem Haus mit seinem Kind.

Ich dachte, wir kennen einander, hatte meine Mutter gesagt, und später dann: Es wird alles wieder in Ordnung kommen, tu, was man dir sagt, tu, was wir sagen, es geschieht zu deinem Besten.

Wenn meine Eltern mich nicht von zu Hause weggeschickt hätten, dann hätte ich vielleicht meine Lektion gelernt, womöglich wäre es mir wichtiger gewesen, ihnen eine Freude zu machen als mir selbst. Insgeheim dachte ich, dass alles wieder in Ordnung käme, wenn ich Mr. Holmes dazu brächte, mich zu lieben.

Kapitel 14

Als wir das nächste Mal nach Gainesville fuhren, war es bitterkalt. Tante Carries Mutter hatte sich nicht mehr erholt und war unerwartet gestorben, und wir wollten unser Beileid bekunden. Ich hatte mir einen Schal um Hals, Kopf und Gesicht gewickelt und nur einen Spalt für die Augen frei gelassen. Die Landschaft glitt an mir vorbei, gelegentlich von einem Haus unterbrochen: In meinen Augen sahen sie alle gleich aus, splitterndes Holz, Fenster, die schwarze Löcher waren.

Seit Weihnachten hatte ich Georgie nur dreimal gesehen, seltener als sonst. Vorher hatte ich nie darüber nachgedacht, wie oft wir die Atwells aus Gainesville sahen. Aber jetzt – jetzt wollte ich meinen Cousin öfter sehen, als ich meiner Erinnerung nach jemals etwas gewollt hatte.

Mutter konzentrierte sich aufs Fahren, das sie erst kürzlich gelernt hatte. Es gab nicht viel, was Mutter nicht gut konnte, aber Autofahren gehörte dazu. Unser neues Auto hatte einen Rücksitz, was meiner Meinung nach das Höchste an Luxus war. Sam hatte heute vorn neben Mutter Platz genommen, und ich lag hinten auf dem Mohairsitz. Sam saß angespannt da. Er fürchtete sich ein bisschen vor der Geschwindigkeit.

An diesem Morgen hatte ich auf der Suche nach Mutters kleinem Parfümdöschen ihre Handtasche durchsucht. Ich hatte einen unverschlossenen, unbeschrifteten Umschlag gefunden und darin einen auf George Atwell ausgestellten Scheck über die größte Geldsumme, die ich je gesehen hatte. Vaters fast unleserliche Unterschrift hatte sich in das dünne Papier gedrückt.

Ich tupfte das Parfüm hinter meine Ohren, wie es meine Mutter immer tat. Eines Tages wäre Georgie George Atwell, er würde seinen Kosenamen einbüßen. Was würde er dann tun? Wäre ich seine Frau? Ich hielt mich am Küchenschrank fest. Ich glaubte nicht, dass ich seine Frau sein wollte. Aber aus Büchern wusste ich, dass es so kam, wenn man sich küsste.

Auf dem letzten Stück gab es keine Häuser mehr, der Sumpf würde sie verschlingen. Er rückte auf beiden Seiten dicht an die Straße heran, und wenn wir anhalten würden, würden zwischen den Palmettopalmen und aus dem dicht stehenden hohen Schilfgras Tiere auftauchen. Die Rotluchse versteckten sich – man sah sie fast nie –, aber die Alligatoren sonnten sich oft am Straßenrand, wenn es warm war, die geschuppte, schlammüberzogene, fast schwarze Haut, die unfassbar weißen Zähne, die sich zeigten, wenn sie als lässige Drohung – was sonst sollte es sein – ihre Kiefer auseinanderklappten.

Vielleicht bildete ich mir nur ein, dass Mutter an dieser Stelle viel schneller fuhr, dass das Auto heftig durchgeschüttelt wurde, dass sie nicht wie sonst vor den Schlaglöchern abbremste. Vater liebte diesen Teil der Strecke, für ihn war Zentralflorida die schönste Landschaft der Welt: ein wenig sumpfig, ein wenig waldig.

Bei Georgie angekommen, stiegen wir aus und warteten, während Mutter ihre Sachen zusammensuchte – ein Buch für Tante Carrie, eine große Kiste mit Lebensmitteln: Bohnen, Idellas Brot, Eingemachtes. Brauchte Georgies Familie die Lebensmittel tatsächlich? Ich berührte den Sack Bohnen und sah Mutter fragend an.

»Das hatten wir übrig«, sagte sie. Ich ging auf das Haus zu: Bildete ich mir ein, dass es finster aussah und einen neuen Anstrich brauchte? Ja, die Farbe blätterte von den Fensterbrettern, eine Regenrinne hing lose herab. Aber so schnell verfiel ein Haus nicht.

»Georgie ist bei einem Nachbarn«, sagte Tante Carrie, nachdem sie uns ins Wohnzimmer geführt hatte. »Er wird gleich zurück sein«, fügte sie hinzu, als sie mein Gesicht sah, woraufhin ich mich zusammenriss. Aber ich war verzweifelt. Seit Wochen wartete ich!

»Mein herzliches Beileid«, sagte ich – Mutter hatte mich instruiert –, und Tante Carrie legte den Arm um meine Schultern und drückte mich an sich. Neben meiner elfenhaften Mutter wirkte sie stämmig.

»Jetzt sind meine beiden Eltern tot«, sagte sie, und ihre Stimme ging dabei in die Höhe, als würde sie eine Frage stellen. Ich merkte, dass sie den Tränen nahe war.

»Carrie«, sagte Mutter und führte meine Tante zu einem Stuhl, »es wird alles wieder gut.«

»Meinst du, Elizabeth?« Sie lächelte meine Mutter verzagt an. »Du klingst schon wie unser Präsident.«

All das hat Tante Carrie bitter gemacht, dachte ich.

Mutter lachte nervös, und Sam und ich schlüpften aus dem Haus.

»Willst du hinters Haus?«, fragte er, aber ich wollte nicht. Mir war heute nicht nach Naturbeobachtungen, ich wollte nicht hinter Sam herlaufen.

»Ich bin müde«, sagte ich, auch wenn das nicht stimmte. Sam musterte mich einen Moment lang – ich ging sonst immer mit ihm mit –, und ich wich seinem Blick aus.

»Gut«, sagte er verletzt. »Dann geh ich eben allein.«

Es tat mir leid, aber nicht leid genug, um ihn zu begleiten. Ich ging ins Schlafzimmer meiner Tante und meines

Onkels, wo ich nachdenken konnte. Ihr Bett war nicht gemacht. In meiner Welt waren Betten so gut wie nie nicht gemacht.

Ich legte meine Stirn an die Fensterscheibe und sah Sam hinterher, bis er zwischen den Bäumen verschwand. Gestern Abend waren wir lange über die Schlafenszeit hinaus wach geblieben und hatten uns gegenseitig aus einem Agatha-Christie-Roman vorgelesen, den wir schon tausendmal gelesen hatten. Fast meine gesamte Zeit verbrachte ich mit Sam – da brauchte er jetzt nicht beleidigt zu sein. Ich betrachtete meine Hände und meine Nägel, die ich am Abend zuvor sorgfältig gefeilt und eingeölt hatte. Es waren nicht die Hände eines Kindes. Ich richtete mich auf und schlang meine Haare zu einem Knoten. Ich hatte sie offen getragen und alle möglichen anderen Frisuren ausprobiert und mich dann für einen Seitenscheitel entschieden.

Auf dem Bett von Tante Carrie und Onkel George schlief ich ein. Als ich die Augen öffnete, war Georgie da, so als hätte ich meinen Cousin durch einen Traum herbeigerufen.

Ich streckte die Hand aus. Der Schlaf hatte mich beruhigt. Meine Finger leuchteten in dem sanften Licht der Lampe.

»Wo ist Sam?«

»Draußen. Mutter zeigt Sam und deiner Mutter die ersten Azaleen.« Er hielt inne. »Wir hören sie, wenn sie reinkommen.«

Ich sah zu, wie er meine Hand streichelte, er rieb sie sanft mit seinem Daumen, und am liebsten hätte ich gestöhnt.

Ganz zart fuhr er mit dem Finger meine Augenbraue nach. »So hübsch.«

»Glaubst du, dass Sam es weiß?«

Er schüttelte den Kopf. »Ich bin ziemlich sicher, dass er es nicht weiß.«

Das reichte im Moment. Ich blickte zum Fenster hinaus

und war überrascht, dass es dunkel geworden war, während ich geschlafen hatte.

»Du siehst ganz erwachsen aus«, sagte ich, und das tat er tatsächlich, wie er so dastand, eine Hand in der Hosentasche, die andere über meiner, während er sie langsam, fordernd streichelte. Ich setzte mich auf und küsste ihn, und er beugte sich herunter und öffnete den Mund, berührte meine Zunge mit seiner.

»Öffne deinen Mund, Thea, so.«

Ich tat wie geheißen. Er drehte den Kopf weg, und ich wusste nicht, was er tat, aber dann sah ich, dass er seine Jacke abstreifte. Die Vorstellung erregte mich: Er zog sich aus, er würde bleiben. Er drehte sich wieder zu mir. Einen Moment lang sah ich ihn an. Er atmete schwer. Sein Gesicht war gerötet. Ich war ruhig – auf jeden Fall ruhiger als Georgie.

»Komm her«, sagte ich.

»Ja«, sagte er, »ja, ja«, und er legte sich auf mich, stützte sich auf die Ellbogen. Ich wollte ihn noch näher bei mir, presste meine Hände auf seinen Rücken. Erst leistete er Widerstand, doch dann gab er nach und drückte sich an mich, und ich wollte es, er presste sich an mich, und ich schob meine Hand zwischen uns und suchte seinen harten Penis. Ich wusste, dass er da war. Es fühlte sich anders an, als ich dachte, es fühlte sich angeschwollen und sehr weich an. Ich streckte die Hand aus …

»Nein, nein«, flüsterte er, »noch nicht. Fass mich nur von außen an.« Also fasste ich ihn so an, wie er wollte, zögernd zuerst, bis er immer heftiger in meine Hand stieß und ich ihn fester umfasste und über seine gesamte Länge strich, und Georgie stöhnte, während er mich küsste, stöhnte und stöhnte.

Ich sehnte mich nach ihm. Ich drückte ihn an die Stelle, die mich lustvoll schmerzte, drängte mich seiner Hand entgegen und presste mich an ihn, noch einmal und noch einmal, und als es passierte, war es ganz anders, es ging ganz schnell. Als es vorbei war, bewegte sich Georgie immer noch auf mir, er küsste mich, küsste meinen Hals, meine Brust.

»Oh.«

»Was?«, fragte er.

Ich schüttelte den Kopf. Er wusste nicht, was ich gerade getan hatte. Abrupt stand Georgie auf. Seine Hose war in seinem Schritt ausgebeult. Auch das hatte ich getan.

»Wir sollten runtergehen«, flüsterte er, »sie werden sich fragen, wo wir bleiben.«

Ich setzte mich auf und löste meine Haare.

»Du bist so hübsch«, sagte er und kniete sich vor mich, barg den Kopf in meinem Schoss. Ich fuhr ihm mit den Fingern durchs Haar. Wir hörten die Fliegengittertür zufallen, gleich darauf Schritte. »Was, wenn sie uns erwischen?«

»Ich dachte, du machst dir keine Sorgen«, sagte ich.

»Tu ich auch nicht«, sagte er, »nicht sehr.«

»Ich auch nicht.« In diesem Moment war ich mir so sicher, dass sie uns nicht erwischen würden. Sie würden es sich nicht vorstellen können, dachte ich. Dass wir im Schlafzimmer seiner Eltern waren, bewies die Größe unseres Geheimnisses.

Und es stimmte, unsere Mütter schienen nichts bemerkt zu haben, als wir nach unten gingen, zuerst Georgie, dann ungefähr zehn Minuten später ich, nachdem ich die Sekunden laut mitgezählt hatte, weil die Uhr von Onkel George und Tante Carrie nicht aufgezogen war.

Als ich nach unten kam, sammelte Mutter ihre Sachen zusammen. Sam wirkte gelangweilt. Aber als ich seinen Blick auffing und ihm zulächelte, erwiderte er mein Lächeln.

Auf der Heimfahrt tat ich auf dem Rücksitz so, als schliefe ich, damit ich nach Lust und Laune an meinen Cousin denken konnte.

»Geht es dir gut, Sam?«, fragte meine Mutter. Dann spürte sie es also auch: Sam war so still.

»Sam?«, fragte meine Mutter noch mal. Sie drehte sich zu ihm, und das Auto schlingerte. »Ich hasse dieses Ding«, murmelte Mutter erschreckt. »Sam, warum bist du so still? Wenn du mir nicht antwortest, werde ich noch einmal zu dir rübersehen müssen.«

Ich lächelte. Als Sam sprach, war seiner Stimme anzuhören, dass er ebenfalls lächelte. »Georgie …«

Ich biss mir auf die Lippe. Er könnte es in diesem Moment Mutter sagen, und dann wäre alles vorbei. Und Mutter und ich warteten beide, warteten, dass Sam weiterredete, fast wünschte ich mir, dass er es ihr sagte. »Er hat mich heute nicht beachtet.« Seine Stimme klang traurig. Erst war ich erleichtert, dass seine Traurigkeit nichts mit mir zu tun hatte, dann fühlte ich mich schuldig. Georgie und ich hatten Sam heute links liegen lassen.

»Die Lage in der Familie deines Cousins ist gerade etwas angespannt«, sagte Mutter schließlich. Ich ahnte, dass sie überlegte, wie sie es formulieren sollte, damit Sam es verstand.

»Warum?«

»Sie könnten ihr Haus verlieren, Sam.«

Ich riss die Augen auf. Es drängte mich, mich einzumischen, und gleichzeitig wollte ich mich nicht an dem Gespräch beteiligen. Es wäre mir wie ein Betrug an Georgie vorgekommen.

»Das werden sie nicht«, fuhr meine Mutter fort, »weil wir großzügig sind und gerne helfen. Das macht man so in einer Familie. Aber es fällt deinem Onkel schwer, die Hilfe anzunehmen. Und es ist schwer für Georgie, das alles zu wissen. Er sollte dich nicht ignorieren, aber versetze dich mal an seine Stelle. Es muss ihn hart angehen, dich zu sehen.« Plötzlich verstand ich, warum sie fast einen Monat lang nicht zu Besuch bei uns gewesen waren.

Solange ich denken konnte, hatte unsere Familie mehr als die Familie meines Cousins. Wir waren zwei Kinder; ein Einzelkind war damals etwas Besonderes. Mein Vater war klüger. Und meine Mutter schlug meine Tante in allen Belangen. Meine Mutter stammte aus einer vermögenden Familie, die über Beziehungen verfügte. Und sie war schön, meine Tante dagegen unscheinbar. Das alles spürte ich, machte mir aber keine Gedanken darüber. Und ich hatte keine Cousine, mit der ich konkurrieren musste. Ich musste nicht hübscher oder anmutiger oder klüger sein.

Dennoch wusste ich natürlich, dass meine Mutter unrecht hatte: Georgie hatte Sam nicht ignoriert, weil er sich schämte oder neidisch war, sondern weil er mich gewollt hatte.

»Na ja«, sagte Sam. »Thea hat er nicht ignoriert.«

Und ich lächelte: Sam hatte recht. Aber dann sprach Mutter.

»Thea ist ein Mädchen«, sagte sie.

Einen Moment lang dachte ich, sie meinte, dass ich zu hübsch war, als dass ein Junge wie Georgie mich ignorierte. Doch dann fuhr sie fort:

»Sie ist nicht so wichtig wie du.«

Plötzlich fühlte ich mich, als würde mir die Luft abgeschnürt. Mein Herz klopfte so laut, dass ich sicher war, meine Mutter würde es hören. Aber ich beruhigte mich; dank Sasi wusste ich, wie man das machte. Pferde konnten Angst riechen.

Die Hütten, an denen wir auf der Hinfahrt vorbeigekommen waren, waren jetzt von Feuerschein erhellt. Ich versuchte, Anzeichen von Armut zu erkennen, aber ich wusste nicht, wonach ich Ausschau halten sollte. Plötzlich war ich wütend, dass meine Eltern mich von der Wirklichkeit ferngehalten hatten.

Mutter irrte sich. Ich war wichtig, dachte ich und

versuchte, mich vom Klang des Windes, der über das Auto strich, in den Schlaf singen zu lassen. Ich war wichtig. Mein Name war Theodora Atwell, und ich war Georgie Atwell wichtig.

Kapitel 15

Wir erfuhren die Neuigkeit durch eine ehemalige Hausaufseherin, die in Dallas wohnte und mit Henny befreundet war. Leonas Familie hatte alles verloren. Immer wieder hörten wir, das Öl ihres Vaters sei sauer, wenn auch niemand wusste, was das bedeutete. Es war jetzt weniger wert als Trinkwasser. Was das bedeutete, wussten wir. *Alles*, sagte Henny, aber selbst ihr schien dieser Tratsch keinen Spaß zu machen.

»Wo werden sie denn jetzt wohnen?«, fragte ich Sissy auf dem Weg zum Badehaus, beide in unsere dicken Winterbademäntel gehüllt.

Sie warf mir einen Blick von der Seite zu. »Sie haben immer noch ihr Haus, Thea. Nur nicht mehr ihr gewohntes Leben.«

Im Badehaus angekommen, hielt ich Ausschau nach Leona, die ich manchmal um diese Zeit hier gesehen hatte, entdeckte aber nur eine Gruppe von Mädchen aus dem ersten Jahr, darunter Molly. Im Sommer mussten wir jeden zweiten Tag baden, im Winter nur jeden dritten. Mrs. Holmes achtete streng auf unsere Hygiene.

Während ich wartete, dass Docey mir das Badewasser einließ, überlegte ich, welches Leben jetzt vor Leona lag. Leona hatte nichts Unrechtes getan, nicht Unverzeihliches. Sie würde von hier weggehen. Es würde keine Pferde mehr für sie geben, oder zumindest keine Pferde wie King, der ein kleines Vermögen gekostet hatte. Wahrscheinlich würde sie kein Frauencollege besuchen.

Docey gab mir ein Zeichen, dass die Wanne voll war, und nahm mir den Bademantel ab, als ich hineinstieg. Nach den ersten Wochen hier hatte ich jede Schamhaftigkeit abgelegt. Doceys Hand war gerötet, weil sie immer wieder die Wassertemperatur geprüft hatte. Das Leben von Leona mochte jetzt auf eine Weise eingeschränkt sein, wie es das vorher nicht gewesen war, aber sie würde kein Hausmädchen werden wie Docey. Sie würde nie Hunger leiden. Bestimmt gab es einen reichen Verwandten, der ihrer Familie half.

Victoria, Leona, all die Mädchen, die man nach Hause geschickt hatte – ihr Leben würde sich auf subtilere Weise verändern. Es würden keine reichen Verehrer Schlange stehen. Sie würden eine sorgfältigere Wahl treffen müssen. Die Frauenzeitschriften, die uns unsere Mütter schickten, waren jetzt voll mit Artikeln über kleinere berufliche Tätigkeiten, die Frauen ausüben konnten, um etwas zum Familieneinkommen beizutragen: Waschen, Nähen. Ich hatte mir ein Lachen verkneifen müssen. Als könnte Leonas Mutter so das Familienvermögen retten. Als könnte Tante Carrie ihren Garten auf das Doppelte vergrößern und so die Schulden bei der Bank begleichen. Dass Frauen auch nur einen Bruchteil von dem verdienen könnten, was ihre Ehemänner verloren hatten, war ein Hirngespinst.

Ich begriff, dass unsere Lehrerinnen, die wir früher bedauert hatten, weil sie keinen unserer Vorteile genossen, Glück hatten. Miss Brooks hatte ein Gehalt, Unterkunft und Verpflegung. Sie sprach den ganzen Tag über Bücher, statt sich Gedanken zu machen, wie sie ihre Familie über Wasser hielt. Bestimmt empfand sie es als Erleichterung, in diesen Zeiten nicht die Last einer Familie tragen zu müssen.

In den folgenden Tagen ließen wir Leona nicht aus den

Augen, auf der Suche nach einem Zeichen, dass sie wankte, wanken würde. Sie verhielt sich jedoch wie immer. Und allmählich verloren die Mädchen das Interesse, wie das eben so ist. Leona verhielt sich allenfalls noch herrischer. Ihr dabei zuzusehen, wie sie mit King Hindernisse nahm, als wären sie Spielzeug, elegant und fehlerfrei den Parcours absolvierte und dann beim Verlassen des Reitplatzes an uns vorbeiritt, ohne auch nur zu nicken – nun ja, da begannen wir uns zu fragen, ob es wirklich stimmte. Dennoch erinnerte sie uns daran, wie wenig wir uns in Sicherheit wiegen konnten, was unser eigenes Schicksal betraf. Wenn Leonas Vater alles verlieren konnte, was war dann mit unseren Vätern? Was war mit uns? Diese Frage hing von nun an über uns wie eine dunkle Wolke.

Eines Abends schaltete Eva im Augusta House das Licht aus, zündete Kerzen an und holte ein Hexenbrett hervor, das sie sich bei den Mädchen aus dem ersten Jahr ausgeliehen hatte. Diese Mädchen waren geradezu besessen davon. Wir waren fast den ganzen Tag ans Haus gefesselt gewesen, weil es regnete und wir nicht reiten konnten. Das Wetter hatte beinahe etwas von einem aufziehenden Hurrikan.

»Das ist verboten«, sagte Gates, sobald sie das Brett sah. »Und außerdem ist es albern.« Trotzdem schloss sie sich unserem Kreis an und legte die Fingerspitzen auf das herzförmige Stück Holz. Wir saßen auf dem verblichenen Perserteppich, der in der Mitte unseres Bungalows lag. Geistesabwesend strich ich die Fransen glatt. In allen Bungalows lagen solche Teppiche, ich wusste, wie teuer sie waren. Mr. Holmes sollte sie alle verkaufen, dachte ich, und davon das Schulgeld für ein Mädchen bezahlen.

»Mein Vater sagt, das ist Teufelszeug«, sagte Mary Abbott von ihrem Bett aus. »Ihr solltet das nicht tun.«

»Ach, Mary Abbott«, sagte Eva. »Sei nicht so streng. Das ist doch nur Spaß.«

»Mit wem nehmen wir Kontakt auf?«, fragte Sissy.

»Mit meiner Großmutter«, schlug Eva vor, »allerdings war sie furchtbar langweilig. Ich kann mir nicht vorstellen, dass der Tod sie interessanter gemacht hat.«

»Eva!«, sagte Gates.

Eva hob träge die Augenbrauen und lächelte.

Ich unterdrückte ein Lachen.

»Was ist mit dir, Thea?«, fragte Sissy. »Gibt es jemanden, zu dem du Kontakt aufnehmen willst? Kennst du jemanden, der tot ist?«

Die Frage hallte wie Glockenläuten in meinem Kopf wider. War Georgie tot? Ich merkte, dass mir Tränen in die Augen stiegen. Aber nein: In ihrem letzten Brief hatte Mutter geschrieben, es gehe ihm gut.

»Nein«, sagte ich mit einem schwachen Lächeln, »nicht dass ich wüsste.«

Sissy suchte meinen Blick.

»Wie wäre es mit einer ehemaligen Schülerin von Yonahlossee?«, fragte ich, um die Stille zu unterbrechen.

»Wer denn?«, fragte Gates. Sie saß mit züchtig untergeschlagenen Beinen da, so wie man es uns im Benimmunterricht für den Fall beigebracht hatte, dass wir einmal ohne Stuhl zurechtkommen mussten.

»Lettie Sims«, sagte Eva. »Ihretwegen dürfen wir nicht mehr im See schwimmen. Ertrunken«, fügte sie hinzu.

»Wann?«, fragte ich.

»Im neunzehnten Jahrhundert«, sagte Sissy. »Lange her.« Sie lächelte beruhigend. »Eine Ewigkeit.«

Ich erwiderte ihr Lächeln, um ihr zu zeigen, dass alles in Ordnung war. Tatsächlich sah Sissy im Kerzenschein ein bisschen wie aus dem Jenseits aus, wir alle. Ich war nicht so zart besaitet, dass mich ein ertrunkenes Mädchen aus dem vergangenen Jahrhundert beunruhigt hätte.

Wir legten unsere Hände leicht auf das hölzerne Herz. Mary Abbott schaltete die elektrische Lampe aus, sodass nur noch die Kerzen brannten. »Geist, wir rufen dich«, setzte Eva an, und Sissy kicherte. »Geist, wir rufen dich«, wiederholte Eva, »lass uns bitte mit Miss Lettie Sims sprechen, die von den Mädchen Simsy genannt wurde. Wir wollen ihr eine Frage stellen. Wenn wir dürfen.«

Das Herz bewegte sich, natürlich bewegte es sich, eine von uns schob es. Ich betrachtete die sanft glühenden Gesichter der Mädchen und fragte mich, welche Frage ich stellen würde, wenn ich alles fragen könnte und wüsste, dass die Antwort der Wahrheit entsprach.

»S-T-E-L-L-E-I-N-E-F-R-A-G-E-W-E-N-N-E-S-S-E-I-N-M-U-S-S-A-B-E-R-N-U-R-E-I-N-E.«

Gates' sommersprossige Finger, dachte ich, sie wollte es hinter sich bringen.

Mary Abbott in ihrem Bett wimmerte. »Ich hab Angst.«

»Schhh«, flüsterte Eva. »Sie will uns nichts tun.«

Sissys Hände zitterten. Glaubten die Mädchen wirklich daran? Mit Vater hatten wir einen Aufsatz über das Okkulte gelesen, dem zufolge es einfach eine Möglichkeit war, nicht über den Tod all der Soldaten aus dem Ersten Weltkrieg nachdenken zu müssen. Ich versuchte, Gates' Blick aufzufangen, aber sie sah auf das Brett.

»Das ist albern«, sagte ich, »eine von uns bewegt es.« Ich wollte meine Hände wegziehen, doch Sissy schüttelte den Kopf.

»Bitte, Thea«, wisperte sie. »Warte.«

»Dann beeil dich. Stell eine Frage.«

Der Wind peitschte gegen unseren Bungalow, der sich plötzlich wacklig wie ein Kartenhaus anfühlte. Ein Ast schlug gegen das Fenster, und Eva schnappte nach Luft. Als wir sieben Jahre alt waren, hatte Sam sich eine Zeit lang vor Kate der Bell-Hexe gefürchtet, er sagte, sie könne jede Gestalt oder Form annehmen und sei nur an ihren grünen Augen zu erkennen. Eine Schlange, ein Vogel, ein kleines Mädchen. Georgie hatte Sam die Legende erzählt und ihm damit eine Heidenangst eingejagt. Mutter schimpfte mit ihm, er hatte die Welt da draußen hereingelassen. Jahrelang musterte Sam aufmerksam das Gesicht jedes Menschen, dem wir begegneten. Aber wir begegneten nicht vielen Menschen, und zu seiner Erleichterung hatte keiner von ihnen grüne Augen.

»Eine Frage?«, sagte ich.

»Ich habe eine Frage«, sagte Gates zu unser aller Überraschung. Sie schloss die Augen und holte tief Luft.

»Wird es uns gut gehen?« Ihre Stimme zitterte ein wenig, was sie noch nie zuvor getan hatte und nie mehr tun würde, zumindest nicht in meiner Gegenwart.

In diesem Winter wurde ich im Sattel immer besser. Die Kälte trug wohl ihren Teil dazu bei. Jedenfalls konnte man länger reiten, ohne Angst haben zu müssen, das Pferd zu überhitzen. Ich war schneller und stärker und meisterte fast jeden von Mr. Albrecht aufgebauten Parcours beim ersten Versuch. Nach dem Reiten taten mir nicht mehr die Beine weh. An meinen Armen traten die Muskeln hervor. Eva hatte mir die Haare geschnitten, sie reichten mir jetzt bis auf die Schultern und ließen mich weniger kindlich aussehen. Mir gefiel, was ich sah, wenn ich mich im Spiegel meines Toilettentischs betrachtete, mir gefiel das, wozu ich wieder geworden war: Vielleicht war es ja nur Einbildung, aber ich blickte in den Spiegel und sah, dass ich über die alte Thea hinausgewachsen war, dass ich stärker denn je war.

Bei den meisten Mahlzeiten aß ich meinen Teller leer.

Henny sah mir zu und trank ein Glas kaltes Wasser nach dem anderen. Sie war nicht dick – noch nicht, sie war stämmig, ziemlich mollig, aber man konnte sehen, dass sie bald dick sein würde. Es war ihr Schicksal.

Manchmal erkundigte ich mich nach ihrer Hochzeit. Dann freute sie sich – ach, es war so leicht, sich bei Henny einzuschmeicheln. Sie sprach weniger von ihrem Verlobten als von ihren Blumen, dem Servierwagen mit Nachspeisen, ihrem Kleid aus New York. Martha und Jettie würden ihre Brautjungfern sein. Ich fragte mich, ob Henny der Gedanke schmerzte, dass die schöne Martha neben ihr stehen würde. Miss Metcalfe war immer still, wenn Henny von ihrem zukünftigen Eheglück sprach, und mit leichtem Schrecken stellte ich fest, dass sie neidisch war.

Ich stellte Henny eine Frage nach ihrem neuen Haus, dem Haus, in das sie nach ihrer Heirat ziehen würde, und Henny drehte sich zu mir, schloss all die anderen Mädchen an unserem Tisch aus.

»Du wirst auch erfahren, wie es ist, Thea, du wirst auch erfahren, wie viel Freude auf dich wartet.« Ihr heißer Atem roch schwach nach Schokolade. Was für eine merkwürdige Ausdrucksweise, als würde die Freude irgendwo herumschweben, unendlich viel davon, und man müsste nur an der richtigen Stelle stehen, um sie einzufangen.

Als Mr. Holmes eine Woche nach meinem ersten Besuch bei Decca erschien, war daran nichts Ungewöhnliches. So war es mit vielen Dingen: Man wartete und wartete und wartete, und dann passierte es, und man war immer noch derselbe Mensch. Ich war mir noch nicht ganz im Klaren darüber, ob ich enttäuscht oder erleichtert war. Es schien ein bisschen von beidem zu sein.

Wir waren unten im Wohnzimmer und spielten am Sofatisch Domino. Ich trank Tee und hatte Deccas Milchglas im Blick – es stand sehr nahe an der Tischkante, und ich fürchtete, sie könnte es mit dem Ellbogen umstoßen. Schon zweimal hatte ich sie ermahnt aufzupassen, und in den vielen Stunden, die ich mit Decca verbrachte, hatte ich gelernt, dass man ein Kind nicht unendlich oft ermahnen konnte.

In diesem Zimmer gab es einige wertvolle Gegenstände: eine Sammlung winziger Dosen aus Limoges-Porzellan in einer Glasvitrine, sechs silberne Visitenkartenetuis auf einem Beistelltisch, alle mit verschiedenen eingravierten Initialen. Ein Ölgemälde mit einem auf einem Feld sitzenden Mädchen und einem Schaf im Hintergrund, das mich an *Tess von den d'Urbervilles* erinnerte. Nichts Persönliches außer den gravierten Kartenetuis. Wieder fragte ich mich, ob irgendetwas davon den Holmes gehörte. Existierte irgendwo ein Konto, von dem jede Rektorin schöpfen konnte? Aber in diesen schwierigen Zeiten wäre ein solches Konto sicher geschlossen worden. Selbst wenn dort noch Geld lag, wäre es geschmacklos gewesen, es zu verwenden.

»Du bist dran.«

»Entschuldige«, sagte ich, »entschuldige, lass mal sehen …« Aber ich sah nichts. Ich hatte noch nie Domino gespielt und die Holmes-Mädchen offenbar seit ihrer Geburt. Es war ein ödes, endloses Spiel.

Decca hatte ein Sommerkleid an, was die Hand eines Vaters erkennen ließ. Decca konnte ziemlich dickköpfig sein, und sie war wählerisch, was ihre Kleidung anging. Ich konnte mir vorstellen, dass sie auf diesem Kleid bestanden hatte und dass Mr. Holmes der den Temperaturen nicht angemessenen Laune seiner Tochter nachgegeben hatte.

Ich trug die Yonahlossee-Uniform, aber es machte mir nichts aus. Ich hatte mich daran gewöhnt, dass wir auf den ersten Blick alle gleich aussahen. Ich trug keinen Schmuck.

Decca stand auf, und ich hörte auf, mir über die Haare zu streichen.

Ich war eitel, ich war sechzehn Jahre alt und würde mich nie wieder so beobachtet fühlen.

»Vater ist da«, sagte sie und wirbelte im Kreis herum.

»Decca«, tadelte ich, »benimm dich!«

Seine Heimkehr wurde stets von irgendeiner Tragödie begleitet: Dieses Mal war es die Milch.

»Decca!« Ich war wütend. All die Warterei, all meine Ermahnungen, und jetzt war die Milch doch verschüttet, und das Hausmädchen Emmy war nirgends zu sehen. – Konnte ich nach ihr rufen, ohne ungehobelt zu klingen?

Decca lief zu ihrem Vater, und ich begann, die Milch mit meinem Rock aufzuwischen.

»Ein Missgeschick?«, fragte Mr. Holmes und hob Decca auf seine Hüfte. Er streckte mir seine freie Hand entgegen, und ich nahm sie und richtete mich auf.

»Emmy«, rief er, und sie erschien so rasch, als hätte sie hinter der Tür gewartet.

»Wir haben gerade …«

»Gespielt?«

Ich nickte und sah rechts an ihm vorbei aus dem Fenster. Alles war kahl, still und kalt. »Gespielt.« Ich fühlte mich wie eine Versagerin. Decca saß klein und zusammengesunken auf der Hüfte ihres Vaters, Emmy kroch über den Teppich, betupfte und befühlte ihn.

»Das reicht, Emmy.« Er klang abwesend, aber nicht unfreundlich, und Emmy erhob sich, machte einen Knicks und ging aus dem Zimmer, ohne ihn auch nur einmal anzusehen.

Ich hatte nicht vor, etwas zu sagen, ich wollte, dass er zuerst sprach, nachdem ich so lange gewartet hatte.

Es war jedoch Decca, die zuerst etwas sagte. »Ich gewinne beim Domino.«

»Gib nicht an!«

»Tut sie nicht. Es ist wahr.« Ich lächelte Decca zu, und sie grinste zurück.

Mr. Holmes setzte Decca ab, und sie klammerte sich an sein Bein. Er legte ihr eine Hand auf den Kopf und befreite sich behutsam aus ihrem Griff.

»Stimmt das?« Er lächelte.

Decca nickte verunsichert, vor ihr standen lachende Erwachsene, und das war manchmal gut und manchmal nicht.

»Geh jetzt nach oben«, sagte er zu Decca. »Bitte«, fügte er hinzu, ihren Widerstand vorausahnend. »Ich komme in einer Minute nach.«

Gleich würden wir allein sein! Ich fragte mich, ob er mich hübsch fand. Ich wollte, dass er mich ansah, mich beachtete, aber er schien mit den Gedanken woanders.

Decca gab mir einen Kuss auf die Wange, und meine Wange begann zu glühen, sie war mir so nah, der Geruch ihrer Haare und ihre schmalen Schultern.

Mr. Holmes strich Decca über den Kopf, als sie an ihm vorbeiging, und sah ihr lächelnd hinterher, und ich wusste, wenn sie nicht schon vorher sein Liebling gewesen wäre, dann wäre sie es jetzt.

In diesem Zimmer gab es etwas, das nicht hierhergehörte, dachte ich, und das war ich: Ich war ein Eindringling, sicher empfand mich Mr. Holmes als Störung. Manchmal trafen sich die Hausaufseherinnen hier mit Mrs. Holmes, aber die meiste Zeit war das Haus der Holmes ihr privater Bereich, kein Aufenthaltsort für uns Mädchen. Als Mr. Holmes sich auf einem Stuhl niederließ, wusste ich, dass er mich nicht hier haben wollte.

»Also dann«, sagte ich, bereit, mich zu verabschieden. Was hatte ich gedacht? Dass Mr. Holmes sich in mich verlieben würde? Solche Schwärmereien machten Mädchen zu Närrinnen. Ich beschloss, nie mehr für jemanden zu schwärmen, nie mehr jemanden zu lieben, bevor er mich zuerst liebte, meine Gefühle im Griff zu haben.

»Setz dich, setz dich, bitte«, sagte er und deutete auf einen Stuhl.

Ich hatte mich getäuscht. Er wollte mich hier haben. Er wirkte aufrichtig. Ich hatte mir nicht alles eingebildet.

In diesem Augenblick kam Emmy zurück, in den Händen ein Tablett, das sie auf dem Couchtisch abstellte. Mit vorsichtigen, gemessenen Bewegungen schenkte sie mir Tee nach: die Teekanne nehmen, am Henkel halten und gleichzeitig am Bauch stützen. Das Handgelenk abwinkeln, darauf achten, dass der Arm nicht zittert. Eingießen. Jetzt das Handgelenk strecken, rasch, um den Teestrahl entschlossen zu unterbrechen, damit sich kein Tropfen aus dem schwächer werdenden Strahl löst und auf dem Porzellantablett landet – oder, bewahre Gott, auf dem Silber, auf dem man jeden Fleck sieht, oder, noch schlimmer, auf der Dame, der man Tee einschenkt.

Kein einziges Mal hob Emmy den Kopf oder sah mich an. Ihre Hand war völlig ruhig. Es gab einen Grund, warum sie hier im Haus war.

Sie reichte Mr. Holmes ein hohes, schmales Glas und verließ das Zimmer. Mein Mund fühlte sich staubtrocken an. Noch mehr Tee war das Letzte, was ich wollte.

Mr. Holmes nahm einen großen Schluck aus dem Glas, leerte es zur Hälfte. Er war blass, aber das konnte auch an dem rasch nachlassenden Licht liegen, das uns in Dunkelheit versinken ließ.

Eine Glocke läutete. Alle anderen waren noch im Saal, ich dachte an Sissy, die wahrscheinlich auf mich wartete. Ich würde nirgendwohin gehen.

»Unterrichtszeit«, sagte Mr. Holmes, aber so leichthin, als

müsste ich mir deswegen keine Gedanken machen. Er trank sein Glas aus.

Im oberen Stock hörte ich Wasser rauschen. Emmy ließ Decca ein Bad ein.

»Entschuldige mich kurz, Thea«, sagte er leise und ging aus dem Zimmer.

Mr. Holmes kehrte mit einer Glaskaraffe zurück. In unserem Wohnzimmer standen ähnliche Karaffen.

Ich habe schlechte Angewohnheiten entwickelt, seit Mrs. Holmes weg ist, hörte ich ihn in meiner Vorstellung sagen.

Er schien sehr weit weg zu sein, am anderen Ende des Zimmers, wo er sich auf dem Klavier einen Drink mixte, das beschlagene Glas auf dem Lack – es würde einen Ring hinterlassen, er war ein Mann und dachte nicht an so etwas –, aber nein, er nahm das Glas und wischte mit dem Jackenärmel über die feuchte Stelle.

Er setzte sich und betrachtete sein Glas. Von oben war ein Geräusch zu hören, und wir hoben beide den Kopf. Ich begegnete seinem Blick und lächelte, er erwiderte das Lächeln; so war es also, wenn man ungezwungen mit einem Mann zusammen war. Ich sah erneut hoch, aber Mr. Holmes blickte auf sein Glas und rührte mit dem Finger in seinem Drink.

»Thea«, setzte er an und hielt gleich wieder inne. Er schüttelte seinen feuchten Finger und roch daran, und plötzlich war ich furchtbar verlegen – das waren sehr intime Gesten, ich sollte das nicht sehen. Er nahm einen großen Schluck.

Und weil ich nervös war, sprangen mir die erstbesten Worte, die mir in den Sinn kamen, aus dem Mund, wie einer von Sams Baumfröschen.

»Ist Mrs. Holmes noch weg?« Das war genau die falsche Frage. Ich klang, als würde ich ein Urteil über Mrs. Holmes' Abwesenheit fällen, während ich in Wirklichkeit dankbar dafür war: Wenn sie hier gewesen wäre, wäre ich es nicht, so viel stand fest.

Er nickte langsam. »Ich überlege, Decca zu ihr zu schicken, Armschlinge hin oder her, aber ich glaube, ich würde mich sehr einsam fühlen.«

Ich lächelte – es schien kaum möglich, dass ein Kind die Einsamkeit eines Erwachsenen lindern konnte. Dennoch glaubte ich, dass wir Mutters Einsamkeit gelindert hatten.

»In einem Monat kommt sie zurück«, fuhr er fort. »Ich hoffe, dass ich das Camp noch einen Monat zusammenhalten kann.« Er nahm einen Schluck von seinem Drink und schnitt eine Grimasse, wie es Erwachsene taten, wenn sie Schnaps tranken. Diese Grimasse bedeutete, dass es angenehm schmeckte. Das wusste ich, weil ich Onkel George beobachtet hatte.

»Hat sie noch Spenden bekommen?«

Er sah mich überrascht an. »Sie haben davon gesprochen, dass die Leute nicht so viel spenden, wie Sie gehofft hatten«, erklärte ich.

»Ja, stimmt. Du hast ein hervorragendes Gedächtnis, Thea.«

»Eigentlich nicht«, sagte ich. »Mein Bruder ist derjenige mit dem hervorragenden Gedächtnis. Er kennt die Namen von allen Pflanzen und Tieren, Hunderten von ihnen.«

»Dein Zwillingsbruder«, sagte er. »Auch ich erinnere mich an das eine oder andere.«

Ich merkte, dass ich vor Freude errötete. Er erinnerte sich an eine Einzelheit aus meinem Leben und machte mich damit so glücklich, glücklicher, als ich seit Langem gewesen war.

Dann trank er sein Glas aus und hielt es mit beiden Händen auf dem Schoß.

»Beth hat mehr Glück, ja. Sie kann das besser als ich. Ich bin nicht gut darin, Leute dazu zu bringen, sich von ihrem Geld zu trennen. Weißt du, was die Leute dazu bewegt, einen Beitrag zu leisten?«

Ich schüttelte den Kopf.

»Pferde.« Er lachte ungläubig. »Zumindest die Frauen, dafür scheinen sie eine Schwäche zu haben. Hier gibt es Mädchen, Mädchen mit einem Stipendium, Mädchen, die nach Hause geschickt werden, wenn für ihr Stipendium keine Mittel mehr zur Verfügung stehen. Die missliche Lage dieser Mädchen lässt die Frauen ungerührt. Aber sobald man die missliche Lage von Pferden erwähnt«, er schnippte mit den Fingern, »ist der Scheck praktisch schon unterschrieben.«

»Die missliche Lage von Pferden?« Ich wollte mich nicht auf die Seite der Frauen schlagen, für die er offensichtlich nur Verachtung übrighatte, aber ich wollte wissen, was er meinte. Ich hätte nicht gewusst, was ich tun sollte, wenn ich nicht mehr reiten könnte.

»Oh, ich wollte dich nicht beunruhigen, Thea. Es besteht keine Gefahr, dass die Pferde wegkommen.« Er seufzte. »Außerdem würde sie jetzt sowieso niemand kaufen. Was beängstigend ist, sind die Kosten. Wegen der Dürre sind die Getreidepreise in den Himmel geschossen. Ich hätte nie gedacht, dass ich mich einmal so gut mit dem Agrarmarkt auskennen würde. Pferde fressen sehr viel, wie du sicher weißt.«

»Ja. Sie sind ja auch groß.« Ich verstand den Impuls, ein Tier zu schützen, das keine Stimme hatte, keine Eltern, die sich kümmerten. Ich würde ganz sicher eher etwas für Pferde spenden als für Mädchen.

»Ich sollte dich nicht mit solchen Dingen langweilen«, sagte er.

»Ich langweile mich nicht.« Und das stimmte. Ich habe mich noch nie weniger gelangweilt, hätte ich am liebsten gesagt, denn diese Erwachsenenwelt, in der ich nicht jemandes Tochter oder Nichte war – nun, das war etwas völlig Neues für mich.

»Thea Atwell aus Florida. So ernsthaft. Warst du ein ernstes Kind?«

»Ich weiß nicht.« Für gewöhnlich äußerte Mr. Holmes sich sehr zurückhaltend, seine Gesprächigkeit gerade schien eine Ausnahme zu sein, erkauft mit einem Drink.

Er lachte. »Ich weiß nicht, was in mich gefahren ist. Also«, sagte er und beugte sich vor, während er unablässig das Glas hin und her drehte, »danke für deine Hilfe. Du bist wirklich ein Segen.«

»Im Nachhinein«, sagte ich, aber Mr. Holmes lachte nicht, was ich bezweckt hatte, sondern nickte, als stimmte er mir zu.

Auf dem Weg zu meinem Bungalow genoss ich die Stille im Camp. Ich genoss das Gefühl seiner Hand, die meine Schulter streifte, als ich ging, zögerte – bildete ich mir das ein? –, nein, sie hatte gezögert, hatte liegen bleiben wollen. Er beugte sich vor und dankte mir, und es war so aufregend, es war, als würde mir eine Gnade zuteil.

Nach dem Abendessen – ein dicker, langweiliger Eintopf, es war erstaunlich, dass aus der Küche von Yonahlossee etwas so Fades kam, aber ich aß ihn trotzdem – stand Mr. Albrecht auf, während wir die üblichen Butterkekse zum Nachtisch aßen – mit viel Butter, aber ebenfalls ein bisschen fade –, und sagte, wir sollten zu unserer Reitgruppe gehen. Mr. Holmes saß neben ihm.

»Warum denn?«, fragte ich.

»Wegen des Frühlingsturniers«, antwortete Molly. »Es ist schon bald.«

»Wir haben doch erst Februar.«

»Es muss viel vorbereitet werden. Und dann ist da auch noch der Frühlingstanz, gleich danach.«

»Hast du etwa noch nichts davon gehört?«, fragte Henny. »Jeder nimmt daran teil, jeder sieht zu. Es ist grandios. Als

Hausaufseherin trinkt man Champagner mit den Erwachsenen und sieht beim Turnier zu.«

»Es ist wirklich grandios!«, sagte Molly. »Es findet ein Picknick statt, und danach machen sich alle hübsch für den Tanz.«

Im Speisesaal herrschte ein einziges Gewimmel von Mädchen, während wir unsere Gruppen suchten. Am anderen Ende entdeckte ich Leona, die zielstrebig geradeaus ging. Wenn die Mädchen sie kommen sahen, wichen sie in einer Welle zur Seite, als wäre Leona eine Mähmaschine, und sie wären der Weizen. Die Schwierigkeiten, in denen ihre Familie steckte, ließen uns ihr gegenüber nur noch achtsamer sein. Ich musste an Leonas Foto an der Wand vor Mr. Holmes' Büro denken. Die meisten Leute waren auf Fotos nicht ganz sie selbst: Die Kamera machte sie zu ernst, zu schmallippig, zu fremd. Sam sagte immer, so wie die Leute in die Kamera starrten, könnte man meinen, sie würden etwas ganz Furchtbares beobachten. Aber Leona war auch in Fleisch und Blut nicht anders. Sie ging an mir vorbei, ohne Notiz von mir zu nehmen, und ich folgte ihr.

Wir suchten uns einen Tisch und setzten uns. Meine Gruppe, die Fortgeschrittenen, hatte die Aufgabe, einen Parcours für die fortgeschrittenen Anfängerinnen zu entwerfen. Gates skizzierte eine dreifache Kombination, und wir beugten uns vor, um zuzusehen, wie ihre blasse Hand über das weiße Papier flog. Jettie musterte die Skizze und murmelte zustimmend.

Es war ideal. Mr. Albrecht saß noch immer mit Mr. Holmes am Lehrertisch. Mr. Holmes war nahe genug, dass ich Einzelheiten erkennen konnte – sein gestärkter Kragen, seine Uhr, die gerade Haarlinie –, aber wir saßen so, dass er mich nicht sehen konnte.

Mr. Albrecht zeichnete etwas in die Luft, und Mr. Holmes nickte, er hatte die Ellbogen auf den Tisch gestützt, aber das war in Ordnung, alles war abgeräumt, und Männer machten das manchmal. Mr. Albrecht verschränkte die Arme vor der Brust und hörte Mr. Holmes zu, und dann war ihr Gespräch beendet, da Mr. Albrecht nicht zu den Männern gehörte, die sich gerne über Belanglosigkeiten unterhielten. Ihre Stühle hatten Armlehnen, unsere nicht, weil wir Mädchen waren, keine Rektoren, keine Männer. Ich musterte ihre Gesichter, aber sie waren wie Masken, keiner von ihnen sah irgendetwas an, sie starrten aneinander vorbei in den tiefen Raum, in dem die Mädchen verteilt saßen.

Damals kam es mir nicht in den Sinn, dass es für einen erwachsenen Mann möglicherweise schwierig war, von Hunderten von Mädchen umgeben zu sein und gleichzeitig außerhalb ihrer Reichweite, sodass wir flirten konnten, in der Sattelkammer Mr. Albrecht spielerisch am Ellbogen fassen konnten, unsere Hand in seiner liegen ließen, wenn er uns beim Absteigen half, während er seinerseits nichts tun konnte. Mr. Albrecht war kein Mann, vermutlich für keine von uns, weil er weder attraktiv noch reich noch jung war. Trotzdem flirteten wir mit ihm, weil er da war und wir auch. Wahrscheinlich fasste er sich nachts selbst an, wenn wir in unseren Bungalows waren und er zu Hause in der Stadt. Er berührte sich und stellte sich Leonas weiße Haare auf ihrem nackten Rücken vor, die Wölbung von Evas Brüsten unter ihrer dünnen weißen Bluse – er legte seine Hand erst um die eine, dann um die andere, sie wollte ihre Bluse aufknöpfen, aber er ließ es nicht zu, es gefiel ihm, wie sich ihre Brustwarzen aufrichteten und gegen den Stoff drückten. Sie trug nicht ihre warme Unterwäsche, da war nichts außer der dünnen, steifen Baumwolle zwischen seiner Hand und ihrer Brust.

»Thea?«, sagte Leona.

»Ja«, sagte ich, wie ich hoffte, mit Bestimmtheit, obwohl ich keine Ahnung hatte, worum es ging.

»Bist du mit einer dreifachen Kombination einverstanden?«

Ich zuckte die Achseln, dann versuchte ich, meine Schultern ruhig zu halten, und nickte stattdessen. Vergangene Woche hatte ich Schwierigkeiten mit einer dreifachen Kombination gehabt. »Ja«, sagte ich und wunderte mich über ihre Gelassenheit. Ihre Welt hatte sich von Grund auf verändert; ihre Familie war nicht mehr das, was sie gewesen war, aber ihr war nichts anzumerken.

Dann ging Martha an unserem Tisch vorbei, den Entwurf ihrer Gruppe in der Hand – sie war in Sissys Klasse, und obwohl sie eine bessere Reiterin als Sissy war, nutzte ihr im Sattel ihre Ruhe nichts. Heute Abend hatte sie kleine Diamantstecker in den Ohren. Ich betrachtete sie, sie war ein Glitzern, ein Funkeln, ein Aufblitzen – etwas, das nicht von dieser Welt war.

Mr. Holmes schien Martha ebenfalls zu betrachten. Sein Gesicht war ganz ruhig. Ich wollte mir nicht eingestehen, dass Martha hübscher war als ich, auch wenn ich das natürlich wusste. Ich kannte fast alle Mädchen im Camp, und wenn man mich gefragt hätte, wer die Schönste ist, hätte ich auf Martha gedeutet. Allerdings wusste ich auch, dass sich Schönheit im Grunde nicht messen ließ, und vielleicht gab es irgendetwas Besonderes an meinem Gesicht, das Mr. Holmes lieben könnte.

Mr. Holmes drehte den Kopf, und es dauerte einen Moment, bis ich merkte, dass er mich beim Starren ertappt hatte. Beschämt sah ich weg.

»Wie klingt das für dich, Thea?« Wieder Leona.

»Ich finde«, sagte ich und warf einen Blick auf die Skizzen auf dem Tisch, »ich finde, es klingt perfekt.«

Leona lächelte. »Stören wir dich bei irgendetwas?«

Meine Wangen wurden feuerrot. Alle sahen mich an. Leona drehte sich auf ihrem Stuhl um und blickte demonstrativ zu dem Tisch, an dem Mr. Holmes und Mr. Albrecht saßen. Ich schüttelte den Kopf. Ich wollte eigentlich nicht so schnell klein beigeben, aber es schien die einfachste Möglichkeit zu sein, Leona aufzuhalten.

»Gut«, sagte sie. »Das wollen wir nämlich nicht.«

Als wir unsere Sachen zusammenpackten und den Speisesaal verließen, gesellte sich Gates zu mir, ihr Skizzenbuch unter den Arm geklemmt.

»Thea.« Mit gesenkter Stimme. Ihre Wangen unter den unzähligen Sommersprossen gerötet. »Leona hat letztes Jahr gewonnen. Sie war die Jüngste, die jemals gewonnen hat.«

»Ich weiß«, sagte ich. Wusste das nicht jeder?

Gates nickte langsam. »Dann weißt du bestimmt auch, dass sie unbedingt wieder gewinnen will.« Sie berührte meinen Arm. »Sei vorsichtig«, flüsterte sie.

Es überraschte mich, dass Gates sich Gedanken darüber machte. Für gewöhnlich mischte sie sich nicht in irgendwelche belanglosen Angelegenheiten im Camp ein.

Wir sahen zu Leona, die allein am Tisch saß und Gates' Skizze studierte. Sie widmete diesem Blatt Papier ihre ganze Aufmerksamkeit, das war Leonas Art, sich durch die Welt zu bewegen: Was immer sie tat, es hatte ihre ganze Aufmerksamkeit.

»Wer weiß, ob sie beim Turnier überhaupt noch da ist«, sagte Gates, und ich empfand Enttäuschung, keine Erleichterung. Leona war meine einzige echte Konkurrentin.

An diesem Abend öffnete ich einen Brief von Mutter. Sissy war mit Boone unterwegs. Ich war in meinem letzten Brief frech gewesen, das wusste ich, ich hatte Mutter gegenüber einen Ton angeschlagen, als wären wir gleichgestellt, was wir natürlich nicht waren.

Liebe Thea,

Dein letzter Brief klang verärgert, das verstehe ich natürlich. Ja, ich war mit Beth Holmes befreundet. Damals hieß sie Beth Babineaux. Ihre Familie war in New Orleans sehr angesehen. Immens reich. Ich nehme nicht an, dass sie immer noch so reich ist, aber wer weiß. Ich habe den Kontakt zu ihr verloren, ich habe den Kontakt zu allen verloren, und willst Du wissen, warum? Mit Dir und Sam und Eurem Vater hatte ich alles, was ich brauchte; ich hätte zwanzig Freundinnen haben können, ich hätte dreißig haben können. Aber die Familie ist der wichtigste Freund, Thea. Ich habe Dir vor Deiner Abreise nicht erzählt, dass ich Beth von früher kenne, weil mir so viele andere Dinge durch den Kopf gingen. Es war keine Absicht, Thea. Ehrlich gesagt hätte ich nicht gedacht, dass es Dich interessiert.

Wir haben das Haus verkauft. Erstaunlicherweise hat es jemand kaufen wollen; ich hätte nicht geglaubt, dass sich ein Käufer findet, aber Dein Vater hatte recht: Es gibt immer noch Leute mit Geld. Glücklicherweise zählen wir dazu. Momentan packe ich alle Deine Sachen in Kisten. Wir ziehen nach Orlando, wo Dein Vater arbeiten wird. Möglicherweise geht es letztendlich noch weiter in den Süden, nach Miami. Es ist alles in der Schwebe. Sam muss von hier weg. Wir brauchen einen Neuanfang, wie Du dort, in Yonahlossee.

Es grüßt Dich von Herzen

Mutter

Nachdem ich den Brief zu Ende gelesen hatte, riss ich ihn in winzige Fetzen. Es überraschte mich nicht, dass jemand mein Haus gewollt hatte, es war wunderschön, vollkommen. Was mich erschütterte, war, dass meine Eltern es wirklich taten. Dass es fort war. Ich hatte nicht gedacht, dass Mutter jemals von dort weggehen würde.

Mir war bewusst, dass es albern war, den Brief zu zerreißen, eine Geste, die niemand außer mir sehen würde. Morgen würde ich auf allen vieren herumkriechen müssen, um unter dem Bett verstreute Fetzen aufzuklauben. Und die anderen Mädchen könnten es mitbekommen, sie könnten sich fragen, was in aller Welt ich da machte, und dann müsste ich mir eine Lüge ausdenken, noch eine, um meine Familie in einem besseren Licht erscheinen zu lassen.

Dann dachte ich an Sasi. Ich hatte gewusst, dass er verkauft werden sollte, weil ich sowieso zu groß für ihn wurde, aber ich hatte den Gedanken verdrängt. Würden wir in Orlando auf einer Farm wohnen? Oder an einem Ort, von dem aus man das Haus des Nachbarn sehen konnte oder die Häuser beider Nachbarn? Würden sie Sasi an einen Jungen oder ein Mädchen verkaufen? Würde Sam in Orlando zur Schule gehen? Und hielt sie mich für so dumm zu glauben, dass Yonahlossee etwas anderes war als ein Ort, um mich loszuwerden? Wenn das ein Neuanfang war, war ich die Kaiserin von China.

Noch vor einem Jahr hätte ich das alles nicht geglaubt: dass Vater seine Patienten zurückließ, Mutter ihr Haus. Aber jetzt glaubte ich es. Nicht auf diesen Brief zu antworten, war das Schlimmste, was ich tun konnte, das, womit ich sie am meisten verletzen konnte, das wusste ich.

Ich hatte Angst, dass er nicht wiederkommen würde, aber er kam wieder, gleich am nächsten Tag, er schickte Decca nach oben wie beim letzten Mal, und ich war gleichzeitig dankbar und ängstlich.

»Ist Decca brav?«

Ich nickte. Er sah sich nach einem weiteren Drink um, den ersten hatte er bereits getrunken. Ich wartete darauf, dass seine Stimme ein bisschen zitterte, dass seine Gesten etwas fahriger wurden. Alkohol verwandelte Mr. Holmes in einen Jungen.

Was mir an ihm auffiel, wenn er leibhaftig vor mir stand – dass sein kleiner Finger geschwollen war, von irgendetwas aufgescheuert, dass er eine schuppige Stelle am Unterarm hatte –, war nicht das, was ich sah, wenn ich ihn mir vorstellte. Mit Georgie war es genauso. Ich träumte davon, wie wunderbar es sich anfühlen würde, wenn er mich berührte, aber wenn er es dann tat, nahm ich seltsame Dinge wahr: wie knochig sein Ellbogen war, dass er schwach nach altem Heu roch.

»Hast du das von Leonas Familie gehört?«, fragte Mr. Holmes.

Ich war überrascht. Bisher hatte er mir gegenüber nie von einem anderen Mädchen gesprochen. Er brach eine Regel.

»Ja«, sagte ich, »jeder hat es gehört.«

»Ach ja?« Er lächelte und spielte mit seinem Manschettenknopf. Er sah alt aus. Der seines Vaters, seines Großvaters. »Und was hat jeder gehört?«

Sein Tonfall verunsicherte mich. »Das geht mich nichts an«, sagte ich. Ich wollte nicht, dass er mich für neugierig hielt.

»Hat das schon jemals jemanden davon abgehalten? An einem Ort wie diesem hier wäre es unnatürlich, wenn man sich nicht für die Belange anderer interessieren würde.« Es passierte von einem Augenblick auf den anderen, dieser Wechsel von schön zu schrecklich.

»Ich weiß nicht, was Sie meinen«, sagte ich, obwohl ich es wusste. Ich bemühte mich, unbekümmert zu klingen, damit wir über etwas anderes reden konnten, aber mein unbekümmerter Ton ärgerte ihn, und er schüttelte den Kopf.

»Ach, natürlich weißt du es. Du hast deine Augen überall, nicht wahr? Alle diese albernen Mädchen, du beobachtest sie, nicht wahr? Sie kommen mit ihren Sorgen zu dir, und du hörst ihnen zu und erzählst ihnen im Gegenzug nichts von dir.«

»So oft kommen sie nicht zu mir.«

»Du beobachtest, das weiß ich, weil ich manchmal *dich* beobachte, ich sehe, wie du dich anschleichst, wie du dich um die anderen Mädchen herumdrückst und Dinge aufschnappst …« Er hielt kurz inne. »Dein Gesicht zeigt keine Regung, Thea. Du hältst dich abseits. Was müssen die anderen Mädchen von dir denken?«

Ich hielt die Tränen zurück. »Ich glaube nicht, dass sie viel über mich nachdenken.« Ich fühlte mich verletzlich, Mutters Brief war eine Woche alt, aber noch immer war jedes Wort frisch und unbarmherzig. Falls ich mein Zuhause jemals wiedersah, würde ich es als Fremde sehen. Ich hatte es verloren. Würde der nächste Junge oder das nächste Mädchen Sasi so lieben, wie ich ihn geliebt hatte? Es schien unmöglich. Ich hatte mehr Zeit mit Sasi verbracht als mit Sam. An der Art, wie er die Ohren anlegte, erkannte ich, ob er Angst hatte oder einfach nur aufgeregt war, an der Art, wie er mich gegen die Schulter stupste, erkannte ich, ob er wütend war oder spielen wollte.

»Und ich glaube nicht, dass du das wirklich glaubst.«

Wenn er mein Freund gewesen wäre, hätte ich ihn gefragt: Warum bist du so gemein? So grausam? Aber er war nicht mein Freund.

Ich stand auf. »Ich muss jetzt gehen.« Ich war so dumm gewesen, so dumm. Ich war nicht Mr. Holmes' Vertraute. Ich war nicht seine Freundin. Ich war nichts weiter als ein geschwätziges Mädchen. Aber ich war noch schlimmer als das: Mr. Holmes glaubte, ich würde mich für besser als die anderen halten. Nichts könnte weniger der Wahrheit entsprechen – das war mein erster Gedanke. Und der zweite, der mir so rasch durch den Kopf schoss, dass ich mich fragte, ob er der Wahrheit näher kam, war, dass ich tatsächlich besser war. Ich wollte mich nicht allzu sehr auf das Leben im Camp einlassen, weil ich tief in meinem Inneren spürte, dass ich besser war als all diese Mädchen. Dass ich mehr wusste, mehr begriffen hatte, für eine andere Art von Leben bestimmt war.

Ich ging an ihm vorbei zum Garderobenschrank, rüttelte an dem Knopf, ich wusste nicht, wie man ihn öffnete, ich hatte ihn noch nie zuvor geöffnet. Wo war Emmy, sie hätte hier sein sollen, sie hätte uns stören, ihn aufhalten sollen. Ich hätte ihm gern gesagt, dass die andere Art von Leben, für die ich bestimmt war, keine bessere Art von Leben war. Dass ich in manchen düsteren Momenten alles gegeben hätte, um ungeschehen zu machen, was ich getan hatte.

Es rauschte in meinen Ohren, und deshalb hörte ich ihn erst, als er direkt hinter mir stand. Ich rührte mich nicht von der Stelle, nicht um alles in der Welt hätte ich mich umgedreht und ihn angesehen. Er fuhr mit einem Finger an meinem Rückgrat entlang.

»Du hältst dich immer so gerade, selbst wenn du dich anschleichst. Habe ich dir schon mal gesagt, dass mir das als Erstes aufgefallen ist, als dein Vater dich hergebracht hat? Deine tadellose Haltung.« Sein Finger glitt meinen Rücken hinab, verharrte an seinem Ende. »Vermutlich habe ich es dir nicht gesagt, oder? Ich hatte sicher keine Gelegenheit dazu. Leona wird von hier wegmüssen, Thea. Alles ist auseinandergefallen, alles fällt auseinander. Ich komme schon mit den Zeiten durcheinander.« Seine Stimme war weich geworden.

Ich drehte mich zu ihm um, und er berührte meine Wange. »Es tut mir leid, Thea. Offenbar neige ich dazu, gemein zu sein. Das ist alles falsch«, sagte er, und dann war er weg.

Ich öffnete den Garderobenschrank erst, als ich ihn oben hörte, über mir, in Deccas Zimmer. Ich versuchte, meinen Mantel zuzuknöpfen, aber meine Hände zitterten zu sehr. Sie zitterten sonst nie.

Ich verließ das Haus und ging zu meinem Bungalow. Ich

war allein, und obwohl ich wusste, dass alle anderen im Lesesaal waren, war ich dankbar. Alles war von Docey ordentlich aufgeräumt, unsere Nachthemden zusammengefaltet und in Schubladen verstaut, unsere Lotionen und Parfüms sorgfältig verschlossen und auf den Toilettentischen aufgereiht, die Betten am Morgen gemacht und nach der Mittagsruhe glatt gestrichen. Es gab persönliche Dinge: gerahmte Fotos, aus Zeitschriften ausgeschnittene Bilder, Schmuckschatullen aus dunkelrotem Samt. Hier lebten Gespenster, wir spukten in diesem Haus herum, hatten es nie richtig in Besitz genommen.

Ich fühlte mich überlistet. Seine Freundlichkeit hatte mir gefallen, und jetzt war diese Freundlichkeit verschwunden, aber ich wollte ihn immer noch. Ich wollte ihn sogar noch mehr, falls das möglich war.

Ich machte mir nicht die Mühe, die Decke über mich zu ziehen. Es war niemand da, niemand würde sehen, dass ich meinen Rock bis zur Taille hochschob, meine schmutzigen Schuhe auf die Flickendecke legte, meine Hand so grob bewegte, dass ich hinterher wund gescheuert war. Niemand hörte mich. Niemand sah das verschmierte Blut, niemand fragte, warum ich so lange aus dem Fenster starrte, was es da zu sehen gab. Nichts, nichts.

Auf den Stuhl am Toilettentisch setzte ich mich immer rittlings, wie im Sattel. Ich ritt selbst dann, wenn ich es nicht tat, meine Gedanken kreisten immer um Pferde. Höchstens zwei Stunden am Tag verbrachte ich im Sattel, die übrige Zeit befand ich mich auf dem Boden wie alle anderen, aber selbst dann, wenn ich mich auf meinen eigenen zwei Beinen bewegte, war mein Gang unsicher, als wäre ich gerade erst von einem Schiff an Land gegangen.

Ich war nicht aufzuhalten, jedes Hindernis nahm ich mit

einer Handbreit Abstand. Zwei Handbreit. Mr. Albrecht ließ mich für die anderen Gruppen vorreiten. So soll es aussehen. Du bist keine elegante Reiterin, sagte er einmal zu mir, du bist nicht anmutig, aber technisch bist du perfekt.

Ich wollte gewinnen. Leona machte es einem einfach, sie besiegen zu wollen. Im Nachhinein erkannte ich, dass ihre Freundlichkeit mir gegenüber mit meiner Genesungszeit zusammenfiel. Jetzt, wo ich eine Bedrohung für sie war, die einzige echte Bedrohung, ignorierte sie mich, wenn wir uns in der Burg begegneten. Letzte Woche hatte ich sie im Speisesaal mit Jettie kichern sehen. Ich hatte Jettie zugelächelt, sie hatte mir den Rücken zugekehrt, und Leona hatte mir über Jetties Schulter hinweg einen langen Blick zugeworfen, abschätzend, bevor sie Jettie schließlich etwas ins Ohr flüsterte und Jetties kräftiger Rücken vor Lachen bebte. Rasch hatte ich an mir heruntergeblickt, aber meine Kleidung war in Ordnung. Meine Wangen brannten, und ich hatte mich Eva zugewandt, ihr eine belanglose Frage gestellt und so getan, als wäre es mir egal.

Mir wurde klar, dass andere Mädchen sich wahrscheinlich die ganze Zeit fragten, was über sie geredet wurde. Was ich bislang nicht gekannt hatte, war das seltsame Gefühl, wissen zu wollen, was jemand anders über einen dachte, und es gleichzeitig nicht wissen zu wollen.

Meine enge Freundschaft zu Sissy war von Vorteil für mich gewesen, man mochte mich, weil man sie mochte, ich bekam etwas von ihrem Glanz ab und gab ihn für meinen aus. Im Grunde genommen wussten die anderen aber nicht viel über mich.

Beim Abendessen hatte Molly mich einmal damit aufgezogen, dass ich immer so ernst sei. Als ich im Speisesaal etwas Witziges gesagt hatte, hatten die Mädchen, mit denen Sissy und ich am Tisch saßen, gelacht und erstaunt gewirkt, dass ich komisch sein konnte. Jetzt erklärte mir Mr. Holmes, ich würde mich anschleichen. Wer schlich sich noch an? Tiere, Gauner.

Machten sich Leona und Jettie darüber lustig, dass ich so ernst war? Hielten sie mich für eingebildet?

Beim Training schnitt Leona mich zweimal. Und dann machte ich etwas Seltsames: Ich trabte mit Naari so dicht vor King vorbei, dass etwas von Kings Spucke auf meinem Stiefel landete. Ich wischte sie später weg, immer noch über mich selbst erstaunt.

Es war ungewöhnlich, dass zwei Mädchen aus dem dritten Jahr die Besten waren. Und es war bestimmt noch ungewöhnlicher, dass Leona voriges Jahr die Beste gewesen war, im zweiten Jahr. Außer Gates, Leona und mir gehörten alle anderen Mädchen in unserer Klasse zu den Älteren. Und obwohl Gates im Sattel eine sehr elegante Figur machte, war sie für eine Spitzenleistung zu nervös, zu unsicher.

Doch jetzt wollte ich ein Teil der Geschichte von Yonahlossee sein. Ich wollte bewundert werden, ich wollte, dass mein Foto an der Wand vor Mr. Holmes' Büro hing. Ich wollte, dass er jeden Tag ein Dutzend Mal an mir vorbeimusste, immer wenn er kam oder ging. Ich wollte, dass die Leute mich sahen und hübsch fanden, ja, aber auch mehr als hübsch, weil ich etwas auf eine Art beherrschte, wie nur wenige Menschen in ihrem Leben etwas beherrschten.

War es zu viel, das zu wollen? War es zu viel, ihn zu wollen? Ja und ja. Tief verborgen in meinem Kopf lauerte stets der hässliche Gedanke, dass ich glücklicher wäre, wenn ich nicht so viel wollen würde.

Kapitel 16

»Wann fahren wir nach Gainesville?«, fragte ich Mutter, während wir mein Bett abzogen.

»Ich weiß nicht – lass uns ein bisschen schneller machen, ja?«

Ich nahm Mutter die Laken ab und warf sie auf den Boden, zu dem Haufen Schmutzwäsche, der schon da lag. »So«, sagte ich, »meinst du, wir können bald fahren?«

Mutter warf mir einen kurzen Blick zu, aber sie wirkte geistesabwesend.

»Vielleicht könnte Georgie herkommen?«

Sie schlug ein Laken auseinander, klemmte es sich unters Kinn und strich mit der Hand die Falten glatt. Alles in einer fließenden Bewegung, sie war so geschickt in solchen Dingen, im Handumdrehen konnte sie eine Rüschenbluse zusammenlegen, in weniger als einer Minute das Hemd meines Vaters bügeln. Wir hatten Georgies Familie seit drei Wochen nicht gesehen, fast einen Monat. Ich wusste, dass es einen Grund gab, warum wir einander so lange nicht gesehen hatten. Mutter hatte es Sam erklärt. Aber ich wollte meinen Cousin sehen. Ich wünschte es mir so sehr.

»Warum macht das nicht Idella?« Ich nahm meiner Mutter die schnellen, geschickten Hände übel, die über das Bett huschten, mein Bett, das Laken einschlugen und unsichtbare Fusseln wegzupften, Staub, irgendetwas.

Sie ignorierte meine Frage. »Na also, fertig.«

»Isst Vater heute mit uns zu Abend?«

Sie war jetzt dabei, die Vorhänge auszuschütteln – in der Luft schwebten schimmernde Staubflöckchen.

»Auch das weiß ich nicht.«

»Dann will uns also niemand sehen?«

Sie drehte sich von den Vorhängen zu mir um. »Was meinst du damit?«

»Ich bin einsam.«

Sie setzte sich neben mich, ihr Atem roch nach Kaffee und der Lavendelzahncreme, die sie benutzte. Sie blickte sich in meinem Zimmer um, bevor sie schließlich sagte: »Dieses Haus übt einen Zauber auf Menschen aus. Das habe ich schon immer gedacht. Es ist so schön. Es ist so … wunderbar. Du wirst nie wieder in einem solchen Haus wohnen, Thea. Du solltest es lieben.«

»Ich liebe es ja«, sagte ich.

»Eines Tages wirst du einem Mann begegnen und dich verlieben und dorthin gehen wollen, wo er hingeht«, sagte sie, als läse sie laut ein Märchen vor, als würde sie mir gar nicht zuhören, »und du wirst dir selbst ein neues Zuhause schaffen müssen.«

»Mutter!« Ich zog an meinen Haaren. Ich konnte es nicht ausstehen, wenn sie das machte, einem die Worte im Mund umdrehte, wenn man einen Wunsch äußerte. Ich dachte an die breiten, kräftigen Hände meines Cousins. *Das* war alles, was ich mir wünschte. Keinen Ehemann. Sie sprach jedoch wie in Trance weiter.

»Du wirst einem Ehemann begegnen, Thea.« Mutter stand auf, und ich sah die Krähenfüße um ihre Augen, die Sorgenfalten auf ihrer Stirn. Ich schwieg, ging nicht auf sie ein.

»Und du musst aufpassen, dass du den richtigen wählst. Es wird dir wie ein Spaß vorkommen, aber das ist es nicht. Ganz und gar nicht.«

»War es bei dir so?«, fragte ich. »Unspaß?«

Sie lächelte und schüttelte den Kopf. »*Unspaß* ist kein richtiges Wort, Thea. Es war richtig für mich – sieh dir das Ergebnis an.«

Sie deutete mit einer ausholenden Geste auf das Zimmer und hielt bei mir inne, als wollte sie sagen – du, du bist es, was ich bekommen habe. Was vermutlich auch der Fall war.

Dann kam Georgies Familie in der darauffolgenden Woche doch. Mutter erzählte es uns beim Frühstück, als wäre es nicht ungewöhnlich. Und vielleicht war es das auch nicht. Das Geld, das Onkel George sich geliehen hatte, hatte das Loch gestopft, das gestopft werden musste, wie Klebstoff, wie das Heu, das ich in einen Riss in der Stallwand steckte.

Die Begrüßung fand auf der vorderen Veranda statt, ich wurde geküsst, mit Ausrufen bedacht.

»Das perfekte Wetter«, verkündete Mutter. Das Wetter war perfekt, die kurze Frühlingsphase, die uns vergönnt war, bevor die unerträgliche Hitze des Sommers über uns hereinbrach. Aber eigentlich fand Mutter es langweilig, über das Wetter zu reden. Ich merkte, dass sie versuchte, fröhlich zu sein, dass sie versuchte abzulenken.

Ich sah Georgie bewusst nicht an, während ich mit meiner Tante und meinem Onkel sprach.

Die Erwachsenen gingen ins Haus, und übrig blieben nur wir drei, wie gewohnt. Ich strich mit den Händen über die Rückseite meines Kleids, um mich zu vergewissern, dass ich nicht durchgeblutet hatte, eine so oft ausgeführte Bewegung, dass ich sie inzwischen unbewusst machte. Im Moment hatte ich meine Tage zwar noch nicht, aber sie hatten sich noch nicht eingependelt, wie Mutter es ausdrückte, deshalb konnte es jederzeit anfangen. Ich fragte mich, ob andere Mütter die Körper ihrer Töchter auch so genau überwachten.

»Lasst uns rausgehen«, sagte Sam. »Ich nehme mein Zelt mit, und Idella kann uns was fürs Mittagessen einpacken und …« Während uns Sam seinen Plan erläuterte, suchte ich zum ersten Mal Georgies Blick. Er suchte meinen, sollte ich wohl besser sagen. Ich wartete darauf, ein Funkeln zu sehen:

Ich war beinahe verrückt vor Verlangen. Sollte ich es so nennen? Oder Lust. Ein besonderes Sehnen. Ich wusste nicht, wie es sein würde.

»Nein, Sam«, sagte Georgie und wandte den Blick von mir ab. »Heute nicht. Ich werde im Haus bleiben und Hausaufgaben machen.«

Georgies Stimme klang grausam beiläufig. Von einer Sekunde auf die andere überkam mich Reue. Ich wollte, dass Georgie nett war, ich wollte nicht, dass Sam verletzt wurde, ich wollte, dass alles so war wie immer.

»Warum?«, fragte Sam enttäuscht. Er sah von mir zu Georgie, als versuchte er, die Teile zusammenzusetzen. Aber ich wollte kein Teil eines Puzzles sein. Plötzlich war ich wütend auf Georgie. Er sollte Sam nicht reizen. Er sollte ihn nicht zum Nachdenken bringen.

Wir warteten beide, dass Georgie etwas sagte. Ich wollte nichts sagen, das hätte bedeutet, mich für eine Seite zu entscheiden, und welche sollte das sein? Ich sah zu Sam, erst gestern hatte ihm Mutter die Haare geschnitten. Dann zu Georgie, dessen Blick ruhig auf Sam gerichtet war.

»Warum?«, äffte Georgie Sam nach. Mir drehte sich der Magen um, wirklich – ein Salto unter meiner Haut. »Weil ich nicht so tun will, als hätte ich Lust zu zelten. Ich will heute überhaupt nicht so tun, als ob.«

»Georgie!«, sagte ich, und die beiden sahen mich an, mein Bruder und mein Cousin. Ich schüttelte den Kopf. »Nichts. Ich komme mit, Sam.« Ich stand auf.

Sam schüttelte den Kopf. Es war zu spät. »Nein«, sagte er, »ich geh allein.«

»Thea«, sagte Georgie, nachdem Sam im Haus verschwunden war, aber ich war so wütend, dass mir übel war.

»Warum hast du das gemacht?«, fragte ich. »Warum?«

Er setzte zu einer Antwort an, aber ich wollte sie nicht hören. Leise schlüpfte ich ins Haus, für den Fall, dass die Erwachsenen in der Nähe waren, ich wollte Sam folgen, aber er war bereits weg. Ich hätte ihn finden können, wenn ich gewollt hätte, ich kannte alle Stellen, zu denen er gegangen sein könnte. Aber wenn er nicht gefunden werden wollte, hatte es keinen Sinn, nach ihm zu suchen.

Ich nippte an Mutters Champagner, während sich die Erwachsenen unterhielten. Onkel George hatte erklärt, es sei vier Uhr nachmittags, irgendwo sei Cocktailstunde. Der Tod ihrer Mutter hatte eine der Schwestern von Tante Carrie sehr mitgenommen, ihre andere Schwester dagegen wurde besser damit fertig, als alle erwartet hätten. War es nicht immer wieder erstaunlich, sagte meine Mutter, wie sich jemand verhielt, nachdem er jemand Nahestehenden verloren hatte.

»Wo sind die Jungen?«, fragte Onkel George.

»Draußen, glaube ich«, sagte ich, obwohl ich es nicht wusste. Nach der Auseinandersetzung am Vormittag waren sie beide verschwunden.

»Jagen«, sagte Vater. Er blickte auf sein Glas, das er wie ein Kind mit beiden Händen hielt.

»Wehrlose und Unschuldige verstümmeln«, sagte Onkel George, und dann ließ er den Glasstöpsel der Karaffe, den er in der Hand gehalten hatte, auf den Beistelltisch fallen, den man besonders pfleglich behandeln musste. Die Oberfläche war so oft lackiert und poliert worden, dass man in dem rötlichen Mahagoni das eigene verschwommene Spiegelbild sah.

Das hatte Vater nicht gemeint. Er hatte sagen wollen, dass sie Tiere für Sams Terrarien jagten, nicht, um sie zu töten. Aber sie taten weder das eine noch das andere.

»Hoppla«, murmelte Onkel George und verschüttete etwas Whiskey auf dem Teppich. Mutter wollte ihm zu Hilfe eilen, er hob jedoch abwehrend die Hand. Rasch nahm er seine Serviette und tupfte den verschütteten Alkohol auf, statt ihn zu verreiben, was Flecken hinterlassen hätte.

»Du machst das gut«, sagte ich.

»Thea«, sagte mein Vater in scharfem Ton. Ich drehte mich weg. Im Moment war ich nicht ganz ich selbst, und es fiel mir schwer, nett zu Onkel George zu sein, der seinem Sohn so ähnlich sah. Ich hielt es zwar nicht für wahrscheinlich, aber irgendwo in meinem Kopf geisterte dennoch eine Idee herum: Georgie würde Sam suchen, ihm von uns erzählen, und es wäre alles vorbei.

Onkel George lachte. »Schon gut. Eigentlich könnte ich mir noch einen genehmigen, wenn ich schon dabei bin«, sagte er und goss sich großzügig ein.

Wir schwiegen eine Weile. Mein Vater starrte in sein Glas. Mutter musterte den Teppich; ich wusste, dass sie sich sehnlichst wünschte, ihn richtig säubern zu können. Durch Sam und seine Tiere war ich mit dem Begriff der Selbsterhaltung vertraut. George würde nichts erzählen, weil er damit auch sich selbst geschadet hätte.

»Thea«, sagte Onkel George, und das Glas meines Vaters begann zu zittern. »Thea, du wirst allmählich furchtbar hübsch.«

»Danke.«

»Sie sieht genauso aus wie ihre Mutter in dem Alter. Sie ist ihr wie aus dem Gesicht geschnitten. Findest du nicht?«

Mein Vater sah mich kurz an und zuckte mit den Schultern. »Das weiß ich nicht. Ich kannte Elizabeth in dem Alter noch nicht, schon vergessen? Und du auch nicht.«

»Es stimmt«, sagte meine Mutter und berührte das Ende meines Zopfs. Ich wusste, dass sie meinen Vater abzulenken versuchte, aber ich wollte nicht, dass sie mich anfasste. Und außerdem sah ich nicht aus wie sie. Ich würde niemals so hübsch sein. Aber das machte nichts – was hatte es ihr gebracht? Ein Haus im Nirgendwo. »Vor allem meine Haare. Die Stirn hat sie von Felix, man sieht es immer deutlicher.«

Vater lächelte, als hätte sie einen Witz gemacht, den nur er verstand.

»Es ist interessant«, fuhr sie fort, »sich Fotos anzusehen und festzustellen, wie man sich Jahr für Jahr verändert.«

»Ach ja?«, sagte Tante Carrie. »Mir kommt es immer eitel vor, wenn ich mir Fotos von mir selbst ansehe. Außerdem ist es langweilig.« Ich sah Tante Carrie erschrocken an. So hatte ich sie noch nie mit meiner Mutter sprechen hören.

Mutter betrachtete stirnrunzelnd den Rand ihres Champagnerkelchs, als wäre er die interessanteste Sache der Welt. Sie war den Tränen nahe. Tante Carrie starrte auf den Kamin, leer, sauber gefegt, und die Männer taten gar nichts.

Mein Vater brach das Schweigen. »Du bist ziemlich hübsch, Thea«, sagte er. »Ein kluges, hübsches Mädchen.«

»Die ganze Welt liegt ihr zu Füßen«, sagte Onkel George mit lauter werdender Stimme, er wollte seinem Bruder helfen, die düstere Stimmung zu vertreiben, die sich ausgebreitet hatte.

»Ich wette, dass du nächstes Jahr um diese Zeit zwanzig Verehrer hast«, sagte Onkel George. »Dreißig.«

»Das glaube ich nicht«, sagte mein Vater humorvoll. »Nicht in meinem Haus.«

»Ich will keine Verehrer«, sagte ich.

»Das wird sich ändern«, sagte Tante Carrie. Ihre Stimme klang seltsam. Ich fragte mich, wie viel sie schon getrunken hatte.

»Ja«, sagte Onkel George. »Natürlich.«

Ich hörte die Fliegengittertür zuschlagen.

Sam kam zuerst herein. Er ging zum Couchtisch und nahm sich eine Handvoll Käsegebäck, dann schnippte er gegen meinen Zopf, und die Erleichterung, die ich verspürte – sie fühlte sich an, als hätte ich noch einmal eine Chance bekommen.

»Immer eins nach dem anderen«, sagte Mutter, und Sam nickte, stopfte sich aber weiterhin den Mund voll.

Georgie kam herein, suchte meinen Blick und lächelte, dann ließ er sich neben Sam nieder – zu seinen Füßen, weil kein Stuhl mehr frei war –, und sie setzten eine Unterhaltung fort, die sie anderswo begonnen hatten, sprachen über einen Badeteich in Gainesville. Und dann begannen auch die Erwachsenen, sich zu unterhalten, über alles und nichts, und ich hätte weinen können vor Erleichterung, dass Georgie nichts erzählt hatte.

Die Unterhaltung der Erwachsenen war jedoch nicht ungezwungen, sie klangen angespannt, mit den Gedanken woanders. Ich merkte, dass Georgie abgelenkt war, während er so tat, als würde er meinem Bruder zuhören. Er beobachtete die Erwachsenen, und zwar sehr genau. Er ertappte mich dabei, dass ich ihn anstarrte, und grinste auf eine Weise, dass es mir kalt über den Rücken lief. Es hatte etwas damit zu tun, wie er seine Aufmerksamkeit von ihnen mir zuwandte, als bestünde eine Verbindung zwischen uns.

In diesem Moment begriff ich, dass meine Familie nie etwas von meinem Geheimnis erfahren durfte. Geld – Geld, wo Geld nichts zu suchen hatte – hatte uns beinahe ruiniert. Ich begriff, dass Liebe, wo Liebe nichts zu suchen hatte, noch viel schlimmer wäre. Nein, sie durften es einfach nicht erfahren. Aber das bedeutete nicht, dass ich damit aufhören würde.

Nachdem ich eine Stunde lang auf meinem Bett gelegen hatte, während alle anderen im Haus schliefen, und meine Ungeduld der Verzweiflung gewichen war, öffnete sich die Tür, und Georgie gab mir ein Zeichen, ihm zu folgen. Er trug seine normale Kleidung, gedankenlos, meinem Bruder wäre es aufgefallen. Gnädigerweise gab die Treppe kein Geräusch von sich. Jemand hatte die Reste einer Limonentorte vom Esszimmer in die Küche gebracht und auf den Tisch gestellt, mittlerweile eine klebrige, unappetitlich zerflossene Masse.

Um ein Haar hätte er die Fliegengittertür zufallen lassen, und ich verspürte einen Anflug von Ärger. Ich fing sie auf und schloss sie leise.

Nebel war aufgezogen und machte die Welt undurchdringlich. Ich ging langsamer, machte vorsichtigere Schritte. Georgie stapfte voraus, wurde von dem Weiß um uns herum beinahe verschluckt.

Wir waren beide barfuß, und ich hatte Angst, ich könnte auf einen spitzen Stein treten, während wir blind zum Stall gingen. Aber nicht so viel Angst, dass ich umgekehrt wäre und meine Schuhe geholt hätte oder vorher beim Verlassen des Hauses stehen geblieben wäre, um sie anzuziehen. Nicht so viel Angst, dass ich Georgie hätte warten lassen.

Abwechselnd verschwand er im Nebel und tauchte wieder auf, ich sah eine Hand aufblitzen, einen Ellbogen, dann wieder nichts mehr. Er war ein Fremder für mich, deshalb konnte ich es tun, konnte mich wie ein Mädchen benehmen, das Schande über seine Familie bringen würde.

Im Stall angekommen, ging ich zuerst zu Sasi. Bevor mein Gehirn mein Herz einholte, dachte ich, er wäre weg. Doch dann sah ich, dass er sich hingelegt hatte, schlief, seine knubbeligen dünnen Beine vorsichtig unter sich angezogen.

»Thea?«

Ich drehte mich um und legte einen Finger an die Lippen,

aber Sasi richtete sich bereits auf und demonstrierte dabei, wie unpraktisch ein Pferdekörper war, wie schwach und unzulänglich seine Beine waren.

»Warum hast du das gemacht?«, fragte ich.

»Was?«

»Stell dich nicht dumm«, sagte ich. Ich legte eine flache Hand auf seine Brust und spürte sein Herz gegen Knochen und Haut hämmern.

»Ach, das.« Er berührte meinen Finger. Ich fragte mich, ob er durch meine Hand sein Herz ebenfalls spürte. »Er ist manchmal einfach kindisch.« Ich wollte etwas sagen, und er legte einen Finger auf meine Lippen, dann steckte er ihn mir in den Mund. Er schmeckte nach Erde, das gefiel mir. »Ich werde nett zu ihm sein, mach dir keine Sorgen.«

Ich machte mir keine Sorgen. Es gab andere Dinge, an die ich dachte. Sasi stellte neugierig die Ohren in unsere Richtung auf, und dann küsste Georgie meinen Hals, leckte ihn, und in meinen Ohren begann es zu rauschen, und er strich mit seinen breiten Händen über meine Brüste, und das Rauschen ließ nach und verwandelte sich in ein fernes Summen. Georgie fuhr mir mit den Fingern sanft durch die Haare, und ich dachte an meine Mutter, die der einzige Mensch war, der das sonst tat.

»Du bist wirklich«, sagte er, hielt inne, um den obersten Knopf meines Nachthemds aufzuknöpfen, und strich mit der Hand nach unten, »sehr schön.«

Er führte mich zu einer Box, schob den Riegel zurück und schob mich hinein. Auf dem festgestampften Boden hatte er bereits eine Decke aus dem Haus ausgebreitet, eine gute Decke, aus Mutters Beständen.

Ich deutete auf die Decke. »Die darfst du keinesfalls hier liegen lassen. Mutter wird es merken.«

Er schüttelte den Kopf und schloss die Tür, der vertraute

Klang von Metall auf Metall. Dann drehte er sich wieder zu mir, seine Erektion drückte gegen seine Hose, wie ein Tumor, eine Geschwulst. Er drängte mich in eine Ecke und presste seinen Unterleib an mich. Seine Hose war aus dickem Wollstoff – eine Winterhose. Mein Nachthemd war aus dünner Baumwolle. Ich spürte alles, seine Empfindungen wurden gedämpft. Ich schloss die Augen und schaffte es beim zweiten Versuch, Georgies Hose aufzuknöpfen, griff hinein und war erneut überrascht, wie weich und zart sich sein Penis anfühlte.

Dort, wo mein Gehirn hätte sein sollen, zuckten kleine Blitze, als hätte es für sie Platz gemacht. Wir lagen auf der Decke, Georgie auf mir, mein Nachthemd war bis zur Taille hochgeschoben, und Georgies Penis berührte mich, er war glitschig, weil ich feucht war und er meine Beine auseinandergeschoben und seinen Penis gegen die feuchte Stelle gedrückt hatte. Plötzlich fühlte er sich zwischen meinen Beinen sehr groß an, beinahe schmerzhaft, und ich wollte nicht, dass das geschah, noch nicht, nicht auf diese Weise, deshalb stieß ich ihn von mir herunter, mit einer einzigen Bewegung, und er sah mich überrascht an. Ich war ebenfalls überrascht, aber ich schlang meine Beine um seinen Oberschenkel und bewegte mich hin und her, während ich gleichzeitig meine Hand an seinem Penis auf und ab gleiten ließ. Meine Beine und meine Hände hatten denselben Rhythmus, aber es war nicht der richtige, ich tat zwei Dinge gleichzeitig, und nichts davon stimmte. Deshalb bewegte ich mich schneller, und der heftige Schmerz zwischen meinen Beinen ließ kurz nach, bevor er explodierte, und dann fasste ich Georgie einen Augenblick lang nicht an. Ich sah jetzt wieder klarer, ich sah, dass Georgie mich betrachtete, die Hände hinter dem Kopf verschränkt, als würde er an einem klaren Tag in den Himmel blicken. Ich lächelte ihn an. Dann begann ich dort weiterzumachen, wo ich aufgehört hatte.

Ich erinnere mich daran, dass ich mir sehr erwachsen vorkam, zum ersten Mal in meinem Leben.

Als ich gegen Mittag vom Golfballschlagen mit Georgie und Sam ins Haus kam, traf ich auf Mutter, die den ganzen Vormittag oben gewesen war. Onkel George war mit Vater unterwegs, und Tante Carrie machte sich seit gestern rar.

Mutter lächelte mir zu und widmete sich dann wieder ihrer Zeitung, die Brille, die sie zum Lesen von Kleingedrucktem aufsetzte, rutschte ihr auf die Nasenspitze. Ich nahm drei Sandwiches von dem Teller, den Idella auf den Tisch gestellt hatte.

»Gehst du heute nicht reiten?«

»Wir spielen Golf.«

Mutter nickte bedächtig.

Ich wollte ihr nicht sagen, dass ich heute Morgen wieder meine Tage bekommen hatte. Das war etwas Persönliches. »Wir sind nicht besonders gut«, fügte ich hinzu.

Sie griff unter den Tisch. Zuerst wusste ich nicht, was sie tat, bis ich sah, dass auf ihrem Arm das Gewicht der Decke lag.

»Die lag draußen«, sagte sie. Sie schob ihre Brille nach oben. Sie setzte sie nicht gern auf, aber Vater meinte, sie würde ihren Augen schaden, wenn sie es nicht täte.

»Ach?«

»Im Stall. Vielleicht haben Sam und Georgie sie benutzt, zum Jagen? Du warst es wohl nicht? Sam müsste eigentlich wissen, dass er nicht die guten Decken nehmen soll. Das ist eine alte Kutschendecke, älter als du, älter als du und Sam zusammen.«

Ich nickte, und nachdem ich Sam und Georgie die Sandwiches gebracht hatte, ging ich auf die vordere Veranda, murmelte etwas von der Post und setzte mich auf die Treppe.

Ich blickte auf die Straße, die nur zweimal am Tag benutzt wurde: wenn mein Vater wegfuhr und wenn er zurückkam. Ich war dumm gewesen. Ein dummes, dummes Mädchen. Ich war verzweifelt. So fühlt es sich an, wenn man verzweifelt ist, flüsterte ich mir selbst zu. Hör auf damit!

Wenn Sam einen Verdacht hegte, wenn er das Geheimnis nicht länger für sich behalten konnte und sich Mutter anvertraut hatte, wenn, Sam einmal beiseitegelassen, Mutter selbst etwas gesehen hatte, durch eines der Hunderte, Tausende Fenster geblickt hatte, die es in diesem Haus gab – am Glas haben wir nicht gespart, sagte Vater immer, eure Mutter liebt das Licht –, wenn sie in meine Welt mit Georgie geblickt hatte und wenn er in dieser Welt in diesem Moment meine Wange berührt hatte, mich geküsst hatte, in meinen Daumen gebissen hatte … wenn, wenn, wenn.

Kapitel 17

Als ich ihn das nächste Mal sah, war es dasselbe: Er schickte Decca weg und ließ sich von Emmy einen Drink bringen. Einen Moment lang saßen wir schweigend da, dann fing er an zu sprechen.

»Die ersten Mädchen bewerben sich fürs nächste Jahr.«

»Ist das Auswahlverfahren streng?«

Er lächelte. »Manchmal.«

»Werden wir aus Tausenden ausgewählt?«

»Du nicht«, sagte er, »aber ein wenig ausgewählt wird schon.«

Von oben hörten wir Emmys scharfe Ermahnung und Deccas hysterisches Kichern. Nachmittags führte sie sich oft so auf, wie ein Pferd, das seit Tagen in seiner Box eingesperrt gewesen war. Gleich darauf hörte ich, wie sich die Haustür öffnete und schloss. Durch das Fenster erhaschte ich einen Blick auf Emmy, die Decca über den Hof führte.

Mr. Holmes saß in seinem Ledersessel, ich auf einem Sofa, ein, zwei Schritte von ihm entfernt.

»Wonach wählen Sie aus?« Ich legte eine Hand auf das Sofa, als könnte ich die Distanz zwischen uns damit überbrücken.

»Verwandtschaftliche Beziehungen. Wenn deine Schwester hier war oder deine Cousine. Der familiäre Hintergrund. Wir wollen keinen Staat benachteiligen. Wobei wir nicht weiter nördlich als bis nach St. Louis gehen. Und dann ist mir wichtig, dass wir uns das Mädchen selbst ansehen. Und was die Eltern von ihrem Aufenthalt hier erwarten.«

»Was ihre Eltern erwarten«, wiederholte ich.

»Ja. Sie schreiben den Brief, sie beantworten die Fragen bei der Bewerbung. Normalerweise der Vater. Überrascht dich das?«

Ich schwieg.

»Es ist schlimm, wenn einem alle Entscheidungen abgenommen werden. Ich vermute, du kennst das.« Er hatte genau gewusst, was ich gedacht hatte, und hatte es besser formuliert, als ich es gekonnt hätte. Aber er erschien mir heute abwesend.

»So war es nicht immer.« Ich lächelte über meine eigenen Worte – warum verteidigte ich meinen Vater? Mr. Holmes sah mich jedoch erwartungsvoll an, also fuhr ich fort. »Bis sie mich hierhergeschickt haben, hatte ich nie das Gefühl, dass etwas über meinen Kopf hinweg entschieden wurde.«

»Hierher«, sagte er gedankenverloren.

»Gefällt es Ihnen hier?«, fragte ich. Er starrte ins Leere.

»Ja«, sagte er schließlich. »Im Grunde schon. Ich sage mir, dass bei den raschen Veränderungen in der Welt die Bildung von Mädchen immer mehr an Bedeutung gewinnen wird. Aber offen gestanden fiel mir meine Stellung hier in den Schoß, und es ist ein gutes Leben und für die Mädchen ein guter Ort. Auch wenn ich die meiste Zeit denke, ich würde lieber ein Buch lesen.« Er schloss die Augen und rieb sich die Schläfen. »Wenn man jung ist, glaubt man nicht, dass man einfach so in ein Leben hineinrutscht. Aber das«, sagte er, hob den Kopf und sah mich an, »ist genau das, was passiert.«

Ich stand auf und ging schnell zu ihm, bevor ich es mir anders überlegen konnte. Ich setzte mich neben ihn, auf den wenigen Platz, der auf dem Sessel noch war. Und was brachte mich dazu, das zu tun, was ich als Nächstes tat? Wenn ich weggegangen wäre oder einfach nichts gemacht hätte –

nun, ich bin sicher, Mr. Holmes hätte mich nicht angefasst. Das letzte Mal hatte er mich angefasst, ja, aber heute hatte ich den Eindruck, er würde es nicht tun, heute hatte ich das Gefühl, wir würden die gestrigen Sünden auslöschen. Aber ich wollte nicht, dass sie ausgelöscht wurden. Wenn er seine Berührungen auslöschen würde – dann würde er mich auslöschen, Thea, den kleinen Anteil, den ich an seinem Leben hatte. Also legte ich ihm eine Hand aufs Knie und schmiegte mein Gesicht an seine Jacke.

Er entzog sich mir nicht. Dieser Moment war so unfassbar schön, dass ich ihn beinahe nicht ertrug, ein zu großes Geschenk. Zuerst war er angespannt, dann spürte ich, wie er sich entspannte. Wenn ein Yonahlossee-Mädchen ins Zimmer gekommen wäre und uns gesehen hätte, wäre sie schockiert gewesen, einen kurzen Moment lang, aber dann hätte sie gedacht, dass Mr. Holmes mich tröstete, dass ich mich aufgeregt hatte und der Rektor mir Trost spendete.

Vielleicht machte ich mir auch selbst etwas vor. Vielleicht hätte sie genau gewusst, was sie da sah.

»Es ist schön hier.«

»Ja, Thea.« Er legte mir eine Hand auf die Wange. Seine Stimme zitterte. »Wir dürfen das nicht«, sagte er.

»Wir tun es«, murmelte ich in sein Hemd. Ich hatte richtig vermutet, was seine Gefühle für mich anging.

Er stand auf und sah mich an. »Du hast mir Trost geschenkt. Ich weiß nicht, warum. Es ist nicht richtig. Weißt du, wie schlimm es im Land aussieht?« Seine Miene war schmerzerfüllt. »Das Camp wird vielleicht schließen, Thea. Hoffen wir, dass Mrs. Holmes ein Wunder bewirkt, denn wir bitten die Leute um Geld, das sie nicht haben oder das sie für sich behalten wollen.« Er schüttelte den Kopf. »Wollen wir hoffen, dass dem nicht so ist, hoffen wir, dass das einfach das schlimmste Jahr für uns alle ist. Du kannst von Glück reden, dass du schon so früh dieses schlimmste Jahr erlebst. Auf dich warten nur noch Jahre voller Hoffnung.«

Ich lachte, dann stand ich auf, sodass wir uns ins Gesicht sahen, Mr. Holmes und ich. Er hob eine Hand, und ich dachte, er würde mich vielleicht berühren, aber dann strich er sich die Haare aus der Stirn, und ich sah, dass seine Hand zitterte, und ein Schauer der Erregung überlief mich: Seine Hand zitterte meinetwegen.

»Warum lachst du, Thea?«, fragte er leise. »Unser aller Leben bricht auseinander. Was willst du? Was ich in diesem Moment will, weiß ich. Wenn es da draußen nicht so schlimm aussehen würde, würde ich es vielleicht weniger wollen. Aber Verzweiflung bringt Menschen dazu, verzweifelte Dinge zu tun. Stimmt das nicht? Sag mir, dass es stimmt.«

Statt einer Antwort küsste ich ihn. Selbst in diesem Moment war ich erschrocken über meine Unverfrorenheit, aber auch froh darüber. Er war so viel besser als Georgie, entschlossen und sanft. Georgie war manchmal grob. Mr. Holmes trat einen Schritt zurück, und ich wusste nicht, ob er von mir wegging oder wollte, dass ich ihm folgte.

»Nehmen Sie mich mit?«, flüsterte ich. Einen Moment lang ruhte sein Blick auf mir, dann wandte er den Kopf ab und sah zum Fenster hinaus, und ich wusste, dass er einen Entschluss fasste.

»Wohin möchtest du?« Seine Stimme war ernst.

Wenn ich nicht antwortete, dann deshalb, weil seine Frage wohl keiner Antwort bedurfte. Denn ich wusste genau, wohin ich wollte. Ich wollte bei ihm sein, egal, wo.

Nach hundert Sekunden, zweihundert, führte er mich schließlich hoch in sein Bibliothekszimmer. Er bewegte sich rasch, beinahe hektisch, als wäre er überrascht über den Verlauf, den der Nachmittag nahm. Er schloss die Tür hinter uns, und ich warf einen Blick auf die Bücher, die an den Wänden standen, bevor er mich auf das Sofa legte. Er zog mich an sich, und bei der Berührung seiner Hand auf meinem Rücken wäre ich beinahe ohnmächtig geworden. Ich seufzte, und er küsste mich. Am Schluss lag er auf mir. Er küsste meinen Mund, mein Gesicht, meinen Hals. So war ich noch nie geküsst worden. Ich war hilflos, meine Arme von seinem Gewicht an meine Seiten gedrückt, auf wunderbare Weise hilflos.

Mr. Holmes bot Trost. Aber ich auch. Wir trösteten uns gegenseitig.

Leona erwischte mich, als ich das Haus verließ und den Weg zum Augusta House einschlug. Ich versuchte, sie zu ignorieren, aber heute ließ sie sich nicht ignorieren.

»Das Wetter wechselt«, sagte sie und ging neben mir her. Ich erwiderte nichts. »Ich will King besuchen«, sagte sie, als wir den Bungalow beinahe erreicht hatten. »Willst du mitkommen?«

Die anderen Mädchen verschwanden in ihren Bungalows. Ich hatte nur eine leichte Strickjacke an und knöpfte sie jetzt wegen der Kälte zu. Den ganzen Tag über hatte sich ein Sturm angekündigt. Es war einer jener Tage, die wie eine Drohung erschienen.

Ich spürte noch immer das Gewicht von Mr. Holmes auf mir, selbst als ich über den großen Platz ging, selbst als ich hier stand und überlegte, was ich Leona sagen sollte, als müsste ich einen Rest dessen, was wir getan hatten, weiter mit mir tragen. Ich fühlte mich verändert.

»Warum?«, fragte ich.

»Warum? Ich dachte nur, es würde dir vielleicht gefallen. Ich dachte …«

»Hör auf. Ich dachte, dass wenigstens du keine Heuchelei duldest. Also lass es bitte bleiben.«

Etwas änderte sich an Leonas Haltung. »Gut«, sagte sie kühl.

Sie sah einer Gruppe von Mädchen hinterher. Dass sie ein solches Gespräch überhaupt nicht zu berühren schien, machte mich wütend. Erneut hatte ich den Impuls, sie anzufassen, zu verletzen.

Sie legte den Kopf schräg. »Ich vermute«, sagte sie, »dass du gerade was anderes im Kopf hast. Du hast immer so viel um die Ohren, Thea.« Sie hielt inne, und ich wusste, dass sie jetzt das Schlimmste sagen würde, der Grund, warum sie überhaupt mit mir gegangen war. »Warum wurdest du gleich noch mal von zu Hause weggeschickt?«

Sprachlos stand ich da, dümmlich, mir meiner Hilflosigkeit bewusst.

Ich sah Sissy die Treppe zur Burg herunterkommen und ging, rannte fast an Leona vorbei auf sie zu. Sie hatte mich zutiefst getroffen.

Leona rief: »Ach, ich vergaß. Du bist ja kein Mädchen mehr. Du bist jetzt erwachsen, oder? Nachdem du seit Neuestem so viel Zeit mit Erwachsenen verbringst.«

Gehst du nicht bald von hier weg? Die Worte lagen mir auf Zunge. Aber ich konnte sie nicht aussprechen. Selbst mir kamen sie zu gemein vor.

Wir sahen Leona hinterher, die zwischen den Bäumen verschwand.

»Sie geht zu King«, murmelte ich.

»Hast du schon gehört?«, fragte Sissy.

»Was gehört?« Ich dachte, sie würde sagen, dass Mrs. Holmes zurückkam.

»Das von Leona.«

»Nein.« Erleichterung überkam mich. Ich hatte noch Zeit.

»Sie wird Anfang des Sommers weggehen. Und King bleibt, wenn sie geht.«

»O nein«, sagte ich. Ich war entsetzt. Dass sie ihr Pferd hierlassen musste, obwohl sie nichts falsch gemacht hatte. Ich hatte Sasi zwar auch verlassen müssen, aber ich war sowieso zu groß für ihn geworden. Und trotzdem war ich sehr traurig gewesen. Insgeheim freute ich mich jedoch auch ein bisschen über Leonas Unglück. Sie war schrecklich, und vielleicht widerfuhren ihr deshalb schreckliche Dinge. »Wie schrecklich«, sagte ich, weil Sissy noch eine Antwort zu erwarten schien.

»Weniger schrecklich als das, was mit ihrer Familie passiert ist«, sagte Sissy und sah mich auffordernd an, und obwohl ich anderer Meinung war, sagte ich nichts. King zu verlieren, war natürlich das Schrecklichste, was Leona passieren konnte.

Als ich Mr. Holmes das nächste Mal sah, führte er mich wieder in sein Bibliothekszimmer und schloss die Tür, und ich streckte die Hand aus, um ihn zu berühren, aber er hielt sie fest. Selbst das, seine Hand auf meiner, war aufregend.

Er hielt meine Hand, als wollte er ein Kind aufhalten, so empfand ich es. Er fragte damit, ob ich es sein lassen wollte. Aber ich wollte es nicht sein lassen.

»Ist Emmy weg?«, fragte ich.

»Ja, weg«, wiederholte er. »Mit Decca.«

Da küsste ich ihn, und die Vorstellung, dass wir es sein ließen, dass wir uns nicht mehr berührten, löste sich in Luft auf.

Er küsste meinen Hals und knöpfte den obersten Knopf meiner Bluse auf. Seine Hand zitterte, und ich berührte sie.

»Du bist bezaubernd, Thea«, sagte er. Seine tiefe Stimme zitterte.

Er drückte meine Hand an seine Wange und hielt sie dort einen Moment lang fest, während er mir ins Gesicht sah, und noch nie hatte ich mich so wahrgenommen, so geachtet gefühlt.

Dann entzog ich ihm die Hand und fing an, meine Bluse

aufzuknöpfen, offenbarte mich ihm Stück für Stück, und der Moment war so voller Zärtlichkeit, so völlig anders als alles, was ich je erlebt hatte. Mr. Holmes berührte meine Brüste, und dann drückte er sich an mich und ließ sich zu Boden sinken, sodass er vor mir kniete.

Die Welt heute war dunkel, winterlich, einer von den Tagen, die es in Florida nie gab. Ich konnte von seinem Fenster aus nur die Berge sehen, der Rest des Camps war außerhalb meines Blickfelds.

»Thea«, sagte er und nahm meine Hände, »willst du das wirklich?« Seine Stimme war freundlich, sanft. Ich wollte ihm etwas Gutes tun, ich wollte, dass er mir etwas Gutes tat.

Ich nickte. »Ja«, sagte ich und traute kaum meiner Stimme. »Ja.«

Er schob seine Hand unter meinen Rock und ließ sie an meinem Oberschenkel hinaufgleiten, bis sie den Rand meines Schlüpfers erreichte.

»Zieh das aus«, murmelte er, und ich ließ ihn zuerst meine Strümpfe hinunterziehen, dann meinen Schlüpfer. Ich fühlte mich völlig entspannt, schläfrig, aber nicht müde. Er streichelte die Innenseite meines Oberschenkels.

Ich stützte mich auf seine Schultern, um nicht das Gleichgewicht zu verlieren, und er sah zu mir hoch, und ich begriff, dass es für uns beide jetzt sehr schnell gehen würde.

»Öffne deine Beine.« Ich tat es. Er schob einen Finger in mich, und ich spannte mich an.

»Tut dir das weh?«

Ich schüttelte den Kopf.

»Komm«, sagte er und zog mich neben sich auf den Teppich. Er legte sich neben mich und öffnete seine Hose. Wieder glitt sein Finger in mich, dann noch einer, und er schob meinen Rock hoch.

»Ja«, sagte er. »Ich kann dich sehen. Du bist so…« Er

streichelte meine Stirn. Seine Stimme war weich, verschwommen.

»Schön.«

Er lächelte. »Darf man sich selbst Komplimente machen? Ich wollte etwas anderes sagen. Du bist so …«

Ich wartete. Er schob seine Finger tiefer in mich, und es war ein seltsamer, wunderbarer Druck.

»Außergewöhnlich«, sagte er. »Schön auch, aber es gibt so viele schöne Mädchen. Sei noch etwas darüber hinaus, Thea.«

»Gut«, sagte ich. »Ich will es versuchen.«

Er holte ihn heraus, und ich berührte ihn, aber er schüttelte den Kopf. »Nein, bleib einfach liegen. Lieg einfach nur da.«

»Und sei außergewöhnlich.«

»Ja.« Er ließ seine Finger in mir, als er sich selbst berührte, und sah mich an, bis er kam, und einen Augenblick schien es, als hätte er große Schmerzen, und er schloss die Augen und fluchte.

Danach lagen wir nebeneinander auf dem Teppich.

»Darf ich etwas fragen?«

»Bitte nichts Kompliziertes«, sagte Mr. Holmes. Er tätschelte meine Hand. Ich lächelte. Auf einmal war alles so einfach. Wenn ich für immer hier liegen könnte, die Tür zu meinem Leben und allem, was dazugehörte, schließen könnte, dann würde ich es tun. In diesem Moment hätte ich es getan.

»Thea?« Seine Stimme klang sanft.

»Mr. Holmes …«

»Meine Güte. Nenn mich doch Henry. Bitte.«

Ich drehte mich zu ihm. Er legte eine Hand auf meinen Bauch. »So stark.«

»Wussten Sie, dass Mrs. Holmes meine Mutter kennt?«

»Ja.«

Ich erwartete ein Zucken – er sprach selten über Mrs. Holmes –, aber es kam nicht.

»Werden Sie jemals weggehen?«

Lange schwieg er.

»Es tut mir leid«, sagte ich schließlich. »Ich hätte nicht ...«

»Nein, ist schon gut. Gewissermaßen. Ob ich Yonahlossee jemals verlassen werde? Diese Frage stelle ich mir selbst natürlich auch. Es gefällt mir hier. Als ich jung war, wollte ich unbedingt weg aus Boston. Ich habe es dort nicht ausgehalten. Und ich ging.« Er machte einen gedankenverlorenen Eindruck.

»Wohin sind Sie gegangen?«, fragte ich.

»Nach New Orleans. Und dann sind wir hier gelandet. Ich dachte, die Südstaaten sind anders. Das sind sie auch. Aber nicht anders genug.« Er drehte sich zu mir. »Sein Zuhause kann man nie ganz verlassen, oder?«

»Ich wollte nicht weg«, sagte ich. »Ich war gerne dort.«

Er nahm eine dicke Strähne meines Haars und betrachtete sie. »Als du hierhergekommen bist, hattest du ganz lange Haare. Und dann hast du sie abgeschnitten wie alle anderen.« Er lächelte. »Denk daran, dass die Jugendsünden weit in die Ferne rücken, wenn man nicht mehr jung ist.«

Ich sagte nichts. Ich dachte an meine Mutter, meinen Vater, meinen Bruder. Sasi. Mein erstes Pony, das vor Sasi, war schon vor Jahren gestorben.

»Sehen Sie Ihre Familie noch?«, fragte ich.

Er schüttelte den Kopf. »Nach dem Tod meines Vaters haben Beth und ich meine Mutter einmal in Philadelphia getroffen, da war Sarabeth noch ein Baby. Aber seither nicht mehr.«

»Was haben Sie getan?«

Ich musste betroffen geklungen haben, weil er sich auf seinen Ellbogen stützte und über meine Wange strich. »Thea. Ich habe nichts getan, Thea. Meine Eltern erwarteten, dass ich anders bin, als ich bin. Ich war eine große Enttäuschung für sie. Aber – und das zu erkennen, hat Jahre gedauert –

sie waren auch für mich eine große Enttäuschung.« Er sah mich an. »Ich weiß nicht, was du getan hast, Thea, aber du bist hierhergekommen, damit deine Familie etwas vergessen kann. Damit du es vergessen kannst, damit das, was passiert ist, verschwunden ist, wenn du wieder von hier weggehst.«

»Ich habe meine Familie zerstört.«

»Das glaube ich nicht«, sagte er ruhig. »Wenn deine Familie zerstört ist, dann nicht deinetwegen.«

»Sie haben mir vertraut.«

»Wer?«

»Meine Eltern, mein Bruder.«

»Dein Bruder hat dir vielleicht vertraut, aber deine Eltern nicht. Eltern vertrauen ihren Kindern nicht. Ich weiß nicht, was passiert ist, und du musst es mir nicht sagen. Lange Zeit war ich überzeugt, dass ich eine Schande für meine Familie bin. Es liegt im Interesse der Familie, dass ein Kind das glaubt.« Er sprach ruhig, aber bestimmt. Er gab in Yonahlossee nur einen Fortgeschrittenenkurs in Literatur für die älteren Mädchen. Ich fragte mich, ob er den Mädchen die Figuren in den Büchern auf diese Weise erklärte. Es schien ihm wichtig zu sein, dass ich verstand, was er meinte.

Ich nickte, sagte aber nichts.

»Verstehst du das wirklich? Du bist sechzehn. Was deine Familie von dir denkt, scheint das einzig Wichtige zu sein. Aber das ist es nicht. Deine Familie muss ihre Interessen schützen. Ich wünschte, ich hätte das gewusst. Dass eine Familie so viel zu schützen hat und ein Kind dem manchmal in die Quere kommt.«

»Inzwischen wissen Sie es.«

»War das eine Frage? Ja. Ja, das tue ich inzwischen.« Er hielt inne. »Du hast einen Bruder, nicht wahr? Haben sie ihn auch weggeschickt?« Aber das waren eigentlich keine Fragen, keine davon.

»Ich habe auch einen Cousin«, sagte ich.

»Und wo ist er?«

Ich schüttelte den Kopf. »Ich weiß nicht«, sagte ich schließlich.

Das Licht hinter den Vorhängen wurde schwächer. Mr. Holmes küsste mich auf die Stirn und zog mich an sich. »Dein Bruder ist also zu Hause. Dein Cousin ist an einem unbekannten Ort. Und du bist hier. Bei mir.« Er legte einen Finger auf meine Lippen. »Sie haben einen Handel gemacht, Thea. Dich haben sie weggeschickt und deinen Bruder behalten.« Ich wollte etwas sagen, aber er schüttelte den Kopf. »Glaub ihnen nicht«, sagte er sanft. »Glaub nie, was über dich gesagt wird.«

Ich nahm seine Hand und legte sie zwischen meine Beine, und er sah mich unsicher an, dann verstand er, und seine Finger waren zuerst kalt. Er wusste besser als Georgie, was man tun musste. Er wusste, wie er sich auf die Ellbogen stützte, damit er mich ansehen konnte. Langsam bewegte er seine Finger, und ich sah ihn an, ohne mich zu schämen oder verlegen zu sein, wie ich es sonst war.

»Du bist sehr feucht, Thea. Und außergewöhnlich.«

Da war etwas in seiner Stimme, das ich nicht einordnen konnte. »Schneller, bitte.«

»Natürlich.«

Ich berührte meine Brüste und schloss die Augen. Kundig und behutsam führte er mich diesen Weg hinauf, nicht zu schnell und nicht zu langsam. Ich stöhnte, was ich durfte, weil das Haus leer war. Sanft drückte er mich nach unten, als ich mich seiner Hand entgegenbog. Meine Augen waren geschlossen, aber ich sah trotzdem – in einem kurzen Aufblitzen sah ich meine Mutter, meinen Bruder, Sasi und dann Georgie, Georgie, Georgie –, und seine Hand verschwand, alles verschwand, und dann gab es nur noch helle Blitze und das Gesicht meines Cousins.

Ich öffnete die Augen und hielt seine Hand fest. Nachdenklich sah er mich an. Ich zog seinen Kopf an meine Brust, und so lagen wir eine Zeit lang da, bis ich die Glocke hörte, und ich versuchte, das Bild von Georgies Gesicht zu bewahren. Das erste Mal seit langer Zeit hatte ich an ihn gedacht und keinen Schmerz gespürt.

Ja, ich wusste, dass es zu Ende gehen würde, dass Mrs. Holmes zurückkehren würde. Mitte März würde sie wieder da sein. Aber ich war immer gut darin gewesen, das Unabänderliche zu ignorieren. Manchmal war es so, als hätte Gott sich umgesehen, seinen Blick geschärft, bis er versteckt in den Bergen Yonahlossee ausgemacht hatte. Ich hatte mir etwas sehr gewünscht, und dann hatte ich es bekommen, und das gelang mir immer besser.

Langsam wich der Winter. Er löste sich wie eine zweite Haut. Docey nahm die dicken Bettdecken von unseren Betten. Zusammen mit den Pullovern verschwanden unsere gelb-blauen Schals aus den Schränken. Auch wir tauten auf, alle sahen in der Frühlingsluft hübscher aus, netter, frischer.

Jeden Nachmittag verbrachte ich im Haus der Holmes, und unsere Tage fühlten sich nach und nach wie Jahre an. Es war, als würden wir uns schon seit langer Zeit kennen. Mr. Holmes eröffnete mir einen Blick auf Yonahlossee, wie es Sissy nie gekonnt hätte. Sie gehörte zu den Mädchen, sie hatte nicht den gleichen Blickwinkel wie er. Er erzählte mir, es sei bekannt, dass Jettie ein Problem mit dem Trinken habe, dass Mrs. Holmes sie schon vor Jahren weggeschickt hätte, wäre da nicht Henny gewesen, die sie überzeugt habe, dass es ihre Christenpflicht sei, sich um Jettie zu kümmern. Er erzählte mir, Yonahlossee behalte King als Gegenleistung für Leonas Schulgebühren ein, die schon seit einem Jahr nicht mehr gezahlt worden seien. Er erzählte mir, Katherine Hayes' Vater gehe es nicht so gut, wie Katherine dachte, dass ihr Großvater an seiner Stelle ihre Schulgebühren zahle und dass ihr Onkel sich erschossen habe, um dem Gefängnis zu entgehen. Er mochte die Mädchen aus Kentucky, weil sie am wenigsten manieriert waren. Und die Mädchen aus Florida, hatte er gesagt und gegrinst. Die mag ich auch.

Weil mir unwohl war, verließ ich den Französischunterricht früher. Mein Bauch tat weh – Krämpfe, ich hatte meine Tage.

Docey wischte den Boden, den Rücken mir zugekehrt. Sie summte vor sich hin, obwohl ich mir sicher war, dass sie mich gehört hatte. Ich wartete darauf, dass sie sich umdrehte, mich begrüßte, aber sie zog weiter den Schrubber über den Boden, immer über dieselbe Stelle. Von hinten hätte man sie für eine von uns halten können.

»Docey?«

Jetzt drehte sie sich um, sagte jedoch nichts.

»Ich lege mich kurz hin.« Ich hielt mich gerade noch davor zurück, sie zu fragen, ob sie etwas dagegen habe.

Sie nickte und sah mir lange zu, wie ich die Stiefel auszog und auf Zehenspitzen über den feuchten Boden tappte. Sie bot mir keine Hilfe an. Jetzt waren meine Strümpfe feucht. Ich legte mich aufs Bett und streifte sie ab, überrascht, wie sich der Quilt an meinen nackten Beinen anfühlte. Ich schloss die Augen und tat so, als würde ich wegdämmern.

Gestern war Mr. Holmes melancholisch gewesen, hatte gesagt, ich würde Yonahlossee vergessen. Das konnte ich mir nicht vorstellen.

Mr. Holmes schmeckte nach Gin. Wacholderbeeren, hatte er erklärt, der Duft des immergrünen Buschs. Wenn wir geheiratet hätten und ein Hochzeitsfoto von uns gemacht worden wäre, hätten wir wie ein ganz normales Paar ausgesehen. Mr. Holmes war einunddreißig. Viele Frauen heirateten einen doppelt so alten Mann. Seine Haare waren dicht und glänzend – Eva hatte gescherzt, dass sie für solche Haare sterben würde – seine Haltung jungenhaft, seine Lippen rot. Wenn ich mich bewegte, sprach und gestikulierte, dann sah man mir meine Jugend an. Nicht jedoch, wenn ich still dastand.

Ein unvermitteltes Geräusch. Verwirrt setzte ich mich auf. Mein Mund war trocken.

»Sie haben gesprochen«, sagte Docey. Sie wischte gerade unter Mary Abbotts Schreibtisch.

»Habe ich das?« Ich stand auf und goss mir ein Glas Wasser ein. »Was denn?«

»Gebrabbel. Irgendein Gebrabbel.«

Eine Sekunde lang hatte ich Angst, dass ich etwas verraten haben könnte. Es war eine Woche her, dass ich Leona auf dem großen Platz begegnet war. Seither gingen wir einander aus dem Weg, so als hätten wir uns insgeheim darauf verständigt. Immer wieder war ich im Kopf mein Kommen und Gehen im Haus der Holmes durchgegangen. Sie konnte nichts wissen. Auch an Emmy dachte ich, aber Leona gehörte nicht zu den Mädchen, die jemals mit einer Hausangestellten sprachen. Gerne stellte ich mir eine Art Einvernehmen zwischen uns vor, wonach ihr klar war, dass ich wegen King Bescheid wusste, dass sie mir leidtat, die reinste Form des Mitgefühls. Aber Leona würde kein Mitgefühl wollen.

»Kennst du Emmy, Docey?«

Sie lächelte, fast ein Grinsen. Ich wollte die Frage schon wiederholen, als sie antwortete: »Sie ist meine Schwester.« Mit diesen Worten drehte sie sich zu mir, das erste Mal an diesem Tag sah sie mir in die Augen. Ihr Schielauge schoss hin und her.

»Das wusste ich nicht.«

Docey nahm ihre Arbeit wieder auf.

»Das wusste ich nicht«, wiederholte ich, ich hätte es wissen sollen. Ich sah zu, wie Docey mit ihrem Lappen über den Schreibtisch wischte, vorsichtig bei den Verzierungen und Griffen – vorsichtig, aber schnell –, und wusste plötzlich, dass sie über uns sprachen.

»Aber du hast braune Haare.« Ich überlegte. »Ihr seht euch nicht ähnlich.« Das stimmte: Emmy war hübsch, Docey nicht.

»Sehen Sie wie Ihre Schwester aus?« In scharfem Ton.

»Ich habe keine Schwester.«

»Nein?« Sie wirkte überrascht.

Ich schüttelte den Kopf. »Ich habe einen Bruder. Und wir sehen uns ähnlich, wir sind Zwillinge.«

»Ein Zwilling?«, fragte sie. Zum ersten Mal klang sie erfreut. »Wie ist das?«

Ich lächelte. »Ich kenne es nicht anders«, sagte ich. »Es ist, als hätte man ein zweites Ich.«

»Na, ich weiß nicht, ob mir das gefallen würde.«

»Es wäre egal, ob es dir gefällt oder nicht. Es wäre einfach so … wie es ist.«

Docey erwiderte nichts. Ich beobachtete ihr Schielauge und fragte mich, ob man es behandeln konnte, ob man so etwas heilen konnte oder ob Leute mit Schielaugen einfach damit leben mussten. Was sie gerade wohl sah – stand mein Gesicht still? Bewegte es sich hin und her? Aber natürlich würde Docey ihr Auge niemals behandeln lassen können.

Mir wurde bewusst, dass ich sie angestarrt hatte. »Wie viele Geschwister hast du?«, fragte ich. »Brüder …«

»Zwölf«, sagte sie. »Zwölf Geschwister«, wiederholte sie.

Ich war erstaunt. Ich konnte nicht einmal zwölf Verwandte aufzählen. Georgies und meine Familie zusammengerechnet, waren wir sieben.

Angesichts meiner erstaunten Miene lächelte Docey.

»Was machen sie?«, fragte ich.

»Was sie machen?«, wiederholte sie. Sie zuckte die Achseln und mir wurde klar, wie abscheulich Yonahlossee Emmy und Docey vorkommen musste. Mary Abbotts Vater, der Prediger, hatte von zwei kleinen Jungen geschrieben, die nicht weit von hier in den Bergen lebten. Sie waren gestorben, weil sie giftige Beeren gegessen hatten. Die anderen Mädchen dachten, sie hätten nicht gewusst, dass sie giftig waren, aber natürlich hatten sie es gewusst. In Florida hatte ich genau gewusst, welche Beeren essbar waren und welche giftig. Und diese Jungen hatten gewiss genauso viel, wenn nicht mehr Zeit draußen verbracht wie ich. Sie hatten sie gegessen, weil sie Hunger hatten. Ich wollte mich bei Docey entschuldigen, aber wofür? Für Glück, Zufall, Schicksal.

Aber sie hatte sich schon wieder von mir weggedreht, bückte sich und rollte den Läufer unter dem Schreibtisch zusammen. Sie schien zu zögern. Ich half Mutter beim Putzen und kannte die damit verbundene Verzweiflung, die von der Vergeblichkeit herrührte. Es war ein geschlossenes System von Entropie, wie Vater es mit einem Münzwurf erklärt hatte.

»Putzt du gerne?«

Docey lachte. Das war eine dumme Frage. Mutter putzte gerne, brachte gerne Ordnung in ihre Welt. Aber das war nicht Doceys Welt, es war unsere. Ich drehte mich weg, um meine Schuhe anzuziehen und zu gehen, als sie antwortete.

»Es macht mir nichts aus.« Aber sie log. Das wussten wir beide.

Mr. Holmes war still heute, saß beinahe traurig mit seinem Gin da. Sein Hemd war schief geknöpft und ließ ihn betrunken aussehen, obwohl er nüchtern war.

»Lassen Sie uns nach hinten gehen.« Ich stand auf, und Mr. Holmes folgte mir. Ich wusste, dass er das tun würde, er war in träger Stimmung.

Es war aufregend, durch die Räume des Hauses zu gehen, die ich nicht kannte – durch das Esszimmer in einen Salon, dessen hohe Fenstertüren sich auf die Veranda öffneten. Neben dem Fenster stand ein Tisch voller Glasflaschen mit schlanken Hälsen. Ich trat davor. Der Anblick war entzückend – verschiedene exotische Pflanzen, die ich noch nie gesehen hatte und die wie Buddelschiffe in den Flaschen wuchsen.

»Die sind von Beth.« Mr. Holmes war zu mir getreten. Ich erinnere mich, dass Mrs. Holmes gerne gärtnerte. Er hob eine Flasche hoch. »Sie lässt sich die Samen kommen.«

Ich dachte an all die Aufmerksamkeit, die sie erfordern mussten, die speziellen Werkzeuge, die sorgsame Pflege. Ich hätte nicht gedacht, dass Mrs. Holmes zu so etwas imstande war.

Die hintere Veranda diente offenkundig der Bewirtung von Gästen – in der Ecke befanden sich eine Bar und mehrere kleine Tische mit Stühlen. Ich stellte mir die Väter ehemaliger Schülerinnen vor, die mit Mr. Holmes hier hinaustraten, die Aussicht genossen, sich unterhielten – worüber? Den Zweck eines solchen Orts. Die Bildung von Mädchen. Dinge, über die wir Mädchen niemals sprachen.

Ich wollte nicht mehr hier sein, wohin Väter kamen und mit Mr. Holmes über ihre Töchter sprachen. »Lassen Sie uns hinausgehen«, sagte ich.

»Ich habe Kopfschmerzen.«

»Die frische Luft wird Ihnen guttun«, sagte ich.

Er öffnete die Fliegengittertür zum Wald, der hinter der Veranda begann. Der Boden war felsig, aber das machte mir nichts aus, denn so musste Mr. Holmes mir eine Hand reichen, und von sich aus schien er mich heute nur zögernd zu berühren.

»Manchmal komme ich mit Naari hierher«, sagte ich. Mr. Holmes sagte nichts. Ich scheute mich immer noch, in seiner

Gegenwart über Pferde zu sprechen. »Es ist leichter, wenn sie das Klettern übernimmt.«

Er lachte.

»Geht es Ihnen besser?«, fragte ich hoffnungsvoll.

»Das Kopfweh ist nicht sehr schlimm. Als Junge musste ich mich in einem dunklen Zimmer auf den Boden legen. Immer auf den Boden, aus irgendeinem Grund tat mir das besser, und dann wartete ich darauf, dass es wegging. Es ließ sich nie voraussagen. Manchmal ging es sofort weg, manchmal dauerte es Tage.«

»Und Sie mussten dann tagelang auf dem Boden liegen?«

»Die meiste Zeit, ja.« Er blieb stehen und lehnte sich an einen Baum. »Meine Gouvernante saß vor der Tür und passte auf, dass niemand ins Zimmer kam. Ich ertrug keine Geräusche.«

Ich schloss die Augen und stellte mir einen kleinen Mr. Holmes vor, der vor Schmerz flach ausgestreckt auf dem Boden lag, die englische Gouvernante als Türwächter.

»Sie hatten eine Gouvernante?«

»Ja. Überrascht dich das? Meine Familie war sehr reich. Ist sehr reich. Gut, vermutlich weniger reich, als sie es einmal war, aber überlebt haben sie bestimmt.« Er lachte kurz auf.

Ich war nicht überrascht gewesen. Ich wusste, dass er aus einer wohlhabenden Familie stammte.

»Meine Familie war sehr reich, den größten Teil des Jahres lebten meine Mutter und mein Vater in Europa, und ich hatte eine Gouvernante. Zweimal fiel ich in Harvard durch. Dann habe ich Beth kennengelernt.«

Ich öffnete die Augen.

»Und der Rest ist Geschichte, wie man so sagt.« Seine Stimme hatte sich verändert, war hart und distanziert geworden.

»Und der Rest ...« Meine Stimme verlor sich.

»Ist Geschichte«, beendete Mr. Holmes den Satz. »Ich habe meine Eltern sehr enttäuscht.«

»Ich auch«, sagte ich.

»Ja. Aber es gibt Schlimmeres.«

Ich schwieg.

»Wenn man jung ist, Thea, dann glaubt man, nichts wäre schlimmer, als die eigenen Eltern zu enttäuschen. Aber das stimmt nicht. Glaub mir, das stimmt nicht.«

Ich nickte. Eine Weile gingen wir schweigend weiter. Die Luft war frühlingshaft warm. Manchmal ärgerte es mich, einen Rock tragen zu müssen – nie konnte ich so wild herumspringen wie Georgie und Sam –, aber jetzt gerade war es praktisch, einen Rock zu tragen, ich konnte weit ausschreiten und Schritt mit Mr. Holmes halten. Hosen – besonders Wollhosen, wie Mr. Holmes sie trug – hätten mich bestimmt behindert, und sie wären warm und einengend gewesen.

»Was ist denn dann das Schlimmste?«, fragte ich zögernd. »Wenn nicht, die Familie zu enttäuschen.«

»Sich selbst zu enttäuschen«, sagte er schnell. »Sich selbst zu enttäuschen«, wiederholte er. »Und das geschieht ganz leicht.«

Ich wendete den Satz in meinem Kopf hin und her – der Gedanke war mir noch nie gekommen. Warum sollte es von Bedeutung sein, wenn ich mich selbst enttäuschte? Meine Eltern waren von mir enttäuscht, und mein Bruder und meine Tante und mein Onkel auch. Plötzlich verschwamm die Bedeutung des Wortes, so wie es immer passiert, wenn man sich ein Wort zu oft vorsagte – *enttäuscht*. Was bedeutete es wirklich? Wie war es überhaupt möglich, von mir selbst enttäuscht zu sein? Ich war doch nur ich selbst. Ich war Thea, ich war ein Mädchen, ich war eine Tochter und eine Cousine und eine Schwester und inzwischen eine Freundin.

»Waren Sie einmal von sich selbst enttäuscht?«, fragte ich.

Er lachte. »Unzählige Male.«

Ich betrachtete seinen Hinterkopf, er schwieg einen Moment. Er war so stark. Wir kletterten einen steilen Anstieg hinauf, und sein Atem blieb gleichmäßig, sein Tritt sicher.

Ich dachte, er hätte alles dazu gesagt, doch er fuhr fort. »Wenn ich noch einmal von vorn anfangen könnte, wie man so sagt, würde ich es anders machen. Aber das geht wohl jedem so. Das Wichtigste ist, sich nicht selbst im Weg zu stehen.«

Diese Wendung benutzte Vater manchmal. Mr. Holmes wandte sich ab, und ich musterte sein Profil, während er weitersprach.

»Die Vergangenheit ist vergangen, Thea. Ich hoffe, das hat dir schon einmal jemand gesagt. Wenn nicht, nun – das solltest du jedenfalls im Kopf behalten.«

An einer Baumgruppe blieb Mr. Holmes stehen und trat durch eine Öffnung, die ich nicht gesehen hatte. Eine geheime Öffnung, dachte ich, als ich ihm folgte, für unsere geheime Affäre. Die Vorstellung gefiel mir. Die Bäume öffneten sich, und ich konnte direkt zum Himmel hinaufsehen. Ich glaube, die Hälfte aller Sünden wurde wegen eines solchen Wetters begangen. Und die andere Hälfte – in Erinnerung an das Wetter. Ich berührte seine Jacke, die sich weich anfühlte.

»Was Emmy wohl glaubt, wo wir sind?«, fragte ich.

»Ich weiß es nicht, Thea.« Er schüttelte den Kopf. »Du solltest im Saal bei den anderen Mädchen sein. Du solltest nicht mit mir zusammen hier sein.«

»Aber ich will hier sein.«

Einen Moment lang waren wir still, und mir wurde bewusst, dass er das hier mit den nächsten Worten beenden könnte, dass er mich zu all den anderen Mädchen zurückschicken könnte.

Stattdessen bückte er sich und hob vorsichtig eine durchsichtige Schlangenhaut auf. »Die Schlangen kommen wieder raus.«

Ich streckte die Hand nach der Haut aus, ein langer Schlauch, schmutzig und durchscheinend. »Die Haut ist alt.«

Überrascht sah er mich an.

»In Florida gibt es viele Schlangen.«

»Hast du keine Angst vor ihnen?«

»Eigentlich nicht. Wenn man sie in Ruhe lässt, lassen sie einen auch in Ruhe.«

Ich hob mein Gesicht zu ihm und küsste ihn. Ich küsste ihn fest, schob ihm meine Zunge in den Mund, zog ihn an mich.

»Wir können so tun, als wären wir ganz allein hier draußen«, sagte ich.

»Das sind wir ja auch.«

Mr. Holmes küsste meinen Hals, und plötzlich lagen wir auf dem Boden, er auf mir. Mein Rock war aufgeknöpft, und er hatte seine Jacke nicht mehr an. Ich streckte die Hand nach seiner Hose aus. Mr. Holmes über mir, eingerahmt von dem blauesten Himmel, den ich je gesehen hatte, und ich war so glücklich, dass er hier bei mir war und dass ich wieder bekam, was ich, wie ich wusste, nicht haben sollte.

»Nein«, flüsterte er, und stattdessen leckte er meine Brüste, dann meinen Bauch und bewegte sich weiter nach unten. Sein Mund war über meinem Schlüpfer, und ich wollte mich aufsetzen. Er hob den Kopf und legte mir eine Hand auf die Schulter und drückte dagegen, fest, bis ich mich entspannte. Was tun Sie da?, wollte ich fragen, aber ich hatte Angst, dass meine Frage das hier beenden würde. Meine Schenkel zitterten, und seine Zunge schien in mir zu sein. Was unmöglich war, oder?, aber sie fühlte sich so groß an, und sie bewegte sich, und ich legte ihm meine Hände auf den Kopf, als wollte ich ihn segnen.

Kapitel 18

Sissy holte mich auf dem Rückweg vom Stall ein. Normalerweise wartete ich auf sie, aber in letzter Zeit war ich nach der Mittagsruhe aus dem Bungalow gehuscht, bevor die Glocke geläutet hatte; und nach dem Reiten hatte ich Naari sich schnell abkühlen lassen. Sissy war immer spät dran, deshalb konnte man ihr leicht aus dem Weg gehen. Inzwischen machte ich, was ich wollte. Manchmal neigte ich nicht einmal den Kopf beim Gebet, sondern beobachtete Mr. Holmes. Er machte beim Sprechen kleine Gesten, hielt aber die Augen geschlossen. Einmal machte ich es ihm im Wald nach, schloss die Augen und sprach zu den Bäumen. Aber es war merkwürdig, als würde man mit verbundenen Augen gehen.

»Warum rennst du denn immer so?«, fragte Sissy. »Da kommt man kaum hinterher.« Sie klang gereizt, ihre rauchige Stimme hoch.

Ich zuckte die Achseln. Um uns herum waren überall Mädchen. Ich öffnete den Mund, um etwas zu sagen, und schloss ihn wieder; eigentlich hatte ich nichts zu sagen.

Sissy zuckte mit den Schultern, und erschrocken stellte ich fest, dass sie mich nachäffte. Ich starrte sie an.

»Was schaust du so?« Sie zuckte noch mal die Achseln. »Wir sehen uns nie, und es scheint dir egal zu sein. Du hast seit Wochen nicht mehr nach Boone gefragt.«

Darum ging es also. Ich war erleichtert und seltsamerweise enttäuscht.

»Ich weiß, dass er noch kommt«, erinnerte ich sie. »Ich helfe dir doch. Lege mich in dein Bett.«

Sie zog mich an den Wegesrand, zwischen die Bäume. »Nein, Thea.« Ihre Stimme zitterte. »Du hast den Kopf in den Wolken. Du kommst nicht mehr in den Saal.«

»Da lernt sowieso niemand.«

»Das meine ich nicht.« Ich wollte mich verteidigen, Sissy fuhr jedoch fort: »Du bist zu oft im Haus der Holmes. Die anderen reden schon.«

Ich wartete darauf, dass sie weitersprach. Aber sie schwieg. »Was sagen sie denn?«, fragte ich.

»Sie sagen, dass du Mr. Holmes hinterherläufst, dass du liebeskrank bist.«

Ich lachte, aber es fühlte sich seltsam an. »Sissy«, sagte ich und bemühte mich, ungläubig zu klingen. »Ich gehe wegen Decca dorthin. Sie hat nach mir gefragt.« Als würde das etwas beweisen. Und dann war da außerdem ein Gefühl der Erleichterung, dass das, was Leona auf dem großen Platz gesagt hatte, nur Klatsch war.

»Lass das, Thea!« Ihre Stimme klang schrill. »Ich bin deine beste Freundin. Lass das!«

Selbst in diesem Moment war ich gerührt, dass sie sich als meine beste Freundin verstand. Ganz steif stand Sissy da, und ich nahm ihre Hand und zog sie hoch. »Ich bin einfach nur gerne dort. Bei Decca, und auch bei Mr. Holmes. Wir reden. Er versteht mich.«

»Was versteht er?« Sie packte meine Hand und sah mich traurig an. »Man hat dich wegen eines Jungen von zu Hause weggeschickt.«

Ich nickte. Das hatte ich ihr erzählt, als ich neu in Yonahlossee gewesen war und mich nach einer Freundin gesehnt hatte. Es war so lange her, dass es in einem anderen Leben gewesen zu sein schien.

»Mr. Holmes ist kein Junge.«

Ich entzog ihr meine Hand. »Das weiß ich.« Wenn ich den Mut besessen hätte, Sissy zu vertrauen, dann hätte ich sie fragen können, was sie meinte, was sie sich zusammengereimt hatte.

»Was ist mit David?«, fragte Sissy.

»David«, wiederholte ich verwirrt. Ihn hatte ich fast vergessen.

Sissy beobachtete mich, Eva ging mit Gates an uns vorbei, und ich lächelte ihnen über Sissys Schulter hinweg zu. »Er ist nicht … Es tut mir leid.«

»Du brauchst dich nicht zu entschuldigen. Man könnte ihn nur so leicht ins Herz schließen. Er ist witzig. Mach dich einfach nicht so rar«, sagte sie, und ihre Stimme klang wieder normal. »Bitte.« Das kannte ich schon von Sissy; wenn sie einen Streit für erledigt hielt, beendete sie ihn, wie man eine Kerze ausblies. Sie hatte eine Begabung dafür, sich nicht auf Streitereien einzulassen. Aber mir gegenüber hatte sie sich noch nie so verhalten. Es war nie nötig gewesen.

Den Rest des Tages dachte ich über David nach, während ich herumstreunte, den anderen zunickte und wusste, dass ich nicht so war wie sie, nicht dasselbe wollte, dass ich mir das Leben unnötig schwer gemacht hatte und es weiterhin tun würde. Und warum? Warum, Thea, warum?, erklang die Stimme meiner Mutter immer wieder.

Ich wusste, warum. Ich war ein kluges Mädchen. David war ein Junge, und er erinnerte mich an Georgie, wie es jeder Junge tun würde. Von Jungen hatte ich genug.

Von heute auf morgen war Yonahlossee in eine ganze Farbpalette getaucht. Schleifenblumen in allen erdenklichen

Rosatönen bedeckten die Wiesen hinter den Reitplätzen, Traubenhyazinthen säumten den großen Platz und schließlich die Narzissen, meine Lieblingsblumen, die in schön angelegten Beeten um die Reitplätze wuchsen. Mrs. Holmes hatte vor ihrer Abreise das Setzen der Zwiebeln überwacht. »Sie hat ein Händchen für Blumen«, sagte Henny eines Abends, und ich musste ihr recht geben.

Das hat keine Zukunft. Ich wartete darauf, dass Mr. Holmes diese Worte sagte, aber er tat es nicht. Ich wusste, dass es enden würde. Ich wusste sogar, wann und wie. Ich wusste, dass Mrs. Holmes zurückkehren würde und wir uns von da an nicht mehr sehen würden.

Mr. Holmes hätte sagen können, dass wir keine Zukunft hatten, er hätte mich auf das Unausweichliche vorbereiten können. Aber ich war nicht naiv. Alles Mögliche hätte man mich nennen können – unanständig, feige, gerissen –, aber nicht naiv. Warum verhielt ich mich also so, zuerst zu Hause, dann in Yonahlossee? Ich setzte alles aufs Spiel und war doch alt genug, um es besser zu wissen. Aber da war immer dieses eine: diese unbezwingbare Lust in mir. Ich wurde sie nicht los. Ich wollte es nicht.

Mutter wäre sehr enttäuscht. Sie würde mich verabscheuen, wenn sie erführe, was ich tat. Aber wenn mich meine Familie so leicht ausschließen konnte – aus ihrem Haus, aus ihren Herzen –, konnte ich dann nicht dasselbe tun? Ich war nicht schwach. In mir war so viel Begehren, so viel Verlangen. Wenn Mr. Holmes mich berührte, explodierte es, wuchs ins Unermessliche.

Bei Georgie hatte ich Begehren empfunden, ja, aber nur einen Bruchteil dessen, was ich bei Mr. Holmes empfand. Er brachte mir bei, dass Lust teilbar war, dass sie sich mit dem Objekt des Begehrens veränderte. Ich fragte mich, ob Mutter das wusste. Ich fragte mich, ob Vater das wusste. Denn wenn man immer nur einen Menschen begehrt hatte, wenn einem alle anderen verboten waren, wusste man das nicht.

Ich dachte daran, was Mr. Holmes gesagt hatte, dass meine Eltern einen Tausch vollzogen hatten. Er kannte sie nicht, er kannte nicht die Weichheit meines Vaters, das wundervolle Heim meiner Mutter. Er wusste nicht, wie sehr wir uns geliebt hatten.

Kapitel 19

Georgie war mit seiner Mutter und seinem Vater in Missouri. Mutter hatte gesagt, dass wir ihn vielleicht nächste Woche sehen würden, aber wann genau, konnte ich nicht fragen, ohne sie hellhörig zu machen.

Keuchend war ich aufgewacht, die Luft war heiß und stickig. Die Uhr auf meinem Nachttisch zeigte halb sechs an, in einer Stunde würde es hell genug zum Reiten sein.

Im Sommer hatte man eine zweite Haut aus Feuchtigkeit und Schweiß. Und er hatte gerade erst begonnen.

Die Welt draußen wirkte tot und gleichgültig, kein Lüftchen regte sich und strich durchs Gras. Keine Grillen rieben ihre Beine aneinander, um die Stille zu durchbrechen. Ich setzte mich auf die Stufen und knöpfte den obersten Knopf meines Nachthemds auf, was aber auch nichts half. Mit geschlossenen Augen dachte ich an meinen Cousin, wie er mich das letzte Mal berührt hatte, wie ich ihn berührt hatte, wie wir gelernt hatten.

»Thea«, rief Sam in meinem Rücken. Ohne hinter mich zu schauen, wusste ich, dass er im Schaukelstuhl saß.

»Sam.«

»Hast du keinen Schreck bekommen?« Er klang, als wäre er schon eine Weile wach. Er hatte schon immer gerne andere erschreckt, war hinter Türen hervorgesprungen, hatte in einem Busch gewartet und war überraschend hervorgetreten.

»Wer sollte es sonst sein?« Die Frage hing ein, zwei Sekunden in der Luft. Dann sprach ich weiter. »Kannst du nicht schlafen?«

»Wie sollte ich? Es muss eine Rekordhitze sein. Fühlt sich so an.«

»Das ist es nie. Ein Rekord.«

»Nein«, stimmte er mir zu, »das ist es nie.«

Wir schwiegen eine Weile. Sam seufzte.

»Morgen wirst du müde sein«, sagte ich.

»Dann werde ich einfach schlafen. Verpassen werde ich nichts.«

»Wahrscheinlich nicht.«

»Ich möchte weg, Thea. Ich möchte reisen.« Seine Stimme klang fremd. Ich drehte mich um und sah ihn an. Er war barfuß, lümmelte in seinen Alltagskleidern auf dem Schaukelstuhl. Er hatte mir sein Profil zugewandt, und ich sah, was für ein attraktiver Mann mein Bruder werden würde. Er würde attraktiver werden als ich hübsch, unsere Gesichtszüge passten besser zu einem Mann. Ich drängte den Gedanken zurück. Ich war fünfzehn, ich wollte schön sein. Ich wollte nicht, dass ein anderer schöner war, nicht einmal mein Zwillingsbruder – oder vor allem nicht mein Zwillingsbruder. »Du nicht?«, fragte er erneut und wandte sich mir zu. Mutter sagte, dass manche Zwillinge sich beim Älterwerden immer weniger ähnlich sahen, aber das schien auf Sam und mich nicht zuzutreffen.

»Wohin würdest du gehen?«, fragte ich. Mein Bruder hatte noch nie davon gesprochen, wegzugehen. Nicht ein einziges Mal.

»Ich glaube, ich möchte auf einem Schiff irgendwohin fahren«, sagte er, und ich musste unwillkürlich lachen.

Sam sah mich nicht an.

»Tut mir leid«, sagte ich, »ich stell mir dich nur auf einem Schiff vor. Wärst du Matrose?«

Er sagte nichts.

»Sam«, setzte ich an, »es tut mir leid …«

»Nein, tut es dir nicht. Außerdem wärst du bestimmt froh, wenn ich gehen würde.« Seine Stimme war hoch, und ich begriff, dass Sam eigentlich nirgendwohin gehen wollte, dass er nicht wollte, dass sich irgendetwas an unserem Leben änderte.

»Warum sollte ich froh sein, Sam?« Ich sprach leise. »Ich brauche dich.«

»Du brauchst mich?« Jetzt lachte er. »Wofür brauchst du mich? Du verbringst den ganzen Tag auf Sasi. Du brauchst niemanden.«

»Das stimmt nicht«, sagte ich. Aber merkwürdigerweise war ich nicht verletzt. Ich hatte das Gefühl, ich sollte es sein, ich erwartete es, aber ich war es nicht.

»Nein«, sagte Sam. »Das ist wahrscheinlich nicht richtig. Du brauchst unseren Cousin.«

Plötzlich erschöpft, ließ ich mich auf den harten Steinboden sinken. Ich spürte, dass Sam hinter mir aufstand, und dachte, dass er reingehen würde, stattdessen setzte er sich neben mich. Ich betrachtete seinen Rücken. Während ich schmaler wurde, wurde er breiter.

»Heute scheint kein Mond.« Seine Stimme klang dumpf.

Ich schüttelte den Kopf, obwohl er mich nicht ansah.

»Weißt du noch, wie du dachtest, dass hier ein Indianer leben würde?«, fragte ich.

»Das hast du auch gedacht.«

Er legte sich neben mich, und ich wusste, dass er die Kälte der Ziegel ebenfalls genoss.

»Thea?«

»Ja.«

»Hast du dich jemals gefragt, wie es ist, tot zu sein?«

Ich dachte über die Frage nach. Sam fuhr mir sanft mit der

Hand über die Augen. »Mach sie zu.« Ich tat es. »So fühlt es sich an«, sagte er.

»Nein.«

»Versuch einzuschlafen! Wenn man schläft, könnte man genauso gut tot sein.«

Ich versuchte, alle Gedanken aus meinem Kopf zu verdrängen und an gar nichts zu denken. Ich versuchte, nicht an Georgie zu denken, ich versuchte, mein Gedankenkarussell zum Stillstand zu bringen. Ich wollte es meinem Bruder recht machen.

»Ich glaube nicht, dass das geht.« Sam erwiderte nichts, aber ich wusste, dass er nicht schlief, es nur versuchte. »Ich frage mich, wer von uns beiden als Erster stirbt.«

»Ich«, sagte er, »ich werde zuerst sterben.«

Ich sagte nichts. Weiterzuleben ohne Sam – wäre das überhaupt ein Leben?, fragte ich mich. Ich wusste, dass Mutter und Vater zuerst sterben würden, nur nicht, in welcher Reihenfolge. So gehörte es sich. Sie hatten vor mir gelebt, und ich würde nach ihnen leben. Aber Sam und ich hatten niemals ohne einander gelebt, und jetzt schien dieses Leben ebenso sehr eine Last wie eine Lust zu sein. Vielleicht war es auch keins von beidem. Es war einfach.

»Thea. Versuch es noch mal.«

Ich hörte Sam zu. Ich schloss die Augen. Und was sah ich? Mutters alte Kutschendecke, die ihren Arm wie ein Stein nach unten zog. Ich versuchte, an andere Dinge zu denken, die Decke damit zu verdrängen: Sasi, Georgie, das Übliche. Aber alle führten sie zurück zu der Decke. Normalerweise konnte ich leicht Dinge aus meinem Kopf vertreiben, über die ich nicht nachdenken wollte.

Beinahe schlief ich ein. Die Sonne ging ganz langsam auf, millimeterweise, und ich hielt die Augen geschlossen, versuchte, ins Vergessen einzutauchen. Dann plötzlich ahnte ich, wie es wäre, zu nichts zu werden. Es war eine derart große Abwesenheit, dass ich sie nicht erfassen konnte, nur große Angst davor verspürte.

Ich öffnete die Augen und setzte mich auf, drehte mich zu Sam, der friedlich schlief. Meine Hand schwebte über seiner Schulter. Ich musste ihn wecken, musste ihm sagen, dass ich Angst hatte. Mit seiner Hilfe würde ich es begreifen. Aber dann ließ ich die Hand sinken. Ich wollte nicht bei Sam sein. Ich wollte etwas erleben, was er nicht erlebte. Und so blieb ich noch eine Stunde auf der Veranda sitzen, während die Sonne immer heißer brannte, je höher sie stieg.

Ich hätte Sam wecken sollen, damit er keinen Sonnenbrand bekam, den wir nun die nächste Woche haben würden, unsere Unterarme und Gesichter erst leuchtend rot, dann rosa und dann das Schälen der Haut. Aber ich tat es nicht. Auf meiner linken Wange war die Haut röter, fast als hätte ich sie mit Rouge angemalt. Sie war der Sonne zugewandt gewesen, während ich meinen Bruder betrachtet hatte. Er hatte gewollt, dass ich ihm folgte, wohin auch immer, und ich hatte es nicht getan. Ich konnte nicht. Ich betrachtete ihn und sah deutlich, dass es Orte gab, an die ich Sam nicht folgen würde, an die er mir nicht folgen würde.

Was Sam gesagt hatte, hallte in meinem Kopf wider: *Du brauchst unseren Cousin*. Wir liebten ihn auf unterschiedliche Weise. Georgie, seine kräftige Taille, seine breite Brust – das sah Sam. Was er nicht sah: die feine Linie von Haaren, die sein Nabel teilte, die straffe Haut über seinem Bauch.

Wir liebten ihn auf unterschiedliche Weise, aber worin bestand der Unterschied? Meine Mutter und mein Vater liebten sich, teilten ein Bett. Ich liebte meine Mutter, mein Vater liebte mich, beide liebten sie Sam. Heirat bedeutete, dass man jemanden dauerhaft in die Familie aufnahm. Eine solche Heirat war richtig. Jakob aus der Bibel heiratete zwei Cousinen ersten Grades, Rachel und Leah, und es war ein freudiger Anlass. Freudige Anlässe. So viel wollte ich nicht – ich wollte nur einen Menschen, ein einzelnes Wesen.

Aber das war lange her. Am Anfang der Zeit mussten alle miteinander verwandt gewesen sein. Die Cousinenheirat war ein moderner Begriff, er wurde auf Paare wie Charles Darwin und Emma Wedgewood angewendet. Ihre Heirat war eine Anekdote, die Vater in seinen Unterricht einflocht, um uns zu unterhalten und bei der Stange zu halten. Ich hatte gefragt, ob Emma mit dem Porzellanfabrikanten verwandt war. Weder Vater noch Mutter hatten das gewusst, und obwohl ich mich bemühte, konnte ich es nicht herausfinden.

Und so blieb die Geschichte von Emma und Charles in meinem jungen Kopf haften. Charles Darwin hatte die Vorzüge und die Nachteile einer Ehe sorgfältig gegeneinander abgewogen, einer lebenslangen Bindung an Miss Wedgewood. Eine Ehe bedeutete weniger Geld für seine Arbeit, weniger Zeit, um all die unbekannten Spezies der Flora und Fauna in der großen, weiten Welt zu katalogisieren. Miss Emma Wedgewood war bereits katalogisiert, sie war bereits bekannt, und Mr. Darwin hatte kein Interesse an etwas, das er schon kannte. Der Bereich der Liebe war in Mr. Darwins riesigem, unerbittlichem Verstand schon von den vielen Bewohnern auf Gottes Erdenrund vereinnahmt.

Wenn Mutter herausfand, was ich tat, dann würde sie vielleicht darauf bestehen, dass ich Georgie heiratete. Und ich wollte meinen Cousin nicht heiraten. Ich wollte nicht in Gainesville wohnen. Ich wollte nicht arm sein, und dafür schämte ich mich. Aber meinen Cousin wollte ich dennoch. Ich wollte ihn unbedingt. Ich versuchte, die beiden Dinge in meinem Kopf auseinanderzuhalten. Ich konnte mir keinen

Reim darauf machen, wie ich das eine, aber nicht das andere wollen konnte.

So lange waren Georgie und ich noch nie getrennt gewesen. Ich empfand das damals nicht so, aber diese Nacht im Stall musste auf meinem Gewissen gelastet haben, denn plötzlich stand mir mein Tun deutlich vor Augen, und ich hatte Angst, dass jemand davon erfuhr. Ich wollte meinen Cousin immer noch haben – ich wollte, dass er mich berührte, ich sehnte mich nach seiner Berührung –, aber diese Sehnsucht wurde jetzt durch Vorsicht im Zaum gehalten. Vielleicht war der Grund ganz einfach: Ich war älter. Ich sah, wie meine Mutter ihre kostbare Kutschendecke aufrollte, sie unter dem Tisch hervorholte, und ich erkannte die verschiedenen Möglichkeiten. Ich wäre keine Jungfrau mehr gewesen, wenn ich zugelassen hätte, dass wir noch weiter gingen. Das war der erste Gedanke, und der zweite war, dass ich nicht mehr heiratsfähig gewesen wäre, wenn es irgendjemand gewusst hätte. Ich hätte ein Kind bekommen können, wir hätten ein Kind bekommen können. Das wäre möglich gewesen. Bei dem Gedanken an mein Leben unter diesen Bedingungen lief mir ein Schauer über den Rücken.

Meine Mutter hielt die Decke hoch, und in Georgies Abwesenheit war sie für mich ein Aufflackern am Nachthimmel gewesen, unvermittelt und Furcht einflößend.

Dann war Georgie zurück, und wir fuhren nach Gainesville, um Tee zu trinken, nur Mutter und ich, Sam hatte etwas zu tun. Vor einem Monat noch wäre seine Abwesenheit ein Segen gewesen. Doch jetzt wünschte ich, er wäre hier. Georgie trank Tee mit uns, starrte mich an, ganz offen, Mutter und Tante Carrie schienen es jedoch nicht zu bemerken. Ich aß ein Scone, und es fühlte sich wie Staub in meinem Mund an.

Später ging ich mit ihm nach oben. Er klopfte neben sich

auf sein ungemachtes Bett, widerstrebend setzte ich mich. Sein Zimmer hatte ich nie gemocht.

»Hast du mich vermisst?«

»Ja.«

»Meine Cousins und Cousinen dort sind nicht wie ihr beiden«, sagte er, und ich sah ihn an. Georgie beugte sich vor, um mich zu küssen, die Augen schon geschlossen, und ich drehte ihm meine Wange zu.

»Du hast letztens die Decke im Stall vergessen.«

»Ach ja?«

»Mutter hat sie gefunden. Es hätte uns verraten können.«

Er strich das Laken zwischen uns glatt, und beinahe berührte er mich. Ich konnte mein Herz schlagen hören. Er bewegte seine Hand hin und her, sodass er mir abwechselnd nahe kam und sich wieder entfernte.

»Georgie«, sagte ich, meine Stimme beinahe ein Flüstern.

»Unsere Verwandten in Kansas City müssen ziemlich kämpfen. Sie sind alle in das Haus meiner Großmutter gezogen.« Er warf mir einen Blick von der Seite zu. »Es ist gut, dass sie gestorben ist.«

»Sag das nicht.«

»Was denn? Es stimmt. Sie sind alle Farmer, sie haben keine Berufe, mit denen sie Geld verdienen können, so wie unsere Väter. Na ja, wie dein Vater. Krank sind die Leute doch immer, oder? Aber es hat seit Monaten nicht geregnet. Sie sind verzweifelt.«

Ich hielt seine Hand fest, nahm sie zwischen meine. Das hier war mein Georgie, den niemand sonst kannte.

»Das tut mir leid.«

»Weißt du, wie arm jetzt alle sind? Vater sagt, es fängt erst an, dass es noch schlimmer wird, bis es wieder aufwärtsgeht. Die Kühe auf den Wiesen hungern. Man kann ihr Rückgrat sehen.«

Ich erschauerte. »Sie sollten sie von ihrem Leid erlösen und erschießen.«

»Das können sie nicht. Das wäre der Anfang vom Ende. Denk doch mal nach, Thea – sie brauchen ihre Kühe.«

»Es wird wieder regnen. Das tut es immer.«

»Das weiß nur Gott.«

»Oder das Meer. Das Meer entscheidet, ob es regnet.«

»Sag das meinen Onkeln. Sag ihnen, sie sollen das Meer fragen.«

Ich hatte nicht schnippisch sein wollen. »Ihre Lage ist bestimmt schlimm.«

»Ja.« Er legte den Kopf auf meine Schulter, was er noch nie getan hatte. Normalerweise lehnte ich mich an ihn. Ich streichelte seinen Unterarm, sah, wie sich die feinen Haare bei der Berührung aufstellten.

»Als ich weg war, habe ich immer nur an dich gedacht. Dass ich so gerne mit dir zusammen sein möchte.«

»Nun, hier bin ich.«

»Ich meinte, auf andere Weise.« Er fuhr mit dem Finger über meinen Schoß. »Möchtest du so mit mir zusammen sein?«

Ich sah mich in dem Zimmer um – die abgewetzte Überdecke, die auf dem Boden lag; die krummen Dielenbretter, der zerkratzte Schreibtisch, die gerahmten Fotos eines Mannes, den ich nicht kannte, jemand aus Tante Carries Familie. Unter dem Bett stand eine kleine Kassette, in der er seine Schätze aufbewahrte: einen Silberdollar, einen glatten Stein aus Ormond Beach, eine Postkarte aus Toronto.

Das war sein gesamter Besitz. Und ich, mich hatte er jetzt auch.

»Du musst nicht antworten«, sagte er an meinem Hals. »Bleib einfach bei mir.«

Ende Juli kam ich nach Yonahlossee, der Sommer war fast vorbei. In Florida war der Juli immer der schlimmste Monat, die Hitze so groß, dass Leute starben, ein Dutzend jeden Juli. Die Insekten waren unerträglich, sie stachen, summten, unerbittlich verfolgten sie einen. Wenn ich mich auszog, fand ich Mücken in meiner Unterwäsche, zwischen meinen Schenkeln.

Georgie kam zum Unabhängigkeitstag zu Besuch. Ich freute mich in einer eigentümlichen Mischung aus Furcht und Aufregung auf ihn.

Aus einer Laune heraus kaufte mein Onkel an einem Stand in Gainesville Feuerwerkskörper, einen ganzen Karton. Wir hatten noch nie Feuerwerksraketen abgeschossen. Als Onkel George uns seine Überraschung präsentierte, bemerkte ich den Gesichtsausdruck meines Vaters. Er war nicht begeistert, jeder konnte das sehen.

»Ein Geschenk«, sagte Onkel George, »ein Geschenk«, und mein Vater erwiderte nichts.

Onkel George tat mir leid, und ich war wütend auf meinen Vater, weil er so gemein war.

»Und was für ein schönes«, sagte meine Mutter und durchbrach die Stille, »was für ein schönes.« Aber es war zu spät.

Wenn ich manchmal an dieses Wochenende denke – und ich habe oft daran gedacht, es immer wieder vor meinem geistigen Auge ablaufen lassen –, bin ich nicht verwundert. Was geschah, war zwar nicht normal, aber unumgänglich, es musste so kommen. Meine Familie wurde zu einer anderen Familie, aber das wäre ohnehin passiert. Sam und ich wären aufs College gegangen, Georgie hätte geheiratet. Die Kinder hätten das Haus verlassen.

Und dann gibt es Zeiten, da denke ich an dieses Wochenende, und ich bin mir selbst fremd, und dieses Wochenende erscheint unmöglich.

Ich hatte das Gefühl, dass uns jemand beobachtete. Ich war sehr vorsichtig und gab mir alle Mühe, Georgie zu ignorieren, wenn andere dabei waren, auch wenn es nur Sam war. Sam blickte mich an, als bestünde zwischen uns ein gewisses Einvernehmen, wenn ich bei einem Witz von Georgie nicht lachte, wenn ich sogar ein Lächeln vermied. Es war so einfach, ihm eine Freude zu machen.

Spätabends, zur dunkelsten Stunde, entzündeten wir das Feuerwerk. Mein Onkel betete die ganze Zeit zum Scherz, dass der Mond verschwinden möge. Sam und Georgie trugen den Karton an den Rand der Wiese, am Stall vorbei. Georgie sprang in die Luft und schlug mit einem Jauchzer die Absätze zusammen, und Sam lächelte und ich auch, unwillkürlich, aber dann war ich wieder kühl. Georgie hatte sich über das Feuerwerk nicht gefreut. Ich sehr wohl, hinzu kam, was er später mit mir vorhatte. Ich blickte zu meiner Mutter, die zusah, wie mein Bruder, mein Onkel und mein Cousin in der Dunkelheit verschwanden.

»Ich hoffe, er ist vorsichtig«, sagte meine Mutter, ohne dass ich wusste, wen sie meinte. Wenn sie Bescheid gewusst hätte, dann hätte sie mich ermahnen können, vorsichtig zu sein, hätte verhindern können, dass die Dinge ihren Lauf nahmen. Wir konnten die drei nicht mehr sehen, aber ich hörte, wie Georgie Sam etwas zurief, wahrscheinlich irgendeine Anweisung, und seine Stimme hallte in meinem Kopf wider und verstärkte ein Begehren, von dessen Existenz ich nichts geahnt hatte.

»Ich habe seit Jahren kein Feuerwerk mehr gesehen«, sagte Vater ruhig. Ich legte meine Hand auf seine. Er drehte die Hand und umfasste meine. Es war so leicht, ihn zu lieben.

»Hast du als Kind Feuerwerke gesehen?«

»Ich weiß nicht mehr.«

Das kam mir seltsam vor – ob man als Kind Feuerwerke

gesehen hatte oder nicht, daran konnte man sich doch erinnern –, aber ich saß still da, weil ich das Gefühl hatte, dass Vater still dasitzen wollte. Ich würde mich an diese Nacht erinnern, dachte ich, aber vielleicht würde sie eines Tages zu einer vagen, kaum wiedererweckbaren Erinnerung verblasst sein. Der Gedanke schien mir unerträglich, dass alles einfach verschwinden könnte.

Wir hörten einen Schrei, und Mutter stand erschrocken auf. Dann hörten wir das Knallen einer Feuerwerksrakete, und ein farbiger Schweif zog sich über den Himmel.

»Keine Sorge, Elizabeth«, sagte mein Vater, und meine Mutter sank auf den Stuhl zurück.

»Gefällt es dir, Thea?«, fragte meine Mutter.

Ich blickte in den Himmel. »Ja.«

Tante Carrie war still. Ich sah zu ihr und wollte schreien. Du müsstest es wissen, du hättest deinen Sohn davon abhalten sollen, sich auf all das einzulassen.

Bevor die Männer zurückkamen, ging ich, ich ging, um nach Sasi zu sehen, der, wie ich es mir gedacht hatte, panisch war. Eine Weile blieb ich bei ihm, aber er ließ sich nicht beruhigen. Ich lief um den Reitplatz mit ihm, ließ ihn grasen, aber er interessierte sich nicht für Gras. Die Luft roch versengt, und ich konnte ihm nicht erklären, dass das alles nur ein Spaß war, dass keine echte Gefahr bestand.

Als ich wieder zurück war, sagte Mutter, dass sie das Haus fertig für die Nacht machen wollte – eine Wendung, die ich sie noch nie hatte benutzen hören. Sie musste sie in einem Buch gelesen haben. Ich fand sie im Wohnzimmer, wo sie die Vorhänge zuzog, und sagte ihr, ich wäre noch eine Weile draußen, um mich um Sasi zu kümmern. Sie meinte, ich solle nicht zu lange aufbleiben, was ich versprach, auch wenn ich vorhatte, draußen zu schlafen, wenn Sasi sich nicht beruhigte. Vielleicht war Georgie nebenan – in der Küche oder im

Flur – und hörte mich, oder er würde in meinem Zimmer nachsehen und von selbst auf die Idee kommen, dass ich im Stall war. Dort hatten wir uns schon getroffen. Er könnte sich denken, dass ich dort auf ihn warten würde.

Ich döste – ohne zu schlafen, aber auch weit entfernt davon, wach zu sein –, als ich ihn hörte. Ich sah ihm dabei zu, wie er nach mir suchte. Sasi war erschöpft von der Aufregung, er stand ganz still da, den Kopf in der Ecke. Ich liebte ihn. Das Gefühl stieg in meiner Kehle hoch.

Georgie ging an der Box vorbei. Auf seinem Gesicht stand der Schweiß. Gleich darauf kam er wieder und blieb an der Box stehen, die Ellbogen auf die Tür gestützt, lächelnd.

»Hier versteckst du dich.«

Sasi schrak zusammen, warf den Kopf zurück und machte einen Schritt zur Tür. Georgie wich zurück.

»Ich habe mich nicht versteckt.« Ich stand neben Sasi und streichelte seinen Hals, ließ die Finger durch seine ungekämmte Mähne gleiten. In letzter Zeit hatte ich mich nicht gut um ihn gekümmert.

»Thea?«

Ich drehte den Kopf und sah zu meinem Cousin, in sein erwartungsvolles Gesicht. Er bedeutete mir mit einer Geste mitzukommen, und ich ging mit, das war nach allem, was wir miteinander gemacht hatten, zu erwarten. Willig folgte ich ihm, und sobald ich aus der Box getreten war, drückte er mich gegen die Mauer, deren wohltuende Kälte ich durch mein Kleid spürte. Er roch nach Schweiß und biss mich in die Lippe. Ich drehte das Gesicht weg, und er schob mir das Kleid über die Hüften. Dann presste er sein erigiertes Glied gegen mein nacktes Bein, und ich sah, dass er sich selbst zuschaute, dass ihn der Anblick seiner Erektion an meinem Bein erregte.

»Georgie«, sagte ich, »warte.«

»Warum?« Er nahm mich an der Hand und führte mich in

eine leer stehende Box. Seine Stimme klang tiefer als noch vor einer Minute. Ich strich ihm die Haare aus der Stirn und lächelte ihn an.

»Gut.«

»Du«, sagte er, »du bist so wunderbar.«

In dem Moment hätte ich alles gemacht. Ich wandte mich von ihm ab, knöpfte mein Kleid auf, und er stand hinter mir, schob mir das Kleid von den Schultern. Er küsste meinen Hals und umfasste meine Brüste, dann drehte er mich um.

Er legte mir einen Finger unters Kinn und hob es an. »Geht es dir gut?«

»Nein.«

»Gleich wird es dir besser gehen.« Aber ich wollte, dass er fragte, *warum* es mir nicht gut ging. Ich wollte, dass er sich wenigstens halb so sehr wie ich der Gefahr bewusst war. Er schien sorglos zu sein, Georgie, so sorglos trotz all dem. Er wandte seinen Blick nicht ab. Frag doch, schrie es in meinem Kopf: Frag, frag, frag! Stattdessen legte er mir eine Hand zwischen die Beine und beobachtete mich dabei, und er war sanft. Er hielt inne, ein kleines Lächeln auf dem Gesicht, und ich wusste, dass er mich reizen wollte. Es funktionierte.

»Hör nicht auf«, sagte ich, und er öffnete seinen Gürtel, und es fühlte sich alles so gut an, und ich wollte ihn, *brauchte* ihn, denn was ich in diesem Moment empfand, war keine echte Lust; es war das Versprechen von Lust, ein Brennen, das mit Fingernägeln vertrieben werden musste. Und vielleicht, dachte ich, als ich ihn neben mir spürte, als er meine Oberschenkel auseinanderschob und meine Brustwarzen mit einer Fingerspitze nachfuhr. Vielleicht, dachte ich, als er sich in mich drängte, war es genug, dass Georgie später versuchen würde, mich zu verstehen, dass es jetzt ein Bedürfnis gab und dass dieses Bedürfnis verschwunden sein würde, wenn wir fertig waren.

»Entspann dich«, sagte er, und ich versuchte es. Es tat weh, aber der Schmerz, begriff ich jetzt, war Teil der Lust. Ich hätte das nicht tun sollen, es war sehr schlecht, und nun wurde ich dafür bestraft. Alles war jetzt so klar. Ich sah aus dem Fenster in eine schwarze, schwarze Nacht. Ich spürte den Stoff von Georgies Hemd, ich legte die Hände auf seine Schultern und zog ihn an mich. Wenn eine Tür zugefallen wäre, wenn meine Mutter auf die Veranda getreten wäre und meinen Namen gerufen hätte.

Sams Gesicht tauchte vor mir auf, nicht so, wie er jetzt war – wütend, verletzt –, sondern wie er früher gewesen war, ein Junge, der die Welt allzu intensiv wahrnahm. »Wir sollten euch vertauschen!«, hatte Mutter früher immer gesagt, als täten sich kleine Mädchen leichter als kleine Jungen damit, das Gewicht der Dinge zu tragen. Georgie senkte den Kopf und leckte gierig meine Brüste wie ein Hund, und ich erschauerte, zog ihn hoch – ich fühlte mich ausgeschlossen, er war in mir, aber er verwirklichte eine Fantasie, eine, die nur meine Gegenwart, nicht meine Liebe erforderte.

Mutter hatte recht gehabt. Ich war fast wie ein Junge, die Folgen meines Handelns waren mir zu wenig bewusst. Ich erinnerte mich an das Zelt, das uns Mutter zwischen unseren Betten bauen ließ, als wir klein waren. Sam nahm mein Gesicht zwischen seine Hände: »Thea«, sagte er. »Thea!«

Georgie stieß in mich hinein, einmal, zweimal, und er kam mir so groß in mir vor, unglaublich groß. Dann ließ er den Kopf auf meine Brust sinken und atmete tief ein und aus. Es war sehr schnell vorbei.

Was hatte Sam gewollt? Ich konnte mich einfach nicht daran erinnern.

Ich ließ mich an der kalten Mauer entlang zu Boden gleiten. Georgie stand über mir, steckte sein Hemd in die Hose, schloss den Gürtel. Als ich ihn all diese Dinge tun sah, diese normalen Alltagsgesten, fühlte ich mich sehr allein. Ich vergrub den Kopf in den Händen.

»Thea?«

»Was haben wir getan?«

»Weißt du das nicht?« In seiner Stimme war ein Lachen, wie konnte er nur.

»Das meine ich nicht.«

Er setzte sich neben mich. »Das ist etwas ganz Natürliches«, sagte er.

»So fühlt es sich nicht an.« Ich schüttelte den Kopf.

»Nein?«

»Wir hätten warten sollen.« Ich sah weg.

Er lachte. »Warum?«, fragte er. »Warum hätten wir warten sollen?«

Ich war nackt, und mein Cousin war vollständig angezogen. Er zog mit dem Finger ein Muster im Sägemehl und schien zu überlegen, was er sagen sollte, was ihm nicht ähnlich sah: zu denken, bevor er sprach.

»Es war falsch«, sagte ich.

»Ich habe dich zu nichts gezwungen.«

Ich schüttelte den Kopf. Er verstand nichts.

»Gib mir mein Kleid«, sagte ich und deutete darauf.

Er holte das Kleid, das mitten in der Box lag, und es kam mir fremd vor, wie er sich bewegte. Dann stand er da und betrachtete mich.

»Hast du nicht damit gerechnet, dass das passieren würde?« Er klang tatsächlich neugierig.

Ich wollte nur noch allein sein. Schmerzhaft wurde mir bewusst, wie viel ich für neunzig, hundert Sekunden aufgegeben hatte. Und diese Minute, diese zwei Minuten waren nicht schön für mich gewesen, nur Georgie hatte sein Vergnügen gehabt. Unsere Zukunft breitete sich deutlich vor mir aus: Wir würden es noch ein Dutzend Mal tun, zwei Dutzend Mal, und dann würde Georgie das Interesse an mir, an unserem Arrangement verlieren. So waren Jungen, begriff ich jetzt, während ich meinen Cousin ansah, der über mir stand, sorglos, selbstgewiss. Jungen waren für diese Welt geschaffen. »Wir gehören nicht zu denen, die heiraten«, sagte er. »Thea? Hast du gedacht, dass wir zu denen gehören, die heiraten?«

»Ich weiß nicht, was ich gedacht habe«, sagte ich. »Das jedenfalls nicht.« Ich deutete auf die Box, die Mauern schimmelig braun; sie mussten geschrubbt werden, was zu meinen sommerlichen Pflichten gehörte. Georgie folgte mit dem Blick meiner Hand, folgte ihr, bis sie verharrte: bei ihm, in Kleidern, die ihm meine Eltern gekauft hatten, die einzigen schönen Sachen, die er besaß. Meine Wangen brannten. »Es ist schmutzig.«

Er ging neben mir in die Hocke und berührte meine Wange. »Das stimmt nicht.«

»Doch«, sagte ich und schob seine Hand weg. »Genau das ist es. So macht ihr das, du und deine Familie.«

»Meine Familie?« Ich spürte, wie sich in meinem Herzen all die Worte formten, bereit hervorzubrechen. Ich presste mein Kleid an die Brust und wusste, wie ich es beenden würde. Jetzt tat er mir leid. So unbeholfen stand er da, so verwirrt. Ich wollte ihn nicht bemitleiden. Ich wollte überhaupt nichts mit ihm zu tun haben. Ich wollte seine Spuren von meinen Händen waschen, und in diesem Augenblick erschien es mir möglich: Ich könnte für immer mit ihm fertig sein.

»Du bist wie dein Vater.« Ich sprach schnell, ich stellte mir meinen freundlichen, sanftmütigen Onkel vor und kam mir gemein und hinterhältig vor, aber es blieb mir nichts anderes übrig. »Dein Vater kam zu meinem Vater wie du zu mir, als Bittsteller. Du bist genau wie er, beschämend.«

Ich hielt mir das Kleid an die Brust und wünschte mir nichts mehr, als angezogen zu sein. Mein Cousin blickte aus dem Stallfenster in die Nacht hinaus, die kohlrabenschwarz war, da die Lichter der Stadt nicht bis hierher reichten. Mir war schlecht. Ich wollte, dass es vorbei war. Aber ich betrachtete das Profil meines Cousins und wusste, dass es niemals vorbei sein würde, dass wir eine Familie waren, dass wir nicht voneinander loskamen.

Ich blickte zu Boden. Als ich wieder aufsah, war Georgies Gesicht eine Grimasse. Was blieb ihm auch sonst? Diese Frage stelle ich jetzt, Jahre später, zu spät, da alles zerstört ist.

»Sieh dich an«, sagte er, und seine Blicke wanderten über meinen Körper, das Kleid, das mich nur unzureichend bedeckte.

»Wenn du nicht gehst«, sagte ich, »schreie ich.«

»Schreien willst du?«

Was, wenn ich einen Moment gewartet hätte mit meiner Drohung? Oder, besser, wenn ich einen Schritt in der Zeit zurück gemacht hätte und überhaupt nichts gesagt und ihm einen Gutenachtkuss gegeben und so getan hätte, als wäre alles wie immer, und mich langsam von ihm zurückgezogen hätte, wie Georgie sagte, die Dinge ihren natürlichen Lauf hätte nehmen lassen. Er konnte schwerfällig, ungeschickt und gemein sein, aber auch freundlich, lustig und aufrichtig. Aber das war sowieso alles egal. Er war mein. Er war mein Cousin. Ich wollte alles zurücknehmen, ich wollte, dass *er* alles zurücknahm. Zum ersten Mal in meinem Leben verstand ich, dass bestimmte Worte wie Brandmale waren, die sich in das Gehirn brannten.

»Wer soll dich hören?«

»Alle.«

»Ich glaube nicht, dass du willst, dass alle dich hören.«

Wir sahen uns an. Gott weiß, was du dir dabei gedacht hast, Thea. Das weiß nur Gott. Ich konnte Mutters Stimme hören. Georgie sah mich an, aber ich wich seinem Blick aus. Schließlich ging er.

Ich schlief im Stall. Ich fühlte mich schmutzig, aber nicht

so schmutzig, dass ich mich waschen wollte. Es kam mir normal vor, in der leeren Box einzuschlafen, im Stall zu bleiben, bis es hell wurde.

Im Morgengrauen schlich ich mich ins Haus und wusch mich, dachte an Georgie, der in dem Zimmer nebenan schlief. Ich hätte die Tür nicht schließen müssen. Er hatte mich schon nackt gesehen. Aber da war Sam, er kannte mich nicht nackt. Ich bohrte mir die Fingernägel in den Unterarm. Mein eigener Cousin hatte mich benutzt. Ich war eine junge Frau zu einer Zeit, als junge Frauen machtlos waren. Man sollte meinen, dass ich hätte voraussehen können, was passieren würde. Aber zu Hause hatte ich mich nie machtlos gefühlt. Ich hatte nicht gewusst, dass ich dort aufpassen musste.

Als ich zum Frühstück hinunterging, saß Georgie nicht am Tisch und Sam auch nicht. Ich ging davon aus, dass sie noch schliefen – es war früh, noch nicht einmal sieben.

»Hat sich dein Pony beruhigt?«, fragte Mutter.

»Ja.«

»Geht es dir gut, Thea?«

So gerne hätte ich es ihr gesagt. So gerne wäre ich getröstet worden. Ich schäme mich, Mutter, ich habe etwas derart Schreckliches getan, dass du mir nicht glauben wirst.

Sie tätschelte mein Handgelenk. »Thea?«

Ihre Stimme war sanft, süß.

»Ja«, sagte ich. »Nur müde.« Sie sah mich mit schief gelegtem Kopf an, und ich wusste, dass ich es ihr niemals sagen könnte, nicht in diesem Leben.

Nach dem Frühstück sattelte ich Sasi und machte mich auf den Weg zur Orangenplantage. Ich ritt den ganzen Morgen und ließ Sasi im leichten Galopp zum Stall zurücklaufen. Heute war mir alles egal. Es würde Folgen haben – Sasi würde das nächste Mal, wenn wir zum Stall zurückkehrten, wieder seinen Willen durchsetzen wollen –, aber sie schienen unbedeutend zu sein, und ich fühlte mich bedeutend und schlecht. Und ich hatte Angst, auch wenn ich versuchte, die aufsteigende Angst zu ignorieren, zu dämpfen, zurückzudrängen. Ich war immer gut darin gewesen, keine Angst zu haben. Den ganzen Morgen war ich den Tränen nahe, und der Galopp versetzte mich in eine Art Trance, und ich hüpfte im Sattel auf und ab wie eine Stoffpuppe. Dann fing ich wie ein kleines Mädchen, wie ein Kind an zu weinen.

Sasi machte einen Satz zur Seite, um etwas aus dem Weg zu gehen – ich sah nicht, was –, und ich schrie auf, packte Sasis kurze Mähne, richtete mich im Sattel auf, während ich ihn zu beruhigen versuchte, die Zügel kürzer zu fassen versuchte. So war es immer, wenn man ritt, man machte tausend Dinge auf einmal, instinktiv.

»Entschuldigung!«, rief Sam hinter mir, und ich wünschte, ich wäre gestürzt, um eine Erklärung für meine Tränen zu haben.

»Thea?«, sagte Sam. »Alles in Ordnung?«

Nein, wollte ich sagen, nein, nichts ist in Ordnung, und dann fing ich an zu schluchzen. Ich hatte Georgie Sachen mit mir machen lassen, die mir im Nachhinein unvorstellbar erschienen. Ich hatte Sachen mit ihm gemacht, über die ich niemals würde sprechen können, mit niemandem. Nicht mit Mutter, nicht mit Vater, nicht mit Sam, nicht mit – und das kam mir erst jetzt, auf dem Rücken meines geliebten Ponys, mitten in der Orangenplantage, durch die ich Tausende, nein, Millionen Male geritten war – meinem Mann. Mir war schlecht und schwindlig.

»Thea?« Und diese Stimme gehörte Georgie. Natürlich. Georgie war nett zu Sam, vielleicht weil er mich nicht mehr bevorzugte. »Thea?«, wiederholte er, und dann war Sam neben mir, hielt Sasis Zügel, sprach leise auf ihn ein. Nervös zupfte Sasi an Sams Hemd, doch dann beruhigte er sich. Ich erinnerte mich, dass Mutter immer sagte, die Liebe zu Pferden würde uns im Blut liegen. Was uns wohl noch im Blut lag?

»Warum weinst du?«, fragte Sam, woraufhin ich noch mehr schluchzte. Dass es ein so schöner Tag war, vergrößerte mein Unglück nur noch; wenn es geregnet hätte, dann hätte ich mich nicht so verlassen, so elend gefühlt.

Sasi keuchte, und ein, zwei Sekunden lang war es das einzige Geräusch – sein schwerer, regelmäßiger Atem.

»Thea?«, fragte Sam noch mal.

Hör auf, meinen Namen zu sagen, hätte ich am liebsten geschrien. Hör auf. Ich drehte den Kopf, damit ich ihn nicht ansehen musste, und sah dafür Georgie, der auf einem Stein saß. Er war nicht in meine Nähe gekommen. Ich bemerkte, dass sowohl er als auch Sam ein Gewehr über der Schulter trugen. Ich fragte mich, ob Sam etwas geschossen hatte. Sicher nicht. Man zog keine verwaisten Eichhörnchen groß, um sie dann, wenn sie ausgewachsen waren, zu jagen.

»Es tut mir leid«, sagte ich. »Es tut mir leid, es tut mir leid.« Ich wischte mir übers Gesicht, das verschmiert von Schweiß und Rotz und Tränen war. Ich fühlte mich wie ein glitschiges Ungeheuer.

Georgie stand auf und kam auf mich zu, und schneller, als ich denken konnte, lag seine Hand auf meinem Oberschenkel, überwand er seine Angst vor Sasi, und ich schrie ihn an. »Fass mich nicht an!« So hatte ich mich noch nie gefühlt. Ich sah Funken gegen den klaren blauen Himmel sprühen. Mir war heiß, fürchterlich heiß. »Fass mich nicht an!«, schrie ich immer wieder, bis ich heiser war. Ich spürte, dass mich die beiden Jungen verwundert ansahen.

Sam drehte sich zu Georgie. »Was hast du getan?«

»Was haben wir getan?«, sagte Georgie, und seine Stimme klang jetzt gemein. »Was haben wir beide getan?« Und dann ging er weg, und Sam stürzte sich auf ihn und stieß ihn zu

Boden. Georgie war so überrascht, dass es einen Moment dauerte, bis er aufstand.

Sasi zitterte unter mir und trabte los, aber ich sah immer noch zurück, und ich sah Sam – seinen Hinterkopf, den ich so gut kannte, seine schmalen Schultern, seine anmutige Haltung –, wie er die Hand hob und Georgie ins Gesicht schlug, mit der flachen Hand, und daraufhin schlug Georgie Sam mit der Faust ins Gesicht, und aus Sams Nase begann Blut zu strömen.

»Hört auf!«, rief ich. Ich beugte mich vor, Sasi bäumte sich kurz auf, und ich knallte auf den Sattelknopf, weil ich nicht aufgepasst hatte. Heftiger Schmerz durchzuckte mich zwischen den Beinen, und ich war fast froh darüber, weil er die Wirklichkeit zurückholte, Sam und Georgie waren keine surrealen Gestalten mehr, die vor dem Hintergrund der Orangenplantage unbeholfen aufeinander einschlugen.

»Hört auf!«, schrie ich noch einmal und hob die Hand, als würde das etwas ausrichten. Als ich mich erneut umdrehte, sah ich, wie Sam den Kolben seines Gewehrs hob und meinen Cousin – seinen Cousin, unseren Cousin – damit auf die Schulter schlug, und Georgie stolperte, taumelte rückwärts, fand sein Gleichgewicht wieder und stürzte sich auf Sam. Er sah wie ein Kind aus, das versuchte, einen Erwachsenen umzustoßen. Georgie hatte Angst vor Pferden. Ich hieb Sasi die Fersen in die Flanken und galoppierte direkt auf meinen Bruder und meinen Cousin zu. Ich wollte, dass sie aufhörten, sich zu schlagen. Ich dachte dabei nicht an das, was geschehen könnte – dass einer von uns ernsthaft verletzt werden könnte, dass ich etwas angestoßen hatte, wodurch einer von uns Schaden nehmen könnte –, nein, ich dachte daran, wie nachlässig ich ritt, was für eine schlechte Figur ich auf meinem rasenden, überhitzten Pony abgeben musste, und ich schämte mich dafür, dass Georgie mich so sah.

Georgie sah uns mit erschreckter Miene und blutendem Mund entgegen. Ich verlagerte mein Gewicht im Sattel, damit ich zwischen meinem Bruder und meinem Cousin hindurchreiten konnte. Sasi flog dahin, noch nie war ich so schnell geritten, die Orangenplantage verschwamm. In meinem Mund breitete sich ein bitterer Geschmack aus. Ich fragte mich, ob es Angst war.

Ich trieb sie nicht auseinander, wie ich gehofft hatte. Stattdessen geriet Georgie in Panik und lief zu Sam. Er dachte, ich wollte ihn über den Haufen reiten, er dachte, bei Sam sei er sicher. Er wusste nicht, dass ein Pferd so etwas nie machen würde – ein Pferd würde eher in einem brennenden Gebäude bleiben, als einen Menschen niederzutrampeln. Sasi stolperte, sein Huf traf auf etwas Hartes – der Stein, auf dem Georgie gesessen hatte –, und im selben Moment sah ich, wie Sam den Kolben seines Gewehrs hob und Georgie damit an der Schläfe traf, aber dann fand Sasi sein Gleichgewicht wieder, und er lief so schnell, er wurde einfach nicht langsamer. Mit ganzer Kraft riss ich an den Zügeln, aber Sasi war wie unter Hochspannung, also ließ ich mich aus dem Sattel gleiten, während er noch galoppierte, und auf den Boden fallen.

Ich rappelte mich hoch und drehte mich um, und da lag Georgie, und Sam schüttelte ihn an der Schulter, als wäre er eine Puppe. Ich sah, wie Georgies Kopf hin und her wackelte, ich sah, dass es ihm schlecht ging.

»Sam«, brüllte ich, »du bringst ihn um!« Sam sah mich entgeistert an, wie unter Schock. Ich war ganz ruhig. Sein Gesicht war blutverschmiert, wie Farbe lief das Blut über seine Wangen und seinen Hals; auch Georgie war voller Blut, ebenso der Boden. Da war so viel Blut. Noch nie hatte ich so viel Blut gesehen, aber ich dachte, dass es für Vater kein ungewohnter Anblick war, dass er bestimmt wüsste, was zu tun war.

Ich winkte Sam, dass er zu mir kommen sollte, und er rannte los, mit fliegenden Armen wie ein Kind. »Hol Vater!«, sagte ich. Auf seinen Lippen glänzte der Speichel. »Hol Vater!«, wiederholte ich.

Während Sam zum Haus lief, war ich mit Georgie allein. Ich strich ihm die Haare aus der Stirn. Seine Haut war heiß. Seine Haare waren blutdurchtränkt. Sam hatte unseren Cousin mit dem Gewehr verletzt, mit seinem Gewehr, das er noch nie gegen ein Lebewesen eingesetzt hatte.

Ich kniete neben Georgie und versuchte, das Schlimmste in Ordnung zu bringen. Ich strich seine Jacke glatt und tupfte ihm mit meinem Taschentuch das Blut von den Lippen, aber sein Mund war immer noch viel zu rot, deshalb schob ich seinen Kopf nach hinten und fuhr ihm mit dem Taschentuch über die Zähne. Als ich fertig war, sah er besser aus. Erneut strich ich ihm über die Stirn. Er atmete, und halb erwartete ich, dass er die Augen aufschlug und mich anlächelte, als wäre die letzte Nacht nie geschehen. Aber wenn er die Augen aufschlug und mich anlächelte, könnte ich nicht zurücklächeln. Ich hätte es nicht vergessen.

Aus dem Haus war ein Schrei zu hören – Mutter oder Tante Carrie, das wusste ich nicht –, und ich bemerkte Sams Gewehr neben mir. Es war ein wenig Blut daran, und ohne nachzudenken, wischte ich es an meiner Reithose ab, die sowieso schon voller Blut war, und warf es, so weit ich konnte, weg, was nicht sehr weit war.

Als mein Vater zusammen mit den anderen Erwachsenen auftauchte, lag Georgie immer noch so da. Ich hielt seine Hand, und mein Vater sah mich einen Moment lang seltsam an, bevor ich an den Rand des Kreises um Georgie – Mutter und Vater, meine Tante und mein Onkel – gedrängt wurde.

Sam sah mich an. Aus einem Impuls heraus nahm ich seine

Hand, und er schüttelte sie ab. Seine Augen waren glasig. So als würde er mich nicht erkennen.

»Sam?«, sagte ich leise. Ich versuchte, die Erwachsenen in meinem Augenwinkel zu ignorieren, versuchte, mich nur auf das blutige Gesicht meines Bruders zu konzentrieren.

Kurz erwiderte er meinen Blick, dann hockte er sich auf den Boden, schlang die Arme um die Beine und wiegte sich vor und zurück. Ich setzte mich neben ihn, legte ihm die Hände auf die Schultern, und er blickte mich wieder an, und wieder schien er mich nicht zu erkennen. In diesem Augenblick wollte ich sterben. Ich wünschte, Sam würde mit seinem Gewehr *mir* den Schädel einschlagen.

Mutter löste sich aus dem Kreis und trat zu uns. Sie sah Sam an, dann mich, dann wieder Sam. Sie fasste uns beide an den Oberarmen, wie sie es getan hatte, als wir Kinder waren, mich am rechten und Sam am linken, so als wären wir eine Person, und beugte sich vor, bis sie uns in die Augen sehen konnte. Auch das war eine Erinnerung aus der Kindheit.

»Geht auf eure Zimmer«, flüsterte sie, und ihr Atem strich über unsere Gesichter. Sie packte fest zu, grub die Fingernägel in unsere Haut, aber wir sagten nichts, Sam schien sie nicht einmal wahrzunehmen, und Mutter schien nicht wahrzunehmen, wie merkwürdig Sam aussah. »Geht«, flüsterte sie und schickte uns mit einem Nicken Richtung Haus.

Sam stand auf, ich sah ihm vom Boden aus hinterher. Ich rieb über die Stelle an meinem Arm, die Mutter umklammert hatte. Er ging weg, sein Gang unsicher, doch dann drehte er sich um und starrte mich an. Ich wandte den Blick ab.

»Thea«, sagte er. »Thea, Thea, Thea.« Ständig wiederholte er meinen Namen. Er klang wie besessen, als ob er nicht bei sich wäre.

»Hör auf!«, rief ich. »Hör auf!« Ich hielt mir die Ohren zu. Das hatte er früher immer gemacht, wenn er mich ärgern wollte. Ich hatte es gehasst, hatte es gehasst, dass sich mein Name in ein Zischen verwandelte, wenn man ihn oft hintereinander sagte. Das hatte ich fast vergessen. Seit Jahren hatte er es nicht mehr getan.

Dann hörte er auf. Ich wollte so gerne noch etwas sagen, aber ich wusste, dass es nichts zu sagen gab. Sam deutete hinter mich. Ich drehte mich um und entdeckte Sasi, der mit bebenden Flanken am Eingang zum Stall stand. Sasi hatte ich ganz vergessen. Ich ging zu ihm, nahm die Zügel, strich ihm über den Hals und sah, wie die anmutige Gestalt meines Bruders verschwand. So konnte ich Sasi nicht in seine Box bringen, er würde eine Kolik bekommen und sterben. Deshalb führte ich ihn um den Reitplatz, und während ich das tat, sah ich in der Ferne Onkel George, die anderen Erwachsenen hinter ihm, seinen Sohn auf den Armen, seinen reglosen, verletzten Sohn.

»Ist er tot?«, kreischte ich. »Ist er tot?« Und Mutter lief zu mir, blieb am Zaun stehen.

»Nein«, flüsterte sie, aber es klang wie ein Schrei, »nein, er ist nicht tot, aber er ist verletzt. Was ist passiert, Thea?«

Ich sagte nichts.

»Thea«, wiederholte sie, und ihre Stimme war voller Mitgefühl. Ich verdiente diese Stimme nicht, und ich wusste, dass ich diese Stimme zum letzten Mal gehört hatte. Das nächste Mal, wenn sie mit mir sprach, würde sich ihre Stimme ins Hässliche verzerrt haben.

Mutter konnte dort nicht für alle Zeiten stehen bleiben, und als die anderen Erwachsenen vorbeigingen, schloss sie sich ihnen an. Ich drückte das Gesicht an Sasis schweißnassen Hals, spürte den staubigen Schweiß an meiner Stirn und vermied es, zu meinem Cousin zu sehen.

Kapitel 20

Ich saß auf meinem Bett, einen Brief in der Hand. Mr. Holmes wartete auf mich. Wenn ich mir noch länger Zeit ließ, würde er anfangen, sich Gedanken zu machen.

Ich strich über die Schrift auf dem Umschlag. *Theodora Atwell*, stand da, *c/o Yonahlossee Riding Camp*. Die Briefe, die meine Mutter mir schrieb, waren oberflächlich, und sie schrieb nie *Theodora* in die Adresse. Sie teilte mir mit, dass sie dabei sei, alle unsere Sachen einzupacken, dass sie mit Sam und Vater in einem Hotel wohnen werde, während sie sich nach einem Haus umsahen, dass Vater schon vorher seine neue Praxis eröffnen würde. Ich glaube, dass ich froh über die Briefe war, darüber, dass sie mich auf mein neues Leben vorbereitete, dass ich mir ihr Leben vorstellen konnte, während ich hier meines lebte. Ohne es jemals deutlich zu sagen, ließ sie durchblicken, dass ich mit ihnen in diesem Haus in Orlando leben würde.

Doch der Brief in meinen Händen trug Sams Handschrift. Manchmal war es, als würde Gott mit mir spielen. Ein Tag vor dem Turnier und ein Brief meines Bruders, der noch kein einziges Wort geschrieben hatte, seit ich hier war.

Liebe Thea,
ich weiß, dass Du einen Brief von mir willst, aber warum nur? Wenn Du den hier liest, ist er bereits hinfällig. Du weißt, dass wir

umziehen. Hier ist alles so wie immer, nur dass Du nicht da bist. Aber bald wird es nicht mehr so wie immer sein, weil wir dann weg sind. Die Familie, die in unser Haus einziehen wird, hat fünf Kinder. Fünf. Stell dir das mal vor. Den einen oder anderen von ihnen würdest Du mögen, andere nicht. So ist es eben. Vater hat mir mehr Aufgaben übertragen. Ich glaube, er glaubt, dass es mir besser geht, je mehr ich zu tun habe. Ich weiß nicht, was ich schreiben soll, Thea. Du hast gesagt, Du willst einen Brief, aber was soll drinstehen?

Mit Georgie stimmt was nicht. Mutter und Vater sagen es mir nicht, aber ich höre sie darüber reden. Das ist nicht schwer, sie halten mich für dumm, als wüsste ich nicht, wie man an einer Tür horcht, dabei sind sie dumm. Vater sagt seit Monaten immer wieder das Gleiche: »Er ist nicht ganz in Ordnung.« Was denkst Du, was das bedeutet? Weißt Du, dass mich die Polizei verhört hat? Ich hatte keine Angst, aber Mutter und Vater schon. Seit Du weg bist, haben wir Tante Carrie und Onkel George nicht mehr gesehen. Ich glaube, Vater hat Onkel George getroffen, aber sicher bin ich nicht. Wir bezahlen alles. Das weiß ich. Das Haus in Orlando wird kleiner sein. Das sagt Mutter. Aber bis jetzt haben wir noch keins gekauft. Sie suchen noch. Sie würden es mir zwar nicht sagen, aber ich glaube, im Moment können wir es uns nicht leisten, ein neues Haus zu kaufen. Ich glaube, sie müssen noch warten.

Ich langweile mich hier. Ich wünschte, ich hätte einen Freund.

Dein Bruder

Sam

Ich faltete den Brief x-mal, bis er sich nicht mehr falten ließ, und dann faltete ich ihn wieder auseinander und betrachtete all die Worte, las ihn immer wieder, bis ich ihn auswendig kannte. Unbeabsichtigt. Es wäre mir lieber gewesen, wenn sich die Stimme meines Bruders nicht in meinem Kopf festgesetzt hätte, eine Schallplatte, die immer wieder das gleiche

Lied spielte, bis ich am liebsten geschrien hätte. Aber ich wollte nicht schreien. Ich wollte weinen. Weinen, wie es die Heldinnen in Romanen taten. Mutter hatte gelogen. Georgie ging es nicht gut. Aber ich hatte ihr glauben wollen, und deshalb hatte ich es getan.

Ich wusste nicht, was der Brief bedeutete, außer dass Sam einsam und wütend war. Früher war er kein wütender Mensch gewesen, das alles hatte ihn wütend gemacht, hatte einen anderen Jungen aus ihm gemacht. Ich kam mir selbstsüchtig vor, klein, gemein: Man hatte mich an einen Ort geschickt, an dem es unmöglich war, sich einsam zu fühlen. Und Sam, nun ja, er hatte bleiben müssen, er musste das einzige Kind in dieser Welt sein. Und Georgie – seit wann hatte Sam es gewusst? Wie lange hatte er diese Bürde allein getragen?

Ich beschloss, dass sein Brief auf seine Weise eine Bitte war zurückzukommen. Und zuerst hatte ich zurückgewollt. Aber jetzt nicht mehr. Zu Hause gab es keine Zukunft für mich.

Ich stand auf und nahm Mutters Ohrringe aus dem roten Samtetui. Es tat weh, sie einzustecken, aber damit hatte ich gerechnet. Ich hatte seit Monaten keine Ohrringe mehr getragen, nicht, seit ich Sissys Rubine anprobiert hatte. Und dann lief ich über den Hof, dorthin, wo Mr. Holmes auf mich wartete.

Mr. Holmes wollte mich in sein Bibliothekszimmer führen, ich folgte ihm jedoch nicht.

»Ich will rausgehen«, sagte ich, »so wie letztes Mal.«

»Gut«, sagte er, »wie du willst.«

Ich führte ihn durchs Haus auf die hintere Veranda. Wieder schien die Sonne, und ich hoffte, dass mir der Sonnenschein nicht für immer verleidet sein würde. Ich hoffte, dass ich eines Tages in der Lage sein würde, mich nicht mehr so deutlich an diesen Tag zu erinnern.

Wir gingen einen steilen Weg hinauf, und ich spürte, wie Mr. Holmes die Rückseite meines Oberschenkels berührte. Ich drehte den Kopf und lächelte ihn an, ohne stehen zu bleiben. Ich wusste, dass er sich über mein Schweigen wunderte. Aber das brauchte er nicht. Ich wusste, wohin ich gehen wollte. Ich wusste, was ich tun wollte.

Mit Georgie hatte es sich wie ein Vergehen angefühlt, etwas, das wir nicht hätten tun sollten. Woran wir uns vergangen hatten, wusste ich nicht. Ich wusste nur, dass Georgie nie mehr so sein würde wie vorher. Ich hatte es die ganze Zeit gewusst, und Sams Brief hatte es bestätigt. Eine Verkettung unglücklicher Umstände. Zuerst dachte ich, ich hätte etwas ändern können, die Tragödie der Atwells verhindern können: Es hätte so viele Gelegenheiten gegeben, die Sache aufzuhalten. Wenn ich an diesem Tag nicht ausgeritten wäre. Wenn ich einfach einen anderen Weg gewählt hätte. Wenn Sam sich geweigert hätte, mit Georgie jagen zu gehen. Wenn ich nicht wie ein kleines Mädchen geheult hätte.

Doch jetzt erkannte ich, dass alles bereits vor meiner Geburt begonnen hatte. Mit zwei Brüdern und ihren Söhnen. Einer Tochter, dem Mädchen, das aus der Reihe fiel. Und dann wurden wir alle von Umständen vorwärtsgetrieben, die anfangs nichts mit uns zu tun hatten. Umstände, auf die wir reagierten, schlecht reagierten, aber für die wir nicht verantwortlich waren. Der Landboom in Miami, auf den mein Onkel seine Hoffnungen gesetzt hatte; die Wirtschaftskrise, die bei meiner Familie das Gefühl verstärkt hatte, besser als der Rest der Welt zu sein.

Es hätte alles auch ganz anders ausgehen können: Das wusste nur Gott. Es war, als würde man sagen, wäre ich doch nie geboren worden, nur dann wäre all das nicht geschehen, wie ich jetzt begriff. Einer von uns hätte gehen müssen: ich, Georgie, Sam.

Auf der Lichtung blieb ich stehen und drehte mich zu Mr. Holmes um.

»Thea«, sagte er, »Thea.« Er berührte meine Ohrringe, die Ohrringe, die ein Geschenk meiner Mutter gewesen waren. Dass Mutter und Mr. Holmes, ohne es zu wissen, denselben Gegenstand berührt hatten, erschien mir ungeheuerlich, es war traurig, aber auch tröstlich.

Was hatte er vor fast einem Jahr gesehen, als er sich dem Auto näherte? Er hatte auf uns gewartet, auf mich. Er hatte meinen Vater beobachtet, der zu zögern schien. Er hatte Vater beobachtet, wie er zögerlich um das Auto herumging, staubig von der Fahrt, dann mich; ich war aus dem Auto gesprungen, bevor Vater mir die Tür öffnen konnte. Hielt er mich für ungezogen? Für impertinent? Theodora Atwell aus Florida, die sich ungebührlich benahm – schlimmer noch, die etwas sehr Schlechtes getan hatte und deshalb weggeschickt wurde. Zuerst tauchten meine Beine aus dem Auto auf, die Beine eines Mädchens. Dann ich, kleiner, als er dachte, und hübsch, mit einer tadellosen Haltung. Oder wenn nicht hübsch, dann interessant. All das sah er in der einsetzenden Abenddämmerung. Und dann merkte er, dass er uns zu lange beobachtet hatte, und eilte uns entgegen, um uns zu begrüßen.

»Thea«, sagte er noch einmal. Mehr nicht.

Eine Art Instinkt, von dem ich nicht gewusst hatte, dass ich ihn besaß, sagte mir, was ich tun musste. Natürlich hatte ich solche Dinge schon getan, aber nie mit so viel Selbstvertrauen, so viel Leichtigkeit. Zwischen uns herrschte jetzt eine Ungezwungenheit, die sich ganz und gar richtig anfühlte, und es war unvorstellbar, dass jemals jemand außer ihm und mir so empfunden hatte. Georgie hatte ich nie so begehrt.

Ich küsste ihn, fordernd, hielt sein Gesicht zwischen den Händen. Dann deutete ich auf den Boden, und er verstand, er verstand genau, was ich wollte, und er legte sich auf den

Boden, auf die Erde, und ich öffnete seine Gürtelschnalle und half ihm, seine Hose abzustreifen.

Ich ließ mich auf ihn sinken, und er war so groß und fest in mir, und ich wollte nicht, dass dieses Gefühl jemals aufhörte. Das Gefühl, das mir einen Grund für alles zu geben schien, was ich getan hatte, angefangen bei Georgie: das Gefühl, nicht allein zu sein. Und während dieses Gefühl noch hell in meinem Gehirn brannte, war ich traurig, weil ich wusste, dass es das erste und das letzte Mal sein würde, dass wir das taten. Und in diesem Moment erschien es mir unmöglich – ich packte seine Schultern, und er schob meine Bluse nach oben und saugte an meinen Brüsten, drückte mich an sich –, erschien es mir unmöglich, dass ich jemals wieder so empfinden würde. Ich hörte auf, mich zu bewegen, beugte mich nach unten und küsste ihn. Unsere Körper waren schweißbedeckt.

»Hör nicht auf«, murmelte er, und ich versprach es.

Ich betrachtete sein Gesicht, seine halb geschlossenen Lider … Was hatte er als Kind geliebt? Hatte er die Hand seiner Mutter gehalten, wenn sie über eine vereiste Straße gingen, und hatte ihre Berührung ihn getröstet? Hatte er die Stimme seines Vaters gerne gehört, wenn er das Tischgebet sprach? Sicher vermisste er das jetzt, die Berührung und die Stimme, die so rasch aus der Erinnerung schwanden.

Ich bewegte mich schneller, und er legte mir die Hände auf die Hüften und zog mich nach unten, unten, unten, in ihn hinein, und dann saß ich zurückgelehnt auf ihm und schloss die Augen, erfüllt von Lust, diesem Gefühl von Hoffnung.

Ich wollte Georgie nicht aus meinem Kopf vertreiben. Ich wollte diese Nacht vertreiben, den darauffolgenden Tag. Aber das war unmöglich, wie ich jetzt erkannte. Der Schmerz war Teil der Lust, und beides war meine Erinnerung an meinen Cousin.

Der Morgen am Tag des Turniers war strahlend, einer jener Morgen, die einen herrlichen Tag verheißen. Wenn ich die Tage hier so oft als herrlich bezeichne, dann deshalb, weil sie das waren, weil ich nicht weiß, wie ich sie sonst beschreiben könnte, weil mir kein zutreffendes Wort einfällt, wie eine Ansichtskarte, ein Gemälde, etwas, das nicht real ist.

Ich ging den Waldpfad entlang, auf der einen Seite Sissy, auf der anderen Mary Abbott mit bis zu den Knien hängenden Reithosen. Sissy hatte ihre glatten Haare zu einem festen Knoten geschlungen. Meine Reitjacke spannte im Rücken, wenn ich die Arme hob. In zwei Monaten würde ich aus ihr herausgewachsen sein. Aber daran dachte ich nicht, ich dachte nicht an das nächste Jahr oder auch nur an den nächsten Tag: Ich dachte an die nächste Stunde, wenn ich vor all den Mädchen springen würde, und vor Mr. Albrecht und Mr. Holmes.

Mr. Holmes stand mit Decca am Tor. Mein Körper reagierte jetzt auf ihn, es fühlte sich an, als wäre in meine Haut ein Magnet eingebettet, der mich drängte, zu ihm zu gehen. Aber das würde ich natürlich nicht tun, konnte ich nicht tun. Ich hob die Hand zum Gruß und sah weg. Ich entdeckte Leonas blondes Haar, zu einem straffen Zopf geflochten; sie zählte die Schritte zwischen einer doppelten Kombination.

Ich folgte Leona, die den Parcours ein zweites Mal abschritt. Es ärgerte mich, nach den Regeln war jemand anders an der Reihe. Ich zählte die Schritte zwischen den Hindernissen und versuchte, den Parcours aus Naaris Sicht zu sehen, versuchte vorauszuahnen, was sie erschrecken könnte – die Topfpflanzen links und rechts von jedem Hindernis, die Zelte am anderen Ende, in deren Schatten die Tische fürs Mittagessen aufgestellt waren, die Zuschauer, deren bloße Anwesenheit – so viele Dinge.

Ich war wund zwischen den Beinen, aber vom letzten Mal wusste ich, dass das rasch wieder abklingen würde. Alles, was mir blieb, war eine Erinnerung, die immer schwächer werden würde, bis ich nur noch eine Erinnerung an diese Erinnerung hatte. Aber Mr. Holmes hatte mich verändert. Seinetwegen war ich ein anderes Mädchen.

Ich versuchte, mich auf die Hindernisse zu konzentrieren. Ich war beeindruckt von dem Parcours, den Sissys Gruppe entworfen hatte. Die schwierigsten Hindernisse für die Fortgeschrittenengruppe waren ein Wassergraben, gefolgt von einem breiten Oxer, zwei Sprünge hintereinander, und eine dreifache Kombination mit einer Mauer als Abschluss. Die Mauer war das höchste und letzte Hindernis des Parcours, als Abschlussprüfung gedacht. Die Ziegel waren nicht echt, sondern aus leichtem Holz, aber das wussten die Pferde nicht, für sie war es eine massive Mauer.

Mr. Albrecht blies in seine Pfeife, und Leona ritt an mir vorbei, ihre Wangen geröteter als sonst, und ich war tatsächlich überrascht – sie schien nicht der Typ für Rouge zu sein.

Ich wusste, dass ich sie gewinnen lassen sollte. Sissy hatte es ja sogar durchblicken lassen. Und ich hatte gelacht, ihr erklärt, dass Leona mich wahrscheinlich anständig und ehrlich besiegen würde. Aber ich hoffte, dass das nicht stimmte.

Die Qualifikationsrunden waren rasch absolviert. Ich wärmte mich auf dem angrenzenden Reitplatz auf und sah zu, wie drei Mädchen am Wassergraben scheiterten, bevor ich an der Reihe war: zwei Mädchen im dritten Jahr aus Louisville und Martha Ladue. Ich war die Drittletzte. Mr. Holmes hatte immer noch Decca auf dem Arm. Ich sah sie nicht gut, nur im Profil, das von Mr. Holmes wurde von Decca verdeckt. Es hatte bereits einen Sturz gegeben, ein Mädchen, das ich nicht näher kannte, war gestürzt, nachdem sein Pferd den Oxer verweigert hatte.

Nach der Hälfte der Qualifikationsrunden gab es eine Pause. Ich versuchte, gleichmäßig zu atmen, versuchte, Naari zu beruhigen. Hier ging es nicht um Geschwindigkeit – nur um Genauigkeit. Ich schloss die Augen und stellte mir jedes Hindernis vor, zählte die Schritte dazwischen.

Ich hatte meinen Start perfekt geplant; als Mr. Albrechts Pfeife ertönte, war ich bereit zum ersten Sprung. Beim Anblick eines der Blumentöpfe verdrehte Naari die Augen, aber ich trieb sie mit den Beinen an, und sie nahm das Hindernis ohne Schwierigkeiten. Ich sprang so, wie ich immer sprang: Alles andere trat in den Hintergrund. Die Zuschauermenge verschwamm. Ich konzentrierte mich auf Naaris scharfen Schweißgeruch, das Beben ihres Körpers zwischen meinen Beinen.

Ich *wusste*, dass wir das letzte Hindernis geschafft hatten, ich war mir ganz sicher, doch dann fielen die Ziegelsteine unter uns, und ich verfluchte Naari leise. Sie hatte die Beine nicht weit genug angezogen. Aber wir waren schnell gewesen.

Leona trabte an uns vorbei, so dicht, dass sie einen kleinen Windstoß erzeugte. Naari wollte ebenfalls traben, sie war nervös und aufgeregt. Ich wollte mich bei Mr. Albrecht nach meiner Zeit erkundigen und entdeckte ihn mit dem Rücken zu mir, gestikulierend. Er sprach mit jemandem, den ich nicht sehen konnte, erst als ich an ihm vorbeiritt, stellte ich fest, dass es Mrs. Holmes war.

Aus sicherer Entfernung beobachtete ich Leona. Mein Kopf pochte, und mein Mund war ausgetrocknet. Es ist vorbei, flüsterte ich Naari zu, aber selbst jetzt konnte ich es noch nicht richtig glauben. Vielleicht hatten mich meine Augen getäuscht. Vielleicht spielte mir mein Verstand einen Streich. Aber ich kannte die Wahrheit, die ganz einfach war: Mrs. Holmes war einen Tag früher zurückgekommen. Leute kamen ständig früher zurück.

King nahm jedes Hindernis, einschließlich der letzten Kombination, als wären es nur Bauklötzchen. Seine Beine waren endlos lang; er musste sich kaum anstrengen.

Sissy fand mich in Naaris Box, Naari stand mit hängendem Kopf da, erschöpft. Sissy schlüpfte herein und schloss die Tür hinter sich. Ich tätschelte Naaris Rumpf. Sie konnte sich ein paar Stunden ausruhen. Die Fortgeschrittenenklasse fing als Erste an und kam dann noch einmal als Letzte, sodass die Pferde am längsten Zeit hatten, sich zu erholen.

»Was machst du denn hier?«, fragte sie. Ihre Wangen waren gerötet, und aus ihrem Knoten hatten sich ein paar einzelne Strähnen gelöst. Wie alle war sie ganz in Weiß. Ich trat nicht gegen Sissy an, aber sie war ohnehin für niemanden eine Bedrohung. Sie war nicht gut genug. Ihr lag nicht genug daran.

»Ich bin müde.«

»Aber es gibt Mittagessen. Hast du denn keinen Hunger?«

Ich folgte Sissys Finger und sah einen Schwarm weiß gekleideter Mädchen. »Was gibt's denn?« Es ärgerte mich, wie kläglich meine Stimme klang.

»Sandwiches. Aber sie sind gut.«

»Mrs. Holmes ist wieder da.«

»Ich weiß.«

Ich legte eine Hand auf meine pochende Stirn und wich Sissys Blick aus.

»Ich bin traurig«, sagte ich schließlich.

»Aber du hast doch gewusst, dass sie zurückkommt.« Ihre Stimme klang sanft.

»Ja«, sagte ich. »Ja. Aber kennst du das nicht? Man sieht etwas kommen und kann es dennoch nicht aufhalten.«

Sie zog mich in die Arme. Mir fiel auf, wie entschlossen sie es tat, als fürchtete sie, ich würde sie zurückweisen. Das tat ich jedoch nicht. Letztes Jahr, nach Georgie, hatte mich niemand umarmt. Niemand hatte mich berührt.

Die drei Finalistinnen – Jettie, Leona und ich – waren im Stechen. Ich war die Erste, keine beneidenswerte Position, aber ich war froh, starten zu dürfen. Wir mussten schnell sein. Ich wusste, dass die Entscheidung zwischen mir und Leona fallen würde, hatte es immer gewusst. King war größer, ein talentierter Springer, aber Naari war schneller, wie sie in dieser lange zurückliegenden Nacht bewiesen hatte, und darüber hinaus war sie klüger. King war dumm, durch nichts aus der Ruhe zu bringen. Wenn ich es schaffte, Naari nervös genug zu machen, würde sie genauso schnell laufen wie in dieser Nacht, und wir würden gewinnen.

Beim Aufwärmen hielt ich den Blick auf Naaris Ohren gerichtet und ließ sie im Kreis gehen, in immer kleineren Kreisen, bis sie praktisch Pirouetten drehte. Ich ließ sie nicht traben – sie sollte ihre Energie aufsparen. Ich hatte nicht zu Mr. Holmes hinübergesehen, aber, ja, er beobachtete mich. Ich konnte es spüren. Mr. Albrecht warf mir einen fragenden Blick zu, als ich an ihm vorbeiritt. Ich hätte Naari langsam aufwärmen sollen, mich langsam an den Parcours annähern, aber letzten Endes konnte man Regeln brechen, und das wussten wir beide. Ich konnte mein Pferd behandeln, wie ich wollte.

Ich schlang mir die Zügel um die Hände, das hatte ich noch nie gemacht, nur davon gehört. Es war unklug, denn wenn Naari im letzten Augenblick ein Hindernis verweigerte und ich über ihren Kopf geschleudert wurde, wäre ich durch die Zügel noch mit ihr verbunden, sodass ich mir mindestens die Arme brechen würde. Meine Furchtlosigkeit war jedoch zurückgekehrt, wie immer vor einem schwierigen Parcours. Wie immer, wenn Leute zusahen. Und jetzt befand er sich unter diesen Zuschauern, und ich fühlte mich verwegen, verwegen, als ich mir die Zügel so fest um die Hände schlang, dass mir das Leder ins Fleisch schnitt, verwegen, als ich Mr. Albrechts Pfeife hörte und Naari angaloppieren ließ.

Mir gefiel die Hebelwirkung der um meine Hände geschlungenen Zügel, ich beugte die Ellbogen, und Naari wurde sofort langsamer, dann drehte ich die Fußspitzen nach außen und drückte ihr die Sporen in die Seiten, und damit hatte ich sie, ihre gesamte Kraft unter mir gebündelt. Noch nie hatte ich eine solche Energie gespürt, unter mir wogend wie eine gewaltige Welle.

Wir waren viel zu schnell, beim Reitunterricht hätte Mr. Albrecht mich angebrüllt, ich solle mein Tempo um die Hälfte reduzieren. Die weiß gekleideten Mädchen waren nur noch eine verschwommene Masse, aus der alle paar Meter der Hut einer Hausaufseherin herausstach. Selbst wenn ich gewollt hätte, hätte ich Mr. Holmes in der Menge nicht ausmachen können.

Ich nahm den Wassergraben, spürte, wie Naari ihre Haltung änderte, und als sie sich in Vorbereitung auf den Oxer vor uns sammelte – als sie dann darüberflog, die Ohren flach angelegt, konzentriert –, wusste ich, dass wir einander verstanden: Ich wollte gewinnen, und sie wollte mich loswerden, dieses irritierende Mädchen auf ihrem Rücken, das sie mit schmerzhaften Tritten in die Flanken vorwärtstrieb, dann wieder mit einem fürchterlichen Ruck in ihrem Maul zurückhielt; sie schmeckte Blut von dem sich hin und her bewegenden Mundstück, das ihr die Zunge an die Zähne drückte, ihr das Atmen erschwerte.

Naari schnaubte verärgert. »Gut«, flüsterte ich ihr zu, im Takt ihres leichten Galopps, »gut, gut, gut«, und während wir uns der letzten Kombination näherten – es war gemein, das höchste Hindernis als Letztes aufzustellen –, drückte ich ihr die Schenkel an die Seiten und ließ meine Hände an ihrem Hals nach oben gleiten, und sie spürte das Nachlassen des Drucks in ihrem Maul, in ihrem Hirn, und setzte zum Sprung an.

In dieser Runde ging es um Geschwindigkeit, gerissene

Hindernisse zählten also nicht, aber ich *musste* diese Ziegelmauer schaffen, Mr. Holmes sollte mich dabei sehen. Während wir über dem letzten Hindernis schwebten – eine Sekunde, zwei Sekunden –, schloss ich die Augen und stellte mir einen Moment lang vor, ich wäre wieder zu Hause, säße auf Sasi, spränge hinter dem Haus, spränge in das große, unbekannte Ungewisse jenseits davon.

Ich musste sie fünfmal im Kreis laufen lassen, bevor sie endlich in Schritt fiel. Die Menge war ganz still geworden. Ich hatte alle Hindernisse genommen.

Leona trabte auf King herein, ohne mich eines Blicks zu würdigen. Aber Mr. Albrecht sah zu mir her, und ich merkte, dass auch die Augen all der Mädchen rings um den Reitplatz auf mich gerichtet waren: auf mich, nicht auf Leona. Ich tätschelte Naaris Hals, und sie zuckte zusammen.

»Lass sie gut abkühlen«, sagte Mr. Albrecht leise, als ich an ihm vorbeiritt.

Ich nickte. Ich versuchte, die Blicke der anderen zu ignorieren. Mary Abbott stand am Eingang, und als ich an ihr vorbeikam, packte sie meine Zügel.

»Nein«, sagte ich aufgebracht, »lass los.«

»Was für ein Ritt«, sagte sie mit Singsang-Stimme, »was für ein Ritt. Braves Mädchen«, sagte sie zu Naari.

»Fass sie nicht an!«

Mary Abbott sah zu mir hoch, ungerührt, und blies sich den Pony aus dem Gesicht. »Falls es noch ein Stechen gibt, wette ich, dass du es gewinnst. Ich würde sagen, dass du heute alles gewinnst.«

»Lass mich in Ruhe«, flüsterte ich und ließ Naari antraben und erst wieder im Schritt gehen, als ich an der Menge vorbei war. Ich glitt aus dem Sattel und begann, sie im Kreis herumzuführen, beobachtete dabei erneut Leona aus sicherer Entfernung.

»Alles ist gut«, flüsterte ich Naari zu, aber sie reagierte nicht darauf, ließ den Kopf fast bis auf den Boden hängen. Ich wollte den Schweiß von den aufgeschürften Stellen wischen, die ich ihr mit den Sporen zugefügt hatte, jede so groß wie ein Zehncentstück, aber sie zuckte unter meiner Berührung zusammen. Plötzlich tat es mir furchtbar leid. Alles.

Ein Mädchen aus dem ersten Jahrgang, dessen Namen ich nicht kannte – Holly? –, huschte vorbei und starrte Naari mit weit aufgerissenen Augen an. Als ich versuchte, ihren Blick aufzufangen, sah sie weg. Ein leichter Wind strich an uns vorbei, und Naari zitterte, auf ihrer erhitzten Haut fühlte sich die Luft kühl an. Wir waren vom sanften Rauschen der Blätter umgeben, und plötzlich war ich ganz ruhig, leer, befreit von der namenlosen gewaltigen Macht, die Besitz von mir ergriffen hatte. Ich streichelte Naaris Hals und wünschte mir nichts sehnlicher, als wie durch Zauberhand zurück in mein Bett befördert zu werden, eine weiche Decke bis zum Hals hochgezogen.

Es war schwer zu sagen, wie schnell Leona und King waren – er war so groß, dass er sich immer langsam zu bewegen schien, als pflügte er durch Wasser. Sie waren ein schönes Paar, Leona und King, man musste sie einfach bewundern, Leonas polierte dunkelblaue Stiefel ein glänzender Kontrast zu Kings gestriegeltem Fell. Sie haben etwas Königliches, dachte ich. Das Königspaar von Yonahlossee. Und schon bald hätten sie keine Bedeutung mehr für diesen Ort, ein Mädchen, an das man sich kaum erinnerte, und sein Pferd.

Wieder nahm King das letzte Hindernis, als wäre es nichts.

Die drei Finalistinnen – Jettie, Leona und ich – ritten nacheinander auf den Reitplatz. Niemand kannte unsere Zeiten. Ich sprach leise mit Naari, die herumtänzelte und den Hals bog, Leona sah mich wütend an, als Naari versuchte, King zu überholen.

»Halt sie im Zaum«, befahl sie. Leona würde es bestimmt überstehen; wie es schien, wurde sie mit allen Widrigkeiten des Lebens fertig.

»Ich habe es satt, dass du immer die Erste sein musst«, sagte ich. Dieser Tag wurde allmählich zum zweitschlimmsten meines Lebens, aber der Anflug von Bestürzung auf Leonas Gesicht hatte etwas Befriedigendes. Ich trieb Naari an King vorbei.

Ich sah Henny neben dem Tor stehen und aufgeregt auf eine Person einreden, die ich erst erkannte, als sie sich umdrehte und zu mir herblickte. Mrs. Holmes. Alles an ihr war kürzer: die Haare, zu einem lockeren kleinen Knoten geschlungen; der Rock, der nicht mehr über den Boden schleifte; die Bluse, die nicht mehr mit einer Brosche am Hals zusammengehalten wurde, sondern etwas von ihrer blassen Haut sehen ließ. Mir war schwindlig, ich beugte mich im Sattel zu rasch vor, hatte das Gefühl, ohnmächtig zu werden.

»Geht es dir gut, Thea?«, fragte Mrs. Holmes.

Mit offenem Mund starrte ich sie an. Ich konnte meine Überraschung nicht verbergen. Sie wirkte frischer, als wäre sie von einer Kur zurückgekehrt. Es war zu sehen, wie hübsch sie in ihrer Jugend gewesen war. Nicht schön, aber hübsch auf eine burschikose, bodenständige Art. Mir war übel.

»Ja, Thea«, sagte Henny, und ihre Stimme klang kalt. »Geht es dir gut?«

Ich nickte und ritt an ihnen vorbei, mied Mrs. Holmes' Blick, ignorierte Hennys Tadel.

»Thea«, rief sie, »hast du überhaupt keine Manieren mehr?« Aber ich konnte Mrs. Holmes nicht ansehen. Um keinen Preis konnte ich so tun, als würde ich sie mögen.

Ich hatte es vergessen, natürlich, ich hatte alles vergessen. Ich hatte vergessen, dass sie zurückkommen würde, Anspruch auf ihren Ehemann erheben würde, auf ihr Leben hier. Und trotzdem wollte ich immer noch gewinnen.

Wir stellten uns gegenüber von Mr. Albrecht und Rachel auf, die die Siegerkränze in unserer Gruppe verteilte. Sie lächelte mir zu, ihr Gesicht von der Sonne mit Sommersprossen übersät. Sie war einen Monat weg gewesen, aber ich nahm an, als Tochter des Rektors genoss sie gewisse Privilegien. Mr. Albrecht hatte den Arm um Rachel gelegt, beschützend. Sie wurde hier immer noch geliebt. Ihre Wangen waren rosig, und sie sah hoffnungsvoll aus. Natürlich war sie hoffnungsvoll. Ihre Eltern waren wieder vereint, ihre Familie war wieder eins. In der ersten Reihe entdeckte ich Molly, aufgeregt mit einem anderen Mädchen aus dem ersten Jahr schwatzend. Alle Mädchen aus dem ersten Jahr hatten mit ihren weichen Haaren und den langen Gliedmaßen etwas von Fohlen. Sie schienen nicht zu wissen, wohin mit ihren Händen und Füßen, wenn sie gingen, wie sie ihre Beine, die so rasch so lang geworden waren, unter Kontrolle halten sollten.

»In Kürze werden wir die Ergebnisse haben«, verkündete Mr. Albrecht, und die Menge verstummte.

Jettie murmelte ärgerlich etwas vor sich hin, und ich drehte mich um und sah sie an.

»Ständig starrst du einen an«, sagte sie, als sie meinen Blick bemerkte, das Gleiche hatte auch Henny einmal zu mir gesagt. Ich schwieg und schloss die Augen zum Schutz vor all den Menschen.

Als ich sie wieder öffnete, blickte ich auf ein Meer von ernsten Gesichtern. Das hier bedeutete uns allen so viel. Ich sah Martha, die mit Henny sprach, und die stille Alice Hunt, die alles aufmerksam verfolgte. Molly, die auf einem Fingernagel kaute. Ich wusste so wenig über die Mädchen, abgesehen von Sissy. Ich wusste genug über Eva, um sie als Freundin zu bezeichnen.

Rachel fing meinen Blick auf und sah dann rasch weg, und ich wusste, dass ich gewonnen hatte.

»Das hat es noch nie zuvor gegeben«, setzte Mr. Albrecht vor uns an die Zuschauermenge gewandt an. Von hinten hätte er irgendein Mann sein können, sein starker Akzent der einzige Hinweis darauf, dass er nicht so wie wir anderen war. »Noch nie zuvor haben wir den Preis an ein Mädchen vergeben, das neu zu uns gekommen ist.« Er hielt inne. Henny flüsterte Mrs. Holmes etwas zu, die den Kopf schüttelte. Natürlich wusste jetzt jeder, dass ich es war. Mary Abbott strahlte, und Katherine Hayes musterte mich interessiert. Ich sah zu Mrs. Holmes, um nicht ihren Mann anzusehen, der mit Decca auf der Hüfte weiter hinten in der Menge stand. Mrs. Holmes erwiderte meinen Blick mit ruhiger Miene.

»Reiten«, fuhr Mr. Albrecht fort, »wenn ich das so sagen darf, bedeutet eine echte Beziehung zwischen Mensch und Tier, zwischen der geistigen Stärke eines Menschen und der körperlichen Kraft eines Pferdes.«

»Jetzt mach schon«, murmelte Leona leise.

»Auf dem Parcours ist alles erlaubt, dort kann es keine Favoriten geben, was dort zählt, sind Geschick und Geschwindigkeit, in dieser Reihenfolge. Das ist eine Lektion, die auch für das Leben gelten kann: Strengt euch an bei allem, was ihr tut, aufrichtig und ehrlich, und ihr werdet reich dafür belohnt werden.«

Er nahm Rachel den einfachsten der Kränze ab, die ordentlich aufgereiht über ihrem Arm hingen. Er befestigte den Laubkranz um den Hals von Jetties Pferd, das die Ohren anlegte und die Zähne bleckte. Dann einen Kranz um Kings Hals, der geduldig dastand, während Mr. Albrecht an der Klammer herumnestelte.

»Und unsere heutige Siegerin, Theodora Atwell aus Emathla in Florida, die uns mit ihrem Wagemut und ihrem

Geschick beeindruckt hat.« Mr. Holmes betrat den Reitplatz und ging mit einem Nicken an seiner Frau und Henny vorbei.

Er kniff Rachel in die Wange, nachdem er den Kranz von ihrem Arm genommen hatte, und sie drehte verlegen den Kopf zur Seite. Panik erfasste mich. Ich wollte nicht, dass er mir so nahe kam, aber da stand er auch schon vor mir, so nah, dass ich den Scheitel in seinen dunklen Haaren sehen konnte. Noch eine Tradition in Yonahlossee.

»Gut gemacht, Thea«, murmelte er. Er tätschelte vorsichtig Naaris Hals, wie es nur jemand tat, der mit Pferden nicht vertraut war. Dann befestigte er den Kranz um Naaris Hals. Forsythien mit lila Polsterphlox dazwischen, die ersten Blumen des Jahres. Wer hätte gedacht, dass eine derart ungewöhnliche Kombination – die Forsythien leuchtend, beinahe elektrisierend, der Phlox zart – so schön war? Mrs. Holmes hatte daran gedacht. Mrs. Holmes war rechtzeitig zurückgekommen, um sich um ihren Garten zu kümmern.

Jetzt kümmerte sie sich um Decca, irgendwo in der Menge, die dunkle, hübsche Decca. Mrs. Holmes verdiente nicht, was ich getan hatte.

King scheute, plötzlich beunruhigt von dem Kranz, und Leona drückte ihm die Sporen in die Seiten. Mr. Holmes führte Rachel hastig an den Rand des Reitplatzes. Mein Mund war trocken, mir selbst Wasser zu versagen, war eine Strafe, die beste Strafe, die mir im Moment einfiel.

»Alles gut, King«, sagte Mr. Albrecht, und Kings Ohren zuckten in seine Richtung, er tat mir furchtbar leid, seine Herrin war grausam wegen einer Niederlage, die er nicht begriff. Ich schnalzte mit der Zunge, und King drehte den Kopf in meine Richtung, Trost suchend, und zum ersten Mal war es leicht, Leona zu durchschauen: Ich hätte nicht gewinnen dürfen. Tief in meinem Inneren wusste ich, dass alles vorbei war.

In Büchern kam die Erkenntnis allmählich, war es eher ein langsames und schmerzliches Begreifen. Ich erkannte jedoch im Bruchteil einer Sekunde, dass Leona mir auf jede erdenkliche Weise Schaden zufügen wollte. Ich war ihr bei der einzigen Sache in die Quere gekommen, die ihr etwas bedeutete: ihrer letzten Chance.

Und ich bereute nichts. Eher würde ich sterben, als zu verlieren. Ich war eine so gute Reiterin, weil ich so furchtlos war. Schon immer hatte ich die Leute damit beeindruckt, dass ich bereit war, mich an Hindernisse zu wagen, die zu hoch und zu breit für ein kleines Mädchen waren. Ich fuhr mir mit der Zunge über die aufgesprungenen Lippen und hielt Ausschau nach Mr. Holmes. Er stand mit Rachel am Zaun und hielt ihre Hand. Alle Augen waren auf Leona gerichtet, die sich unmöglich benahm, King mit ihren Sporen quälte. Doch Mr. Holmes sah zu mir, ich hatte es gewusst. Als er meinen Blick auffing, schüttelte er traurig den Kopf, und wenn ich mir ein Messer ins Herz hätte stoßen können, hätte ich es getan.

Stattdessen wartete ich wie ein braves Mädchen, ich wartete, bis erst Jettie und danach Leona ihre Ehrenrunde gedreht hatte, dann ritt ich um den Platz, unter donnerndem Applaus, der wie eine Warnung war. Ich wartete, bis der Fotograf ein Foto von mir gemacht hatte, wartete, bis Mr. Holmes mit seiner Familie im Wald verschwunden war. Wartete, während hundert Mädchen mir gratulierten, mein unschöner Ritt vergessen.

»Oh, wie hübsch«, sagten sie und berührten eine nach der anderen Naaris Hals.

Dann führte ich Naari vom Reitplatz, vorbei am Stall und den Berg hinauf, auf einem Pfad, der sich einige Kilometer durch den Wald schlängelte, bevor er in einer Lichtung mündete. Das war der einzige Weg, der nicht wieder beim Stall endete – er führte auf einer alten Bergwerksstraße bis nach Asheville. Das hatte ich jedenfalls gehört.

Ich ließ Naari ihren Willen und löste den Kranz, die Forsythien bereits geknickt, der Phlox welk, und warf ihn irgendwo in den Wald. Ich hatte mein Pferd zu hart rangenommen, und alle hatten dabei zugesehen. Ich bedauerte es nicht. Ich war für diesen einen Wettbewerb zu hart geritten, aber ich hatte gewonnen.

Bei der ersten Lichtung stieg ich ab. Die Luft war so kühl und klar, dass sie in meinem Hals stach, wenn ich tief einatmete. Naari legte ihr Maul in meine Hand, eine ungewöhnlich zärtliche Geste von ihr. Ich wusste, dass diese Zärtlichkeit von Erschöpfung herrührte, von Unsicherheit – die Umgebung war ihr nicht vertraut –, aber ich war dankbar dafür. Ich legte ihr eine Hand auf die breite Stirn, zog einen Kreis um ihr feuchtes Auge.

Ich war furchtlos. Das war eine Eigenschaft, die mir auf dem Reitplatz von Nutzen war und im Leben schadete.

Ich wählte eines der Kleider aus Sissys Schrank, der vor Seide und Satin nach der neuesten Mode überquoll. Ihre Mutter hatte sie ihr vor Kurzem geschickt. Sissy war dieser Reichtum peinlich, aber das musste es nicht. Ein neues Kleid brachte ihr Neid ein, keine Verachtung, es bedeutete, dass ihr nichts passieren konnte. Sie würde nicht von hier weggeholt werden wie Leona. Das Kleid, das ich aussuchte, war förmlich, reichte mir bis zu den Knöcheln.

»Möchtest du eine Kette?«, fragte Eva.

»Ich glaube nicht.« Ich betrachtete mich im Spiegel, in dem ich mich nicht in ganzer Länge sehen konnte. Meine Haare waren schmutzig. Ich hatte sie fast eine Woche nicht gewaschen, und sie wirkten schwer, ein mattes Kastanienbraun. Ich trat einen Schritt zurück und musterte mich, der grüne Satin schmiegte sich auf eine Weise an meine Hüften, die Mutter als unanständig bezeichnet hätte. Über der Brust war es zu eng, drückte meinen Busen flach. Ich war mir nicht sicher, ob die Wirkung befremdlich oder anziehend war. Die Träger ließen die Schultern frei, und ständig hatte ich das Gefühl, dass sie herunterrutschten.

Ich trug wieder Mutters Ohrringe. Zum ersten Mal trug ich Schmuck, der mit dem der anderen konkurrieren konnte.

Ich verließ den Bungalow als Erste. Die anderen Mädchen waren noch dabei, das bisschen Schminke aufzulegen, von dem sie hofften, dass es Mrs. Holmes nicht bemerken würde, ein Hauch Rouge und Puder, zarter Lippenstift. Ich hatte mich nicht schminken wollen und versuchte, Sissy aus dem Weg zu gehen. Dass ich den Bungalow unbemerkt verlassen konnte, erschien mir als außerordentlicher Glücksfall. Dieses Gefühl versetzte mich in Hochstimmung, während ich über den Hof ging, mich in der Menge verlor, die in die Burg strömte. Es war sieben Uhr abends, die Dämmerung hatte eingesetzt, und das nachlassende Licht ließ uns weich aussehen. Die Holmes standen am Eingang, der mit blauen und gelben Bändern geschmückt war, aber ich war ganz ruhig. Die drei Mädchen waren bei ihnen und drängten sich um ihren Vater.

Die schmerzhafte Traurigkeit, die ich empfand, hatte nichts mit ihm zu tun: Sie waren eine Familie und bildeten eine geschlossene Front, selbst mit ihren geheimen Unstimmigkeiten und Sorgen. Plötzlich sehnte ich mich schrecklich nach meinem Zwillingsbruder, vor Eifersucht kamen mir beinahe die Tränen. Ich straffte die Schultern, vergewisserte mich, dass meine Frisur saß, die Träger des Kleids. Wie würde unsere Begegnung verlaufen, wenn es so weit war? Würde er sich freuen, mich zu sehen? Es erschien unmöglich.

»Unser Champion«, sagte Mrs. Holmes an der Tür. Und weil Mr. Holmes hinter seiner Frau stand, bekam sie nicht mit, dass er meinem Blick geflissentlich auswich.

»Danke«, sagte ich, auch wenn sie mir eigentlich nicht richtig gratuliert hatte. Ich sah zu ihren Töchtern. Sie ließen mich nicht aus den Augen, vor allem Rachel.

»Freut ihr euch, wieder hier zu sein?« Meine Stimme klang erstaunlich fest. »Euren Vater zu sehen?«

Sie nickten. »Es war lustig bei meinen Großeltern«, sagte Sarabeth.

»Sehr lustig«, wiederholte Rachel.

»Sie hatten alle viel Spaß«, sagte Mrs. Holmes. »Und ich habe so viele ehemalige Schülerinnen aus Yonahlossee getroffen.« Sie lächelte. »Es gibt so viele von euch, über den ganzen Süden verteilt.«

Ich brauchte einen Moment, um zu begreifen, wen Mrs. Holmes mit *euch* meinte – aber natürlich. Ich war jetzt ein Mädchen aus Yonahlossee.

Sie zu sehen, war nicht so schlimm, wie ich gedacht hatte. Im Grunde genommen war ihr Anblick eine Erleichterung: Ich hatte die Holmes-Familie nicht zerstört.

»Ja«, sagte ich und drehte den Kopf, um zu sehen, ob sich eines der anderen Mädchen näherte, um nicht sehen zu müssen, dass Mr. Holmes mich so ungerührt ignorierte. Am Fuß der Treppe standen Molly und Henny, Molly plauderte, und Henny hörte ihr mit halbem Ohr zu. Ich wandte mich wieder den Holmes zu, machte einen Knicks und schlüpfte durch die Tür, die von Docey und Emmy aufgehalten wurde, es war das erste Mal, dass ich sie zusammen sah. Sie hatten eine gewisse Ähnlichkeit, in ihrer Haltung, in der Art, wie ihr Kopf auf dem Hals saß, in den raschen Bewegungen ihrer Hände. Ich lächelte ihnen zu. Docey erwiderte mein Lächeln, Emmy dagegen tat so, als hätte sie mich nicht gesehen.

Der Speisesaal war wunderbar dekoriert, man hatte die Blumen von dem Turnier hergebracht. Mrs. Holmes war erst seit einem Tag wieder da und hatte bereits alles organisiert, alles wieder an seinen Platz gestellt.

Die Jungen hatten sich an einem Ende des Speisesaals versammelt, sie trugen Anzüge und bunte Krawatten, und mir wurde bewusst, wie lang und förmlich mein Kleid war. Die anderen Mädchen trugen alle kürzere, weniger förmliche Kleider – Sissy hatte angesichts meiner Wahl die Augenbrauen gehoben, aber ich hatte das Kleid trotzdem genommen, und warum? Warum hatte ich gewollt, dass mich alle ansahen? Ich spürte die vielen Blicke, die mir über die Tanzfläche hinweg folgten. Aber das Gefühl war nicht nur unangenehm. Ich stellte mir Sam in ihrer Mitte vor, wie er darauf wartete, mit einem Mädchen zu tanzen. Sie hätten ihn ebenfalls wegschicken sollen; wussten sie nicht, wie ungerecht es ihm vorkommen musste, dass sie mich weggehen ließen und ihn nicht? Sie waren dumm, wie Sam geschrieben hatte.

Sissy trat mit Eva durch die Tür. Rasch warf sie einen Blick zu den Jungen hinüber, und ich wünschte, sie hätte es nicht getan, sie hätte ihre Gefühle nicht so offen gezeigt.

»Alles in Ordnung?«, fragte Sissy, als sie zu mir trat. Ich bemerkte ihre Ohrringe, die Rubinstecker, die ich beim Herumschnüffeln im Augusta House entdeckt hatte, vor fast einem Jahr. Wie schnell die Zeit verging.

Ich nickte und biss in ein winziges Beerentörtchen, frisch aus dem Ofen und noch heiß, die Butter floss über meine Zunge. Die Musik setzte ein, und die Jungen näherten sich uns. Verlegen standen wir da. Sissy ließ mich nicht aus den Augen, ich tat so, als würde ich es nicht bemerken. Warum glaubte sie, ich könnte meine Zuneigung einfach jemand anderem schenken? Dann, wie aufs Stichwort, tauchte David auf, genauso groß und attraktiv wie beim letzten Mal.

»Thea? So treffen wir uns wieder.«

»David.« Er gehörte zu den Jungen, die sich weigerten,

einen Korb zu akzeptieren. »Du bist auch da.« Eine idiotische Bemerkung. Ich hätte mir wirklich etwas Besseres einfallen lassen können.

»Ja.«

Ich ließ es zu, dass er mich zwischen den tanzenden Paaren hindurch auf die Tanzfläche führte, meine Hand mit seiner umfasste, mir die andere Hand auf den Rücken legte. Mr. Holmes war größer als er. Katherine Hayes trug ein leuchtend rotes Kleid und hatte sich passend dazu die Lippen hellrot angemalt. Es war mutig, so offenkundig Lippenstift zu tragen. Aber Katherine war nun mal mutig.

Schweigend führte mich David einigermaßen elegant über die Tanzfläche.

»Gefällt dir dieses Lied?«, fragte er, als die Kapelle das erste Stück beendete und zu einem neuen ansetzte.

»Ja, ganz gut«, antwortete ich. Er wandte den Blick ab, und ich dachte, mein Ton sei zu barsch, aber dann spürte ich, wie er seine Finger auf meinem Rücken spreizte.

»Wie ist es dir im letzten Jahr ergangen?«, fragte er.

»Lass uns einfach tanzen«, sagte ich und lächelte, um meine Worte abzumildern.

Er zog mich enger an sich, und ich hatte das Bedürfnis, den Kopf gegen seine Schulter zu lehnen, die kleine Distanz zwischen uns aufzuheben. Also tat ich es. Ich lehnte den Kopf gegen die Schulter dieses fremden Jungen und ließ mich von ihm führen, durch die Burg, den Ort, an dem ich Hunderte Male gegessen hatte, Hunderte von Gebeten gesprochen hatte. Dieses Mal hatte ich keine Angst, erwischt zu werden. Das Licht war gedämpft, wir waren von Dutzenden anderen tanzenden Paaren umgeben, ich ging kein Risiko ein. Er roch schwach nach Kölnischwasser.

Das Lied endete, und er blieb stehen und hielt meine Hand, wollte mich offenbar nicht loslassen. Ich lächelte entschuldigend, drehte mich zu der Stelle um, an der ich Mr. Holmes zuletzt gesehen hatte, und sah stattdessen Mrs. Holmes, die mich ohne die geringste Spur von Freundlichkeit anstarrte. Zu guter Letzt musste ich den Blick abwenden, weil sie es nicht tun würde. Ich packte David am Jackenärmel.

»Noch einen?«, fragte ich, und er wirkte überrascht. Ich tauchte in die Nacht ein, ließ nur einen Tanz aus, folgte David und Boone und Sissy in eine Ecke und trank einen kleinen Schluck Whiskey aus einem Flachmann. Sissy nahm einen ordentlichen Zug, ich trank so viel, wie ich mir zutraute. Nach dem Whiskey fühlte ich mich hübsch, ich fühlte mich wie ein hübsches Mädchen mit einem Schwanenhals und glänzenden Lippen. Ich spürte Davids Blick auf mir, als ich den Flachmann an die Lippen hob, und war froh, dass ich mich für dieses Kleid entschieden hatte.

Leona war nicht da. Ich hatte nach ihr Ausschau gehalten, und sie war nicht so leicht zu übersehen. Vielleicht lag es am Whiskey, ich fühlte mich jedenfalls mutig genug, um sie zu vergessen, sie aus meinem Gedanken zu verbannen. Vielleicht hatte ich mir die Bedrohung nur eingebildet: Sie wusste nichts, zumindest nichts Gewisses, und könnte sie wirklich mit einem Gerücht über mich und Mr. Holmes zu Mrs. Holmes laufen? Sie würde es beweisen müssen.

»Was machst du denn?«, flüsterte Sissy, als wir die Tanzpartner tauschten, grinste dabei jedoch.

»Nichts«, antwortete ich leise. Ich überließ mich Boones Griff, er wirbelte mich von Sissy weg. Boone und ich waren beide leicht betrunken. Aus der Nähe sah Boone mit seinem roten Haarschopf ein bisschen abschreckend aus. Aber noch mehr als seine Haare war es seine Haut, durchscheinend, typisch für Rothaarige, seine Augen waren von dünnen grünlichen Äderchen umgeben.

»Amüsierst du dich?«

»Ja«, sagte er und ließ mich eine Drehung machen. Er war ein guter Tänzer.

»Sissy hat einen guten Fang gemacht.«

Er lächelte. »Ach ja? Komisch, ich habe dasselbe von meinem Fang gedacht.«

Es war merkwürdig, so gehalten zu werden, so eng, dass ich die Pomade riechen konnte, die sich Boone in die Haare schmierte, selbst in dem stillschweigenden Einvernehmen, dass alles rein platonisch war. Auf Boones Gesicht lag ein nichtssagendes Lächeln, das er wohl für Mädchen reservierte, die nicht Sissy waren. Ich blickte auf seine beigefarbene Hose, hell genug, dass man jede Knitterfalte sehen konnte, und ich fragte mich, wer diesen Jungen anzog. Seine Mutter, wenn er auf Besuch zu Hause war? Ging sie mit ihm zu einer Schneiderin, wartete, während Maß genommen wurde, prüfte dann sorgfältig Stoffmuster? Glaubte sie, dass sie ihn gut vorbereitet hinaus in die Welt schickte, wenn sie ihn gut anzog?

»Liebst du sie?«

Er lächelte, und die Fältchen um seine Augen vervielfachten sich. »Ja«, sagte er und zögerte dann kurz. »Geht es dir gut, Thea?« Er wirkte besorgt. »Es ist nur – das ist eine sehr merkwürdige Frage.«

Meine Wangen brannten. Er war so nett, dieser Boone. Mir tat das Herz weh, weil er so freundlich war. Er blickte auf irgendeinen Punkt jenseits der Tanzfläche, und als ich seinem Blick folgte, stellte ich fest, dass er zu Mr. Holmes sah, der gerade Mrs. Holmes dabei half, einen riesigen, mit kandierten Rosenblättern verzierten Blechkuchen zu schneiden; sie ließ von ihrem Tortenheber ein Stück Kuchen auf den Teller gleiten, den er ihr hinhielt, und sofort hatte er den nächsten Teller in der Hand. Boone sah von ihm zu mir, und ich senkte den Kopf.

»Alles wird gut«, sagte Boone leise, und ich erwiderte

nichts, ließ mich von ihm einfach auf seine freundliche, diskrete Art in den Armen halten.

Er übergab mich wieder an David, und ich tanzte mit ihm, bis es Zeit zum Aufbruch war. Die Kapelle spielte ein langsames Stück mit einer traurigen Melodie; David sagte mir, wie sehr er mich möge, und ich blickte über seine Schulter zu den anderen Paaren.

Boone hatte Sissy in eine Ecke gezogen. Ich war erstaunt, dass sie sich das trauten: Sissy war wohl betrunkener, als ich gedacht hatte, wenn sie jede Zurückhaltung ablegte. Möglicherweise hatte auch Yonahlossee diese Wirkung, dass man jede Zurückhaltung ablegte.

Ich spürte Mr. Holmes' Blick, noch bevor ich mich zu ihm umdrehte. Ich hatte überallhin geschaut, nur nicht in eine Ecke, und zwar die, in der er stand, und jetzt drehte ich mich um, um zu sehen, ob sein Gesichtsausdruck dem entsprach, was ich mir vorgestellt hatte, ob er lässig dastand, wie ich es mir ebenfalls vorgestellt hatte, aber in dem Moment, in dem sich unsere Blicke trafen, wandte er den Kopf ab und verließ den Saal. Es war wie ein Schlag. Das Stück war noch längst nicht zu Ende, aber ich murmelte David zu, dass ich meine Sachen holen müsse.

Wieder hielt er meine Hand mit den Fingerspitzen fest, und ich entwand sie ihm, heftiger, als ich es beabsichtigt hatte, und seine Miene verhärtete sich.

»Du treibst Spielchen«, sagte er laut, und ich merkte, dass er sowohl betrunken als auch verärgert war. Mir lag eine Entschuldigung auf der Zunge, doch heraus kam etwas anderes.

»Du bist ein dummer Junge«, sagte ich, und Davids Gesicht fiel in sich zusammen, er sah wirklich wie ein dummer Junge aus, aber er war mir im Moment egal. Ich lief durch den Saal, und mir wurde bewusst, dass es keine Sachen gab, die ich holen musste, dass es nichts gab, was mich hier hielt, damit ich nicht nach draußen gehen musste, wo Mr. Holmes auf mich wartete. Oder schlimmer noch, nicht wartete. Der Saal sah trostlos aus, der Getränketisch stand voller schmutziger Gläser und Teller, auf einer Platte lag ein zerbröseltes Stück Kuchen. Docey war dabei, aufzuräumen, wiegte sich dabei zu der Melodie des traurigen Lieds.

»Auf Wiedersehen, Docey«, sagte ich, weil es sonst nichts zu sagen gab, weil ich mich unwohl fühlte und mich schämte.

Sie lächelte mir zu und hob die Hand, einen wehmütigen Ausdruck im Gesicht.

Ich eilte die Treppe hinunter und wollte zu meinem Bungalow gehen, als Mr. Holmes meinen Namen rief. Das hieß, dass Mrs. Holmes gegangen war. Er zog mich in den Schatten außerhalb des Lichtkreises der Gasleuchten.

»Was wollen Sie?«

Er schien bestürzt, doch dann riss er sich erkennbar zusammen, ein leichtes Straffen der Schultern, als würde er sich auf eine Rede vorbereiten. »Hast du dich heute Abend amüsiert?« Das war der öffentliche Henry Holmes, nicht der, den ich liebte. Seine Krawatte war ordentlich gebunden, seine Haare glatt gekämmt. Ich stellte fest, dass sie frisch geschnitten waren, und von allem, was heute passiert war, war das bei Weitem am schlimmsten, zu sehen, dass seine Haare eine solch gerade Linie bildeten, genau zu wissen, wer sie geschnitten hatte, dass es Monate dauern würde, bis ihm der Pony wieder über die Augen fiel.

»Was glauben Sie?«

Er schüttelte den Kopf. »Nein.« Er sprach nicht weiter, legte eine Hand auf die holzgeschindelte Wand hinter ihm, sodass er in einer leicht verdrehten Haltung dastand. Ich wollte ihn, aber ich konnte ihn nie mehr haben.

Er wollte etwas sagen, aber ich kam ihm zuvor.

»Es gibt nichts zu sagen. Nichts, was wichtig wäre.«

Er lächelte. »Es gibt so viel zu sagen, Thea. Zu viel.«

»Dann lassen Sie uns nichts davon sagen.« Ich blickte auf meine Hände, noch gerötet von dem Ritt heute. Ich sollte Handschuhe anziehen, aber dann spürte ich die Verbindung mit dem Mundstück nicht mehr so gut. »Ich gehe weg«, sagte ich. »Ich muss weggehen.«

»Du musst nicht …«

»Nein«, sagte ich, und in diesem Moment trat Miss Brooks aus der Burg und entdeckte uns sofort. Mr. Holmes winkte, und Miss Brooks sah neugierig zu uns her, und ich fragte mich, ob alle es wussten oder ob es für jemanden so Nettes wie Miss Brooks unvorstellbar war. Sobald sie verschwunden war, wandte ich mich wieder Mr. Holmes zu.

»Sie hatten recht«, sagte ich. »Ich habe diesen Ort lieb gewonnen. Es ist schön hier.«

»Dann bleib, Thea. Lass ihn weiterhin schön sein. Bestrafe dich nicht selbst, indem du weggehst.«

»Das tue ich nicht. Ich glaube, ich bin genug bestraft worden. Es war eine Strafe, hierhergeschickt zu werden, aber es hat anders geendet, nicht wahr? Ich bin unter schrecklichen Umständen hierhergekommen, und jetzt gehe ich unter guten weg.«

»Tust du das?«

»Ja«, sagte ich, und ich hätte ihn gern berührt, aber ich wusste, dass ich es nicht durfte, stattdessen wiederholte ich meine Antwort und versuchte, die Stimme überzeugend klingen zu lassen, damit er sich daran erinnerte, dass er mir geholfen hatte: »Ja.«

»Wohin gehst du?«

»Nach Hause«, sagte ich. »Nach Hause.«

Kapitel 21

Als ich von dem Tanzabend in den Bungalow zurückkehrte, waren die anderen Mädchen im Augusta House noch wach und bereiteten sich aufs Zubettgehen vor. Sissy war weg, sie war mutig, zumindest in dieser Nacht. Ich schlüpfte in dem geliehenen Kleid unter die Bettdecke. Mary Abbott sah mir zu, aber sonst bemerkte es niemand.

»Hast du dich amüsiert?«

Ich nickte. Ich hatte die Augen geschlossen, aber es klang, als würde Eva sich über ihre Bettkante beugen. »Und du?«

»Ja …« Sie sprach nicht weiter, und ich dachte, sie wäre fertig, als sie fortfuhr: »Ich werde sehr traurig sein, wenn wir von hier weggehen, keine Tanzabende mehr.«

»Du wirst noch viele Tanzabende erleben.«

»Aber sie werden nicht wie die hier sein«, sagte sie.

Was gut oder schlecht sein mochte, dachte ich. »Nein. Du bist eine Träumerin, Eva. Immer träumst du von irgendetwas anderem.« Das hatte ich eigentlich nicht sagen wollen, aber das, was ich empfand, konnte ich nicht ausdrücken. »So wirst du immer sein.«

»Wie?«, fragte Mary Abbott.

»Jung und schön«, sagte ich, und Eva lachte. Ich hatte sie froh gemacht. »Jung und perfekt.«

Als alle gleichmäßig atmeten, stand ich auf und legte mich in Sissys Bett, blieb ungefähr eine Stunde lang darin liegen –

natürlich machte ich niemandem etwas vor. Ich musste eingeschlafen sein, denn als ich die Augen aufschlug und um mich herum alles dunkel war, war ich zuerst verwirrt und dann erleichtert. Mit schweren Schritten ging ich durchs Zimmer und goss mir ein Glas Wasser ein, trank es aus und goss mir noch ein Glas ein.

Bevor das Licht gelöscht worden war, hatte Mary Abbott sich erkundigt, wo Sissy sei, ob wir es einer Hausaufseherin melden sollten. Eva hatte gelacht und gesagt, Mary solle sich keine Sorgen machen. In Anbetracht all unserer Vorsichtsmaßnahmen verspürte ich einen Anflug von Ärger, selbst ich war vorsichtiger als Sissy. Sie ging ein unnötiges Risiko ein.

Am nächsten Morgen betrat ich die Burg, als gerade die Morgenandacht endete, und bahnte mir einen Weg durch die Massen von Mädchen, die zu den Unterrichtsräumen strömten. Sie schienen sich vor mir zu teilen, als wären sie eine Herde Pferde und ich eine Schlange. Katherine Hayes und ein Mädchen aus Atlanta tuschelten miteinander, und als ich an ihnen vorbeiging, hob Katherine die Augenbrauen, wie nur sie es konnte. Leona, die allein am Rand stand, sah mich teilnahmslos an, und etwas an ihrer Haltung gab mir Hoffnung: Vielleicht bildete ich mir das alles nur ein.

Ich spürte eine Hand in meiner. Rachel.

»Hallo«, flüsterte sie und drückte meine Hand. »Gibst du uns wieder Unterricht?«

Ich nahm sie in die Arme und gab ihr einen Kuss auf die Stirn. »Ich habe euch vermisst.«

Rachel lächelte verlegen, und ich sagte, dass wir das mit dem Unterricht sehen würden. Sie ging weg, und ich merkte, dass Mr. Holmes mich von seinem Platz am Pult aus beobachtete.

Er sah mich traurig an, und all die Mädchen und ihre Blicke verschwanden. Ich würde nie wieder mit ihm allein sein.

Ich spürte, dass jemand neben mir stand: Sissy. Sie folgte kurz meinem Blick und drehte sich dann wieder zu mir.

»Komm«, sagte sie. »Gehen wir zum Unterricht.«

Später an diesem Nachmittag, auf dem Weg zum Stall, wirkte Sissy aufgeregt, und es war nicht schwer zu erraten, warum.

»Boone und ich haben uns verlobt«, erklärte sie mir, während wir weitergingen und ich mir mit der Hand die Augen beschirmte, »heimlich.«

Ich drückte ihre Hand. »Das freut mich. Ich wünsche euch alles Glück der Welt.« Und das tat ich wirklich – Sissys glänzende Augen schienen der Beweis für irgendetwas zu sein.

Es waren nur ein paar Mädchen draußen, und das bildete ich mir jetzt nicht mehr ein: Sissy schien nicht zu bemerken – vermutlich die beruhigende Wirkung der Liebe –, dass alle sie anstarrten. Ich versuchte, nicht hinzusehen, doch das war unmöglich. Als ich Molly zuwinkte, rannte sie weg wie eine verschreckte Maus. Beinahe hätte ich gelacht – als wäre ich in der Lage, jemandem Angst einzujagen.

»Die anderen schauen«, sagte ich zu Sissy.

»Ach ja?« Sie blickte sich auf dem großen Platz um. »Das glaube ich nicht. Vielleicht freuen sie sich ja, dich zu sehen.« Bei diesen Worten veränderte sich jedoch ihr Ton, sie log ganz offensichtlich.

Als wir schon fast beim Stall waren, sahen wir Gates, die ihren hübschen Fuchs auf den Reitplatz führte.

»Gates«, rief Sissy, und Gates drehte sich um. Bei unserem Anblick verschloss sich ihre Miene, und sie wirkte erschrocken, als hätte sie ein Gespenst gesehen. Ihr Pferd blickte neugierig zu uns her, die Ohren nach vorn gerichtet.

»Hallo«, rief sie mit zitternder Stimme. Ihr Pferd stupste

sie gegen die Schulter, und Gates lächelte schwach, bevor sie weiterging. Aber Sissy ließ sie nicht einfach ziehen.

»Warte!«, rief sie. »Warte!«

»Sissy«, flüsterte ich ärgerlich. Jetzt waren auch die anderen Mädchen aufmerksam geworden. Ich sah, dass Henny das Geschehen interessiert verfolgte, mit schief gelegtem Kopf, Jettie an ihrer Seite, wie immer an ihrer Seite. Ich betrachtete sie einen Moment lang. Mir dämmerte, dass Jettie Henny liebte. Dann eilte ich hinter Sissy her, die auf Gates zusteuerte.

»Gibt's etwas, das ich wissen sollte, Gates?«, fragte sie mit kalter Stimme. »Gibt's einen Grund, warum du mich schneidest?«

Gates schüttelte den Kopf, und sie tat mir leid. Sie schnitt nicht Sissy, sie schnitt mich. Gates war ein freundlicher Mensch – jetzt trat sie gegen einen Kieselstein und sah aus, als würde sie gleich in Tränen ausbrechen. Ich strich ihrem Pferd die rote Stirnlocke glatt, und sie sah mich argwöhnisch an. »Ist schon gut«, murmelte ich.

Und zu Sissy: »Es hat nichts mit dir zu tun. Lass sie in Ruhe! Es hat mit mir zu tun«, fügte ich leise hinzu.

»Aber wir sind im Moment nun mal zusammen unterwegs!«, rief Sissy wütend, und ich war trotz allem froh, hierhergekommen zu sein, bereit, an diesem Ort gefangen zu sein, wenn es bedeutete, Sissy zu finden. Ich blickte zu Gates und sah, was Sissy sah: ein Mädchen ohne Rückgrat.

»Ich kenne dich, seit du zwölf warst. Gates Weeks! Du solltest dich schämen.« Mr. Albrecht kam auf uns zu und zog Sissy weiter. Wir stießen beinahe mit Alice Hunt zusammen, die ihren riesigen Braunen führte. Sie brachte es fertig, unsere Anwesenheit nicht zur Kenntnis zu nehmen.

»Sissy«, sagte ich, nachdem ich sie in Naaris Box gezogen hatte und sie einige Minuten lang schweigend vor sich hin gebrütet hatte. Ich entwirrte die Knoten in Naaris Schwanz, um etwas zu tun zu haben – was in der Welt auch geschah, im Schwanz eines Pferdes waren immer Knoten. »Ich werde weggehen, aber du wirst bleiben. Mach dir nicht alle hier zum Feind.«

»Du kannst nicht weggehen«, sagte sie. »Warum solltest du das wollen?«

»Es ist an der Zeit.«

Sissy schien den Tränen nahe. Doch als sie wieder sprach, klang sie wütend.

»So einfach ist das nicht. Du kannst nicht einfach deine Sachen packen und gehen.«

»Ich lass mir was einfallen«, sagte ich.

»Ich wünschte, du wärst Mr. Holmes nie begegnet«, fuhr Sissy fort. »Ich wünschte, Mrs. Holmes wäre nicht weggefahren. Ich hasse ihn«, sagte sie und sah zu mir hoch, ihre Wangen brannten. »Ich weiß, dass du ihn nicht hasst, deshalb hasse ich ihn umso mehr.«

»Er ist …«, setzte ich an, doch Sissy schüttelte den Kopf.

»Bitte nicht«, sagte sie. »Ich werde ihn immer hassen. Es ist falsch«, sagte sie. »Von Grund auf falsch. Du hättest dich in einen anderen verlieben können.« Ich betrachtete sie einen Augenblick, meine gute, ehrliche Freundin, die braunen Haare hinter die Ohren gestrichen, ihre Wangen immer noch feuerrot, die Stirn vor Zorn in Falten gelegt. Sie meinte, ich hätte mich in David verlieben können, sie meinte, ich hätte mehr wie sie sein können.

»Ich habe einen anderen geliebt, bevor ich hierherkam.«

»Das weiß ich«, sagte sie ungeduldig. Aber sie wusste es nicht. Nicht einmal ihr hatte ich erzählt, dass ich einen Cousin hatte.

»Du weißt nicht, dass dieser Junge mein Cousin war. Und zwar kein Cousin, den ich nicht kannte, kein entfernter

Cousin, der in einem anderen Staat lebt.« Ich sprach rasch – entweder sagte ich alles sofort oder gar nichts. »Er war wie ein Bruder für mich.«

Sissy schwieg, sah mich nur an, deshalb fuhr ich fort, halb aus Angst, halb vor Erleichterung, weil es so guttat, es jemandem zu erzählen, und ich erinnerte mich daran, dass Reden diese süße befreiende Wirkung hatte, die ich so lange nicht empfunden hatte. Als ich ein kleines Mädchen war, hatte ich einmal eine Ohrenentzündung, und mein Trommelfell war geplatzt, und obwohl der Eiter und das Blut, die mir über den Hals liefen, Sam Angst gemacht hatten und er zu Mutter gelaufen war, hatte ich nichts als Befreiung von einem Schmerz verspürt, der so allmählich immer stärker geworden war, dass ich nicht einmal gemerkt hatte, dass mein Ohr krank war. Und der Moment jetzt war genauso, nur mit dem Herzen.

»Mein Bruder hat es herausgefunden.«

»Sam«, sagte Sissy leise.

»Sam. Mein Cousin hat es ihm gesagt. Er und Sam haben miteinander gekämpft. Es war fürchterlich.« Meine Stimme brach. »Deshalb haben sie mich weggeschickt.«

»Haben sie Sam auch weggeschickt?« Als ich nicht antwortete, hob sie mit einem Finger mein Kinn an, wie Mutter es getan hätte.

Ich schüttelte den Kopf. »Ich bin kein gutes Mädchen.«

»Ein gutes Mädchen«, sagte sie. Ihre rauchige Stimme klang sanft. »Ich frage mich, was das ist oder wo man eins findet.«

»Du verstehst nicht, was ich meine«, sagte ich schließlich.

»Nein?«, erwiderte sie. »Ich glaube, ich verstehe ganz gut, was du meinst. Wir suchen uns nicht aus, wen wir lieben, oder?« Sie lächelte, und ich wusste, dass sie an Boone dachte. »Wir suchen uns auch unsere Familie nicht aus. Aber du kannst es dir zumindest aussuchen, wütend zu sein.« Sie nahm meine Hand und drückte sie fest.

»Au«, sagte ich, aber sie ließ nicht los.

»Lass nicht deine Familie über den Rest deines Lebens entscheiden.«

»Das hat Mr. Holmes auch gesagt.«

»Dann sind wir uns ja wenigstens in einer Sache einig, er und ich. Was willst du denn machen?«, fragte sie. »Du bist nur ein Mädchen.«

»Ich weiß«, sagte ich leise. »Ich bin nur ein Mädchen. Aber ich bin auch seine Schwester. Ich will meinen Bruder sehen. Er hat nichts falsch gemacht.«

»Du auch nicht.«

Sie ließ meine Hand los und zog mich an sich. Sie roch anders als sonst, nach Schweiß und Schmutz. »Du hast bis jetzt Pech gehabt«, flüsterte sie mir ins Ohr, »aber so was kann sich jederzeit ändern. Gott gewährt nur denen Glück, die es suchen.«

Mary Abbott kam zurück in den Bungalow, als alle anderen noch im Saal waren. Das war die Zeit, in der ich bei Mr. Holmes gewesen wäre. Es würde nicht lange dauern, bis Mrs. Holmes meine Abwesenheit bemerkte, feststellte, dass ich nicht genug lernte. Ich musste weg, bevor das geschah.

Mary Abbott sah mich lange an, den Kopf schief gelegt. »Was ist mit dir los?«

»Was geht dich das an?«, erwiderte ich schroff.

Sie sah weg und schwieg.

»Tut mir leid. Ich bin müde. Ich muss schlafen.«

»Du schläfst nur noch. Wir sind doch Freundinnen, oder nicht?«

»Ja, Mary Abbott.« Warum hatte Mary Abbott mich ausgewählt? Warum nicht Eva oder Gates? Oder Sissy? Sissy wäre bestimmt netter zu ihr gewesen, hätte mit ihr umzugehen gewusst. »Was willst du?« Es war, als wollte ich sie dazu bringen, zu sagen, dass alle über mich und Mr. Holmes Bescheid wussten, dass sich alle im Camp das Maul zerrissen.

Sie setzte sich zu mir auf die Bettkante. »Jemand hat Sissy letzte Nacht im Wald gesehen«, flüsterte sie, obwohl wir allein waren. »Wusstest du, dass sie dort war? Mit einem Jungen. Alle reden darüber. Es geht das Gerücht, dass Mrs. Holmes es weiß.«

Ich setzte mich auf, sodass mein Gesicht nur ein paar Zentimeter von ihrem entfernt war. »Wer, Mary Abbott? Wer hat Sissy gesehen?« Rasch zog der heutige Tag an mir vorbei: all die Mädchen, die sich abwandten, aber nicht von mir; all die Mädchen, die uns anstarrten, aber nicht mich.

Mary Abbott wusste es nicht, oder sie wollte es mir nicht sagen. Sie wirkte besorgt, und ich fragte mich, ob sie Angst vor Leona hatte. Weil ich wusste, wer das herumerzählt hatte. Leona, die nicht an dem Tanzabend teilgenommen hatte, die wahrscheinlich im Stall gewesen war, auf dem Rückweg hätte sie Sissy und Boone leicht entdecken können. Sie war die Einzige von allen Mädchen hier, die Sissy verraten würde. Wer sonst würde ein anderes Mädchen so sehr verletzen, um mich zu verletzen?

Allerdings hätte jeder Sissy gestern Abend sehen können – sie war so unvorsichtig gewesen. Erneut verspürte ich einen Anflug von Ärger. Wie hatte sie nur so unvorsichtig sein können? Ich blickte zu Mary Abbott, die an meinem Bettüberwurf zupfte. Konnte sie es gewesen sein? Ich glaubte es nicht – ihre Aufmerksamkeit hatte sich auf mich gerichtet, ihr Blick hatte sich so beharrlich in meinen Rücken gebrannt, dass ich es wie ein Mal gespürt hatte. Ich, nicht Sissy.

An diesem Abend führte ich Naari in die Berge, während alle anderen beim Abendessen waren. Um diese Jahreszeit war es bis acht hell, deshalb blieb ich draußen, bis ich das schwache Funkeln der Sterne erkennen konnte.

Es war nicht schwer, die Augen zu schließen und Sissys feine braune Haare vor mir zu sehen, ihre weit auseinanderstehenden Augen. Ich konnte ihr Gesicht deutlicher vor mir sehen als das meiner Mutter, meines Bruders, meines Vaters. Bevor ich wegging, würde ich sie um ein Foto bitten. Mary Abbott sagte, dass man Sissy morgen oder übermorgen wegschicken würde, sobald es sich herumgesprochen hatte, und obwohl ich Mary Abbott nicht sonderlich traute, wusste ich, dass sie recht hatte. Mrs. Holmes würde es herausfinden, sie fand alles heraus. Und wenn Sissy wegen eines Jungen nach Hause geschickt wurde, würde man ihr niemals erlauben, diesen Jungen zu heiraten, den Jungen, der sie kompromittiert, ihrem bis dahin untadeligen Ruf geschadet hatte. All ihre Pläne, ihr ganzes Leben lag in Scherben. Gerade sie, die noch gestern so sicher gewesen war, wie sich meine Familie hätte verhalten sollen. Wer konnte wissen, was ihre Familie tun würde, was sie von ihr denken würde, ganz gleich, was sie zu ihrer Verteidigung vorbrachte? Sissy wusste es bestimmt nicht. Dass man ihr nicht erlauben würde, Boone zu heiraten, wäre die geringste von Sissys Sorgen.

Als ich abstieg, sah ich Mr. Albrechts Silhouette im Stall. Es war zu spät, um wieder aufzusteigen und zu reiten, bis er weg war.

»Thea«, sagte er und nickte.

»Hallo.«

»Kein Unterricht mehr. Nur noch nächtliche Ausritte.«

Ich zuckte die Achseln. Sein Akzent verlieh seinen Worten einen merkwürdigen Rhythmus.

»Ich glaube, ich hatte noch gar keine Gelegenheit, dir zu deinem Sieg zu gratulieren«, sagte er und streckte die Hand aus. »Gut gemacht.«

Ich ließ mir von ihm die Hand schütteln, seine raue Handfläche schloss sich um meine kleine, im Vergleich dazu weiche Hand. »Danke.« Erneut fühlte ich mich den Tränen nah, unerklärlicherweise. Ich legte meine andere Hand auf Naaris breite Stirn. Es würde so sein, als wäre ich gestorben, sobald mein Geruch verflogen war, sobald sie gelernt hatte, am Nachmittag nicht mehr auf das Geräusch meiner Stiefel auf dem Ziegelboden zu warten, sobald sie sich an die Geräusche und den Geruch eines anderen Mädchens gewöhnt hatte. Aber ich würde mich immer an mein erstes Pferd erinnern. Ich würde es niemals vergessen.

Mr. Albrecht sah mich eine gefühlte Ewigkeit an. »Du bist eine talentierte Reiterin. Du könntest dabeibleiben.« Wegen seines Akzents betonte er »bleiben«.

»Um was zu tun?«

»Du könntest Dinge tun, die nie zuvor jemand getan hat«, sagte er, immer noch meine Hand haltend.

Ich sah weg. »Vielleicht.«

Es gab immer noch Freundlichkeit in der Welt, in Yonahlossee. Es erschien beinahe unwichtig.

Kapitel 22

Am nächsten Morgen stand ich früh auf und zog mich sorgfältig an, steckte die Bluse ordentlich in den Rock und polierte einen Kratzer auf meinen Stiefeln weg. Ich warf einen Blick zu Sissy, die auf dem Rücken schlief, die Arme seitlich ausgestreckt. Ich lächelte. Am vergangenen Abend hatte sie mir erzählt, dass die Mädchen über sie und Boone Bescheid wussten, aber sie schien deswegen nicht beunruhigt zu sein. Eher hatte sie ein klein wenig stolz gewirkt. Ich hatte überrascht getan. Offensichtlich hatte sie keine Ahnung, dass das Gerücht bereits die Runde gemacht hatte, dass es sich im Camp ausgebreitet und den Weg zu Mrs. Holmes' Ohren gefunden hatte.

Während ich mich im Spiegel betrachtete, war ich mir fast sicher, dass Mary Abbott mich beobachtete, doch als ich mich zu ihr umdrehte, waren ihre Augen geschlossen, der Mund ein schmaler Strich.

Ich ging früh zur Burg hinüber, um Mrs. Holmes vor dem Frühstück abzupassen. Abgesehen von ein paar Mädchen aus dem zweiten Jahr war der Speisesaal leer. Ich machte einen weiten Bogen um sie, und als ich an der Küche vorbeiging, schwang die Tür auf.

»Guten Morgen«, sagte Emmy und blickte weg, auf einen Fleck am Boden. Sie trug ein Tablett mit Gläsern, über ihrer Schulter hing ein Geschirrtuch. Hinter ihr schwang die Tür wieder zu.

Ich erwiderte nichts und wollte weitergehen, als sie fragte: »Wollen Sie mich nicht grüßen?«

»Guten Morgen«, sagte ich. »Guten Morgen, guten Morgen, guten Morgen. Ich bin auf dem Weg zu Mrs. Holmes.«

Emmy lachte kurz auf. Wir hatten bisher kaum miteinander gesprochen. Sie hielt sich anmutiger als ihre Schwester, schielte nicht, aber ihre Stimmen waren gleich, hoch und mit einem so starken Akzent, dass ich mich anstrengen musste, um sie zu verstehen.

»Docey fühlt mit Ihnen.« Sie verlagerte das Gewicht des Tabletts in ihren Händen.

»Wie bitte?«

»Meine Schwester. Sie fühlt mit Ihnen.« Sie sprach rasch, beinahe ungeduldig.

»Oh«, sagte ich verwirrt.

»Aber wir sehen die Sache unterschiedlich«, fuhr sie fort. »Ich war da. Sie können über Mrs. Holmes sagen, was Sie wollen, und die Mädchen reden dauernd über sie, aber sie ist eine gute Seele. Eine gute Seele«, wiederholte sie entschieden, beinahe steif.

Ich dachte an all die Nachmittage im Bibliothekszimmer, Emmy hinter geschlossenen Türen lauernd. Ich lehnte mich an die Wand, kalten Schweiß auf der Stirn.

»Weiß sie es?«, fragte ich leise. Ich drehte mich um und blickte zu dem Tisch mit den Mädchen aus dem zweiten Jahr, die uns beobachteten: Hier unterhielt sich niemand mit den Dienstboten. Aber mit ihnen wurde ich fertig – sie waren aus Kentucky, und sie sahen rasch weg.

»Hätten Sie sich nicht vorher besinnen sollen?« Erneut verlagerte sie das Gewicht des Tabletts. Ihre Arme zitterten, und ich war nah dran, die Hände auszustrecken und es ihr abzunehmen.

Sie schwieg, als erwartete sie eine Antwort. Ich sah von

dem Tablett zu ihrem Gesicht, begegnete ihrem herrischen Blick.

»Besinnen?«, fragte ich, und Emmy senkte die Augen. Ganz leicht hatte ich sie beschämt. »Das geht dich nichts an.«

Als ich mich erneut zum Gehen wandte, zuckte Emmy die Achseln. »Von mir hat sie's nicht … erfahren, mein ich«, fügte sie hinzu.

Ich war froh, dass niemand mitbekommen hatte, wie ich Emmy verspottete, eine Dienstbotin, bar all der Annehmlichkeiten, die ich von Geburt an kannte. Ich hätte nicht gedacht, dass sie auch bissig sein könnte. Aber in diesem Augenblick hätte ich genauso gut Leona gegenüberstehen können oder Katherine Hayes.

Bevor ich die Treppe erreichte, drehte ich mich noch einmal um und sah, dass Emmy die Gläser an dem Tisch mit den Mädchen aus dem zweiten Jahr verteilte, mit gesenktem Blick und ausdrucksloser Miene. Dann entdeckte ich Henny, sie saß an unserem Tisch, ein Buch vor sich. Sie bemerkte mich, und unwillkürlich winkte ich ihr zu. Henny hob nur die Augenbrauen.

Obwohl ich ernstere Probleme hatte, als dass Henny mir die kalte Schulter zeigte, war es mir nicht gleichgültig. Wenn Yonahlossee mich eins gelehrt hatte, dann, dass es unmöglich war, gleichgültig zu bleiben und sich nicht über das Rätsel der Zuneigung zwischen Mädchen zu wundern, die schwer zu gewinnen und leicht zu verlieren war. Wenn niemand etwas von Mr. Holmes und mir wusste, warum verhielt Henny sich dann so abweisend?

Diese Frage beschäftigte mich, während ich langsam die Treppe hinaufstieg, halb hoffend, Mrs. Holmes wäre nicht da. Aber dann müsste ich noch einmal kommen.

»Thea«, sagte Mrs. Holmes und blickte von ihrem Schreibtisch auf, als ich durch die Tür trat. Sie deutete auf den Stuhl, als hätte sie mich erwartet. Mr. Holmes stand hinter seiner Frau und sah aus dem Fenster, aber als er meinen Namen hörte, drehte er sich um, die Hände in den Hosentaschen, immer in den Hosentaschen, sein schönes Gesicht von einem verwirrten Ausdruck überschattet. Ich blieb einen Moment in der Tür stehen und merkte, dass mir die Hände zitterten. Ich verschränkte sie hinter dem Rücken und ging zu dem Stuhl.

»Du wolltest mit uns sprechen?«, sagte Mrs. Holmes und machte sich geistesabwesend an dem Efeu zu schaffen, der in einem Topf auf ihrem Schreibtisch stand, zupfte mit flinken Fingern die verwelkten Blätter ab.

Mit Ihnen, hätte ich sagen können, ich wollte mit Ihnen sprechen. Ich hob den Kopf. »Ja.«

»Worüber?«

»Sissy.«

Kurz schnappte sie nach Luft. Es hatte etwas Befriedigendes, sie aus der Fassung zu bringen. Er beobachtete mich ruhig. Kannte er mich so gut, dass er vorausgeahnt hatte, was passieren würde? Hatte er es an diesem Morgen gespürt, hatte er darauf bestanden, Mrs. Holmes in ihr Büro zu begleiten? Das hätte bedeutet, dass er mich besser kannte als ich mich selbst, weil nicht einmal ich gewusst hatte, dass ich so weit gehen würde. Niemand kannte mich so gut.

»Ich weiß, dass eins der Mädchen behauptet hat, sie hätte Sissy im Wald gesehen. Mit Boone Roberts von der Harris Academy.« Ich konnte nicht verhindern, dass meine Stimme in die Höhe ging und der letzte Satz wie eine Frage klang. Mrs. Holmes hatte aufgehört, an dem Efeu zu zupfen, die Hand mit einem Blatt noch in der Luft, den Mund offen. »Aber das war nicht sie. Ich war's.«

Jetzt wirkte sie verwirrt, ein Ausdruck, den ich noch nie zuvor auf ihrem Gesicht gesehen hatte. Es dauerte einen Moment, bis sie sich wieder gefangen hatte. Sie hätte die

Rektorin sein sollen, nicht ihr Mann der Rektor. Und im Grunde genommen war sie es ja auch.

»Ja?«, sagte sie. »Und? Wir müssen alles wissen.«

Ich war mir nicht sicher gewesen, ob ich es schaffen würde, das zu tun, was ich als Nächstes tun musste. Aber der Ton, in dem Mrs. Holmes *wir* sagte, ihre auffordernde Geste, als wäre ich ungefährlich, nichts weiter als ein Mädchen – ich fing Mr. Holmes' Blick auf und fühlte mich auf einmal erschöpft. Und waghalsig.

Ich sah Mrs. Holmes in die Augen. »Fragen Sie Eva«, sagte ich. »Mein Bett war leer.« Ich hielt inne. Meine Stimme zitterte, und ich holte tief Luft. Als ich weitersprach, war meine Stimme wieder fest. »Sissy ist beliebt. Ihre Familie ist beliebt. Niemand will, dass sie von hier weggeht, am wenigsten ihr Vater und ihr Großvater.« Ich musste nicht genauer erklären, was ich meinte, Mrs. Holmes war eine scharfsinnige Frau. »Vor allem, wenn sie glauben, es könnte sich um einen Irrtum handeln. Und ich werde dafür sorgen, dass sie es für einen Irrtum halten. Wenn ich nach Hause geschickt werde, kümmert das eigentlich niemanden.« Ich schüttelte den Kopf. »Verstehen Sie? Es bringt Ihnen nichts, wenn Sie Sissy bestrafen.«

»Ich verstehe«, sagte Mrs. Holmes. »Ich verstehe sehr gut. Das ist alles sehr interessant. Aber lass mich dich eins fragen: Hast du darüber nachgedacht, weshalb *du* hier bist? Hast du darüber nachgedacht, dass es für Sissy vielleicht am besten ist, wenn man sie an einen Ort schickt, an dem sie nicht in Versuchung gerät?«

Ich sah sie erstaunt an. »Wo sollte das sein? Wir befinden uns hier doch schon auf der Spitze eines Bergs.«

Mrs. Holmes drehte sich kurz zu ihrem Mann um, als wollte sie sagen: Siehst du dieses Mädchen da vor mir, dieses unverschämte, anmaßende Mädchen? Sie schüttelte den Kopf, stieß ein kurzes, hartes Lachen aus. Erneut blickte Mr.

Holmes aus dem Fenster, und ich wusste, dass er überall lieber gewesen wäre als hier. Er würde mir niemals helfen, dazu war er nicht in der Lage. Um disziplinarische Maßnahmen hatte sich immer Mrs. Holmes gekümmert, um den unangenehmen Teil beim Aufrechterhalten der Ordnung.

»Du bist genauso hübsch wie deine Mutter früher, Thea. Sehr hübsch. Denkst du, die Welt gehört dir? Denkst du, du hast irgendeinen Einfluss darauf, was die Welt mit dir macht? Hübsch und naiv.«

»Beth«, sagte Mr. Holmes, eine Warnung, aber sie tat so, als hätte sie ihn nicht gehört.

Sie zerdrückte das welke Blatt in ihrer Faust und warf es in den Papierkorb.

»Ich kann deinen Gedankengängen nicht folgen, Thea. Für gewöhnlich verstehe ich alle meine Mädchen. Du willst also behaupten, dass du dich hinter Sissys Rücken mit ihrem Verlobten getroffen hast?« Offenbar sah ich überrascht aus – was ich auch war –, denn sie fuhr fort: »Ja, ich wusste, dass sie verlobt sind. Ich weiß alles, Thea.« Sie lächelte und legte einen Finger an die Lippen. »Ich glaube nicht, dass du wirklich nach Hause willst.«

Ich dachte daran, wie majestätisch mein Haus an einem trüben Tag wirkte, wie sich sein beeindruckender Umriss von dem aschegrauen Himmel abhob. Ich wollte zurück in dieses Zuhause, das Zuhause meiner Kindheit, das Zuhause, das Georgie einschloss, das Zuhause, wo meine Familie mich vorbehaltlos liebte. Aber dieses Zuhause gab es jetzt nicht mehr, es war an Fremde verkauft.

»Wie kannst du zurück nach Hause wollen?«, fragte sie mit sanfterer Stimme. »Weißt du, warum man dich hierhergeschickt hat?«

Mr. Holmes umfasste den Oberarm seiner Frau, als wäre sie ein Kind. »Es reicht, Beth.«

Natürlich wusste ich, warum man mich hierhergeschickt hatte. Beinahe hätte ich gelacht.

Mrs. Holmes achtete nicht auf ihren Mann. »Sie dachten, du könntest in anderen Umständen sein«, sagte sie. Sie ließ mich nicht aus den Augen, aber nicht ich sah betroffen aus, sondern sie. »Sie hätten es bald genug erfahren, aber deine Mutter hat sich schon früher ständig Sorgen gemacht«, sagte sie, bevor sie sich abrupt umdrehte. »Henry, du tust mir weh.«

Ich konnte erkennen, wie fest Mr. Holmes den Arm seiner Frau umklammert hielt.

»Es reicht jetzt«, sagte er leise. »Was soll das denn?«

»Ich vermute, es war ihr lieber, wenn ich mich um das arme Kind kümmere. Von uns beiden war immer ich diejenige, die alle Probleme gelöst hat. Ich ging davon aus, dass sich hübsche Mädchen nicht so viele Gedanken um die Dinge des Lebens machen müssen, seine Grundlagen. Aber dein Vater, was ist mit ihm? Er ist Arzt, er hätte schnell erkannt, wenn du das Kind deines Cousins unter dem Herzen getragen hättest.« Sie holte kurz Luft und schlug die Hand vor den Mund. Jetzt ließ Mr. Holmes sie los, und Mrs. Holmes rieb geistesabwesend die Stelle an ihrem Arm, an der er ihn umklammert hatte. Ihr Gesichtsausdruck war weicher geworden. Ich dachte an all die Pflanzen in den schlanken Flaschen. Es war kaum zu glauben, dass sie Mitleid mit mir hatte. Es war so einfach, die Leute zu täuschen.

»Sie musste es erfahren«, sagte Mrs. Holmes schließlich in die Stille. Dann wandte sie sich wieder mir zu. »Sie sollte wissen, was sie zu Hause erwartet.«

Ich schüttelte den Kopf, obwohl keine Antwort von mir erwartet wurde. Ich erinnerte mich, dass Mutter jeden Tag mein Betttuch kontrolliert hatte, bevor ich weggegangen war. Ich erinnerte mich, was Mrs. Holmes bei unserer ersten

Begegnung gesagt hatte, dass ich zu ihr kommen solle, wenn mir etwas an meinem Körper auffiele. Natürlich.

»Das überrascht mich nicht«, sagte ich leise. Überrascht hätte es mich, wenn Mrs. Holmes gesagt hätte, dass es Georgie wieder gut ging, dass Mutter mir vergeben hatte. Dass meine Eltern vom Schlimmsten ausgegangen waren und entsprechend gehandelt hatten, überraschte mich kein bisschen.

»Ich werde eine Ansprache halten müssen, weißt du. Ich werde an dir ein Exempel statuieren müssen.«

»Ich weiß«, sagte ich ruhig.

Mrs. Holmes sprach leise weiter, ich musste mich anstrengen, um sie zu verstehen. »Weißt du, warum deine Mutter mit jemandem wie mir befreundet war? Wir verkehrten nicht in den gleichen Kreisen, nein. Bevor du hierherkamst, hattest du nie etwas von mir gehört ...« Ihre Stimme verlor sich, sie schüttelte rasch den Kopf und fuhr fort. »Deine Mutter war das, was bei Miss Petit als kess galt. Dir nicht unähnlich, Thea. Ich war Miss Petits Liebling. Man stellte deine Mutter vor die Wahl: mit Schimpf und Schande wegzugehen oder sich mir anzuschließen. Sie war nicht dumm, deine Mutter. Sie passte sich an. Aber ich möchte gern glauben, dass wir Freundinnen waren. Ich möchte glauben, dass sie mich schließlich genauso gernhatte wie ich sie.« Sie wusste nichts von Mr. Holmes und mir, da war ich mir sicher. Eine kleine Gnade.

»Meine Mutter war kess?«, fragte ich.

»Oh«, sagte Mrs. Holmes. »Die Kesseste.« Der entrückte Ton in ihrer Stimme war wieder da.

Im Speisesaal wurden noch die Tische gedeckt. Docey sah mich neugierig an, und ich lächelte ihr zu, bestrebt, zu jemandem freundlich zu sein. Emmy war nirgends zu entdecken. Ich setzte mich auf eine Bank weit weg von allen anderen. Der Geruch nach gebratenem Speck war so durchdringend, dass mir übel wurde. Weitere Mädchen strömten herein, die Augen verquollen vom Schlaf. Sie würdigten mich kaum eines Blicks, als sie an mir vorbeigingen, und seltsamerweise empfand ich eine leichte Enttäuschung. Ich spielte keine Rolle mehr. Ich sah auf die Uhr, ich hatte gerade mal zehn Minuten in Mrs. Holmes' Büro verbracht.

Was taten Mr. und Mrs. Holmes in diesem Moment in ihrem Büro? Vielleicht machten sie sich gegenseitig Vorwürfe, versuchten zu entscheiden, wessen Schuld es war, dass ihnen ein Mädchen – zwei Mädchen, falls Sissy mitzählte – aus den Händen geglitten war. Oder vielleicht tröstete Mr. Holmes seine Frau, hatte sie an sich gezogen, versicherte ihr, dass diese seltsame Angelegenheit mit Thea Atwell aus Florida in Ordnung war, in Ordnung kommen würde.

Ich schloss die Augen, um das Gewimmel im Speisesaal nicht sehen zu müssen, und stützte den Kopf in die Hände. Ich spürte einen dumpfen Schmerz im Nacken.

Ich hatte eine Familie zerstört und war nahe daran gewesen, eine zweite zu zerstören. Der Schmerz in meinem Kopf wurde stärker. Ich wusste nicht, wie ich es schaffen sollte aufzustehen, wenn Sissy hereinkam.

Sissy war spät dran, natürlich. Ich würde warten. Ich sah Katherine Hayes hereinkommen, mit Leona plaudernd, was merkwürdig war. Alice Hunt starrte sie mit offenem Mund an. Ich musste mir ein Lächeln verkneifen – noch nie hatte ich jemanden so entgeistert dreinblicken sehen.

Mrs. Holmes kam die Treppe heruntergestürmt, ihr Gesicht war gerötet. Mr. Holmes folgte ihr auf den Fersen und redete mit leiser Stimme eindringlich auf sie ein. Mädchen drehten sich verwundert auf ihren Stühlen um. Leona und Katherine blieben abrupt stehen. Noch nie hatten wir erlebt, dass zwischen Mr. und Mrs. Holmes ein heftiges Wort fiel. Sie offen streiten zu sehen – das war etwas nie Dagewesenes.

Die Mädchen fingen an zu tuscheln, alle gleichzeitig, das Summen der vielen Stimmen war eine Qual. Ich schloss die Augen und legte die Hände über die Ohren.

»Thea?« Jemand klopfte mir auf die Schulter. Ich blickte auf. Docey mit ihrem Schielauge. »Geht es Ihnen gut?«, flüsterte sie.

Hinter Docey sah ich Sissy zusammen mit Eva die Burg betreten. Alle drehten sich in ihre Richtung, das Tuscheln erstarb, was Sissy offensichtlich bemerkte – langsam blickte sie sich im Saal um, legte eine Hand an die Kehle. Ich tat es ihr gleich. Noch nie hatte ich Sissy ängstlich erlebt. Henny flüsterte Jettie etwas zu. Das war typisch für Henny – in diesem Augenblick wurde mir klar, dass ich das immer an ihr gehasst hatte. Natürlich lag auf ihrem Gesicht dieser selbstgefällige Ausdruck. Sie war zu einfältig, als dass es anders hätte sein können.

Am anderen Ende des Saals erhob Mrs. Holmes die Stimme, und alle wandten den Blick von Sissy ab.

»Thea«, sagte Docey in drängendem Ton, »Sie sollten gehen. Gehen Sie!«, wiederholte sie und versuchte, mich hochzuziehen.

Die Zeit folgte einem anderen Rhythmus. Alles lief zu langsam ab. Mrs. Holmes sah zu, wie Mr. Holmes sich einen Weg zwischen den Tischen bahnte, auf denen jetzt Platten mit dicken Scheiben gebratenem Speck standen, Schüsseln mit Haferbrei. Er hielt Ausschau nach etwas, rasch suchte er jeden Tisch ab, eins nach dem anderen senkten die Mädchen den Blick. An meinem Tisch blieb er stehen, Mary Abbott deutete hinter ihn, und Mr. Holmes folgte ihrem auf mich gerichteten Finger.

Im Saal herrschte jetzt Totenstille, das Summen hatte aufgehört. Er deutete mit dem Kopf zur Tür, als wären wir allein, wieder in seinem Bibliothekszimmer, umgeben von all seinen

Büchern. *Haben Sie die alle gelesen?*, hatte ich gefragt. *Die meisten*, hatte er geantwortet und gelacht. *Ich bin alt. Ich hatte viel Zeit zum Lesen.* Ich hatte gelächelt, weil er noch so jung war, das wussten wir beide. Dann hatte ich die Hand genommen, die er mir entgegenhielt, mich vom Sofa hochziehen lassen.

Jetzt, in diesem Speisesaal, in dem ich Hunderte Mahlzeiten gegessen hatte, wirkte Mr. Holmes immer noch jung, falls jung bedeutete, dass man unberührt von der Welt wirkte. Er war *nicht* unberührt von der Welt, das wusste ich besser als jeder andere, aber er wirkte nicht gequält, er hatte keinen unheimlichen Ausdruck in den Augen. Er sah unsterblich aus.

Er deutete mit dem Daumen zur Tür, und Martha Ladue, die an dem Tisch neben mir saß, schnappte nach Luft, auf ihrer weißen Haut breitete sich Röte aus.

»Folge mir«, hatte er an jenem Nachmittag gesagt, aber das war nur eine Formalität, Worte. Ich wäre ihm überallhin gefolgt. Er führte mich nach oben, in ein Zimmer, das ich noch nie betreten hatte. Ganz in Rosa, mit einem schmalen weißen Bett. Sarabeths Zimmer. Ich verstand nicht, warum er mich hierhergebracht hatte. Während ich mich neugierig in dem Zimmer umsah, nahm er etwas von ihrer Kommode, einem hübschen Möbel mit einer Marmorplatte, und gab es mir. »Schau«, hatte er gesagt und plötzlich verlegen gewirkt, die Haare fielen ihm über die Augen.

Aber jetzt, hier im Speisesaal, wusste ich, dass es nicht länger stimmte. Ich würde ihm nirgendwohin folgen. Einen Moment lang hätte ich es getan, und so war es auch bei Georgie gewesen. Einen Moment lang wäre ich ihm überallhin gefolgt, und dann war dieser Moment vorbei.

Ich schüttelte den Kopf, und Mr. Holmes musterte mich auf seine eindringliche Art, als würde er meine Seele erforschen, dann ging er. Ich blickte zum Lehrertisch, seine Töchter waren nicht da. Wären sie da gewesen, hätte er sie weggebracht. Jetzt würde er zu ihnen gehen. Bei ihnen würde er immer sein. Ich würde weggehen, aber er konnte es nicht.

»Mädchen«, sagte Mrs. Holmes und trat an Mr. Holmes' Pult, an dem er sonst die Morgenandacht abhielt, »ich bitte kurz um eure Aufmerksamkeit. Ich habe euch etwas mitzuteilen.« Sie war nervös, ihre Stimme klang unsicher, ihre Hände flatterten hin und her. Dass ich sie so durcheinandergebracht hatte, bereitete mir kein Vergnügen.

Aber die Aussicht, immer diese Aussicht: Sie stand vor dem Fenster, demselben Fenster, dessen Scheibe ich vor fast einem Jahr berührt hatte, nachdem Vater mich aus Mr. Holmes' Büro geschickt hatte. Mrs. Holmes wurde von den Bergen eingerahmt; trotz allem war es für mich immer noch ein Wunder. Damals wie jetzt.

»Theodora Atwell verlässt uns. Morgen früh. Das kommt natürlich alles sehr plötzlich.« Die Mädchen fingen wieder an zu tuscheln, ich hatte gewusst, dass sie das tun würden, so wie ich gewusst hatte, was Mrs. Holmes tun würde, sobald sie den Speisesaal betreten hatte. Es war eine seltsame Art Trost, all das zu wissen und keine Angst zu haben.

»Eines Verstoßes wegen. An dem ein junger Mann beteiligt ist.« Das Getuschel wurde lauter, und Mrs. Holmes hob ihre Stimme. »Ich erwarte, dass nicht weiter über diese Angelegenheit gesprochen wird. Ihr seid junge Damen, und Damen tratschen nicht.« Dann sah sie quer durch den Saal zu mir.

In Sarabeths Zimmer betrachtete ich das, was er mir gegeben hatte. Ein Foto von einem viel jüngeren Henry Holmes in einem Silberrahmen, der poliert werden musste. Mrs. Holmes' Abwesenheit zeigte sich in solchen kleinen Dingen. »Das bin ich«, hatte er gesagt. »Als ich in deinem Alter war.« Er stand am Ufer eines Sees, ein Paddel in der Hand. Er blickte direkt in die Kamera, wie Männer es immer taten. Er sah noch genauso aus, nur dass sein Gesicht voller war, nicht die von der Zeit gemeißelten schönen Züge hatte. Ich berührte das Glas. »So hübsch«, hatte ich gesagt. Aber was ich gemeint hatte, war: so frisch.

»Lasst euch das eine Lehre sein, Mädchen, euch eurem Alter entsprechend zu verhalten. Die Regeln zu beachten.«

Sissy starrte mich über den Saal hinweg an, wie alle anderen, eine allmähliche Erkenntnis breitete sich über ihren feinen Gesichtszügen aus. Sie wusste es. Sie sah weg, aus dem Fenster, berührte das diamantbesetzte Hufeisen, das in ihrer Halsgrube lag, und einen Moment lang dachte ich, was Mrs. Holmes gesagt hatte, könnte stimmen: Sissy würde glauben, dass ich sie hintergangen hatte. Sie verließ den Saal, und alle sahen ihr hinterher.

Mrs. Holmes beobachtete mich. Dann spürte ich Doceys Hand auf meiner Schulter. Ich nahm sie und hielt sie fest, und obwohl sich Doceys Hand zuerst steif anfühlte, zog sie sie nicht weg. Ich spürte, dass wir die gleichen Schwielen hatten – meine kamen vom Reiten, ihre vom ständigen Putzen und Aufräumen. Unsere Hände fühlten sich gleich an.

Ich fand Sissy im Wald an der Stelle, zu der sie immer mit Boone ging. Sie saß auf einem umgestürzten Baumstamm, das Gesicht in den Händen vergraben, und weinte.

Ich sagte ihr, was ich getan hatte, und langsam ließ ihr Weinen nach. Ich saß so dicht neben ihr, dass mir ihr Geruch in die Nase stieg. Weil ich ein Dutzend Mal in ihrem Bett geschlafen hatte, erkannte ich den Geruch, erstaunlich stechend, den sie auf ihrem Kopfkissen hinterlassen hatte.

»Heute Nacht wirst du im Krankenzimmer schlafen. Sie werden dich da reinstecken, bevor sie dich für immer wegschicken.« Nach wie vor sah sie mich nicht an. Ich tippte ihr auf die Schulter, und sie drehte sich zu mir, ihre weit auseinanderstehenden Augen verquollen.

»Danke«, sagte sie, und ihre Stimme klang vom Weinen noch heiserer. »Das war sehr mutig.«

»Es gibt Beweise. Eva hat gemerkt, dass ich in dieser Nacht weg war. Ich habe Mrs. Holmes gesagt, sie soll sie fragen.«

»Eva würde nichts erzählen.«

Natürlich würde es Eva erzählen, wenn es um mich gegen Sissy ging. »Es ist egal. Sie wird nicht fragen.«

»Nein«, sagte Sissy, »sie glaubt dir, so wie alle anderen.« Ihre Stimme brach.

»Mrs. Holmes glaubt mir nicht. Sie hat es durchschaut. Sie hat mich durchschaut.« Ich nahm Sissys Hand. »Es tut mir leid.«

»Ich weiß.« Sie machte eine wegwerfende Geste, als wollte sie sagen, wir sind mit all dem fertig. Diese Geste würde ich nie vergessen. In meinen dunkelsten Stunden würde ich mich daran erinnern, sie aus den Tiefen meiner Erinnerung hervorholen. »Mit wem soll ich denn jetzt reden, wenn du weggehst?«

In diesem Moment dachte ich, dass man immer eine Sache gegen eine andere eintauschte, eine Liebe verlor, um eine neue zu finden.

»Warum willst du überhaupt nach Hause, Thea? Ich verstehe das nicht.«

Ich lächelte. Sie hatte recht, diese Frage zu stellen: Warum wollte ich nach Hause? Meine Familie wollte mich nicht. »Ich will dir helfen. Und meinem Bruder. Ich muss meinen Bruder wiedersehen.«

Sie nickte. »Aber dein Ruf. Was werden deine Eltern denken?«

Ich sah weg. Davor hatte ich am meisten Angst, aber das konnte ich Sissy nicht sagen. Ich würde diesen Ort in Schimpf und Schande verlassen, genau das Gegenteil von dem, was ich mir gewünscht hatte. Ich wollte, dass meine Eltern mich liebten. Nein, sie hatten mich immer geliebt, ich war ihr Kind – ich wollte, dass sie mich wieder gernhatten. Und indem ich auf diese Weise wegging – mit einem Skandal –, hatte ich dafür gesorgt, dass sie das nicht tun würden. Aber besser ich als Sissy, die noch eine Chance hatte. Tief in meinem Herzen wusste ich, dass ich in Mutters Augen verloren war, ein Skandal oder zwanzig, das spielte keine Rolle. Die Thea, die ich gewesen war, gab es nicht mehr, sie hatte sich in Luft aufgelöst.

»Für meine Eltern bin ich wahrscheinlich ein hoffnungsloser Fall.«

Sissy sah aus, als würde sie gleich wieder anfangen zu weinen. Sie umklammerte meine Hand. »Das ist schrecklich, Thea. Das ist das Schrecklichste, was ich jemals gehört habe.«

»Es ist nicht das Schrecklichste, was ich jemals gehört habe«, sagte ich. »Es gibt Schlimmeres. Ich muss tun, was richtig ist, Sissy. Ich muss meinem Bruder helfen. Ich muss das Richtige tun.«

An dem Nachmittag, bevor ich Yonahlossee verließ, wanderte ich durch die Burg, ich schlich mich aus dem Krankenzimmer, was nicht besonders schwer war. Niemand achtete auf mich. Die Glockenschläge hatten die Mittagsruhe verkündet. Inzwischen würde Sam wissen, dass ich nach Hause kam. Mutter würde es ihm gesagt haben. Sicher würde er sich freuen, mich zu sehen, wenigstens mit dem Herzen, wenn schon nicht mit dem Verstand.

Ich hatte ein Buch in einem der Unterrichtsräume liegen lassen. Das Buch war jedoch nicht so wichtig. Ich fühlte mich diesem Ort verbunden, und ich wollte ein letztes Mal vor meiner Rückkehr nach Florida den Ort sehen, an dem ich nach meiner Ankunft vor fast einem Jahr als Erstes gewesen war.

Ich wusste, was mich jetzt erwartete, wie rasch Yonahlossee zu etwas Fremdem werden würde.

Im Speisesaal war nichts mehr von dem Durcheinander zu sehen, das an diesem Morgen geherrscht hatte. Ich versuchte, mir jede Einzelheit einzuprägen: den Tisch, an dem ich Hunderte Male gegessen hatte, den Platz, an dem Mr. Holmes gestanden und zu uns von Gott gesprochen hatte.

Ich stieg die Treppe in den zweiten Stock hinauf, um mich ein letztes Mal dort umzusehen, aber vielleicht wusste ich auch irgendwie, dass Mrs. Holmes in ihrem Unterrichtsraum sein würde.

Sie lehnte in einer merkwürdigen Haltung am Fenster, die Stirn an die Scheibe gelegt, die Hand an die Wand gedrückt, als versuchte sie, sich einen Weg nach draußen zu bahnen. Ich kannte den Ausblick sehr gut: Sie war in den Bergen, nur durch ein Fenster davon getrennt. Vielleicht weinte sie.

Und dann drehte sie sich um, und ich wich zurück, überzeugt, dass sie mich gesehen hatte. Sie ging jedoch zu einem Tisch, an dem Decca saß und zeichnete. Mrs. Holmes lächelte und deutete auf etwas auf dem Blatt Papier. Decca nickte. Ich sah ihnen zu lange zu, Decca in ihre Zeichnung vertieft – immer wieder blickte sie zum Fenster, und ich erkannte, dass sie die Berge zeichnete – und Mrs. Holmes, die ihr dabei zusah, das Gesicht in ständiger Bewegung – die Lippen, die Stirn. Sie schien sich zu freuen. Beide schienen sich zu freuen.

Auf dem Rückweg schlich ich hinter den Bungalows entlang – ich traf mich mit Sissy –, damit Mrs. Holmes mich nicht entdeckte, falls sie wieder ans Fenster trat.

Eine Küchenhilfe, deren Namen ich nicht kannte, brachte mir das Abendessen ins Krankenzimmer. Die ganze Nacht wälzte ich mich auf der harten Matratze hin und her. Bald würde ich meine Eltern wiedersehen. Meinen Bruder. Was hatte man ihnen gesagt? Ich war in doppelter Hinsicht schlecht, kehrte zu ihnen zurück, weil ich noch einmal die Sünde begangen hatte, deretwegen sie mich fortgeschickt hatten.

Die Tür öffnete sich. Es gab kein Schloss, und einen Augenblick lang dachte ich, Mr. Holmes wäre gekommen, um mich zu sehen, und war glücklich.

Die Silhouette war jedoch die eines Mädchens. Ich setzte mich auf und knipste die Lampe an. Es war Mary Abbott.

»Warum gehst du weg?«, fragte sie laut.

»Schhh. Weil ich etwas Schlechtes getan habe.« Ich seufzte. »Du solltest nicht hier sein.«

»Aber du hast nichts Schlechtes getan!« Sie kniete sich neben mein Bett. »Ich weiß, wer etwas Schlechtes getan hat.«

Ich hatte das Gefühl, dass mein Magen sich umdrehte. Ich erinnerte mich an die Nacht, in der Mary Abbott mitbekommen hatte, wie ich mich in Sissys Bett legte.

»Sie hätte das nicht tun dürfen. Sie hätte sich nicht dauernd rausschleichen dürfen.« Sie zögerte kurz. »Sei nicht böse auf mich.«

»Bin ich nicht«, sagte ich. »Versprochen. Erzähl.«

»Ich habe es nicht Mrs. Holmes gesagt.«

»Wem hast du es dann gesagt?«, fragte ich langsam und im Flüsterton, als wollte ich einem kleinen Kind etwas entlocken.

»Henny«, flüsterte sie, die Augen weit aufgerissen. »Henny.«

»Oh«, sagte ich und ließ mich gegen das gusseiserne Kopfteil sinken. »Oh.«

»Sie hat gefragt!«, sagte Mary Abbott. »Sie hat Gerüchte gehört, die anderen Mädchen haben schon lange darüber geredet, und dann habe ich Sissy gesehen.«

»An dem Tanzabend«, sagte ich.

Sie zuckte die Achseln. »An vielen Abenden. Ich weiß,

wohin sie gehen. Ich weiß es schon lange. Manchmal folge ich ihnen.« Sie schien stolz darauf zu sein.

»Du beobachtest sie?«, fragte ich ungläubig.

Rasch schüttelte sie den Kopf. »Nur ganz kurz. Nur um mich zu vergewissern, dass Sissy in Sicherheit ist. Ich habe sie sehr gern«, sagte sie. »So wie du.«

Ich nickte, dachte über all diese Neuigkeiten nach, die letztlich keine Überraschung waren. Es war keine Überraschung, dass Mary Abbott Sissy und Boone in den Wald gefolgt war, keine Überraschung, dass sie zu Sissys Verderben beigetragen hatte, ohne die Bösartigkeit, die ein solches Handeln für gewöhnlich erforderte. Sie war einsam. Das war alles.

»Du hast zu Hause etwas Schlechtes getan, nicht wahr?«

»Ja«, sagte ich, ohne nachzudenken. »Etwas sehr Schlechtes.« Ich spürte, dass meine Augen feucht wurden.

»Ach, Thea«, sagte Mary Abbott, und dann umarmte sie mich ungestüm und flüsterte mir ins Ohr: »Alles ist gut«, und mit welchem Bann sie mich zuvor auch belegt hatte, er war gebrochen. Ich stieß sie heftig zurück.

»Au«, rief sie und rieb sich die Schulter, zog die Arme an die Brust, als wollte sie sich schützen – sie musste sich auch schützen. Ich nahm etwas an ihr wahr, etwas Abartiges, Bedürftiges. Ein Verlangen, von dem sie wusste, dass sie es verbergen musste, ohne zu wissen, wie. Sie hatte nicht die leiseste Ahnung. Sie war mir zu ähnlich, ich konnte nicht freundlich zu ihr sein. Der einzige Unterschied zwischen uns bestand darin, dass ich nach außen hin nicht so merkwürdig wirkte wie sie.

»Es ist besser, nicht merkwürdig zu sein«, sagte ich. »Nicht aufzufallen.«

Mary Abbott wirkte gequält, aber sie nickte. Sie griff nach meiner Hand, und dieses Mal überließ ich sie ihr. Immerzu griff sie nach meiner Hand, doch diesmal wäre es das letzte Mal.

»Gib acht«, sagte ich, »gib acht auf dich.«

Ich suchte Sam an jenem Abend, an dem ich meiner Mutter alles gestanden hatte, fast alles: Niemals würde ich ihr sagen, dass mein Cousin und ich miteinander geschlafen hatten. Ich glaubte, das wäre barmherzig von mir, nie wäre ich auf die Idee gekommen, dass sie mir nicht glaubte, dass sie meinte zu wissen, was passiert war. Aber letzten Endes hatte sie recht, es war richtig, mir nicht zu vertrauen.

Als ich das Haus nach ihr absuchte und sie schließlich im Garten beim Beschneiden der Rosen fand, glaubte ich, dass es mich erleichtern würde, ihr alles zu erzählen. Das war töricht von mir.

Sam war in unserem alten Kinderzimmer, er saß im Schneidersitz auf dem Boden und las eine Zeitschrift. Als ich das Zimmer betrat, schüttelte er den Kopf, seine Augen waren glasig, und im Zimmer war es schummrig.

»Soll ich Licht machen?«, fragte ich, die Hand am Schalter.

»Nein.«

Sam blätterte eine Seite um, und ich erkannte eine Anzeige für Rollschuhe, die keiner von uns beiden jemals besessen hatte.

»Was liest du da?«, fragte ich.

»Ich lese einen Artikel über Leute mit unnatürlichen Begierden.«

»Es tut mir leid.« Mein Gesicht war vom Weinen verquollen, es fühlte sich an, als hätte ich Sand unter den Augenlidern.

»Ich hätte dich davon abhalten müssen.« Er sah elend aus, seine Augen waren rot und geschwollen, von Äderchen durchzogen, die ich noch nie vorher bemerkt hatte. Um das linke Auge hatte er einen dunklen Bluterguss.

»Das hättest du nicht gekonnt«, sagte ich leise. »Es war nicht deine Sache, mich davon abzuhalten.«

»Sie werden dich wegschicken.«

Ich war verblüfft. »Wer?«

»Was meinst du denn? Mutter und Vater.«

»Wohin?« Ich dachte an den Bruder meiner Mutter in Südflorida, das war der einzige Ort, an den sie mich schicken konnten.

»An einen Ort, von dem ich noch nie was gehört habe. Er hat einen indianischen Namen.«

»Ich werde nicht weggehen, Sam«, sagte ich mit lauter werdender Stimme. Ich dachte nicht darüber nach, woher er das wusste. Er musste ein Gespräch belauscht haben. »Lass nicht zu, dass sie mich wegschicken.«

»Warum, Thea?«, fragte er. »Warum hast du das getan?« Er begann zu schluchzen. »Sie werden dich wegschicken, und ich werde allein sein. Hast du daran gedacht? Hast du? Hast du daran gedacht, dass du weggehst und ich dann allein bin?«

Ich warf mich in seine Arme. Ich spürte, dass mein Zwillingsbruder nachgab, und das half mir, die folgenden beiden Wochen zu überstehen, bevor sie mich nach Yonahlossee schickten – die schreckliche Verlegenheit, die abgewandten Gesichter meiner Familie, das Wissen um meinen ungeheuren Verrat –, dass mein Bruder in diesem Moment meine Umarmung erwiderte, machte all das erträglich.

»Ich hätte es wissen müssen«, murmelte er in meinen Haaren. Ich konnte ihn kaum verstehen.

Ich nahm sein Gesicht zwischen die Hände. Seine Wangen waren heiß und verschwitzt.

»Du hast es gewusst«, sagte ich.

Mein Vater war in seinem Arbeitszimmer. Ich klopfte, und seine Stimme klang wie immer, als er mich hereinrief: ruhig, fest.

»Thea.«

»Vater.« Er war damit beschäftigt, einen Brief zu schreiben.

Jetzt tippte er sich mit seinem Füllfederhalter ans Kinn und wartete. »Wie geht es Georgie?«, platzte ich heraus, entweder fragte ich jetzt, sofort, oder nie.

»Georgie ist im Krankenhaus. Wusstest du das?«

Ich schüttelte den Kopf. »Als ich ihn zuletzt gesehen habe, hat er ruhig geatmet.«

»Ja. Unglücklicherweise kann jemand ruhig atmen und trotzdem sehr schwer verletzt sein. Wie es aussieht, hat sein Gehirn Schaden gelitten.« Er hielt kurz inne. »Als mir deine Mutter gesagt hat, was du ihr gestanden hast, war ich sicher, dass sie sich irrt.« Seine Stimme klang ruhig. »Hat sie sich geirrt?«

Ich schüttelte den Kopf.

»Ich wünschte aus tiefstem Herzen, sie hätte sich geirrt.« Es war seltsam, dass mein Vater solche sentimentalen Worte benutzte. *Aus tiefstem Herzen*. »Aber dein Bruder ist auch darin verwickelt. Georgies Verletzung …«, an dieser Stelle legte er den Füllfederhalter weg und legte die Hände vor sich auf den Schreibtisch, als würde er eine Melone umfassen, »… deutet auf Gewalteinwirkung hin. Verstehst du, Thea?«

Ich nickte, obwohl ich es nicht verstand.

»Entweder wurde Georgie geschlagen, von deinem Bruder, oder er ist gestürzt. Das Ergebnis ist das gleiche. Aber was die Ursache betrifft, ist es ein großer Unterschied, das weißt du sicher.«

Ich schwieg.

»Die Erklärung ist plausibel, dass Georgie auf einen großen stumpfen Gegenstand gefallen ist. Im Krankenhaus habe ich gesagt, dass es ein Felsbrocken war. Sie haben diese Information an die Polizei weitergeben. Dass dein Cousin gestürzt ist und sich den Kopf an einem Felsbrocken angeschlagen hat.«

»Gut«, sagte ich, weil er eine Antwort zu erwarten schien. »Gut.«

»Dein Bruder erkannte mich nicht, als ich ihn später gefunden habe. Er hatte stundenlang unter einem Baum gesessen. Er hatte sich eingenässt. Seine Schilderung des Geschehens ist bestenfalls bruchstückhaft.« Vater sah mich an, als wäre er überrascht, dass ich vor ihm stand.

»Ich wollte einfach nur wissen, wie es Georgie geht«, flüsterte ich. Sein Name fühlte sich schmutzig in meinem Mund an.

»Nun ja, jetzt weißt du es. Es geht ihm nicht gut.«

»Wird er wieder gesund?«

Ich hätte besser nicht fragen sollen.

Mein Vater zuckte leicht mit den Schultern. »So Gott will.« Ich wollte gehen, aber mein Vater sprach weiter. »Hast du es gesehen, Thea? Kannst du mir sagen, was passiert ist? Kannst du ehrlich sein?« Er sah so gequält aus, mein Vater, so verloren. Der oberste Knopf an seinem Hemd stand offen; er stand sonst nie offen.

»Es war ein Felsbrocken«, sagte ich. »Ein Felsbrocken, nicht Sam.«

Es schien so einfach, meinen Vater glauben zu lassen, was er so gern glauben wollte. Es war das Mindeste, was ich tun konnte.

Meine Mutter kam später in den Stall, wo ich die Knoten in Sasis Schwanz entwirrte. So hatte ich wenigstens etwas zu tun.

»Thea.«

»Mutter.« Ich hielt Sasis Schwanz locker in der Hand, wollte ihn nicht ganz loslassen.

»Ich habe einen Spaziergang gemacht.« Sie deutete auf das weite Land. Meine Mutter machte sonst nie Spaziergänge. Entweder war sie im Garten oder im Haus. In der vergangenen Woche hatte sie dreimal mit mir gesprochen. Einmal hatte sie mich gebeten, die vordere Veranda zu fegen, was ich getan hatte, sogar zweimal, obwohl es gar nicht nötig gewesen wäre.

Sie lehnte den Kopf an die Tür der Box, sie sah müde aus, verletzlich. Vielleicht hatte sie Neuigkeiten von meinem Cousin.

»Wir haben beschlossen, dich von hier wegzuschicken.«

»Ich gehe nicht weg.« Ich sah meiner Mutter in die Augen, sie wirkte überrascht, aber die Regeln, wie wir miteinander umgingen, gab es nicht mehr, so als hätten sie sich in Luft aufgelöst.

Sie schloss die Augen. »Du hast keine Wahl. Es ist besser für dich, wenn du weggehst.«

»Nein. Ich bin zufrieden hier. Ich werde allen aus dem Weg gehen. Du wirst sehen. Ich schlafe hier draußen. Ich werde niemandem zur Last fallen. Bitte, es ist nicht besser für mich.«

Sie lachte. »Du willst in einer Pferdebox schlafen? Du bist doch kein Tier, Thea. Oder?« Sie schüttelte den Kopf. »Du wirst gehen.«

»Oh.« Ich wickelte Sasis Schwanz um mein Handgelenk. »Ich verstehe.«

Meine Mutter betrachtete mich einen Moment. »Warum, Thea? Warum hast du das getan?« Ihr Mund zog sich wie zu einem hässlichen kleinen Knoten zusammen. In diesem Augenblick sah sie gar nicht mehr schön aus. Sie sah betrogen aus.

»Warum war das so schlimm?«, fragte ich. Meine Stimme klang brüchig. »Ihr habt Georgie gerngehabt.«

Sie schien bereit zu sein für diese Frage, als hätte sie sie sich schon selbst gestellt.

»Ich wollte mehr für dich!«, schrie sie. »Verstehst du denn nicht, dass Georgie nicht genug ist? Und selbst wenn er es wäre, sind schreckliche Dinge geschehen, Georgie ist im

Krankenhaus, und dein Bruder ist dafür verantwortlich. Onkel George und Tante Carrie können das nicht verzeihen. Und ich bin so wütend auf Georgie … und auf dich.« Sie deutete aus dem Stall nach draußen, auf unsere tausend Morgen Land. »Wir hatten alles, Thea. Alles. Alles ist zerstört.«

»Bitte«, schluchzte ich, »wohin schickt ihr mich? Tut es nicht. Bitte tut es nicht.« Ich berührte sie am Arm. »Bitte lasst mich hierbleiben. Ich werde brav sein.«

Sie blickte auf die Stelle an ihrem Arm, die ich berührt hatte, bevor sie wieder mich ansah.

»Ich fürchte, dafür ist es zu spät«, sagte sie, jetzt wieder ruhig.

In meiner letzten Woche zu Hause taten wir so, als folgten wir einem geregelten Tagesablauf. Ich stand in aller Frühe auf und ritt, bis Sasi erschöpft war. Ich wagte mich an immer höhere Hindernisse, und Sasi meisterte sie, weil er spürte, wie unbesonnen ich war. Mutter widmete sich ihren Aufgaben, und ich half ihr, indem ich mich rarmachte. Ich wusste, dass ich die Letzte war, die sie sehen wollte. Sam verschwand stundenlang hinter dem Haus. Vermutlich jagte er. Vater verließ das Haus, bevor ich aufstand, und kam erst zurück, wenn ich schon im Bett lag. Wenn ich auf dem Flur an ihm vorbeiging, sagte er etwas von einem kranken Säugling, der nicht trinken wollte. Ich fragte ihn nicht mehr nach meinem Cousin. Ich ging davon aus, dass Vater es mir sagen würde, wenn sich sein Zustand verschlechterte. Ich war naiv, ich dachte, das Schweigen meiner Eltern würde bedeuten, dass es Georgie besser ging.

Ich sollte meine Sachen packen. Mutter hatte sich nicht näher geäußert, was ich brauchen würde. Ich war nicht weiter gekommen, als meine Schubladen auf dem Boden auszuleeren. Jetzt wühlte ich in den Haufen mit meinen guten

Sachen: schimmernde Kleider, steife Baumwollröcke, weiche Seidenschals. Ich verdiente sie nicht. Ich konnte mir keine Zukunft vorstellen, in der ich sie jemals wieder tragen würde.

Ein Klopfen. Ich hatte die Tür geschlossen, um meiner Familie meinen Anblick zu ersparen.

»Herein.«

Zuerst Idellas braune Hand. Ich wandte mich wieder meinen Sachen zu. Die Enttäuschung war beinahe unerträglich.

»Deine Mutter schickt mich, damit ich dir beim Packen helfe.«

Ich deutete auf die Haufen. »Ich habe ein ziemliches Durcheinander angerichtet.«

»Lass mich das machen.«

Ich sah zu, wie sie die Haufen sortierte, Röcke zu Röcken legte, Reithosen zu Reitblusen, geschickt alles wieder zusammenfaltete, was ich ausgebreitet hatte.

»Deine Mutter hat gesagt, du sollst nur das Nötigste einpacken.« Idella warf mir einen Blick zu. »Sie sagt, es gibt eine Uniform.«

»Eine Uniform«, wiederholte ich. »Weißt du, warum ich weggehe?«

Idella strich den Kragen einer Bluse glatt. Ich wusste so wenig über sie. Sie war nicht verheiratet. Sie lebte mit ihrer Mutter und zwei Schwestern zusammen, sie alle waren tiefreligiös.

»Ich bin sicher, alles wird gut.«

Ich nickte, den Tränen nahe. »Wird es nicht«, sagte ich.

»Doch. So Gott will«, sagte Idella. »So Gott will.«

Kapitel 23

Der Zug von Asheville nach Orlando war halb leer. In der ersten Klasse saß noch ein Mädchen in meinem Alter. Wir aßen im Speisewagen an getrennten Tischen. Ich musterte sie. Beim Bestellen sah sie den Kellner nicht an, und als ihr Essen kam, aß sie rasch, scheu, so als würde sie jemanden damit beleidigen. Sie trug wunderschöne tropfenförmige Smaragdohrringe, die sie ständig anfasste, so wie Sissy ihren Hufeisenanhänger. Jetzt hing der Hufeisenanhänger jedoch an meinem Hals, und ich merkte, dass ich ihn ständig berührte, so wie Sissy, aber aus einem anderen Grund: Ich berührte ihn, weil Sissy das gemacht hatte, weil ich sie vermisste.

Der Kellner brachte mir eine Tomatensuppe, die ich nicht hinunterbekam. Sie war nicht besonders gut, aber ich hätte eigentlich hungrig sein müssen. Seit Tagen hatte ich kaum etwas zu mir genommen. Ich zwang mich, wenigstens das Brötchen zu essen. Während ich so dasaß, in diesem Zug, holte das fade Essen vor mir die Wirklichkeit zurück. Ich merkte, wie mir meine Entschlossenheit wie Sand zwischen den Fingern zerrann. Vor dem Zugfenster war es grün, so grün und lebendig. Die Schönheit North Carolinas mit seinen kalten, fernen Bergen lag in seiner Strenge. Sobald wir die Grenze zu Florida passierten, erwachte alles zum Leben. Ich wusste, sobald ich aus dem Zug trat, würde mich die Hitze wie eine alte Freundin empfangen, obwohl es erst Frühling war.

Ich war eifersüchtig auf das Mädchen, dessen Namen ich nicht kannte und das ich nie wiedersehen würde. Noch nie hatte ich so sehr jemand anders sein wollen. Ich wollte noch einmal von vorn anfangen: noch einmal geboren werden, ohne einen Zwillingsbruder und ohne einen Cousin, der mir so nahestand wie ein Bruder.

»Wissen Sie, wo wir als Nächstes halten?«, fragte das Mädchen. Sie stand vor mir. Ich hatte nicht einmal bemerkt, dass sie von ihrem Tisch aufgestanden war. Es dauerte einen Moment, bis mir der Name des Bahnhofs einfiel.

»Church Street«, sagte ich. »Orlando.« Das Mädchen machte einen nervösen Eindruck, und ich wollte sie bei den Schultern nehmen und sagen: Bitte, es gibt keinen Grund, nervös zu sein. Aber woher sollte ich das wissen? Ich wusste nicht, was ihr bevorstand, wenn sie den Zug verließ, der in dem Moment abzubremsen begann. Ich konnte den Bahnhof sehen, den ich bald erreichen würde, und es erschien mir als Ding der Unmöglichkeit, in diesem Zug zu sitzen und in fünf oder zehn Minuten nicht mehr. Und dass es nicht nach meinem Willen geschehen würde. Warum, Thea, warum? Warum hatte ich zu all dem zurückkehren wollen? Zu meinem Bruder, der mir monatelang nicht ein Wort geschrieben hatte, zu meiner Mutter und meinem Vater, die mich ohne Zögern weggeschickt hatten, als hätten sie schon lange gewusst, wie sie mit einer Krise, einer Tragödie, etwas, das meine Mutter nicht geplant hatte, umgehen würden: das Mädchen wegschicken, den Jungen behalten?

Dann sah ich sie, meine Eltern, die auf dem Bahnsteig warteten, mein Vater im Anzug, meine Mutter mit einem breitkrempigen Hut. Und ich wusste, warum ich hatte zurückkommen wollen. Aber noch war ich nicht bereit, ihnen entgegenzutreten. Ich sank in mich zusammen. Legte den Kopf in die Hände.

Dann blickte ich wieder auf und sah, dass mich das

Mädchen beobachtete. In Yonahlossee hätte sie nicht viele Freundinnen gehabt. Sie war zu nervös, zu bedürftig.

»Mit wem sind Sie verabredet?«, fragte sie.

»Meinen Eltern.« Ich sah aus dem Fenster. Meine Mutter stand vor meinem Vater. Mein Vater hielt die Hände hinter dem Rücken verschränkt, den Kopf gesenkt. Meine Mutter wirkte aufgeregt. Meine kesse Mutter, die einmal schön und unbekümmert gewesen war. Sie sah schmaler aus. Sam war nicht da.

Der Zug kam zum Stehen. Ich beobachtete meine Eltern und blieb auf meinem Platz sitzen, während die anderen Fahrgäste ausstiegen und meine Mutter suchend in ihre Gesichter blickte.

Ich stand auf. Meine Beine wurden bereits schwächer, die Muskeln fingen schon an, sich zurückzubilden, weil ich sie weniger gebrauchte. Seit Tagen hatte ich auf keinem Pferd mehr gesessen.

Als ich den Zug schließlich als Letzte verließ, war meiner Mutter die Erleichterung anzusehen.

»Thea«, sagte sie mit heller Stimme. Ihre Blicke wanderten an mir auf und ab und blieben an der Halskette hängen. Dann wurde ihre Miene hart. Sie konnte nichts dagegen tun. Ich sah, dass sie nett sein wollte.

Mein Vater hob den Kopf, er war gealtert, wie ich überrascht feststellte. In meiner Abwesenheit war er komplett ergraut. Sogar seine Augenbrauen waren grau. Wir warteten, während ein Träger mein Gepäck nahm, mein Vater ihm ein Trinkgeld gab und meine Mutter sich für die Autofahrt einen Schal um den Kopf band. Reisende, die auf den nächsten Zug warteten, liefen hin und her. Ich war froh. Sie waren anders. Die Frauen trugen Rosa-, Rot- und Grüntöne, nach den vielen Tagen Weiß eine Wohltat für meine Augen. Und niemand achtete auf sie. Niemand achtete darauf, dass sie pünktlich zum Unterricht gingen oder um neun das Licht ausmachten oder um sieben aufstanden. Es interessierte niemanden.

Meine Mutter und mein Vater wandten sich zum Gehen, in der Erwartung, dass ich ihnen folgte. Zuerst drehte sich meine Mutter um, dann mein Vater, während ich darauf wartete, dass sie etwas sagten.

»Lass uns fahren«, sagte mein Vater. »Komm!«

Er streckte die Hand aus. In den Augen meiner Mutter lag ein verzweifelter Ausdruck.

»Ja«, sagte ich, »fahren wir nach Hause.«

Aber ich blieb stehen. Ich hatte mich versprochen. Wir würden nicht nach Hause fahren. Ich warf einen Blick zurück, mein Zug fuhr los, und eine andere gigantische Maschine wartete darauf, seinen Platz einzunehmen. Es würde andere Züge geben. Ich lächelte meinen Vater an und gestattete ihm, meine Hand zu nehmen. Vor so vielen Monaten hatte ich seine Hand nicht loslassen wollen, und jetzt musste ich mich zwingen, sie zu nehmen. Wir waren alle sehr tapfer.

Mein Vater hielt mir die Autotür auf und wartete, bis ich Platz genommen hatte, dann schloss er sie. Keiner sagte etwas, während mein Vater das Auto auf die Straße lenkte. Orlando wirkte so geschäftig – wie lange hatte ich keine Autos gesehen oder Straßen oder ein anderes großes Gebäude als die Burg. Dann drehte meine Mutter den Kopf, und ich konnte ihr hübsches Profil sehen, und ich begriff, dass ich mich nicht bemühen musste, meine Mutter und meinen Vater zu lieben. Es war ganz leicht, das war mir nicht klar gewesen. Mein Herz hing fest an ihnen, und das würde bis zu ihrem Tod so bleiben. Erst dann wäre ich wirklich frei, gäbe es da nicht Sam. Nur ein Band statt drei.

Ich betrachtete Mutters Profil, diesen vertrauten Anblick. Es war jetzt schärfer, und daran war ich schuld. Ich wartete darauf, dass sie etwas sagte.

»Thea«, fing sie an, und ich konnte sie riechen, selbst von hier hinten konnte ich ihren vertrauten Geruch riechen. Ich beugte mich auf meinem Sitz vor.

»Ja?«

Sie drehte sich zu mir, schloss die Augen und strich sich mit zwei Fingern über die Stirn, eine neue Geste. »Diese Kopfschmerzen«, sagte sie, »wollen einfach nicht weggehen.«

Bevor sie zu reden angefangen hatte, hatte ich etwas sagen wollen. Ich wollte ihr sagen, wie seltsam das letzte Jahr gewesen war, ganz und gar seltsam. Im letzten Jahr war so viel passiert, es war das aufregendste Jahr meines jungen Lebens. Jetzt fühlte ich mich sehr alt. Ich wollte ihr und Vater erzählen, wie fremd mir die anderen Mädchen anfangs gewesen waren und dass sie mir dann nicht mehr fremd waren. Dass jetzt sie, meine eigenen Eltern, mir fremd vorkamen, obwohl ich sie liebte, obwohl ich ihnen alles recht machen wollte. Ich wollte sagen: Man kann sich diesen Moment nicht vorstellen, man glaubt, er würde nie kommen, aber dann ist er da, und man ist immer noch derselbe Mensch wie vorher, Thea Atwell aus Emathla in Florida.

»Thea«, sagte meine Mutter. »Den letzten Monat haben wir in einem Hotel gewohnt, aber nächste Woche ziehen wir um. Wir haben ein Haus gekauft. Es gibt hier so viele leer stehende Häuser.«

»Sasi?«, fragte ich. Ich konnte keine ganzen Sätze bilden, mehr als einzelne Wörter brachte ich nicht heraus.

»Sasi haben wir verkauft, Thea. Er war mittlerweile ohnehin zu klein für dich.« Ihre Stimme klang sanft. Wieder versuchte sie, freundlich zu sein.

»Wem gehört er jetzt?«

»Einem kleinen Mädchen«, antwortete mein Vater. »Sie ist begeistert von ihm. Ehrlich gesagt, Thea«, meine Mutter schnaubte kurz auf, aber mein Vater gebot ihr, still zu sein, was schockierend war, noch schockierender war jedoch, dass meine Mutter gehorchte und schwieg, »ehrlich gesagt, können wir uns im Moment kein Pferd für dich leisten.«

»Es war ein Pony«, sagte ich leise.

»Wie bitte?«

»Nichts«, sagte ich, »es ist egal.«

Ich blickte auf meine Hände, die Hände, die Mr. Holmes gehalten hatte. Meine Mutter wandte sich ab und lehnte den Kopf gegen das Fenster. »Dieses Kopfweh«, sagte sie, »bringt mich um.«

Es fiel mir nicht schwer, nicht zu weinen. Meine Mutter war eine Lügnerin, eine Lügnerin, die ich zwar liebte, aber dennoch eine Lügnerin. Sie hatte mir versprochen, dass Georgie wieder gesund werden würde und dass sie schreiben würde, wenn nicht. Ich war so dumm gewesen, ihr zu glauben, aber ich hatte es glauben wollen. Ich sah auf der Straße ein schmutziges kleines Mädchen und fragte mich, ob sie arm war, ob ihre Eltern ihr Haus aufgeben mussten, vielleicht war sie aber auch nur ein kleines Mädchen, das sich im Garten schmutzig gemacht hatte. Ihr Kleid war immerhin ordentlich. Ich würde es nie erfahren.

Das Hotel, in dem wir wohnten, kam mir nobel vor mit dem dicken roten Teppich und dem Aufzug. Ein Page begleitete Mutter und mich zu meinem Zimmer. Es würde nur mir gehören, stellte ich fest, als er die Tür öffnete, keine Spur von meinem Bruder. Das Zimmer roch muffig, aber das war oft so in Florida.

Der Hotelpage war jung und hübsch, er hatte dichte braune Haare und lange schlanke Gliedmaßen. Natürlich, dachte ich, bekam ich den jungen und hübschen Pagen und nicht den alten, runzligen. Ich sagte ihm, wo er mein Gepäck abstellen sollte, und als er es gemacht hatte, wartete er.

»Das ist alles«, sagte Mutter.

»Mutter.« Ich warf einen Blick auf ihre Handtasche.

»Ach ja«, sagte sie. »Entschuldigung, tut mir leid.« Sie wirkte nervös, und ich wusste, warum. Gleich würde sie mit mir allein sein. Und dass ich gerade mit einem Mann gesprochen und ihr gesagt hatte, was sie tun sollte, hatte sicher nicht geholfen. Ihr wäre es lieber gewesen, ich hätte mich in die Ecke verzogen, bis er gegangen war, und würde auch danach nicht hervorkommen. Nun, das würde ich nicht tun.

Er schloss die Tür hinter sich, und ich drehte mich zu Mutter um und sah ihr in die Augen. Ich wartete darauf, dass sie etwas sagte.

»Nun«, sagte sie, »das Camp hat dir sehr gutgetan, Thea. Du siehst kerngesund aus.«

»Es war kein Camp, Mutter.« Sie erstarrte. Aber ich wollte nicht anfangen damit. »Nein, schon gut. Ich bin froh, so lange dort gewesen zu sein.«

Sie betrachtete mich lange, das einzige Geräusch im Zimmer kam von dem elektrischen Ventilator. Sie trug ein Kleid, das ich schon hundertmal gesehen hatte. Sie war immer noch schön, und der Hotelpage hatte ihr mehr Aufmerksamkeit geschenkt als mir. Ich spürte, dass ich nervös wurde. Sie war meine Mutter, ich war ihr Kind, das war so und würde sich nie ändern. Ich wartete darauf, dass sie mit mir schimpfte, dass sie ihren Ärger in Worte fasste, dass sie mir sagte, sie wisse genau, wie schlecht ich gewesen sei, erneut.

»Tja«, sagte sie schließlich und nahm meine Hand, »was stellen wir jetzt mit dir an, Thea?«

Ich wollte etwas antworten, aber sie brachte mich zum Schweigen.

»Nein, bitte. Wir werden später darüber reden. Ich bin müde.«

»Sam?«

»Sam ist in dem Zimmer nebenan. Ich würde dir vorschlagen zu warten, bis er zu dir kommt. Aber du wirst sicher tun, was du für richtig hältst.«

Ich nickte. Das würde ich. Sie hatte recht.

In der letzten Nacht hatte ich im Krankenzimmer bleiben wollen. Aber ich konnte nicht. Nach Mary Abbotts Besuch hatte ich mich stundenlang, wie es schien, hin- und hergewälzt, und schließlich war ich aufgestanden. Ich sehnte mich nach Schlaf, nach der Flucht in einen kurzen Schlummer. Aber ich konnte nicht schlafen, und irgendwann wurde ich panisch, und mir war heiß. Meine Schädeldecke glühte. So fühlte es sich jedenfalls an – dass mein Gehirn zu viele beunruhigende Gedanken dachte, dass es lichterloh brannte. Ich hoffte, ich würde es nicht bereuen, dass ich ging. Ich hoffte, Sam würde sich freuen, mich zu sehen. Ich hoffte, Sissys Leben würde genau so werden, wie sie es sich wünschte.

Der große Platz war verlassen. Es war Vollmond, was unbeschreiblich schön war. Im Haus der Holmes brannte kein einziges Licht. Das Augusta House lag still da, alle meine Freundinnen schliefen fest. Boone würde nicht mehr kommen, nachdem Sissy beinahe erwischt worden war. Offenbar war über Boones Identität Stillschweigen bewahrt worden, wenigstens das. Sissy hatte mir versprechen müssen, dass sie ihm schreiben würde, er solle vorsichtiger sein.

Ich dachte an Kate die Bell-Hexe, während ich zum Stall ging, links und rechts der tiefe, dunkle Wald. Es wäre so einfach gewesen zu verschwinden.

Die meisten Pferde rührten sich nicht in ihren Boxen. Es war spät, die Fütterungszeit lange vorbei. Aber Naari erkannte meinen Schritt. Sie würde ihn vergessen, ohne auch nur zu wissen, was sie vergessen hatte.

Ich drückte ihr Maul an mein Gesicht, atmete ihren ein wenig beißenden Geruch ein und ließ sie meinen einatmen.

Ich hatte keine Ahnung, wie ich roch. Wie ein Mädchen. Wie Thea.

Hinter mir hörte ich Metall gegen Metall schlagen und zuckte zusammen. Ich dachte, dass ich ertappt worden sei. Aber was sollten sie mir noch tun? Ich hatte nichts zu verlieren, es gab nichts mehr, was ich ihnen hätte geben können.

Es war Leona, die aus Kings Box kam und die Tür hinter sich schloss. Sie trug ein Nachthemd, das ihr nur bis zu den Knien reichte. Bevor ich in den Stall gegangen war, hatte ich mich angezogen, und ich bemerkte, dass sie barfuß war. Barfuß zu einem Pferd zu gehen, war sehr dumm. Ihre Haare waren zerzaust. Oder fast zerzaust, so zerzaust Leonas Haare eben sein konnten. King streckte seinen riesigen Kopf über die Tür und sah mich an. Geistesabwesend fasste Leona hinter sich und tätschelte sein Maul. Dass sie zu einem solchen Verrat imstande war, hatte ich mir gedacht. Aber mein erster Eindruck von ihr war richtig gewesen: Sie interessierte sich nur für Pferde.

»Thea Atwell«, sagte sie. »Du hast mich besiegt. Noch nie hat mich jemand besiegt.«

»Es tut mir leid«, sagte ich und meinte es in diesem Moment auch so: Ich hätte freundlicher sein sollen, ich hätte sie gewinnen lassen sollen.

»Du brauchst dich nicht zu entschuldigen. An deiner Stelle hätte ich es nicht anders gemacht.« Sie lächelte, und ich erwiderte das Lächeln.

»Das mit King tut mir leid«, sagte ich und deutete hinter sie, auf sein großes, hübsches Gesicht. Leona drehte sich um, vergrub ihr Gesicht an seinem Hals, und King entspannte sich in ihrer Umarmung wie ein Kind. Auf dem Reitplatz war er wild, aber hier war er sanftmütig. Ich glaubte, dass sie weinte, aber als sie wieder aufsah, war ihr Gesicht völlig trocken.

»Es wird andere Pferde geben«, sagte sie, »aber keines wie dieses. Und auch das wird dauern.«

Ich nickte. Ich glaubte ihr. Wenn jemand zurück auf einen Pferderücken finden würde, dann war das Leona.

»Du musst sie auch zurücklassen«, sagte sie. In ihrer Stimme schwang keine Boshaftigkeit mit.

»Ja.« Ich betrachtete Naaris kleines, hübsches Gesicht. »Aber sie hat mir ja nie gehört.«

Sam klopfte nicht an meine Tür. Stunde um Stunde lag ich im Bett. Ich schlief ein, und als ich aufwachte, war das Fenster von den Straßenlaternen erleuchtet, aber die nachlassende Dunkelheit dahinter sagte mir, dass bald der Morgen dämmern würde. Mein Mund war trocken. Hier gab es keine Docey, die mir Wasser einschenken könnte, kein anderes Mädchen, das mir sagen könnte, wie spät es war.

Ich goss mir am Waschbecken ein Glas Wasser ein und trank es schnell aus, dann füllte ich das Glas noch einmal und trank auch das aus. Aus dem Augenwinkel nahm ich etwas Weißes wahr: ein unter der Tür durchgeschobener Brief. Mein Herz machte einen Satz: Sam. Aber nein, ein Brief von Mutter, in dem sie mir mitteilte, sie wollten mich wegen des Abendessens nicht wecken. Sie wollten mich nicht wecken. War Sam bei ihnen? Wie traurig das alles war, dachte ich. Meine Familie auf verschiedene Zimmer eines Hotels verteilt. Ich hörte etwas vor der Tür, im Flur, aber ich kannte das Haus noch nicht so gut, um das Geräusch einordnen zu können.

Langsam öffnete ich die Tür, und da war er, mein Bruder. Sein Rücken, aber ich wusste es dennoch sofort, so wie ich meine Hand erkennen würde, wenn sie mir jemand hinhielte.

Er drehte sich um, und im hellen Licht des Flurs sah ich, dass er wie von mir vorausgesagt tatsächlich attraktiver geworden war als ich hübsch. Er war jetzt ein Mann mit breiten Schultern und mindestens einen Kopf größer als ich. Das Leben war wirklich erstaunlich: Es nahm einen Menschen, den ich in- und auswendig kannte, und verwandelte ihn in einen Fremden.

»Sam.«

»Thea.« Er hatte eine tiefe Stimme. Nie wieder würde ich sie so hören, wie sie bei meiner Abreise gewesen war, sanft und hell. Jetzt klang sie beruhigend, durchsetzungsstark, in einem Raum voller Menschen deutlich zu hören. Die Stimme eines Mannes.

Ich fasste mir mit einer Hand an den Hals. »Wie viel Uhr ist es?«

»Es ist spät«, sagte er.

»Konntest du nicht schlafen?«

Er sagte nichts, sah mir nicht in die Augen.

»Komm rein«, sagte ich und öffnete die Tür, »bitte.«

Er zögerte. »Bitte«, wiederholte ich, »lass mich nicht betteln.« Und da trat er wortlos ein und setzte sich aufs Bett. Ich nahm neben ihm Platz. Das Bett war ungemacht, und ich schämte mich plötzlich, dass ein Junge in meinem Zimmer mit dem ungemachten Bett war, das war vulgär. Aber dann erinnerte ich mich, dass Sam nicht irgendein Junge, sondern mein Bruder war.

Lange saßen wir schweigend da. Aber das Schweigen war mir vertraut, und ich zog es dem Reden vor, das seltsam steif gewesen war. Im Sitzen schien er nicht mehr so groß zu sein. Er war wieder mein Bruder.

»Es hat sich so vieles verändert …«, setzte ich an, aber Sam unterbrach mich.

»Für dich«, sagte er. »Für dich mehr als für mich. Ich war nicht weg.«

»Ich bin zurückgekommen«, sagte ich. »Deinetwegen.«

Jetzt sah er mich erstaunt an. Als ich ihn verlassen hatte,

hatte er blaue Flecken und Schwellungen im Gesicht gehabt. Jetzt war es vollkommen. Er lachte.

»Meinetwegen?«, fragte er. »Meinetwegen?«

»Deinetwegen«, sagte ich, aber meine Stimme zitterte.

»Lass uns doch nicht so tun, als geschähe hier irgendetwas meinetwegen. Könnten wir das bitte bleiben lassen, Thea?« Seine Stimme war traurig geworden.

Ich schüttelte den Kopf. »Ich dachte, du willst, dass ich zurückkomme. Ich habe so oft gesagt, dass es mir leidtut.« Ich berührte die Halskette, und Sams Blick fiel darauf, und ich sah, dass er sich ebenso sehr nach mir sehnte wie ich mich nach ihm. Er wollte sehen, welche Veränderungen seine Zwillingsschwester durchgemacht hatte, so wie ich es bei ihm sehen wollte.

»Du hast mich verlassen.«

Und mir war klar, dass er die beiden Male meinte: Ich hatte ihn Georgies wegen verlassen und dann noch einmal, als ich nach Yonahlossee ging.

Traurig lächelte er mich an, und ich sehnte mich so sehr danach, ihn zu berühren. Nur seine Hand, seine Schulter.

»Ach, Sam.« Ich wusste, dass ich mich mein ganzes Leben lang an diesen Augenblick erinnern würde. Ich würde diesen Augenblick nicht vergessen, und wenn ich hundert Jahre alt werden würde. »Es tut mir leid«, sagte ich, »es tut mir so leid.« Und ich meinte, dass mir das alles leidtat, dass es mir wegen uns allen leidtat, weil wir jetzt für immer getrennt waren. Ein Schluchzen stieg in mir auf, und mehr brauchte es nicht. Sam drehte sich um und umarmte mich ungestüm, und da wusste ich, wie unerträglich unsere Leben geworden waren. Und Georgie, über den wir bisher nicht gesprochen hatten, dessen Name bisher nicht gefallen war. Es war nicht nötig. Er stand zwischen uns, in seiner Abwesenheit genauso präsent wie in seiner Anwesenheit.

Nach einer Weile ließ Sam mich los, dann stand er auf und ging zum Fenster. Weil er mich nicht ansah, fand ich den nötigen Mut.

»Wo sind sie?«

Er starrte weiterhin in die Nacht hinaus. »Sie sind nach Missouri gezogen.«

»Und das Haus in Gainesville?«

»Das gehört der Bank. Onkel George hat es ihr überlassen. Sie wollten weg.« Er klopfte mit dem Finger gegen die Scheibe. »Ich habe sie nicht mehr gesehen, seit …« Er verstummte. »Nur Vater spricht mit Onkel George. Das ist alles. Er schickt ihnen jeden Monat einen Scheck. ›Das ist unsere Christenpflicht‹«, hob er mit der Stimme an, mit der er Vater immer nachmachte, tief und langsam. Aber inzwischen klang er genau wie Vater.

»Haben sie das gesagt?« Diese Unverblümtheit sah meinen Eltern nicht ähnlich.

»Irgendetwas mussten sie sagen, Thea. Wir mussten das Haus verkaufen. Und außerdem wollten sie mir wohl klarmachen, dass unser Leben nicht mehr so ist wie früher. Sie wollten mich vorbereiten.«

Er wandte kurz den Kopf, um mich anzusehen, und dann drehte er sich wieder zum Fenster. »Es ist genug Geld da, keine Sorge.«

»Darüber habe ich mir keine Sorgen gemacht.«

»Nicht so viel wie früher. Und keiner weiß, wie lange es noch so weitergehen wird.«

Er meinte die Wirtschaftskrise, von der wir, als ich wegging, so wenig gewusst hatten. Mein Bruder wusste jetzt so vieles. Er war kein Kind mehr.

»Erinnerst du dich an das, was passiert ist, Sam?«

Er starrte aus dem Fenster. Die Nacht in der Stadt war so hell, so anders als meine Nächte in Yonahlossee. Er starrte so lange hinaus, dass ich schon dachte, er wüsste nicht, was ich meinte.

»Ja«, sagte er schließlich, »so wie man sich an einen Traum erinnert. Mutter und Vater geben dem Stein die Schuld.« Ich sah auf seinen Rücken. Er legte eine Hand an die Scheibe. »Erinnerst du dich, dass Mutter immer sagte, unser Leben stünde unter einem guten Stern, dass wir unseren eigenen kleinen Garten Eden hätten?«

Ich nickte, und unsere Blicke trafen sich in der spiegelnden Fensterscheibe.

»Tja, das sagt sie nicht mehr.« Er lachte kurz auf. »Ich dachte, Gott passt auf uns auf.« Einen Moment lang schwieg er, und ich musste mir auf die Zunge beißen, um nichts zu sagen. Das hatte ich noch nie gehört. Ganz konnte ich es nicht glauben. »Ich weiß, dass es dumm klingt. Aber ich dachte, Gott wüsste, dass wir etwas Besonderes sind.« Er lächelte. »Ich wollte ihn nicht verletzen, Thea. Es wäre besser, wenn er tot wäre.«

»Sei still«, sagte ich. »Das kann niemand sagen.«

»Doch, ich kann das sagen!«, sagte er beinahe schreiend. »Ich!« Er schüttelte den Kopf. »Ich kann es sagen«, sagte er leiser, »weil ich die ganze Zeit da gewesen bin und es gesehen habe. Alles, Thea.«

»Alles«, wiederholte ich, überrascht vom Klang meiner Stimme. »Du solltest weggehen, Sam. Du bist nicht verantwortlich.«

»Wer denn sonst?«

»Niemand. Es war nur eine Verkettung unglücklicher Umstände … Eine Verkettung unglücklicher Umstände«, wiederholte ich.

»Nein, Thea. Wir sind dafür verantwortlich.«

»Ich nicht.« Ich stand auf, ging zum Fenster und blickte über seine Schulter. Die Sonne ging auf, und Straßenfeger kehrten die Gehwege. »Es gibt so viele Menschen auf der Welt, und wir sind nur zwei davon. Mutter und Vater hatten mich bestrafen wollen, als sie mich wegschickten. Aber es war eine Belohnung, dort zu sein. Sie haben sich geirrt. Es war keine Strafe.«

»Du hast in dem Camp so viel gelernt.« Ich konnte seinen Atem riechen, das leicht Säuerliche, wenn er nicht genug geschlafen hatte.

»Ich habe genug gelernt«, sagte ich. Ich nahm seine Hand und drückte sie. »Du solltest auch weggehen. Unser Leben findet woanders statt.«

Er lachte. »Wo denn?«

Ich zuckte mit den Achseln. »Wer weiß? Jedenfalls gewährt Gott nur denen Glück, die es suchen.«

Am nächsten Tag klopfte es gegen Mittag an meiner Tür. Ich war wach – nachdem ich erst bei Sonnenaufgang eingeschlafen war –, aber noch nicht angezogen. Ich öffnete, und Mutter stand davor, Sam hinter ihr. Er sah frisch aus, ausgeschlafen, und ich fragte mich, wann oder ob er überhaupt geschlafen hatte, nachdem er mein Zimmer verlassen hatte. Er fing meinen Blick auf und sah weg, dann sah Mutter ebenfalls weg, und ich begriff, dass weder sie noch mein Bruder mich im Nachthemd sehen wollten. Natürlich.

»Wollen wir Mittag essen gehen?«, fragte Mutter mit abgewandtem Blick, und ich erwiderte, ich sei in fünfzehn Minuten fertig, obwohl ich nur fünf brauchte. Ich wartete auf der Bettkante sitzend, in einem Kleid, das mir zu klein geworden war, kaum meine Knie bedeckte und unter den Armen einschnitt. Aber es war hübsch, braun mit weißen Tupfen. Ich hatte es vergangenes Frühjahr aus einem Katalog bestellt, es war eingetroffen, nachdem ich weg war. Ich hatte ganz vergessen, dass es dieses Kleid gab. Aber da war es, von Mutter in meinen Schrank gehängt, und wartete seit fast einem Jahr auf mich. Es war teuer gewesen, und ich hatte es Georgies wegen unbedingt haben wollen, ich wollte, dass er mich darin sah. Damals tauchte Georgies Gesicht immer sehr schnell vor mir auf. Es war ein anderes Leben, sagte ich mir, während ich auf der Bettkante wartete, weil ich spürte, dass Mutter es so wollte, nicht wollte, dass ich sie suchte. All das war ein anderes Leben.

»Deine Haare«, sagte sie im Aufzug, streckte die Hand aus und strich über die Spitzen, von Eva in einer stumpfen Linie abgeschnitten. »Das ist hübsch, Thea. Sehr hübsch.« Meine Wangen begannen zu brennen, ich konnte nichts dagegen tun. Ich drehte den Kopf weg, doch Mutter hatte es bereits bemerkt.

Sie, Sam und ich aßen schweigend im Hotelrestaurant, das mir riesig vorkam, weil es so leer war. Sam wirkte abwesend, beobachtete den einzigen anderen Gast – einen älteren Herrn im Anzug –, studierte die Speisekarte immer wieder aufs Neue. Mutter war bedrückt. In ihren Briefen hatte sie nicht bedrückt gewirkt.

Sie rührte ihr Essen kaum an; was sie übrig ließ, gab sie Sam, aus Angst, dass die Restaurantangestellten sie für gierig und verschwenderisch halten könnten. Noch nie zuvor hatte ich erlebt, dass sie bemüht war, einen guten Eindruck auf Fremde zu machen, und ich begriff, dass das einer der Vorteile war, wenn man sich von der Welt abschottete: Über so etwas brauchte sie sich keine Gedanken zu machen. Und es war anstrengend, sich Gedanken zu machen. In Yonahlossee hatte ich mich daran gewöhnt, aber sich ständig zu fragen, was andere Leute von einem halten mochten – das konnte einem aufs Gemüt schlagen. Wenn einen jemand bewunderte oder begehrte, konnte es allerdings auch angenehm sein. Mutter hatte uns in dieser Hinsicht darben lassen.

Ich nippte an meinem Eistee, er war nicht so gut wie der in Yonahlossee, den Mutter und Sam nie probiert hatten, nie probieren würden. Mutter sah Sam dabei zu, wie er ihr Sandwich verschlang – sein Appetit schien sich während meiner Abwesenheit verdoppelt zu haben –, und ihr Blick schoss zwischen dem Kellner und ihrem Sohn hin und her. Ich konnte es kaum glauben, aber es war so. Unser Leben war unvorstellbar für uns; wenn vor einem Jahr ein Wahrsager Mutter die Zukunft vorhergesagt hätte, hätte sie schallend gelacht. Dann hätte sie die Tür zugemacht und uns wieder abgeschottet. Aber jetzt saßen wir hier, unser Haus war verkauft, und Mutter machte sich Gedanken über die Meinung eines Kellners, eines Kellners, dessen Namen sie nie erfahren würde.

»Das war reichlich«, sagte sie, nachdem unser Tisch abgeräumt war. »Ich denke, ich werde meinen Augen ein bisschen Ruhe gönnen«, und mir wurde klar, dass sie sich jetzt um kleine Dinge sorgte, weil die großen Dinge sie krank gemacht hatten. Was für mich möglicherweise von Vorteil war: Niemand hatte ein Wort über die skandalösen Umstände meines Weggangs aus dem Camp verloren.

Nach dem Essen klopfte ich leise an Sams Tür, aber er antwortete nicht. Ich dachte, dass er vielleicht schlief. Ich hoffte es, hoffte, dass er mir nicht aus dem Weg ging. Beim Mittagessen war er freundlich, aber distanziert gewesen. Ich verbrachte den Nachmittag damit, Briefe zu schreiben: an Sissy und Eva und sogar einen kurzen Brief an Mary Abbott. Ich bemühte mich, nett zu ihr zu sein, weil in Yonahlossee so viele Mädchen nett zu mir gewesen waren.

Punkt sechs klopfte Vater an meine Tür, gleichzeitig läuteten die Kirchenglocken und erinnerten mich an Yonahlossee. Dort aßen wir auch um sechs zu Abend, obwohl Vater das natürlich nicht wusste.

Hinter ihm stand Sam, wie mittags hinter Mutter.

»Deine Mutter fühlt sich nicht wohl«, sagte Vater und trat zur Seite, damit ich an ihm vorbeigehen konnte, als wäre ich eine Dame. Ich fing Sams Blick auf und begriff, dass sie sich bei uns abwechselten.

Nachdem wir bestellt hatten, fragte mich Vater, was ich im Camp gelernt hatte.

»Gelernt?«

»Was hast du gelesen? Womit hast du dich beschäftigt?«

Ich lachte, und Vater sah mich befremdet an. »Ich habe gelernt, mit anderen Mädchen auszukommen«, sagte ich. Vater nickte. Das hatten sie schließlich gewollt, das hatte er mir in seinem ersten Brief geschrieben. *Dort wirst Du lernen, wie man sich in Gesellschaft anderer Kinder verhält, Thea. Ich hoffe, das ist nicht zu viel verlangt.* Ich würde es niemals vergessen. Vater erinnerte sich jedoch nicht daran, was er geschrieben hatte, er wirkte leicht verwirrt, als würde ich mich über ihn lustig machen. Was ich vermutlich tat, aber nicht so, wie er meinte.

»Hat es dir gefallen?«, fragte er. »Nachdem du dich eingewöhnt hattest?« Auch Sam sah mich jetzt an, sie wollten es wissen. Sie wollten, dass ich ihnen eine Geschichte erzählte. Aber das würde ich nicht tun. Yonahlossee gehörte mir.

»Ja, irgendwann war ich sehr gern dort«, sagte ich.

Am nächsten Morgen standen Mutter und Vater vor meiner Tür, Sam abermals hinter ihnen.

»Wir dachten, wir könnten einen Ausflug machen«, sagte Vater. Wie immer lächelte er leicht. »Und uns unser Haus ansehen.«

Auf dem Weg durch das Hotel klammerte sich Mutter an Vaters Arm und beschirmte sich zum Schutz vor der Sonne die Augen, als wir ins Freie traten. Sam sah aus dem Fenster, auf die Geschäfte, an denen wir vorbeifuhren, auf die Church Street Station, wo ich zwei Tage zuvor angekommen war, auf die Orangenplantagen, denen die Stadt nach und nach wich. Das Land, dachte ich, wir werden wieder auf dem Land wohnen, weil Mutter es in der Stadt nicht erträgt. Niemand sprach während der Fahrt, nicht ein Wort, niemand versuchte es auch nur, ich auch nicht. Ich war mittlerweile an Geplauder gewöhnt, an Lärm, an das ständige Summen von Mädchenstimmen. Ich hatte das Gefühl, ich müsste platzen, diese Stille unterbrechen.

Nach einer Weile bog Vater in eine schmale Straße ein, und gleich darauf bog er noch einmal ab, und ich sah, wo meine Familie wohnen würde. Das Haus war hübsch, im spanischen Stil, weiß gestrichen mit einem roten Ziegeldach. In regelmäßigen Abständen standen große Palmen ringsherum. Ich schätzte, dass es halb so groß war wie unser altes Haus, aber dieses Haus war sehr groß gewesen, im Grunde zu groß für uns vier.

»Gibt es einen Stall?«, fragte ich, obwohl es keine Rolle spielte.

»Nein«, sagte Vater und führte uns die Treppe zum Eingang hinauf. Die Tür war abgeschlossen. Mein ganzes Leben lang hatten wir nie die Tür abgeschlossen. Aber von nun an würde es so sein. Wir betraten das leere Haus, ein leeres Zimmer, die Wände in nüchternem Weiß. Ich konnte jedoch sehen, wie hübsch es unter Mutters Händen werden würde. Die Zimmer hatten hohe Decken, die Treppe ein schmiedeeisernes Geländer, die Holzböden waren eben und von einem satten Braun.

»Es ist hübsch«, sagte ich und drehte mich zu Vater um, und es war zu erkennen, dass er mir immer noch eine Freude machen wollte, uns, dass er hoffte, das Haus würde eine Art Rettung sein.

»Ja«, sagte er, »nicht wahr?« Meine Mutter schien nicht zu merken, dass die Frage an sie gerichtet war.

»Ja«, sagte sie schließlich. »Es ist ganz hübsch.«

Sam und Vater wollten sich die Garage ansehen, und Mutter ging wieder nach draußen, zurück zum Auto, um sich auszuruhen, wie ich annahm. Ich wartete noch einen Moment, versuchte, mich zu sammeln. Es würde nicht einfach werden, es würde nie einfach sein, und damit zu warten, würde nichts ändern. Ich trat ans Fenster und stellte fest, dass Mutter nicht zum Auto gegangen war. Sie saß auf der Treppe, die Beine damenhaft angewinkelt.

Sie sah mitleiderregend aus, und ich war wütend auf sie, weil ich kein Mitleid empfinden wollte, die schlimmste Empfindung für meine Mutter. Sie sollte über Mitleid hinaus sein. Vater wirkte wie immer, ruhig und freundlich. Sam war distanziert, aber an seiner Art, sich unbekümmert, selbstverständlich durch die Welt zu bewegen, hatte sich nichts geändert. Mutter dagegen war gebrochen, sie hatte ihr Zuhause verlassen müssen. Sie hatte an einen Ort gehört, nicht zu Menschen.

Ich erinnerte mich daran, dass einmal eine Frau, eine Bekannte von Onkel George und Tante Carrie, nach Emathla gekommen war, um sich unser Haus anzusehen. Sie und ihr Mann wollten in Kürze selbst ein Haus bauen, und sie hatte gehört, dass unseres so beeindruckend war. Und das war es auch. Aber auch schnell zerstört, ein Feuer, ein Hurrikan, eine alte Eiche, die auf das Dach stürzte. Eine Tochter, die sich danebenbenahm.

Mutter hatte ihr sämtliche Zimmer gezeigt, auch meins und Sams, und die Frau, die sehr groß und dünn war, wie ein Vogel, hatte immer wieder »exquisit« gesagt. Ich erinnerte mich so deutlich an sie, weil wir nicht oft Besuch hatten. Tante Carrie war uns langsam gefolgt, ich schloss die Augen, um nicht mehr das Bild zu sehen, wie sie hinter uns herging. Ich stützte den Kopf in die Hände, all diese Erinnerungen, an zu Hause vor der Katastrophe, an Yonahlossee, stiegen aus meinem Kopf empor wie dichter Nebel.

»Exquisit«, sagte die Frau weiterhin, »exquisit«, und ich erkannte, dass unser Haus tatsächlich exquisit war, ich hatte vorher nie darüber nachgedacht, für mich war es einfach unser Zuhause gewesen. Gegen Ende des Besuchs wirkte Mutter gelangweilt. Und diese Frau war auch langweilig; sie sagte immer wieder dasselbe, in jedem Zimmer. Mutter war jedoch gelangweilt, weil diese Frau etwas so Offensichtliches feststellte, dass man es gar nicht aussprechen musste. Als würde man Mutter schön nennen. Als würde man uns glücklich nennen.

Wir standen auf der vorderen Veranda, bis das Auto in einer Staubwolke verschwunden war, dann nahm Mutter meine Hand.

»Nun«, sagte sie, »dann wollen wir mal in unser exquisites Heim zurückgehen, was?«

Jetzt beobachtete ich sie, wie sie auf der Treppe saß und so tat, als würde sie auf einen Garten blicken, den sie niemals lieben würde, vor einem Haus, das niemals das ihre sein würde. Ich begriff, dass ihr Haus ihr Kind war, doch nein, das stimmte nicht. Ihr Haus war ihre Mutter, ihr Vater, sie fand Trost darin, erwartete, dass es sie vor den Unbilden des Lebens beschützte.

Leise schlüpfte ich durch die Tür. Sofort überfiel mich die Hitze. Der Garten war völlig farblos, es gab nur die Palmen und Sträucher. Sicher würde meine Mutter Farbe hineinbringen.

»Ein hübscher Garten«, sagte ich, hinter ihr stehend, und sie nickte, erwiderte jedoch nichts. Ich setzte mich neben sie, und sie tätschelte mein Knie.

»Mutter«, sagte ich, »ich möchte wieder weg.«

Langsam wandte sie sich mir zu, als würde sie sich unter Wasser bewegen, und mir schoss der Gedanke durch den Kopf, dass Vater ihr etwas gegeben haben könnte, gegen ihre Kopfschmerzen.

»Nun, warum nicht«, sagte sie. »Warum nicht?«

Ihre Antwort war wie ein Fausthieb, ein Schlag. Ich hatte mit Widerspruch gerechnet, nein, ich hatte mir Widerspruch *gewünscht*, irgendein Zeichen von ihr, dass sie mich brauchte. Aber war das nicht albern? Ich wäre sowieso weggegangen. Ich bekam nur, was ich wollte, leichter als erwartet.

Tränen stiegen mir in die Augen. Doch dann sprach sie weiter, und ihre Stimme klang fester, so wie ich sie in Erinnerung hatte. »Ich dachte mir, dass du vielleicht wieder weggehen willst. Nachdem du eine Ahnung davon bekommen hast, wie es ist.«

»Du hattest recht«, sagte ich und begann zu weinen, und ich hasste mich dafür.

»Ach, Thea«, murmelte sie und zog mich an sich, und wenn ich die Zeit hätte anhalten können, wenn ich alle Uhren hätte anhalten können, hätte ich es getan. Aber ich konnte es nicht. Ich war nur ein Mädchen. Meine Mutter war nur eine Frau. »Beth hat einen Jungen erwähnt, mit dem du dich getroffen hast.« Sie lachte. »Ich dachte, dort gäbe es keine Jungen, aber natürlich gibt es überall Jungen. Du wirst woandershin gehen, und ich gebe dir den Rat, magst du dich daran halten oder nicht, dir einen freundlichen Jungen zu suchen.« Sie strich mir über die Haare. Sie klang wieder wie sie selbst. »Suche dir einen freundlichen Jungen, jemanden wie Vater. Ich war auch einmal wegen eines Jungen in Schwierigkeiten.« Ich versuchte, den Kopf zu heben, sie anzusehen, aber sie drückte ihn wieder an ihre Brust. »Lange vor deinem Vater. Es ist eine wunderbare Art von Schwierigkeiten. Solange man wieder herauskommt. Und du hast es nicht geschafft.« Sie hielt kurz inne. »Herauszukommen, meine ich. Konntest du es?«

Sie ließ mich los, und ich setzte mich auf, versuchte durch die Tränen hindurch, die verschwommene Welt zu sehen.

»Ich bin nicht wegen eines Jungen weggegangen. Du

glaubst es mir vielleicht nicht, aber ich wollte zurückkommen. Ich wollte zurückkommen und Sam sehen.«

»Damit du wieder weggehen kannst?«

»Was gibt es hier für mich?«, fragte ich. »Hier gibt es nicht einmal ein Pferd.«

Mutter sah mir in die Augen. »Das stimmt«, sagte sie, »das stimmt. Hier gibt es nichts für dich, nicht mehr. Ich habe mir für dich und Sam etwas anderes gewünscht«, sagte sie, wieder mit ihrer sanften Stimme. »Aber das war mein Fehler, nicht wahr? Zu glauben, ich könnte etwas an eurem Wesen ändern.«

Die Woche vor dem 4. Juli war unsere letzte gemeinsame Woche gewesen, meine und Sams, bevor herauskam, was ich getan hatte. Es stand jetzt etwas zwischen uns, wir beide wussten das, obwohl natürlich keiner von uns wirklich eine Ahnung davon hatte.

Es goss wie aus Kübeln. Ich wusste nicht, wohin mit mir, langweilte mich zu Tode. Ich ging zum Zimmer meines Bruders, öffnete die Tür, ohne anzuklopfen. Er blickte erschrocken hoch, und als er sah, dass ich es war und nicht Mutter, wandte er sich wieder dem zu, was er gemacht hatte.

»Ein Nest«, erklärte er, als ich neben ihm stand, »mit jungen Eichhörnchen.«

»Nur zwei?« Sam hatte früher schon Eichhörnchen aufgezogen, aber normalerweise waren es mehr. Sie waren hässlich, mausgroß, haarlos, rosa, die Augen verklebt. Sam hatte sie in eine alte Decke gewickelt. Es erschien unvorstellbar, dass sie zu Eichhörnchen heranwachsen würden.

»Die anderen hat ein Waschbär erwischt.«

Eines von ihnen bewegte sich, und ich streckte die Hand aus, um es zu berühren …

»Thea!«

»Tut mir leid«, sagte ich. »Vergessen.«

»Mutter würde dich umbringen«, sagte ich nach einer Weile. Sie erlaubte Sam nicht, Tiere ins Haus zu bringen.

Sam lächelte. »Nein.« Er schüttelte den Kopf. »Sie würde ihren Augen nicht trauen, wenn sie es sähe.«

Allerdings war es unwahrscheinlich, dass Mutter noch einmal in Sams Zimmer kommen würde, sie hatte bereits die Betten gemacht und im oberen Stock aufgeräumt.

Ich sah Sam dabei zu, wie er versuchte, eins der Eichhörnchen mit einer von Vaters Spritzen zu füttern, ohne die Nadel.

»Ist das Milch?«, fragte ich.

Sam schüttelte den Kopf. »Kuhmilch würde sie umbringen. Das ist warmes Zuckerwasser. Ich glaube, inzwischen geht es ihnen besser.« Das Eichhörnchen öffnete das Maul und begann zu saugen, und gegen meinen Willen freute ich mich. »Da«, sagte Sam, »da.«

Ich sah ihm eine Weile zu. »Da, da«, sagte er immer wieder, ein Refrain für das trinkende Eichhörnchen.

»Warum magst du Eichhörnchen so sehr?«, fragte ich.

Er zuckte mit den Schultern. »Warum magst du Pferde so sehr?«

Dafür gab es viele Gründe, aber wenn ich versuchte, einen guten zu nennen, konnte ich es nicht.

»Siehst du?«, sagte Sam. »Außerdem geht es nicht um Eichhörnchen. Ich … ich bin gern draußen. Ich mag die Natur.«

»Die Natur«, wiederholte ich.

»Ja«, sagte Sam. »Die Natur.«

Er begann wieder, leise auf das Eichhörnchen einzureden, und ich ließ mich auf dem Bett zurücksinken und schloss die Augen.

Ich lag da, kurz vorm Einschlafen, und hörte die schöne Stimme meines Bruders, nach wie vor schön, obwohl sie seit ein paar Monaten immer tiefer wurde, passend zu seiner zunehmenden Größe. Mein Bruder war eine erblühende Blume, die in den Himmel schoss.

In dieser Nacht ging ich zu seinem Hotelzimmer. Es wirkte bewohnt, im Gegensatz zu meinem. Auf dem Schreibtisch stand ein Marmeladenglas mit Blumen, und ich entdeckte drei Schlangenhäute, fast völlig intakt, mit kleinen Löchern an der Stelle, wo die Augen gewesen waren. Ganz sacht berührte ich eine.

»Was ist mit deinen Terrarien passiert?«, fragte ich.

Sam kauerte auf der Bettkante und sah mich an.

»Sie sind weg.«

Ich nickte. »Ich gehe fort«, sagte ich.

»Ich weiß.«

»Du solltest auch gehen. Sie würden es erlauben.«

Mein Ton war zu drängend. Aber er sollte tatsächlich gehen. Er sollte sich nicht vollständig von all dem verschlingen lassen.

Als er schließlich antwortete, klang er trotzig.

»Aber ich will nicht weg, Thea. Ich will nicht ...« Er hielt inne, doch es war mehr als ein Innehalten. Er versuchte, die schrecklichen Worte zurückzuhalten, die ihm auf der Zunge lagen. Aber ich wusste es auch so.

»So wie ich sein?«, fragte ich.

Er sah weg. Ich wusste, dass ich recht hatte. Natürlich war es nicht fair. Man hatte mich gezwungen wegzugehen. Ich hatte ihn nicht mutwillig verlassen. Aber letzten Endes hatte ich das bessere Los gezogen. Es gab so viele Zufälle in dieser Welt, manche davon glücklich, manche nicht. Ich würde annehmen, was ich bekommen hatte.

Ich ging zu meinem Bruder und setzte mich neben ihn aufs Bett. Mein Zwillingsbruder würde nicht weggehen, weil er ein besserer Sohn war als ich eine Tochter, er konnte nicht weggehen, weil er sich ein Leben ohne sie nicht vorstellen konnte. Sam war nicht mutig. War es nie gewesen. Er war treu und aufrichtig und gehörte immer noch auf eine Weise zu meinen Eltern, wie ich nie mehr zu ihnen gehören würde. Er war nicht mutig, aber ein Mensch konnte nicht alles sein. Er war noch das Kind meiner Eltern und würde es vielleicht immer bleiben. Das würde sich zeigen.

»Du bist ein Junge aus Florida«, sagte ich. Ich griff in meine Tasche und zog das Taschentuch heraus, das ich mit nach Yonahlossee genommen hatte. Es sah nicht abgenutzter aus als vorher. Ich legte es ihm in die Hand und schloss seine Finger darum.

Er blickte auf das Taschentuch, dann sah er mich an. »Ja«, sagte er leise mit seiner neuen Stimme. »Ja, das bin ich.«

In dieser Nacht lag ich in meinem Bett und versuchte, mir Sissys Augen vorzustellen, Mr. Holmes' elegante Hände. Naaris hübsches Gesicht. Aber ich konnte mich nicht daran erinnern. Alles entglitt mir. Ich stand auf und zog meine Yonahlossee-Uniform an, sie war das Einzige, was mir passte. Die Sachen rochen noch immer nach dem Augusta House, und ich bemühte mich, nicht zu weinen. Ich bemühte mich, nicht etwas zu wollen, was ich nie wieder haben konnte.

Die Luft draußen war drückend, und der Mond hing über uns wie ein dickes Gesicht. Auf den Gehwegen waren nur wenige Leute unterwegs. Eine Tür ging auf, und ich erhaschte einen Blick auf einen überfüllten, verrauchten Raum, einen Mann vor einem Klavier.

»Entschuldigung, Miss«, ertönte eine Stimme, und ich merkte, dass ich jemandem im Weg stand. Ich trat zur Seite, und ein Mann ging an mir vorbei, ich erkannte den Pagen, dem meine Mutter beinahe kein Trinkgeld gegeben hätte. An seinem Arm hing eine Frau, von der ich nur den Rücken sah, ihr dünnes Kleid, ihre schwarzen Haare. Er ließ sich nicht anmerken, ob er mich erkannt hatte. Ich sah zu, wie er in der Nacht verschwand, in ein anderes Lokal ging oder vielleicht nach Hause, wo er diese Frau berühren würde, wo sie ihn berührte und die Nacht sich wie eine Blüte öffnete.

Ich ging immer weiter. Eine Stunde, zwei, ich verlor jedes Zeitgefühl. Törichterweise dachte ich, ich würde vielleicht Sam begegnen. Er war oft nachts unterwegs. Wanderte umher. Aber es war nichts von ihm zu sehen. Ich ging von den Straßenlaternen weg in die Dunkelheit. Mutter hatte uns nicht beigebracht, uns vor der Welt zu fürchten, sie hatte uns beigebracht, sie zu verachten.

Schließlich näherte ich mich der Church Street Station, die bereits aus einer Entfernung von einem Block zu sehen war. Ich wusste, dass dort viel los sein würde, und wenn nicht das, dass es zumindest irgendwie lebendig sein würde. Leute fuhren irgendwohin, kamen zurück, immer, immer.

Auf einmal riss der Himmel auf, wie oft in Florida, und Blitze erleuchteten ihn auf eine Weise, die zugleich schön und ungestüm war. Ich hatte keine Angst. Nichts in der Natur machte mir Angst. Dieses Gewitter war weit weg, und rings um mich waren Dinge, die größer waren als ich, in die der Blitz zuerst einschlagen würde.

Ich setzte mich auf eine überdachte Bank neben eine alte Frau, die offensichtlich auf einen Zug wartete. Sie fragte mich, wie spät es sei. Ich blickte auf die riesige Uhr über uns und sagte es ihr. Sie bedankte sich nicht, sie war aufgeregt, und ich verstand, warum.

»Ich fahre nach Miami«, sagte sie. »Und mein Zug hat so viel Verspätung.«

Beinahe hätte ich gelacht. Miami. Sam hatte mir erzählt, dass es dort Tausende Morgen Land gab, von seinen Besitzern aufgegeben, unser Onkel nur einer davon.

Ich verstand die Aufregung der Frau. Sie wartete darauf, von diesem Ort weggebracht zu werden. Sie war angezogen wie jemand aus einem anderen Jahrhundert, lange, lange Röcke, eine Bluse, die sogar ihre Handgelenke bedeckte. Und sie stammte tatsächlich aus einem anderen Jahrhundert. Sie war weit vor mir geboren worden, und ich wusste, dass eines Tages ein ungestümes Mädchen das Gleiche von mir denken würde, dass ich alt und einfältig war, altmodisch, vor zu langer Zeit geboren, um noch wichtig zu sein.

Ich saß da und wartete mit der Frau auf den Zug. Ich versuchte, keine Angst vor der Zukunft zu haben. Ich hoffte, dass sie freundlicher sein würde als die Vergangenheit.

Auf der Fahrt nach Yonahlossee vor vielen Monaten hatte ich das Profil meines Vaters betrachtet und mich geschämt. Ich hoffte, dass ich nicht immer so intensiv empfinden würde. Andererseits wusste ich, dass ich es tun würde. Das war mein Wesen.

Ich saß auf der Bank, spürte, wie der kräftige Wind meine Knöchel peitschte, und versuchte, meine Erinnerungen festzuhalten. Ich berührte Sissys Kette. Ich sah mich selbst in zukünftigen Zügen und fragte mich, mit wem ich darin fahren würde. Ich fragte mich, wohin wir fahren würden.

Mit Georgie, der sechs Tage vor seinem fünfundzwanzigsten Geburtstag starb, würde ich nirgendwohin fahren. Ich sah ihn nie wieder und auch nicht Tante Carrie oder Onkel George oder ihr Haus in Gainesville. Georgie würde nie wieder er selbst sein, ein Fluch, schlimmer als der Tod. Wenn er gleich gestorben wäre, hätte man die Umstände seines Todes sicher genauer untersucht, zu unserem Glück lebte Georgie. Mochte es auch kurz sein.

Es gab keine Gnade für Tante Carrie und Onkel George, die Georgie den Rest seines Lebens pflegten. In Yonahlossee erinnerte ich mich an Georgie und seine Familie nur in der

Vergangenheitsform, ich vermied es, daran zu denken, was meine Familie, vor allem mein Cousin, in der Gegenwart tat. Vielleicht zeugt es von einer Charakterschwäche, dass ich meinen verletzten Cousin so leicht vergessen konnte. Damals dachte ich das. Heute bin ich froh, dass ich es um meines Überlebens willen schaffte, die Geschichte aus meinem Kopf zu verdrängen. Wir sprachen nicht oft von ihm, aber mein Vater erzählte mir eines Nachts, als er sehr alt und betrunken war und lange nachdem meine Mutter gestorben war, dass Georgie oft schreckliche Wutanfälle hatte, dass der Teil seines Gehirns, der Wut kontrollierte, bei dem Unfall Schaden gelitten hatte. Der Unfall.

Meine Mutter wurde zur Invalidin, schloss sich an den meisten Tagen in ihrem Zimmer ein und pflegte ihre Migräne. Mich schickte man auf ein richtiges Internat im Nordosten, das ich selbst ausgesucht hatte. Nicht weit entfernt gab es einen Stall, wohin ich zum Reiten ging. Ich bewegte die Pferde der Reichen, eine gute Möglichkeit, wie ich feststellte, auf einem Pferd zu sitzen, wenn ich kein eigenes haben konnte. In jenen Tagen dachte ich oft an Leona, fragte mich, wie sie den Weg zurück auf einen Pferderücken gefunden hatte. Ich war sicher, dass sie es geschafft hatte, die einzige Frage war, wie.

Ich verließ den Süden. Mein Bruder blieb. Er lebte sein Leben mit meinen Eltern, die Florida nicht verließen, aber in ein fremdes und seltsames Südflorida zogen, in ein geschäftiges, lebhaftes Miami, wo mein Vater weiterhin als Arzt praktizierte.

Mein Vater sah seinen Bruder nie wieder, aber er schickte ihm weiterhin Geld. Einmal sah ich den Brief mit einem Scheck: an George Atwell in Centralia, Missouri. Nach wie vor taten Zitrusfrüchte meiner Familie Gutes, sie hielten uns in den Dreißigern über Wasser, und in den Vierzigern machten sie uns wieder wohlhabend. Sie retteten uns, erlaubten es mir, auf die Schule zu gehen, erlaubten es uns, ein Leben zu leben, das dem ähnelte, das wir uns erträumt hatten.

Nach Georgies Tod schickte uns Tante Carrie seine Todesanzeige, aus einer Zeitung ausgeschnitten. Eingeschlagen in einen Zettel mit Tante Carries Handschrift: »Er hat uns verlassen.« Sie und Onkel George glaubten, dass die Cousins sich geprügelt hatten. Mit einiger Sicherheit haben sie nie erfahren, welche Rolle ich dabei gespielt hatte. Eher hätte ich mir die Zunge abgeschnitten, als es ihnen zu sagen, und Georgie – nun ja, selbst wenn er sich daran erinnerte, was geschehen war, er war nicht ganz richtig im Kopf, wahrscheinlich hätten sie ihm nicht geglaubt. Ich habe mein Leben gelebt, und Georgie ist ein Schatten, Georgie ist ein Mensch, den ich einmal geliebt habe, an dessen Tod ich beteiligt war. Er ist ein Gespenst. Mein Gespenst.

Mit Sicherheit hatte Sam nicht die Absicht, Georgie umzubringen. Er war ein Junge, der allmählich zum Mann wurde. Er wusste nicht, wie stark er war. Es war eine Verkettung von Umständen, Sam. Eine Verkettung von unglücklichen Umständen.

Nie habe ich einer Menschenseele erzählt, was ich gesehen hatte, wie mein Bruder sein Gewehr hob und Georgie einen Schlag auf den Kopf versetzte. Wusste es mein Vater? Er war Arzt, bestimmt hätte er den Unterschied zwischen einer Verletzung durch einen Sturz und einer Verletzung durch einen Schlag erkannt. Aber letztlich weiß das nur Gott.

Zweimal im Jahr kam ich nach Hause, zwei Wochen über Weihnachten und zwei Wochen im Hochsommer. Ein Zwölftel des Jahres. In gewisser Weise blieb unsere Beziehung die gleiche – mein Vater war nach wie vor distanziert, meine Mutter schwierig. Doch durch das, was ich getan hatte, das, was meine Familie mir angetan hatte, wurden diese Gefühle komplizierter. Es ist schwer zu sagen, was Sam über all das dachte – wir waren Zwillinge, wir mussten nie über unsere Gefühle füreinander sprechen, wir wussten es einfach. Aber jetzt nicht mehr, man konnte mit Recht sagen, dass Sam und ich einander nicht mehr kannten. Wenn ich nach Hause kam, war er zurückhaltend und freundlich, und das war die schlimmste Strafe, die ich mir vorstellen konnte, dass er mich wie eine Fremde behandelte. Ich habe in seiner Gegenwart nie mehr geweint, und er nicht in meiner.

Ich kam zurück und war nur dank Henry Holmes in der Lage, mit meiner Familie zu essen, über banale Dinge zu reden, im selben Haus wie sie zu schlafen. Nur weil ich durch ihn den Tausch verstand, den meine Eltern eingegangen waren. Ich gegen Sam. Aber ich war den ersten Tausch eingegangen: mein Bruder gegen meinen Cousin.

Ich lernte wahre Liebe kennen und Freude, als meine Kinder geboren wurden, Trauer, als ich ein Kind im fünften Monat verlor. Ich hatte ein Leben, unabhängig von meiner Familie und den Ereignissen in meiner Kindheit und Jugend. Pferde blieben ein Teil meines Lebens, ein Segen. Instinktiv hatte ich schon immer Trost bei ihnen gesucht, und diesen Instinkt verlor ich nie. Ich freute mich darüber, wie gut ich im Sattel war, wie gut ich mit einem Pferd umgehen konnte. Ich konnte etwas gut auf eine Weise, wie die meisten Leute nie im Leben etwas gut können. Pferde waren ein Geschenk. Und wie viele Menschen haben in ihrem Leben etwas so Konstantes, unabhängig von dem wilden und oft auch wunderbaren Durcheinander, das sich Familie nennt?

In Yonahlossee lernte ich die Lektion, mit der ich zu Hause begonnen hatte: Mein Leben gehörte mir. Und ich musste Anspruch darauf erheben.

Wenn ich aus dem Nordosten zurückkam, war ich immer

wieder überrascht von den Palmen, der gnadenlosen Hitze, der schwülen Luft, die so schwer war, dass einem davon beinahe übel wurde. Meine Eltern lebten jetzt in einer Gegend, wo sie andere Häuser sehen konnten, sie lebten in einem Haus, das schön und kalt war.

Sam entschied sich dafür, Arzt zu werden, wie Vater. Er hörte auf, die Natur zu erforschen. Jetzt verbrachte er seine gesamte Zeit drinnen, und wenn ich zu Hause war, betrachtete ich sein Gesicht, blass von seiner Angewohnheit, sich in geschlossenen Räumen aufzuhalten. Wenn er sich mir zuwandte, war da ein Aufblitzen von Haut, ein kurzes Gefühl von Verzweiflung. Wir hatten uns verloren. In Yonahlossee lernte ich, ein Leben ohne meinen Bruder zu leben, ich lernte, dass das, was mir einst unmöglich erschienen war, nicht unmöglich war. Und ein Leben, das allein mir gehörte, war in vieler Hinsicht einfacher. Einsamer, aber ein Zwilling ist ebenso sehr Bürde wie Freude. Ich kannte kein Leben ohne ihn, als Kinder hatten wir eine eigene Sprache, wir teilten uns den Schoß der Mutter. Als alle mit einem Kind rechneten – meine Mutter, mein Vater, meine Großeltern –, waren wir zwei. Und es ist nicht einfach, zu zweit zu sein, wenn da nur einer hätte sein sollen. Wenn es nur einen von uns gegeben hätte, wäre Georgie noch am Leben. Weil es niemandem außer Sam so unglaublich wichtig gewesen wäre, mit so unabänderlichen Folgen, was seine andere Hälfte getan hatte.

Meine Eltern hatten mich weggeschickt, weil sie erkannten, dass ich ein Mädchen war, das zu viel wollte, zu sehr wollte, was ihm nicht zustand. Und damals war so viel Wollen etwas Gefährliches.

Wehe dir, Thea, sagte Mr. Holmes. Wir waren in seinem Bibliothekszimmer, umgeben von seinen Büchern. Meine Bluse war aufgeknöpft. Er nahm meine Hand und küsste den Daumen. Wehe dir, weil du zu viel willst. Er küsste mein

Handgelenk. Weil du so viel willst. Er legte mich aufs Sofa, mein Rock über meine Hüften nach oben geschoben.

Ich wollte alles, ich wollte meinen Cousin. Ich wollte Mr. Holmes. Ich lernte, dass ich ein Mädchen war, das bekam, was es wollte, aber nicht ohne Schmerz, nicht, ohne eine Spur der Zerstörung zu hinterlassen, so breit, dass sie meine Familie verschlang. Und beinahe mich. Beinahe wäre ich darin versunken, mit ihnen. Beinahe hätte ich mich selbst verloren.

Aber ich war zu selbstsüchtig. Ich wollte, wie Mr. Holmes sagte, zu viel. Und nichts davon war eine Entscheidung, eine fertige Liste, ein abgeschlossener Plan. Wir haben keinen Einfluss darauf, wen wir lieben. Und wehe uns allen, weil es so ist.

Wehe Sam, der Florida niemals verlassen hat, der niemals in der Welt außerhalb der Grenzen Floridas gelebt hat. Er hatte eine Frau, er hatte eine Familie. Seine Zwillingsschwester hatte er nicht. Wehe Mr. Holmes, den ich nie wiedergesehen habe, der sicher meinen Verlust gespürt hat, so wie ich seinen. Wehe Mutter und Vater, die zuließen, dass das, was ich getan hatte, ihr Leben zerstörte. Wehe Georgie, am meisten von allen, dessen erste Liebe seine letzte war, der inzwischen zu Staub geworden ist, ein Stein auf einem Friedhof in Missouri das einzige Zeichen, dass er existiert hat, Beweis, dass er gelebt und eine Spur hinterlassen hat. Beweis, dass er existiert hat, aber nicht, dass er geliebt hat. Ich bin der Beweis, dass er geliebt hat. Und vielleicht war das meine wichtigste Aufgabe in diesem Leben: ein Leben für mich und für ihn zu leben. Dinge zu sehen, die er niemals gesehen hat. Das zu tun, was er nicht tun konnte.

Aber wehe dir, Thea – nein. Nimm es zurück, Henry. Und das hätte er sicher getan, wenn er mich weiter gekannt hätte. Sicher hätte er gesehen, dass mein Leben erfüllt und reich war und dass es mir gehörte.

An der Wand vor Mr. Holmes' Büro würde ein Foto hängen, auch wenn ich es nie sehen würde. Ich würde nie nach Yonahlossee oder in mein Zuhause in Florida zurückkehren. Das Foto würde eine Erinnerung für ihn sein. Eine Erinnerung daran, dass Theodora Atwell und Naari 1931 das Frühjahrsturnier gewonnen haben. Ich war in Schimpf und Schande weggegangen, aber mein Foto würde aufgehängt werden. Das war so Tradition.

In der Ferne hörte ich einen Zug, das vertraute Pfeifen. Die Frau neben mir stand auf, sie hatte meine Anwesenheit vergessen. Wehe uns! Unvermittelt überkam mich die Erinnerung. Einer der unzähligen Nachmittage, die wir miteinander verbracht hatten, alles strömte jetzt hervor, strömte aus meinem Kopf und legte sich wie Nebel über mich. Ich schwankte. Ich vergrub den Kopf in den Händen.

Aber nein. Ich blickte wieder hoch. Der Zug fuhr langsam in den Bahnhof ein, und die Frau trat in den Regen hinaus, obwohl es noch viele Minuten dauern würde, bis sie einsteigen durfte. Aber das war ihr egal. Sie wollte einfach nur weg.

Ich dachte an mein Bild in der Burg, das weder meine Eltern noch Sam jemals sehen würden.

Doch was würden künftige Mädchen sehen, wenn bei ihrem täglichen Kommen und Gehen ihr Blick auf das Foto fiel und sie es genauer betrachteten? Nicht die Farbe meiner Haare, durch das Foto ihres Tons beraubt. Nicht Mr. Holmes, der außerhalb des Bilds stand. Im Grunde genommen nichts. Nur ein Mädchen auf einem Pferd, wie so viele andere Mädchen.

Danksagung

Meiner Agentin Dorian Karchmar schulde ich tiefen Dank dafür, dass sie sich für *Das Jahr des Erwachens* einsetzte, als es erst ein halb fertiges Manuskript war, und mich durch zahlreiche Überarbeitungen führte. Ohne sie wäre nie ein Buch daraus geworden.

Ebensolcher Dank gebührt Sarah McGrath, deren sorgfältiges und kluges Lektorat das Buch so viel besser machte. Darüber hinaus möchte ich dem gesamten erstaunlichen Team bei Riverhead Books danken, insbesondere Geoff Kloske, Sarah Stein und Jynne Dilling Martin. Bei Headline, meinem britischen Verlag, danke ich Claire Baldwin.

Ich danke meiner überaus großzügigen und geschickten Presseagentin Liz Hohenadel, deren Begeisterung und Liebe zu dem Buch ansteckend sind.

Bei William Morris Endeavor danke ich Simone Blaser, Tracy Fisher, Catherine Summerhayes und Eugenie Furniss.

Mein Dank geht auch an den Studiengang Kreatives Schreiben an der Emory University, wo ich mein erstes Schreibseminar besuchte, und an die Washington University, wo ich meinen Magister machte und anschließend unterrichtete, während ich an *Das Jahr des Erwachens* schrieb. An beiden Universitäten hatte ich das Glück, bei vielen guten Dozenten zu studieren. Mein spezieller Dank gebührt

Kathryn Davis, die mich stets in besonderer Weise gefördert hat, sowie Marshall Klimasewiski und Saher Alam.

Ich danke Tim Mullaney, David Schuman und Curtis Sittenfeld für ihre Unterstützung beim Schreiben.

Dank meiner Mutter weiß ich die Geborgenheit eines Heims zu schätzen. Meinem Vater danke ich dafür, dass er mich unermüdlich zum Reitstall fuhr und wieder abholte. Und dafür, dass er mich daran hinderte, Jura zu studieren. Dank an meine Schwester Xandra, meine Heldin seit Kindesbeinen. Mit zunehmendem Alter wird mir immer klarer, welches Glück ich hatte, dass mir meine Eltern und meine Schwester stets ihre Liebe und Unterstützung zuteilwerden ließen.

Schließlich danke ich meinem Mann Mat. Dieses Buch widme ich ihm, wem sonst.